Día cero

DÍA CERO

David Baldacci

GRUPO ZETA

Barcelona • Madrid • Bogotá • Buenos Aires • Caracas • México D.F. • Miami • Montevideo • Santiago de Chile

Título original: *Zero Day*
Traducción: Cristina Martín
1.ª edición: abril 2014

© 2011 by Columbus Rose, Ltd.
© Ediciones B, S. A., 2014
 Consell de Cent, 425-427 - 08009 Barcelona (España)
 www.edicionesb.com

Printed in Spain
ISBN: 978-84-666-5508-8
DL B 4.591-2014

Impreso por LIBERDÚPLEX, S.L.
Ctra. BV 2249, km 7,4
Polígono Torrentfondo
08791 Sant Llorenç d'Hortons

*Dedicado a la memoria de mi madre
y a Charles* Chuck *Betack, mi amigo*

1

La nube de polvo de carbón que se le introdujo a Howard Reed hasta el fondo de los pulmones estuvo a punto de obligarlo a sacar de la calzada el furgón del correo y vomitar sobre la hierba atrofiada y quemada. En cambio, tosió, escupió y se apretó la tripa. Pisó el acelerador y, a toda velocidad, pasó de largo las carreteras de transporte de la mina, por las que circulaban pesadamente varios camiones volquete que iban lanzando al aire una arenilla negra que parecía confeti abrasivo. El mismo aire estaba impregnado de dióxido de azufre por culpa de una montaña de carbón de desecho que se había incendiado, cosa que sucedía con frecuencia. Aquellos elementos ascenderían hacia el cielo, reaccionarían al entrar en contacto con el oxígeno para formar trióxido de azufre, y después de unirse a moléculas de agua crearían un potente compuesto que más tarde volvería a caer a tierra en forma de tóxica lluvia ácida. Aquellos no eran precisamente los ingredientes más fiables para procurar la armonía medioambiental.

Reed mantuvo la mano firme sobre el mecanismo especial, y su Ford Explorer, con sus dieciocho años de antigüedad, su traqueteante tubo de escape y su transmisión temblona, continuó avanzando sin salirse del cuarteado asfalto. Su furgón de correo era su vehículo personal y había sido modificado para que él pudiera sentarse en el lado del acompañante y detenerse justo delante de los buzones que iba encontrando a lo largo de la ruta. Ello se conseguía en parte gracias a un artilugio que se parecía a la correa del ventilador de cualquier automóvil. Le permitía hacer girar el volante, frenar y acelerar, todo ello desde el lado derecho.

Después de convertirse en un cartero rural y aprender a conducir sentado en el lado «incorrecto», Reed quiso viajar a Inglaterra para probar su recientemente adquirida habilidad en las carreteras de aquel país, donde todo el mundo conducía por la izquierda. Se había enterado de que dicha costumbre databa de la época de los torneos medievales. La mayoría de la gente era diestra, y en aquellos tiempos convenía blandir la espada o la lanza de justa lo más cerca posible del enemigo. Su mujer le decía que era idiota y que lo más seguro era que en un país extranjero acabara matándose.

Pasó junto a la montaña, o junto a la montaña que había antes de que la Compañía Trent de Minería y Exploraciones la volara con explosivos a fin de acceder a las ricas minas de carbón que había allí bajo tierra. En la actualidad había amplias extensiones de aquella zona que se parecían a la superficie de la luna, desnudas y sembradas de cráteres. Era una actividad denominada minería de superficie, sin embargo, en su opinión resultaría más apropiado llamarla aniquilación.

Pero aquello era Virginia Occidental, y el carbón generaba la mayor parte de los puestos de trabajo bien remunerados. De modo que Reed no protestó demasiado cuando su hogar quedó cubierto por una lluvia de cenizas procedentes de un silo de almacenaje que reventó. Y tampoco cuando el agua del pozo se volvió negra y empezó a oler a huevos podridos. Ni siquiera se quejaba de que el aire estuviera habitualmente lleno de cosas que no se llevaban bien con los seres humanos. No se lamentaba de que le quedase un solo riñón ni de que su hígado y sus pulmones estuvieran deteriorados por vivir rodeados de sustancias tan tóxicas. La gente lo acusaría de oponerse al carbón, y por lo tanto de oponerse a los puestos de trabajo. Y no le convenía echarse más problemas encima.

Enfiló la calle para hacer la última entrega de la jornada. Se trataba de un paquete que requería firma. Cuando recogió el correo de aquel día y lo vio, maldijo por lo bajo. El hecho de que la entrega requiriese firma significaba que tendría que interactuar con otro ser humano. Lo único que deseaba en aquel momento era salir pitando para el Dollar Bar, porque los lunes una jarra de cerveza costaba veinticinco centavos. Se sentaría en su desgastada banqueta, al final de la barra de caoba, y procuraría no pensar en marcharse a casa, porque su mujer advertiría que el aliento le olía a alcohol y se pasaría las cuatro horas siguientes echándole un rapapolvo.

Entró en el camino de gravilla. En otra época, aquel vecindario había sido bastante agradable; bueno, había que remontarse a los años cincuenta. Ahora ya no lo era tanto. No había ni un alma. En los patios no se veían niños, parecía que en vez de las dos de la tarde fueran las dos de la mañana. En un día de pleno verano debería haber niños correteando junto al aspersor de riego o jugando al escondite. Pero Reed sabía que los niños ya no hacían esa clase de cosas; ahora se quedaban dentro de su habitación, con el aire acondicionado, y veían videojuegos tan violentos y sangrientos que él había prohibido a sus nietos que metieran aquello en su casa.

Los patios estaban abarrotados de trastos y juguetes de plástico sucios. Se veían automóviles Ford y Dodge, viejísimos y oxidados, apoyados en ladrillos de hormigón. El revestimiento barato de las viviendas estaba despegándose, todas las superficies necesitaban una mano de pintura y los tejados empezaban a hundirse como si Dios, desde lo alto, los estuviera empujando con una mano. Todo resultaba triste y más bien patético, lo cual no hizo sino incrementar en Reed el ansia de tomarse aquella cerveza, porque su vecindario se encontraba exactamente igual que este. Sabía que había unos cuantos privilegiados que estaban forrándose con el carbón, ninguno de los cuales, casualmente, vivía por allí cerca.

Sacó el paquete del cesto del correo y echó a andar con paso cansino hacia la casa. Se trataba de un edificio de dos plantas provisto de un revestimiento de vinilo. La puerta, blanca y cubierta de cicatrices, era de madera hueca. Delante tenía otra puerta de vidrio transparente. De los escalones de la entrada partía una rampa para sillas de ruedas. Los arbustos que crecían frente a la casa estaban enormes y marchitos, sus ramas se habían introducido por el blando revestimiento y lo habían roto. Había dos automóviles aparcados en la grava, delante de su Ford negro: un monovolumen Chrysler y un Lexus último modelo.

Se detuvo unos instantes a admirar el Lexus. Un juguetito así debía de costar más de lo que él ganaba en un año. Tocó con gesto reverencial la pintura azul metalizada. Reparó en unas gafas de sol estilo aviador que colgaban del espejo retrovisor. En el asiento de atrás había un maletín y una chaqueta de color verde. Los dos automóviles llevaban matrícula del estado de Virginia.

Continuó andando, pasó junto a la rampa, llegó al pie de la entrada, subió trabajosamente los tres escalones rectangulares de hormigón y llamó al timbre. Oyó que este resonaba haciendo eco en el interior de la casa.

Aguardó. Diez segundos. Veinte. Su irritación fue en aumento.

Llamó de nuevo.

—¿Oiga? Cartero. Traigo un paquete y hay que firmar el recibo.

Su voz, que prácticamente no había utilizado a lo largo de toda la jornada, le sonó extraña, como si estuviera hablando otra persona. Echó una ojeada al paquete en cuestión; era plano y mediría unos veinte centímetros de ancho por casi treinta de largo. Llevaba unido el recibo que requería la firma.

«Vamos, hace un calor de mil demonios y estoy oyendo cómo me llama el Dollar Bar.»

Leyó la etiqueta pegada al paquete y exclamó en voz alta:

—¿Señor Halverson?

No conocía a la persona, pero le sonaba el apellido de otras entregas anteriores. En las áreas rurales había carteros que trababan amistad con sus clientes. Reed nunca había sido de esa clase de carteros, él quería tomarse su cerveza, no entablar una conversación.

Volvió a pulsar el timbre y después dio unos golpecitos con los nudillos en el cristal. Se enjugó una gota de sudor que le resbalaba por la nuca quemada por el sol, un riesgo laboral derivado del hecho de pasar el día entero sentado en un vehículo junto a la ventanilla abierta, expuesto a los rayos solares. Las axilas le rezumaban un sudor que le manchaba la camisa. Cuando llevaba la ventanilla abierta no encendía el aire acondicionado; ya era bastante cara la gasolina como para encima desperdiciarla.

—Hola, soy el cartero —prosiguió elevando el tono de voz—. Necesito que firme. Si tengo que devolver el paquete, lo más probable es que no vuelva a verlo.

Notó una súbita oleada de calor y sintió un ligero mareo. Estaba haciéndose demasiado viejo para aquello.

Volvió la mirada hacia los dos automóviles. Tenía que haber alguien en casa. Se apartó de la puerta y echó la cabeza hacia atrás. En las ventanas de los dormitorios no había nadie mirándolo. Una estaba abierta.

Llamó una vez más con los nudillos. Por fin oyó que se acercaba alguien. Reparó en que la puerta de madera se encontraba entornada, unos pocos centímetros. El ruido se aproximó otro poco y se interrumpió. Reed era duro de oído, de lo contrario se habría percatado de lo raras que sonaban aquellas pisadas.

—¡Cartero! ¡Necesito la firma! —voceó.

Se pasó la lengua por los labios resecos. Ya estaba viendo la jarra de cerveza en las manos. Ya la estaba saboreando.

«Abra la maldita puerta.»

—¿Quiere el paquete o no?

«Me importa un carajo. Por mí, como si quiere que lo tire por un barranco; no sería la primera vez.»

Por fin. La puerta se abrió unos centímetros. Reed tiró de la puerta de cristal y tendió el paquete.

—¿Tiene un bolígrafo? —preguntó.

Cuando la puerta se abrió un poco más, parpadeó asombrado. Allí no había nadie. La puerta se había abierto sola. Entonces, al bajar la vista, descubrió un collie en miniatura que lo miraba a su vez, agitando la cola. Era obvio que la puerta la había abierto él con el largo hocico.

Reed no era el típico cartero. Adoraba a los perros, tenía dos en casa.

—¿Qué hay, colega? —Se arrodilló—. Hola, amigo. —Le rascó las orejas al perro—. ¿Hay alguien en casa? ¿Quieres firmar tú el paquete?

Cuando advirtió que el perro tenía el pelaje húmedo, lo primero que pensó fue que debía de tratarse de orina, y retrocedió enseguida. Pero después se miró la mano y vio que estaba manchada con un líquido rojo y pegajoso.

Era sangre.

—¿Estás herido, amigo?

Examinó al perro. Encontró más sangre, pero no descubrió herida alguna.

—¿Qué demonios...? —murmuró. Se incorporó y apoyó una mano en el picaporte—. ¿Oiga? ¿Hay alguien? ¿Oiga?

Miró hacia atrás, sin saber muy bien qué hacer. Después, volvió a mirar al perro; este lo observaba fijamente con una expresión que ahora parecía melancólica. Y además había otro detalle extraño: no había ladrado ni una sola vez. Pensó en sus dos chuchos: si alguien se hubiese presentado ante la puerta, habrían hecho que el tejado saliera volando.

—Mierda —masculló Reed—. ¿Oiga? ¿Están todos bien?

Entró despacio en la vivienda. Hacía calor. Arrugó la nariz al percibir un olor desagradable. Si no hubiese tenido el olfato tan embotado por la alergia, aquel tufo habría sido mucho peor.

—Hola. Este perro tiene sangre. ¿Va todo bien?

Avanzó unos cuantos pasos más, cruzó el pequeño vestíbulo y asomó la cabeza en el interior del diminuto cuarto de estar situado a un lado del pasillo.

Al momento siguiente la puerta de la calle se abrió de un violento empujón y el picaporte hizo un agujero en la pared. La puerta de cristal recibió una patada tan fuerte que chocó contra la barandilla metálica que había a la izquierda del porche y el vidrio se hizo añicos. Reed saltó del último peldaño directamente a tierra, frenó en seco, se estremeció de arriba abajo, cayó de rodillas y vomitó lo poco que tenía en el estómago. Después se incorporó y regresó a su furgón tambaleándose, tosiendo, presa de fuertes arcadas y gritando de terror como si hubiera enloquecido de pronto.

Que era, precisamente, lo que había sucedido.

Ese día, Howard Reed no iba a conseguir llegar al Dollar Bar.

2

John Puller contemplaba a través del cristal el magnífico estado de Kansas, que se extendía varios miles de pies por debajo de él. Se inclinó un poco más hacia la ventanilla del avión y miró directamente en sentido vertical. Siguiendo la trayectoria de vuelo que conducía al aeropuerto internacional de Kansas City, habían cruzado Misuri y después habían continuado hacia el oeste para penetrar en Kansas. El piloto realizaría una prolongada serie de virajes y finalmente volvería a entrar en Misuri para aterrizar. En aquel momento el reactor sobrevolaba una propiedad federal. En este caso, dicha propiedad federal era una cárcel, o más bien varias, tanto federales como militares. Allí abajo había varios miles de reclusos encerrados en sus celdas, reflexionando sobre el hecho de haber perdido la libertad, muchos de ellos para siempre.

Entornó los ojos y levantó la mano para protegérselos del intenso resplandor del sol. Estaban pasando por encima de los antiguos Pabellones Disciplinarios de Estados Unidos, también conocidos como el Castillo. Durante más de cien años habían alojado a los peores delincuentes de las fuerzas armadas. Mientras que el antiguo Castillo parecía una fortaleza medieval construida con ladrillo y piedra, los nuevos pabellones parecían más bien un centro de estudios superiores. Claro está, hasta que uno se fijaba en las dos vallas, de cuatro metros de altura cada una, que rodeaban el recinto.

Y seis kilómetros más al sur se encontraba la Prisión Federal de Leavenworth para delincuentes civiles.

En los Pabellones Disciplinarios solo había varones. Las prisioneras militares estaban en la prisión naval de San Diego. Aquí, los reclusos habían sido condenados en consejo de guerra por haber infringido el Código Uniforme de Justicia Militar. En los pabellones se encerraba únicamente a quienes habían recibido una condena de cinco años o más, o a los condenados por delitos cometidos contra la seguridad nacional.

La seguridad nacional.

Por eso estaba aquí John Puller.

El avión abrió el tren de aterrizaje y poco a poco fue descendiendo hacia el aeropuerto de Kansas City, hasta que se posó con suavidad en la pista.

Treinta minutos después Puller se subía a su coche de alquiler y salía del aeropuerto en dirección al oeste, hacia el estado de Kansas. El aire estaba sereno y caliente, y las colinas se veían verdes y onduladas. Puller no encendió el aire acondicionado; prefería el aire de verdad, estuviera caliente o no. Descalzo, medía exactamente un metro noventa y dos centímetros y medio. Lo sabía porque su jefe, el Ejército de Estados Unidos, era muy estricto a la hora de medir a su personal. Pesaba ciento cinco kilos y doscientos treinta gramos. Según los estándares del Ejército, que relacionaban la estatura con el peso y con la edad, a sus treinta y cinco años debía de tener unos cinco kilos de sobrepeso. Pero mirándolo nadie lo habría imaginado. Si en aquel cuerpo había un solo gramo de grasa, sería preciso buscarlo con un microscopio.

Era más alto que la mayoría de los soldados de infantería y que casi todos los otros Rangers del Ejército con los que había prestado servicio. Ello tenía sus ventajas y sus inconvenientes. Sus músculos eran largos y fibrosos, y sus extremidades contaban con la ventaja de poseer una resistencia y una fuerza de palanca extraordinarias. El inconveniente era que ofrecía un blanco mucho más grande que un soldado normal.

En la universidad había sido un jugador decente de fútbol americano, y todavía daba la impresión de que podría quedar en buen lugar si la ocasión lo requiriera. Siempre le habían faltado la velocidad y la agilidad superiores a las normales que se exigían para entrar a formar parte de la NFL, pero aquella no había sido nunca su ambición. Solo había una carrera profesional que ansiaba John Puller: la de vestir el uniforme del Ejército de Estados Unidos.

Hoy no llevaba puesto el uniforme, nunca se lo ponía para acudir a los Pabellones Disciplinarios. Recorrió varios kilómetros más. Dejó atrás una señal que indicaba la Pista Lewis y Clark. Después apareció el puente azul. Lo atravesó. Ya se encontraba en Kansas. Más concretamente, ya se encontraba en Fort Leavenworth.

Pasó el punto de control principal, en el que los militares examinaron su documentación y anotaron la matrícula del coche. El guardia saludó al oficial técnico Puller y dijo en tono cortante:

—Gracias, señor. Puede continuar.

Puller continuó. Con una canción de Eminem puesta en la radio, pasó junto a la avenida Grant y contempló los restos del antiguo Castillo. Vio lo que quedaba de la cubierta de alambre que tapaba la anterior prisión; la habían puesto para impedir que alguien escapara empleando un helicóptero. El Ejército procuraba pensar en todo.

Tres kilómetros después llegó a los pabellones. Al fondo, no supo dónde, se oyó el pitido de un tren. Una avioneta Cessna despegó del cercano aeródromo militar de Sherman, luchando contra el viento frontal con su voluminoso morro y sus robustas alas. Puller aparcó y dejó en el coche su billetera y la mayoría de sus otros objetos personales, incluida su arma reglamentaria SIG P228, que el Ejército designaba como M11. Para acudir allí había metido en un estuche duro su pistola pequeña y la munición correspondiente. Se suponía que debía llevarla consigo en todo momento, pero no le parecía buena idea entrar en una prisión armado, ya fuera con autorización o sin ella. Además, una vez que hubiera entrado tendría que dejarla guardada en una taquilla: por razones obvias, no podía haber armas donde había reclusos.

En la entrada había un único miembro de la Policía Militar, joven y con cara de aburrimiento, controlando el arco de rayos X.

Aunque Puller sabía que no podía ser, aquel soldado daba la impresión de que lo habían sacado del campo de entrenamiento y lo habían colocado directamente en aquel puesto. Le mostró el permiso de conducir y sus credenciales. El policía militar, regordete y de mejillas rubicundas, miró fijamente la placa y la tarjeta de identidad que decía que John Puller era un agente especial de la División de Investigación Criminal, o CID. La imagen central de la placa era el águila agazapada y con la cabeza vuelta hacia la derecha. Tenía unas garras enormes que aferraban el borde del escudo, el único ojo que se le veía miraba con gesto amenazador y el enorme pico parecía estar listo para atacar. El policía militar ejecutó un saludo y después miró al individuo alto y de hombros anchos que tenía enfrente.

—¿Se encuentra aquí en misión oficial, señor?

—No.

—¿John Puller júnior? ¿Es pariente de...?

—De mi viejo.

El joven policía apartó la mirada.

—Sí, señor. Transmítale mis saludos, señor.

El Ejército de Estados Unidos contaba con muchos combatientes convertidos en leyenda, y John Puller sénior se situaba muy cerca del primer puesto de dicha lista.

Puller atravesó el magnetómetro. Este emitió un pitido. El joven lo cacheó con ayuda del bastón. Como siempre. El artilugio pitó al llegar al antebrazo derecho.

—Llevo un clavo de titanio —explicó Puller, y se subió la manga para enseñar la cicatriz.

El bastón pitó de nuevo a la altura del tobillo izquierdo.

El policía militar levantó la vista con gesto interrogativo.

—Varios tornillos y una placa —dijo Puller—. Puedo subirme la pernera del pantalón.

—Si no tiene inconveniente, señor.

Cuando Puller volvió a dejar caer la pernera del pantalón, el guardia dijo en tono contrito:

—Solo hago mi trabajo, señor.

—Si no fuera así, le habría echado una buena bronca, soldado.

—¿Sufrió esas heridas en combate, señor? —preguntó el chico con los ojos muy abiertos.

—¿Acaso cree que me disparé a mí mismo?

Puller recuperó las llaves del coche del cuenco en que las había dejado y volvió a guardarse el permiso de conducir y las credenciales en el bolsillo de la camisa. A continuación firmó en el libro de visitas.

La robusta puerta se abrió con un zumbido metálico y Puller, tras caminar unos pocos pasos, se encontró en una amplia sala. Había otros tres reclusos recibiendo a personas que habían ido a verlos. Varios niños jugaban en el suelo mientras los maridos conversaban en voz baja con sus mujeres o novias. Los niños tenían prohibido sentarse en las rodillas de su padre; lo único que se consentía era un abrazo, un beso o un apretón de manos al principio y al final de la entrevista. No estaba permitido situar las manos por debajo de la cintura. El visitante y el recluso podían entrelazar los dedos. Todas las conversaciones debían tener lugar en un tono de voz normal. Solo se podía hablar con el recluso al que se había ido a ver. Estaba permitido llevar un bolígrafo o un lápiz, pero ni pinturas ni ceras. Esta última norma, se dijo Puller, tenía su origen en un enorme estropicio que causó alguien, probablemente un niño pequeño. Pero en su opinión se trataba de una norma absurda, porque era fácil transformar un bolígrafo o un lápiz en un arma, mientras que resultaba difícil que se pudiera ocasionar algún daño con una cera.

Puller se quedó allí de pie, observando a una mujer, al parecer la madre de un preso, que le leía a este la Biblia. Estaba permitido llevar libros, pero no se podían entregar al recluso. Y tampoco se le podía dar una revista ni un periódico. No se permitía llevar alimentos; en cambio, se le podía comprar algo de comer en las máquinas expendedoras que había allí cerca. Las visitas no podían comprar nada para sí. Tal vez habría dado la impresión de parecerse demasiado a la vida normal, pensó Puller, y una cárcel no estaba pensada para eso. Una vez que el visitante entraba en la sala, si volvía a salir la visita se daba por finalizada de manera instantánea. Solo existía una excepción a esta regla, de la cual Puller jamás podría aprovecharse: la lactancia materna. Para ello existía una sala especial en el piso de arriba.

Se abrió la puerta que había al otro extremo de la sala y surgió por ella un individuo vestido con un mono de color anaranjado. Puller lo observó mientras se le aproximaba.

Era alto, pero un poco menos que él, y poseía una constitución más esbelta. El rostro era similar, aunque tenía el cabello más oscuro y más largo, y presentaba algunos toques de color blanco aquí y allá que no tenía Puller. Ambos lucían un mentón cuadrado, nariz fina y ligeramente torcida hacia la derecha, y los dientes grandes y uniformes. Presentaba un hoyuelo a la derecha, y los ojos parecían verdes con la luz artificial y azules cuando les daba el sol.

Puller tenía además una cicatriz que le cruzaba el lado izquierdo del cuello y descendía hacia la espalda. Y había más marcas distintivas en la pierna izquierda, el brazo derecho y la parte superior del torso, tanto por delante como por detrás. Todas ellas daban fe de la intrusión de objetos extraños que habían penetrado con violenta velocidad. El otro individuo no tenía ninguna, y su piel se veía blanca y lisa. Allí dentro no podía uno broncearse.

La piel de Puller se había curtido a base de soportar calores y vientos brutales y fríos igualmente agotadores. La mayoría de la gente lo describiría como un individuo de aspecto rudo. En absoluto apuesto, y mucho menos guapo. En un día bueno podría resultar quizás atractivo, o más bien interesante. Pero a él ni se le ocurriría pensar siquiera en esas cosas. Él era un soldado, no un modelo.

No se abrazaron. Se estrecharon la mano brevemente.

El otro sonrió.

—Me alegro de verte, hermano.

Y los dos hermanos Puller tomaron asiento.

3

—¿Has adelgazado? —preguntó Puller.

Su hermano, Robert, se reclinó en la silla y cruzó una de sus largas piernas por encima de la otra.

—Aquí el rancho no es tan bueno como en las Fuerzas Aéreas.

—La mejor es la Marina. El Ejército queda muy en tercer lugar. Pero eso es porque los pilotos y los marines son unos quejicas.

—Me he enterado de que has ascendido a oficial técnico. De que ya no eres sargento primero.

—El trabajo es el mismo, con un leve incremento en la paga.

—¿No es tal como tú querías?

—Es tal como yo quería.

Ambos guardaron silencio. Puller miró a su izquierda, donde había una mujer joven con la mano entrelazada con la de un preso al que iba mostrando fotografías. Dos pequeñuelos jugaban en el suelo a los pies de su madre. Puller volvió a posar la vista en su hermano.

—¿Qué pasa con los abogados?

Robert Puller cambió el peso de un lado al otro. Él también había observado a la joven pareja. Tenía treinta y siete años, no se había casado nunca y no tenía hijos.

—Ya no les queda nada por hacer. ¿Qué tal está papá?

A Puller le temblaron los labios.

—Igual.

—¿Lo has visto últimamente?

—La semana pasada.

—¿Qué dicen los médicos?

—Como tus abogados, no les queda mucho que puedan hacer.

—Dale recuerdos de mi parte.

—Ya lo sabe.

Una chispa de furia.

—Lo sé. Siempre lo he sabido.

Había hablado en un tono de voz ligeramente más alto, lo cual le valió una mirada severa por parte del corpulento policía militar que hacía guardia contra la pared.

Robert bajó la voz para decir:

—Pero, aun así, dile que le mando recuerdos.

—¿Necesitas algo?

—Nada que tú puedas traerme. Y tampoco tienes por qué seguir viniendo.

—Vengo porque quiero.

—Es el sentimiento de culpa típico del hermano pequeño.

—Es lo que sea típico del hermano pequeño.

Robert pasó la mano por encima del tablero de la mesa.

—Aquí dentro no se está tan mal. No es como Leavenworth.

—Ya, pero sigue siendo una cárcel. —Puller se inclinó hacia delante—. ¿Lo hiciste?

Robert levantó la vista.

—Ya me extrañaba que no me lo hubieras preguntado todavía.

—Te lo pregunto ahora.

—No tengo nada que decir a ese respecto —replicó su hermano.

—¿Crees que estoy intentando sonsacarte una confesión? Ya te han condenado.

—No, pero perteneces a Investigación Criminal. Y conozco cuál es tu sentido de la justicia. No quiero crearte un conflicto de intereses ni de conciencia.

Puller se reclinó en la silla.

—Yo sé separar las cosas.

—Ahora estás siendo el hijo de John Puller. Ya me sé todo eso.

—Tú siempre lo has considerado un lastre.

—¿Y no lo es?

—Es lo que tú quieras que sea. Tú eres más inteligente que yo, deberías haberlo averiguado tú solito.

—Y, sin embargo, los dos nos hicimos militares.

—Tú tiraste para oficial, como el viejo. Yo simplemente me alisté.

—¿Y dices que el inteligente soy yo?

—Tú eres científico nuclear, un especialista en hongos nucleares. Yo soy solo un soldado con una placa.

—Con una placa —repitió su hermano—. Supongo que tengo suerte de seguir vivo.

—Aquí no han ejecutado a nadie desde el sesenta y uno.

—¿Lo has comprobado?

—Lo he comprobado.

—Seguridad nacional. Traición. Sí, tengo mucha suerte de seguir vivo.

—¿Te consideras afortunado?

—Puede que sí.

—Entonces acabas de responder a mi pregunta. ¿Necesitas algo? —inquirió de nuevo.

Su hermano intentó sonreír, pero no fue capaz de ocultar la angustia que traslucía.

—¿Por qué percibo un tonillo de que todo se ha terminado?

—Solo estoy preguntando.

—No, estoy bien —contestó con gesto sombrío. Fue como si toda su energía acabara de evaporarse.

Puller miró fijamente a su hermano. Se llevaban dos años, de pequeños habían sido inseparables, y también más adelante, cuando se vistieron de uniforme por su país. Ahora notaba que los separaba un muro mucho más alto que el que rodeaba aquella prisión. Y que no había nada que él pudiera hacer para evitarlo. Estaba mirando a su hermano, y en cambio su hermano en realidad ya no estaba; había sido reemplazado por aquel individuo de mono naranja que iba a permanecer dentro de aquel edificio durante lo que le quedara de vida. Quizá durante toda la eternidad. Pondría la mano en el fuego a que los militares ya lo tenían calculado.

—Hace una temporada mataron aquí a un tipo —dijo Robert.

Puller ya estaba enterado.

—Las instalaciones son de fiar. Le golpearon con un bate de béisbol en la cabeza, en el patio.

—¿Lo has comprobado?

—Lo he comprobado. ¿Lo conocías?

Robert negó con la cabeza.

—Estoy en régimen de 23/1. No tengo mucho tiempo para socializar.

Aquello quería decir que permanecía encerrado veintitrés horas al día y que le permitían una hora para que hiciera ejercicio a solas en un lugar aislado.

Puller no conocía aquel dato.

—¿Desde cuándo?

Robert sonrió.

—¿Quieres decir que eso no lo has comprobado?

—¿Desde cuándo?

—Desde que reduje a un guardia con un cinturón.

—¿Por qué?

—Porque dijo una cosa que no me gustó.

—¿Cuál?

—Nada que tú necesites saber.

—¿Y por qué no lo necesito?

—Fíate de mí. Tal como has dicho, yo soy el hermano inteligente. Y por lo visto ya no podían sumar más años a mi condena.

—¿Tuvo algo que ver con el viejo?

—Es mejor que te vayas. No quiero que pierdas el avión.

—Tengo tiempo. ¿Tuvo que ver con el viejo?

—Esto no es un interrogatorio, hermanito. Y tampoco puedes presionarme para sacarme información. Hace mucho que acabó mi consejo de guerra.

Puller contempló los grilletes que llevaba su hermano en los tobillos.

—¿Te dan de comer a través de la rendija?

En los Pabellones Disciplinarios no había barrotes. Las puertas eran macizas. A los presos confinados en solitario les pasaban la comida tres veces al día a través de una abertura que había en la puerta. Al pie de esta había un panel donde les ponían los grilletes antes de abrir.

Robert asintió.

—Imagino que he tenido suerte de que no me hayan etiquetado de NHC. De lo contrario no estaríamos aquí sentados.

—¿Te han amenazado con no permitirte el contacto humano?

—Aquí dentro te dicen muchas cosas.

Los dos guardaron silencio. Por fin Robert dijo:

—Es mejor que te vayas ya. Tengo cosas que hacer. Aquí lo tienen a uno muy ocupado.

—Volveré.

—No hay motivo. Y puede que haya más motivo para que no vuelvas.

—Le daré recuerdos tuyos al viejo.

Ambos se pusieron de pie y se estrecharon la mano. Robert palmeó a su hermano en el hombro.

—¿Echas de menos Oriente Medio?

—No. Y no conozco a nadie que haya prestado servicio allí que lo eche de menos.

—Me alegro de que regresaras de una sola pieza.

—Muchos de nosotros no pudieron.

—¿Tienes algún caso interesante en curso?

—La verdad es que no.

—Cuídate.

—Sí, y tú también. —Aquellas palabras le sonaron vacías, huecas, ya antes de que las pronunciara.

Se volvió, con la intención de marcharse. Al momento se acercó el policía militar para llevarse a Robert.

—Eh, John.

Puller se volvió de nuevo. El guardia tenía una de sus manazas cerrada en torno al brazo izquierdo de su hermano. Una parte de Puller sintió deseos de arrancarle la mano y aplastarlo contra la pared. Pero solo una parte.

—¿Sí? —dijo, mirando fijamente a su hermano.

—Nada, tío. No es nada. Que me he alegrado de verte.

Puller pasó junto al guardia del arco de rayos X, el cual

adoptó de inmediato la posición de firmes, y se dirigió a la escalera. Bajó los peldaños de dos en dos, y cuando llegó al coche alquilado ya le estaba sonando el teléfono. Miró el número que aparecía en la pantalla. Era el del Grupo 701 de Quantico, Virginia, en el que él se encontraba inscrito como agente especial de Investigación Criminal.

Contestó. Escuchó. En el Ejército le enseñaban a uno a hablar menos y escuchar más. Mucho más.

Su respuesta fue sucinta:

—Voy para allá. —Consultó el reloj y calculó rápidamente el tiempo que iba a emplear entre el vuelo y el trayecto en coche. Al volar de oeste a este perdería una hora—. Tres horas y cincuenta minutos, señor.

En la zona rural de Virginia Occidental se había perpetrado una carnicería. Una de las víctimas había sido un coronel. Este hecho había dado lugar a la intervención de la CID, aunque Puller no sabía bien por qué aquel caso había caído en las manos del Grupo 701. Sin embargo, él era un soldado, había recibido una orden y estaba ejecutándola.

Regresaría en avión a Virginia, recogería sus cosas, obtendría el paquete oficial, y después saldría pitando en coche en dirección al lugar del suceso. No obstante, no iba pensando en el asesinato de un coronel, sino más bien en aquel último gesto que había visto en la cara de su hermano. Ocupaba un lugar prominente en su cerebro. Era cierto que se le daba bien separar unas cosas de otras, pero en este preciso momento no le apetecía; los recuerdos que guardaba de su hermano respecto de otro lugar y otra época diferentes iban desfilando poco a poco por su pensamiento.

Robert Puller había alcanzado rápidamente el rango de comandante en las Fuerzas Aéreas y había contribuido a supervisar el arsenal nuclear del país. Era seguro que le concederían por lo menos una estrella, y posiblemente dos. Y ahora había sido condenado por traicionar a su país y no saldría de los Pabellones Disciplinarios hasta que hubiera expulsado el último aliento. Pero seguía siendo su hermano. Ni siquiera el Ejército de Estados Unidos podía cambiar aquello.

Un momento después arrancó el motor y metió la velocidad. Cada vez que acudía allí, al irse se dejaba atrás una parte de sí mismo. A lo mejor llegaba un día en que ya no le quedase nada que recibir a cambio.

Nunca había mostrado sus sentimientos a flor de piel. Nunca había llorado cuando a su alrededor morían hombres en el campo de batalla, a menudo de forma horrible. En lugar de ello los había vengado, de una forma también horrible. Nunca había entrado en combate dominado por una furia incontrolable, porque eso debilitaba, y la debilidad lo hacía a uno fracasar. No derramó una sola lágrima cuando su hermano fue juzgado por traición en un consejo de guerra. Los hombres de la familia Puller no lloraban.

Aquella era la Regla Número Uno.

Los hombres de la familia Puller se mantenían serenos y controlados en todo momento, porque eso aumentaba las posibilidades de alcanzar la victoria.

Aquella era la Regla Número Dos.

Todas las reglas siguientes eran, en gran medida, superfluas.

John Puller no era una máquina, pero también se daba cuenta de que estaba ya muy cerca de serlo. Y a partir de ahí se negó a continuar profundizando en la introspección.

Salió de los Pabellones Disciplinarios mucho más deprisa de lo que había llegado. Acto seguido, un vuelo en dirección este, mucho más rápido, iba a meterlo de cabeza en un caso nuevo, cosa que agradecía, aunque solo fuera por poder quitarse de la cabeza la única cosa que nunca había llegado a entender.

Ni controlar.

Su familia.

4

—En esto está usted solo, Puller.

John Puller estaba sentado al otro lado de la mesa frente a Don White, que era el SAC, también conocido como el agente especial responsable de la sede de Quantico de la División de Investigación Criminal. Durante varios años dicha sede había estado situada más al norte, en Fort Belvoir, Virginia. Después, los encargados del realineamiento y la clausura de bases decidieron juntar las oficinas de la CID con todas sus ramas en Quantico, que también era donde estaban radicados la Academia del FBI y el Cuerpo de Marines.

Puller hizo una breve parada en su apartamento, situado fuera de la base, para recoger unas cuantas cosas y ver qué tal estaba su gato, un minino gordo y de pelaje anaranjado y marrón al que había puesto el nombre de *Desertor*, porque siempre se ausentaba sin esperar a que él le concediera permiso. *Desertor* primero maulló y después le enseñó los dientes, aunque luego se frotó contra su pierna y, arqueando el lomo, le permitió que le acariciara con una mano.

—Tengo un caso, *Desertor*. Ya volveré a casa. Tienes el agua, la comida y la caja de arena en los sitios de siempre.

El minino maulló para indicar que había entendido y después se fue caminando sin hacer ruido. Aquel gato había entrado por casualidad en su vida unos dos años antes, y contaba con que en algún momento volvería a salir de ella de la misma forma.

En el teléfono fijo del apartamento había varios mensajes. Conservaba aquella línea únicamente por si acaso se iba la luz y el móvil se quedaba sin batería. Solo hubo un mensaje que escuchó de principio a fin.

Se sentó en el suelo y lo reprodujo dos veces más.

Era su padre.

El teniente general Puller, apodado John *el Peleón*, era uno de los mayores guerreros de Estados Unidos y antiguo comandante de Screaming Eagles, la legendaria 101.ª División Aerotransportada del Ejército. Ya no estaba en el Ejército y ya no era líder de nada, pero ello no implicaba que estuviera dispuesto a aceptar ninguna de dichas realidades. De hecho, no las aceptaba. Lo cual, naturalmente, implicaba que no vivía dentro de la realidad.

Todavía impartía órdenes a su hijo pequeño como si ocupara el puesto más alto de la cadena de mando de barras y estrellas y su hijo se encontrara en el puesto más bajo. Era probable que ni siquiera se acordara de lo que había dicho en el mensaje. O que ni siquiera recordara haber llamado por teléfono. También era posible que la próxima vez que Puller lo viera sacase aquello a colación y castigase a su hijo por no haber ejecutado la orden recibida. El viejo era en la vida civil tan imprevisible como lo había sido en el campo de batalla. Lo cual lo convertía en un adversario de los más difíciles. Si había algo que temiera un soldado era un adversario al que resultaba imposible ver venir, un enemigo que estuviera más que dispuesto a hacer lo que fuera necesario, por más extravagante que resultara, con tal de ganar. John Puller *el Peleón* había sido un guerrero así, y en consecuencia había ganado muchas más veces de las que había perdido, y actualmente sus tácticas constituían una referencia fija en la metodología de entrenamiento del Ejército. Todo futuro líder estudiaba su figura en la Academia y difundía las tácticas de combate de Puller por todos los sectores del universo del Ejército.

Borró el mensaje. Su padre iba a tener que esperar.

La siguiente parada era la sede de la CID.

La CID había sido creada en Francia por el general Pershing, apodado Black Jack, durante la Primera Guerra Mundial. En

1971 se convirtió en un importante mando del Ejército, cuyo responsable era un oficial de una estrella. En todo el mundo había casi tres mil personas asignadas a la CID, novecientas de las cuales eran agentes especiales como John Puller. Constituía una estructura de mando centralizada y vertical: en lo más alto se situaba el secretario para el Ejército y en lo más bajo, los agentes especiales, y entremedias había tres capas de burocracia. Era una lasaña formada por demasiados pisos, en opinión de Puller.

Se concentró en su SAC.

—Cuando tiene lugar un homicidio cometido fuera del puesto, por lo general desplegamos algo más que un equipo de un solo hombre, señor.

—Estoy intentando enviar a varios de ustedes al sitio en cuestión de Virginia Occidental —repuso White—, pero en este momento no parece que sea una buena idea.

Puller formuló ahora la pregunta que lo tenía preocupado desde que lo informaron del encargo.

—El 3.er Grupo de la Policía Militar tiene el 1000.º batallón en Fort Campbell, Kentucky. Virginia Occidental es su área de responsabilidad. Ellos pueden investigar tan bien como nosotros el homicidio de un coronel.

—La persona asesinada pertenecía a la Agencia de Inteligencia de Defensa. Los sectores sensibles requieren la actuación «callada y profesional» del Grupo 701. —White sonrió al citar la descripción que a menudo se daba al personal investigador, sumamente entrenado, del Grupo 701 de la CID.

Puller no le devolvió la sonrisa.

—Fort Campbell —prosiguió White—. Ahí es donde se encuentra estacionada la 101, la antigua división de su padre, la Screaming Eagles.

—De eso hace mucho tiempo, señor.

—¿Qué tal le va al viejo?

—Le va, señor —respondió Puller en tono cortante. No le gustaba hablar de su padre con nadie, a excepción de su hermano. E incluso con su hermano la conversación consistía en unas cuantas frases, a lo sumo.

—Bien. Sea como fuere, los investigadores sobre el terreno del 701 son los mejores de los mejores, Puller. Usted no ha sido asignado a este puesto como otros grupos, usted ha sido nombrado.

—Entendido. —Le gustaría saber cuándo iba a decidirse el SAC a decirle algo que él no supiera ya.

White deslizó una carpeta sobre el tablero metálico de la mesa.

—Aquí tiene los preliminares. El oficial de guardia anotó la información inicial. Antes de empezar, consulte con el jefe de su equipo. Se ha formulado un plan de investigación, pero tiene usted libertad para actuar a discreción, basándose en lo que vaya encontrando sobre el terreno.

Puller cogió el expediente que le ofrecían, pero mantuvo la vista fija en el SAC.

—¿Podría facilitarme un resumen, señor?

—El fallecido era el coronel Matthew Reynolds. Como he dicho, pertenecía a la Agencia de Inteligencia de Defensa, la DIA. Estaba ubicado en el Pentágono. Su domicilio se encuentra en Fairfax City, estado de Virginia.

—¿Tenía alguna relación con Virginia Occidental?

—De momento no se le conoce ninguna. Pero ha sido identificado sin posibilidad de duda, de modo que sabemos que es él.

—¿Qué función desempeñaba en la Agencia de Inteligencia? ¿Existe algo que pueda estar relacionado con esto?

—La DIA tiene fama de ser muy discreta respecto de lo que su gente es y lo que su gente hace. Pero nos hemos enterado de que Reynolds estaba a punto de jubilarse y entrar en el sector privado. Si a efectos de esta investigación necesitásemos informarle a usted al respecto, le informaremos.

«¿Sí?», pensó Puller.

—¿Cuál era oficialmente la función que desempeñaba Reynolds en la Agencia?

El SAC se removió un poco en su asiento.

—Dependía directamente del vicepresidente del J2.

—El J2 es un oficial de dos estrellas, ¿no? Tengo entendido

que proporciona diariamente información de inteligencia al presidente de los jefes del Estado Mayor.

—Así es.

—Habiendo sido asesinado un tipo así, ¿cómo es que no se ocupa de ello la Agencia? ¿Tienen investigadores con placa?

—Lo único que puedo decirle es que esta misión nos ha sido asignada a nosotros. Concretamente, a usted.

—Y si capturamos al culpable, ¿se nos colará entonces la DIA, o más probablemente el FBI, para exhibirlo ante los medios de comunicación?

—Yo diría que no.

—¿De modo que en este caso la DIA piensa quedarse al margen?

—Como digo, me limito a transmitirle la información que tengo.

—Está bien, ¿sabemos adónde pensaba ir el coronel cuando abandonara el servicio?

White respondió con un gesto negativo.

—Eso aún no lo sé. Puede usted consultar directamente al superior que tenía Reynolds en la Agencia, para que le facilite detalles concretos. El general Julie Carson.

Puller decidió decirlo en voz alta:

—Por lo visto, sí que voy a tener que informarme para llevar a cabo la labor de investigación, señor.

—Veremos.

Esta respuesta era una tontería, y Puller se percató de que White la había expresado sin mirarlo a los ojos.

—¿Ha habido alguna víctima más? —inquirió.

—La esposa y los dos hijos. Todos muertos.

Puller se reclinó en su asiento.

—Bien. Cuatro muertos, probablemente será una escena del crimen complicada, y la investigación se extenderá también a la DIA. En un caso así, normalmente enviaríamos por lo menos a cuatro o seis personas acompañadas de un importante apoyo técnico. Puede que incluso llamáramos a varios cuerpos del USACIL —agregó, refiriéndose al Laboratorio de Investigación Criminal, ubicado en Fort Gillem, Georgia—. Necesitaríamos esa mano de obra solo para procesar las pruebas como es debido. Y después otro equipo que se ocupase de la parte de la Agencia de Inteligencia.

—Opino que ha dado usted con el término apropiado.

—¿A cuál se refiere?

—Al de «normalmente».

Puller volvió a echarse hacia delante.

—Y, *normalmente*, en una oficina tan grande como la del 701 yo recibiría el encargo del jefe de mi equipo, no del SAC, señor.

—Así es. —White no parecía estar por la labor de dar más explicaciones.

Puller bajó la vista al expediente. Era obvio que se esperaba que averiguase aquello él solito.

—El mensaje del contestador decía que había sido una carnicería.

White asintió.

—Así es como se ha descrito. Desconozco cuántos homicidios tienen en Virginia Occidental, pero imagino que este ha sido bastante sangriento. Sea como fuere, seguro que usted habrá visto cosas mucho peores en Oriente Medio.

Puller no hizo ningún comentario al respecto. Igual que con el tema de su padre, no acostumbraba hablar de las misiones que había llevado a cabo en el desierto.

—Dado que el crimen se ha cometido fuera de las instalaciones —continuó White—, de la investigación se está encargando la policía local. El ámbito es el rural, y según tengo entendido no cuentan con un detective de homicidios oficial; la investigación correrá a cargo de agentes uniformados. Procede actuar con tacto. En realidad no tenemos razones para involucrarnos hasta que se determine que el asesino ha sido un militar. Y debido al puesto que ocupaba Reynolds, quiero que nos involucremos por lo menos a modo de investigación colateral. Y para ello tenemos que procurar no pelearnos con los de allá.

—¿Existe en la zona alguna instalación de seguridad en la que yo pueda almacenar pruebas?

—El Departamento de Seguridad Nacional posee un lugar seguro como a cincuenta kilómetros de allí. Hay una segunda persona destinada para presenciar la apertura y el cierre de la caja fuerte. Le he conseguido a usted una autorización.

—Supongo que aún tendré acceso al USACIL.

—Sí, lo tiene. Y también hemos efectuado una rápida llamada telefónica a Virginia Occidental. No han expresado ninguna objeción a que participe la CID. Ya se ocuparán luego los abogados de la documentación necesaria.

—A los abogados se les da muy bien eso, señor.

White lo miró fijamente.

—Pero nosotros somos el Ejército, de manera que, además de actuar con tacto, también es preciso que lo hagamos de vez en cuando con fuerza. Y tengo entendido que usted es capaz de emplear tanto el uno como la otra.

Puller no dijo nada. Había pasado toda su carrera militar tratando con oficiales. Unos eran buenos, otros eran idiotas. Respecto al que tenía ahora enfrente, todavía no había tomado una decisión.

—Llevo aquí solo un mes —dijo White—, me destinaron a este puesto cuando suprimieron las actividades en Fort Belvoir. Todavía estoy adaptándome. En cambio usted lleva cinco años haciendo esto.

—Ya va para seis.

—Todas las personas que cuentan me han dicho que usted es el mejor que tenemos, aunque un tanto heterodoxo. —Se inclinó hacia delante y apoyó los codos en la mesa—. Estoy seguro de que no es necesario que le diga que en las altas esferas tienen mucho interés por este caso, Puller. Me refiero incluso a más arriba del secretario para el Ejército, a los pasillos civiles de Washington.

—Entendido. Pero he investigado casos que tenían que ver con Inteligencia de Defensa y que se llevaron a cabo dentro de los parámetros normales. Si tanto interés tienen en esos niveles, debe de ser porque el coronel Reynolds tenía algo más de poder político en el puesto que ocupaba en el Pentágono. —Calló unos instantes—. O puede que estuviera más enfangado.

—Es posible que sea usted tan bueno como pregonan —sonrió White.

Puller lo miró a los ojos y pensó: «Y también es posible que me convierta en una excelente cabeza de turco si todo esto se va a la mierda.»

—Así que lleva ya casi seis años haciendo esto —dijo White.

Puller continuó sin decir nada. Creía saber adónde iba a parar aquello, porque ya les había ocurrido lo mismo a otros. Y lo siguiente que dijo White le demostró que no se equivocaba:

—Usted posee formación universitaria. Habla francés, alemán y un italiano pasable. Su padre y su hermano son oficiales.

—Eran oficiales —corrigió Puller—. Y la única razón por la que hablo esos idiomas es porque mi padre estuvo destinado en Europa cuando yo era pequeño.

White no dio señales de haberlo escuchado.

—Sé que fue toda una estrella en la clase de entrenamiento físico de la USAMPS —empezó, refiriéndose a la Academia de la Policía Militar que había en Fort Leonard Wood, Misuri—. Y que siendo policía militar ha expulsado a todos los soldados borrachos de todas partes del mundo. Ha resuelto casos casi en todos los lugares por los que ha pisado el Ejército. Además, posee autorización para acceder a expedientes de Máximo Secreto y a SCI. —Hizo una pausa—. Aunque lo que hizo su hermano estuvo a punto de quitarle todo eso.

—Yo no soy mi hermano. Y todas mis autorizaciones fueron renovadas.

—Ya lo sé. —White guardó silencio y tamborileó con los dedos sobre el brazo de la silla.

Puller no dijo nada. Sabía lo que venía a continuación. Porque siempre era lo mismo.

—Con todo esto, ¿cómo es que no fue a West Point, Puller? ¿Y por qué escogió la CID? Posee un historial militar realmente excelente. Las máximas calificaciones en la Academia de los Rangers. Una hoja de servicios excepcional en combate. En el campo de batalla es un líder. Su padre obtuvo cuarenta y nueve medallas importantes a lo largo de treinta años y es una leyenda del Ejército. Usted ha cosechado casi la mitad en seis misiones de combate en Iraq y en Afganistán. Dos de plata, una de las cuales le fue concedida mientras cumplía tres meses de baja por rehabilitación; tres de bronce por actos de heroísmo y otras tres púrpuras. Y además capturó a uno de los cincuenta y dos individuos más buscados de Iraq, ¿me equivoco?

—Al cinco de espadas, señor —repuso Puller.

—Exacto. De modo que posee usted estrellas y cicatrices más que suficientes. Al Ejército le encanta eso. Es usted un semental provisto de un pedigrí militar impecable. Si se hubiera quedado en los Rangers, sería un firme candidato para alcanzar el puesto más alto del escalafón. Si hubiera ido a West Point, a estas alturas sería ya teniente coronel o incluso coronel. Y podría haber llevado al menos dos estrellas en el hombro antes de abandonar el Ejército. Diablos, puede que hasta tres como su padre, si hubiera sabido jugar bien el juego de la política. En la CID se llega como máximo a sargento. Y mi predecesor me dijo que la única razón por la que solicitó usted el rango de oficial técnico fue porque los sargentos se pasan la vida con el culo pegado a la silla en una oficina, mientras que los oficiales siguen trabajando sobre el terreno.

—No me gustan mucho las oficinas, señor.

—De modo que aquí está usted, en la CID. En el sector más bajo de las barras y las estrellas. Y no soy el primero que se pregunta el motivo de ello, soldado.

Puller posó la mirada en las condecoraciones que lucía el SAC. White vestía uno de los nuevos uniformes azules Clase B del Ejército que con el paso del tiempo estaban reemplazando a los antiguos de color verde. Para todo militar, las cintas y medallas que llevaba en el pecho eran el ADN de su carrera. Para un ojo experto, aquello lo decía todo, nada que fuera significativo podía ocultarse. Desde el punto de vista del combate, en la trayectoria de White no había nada digno de mención, ni tampoco se veía ninguna distinción púrpura ni medalla al valor. Desde luego, las cintas eran numerosas y resultarían impresionantes para un profano, pero a Puller le decían que aquel hombre era esencialmente un animal de despacho y que solo disparaba un arma cuando necesitaba renovar el permiso.

—Señor —dijo Puller—, me gusta estar donde estoy. Me gusta el modo en que he llegado a estar donde estoy. Y actualmente constituye un detalle insignificante. Es lo que es.

—Supongo que sí, Puller, supongo que sí. Hay quien diría que es usted de los que rinden menos de lo esperado.

—Puede que sea un defecto de mi manera de ser, pero nunca me ha preocupado lo que piense la gente de mí.

—También me han comentado ese detalle.

Puller lo miró fijamente.

—Sí, señor. En mi opinión, el caso corre prisa.

White se volvió hacia la pantalla de su ordenador.

—Pues coja sus cosas y váyase.

Cuando White volvió a mirar un momento después, Puller ya se había ido.

No lo había oído marcharse. Se reclinó un poco más haciendo crujir el sillón. A lo mejor era esa la razón de que le hubieran concedido tantas medallas; no se podía matar lo que no se veía venir.

5

Sentado en el maletero de su Chevy Malibu negro, proporcionado por el Ejército, Puller se bebía un café extragrande mientras escrutaba el expediente bajo el resplandor de una farola de la calle, frente a la sede de la CID. En aquel lugar se hallaban agrupadas todas las divisiones de investigación criminal de los militares, incluida la NCIS, que se había convertido en una serie de televisión que gozaba de una enorme popularidad. Ya le gustaría a él resolver los crímenes en sesenta minutos cada semana, como hacían sus homólogos de la televisión. En el mundo real era frecuente que se tardase mucho más, y a veces ni siquiera se llegaba a descubrir la verdad.

Había un ruido de fondo de disparos de armas de fuego que no cesaba nunca. El Equipo de Rescate de Rehenes del FBI y los Marines se entrenaban continuamente, y con munición auténtica. Puller estaba tan habituado a los disparos que apenas los percibía. Tan solo reaccionaba si no los oía. Cosa irónica, en Quantico la ausencia de disparos quería decir que estaba ocurriendo algo grave.

Pasó la página del expediente. El Ejército era tan metódico y preciso a la hora de registrar datos como con todo lo demás: el tamaño del expediente, el número de páginas que este llevaba grapadas, la información del lado derecho en contraposición con la del lado izquierdo, qué punto, guion y triple barra iban en cada sitio. Había decenas de manuales de campo dedicados a describir hasta el último detalle. Las normas mismas que acompañaban al mantenimiento del libro de registro de incidencias de la policía ya eran legendarias por su precisión. Pero para Puller lo importante era siempre lo que estaba escrito en el papel, no el lugar del expediente en el que debía figurar.

Matthew Reynolds, su esposa Stacey y sus dos hijos adolescentes, niña y niño, habían sido asesinados en una casa de la zona rural de Virginia Occidental. Los cadáveres fueron descubiertos por el cartero. A la escena había acudido la policía local. El marido era un coronel de la DIA que se encontraba en fase de rotación y se preparaba para salir al sector privado tras haber prestado servicio vestido de uniforme por espacio de veintiséis años. Su destino era el Pentágono y vivía en Fairfax City, de modo que Puller no sabía qué estaba haciendo con su familia en una casa de Virginia Occidental. Aquella sería una de las muchas incógnitas que tendría que resolver. Tal vez ya la hubieran solucionado los vecinos de los alrededores. Tomaría nota de la información que estos le proporcionaran y después la verificaría de modo independiente.

Guardó el expediente en el maletín y metió su equipaje en el maletero. Este iba dentro de un petate de infantería hecho a medida y que disponía de más de cien compartimientos. Dicho petate contenía prácticamente todo lo que iba a necesitar sobre el terreno: guantes de látex azul claro, linternas, bolsas de papel, bolsas de plástico para cadáveres y etiquetas, cámaras fotográficas instantáneas y de 35 milímetros, trajes protectores con capucha y sistema de filtrado de aire, prendas de trabajo de color blanco para recogida de pruebas, cinta métrica, una regla, cinta para identificar pruebas, formularios, equipo para tomar huellas dactilares latentes, equipo de análisis del residuo de disparos, plástico para aislar recintos, grabadora digital, cuaderno de la escena del crimen, botiquín médico, protectores para los zapatos, termómetro para cadáveres, máscara de purificar, chaleco reflectante, navaja y casi seis docenas de otros objetos. Tenía dos pistolas M11 y varios cargadores adicionales de trece y de veinte balas. Además, en su maletero llevaba un subfusil MP5. En otra bolsa guardaba más ropa de combate pulcramente doblada. Por el momento, con los casi treinta grados que hacía todavía a aquellas horas de la noche, le bastaría con unos vaqueros, una camisa blanca de manga corta y unas deportivas.

Puller nunca había llevado un caso como este en solitario. Por lo general lo acompañaba por lo menos otro agente de la CID, normalmente más, y también había que sumar el apoyo técnico. Y este caso requería más recursos. Pero ya se le había encargado la misión, y en el Ejército, una vez que uno recibía la misión, el paso siguiente era ejecutarla. De lo contrario uno acababa delante de un tribunal militar teniendo quizá como próximo destino la cárcel.

Programó en el GPS la dirección a la que iba, cerró la portezuela del Chevy, pisó el acelerador y dejó atrás Quantico.

Hizo una parada para echar una meada y tomarse otro café solo. Llegó a Drake, Virginia Occidental, población de 6.547 habitantes según decía el letrero, a las tres de la madrugada. Dentro de poco más de tres horas saldría el sol. Se perdió una sola vez, cuando el GPS lo condujo por una carretera de doble sentido a las afueras del pueblo.

Los faros del automóvil iluminaron un vecindario de casas abandonadas. Debía de haber al menos un centenar, puede que muchas más. Daban la impresión de ser viviendas prefabricadas y montadas en masa. Había una hilera de postes telefónicos y de la luz que recorrían un lado de la calle. Sin embargo, mientras su coche rodaba lentamente por aquel pequeño «desvío», Puller ya estaba cambiando de opinión. Aquellas casas no estaban abandonadas, por lo menos en algunas de ellas vivía alguien, porque había vehículos viejos aparcados delante. En cambio las luces que brillaban en varias de las ventanas no parecían eléctricas, quizá fueran de gas o funcionaran con pilas. Continuó avanzando hasta que los faros toparon con otro detalle peculiar: una enorme masa en forma de cúpula y construida con hormigón, que se elevaba destacando entre el follaje del bosque.

«¿Qué diablos será eso?»

A pesar de la lógica curiosidad, no se detuvo, pues estaba deseoso de llegar a su destino. El GPS se había calibrado de nuevo y no tardó en devolverlo al camino correcto. Cuando llegó, ni se sentía cansado. De hecho, aquel largo viaje lo había relajado y a la vez le había insuflado nuevas energías. De modo que decidió ponerse a trabajar.

Había llamado por adelantado para reservar una habitación

en el único motel que había por la zona. Era un establecimiento un poco inferior a un Motel 6, pero no le importó. Había pasado varios años de su vida durmiendo en latas de sardinas, en marismas y desiertos, con un cubo para ducharse y un agujero en el suelo a modo de cuarto de baño, así que aquel cuchitril le pareció el mismísimo Ritz.

La puerta de la oficina estaba cerrada con llave, pero al tercer timbrazo se abrió. Luego, una vez que se hubo registrado, la encargada, una mujer mayor, soñolienta, con rulos en la cabeza y vestida con una bata andrajosa, le preguntó qué asuntos le habían traído a aquel pueblo.

Puller acarició la llave de la habitación y respondió:

—Vacaciones.

Aquello hizo reír a la encargada.

—Qué gracioso es usted —replicó, ceceando a través de un hueco que tenía en los dientes. Olía a nicotina, ajo y salsa picante. Era una mezcla que impresionaba—. Y qué grande —añadió al tiempo que lo observaba desde su metro cincuenta de estatura.

—¿Puede recomendarme algún sitio para comer?

Regla Número Uno del Ejército: buscar un lugar adecuado donde comer.

—Depende —contestó la mujer.

—¿De qué?

—De si está usted dispuesto a aceptar encontrarse polvo de carbón en los huevos fritos.

—No puede ser peor que encontrarme uranio empobrecido en el café del desayuno. Y todavía no me he muerto.

La encargada dejó escapar una risita.

—En ese caso, le servirá cualquier sitio de los que hay en el pueblo. Todos son parecidos, cielo.

Cuando ya se iba, la encargada le preguntó:

—¿Está casado?

—¿Por qué? ¿Está buscando? —replicó Puller. Al volverse vio que ella le sonreía.

—Ojalá, cielo. Ojalá. Que duerma bien.

Puller se dirigió hacia la salida, pero en su agenda no figuraba la intención de dormir.

6

A lo largo del viaje a Virginia Occidental, Puller había llamado varias veces al agente de policía encargado de la investigación y le había dejado múltiples mensajes. Pero no había recibido ninguna respuesta. Quizá la policía de allí no iba a mostrarse tan colaboradora como había sugerido su SAC. O quizá fuera que se sentían abrumados tras haberse encontrado con cuatro cadáveres y un gigantesco rompecabezas forense. En tal caso, Puller no podía reprochárselo.

El motel era un edificio de una sola planta, construido alrededor de un patio central. Cuando se dirigía a su habitación, pasó junto a un joven que yacía inconsciente en una franja de césped, cerca de una máquina de Pepsi que estaba encadenada a un poste metálico, a unos diez metros de la oficina. Puller lo examinó buscando posibles heridas, pero no encontró ninguna. Se cercioró de que tenía pulso, percibió el olor a alcohol que despedía su aliento y siguió a lo suyo. Entró con el petate en su habitación, una estancia de apenas cuatro metros de largo por otros cuatro de ancho. Tenía un cuarto de baño tan minúsculo, que situándose de pie en el centro podía tocar fácilmente las dos paredes opuestas a la vez.

Se preparó un poco de café del que llevaba él mismo, empleando su filtro portátil, una costumbre que había adoptado cuando desempeñaba misiones en el extranjero. Se sentó en el suelo con el expediente abierto enfrente. Leyó los números, sacó el teléfono móvil y marcó.

La voz era femenina y soñolienta.

—Diga.

—Con Sam Cole, por favor.

—Al habla.

—¿Sam Cole? —repitió Puller, elevando el tono.

La voz se tornó rígida y se puso más alerta.

—Es la forma abreviada de Samantha. ¿Quién demonios llama? ¿Y tiene idea de la hora que es?

Puller advirtió que el acento local se hacía más pronunciado a causa de la irritación.

—Son las 0320. O, para un civil, las tres y veinte.

Una larga pausa. Puller se imaginó el cerebro de la mujer procesando aquella información para traducirla a algo que resultara comprensible.

—Maldición, usted pertenece al Ejército, ¿verdad? —Ahora la voz era cálida y atractiva.

—Me llamo John Puller. Soy agente especial de la CID y pertenezco al Grupo 701 de la Policía Militar de Quantico, Virginia —recitó como una metralleta, tal como había hecho millones de veces.

Imaginó a su interlocutora sentada en la cama. Se preguntó si estaría sola. No se oían murmullos masculinos al fondo, en cambio sí se oyó la percusión de un encendedor Zippo seguido de unos segundos de silencio. Después hubo una inhalación de aire y una prolongada expulsión de humo.

—¿No conoce la advertencia de las autoridades sanitarias, señora Cole?

—Sí, la tengo aquí mismo, en la cajetilla. ¿Por qué demonios me llama usted en mitad de la noche?

—Porque figura usted en mi expediente como agente responsable. Acabo de llegar al pueblo, y necesito actuar con rapidez. Y que conste que en las seis últimas horas la he llamado cuatro veces y le he dejado un mensaje cada vez. Pero no he obtenido respuesta.

—He estado ocupada, ni siquiera he mirado el teléfono.

—Estoy seguro de que ha estado ocupada, señora —dijo Puller, y pensó: «Y también estoy seguro de que sí ha mirado el

teléfono, pero no se ha molestado en devolverme la llamada.»
Pero enseguida recordó la advertencia de White: «No te pe-
lees.»

—Lamento haberla sacado de la cama, señora. Pensé que a
lo mejor estaba todavía en la escena del crimen.

—He estado todo el día y parte de la noche trabajando en
ese asunto —replicó ella—. Hace una hora que me he acostado.

—Lo cual significa que yo tengo mucho material que poner
al día. Pero puedo llamarla más tarde.

Oyó que la mujer se levantaba, tropezaba y lanzaba una pa-
labrota.

—Señora, ya digo que puedo llamar más tarde. Vuelva a la
cama.

—¿Quiere callarse un momento? —saltó ella.

—¿Cómo dice? —replicó Puller.

—¡Tengo que mear!

Oyó cómo caía el teléfono al suelo. Siguieron unas pisadas.
Luego una puerta que se cerraba, de manera que no llegó a oír
cómo se aliviaba Cole. Transcurrió otro minuto más. Pero no
estaba perdiendo el tiempo, estaba releyendo el informe.

Cole volvió al teléfono.

—Podemos quedar allí a las siete... perdone, a las cero, siete,
cero, cero de la mañana, o como demonios lo digan ustedes.

—Las cero, siete, cero, cero, Julieta.

Se oyó otra larga inhalación y otra expulsión de humo.

—¿Cómo que Julieta? Le he dicho que me llamo Sam.

—Significa que es la hora local con el horario de verano. Si
estuviéramos en invierno y siguiéramos el horario estándar del
este del país, se diría cero, siete, cero, cero, Romeo.

—¿Romeo y Julieta? —dijo ella en tono escéptico.

—En contra de lo que popularmente se cree, el Ejército de
Estados Unidos posee sentido del humor.

—Adiós, Puller. Ah, y para que lo sepa, soy sargento Cole,
no señora. Ni tampoco Julieta. Romeo.

—Entendido, sargento Cole. Nos vemos a las cero, siete.
Estoy deseando trabajar con usted en este caso.

—Bien —gruñó ella.

Se la imaginó arrojando el teléfono al otro extremo de la habitación y volviendo a meterse en la cama.

Colgó el teléfono, se bebió el café y se puso a examinar el informe página por página. Al cabo de treinta minutos sacó las armas, metió una de las M11 en la sobaquera frontal y la otra en una funda que llevaba sujeta al cinturón en la parte de atrás. Después de haberse abierto paso a tiros por Oriente Medio, tenía la sensación de que nunca llevaba demasiadas armas encima. Se puso un cortavientos, salió de la habitación y cerró la puerta con llave.

El joven que antes estaba tumbado en la hierba ahora se encontraba sentado y mirando en derredor con expresión de desconcierto. Puller se acercó a él y le echó una ojeada.

—No te vendría mal pensarte un poco lo de beber tanto. O por lo menos buscarte un sitio que tenga techo.

El joven alzó la vista hacia él.

—¿Quién diablos es usted?

—John Puller. ¿Y tú?

El joven se pasó la lengua por los labios como si ya tuviera necesidad de beber otro trago.

—¿Tienes nombre? —insistió Puller.

El joven se puso de pie.

—Randy Cole —contestó, limpiándose las manos en el pantalón vaquero.

Puller se detuvo en aquel apellido y pensó en la posibilidad que resultaba obvia, pero prefirió guardárselo para sí.

Randy Cole era un joven atractivo y parecía encontrarse al final de la veintena. Mediría uno setenta y cinco y poseía una constitución delgada y fibrosa. Era probable que bajo la camiseta luciera unos abdominales bien firmes. El cabello era castaño y rizado, y las facciones fuertes y bien parecidas. No llevaba alianza en el dedo.

—¿Te alojas en el motel? —inquirió Puller.

Randy respondió con un gesto negativo.

—Soy de aquí. En cambio, usted no.

—Ya sé que yo no.

—Entonces, ¿qué está haciendo en Drake?

—Temas de trabajo.

Randy soltó un bufido.

—Trabajo. No tiene usted pinta de trabajar en el carbón.

—Y así es.

—¿Entonces?

—Temas de trabajo —repitió Puller en un tono que indicaba que no pensaba dar más explicaciones—. ¿Tienes coche? ¿Estás en condiciones de conducir?

—Me encuentro bien —respondió Randy saliendo de entre los arbustos.

—¿Seguro? —insistió Puller—. Si necesitas ir a alguna parte, yo puedo llevarte.

—Ya le he dicho que me encuentro bien.

Pero se tambaleó y se agarró la cabeza con las manos. Puller lo ayudó a mantenerse en pie.

—A mí no me parece que te encuentres bien del todo. Las resacas son traicioneras.

—No estoy seguro de que lo mío sea una resaca. Sufro dolores de cabeza.

—Deberías hacértelo mirar.

—Por supuesto, pienso ir a ver a los mejores médicos del mundo. Les pagaré en efectivo.

—En fin —dijo Puller—, espero que la próxima vez encuentres una cama en la que dormir.

—Bueno, a veces es mucho mejor la hierba que una cama. Depende de con quién se la comparta, ¿no cree?

—Sí —respondió Puller.

Puller puso rumbo oeste, siguiendo las indicaciones del GPS, pero en realidad estaba haciendo caso a su brújula interior. La tecnología estaba muy bien, pero era mejor usar la cabeza. La tecnología a veces fallaba, en cambio la cabeza no, a no ser que te la atravesaran con una bala, en cuyo caso uno tenía problemas mucho más graves que perderse.

De nuevo se preguntó si Randy Cole estaría emparentado con Samantha. Una policía y un borracho. No era un caso tan insólito. En ocasiones, el policía era también el borracho.

Cuarenta minutos más tarde, después de maniobrar por caminos en los que apenas cabía un automóvil, de luchar con trazados en zigzag y de perderse en una ocasión, llegó a la calle que estaba buscando. Según su brújula interior, había tardado cuarenta minutos en recorrer unos diez kilómetros, y se fijó en que el GPS coincidía con él. En aquel terreno montañoso no había vías rectas, y ni una sola vez había puesto el Malibu a más de sesenta y cinco por hora.

Aminoró y miró en derredor. Le vino a la memoria uno de los credos de la CID: Mirar. Escuchar. Olfatear.

Hizo una inspiración profunda. Todo estaba a punto de empezar.

Otra vez.

7

Puller detuvo el coche a un lado de la calzada y miró por la ventanilla. A lo largo de aquel caso, iba ser la única ocasión en que sus sentidos no estarían ofuscados por ninguna observación anterior.

Se apeó del Malibu y se apoyó contra él. Nuevamente respiró hondo. Percibió en las corrientes de aire el olor de la actividad minera que había dejado unos pocos kilómetros atrás. Su oído captó a lo lejos un rumor de camiones. Volvió la vista hacia el oeste y vio un haz luminoso que cruzaba el cielo, pero no supo deducir el motivo.

A continuación estudió el vecindario. Gozaba de una excelente visión nocturna, y la luna y el hecho de que ya empezaba a clarear le permitieron distinguir tanto los detalles pequeños como los grandes. Casas no muy amplias, destartaladas, de fabricación en serie. Juguetes en los patios. Camionetas oxidadas. Un gato callejero deslizándose en silencio. Se trataba de un barrio cansado, agonizante. Puede que ya estuviera muerto. Como la familia Reynolds. Borrado del mapa.

No obstante, Puller no estaba viendo lo más preocupante de todo.

Había una cinta amarilla colgada delante de la puerta, puesta por la policía para decirle a todo el mundo que no se acercara por allí. Y alguien había construido improvisadamente una barricada en el camino de entrada para automóviles con dos cubos grandes puestos boca abajo y unidos por más cinta amarilla.

En cambio no había ningún policía a la vista. No había guardias que protegieran el perímetro, y no obstante apenas habían transcurrido catorce horas. Aquello no era nada bueno; más bien resultaba increíble. Puller sabía que el hecho de no proteger la escena de un crimen podía hacer volar por los aires toda la cadena de custodia de las pruebas.

La verdad era que no deseaba hacerlo, pero abstenerse sería una negligencia y podría costarle la carrera, a él y a otras personas. De modo que sacó el teléfono y marcó el número de memoria.

Contestaron al segundo timbrazo.

—Le juro por Dios que pienso pegarle un tiro, sea quien sea.

—Sargento Cole, soy otra vez Puller.

—¿Tiene un último deseo antes de morir? —le gritó ella.

—Aquí no hay nadie vigilando.

—¿Dónde?

—En la escena del crimen.

—¿Y cómo demonios lo sabe usted?

—Porque estoy aparcado delante de la casa.

—Pues se equivoca. Hay un coche patrulla con un agente dentro. Yo misma lo he ordenado.

Puller miró a su alrededor.

—Pues a no ser que se haya escondido en el bosque y haya enterrado el coche en una zanja, debe de haberse vuelto invisible. Y el objeto de colocar a un guardia vigilando el perímetro es precisamente que resulte visible.

—Mierda. ¿De verdad está usted ahí?

—De verdad.

—¿Y de verdad no hay ningún coche patrulla?

—De verdad.

—Estoy ahí dentro de treinta y cinco minutos.

—¿No puede venir antes?

—Si intentase conducir más deprisa por estas carreteras y de noche, acabaría estampada contra un árbol o me caería por un barranco.

Calló unos instantes, durante los cuales Puller la oyó caminar de un lado a otro con los pies descalzos y abrir cajones, sacando ropa, seguramente.

—Oiga, Puller, ¿puede hacerme el favor de asegurar momentáneamente la escena del crimen? Voy a llamar al agente que debería estar ahí para echarle la bronca.

—Puedo. ¿Todavía están dentro los cadáveres?

—¿Por qué?

—Porque si están, quiero verlos.

—Todavía están dentro.

Resultaba excesivo haber dejado los cadáveres tanto tiempo en la escena, pero Puller decidió no pedir más explicaciones. En cierto modo se alegraba; quería verlo todo tal como lo había dejado el asesino.

—No deseo estropear la escena del crimen. ¿Han buscado huellas dactilares? ¿Rastros? —inquirió.

—Bastante. Esta mañana van a continuar buscando más.

—Está bien. ¿Forzaron la entrada?

—Que nosotros hayamos visto, no.

—¿En ese caso puedo entrar por la puerta principal?

—Está cerrada con llave. O por lo menos debería.

—Entonces entraré por la puerta principal.

—Puller...

—Treinta y cinco minutos.

—De acuerdo —dijo Cole—, ahora nos vemos. Y... gracias por la ayuda.

Puller cerró el teléfono y miró en derredor. En aquel corto callejón sin salida había ocho viviendas. Todas estaban a oscuras, un detalle sin importancia a aquella hora de la madrugada. En todas había algún automóvil aparcado. Y todas, tanto las de un lado como las del otro, tenían bosque en la parte de atrás.

Sacó unos cuantos objetos de su petate y los metió en una mochila plegable que siempre llevaba consigo. A continuación se acopló un micrófono a la oreja y lo conectó a una grabadora que introdujo en una funda sujeta al cinturón. Por último, se puso los guantes azules.

Fue andando hasta la entrada de la casa, echó una ojeada a la gravilla del suelo y la iluminó con su Maglite. Había huellas de neumáticos. Podrían corresponder a cualquiera de los vehículos que habían ido allí a investigar.

Repasó la cronología que había memorizado. El cartero halló los cadáveres alrededor de las 1400 y llamó a la policía. Los primeros en responder se presentaron a y media. La llamada al Ejército tuvo lugar diez minutos más tarde. Todo muy rápido. Alguien de aquel pueblo había reaccionado muy deprisa, y se preguntó si habría sido Cole. Él recibió el aviso estando en Kansas y regresó inmediatamente en avión. Gracias a que tuvieron viento de cola, el vuelo llegó con cuarenta minutos de antelación. Tras una breve parada en casa, llegó a la CID a las 1840 y volvió a salir a las 1950. Hizo un viaje meteórico en coche y llegó a Drake un poco después de las tres. Ahora eran casi las 0500.

A continuación observó la rampa para sillas de ruedas. Matthew Reynolds tenía cuarenta y muchos años y su forma física era lo bastante aceptable para estar en el Ejército. Su esposa era cinco años más joven que él y no sufría problemas de salud. En los datos del seguro de ambos no figuraban incidencias. Los hijos tenían respectivamente dieciséis y diecisiete años y gozaban de un historial sanitario perfecto. Aquella rampa no la utilizaban ellos. Aquella casa no era la suya. Si se encontraban allí, era por otra razón. Una razón que tal vez les hubiera costado la vida.

Estudió de nuevo las marcas de neumáticos y seguidamente posó la mirada en la mancha oscura, el lugar exacto en el que se encontraría el motor del automóvil si este estuviera apuntando hacia el este. Con cuidado de no alterar las marcas, se agachó y tocó el líquido. Estaba tibio. Era aceite. Y de hacía poco. ¿Lo habría dejado el policía que había acudido a vigilar el perímetro? Y en tal caso, ¿dónde estaba?

Subió rápidamente hasta la puerta de entrada y se fijó en el cristal roto. Se resbaló ligeramente con los plásticos protectores de los zapatos. La puerta de la calle estaba cerrada con llave, pero no existía ningún pestillo. Tardó exactamente tres segundos.

Pasó al interior alumbrándose con la linterna en una mano mientras con la otra agarraba la pistola M11 que llevaba junto al pecho. Se dijo que cuando uno penetra en una casa en la que han asesinado a cuatro personas y el guardia que se supone que debería estar en la puerta no está, le vienen una serie de posibilidades a la mente.

Al llegar al cuarto de estar, el haz de la linterna se los reveló. En el sofá.

Colocados en fila.

Cuatro cadáveres, cada uno apoyado parcialmente en el otro.

Enfundó el arma y, procurando no acercarse, comenzó a hablar al micrófono a fin de grabar todo cuanto veía.

El padre se hallaba en el extremo derecho, y la hija en el izquierdo. La madre y el hermano estaban colocados en medio, la madre al lado del padre. Iluminó con la Maglite la zona de la moqueta que había delante. No se veían salpicaduras de sangre. Después centró el haz de luz en las cabezas.

El padre había recibido una buena andanada en plena cara, presentaba una herida infligida muy de cerca. La madre tenía el rostro relativamente intacto, en cambio el torso aparecía destrozado. Puller observó las manos y vio que estaban casi seccionadas. La mujer las había levantado, supuso, justo antes de recibir el disparo. No existía la menor posibilidad de protegerse de un disparo con las manos, pero era una reacción instintiva con la que se pretendía cubrir la parte del cuerpo a la que apuntase una pistola.

Las heridas de los dos adolescentes no se apreciaban a simple vista. Quizá las habían recibido en la espalda. Los padres no habían sido asesinados en aquella habitación, de ser así estaría todo lleno de salpicaduras de sangre. Los habían matado en otra parte de la casa y después los habían trasladado hasta el cuarto de estar y los habían colocado como los integrantes de una familia que estuvieran viendo juntos la televisión.

Resultaba enfermizo. Claro que había que ser un tipo enfermizo para asesinar a una familia.

«O bien un profesional que careciera de conciencia. Y era posible que fuera la misma cosa.»

Se aproximó un poco más, poniendo cuidado en no pisar nada que hubiera en la moqueta señalado con un número de prueba. El padre llevaba puesto el antiguo uniforme Clase B de color verde que oficialmente aún podía usarse durante unos cuantos años más. Tenía un lado de la cara prácticamente desaparecido y por el tremendo boquete del cuello se veía la columna vertebral. Huesos y la cuenca vacía de un ojo, eso era todo lo que había. El torso no presentaba heridas; toda la fuerza del disparo había impactado en el rostro y en el cuello, a bocajarro.

Prácticamente la única arma capaz de causar semejante destrozo era una escopeta. Descubrió partículas de color blanco en los bordes de la herida. Revestimiento del casquillo. Abrigó la esperanza de que se pudiera deducir el calibre midiendo el diámetro del revestimiento o examinando el nombre del fabricante que aparecía en él, si es que aún era legible.

La madre parecía mirar fijamente a Puller. A un observador dado al melodrama le habría parecido que su gesto era de súplica.

«Por favor, busque a quien me ha asesinado.»

Puller le alumbró el pecho con la Maglite. Aparecieron decenas de picaduras, distribuidas al azar. Aquello también había sido obra de una escopeta, pero difería en el modo de actuar.

Extrajo una regla del bolsillo y midió la distancia que había entre las picaduras de la blusa, que antes era blanca pero ahora era casi toda de color carmesí. Realizó mentalmente el cálculo y retiró la regla. Acto seguido tocó el brazo del hombre y luego el de la mujer. Aún conservaban el rigor, aunque este ya había disminuido y los músculos se estaban relajando. Ambos cadáveres tenían la temperatura ambiente o menos. Sacó el termómetro e hizo una lectura. La sangre se había acumulado en las extremidades inferiores, y los intestinos y las vejigas hacía mucho que se habían vaciado. La piel mostraba un tinte azul verdoso, olía a podrido y las caras estaban disolviéndose. En la muerte todo el mundo era feo.

A continuación centró la atención en los dos adolescentes.

De repente se detuvo y se volvió. Un ruido. Procedente de algún lugar de la casa.

Por lo visto, no era la única persona viva que había allí dentro.

8

Era un ruido sordo, procedente de las escaleras que subían del sótano.

«Claro que sí.»

Se acercó despacio hacia la puerta y olfateó el aire. El olor a descomposición que despedían los cadáveres era muy fuerte, pero Puller no estaba fijándose en eso; estaba intentando detectar algo más. Sudor. Colonia. Tabaco. La firma molecular del mal aliento. Cualquier cosa que le indicara algo.

Nada.

Abrió la puerta con el pie. El espacio que descendía al sótano estaba oscuro.

«Claro que sí.»

El ruido volvió a oírse: un roce y un topetazo.

Que fuera un ruido mecánico no le hizo relajarse. Si él estuviera conduciendo a alguien a la muerte, se valdría del engaño. De hecho, en Iraq y Afganistán lo había hecho muchas veces, de igual modo que su adversario lo había hecho con él.

Sacó de la mochila unas gafas de visión nocturna, se las ajustó a la cabeza, bajó el visor y las encendió. De inmediato el túnel de oscuridad cobró vida, si bien era una vida verde y un tanto borrosa. Se agachó y desenfundó la otra pistola. Las dos armas eran de acción doble y simple, y estaban cargadas y listas. De ordinario no utilizaba dos pistolas al mismo tiempo, por la sencilla razón de que su precisión y su puntería podrían reducirse mucho si disparase a dos blancos simultáneamente. Sin embargo, en un espacio reducido como aquel, en el que la precisión no era tan crucial, necesitaba toda la potencia de fuego que fuera posible.

Dos de las principales diferencias que existían entre los policías militares y los agentes especiales de la CID eran que los primeros portaban sus armas sin cargar. En cambio los segundos iban por la vida con las pistolas cargadas en todo momento. Los policías militares entregaban el arma cuando finalizaba su turno; los agentes de la CID no respiraban ni una sola vez sin tener su pistola al alcance de la mano.

Cuando Puller aplicase siete kilos de presión al gatillo y disparase, el deslizador empujaría el martillo hacia atrás y el arma se transformaría en un mecanismo de acción simple. Cartuchos de veinte disparos, por lo tanto cuarenta en total, aunque normalmente necesitaba solo uno. Él nunca había sido de los que disparan hasta vaciar el cargador, en cambio era capaz de vaciar las dos pistolas en unos diez segundos si fuera necesario, y tumbar un blanco del tamaño de un hombre a una distancia de quince metros sin problema. Ahora necesitaba tan solo fijar el blanco, preferiblemente antes de que el blanco lo fijara a él.

Tras estrechar y rebajar su silueta, comenzó a avanzar hacia la escalera enmoquetada. Entrecerró los ojos y enfiló la mira de la pistola que empuñaba en la mano derecha. No le gustaba estar en un espacio cerrado. El «túnel fatal», lo denominaba el Ejército. Poseía una potencia de fuego decente, pero los otros podían poseer más que él.

De nuevo se oyó el ruido: un roce y un topetazo.

Era mecánico. Pero alguien tenía que pulsar el botón.

En el expediente se mencionaba que había un perro. Cole y su gente tenían que haberlo confiscado, no podían haber sido tan tontos como para dejar un perro solo, para que fuera husmeando por la escena del crimen, sobre todo habiendo cadáveres ensangrentados. Los perros, aunque estuvieran domesticados, al fin y al cabo eran carnívoros.

Otra vez el ruido: un roce y un topetazo.

Llegó al pie de la escalera y avanzó muy despacio hasta un rincón del fondo para efectuar un reconocimiento.

Espacio infinito.

Suelo de hormigón, los muros que servían de cimientos eran de hormigón y postes de madera, el techo estaba sin recubrir. Había cables que salían de las paredes desnudas. Percibió un olor a moho, pero era mucho mejor que el olor de arriba.

Vio las marcas contra una pared. Y en el suelo que tenía delante.

Sangre. Los habían matado allí abajo. Por lo menos a los padres.

Otra vez el ruido: un roce y un topetazo.

Examinó de nuevo la estancia y vio que en el otro extremo se doblaba en forma de L. Había un espacio que no alcanzaba a ver porque había un tabique de carga que se lo impedía.

Otra vez el ruido: un roce y un topetazo.

«Está claro que procede de ahí.»

Puller avanzó con las dos pistolas apuntadas al frente, semiagachado y con el cuerpo vuelto hacia un lado.

Llegó a la esquina y retrocedió paralelo a la pared. Las esquinas eran problemáticas. «Esquinas dinámicas», las denominaba el Ejército, porque la situación podía cambiar rápidamente una vez que uno las doblaba.

—Agente federal —dijo en voz alta.

Nada.

Observó la pared. Era de hormigón. Si fuera de madera o de yeso, habría disparado varias veces a través de ella con el fin de llamar la atención de quienquiera que estuviese al otro lado esperando para tenderle una emboscada. Pero al ser de hormigón, lo más probable era que las balas rebotasen hacia él.

—Tire el arma y salga con las manos en la cabeza y los dedos entrelazados. Voy a contar hasta cinco. Si no obedece, lanzaré una granada.

Empezó a contar, deseando llevar encima dicha granada.

Otra vez el ruido: un roce y un topetazo.

Una de dos: o allí no había nadie, o era alguien que tenía mucha sangre fría. Puller se agachó, se tensó y se asomó durante una fracción de segundo. En aquel corto espacio de tiempo fue mucho lo que llegó a ver, pero nada bueno.

Pasó al otro lado del muro y, siguiendo el ruido, miró hacia abajo. Había un ventilador caído de costado. El ruido mecánico lo producía dicho aparato: un zumbido seguido de un traqueteo cada vez que el bastidor chocaba contra el suelo con cada revolución.

Pero algo lo había puesto en marcha. Y ahora supo lo que era.

Miró hacia arriba. Un hombre vestido de uniforme, colgado del techo. La correa que lo sostenía se había aflojado y el cuerpo había descendido, aunque todavía estaba suspendido en el aire. Al caer había volcado el ventilador, y este se había puesto en marcha.

Acababa de descubrir lo que le había sucedido al guardia del perímetro.

Observó al agente a través de las gafas especiales. Era evidente que estaba muerto. Tenía los ojos hinchados y vidriosos. El cuerpo colgaba inerte. Las manos estaban atadas. Los pies, también. Se acercó y le palpó la piel; estaba más bien tibia, pero se enfriaba rápidamente. No llevaba mucho tiempo muerto. Solo para asegurarse, buscó el pulso. No lo había. El corazón ya no latía y todo lo demás había dejado de funcionar al instante. Aquel hombre había rebasado el punto sin retorno, pero no hacía mucho tiempo de ello.

Le habían quitado el coche patrulla. Aceite caliente, cadáver caliente.

El muerto parecía joven. Ocupaba el puesto más bajo de la jerarquía, el trabajo más desagradable, el de vigilar cadáveres por la noche, y ahora también él se había convertido en un cadáver. Puller recorrió el uniforme con la mirada. Al parecer, era un ayudante del sheriff. Condado de Drake, decía la placa. Se fijó en la sobaquera. La pistola no estaba. No le sorprendió. Un hombre armado con una pistola no permite que nadie lo cuelgue del techo sin oponer resistencia. El rostro estaba lo bastante hinchado a causa del estrangulamiento como para que no se pudiera distinguir si lo habían golpeado.

Se inclinó y apagó el ventilador. Los roces y los topetazos cesaron. Acto seguido se acercó un poco más al cadáver y se sirvió de las gafas de visión nocturna para leer la placa.

Agente Wellman.

Había que tener pelotas, se dijo, para volver allí a matar a un policía. Para regresar a la escena de un asesinato después de haber perpetrado el crimen.

¿Qué se les había escapado? ¿O qué se habían dejado olvidado?

Al momento siguiente Puller estaba subiendo la escalera a toda velocidad.

Venía alguien.

Consultó el reloj.

Podría ser la sargento Samantha Cole.

O podría no ser ella.

9

La mujer se apeó del automóvil. No era un coche patrulla, sino una sencilla y anticuada camioneta de trasera abierta, provista de tracción a las cuatro ruedas y de tres antenas de radio sujetas al techo. Además, contaba también con una caravana blanca, construida a medida, dotada de ventanillas en los laterales y de una puerta basculante en la parte de atrás que llevaba estampada la palabra «Chevy». El azul claro con que estaba pintada no era su color original.

Samantha Cole no venía de uniforme. Se había puesto unos vaqueros descoloridos, una camiseta blanca, un cortavientos de montaña y unas gastadas botas de media caña. De la sobaquera le asomaba la culata de un revólver 45 King Cobra, de acción doble. Lo llevaba en el costado izquierdo, lo cual indicaba que era diestra. Sin las botas mediría algo menos de un metro sesenta, pesaría unos cincuenta kilos libres de grasa y tenía una melena de un tono rubio oscuro que le llegaba hasta los hombros. Los ojos eran grandes y azules, y los pómulos, lo bastante prominentes para sugerir que descendía de los nativos americanos. El rostro se veía salpicado por un montón de pecas de color claro. Era una mujer atractiva, pero lucía la expresión dura y descreída de una persona a la que la vida no había tratado demasiado bien.

Cole observó un momento el Malibu de Puller y después contempló la casa en la que yacían los miembros de la familia Reynolds, muertos y colocados en fila. Con una mano apoyada en la culata del arma, comenzó a subir por el camino de grava. Acababa de rebasar el Lexus cuando sucedió.

La mano la aferró antes de que pudiera darse cuenta, fuerte como una tenaza de hierro. No tuvo la menor posibilidad. La tenaza la arrojó primero al suelo y luego al otro lado del coche.

—¡Mierda!

Aferró aquellos dedos largos y gruesos, pero no pudo zafarse. Intentó desenfundar la pistola con la otra mano, pero tenía esta aprisionada por el brazo de su agresor. Se encontraba indefensa.

—No se levante, Cole —le dijo la voz hablándole al oído—. Podría haber un tirador por aquí cerca.

—¿Puller? —siseó al tiempo que se volvía hacia él.

Puller la dejó libre y se agachó junto al parachoques delantero del Lexus. A continuación se levantó el visor de las gafas de visión nocturna. Tenía una M11 en la mano; la otra pistola estaba guardada de nuevo en la funda que llevaba en la espalda.

—Me alegro de conocerla.

—Ha estado a punto de provocarme un infarto. Ni siquiera le he oído.

—De eso se trata.

—Casi me aplasta el brazo. ¿Qué es usted, un ser biónico?

Puller se encogió de hombros.

—No, simplemente estoy en el Ejército.

—¿Por qué me ha agarrado?

—¿Su hombre se llama Wellman?

—¿Qué?

—El agente al que mandó aquí a montar guardia.

—Sí, Larry Wellman. ¿Cómo lo sabe?

—Lo han colgado del techo del sótano y le han robado el coche.

A Cole se le hundió el semblante.

—¿Larry ha muerto?

—Eso me temo.

—¿Ha dicho que podría haber un tirador?

Puller se tocó las gafas.

—Justo cuando la oí llegar a usted, detecté un movimiento desde una ventana de la casa.

—¿En qué parte?

—En la vegetación que hay detrás.

—¿Y supone que...?

—Yo no supongo nada. Por eso la he agarrado a usted. Ya han matado a un policía, así que les da lo mismo matar a otro.

Cole lo escrutó con la mirada.

—Se lo agradezco. Pero me cuesta creer que Larry haya muerto. No me extraña que no respondiera a mi llamada. —Calló unos instantes—. Tenía mujer y un hijo recién nacido.

—Lo siento.

—¿Está seguro de que ha muerto?

—Si no lo estuviera, lo habría soltado y habría intentado reanimarlo. Pero crea lo que le digo, habría resultado inútil. Sin embargo, no lleva mucho tiempo muerto, el cuerpo todavía está caliente.

—Mierda —repitió Cole con voz entrecortada.

Puller aspiró su aroma. El aliento le olía a menta superpuesta a una pizca de tabaco. No llevaba perfume. No se había detenido a lavarse la cabeza. Consultó el reloj; había llegado dos minutos antes de la hora que ella misma se había fijado.

Vio que comenzaban a brillarle los ojos, al instante surgió una lágrima temblorosa que terminó resbalando por la mejilla.

—¿Quiere llamar a la centralita? —le preguntó.

Ella respondió con voz cansada y opaca:

—¿Qué? Ah, sí.

Se apresuró a secarse los ojos, sacó el teléfono y marcó el número. Habló deprisa pero con claridad, y también cursó una orden de búsqueda para el coche patrulla desaparecido. En unos pocos segundos había pasado de estar paralizada por la emoción a conducirse de manera profesional. Puller estaba impresionado.

Cole cerró el teléfono.

—¿Cuántos agentes tiene disponibles? —le preguntó Puller.

—Este es un condado rural. Tenemos mucho espacio, pero poco dinero. Los recortes en los presupuestos nos han dejado temblando, nuestros efectivos han quedado reducidos a un tercio. Además, tres de mis hombres son reservistas que actualmente se encuentran en Afganistán. Todo lo cual se traduce en que tenemos un total de veintiún agentes de uniforme para cubrir unos mil kilómetros cuadrados. Y dos de ellos están convalecientes de un accidente de tráfico que sufrieron la semana pasada.

—Así que quedan diecinueve. ¿Incluida usted?

—Incluida yo.

—¿Cuántos van a acudir ahora?

—Tres. Y eso, haciendo un esfuerzo. Y no van a llegar de inmediato, no están precisamente cerca.

Puller volvió la vista hacia la zona boscosa.

—¿Por qué no se queda aquí a esperarlos mientras yo voy a averiguar qué fue lo que vi ahí detrás?

—¿Y por qué tengo que quedarme? Voy armada, y dos ven más que uno.

—Como quiera.

Puller oteó la zona de bosque y calculó mentalmente la logística que iba a emplear para explorarla. Era un hábito tan arraigado que realizaba aquella tarea concienzudamente, pero sin dar la impresión de hacerlo.

—¿Alguna vez ha estado en el Ejército? —inquirió.

Cole negó con la cabeza.

—Trabajé cuatro años en la policía del estado antes de regresar aquí. Y para que conste, disparo muy bien. Tengo condecoraciones y trofeos que lo demuestran.

—De acuerdo, ¿pero le importa que en esta búsqueda lleve yo la iniciativa?

Cole contempló un momento la oscuridad del bosque y luego observó fijamente la corpulencia y la musculatura del agente especial.

—Por mí, perfecto.

10

Unos minutos más tarde Puller miró a su espalda para observar a la sargento Cole. Esta se esforzaba por seguirlo a la misma velocidad a través de la densa vegetación. De pronto hizo un alto y levantó una mano. Cole frenó en seco. Puller barrió con sus gafas de visión nocturna la zona que se extendía frente a él. Árboles, matorrales, el movimiento súbito de un ciervo. Nada que pretendiera matarlos a ellos.

Aun así no se movió. Recordó lo que había visto desde la ventana de la casa. Era una forma, no un animal. Un hombre. No tenía por qué estar relacionado directamente con el caso, pero lo más probable era que sí lo estuviera.

—¿Puller?

No se volvió para mirarla, sencillamente le indicó con una seña que continuara avanzando. Al cabo de unos segundos la tuvo agachada a su lado.

—¿Ha logrado captar algo con ese artilugio que lleva puesto?

—Nada más que un ciervo y un montón de árboles.

—Yo tampoco oigo nada.

Puller levantó la vista hacia el cielo, que ya clareaba.

—Cuando llegué había un foco orientado hacia el cielo. Al este, a unos tres kilómetros de aquí.

—Serían los mineros.

—¿Y para qué sirve el foco?

—Seguramente para que aterricen los helicópteros. Les proporcionan un punto donde posarse.

—¿Helicópteros que aterrizan en una mina de carbón en mitad de la noche?

—No hay ninguna ley que lo prohíba. Además, no es una mina. Lo que están haciendo es extraer tierra de la montaña. Lo cual quiere decir que no están cavando un túnel, sino volando la montaña con explosivos.

Puller continuaba escudriñando la periferia.

—¿Fue usted quien se puso en contacto con el Ejército para notificar el asesinato de Reynolds?

—Sí. Reynolds llevaba uniforme. Esa fue la primera pista. Y cuando registramos el automóvil hallamos su identificación. —Hizo una pausa—. Es obvio que usted ha estado dentro de la casa. Habrá visto que ha perdido gran parte de la cara.

—¿Tenía un maletín o un ordenador portátil?

—Las dos cosas.

—Necesitaré verlos.

—De acuerdo.

—Podrían contener material clasificado.

—En efecto.

—¿Se encuentran custodiados?

—Están en la comisaría, dentro de la sala de las pruebas.

Puller reflexionó unos instantes.

—Necesito que se asegure usted de que nadie intenta acceder a ellos. Reynolds pertenecía a la Agencia de Inteligencia de Defensa, la DIA. Podría suponer un grave problema que tuviera acceso a ese material una persona carente de autorización. Un auténtico quebradero de cabeza que a usted no le conviene en absoluto.

—Entiendo. Puedo hacer una llamada.

—Gracias. En el expediente dice que le tomó las huellas dactilares.

—Y las envié por fax al Pentágono, al número que nos facilitaron. Confirmaron su identidad.

—¿Cuántos técnicos de escenas del crimen tiene?

—Uno. Pero es bastante bueno.

—¿Y el forense?

—El jefe se encuentra en Charleston, igual que el laboratorio del estado.

Puller seguía escudriñando mientras hablaba. Quienquiera que fuese el que andaba por allí, ya se había ido.

—¿Por qué continúan los cadáveres dentro de la casa?

—Por varias razones, pero sobre todo porque en realidad no tenemos un lugar adecuado al que trasladarlos.

—¿Y el hospital?

—El más próximo se encuentra a una hora de aquí.

—¿Y el forense?

—Estamos entre uno y otro.

—¿Qué significa eso?

—Que el que teníamos se marchó del pueblo. Y además no era médico, sino enfermero de primeros auxilios. Pero la ley del estado lo permitía.

—Entonces, ¿quién va a practicar la autopsia a las víctimas?

—Ahora estoy intentando solucionar eso. Probablemente un médico que conozco de aquí, uno que posee formación como forense. ¿Cuántos técnicos de escenas del crimen ha traído usted?

—El que está viendo.

—¿Es investigador y técnico a la vez? Eso es un tanto inusual.

—Lo cierto es que constituye una forma inteligente de actuar.

—¿Qué quiere decir?

—De ese modo no hay nada que se interponga entre una prueba y yo. Además, cuento con el laboratorio de Investigación Criminal del Ejército a modo de apoyo. Vamos a volver a entrar en la casa.

Un minuto después estaban delante de los cuatro cadáveres. Fuera iba aumentando la luminosidad, no obstante Cole encendió la luz del techo.

—Se ha destruido la integridad de la escena del crimen —observó Puller—. Los asesinos han regresado, y podrían haber eliminado las pruebas.

—También pudieron eliminarlas antes —replicó Cole.

—Aunque llevemos a un sospechoso a juicio, su abogado puede desbaratar toda la acusación basándose en eso.

Cole no dijo nada. Pero, por su expresión de furia, Puller dedujo que sabía que aquello era cierto.

—Bueno, ¿y qué hacemos entonces? —dijo Cole por fin.

—De momento, nada. Seguir examinando la escena.

—¿Va a tener que informar de esto?

Puller no le respondió. En lugar de eso, miró en derredor y dijo:

—Los Reynolds no vivían aquí. Así pues, ¿qué estaban haciendo en esta casa?

—Pertenece a Richard y Minnie Halverson. Son los padres de la señora Reynolds. Viven en una residencia, bueno, el padre. La señora Halverson vivía aquí, pero recientemente sufrió un ataque y ahora está ingresada en un hospital especializado que hay cerca de Pikeville. No se encuentra demasiado lejos, pero con estas carreteras se tarda su buena hora y media en llegar.

—Ya he probado esa medicina, al venir hacia este pueblo.

—Por lo visto, la señora Reynolds se encontraba aquí provisionalmente, para ocuparse de varias cosas, supervisar la atención que recibía su padre, preparar la casa para venderla e ingresar a su madre en la misma residencia, dado que ya no puede continuar viviendo sola. Como estamos en verano, tenía consigo a los hijos. Al parecer, el señor Reynolds venía aquí los fines de semana.

—¿De dónde ha obtenido toda esa información?

—De fuentes locales. La residencia y el hospital. Y de indagar un poco por ahí. Y también hemos estado conversando con los vecinos de la calle.

—Bien hecho —elogió Puller.

—No estoy aquí para hacer las cosas mal.

—Oiga, el único motivo de que yo esté aquí es que una de las víctimas lleva uniforme. Y mi SAC me ha dicho que ustedes estaban dispuestos a aceptar un acuerdo colateral.

—Ese fue mi jefe.

—¿Y usted?

—Digamos que todavía no me he decidido.

—Me parece bien.

—¿Así que Reynolds pertenecía a la DIA?

—¿No se lo dijeron cuando les envió el fax con las huellas?

—No. Solo me confirmaron de quién se trataba. Así que inteligencia militar. ¿Era una especie de espía? ¿Por eso lo han matado?

—No lo sé. Estaba preparando la jubilación. Tal vez fuera un burócrata condecorado con la medalla aérea al mérito que pretendía pasarse al sector privado. El Pentágono está lleno de ellos.

Puller había decidido no poner a Cole al corriente de lo que realmente hacía Reynolds en la DIA. Cole carecía de autorización para saberlo, y él no tenía ninguna intención de arriesgarse a que lo degradasen por divulgar una información que no debía divulgar.

—En tal caso, eso no nos sirve de mucho.

En aquel momento se impuso la parte sincera de Puller:

—Bueno, quizá no fuera simplemente un burócrata.

—Pero acaba de decir que...

—He dicho quizá. No es algo confirmado. Además, tan solo estoy comenzando con la investigación. Hay muchas cosas que desconozco.

—Está bien.

Puller se aproximó un poco más a los cadáveres.

—¿Los encontró usted así, colocados en fila?

—Sí.

—La causa de la muerte de los dos adultos resulta bastante obvia. ¿Y los adolescentes? —Los señaló con la mano.

Al ver que Cole no respondía, se volvió hacia ella.

La sargento había desenfundado su Cobra y le estaba apuntando a la cabeza.

11

—¿He dicho algo que no debía? —preguntó Puller en voz baja, con la mirada fija en el rostro de ella, no en el cañón de la pistola. Cuando alguien te apunta con un arma, hay que mirarlo a los ojos; así se sabe cuál es su intención. Y la intención de la sargento Cole, a todas luces, era la de pegarle un tiro si decía lo que no debía decir o hacía un movimiento extraño.

—Debo de estar atontada por la falta de sueño.

—No entiendo.

—No tengo ni idea de si usted es quien dice ser. Usted es el único que ha dicho que trabaja en la CID. No debería haberle dado permiso para que irrumpiera en la escena del crimen. Que yo sepa, usted ha matado a Larry Wellman y después se ha inventado la historia de que ha visto a alguien. Tal vez sea un espía que pretende robar lo que había en el maletín y en el ordenador de este hombre.

—Mi coche está fuera, y lleva matrícula del Ejército.

—A lo mejor no es su coche. A lo mejor lo ha robado.

—Tengo documentación.

—Eso es lo que quería oír. —Agitó el revólver—. Enséñemela, muy despacio.

Cole retrocedió ligeramente. Puller se fijó en que había adoptado una posición de disparo estándar, la posición Weaver, denominada así por un ayudante de sheriff de un condado de California que revolucionó las competiciones de tiro a finales de la década de 1950: los pies separados a la misma distancia que los hombros, las rodillas fijas, el pie paralelo al arma ligeramente más retrasado que el otro. Pensaba emplear el clásico movimiento de empujar y tirar para controlar el retroceso en el momento del disparo. Puller vio que tenía fijado el brazo dominante, pero que no había hecho lo mismo con la mano. Por culpa de eso, cuando disparase le temblaría el agarre. En cambio empuñaba la Cobra como si la conociera bien. Y aunque la posición no fuera perfecta, a aquella distancia era más que suficiente para derribarlo de un único tiro.

Introdujo tres dedos en el bolsillo de la camisa y extrajo la documentación.

—Ábrala por mí —ordenó Cole—. Primero la placa, luego la tarjeta.

Puller obedeció. Cole estudió la fotografía y volvió a mirarlo. Entonces bajó el arma.

—Lo siento.

—Yo habría hecho lo mismo.

Cole enfundó el revólver.

—En cambio usted no me ha pedido la documentación a mí.

—La llamé para que viniera aquí. Su nombre y su número figuraban en el archivo oficial del Ejército. El Ejército no comete esa clase de errores. También la vi apearse de su camioneta, llevaba la placa en el cinturón. Cuando la agarré y usted gritó, reconocí la voz: era la misma que había oído por teléfono.

—Pero yo todavía tenía ventaja sobre usted —le recordó Cole.

—Puede que no tanta como creía. —Le enseñó el cuchillo KA-BAR que sostenía en la otra mano, oculto por el antebrazo—. Así y todo, es probable que de todas formas usted hubiera logrado disparar, solo por reflejo. En cuyo caso habríamos muerto los dos. —Volvió a guardarse el cuchillo en la funda que llevaba al cinto—. Pero no ha pasado nada.

—No le he visto sacar ese cuchillo.

—Lo saqué antes de que usted desenfundara el revólver.

—¿Por qué?

—Vi cómo me miró, después miró la Cobra y por último los cadáveres. No me resultó demasiado difícil deducir lo que estaba pensando.

—Entonces, ¿por qué no me amenazó con su pistola?

—Cuando saco mi pistola es porque tengo la intención de usarla. No deseaba empeorar una situación ya de por sí incómoda. Sabía que usted me pediría que le mostrase la documentación. Tenía el cuchillo como reserva, por si acaso usted tenía alguna otra cosa en mente. —Volvió a mirar los cadáveres—. ¿Qué me dice de los chicos?

Cole dio un paso al frente, sacó unos guantes de látex de su cortavientos, se los puso, agarró al joven por la nuca y lo inclinó hacia delante como unos diez grados. A continuación, con la mano libre señaló un punto situado junto a la base del cuello.

Puller iluminó la zona con su Maglite y vio el gran hematoma de color morado.

—Le han aplastado el tallo cerebral. —Volvió a dejar caer el cadáver hasta la posición anterior—. O eso parece.

—¿Con la chica han hecho lo mismo?

—Sí.

—A juzgar por el estado de los cadáveres, llevarán muertos más de veinticuatro horas, aproximadamente, pero menos de treinta y seis. ¿Su experto ha hecho un cálculo más exacto?

—Más o menos veintinueve horas, se ha acercado usted bastante.

Puller consultó su reloj.

—¿Por lo tanto los mataron alrededor de las doce de la noche del domingo?

—Así es.

—Y el cartero los encontró el lunes, poco después del mediodía. De modo que para esa hora ya debía de haberse iniciado el rigor mortis. ¿Puede usted confirmar ese detalle, como referencia adicional?

—Sí.

—¿Advirtió el cartero algo sospechoso?

—¿Se refiere a después de vomitar cuatro veces en el césped de la entrada después de haber visto esto? No, la verdad es que no. Para entonces hacía mucho que se habían ido los asesinos.

—Sin embargo, han regresado esta noche. De hecho han matado a un policía. ¿Hay alguna otra herida o marca?

—Como puede ver, no los hemos desnudado, pero los hemos examinado bastante a fondo y no hemos encontrado nada. Claro que cuando a una persona le aplastan el tallo cerebral, se muere.

—Sí, hasta ahí llego. —Puller estaba recorriendo la habitación con la mirada—. Pero uno tiene que saber lo que hace. Golpear en el punto exacto, de lo contrario deja a la víctima incapacitada pero no muerta.

—Entonces ha sido obra de un profesional.

«O de un militar», pensó Puller. «¿Y si esto hubiera sido un soldado que mata a otro?»

—Quizá —contestó—, o un golpe de suerte. —Observó a la chica—. Pero no se tiene suerte dos veces. No los mataron aquí, por lo menos al coronel y a su mujer.

Cole se apartó un poco del sofá y examinó la moqueta.

—Ya, las manchas de sangre. Aquí no hay ninguna. Claro que lo del sótano es otra historia.

—Ya me percaté cuando estuve abajo.

—A propósito, necesito ver a Larry.

A Puller le pareció que a la sargento se le quebraba la voz, aunque había intentado hablar empleando un tono de naturalidad.

—¿Puede hacerme antes un favor?

—¿Cuál?

—Llame a la comisaría y ordene que precinten el maletín y el portátil del coronel.

Cole obedeció. En cuanto hubo cerrado el teléfono, Puller le dijo:

—Sígame.

Siguió a Puller escalera abajo. Este la condujo hasta el lugar en que colgaba el policía. El cadáver había descendido otro poco más, y su cazadora negra casi tocaba el hormigón.

Mientras la sargento examinaba al muerto, Puller la observó. Esta vez no derramó lágrimas. Detectó un leve temblor en la cabeza. Estaba interiorizándolo. Seguramente le daba vergüenza haber llorado delante de él. Y después se le había quebrado la voz. No tenía por qué sentir vergüenza; él había visto morir a varios amigos, a muchos, y nunca era un trago fácil. Al contrario, cada vez se hacía más difícil. Uno creía que iba perdiendo la sensibilidad, pero era tan solo una idea ilusoria. El hueco que se le formaba a uno en la mente no hacía sino agrandarse, con lo cual cada vez cabía más mierda en él.

Cole dio un paso atrás.

—Pienso atrapar al que ha hecho esto —dijo.

—Ya lo sé.

—¿Podemos bajarlo? No quiero dejarlo aquí colgado, como un maldito cerdo abierto en canal.

Puller examinó la nuca del agente muerto.

—Podemos cortar la cuerda por el lado contrario del nudo, para preservarlo. Pero concédame un segundo.

Fue rápidamente hasta su coche, cogió su mochila y volvió al sótano. A continuación sacó una porción grande de plástico y una escalera de mano.

—Voy a envolver el cadáver con esto para salvaguardar cualquier huella que haya, después lo sostendré en vilo mientras usted se sube a la escalera y corta la cuerda. Recuerde que debe cortar por el lado contrario del nudo. Puede utilizar mi cuchillo.

Llevaron a cabo la tarea sin un solo tropiezo, y el cadáver envuelto en plástico cayó en los fuertes brazos de Puller. Este lo depositó de espaldas en el suelo mientras Cole bajaba de la escalera.

—Encienda esa luz de ahí —dijo Puller, señalando un interruptor que había en la pared.

Se hizo la luz y Puller examinó el cuello de Wellman.

—Carótida y yugular comprimidas. Es probable que el hueso hioides esté fracturado. La autopsia lo confirmará. —Luego indicó varias manchas que se apreciaban en el cuello del muerto—. Vasos sanguíneos rotos. Significa que todavía estaba vivo cuando lo colgaron.

Con sumo cuidado, volvió de costado el cadáver para poder ver las manos atadas.

—Busque heridas defensivas o restos que hayan quedado bajo las uñas. Si tenemos suerte, es posible que encontremos algo de ADN.

Cole utilizó para ello la Maglite de Puller.

—No veo nada. No lo entiendo. Larry debería haberse defendido. También puede ser que el asesino limpiara después los restos.

—Me parece que es posible que la explicación se encuentre aquí. —Puller señaló un poco de sangre seca que había en el cabello del muerto—. Lo dejaron inconsciente antes de colgarlo.

Sacó de la mochila un termómetro, lo pasó por la frente de Wellman y leyó lo que marcaba.

—Un poco menos de cinco grados por debajo de lo normal —Rápidamente hizo los cálculos—. Lleva muerto unas tres horas. Así que fue como a las dos y media.

De repente oyeron vehículos que se detenían frente a la casa.

—Ha llegado la caballería —dijo Puller.

Cole miró a su colega.

—Se ve que sabe lo que hace —le dijo en voz queda, mirando fijamente al muerto.

—Estoy aquí para ayudar, si así lo quiere. Usted decide.

—Sí quiero. —La sargento dio media vuelta y se encaminó hacia la escalera.

—Sé que ya ha procesado la escena —le dijo Puller—, pero me gustaría hacerlo yo de nuevo. —Y agregó—: No es mi intención pisar profesionalmente a nadie, pero hay ciertas personas ante las que debo responder. Y que esperan que nuestras investigaciones se procesen de determinada manera.

—Por mí no hay inconveniente, mientras agarremos al hijo de puta que ha hecho esto.

Y acto seguido comenzó a subir la escalera.

Puller observó un instante el policía muerto y después las paredes del fondo; junto a ellas se habían acumulado restos de sangre y de tejidos que revelaban que allí habían ejecutado a los Reynolds adultos.

Porque la única forma de entender aquello era como una ejecución. Al hombre le habían disparado en la cabeza, a la mujer en el torso. Le gustaría saber el motivo de que les hubieran dado un tratamiento distinto. Y a los hijos no les habían disparado. En las ejecuciones en masa se solía emplear el mismo método para dar muerte. Cambiar de arma implicaba perder tiempo, un tiempo muy valioso. Y todavía llevaba más tiempo matar y luego trasladar los cadáveres. A lo mejor aquel asesino disponía de todo el tiempo del mundo.

Puller volvió a mirar el cadáver de Wellman.

Todos los asesinatos se parecían, en el sentido de que aparecía muerta una persona por causa violenta. Sin embargo, aparte de aquel factor, todo lo demás era diferente. Y resolverlo era como tratar el cáncer: lo que funcionaba en un caso casi nunca funcionaba en el otro. Todos requerían una solución singular.

Se alejó de aquel lugar y subió a reunirse con Cole.

12

Los tres policías del condado de Drake se hallaban de pie, en fila, contemplando a su colega muerto. Mientras tanto, Puller los estudiaba a ellos. Todos medían como un metro ochenta, dos eran delgados y el otro regordete. Eran jóvenes, el mayor tendría treinta y pocos años. Puller descubrió que uno llevaba una ancla tatuada en la mano.

—¿Ha estado en la armada? —le preguntó.

El otro asintió al tiempo que apartaba brevemente la mirada del cuerpo de Wellman.

Puller sabía que aquel tatuaje se lo había hecho después de abandonar el servicio. A los militares no se les permitía llevar tatuajes que fueran visibles con el uniforme puesto.

—¿Usted está en el Ejército? —dijo el joven del ancla.

—Pertenezco al Grupo 701 de la CID, Quantico.

—Ahí se entrenan los marines, ¿no es cierto? —dijo el agente regordete.

—Así es —contestó Puller.

—Yo tengo un primo que es marine —dijo el regordete—. Dice que siempre son los primeros en entrar en combate.

—Los marines me han cubierto a mí muchas veces las espaldas en Oriente Medio.

En aquel momento descendió Cole por la escalera.

—Un minero que iba a trabajar ha encontrado el coche de Larry a unos tres kilómetros de aquí, en el fondo de un barranco, y ha llamado a la central. Van a enviar a nuestro técnico para que lo examine.

Puller afirmó con la cabeza.

—¿Y puede venir aquí después? Necesito hablar con él.

—Se lo diré. —La sargento se volvió hacia su tropa—. En vista de lo que le ha sucedido a Larry, vamos a necesitar que haya dos hombres apostados aquí de forma permanente.

—Sargento, eso va a dejar a la patrulla en cuadro. Ya se encuentra bastante mermada —contestó el del ancla.

—A lo mejor eso es lo mismo que pensó Larry —replicó Cole señalando a Wellman—, y mire lo que le ha ocurrido.

—Sí, sargento.

—Y, Dwayne, quiero que vaya usted para allá y precinte el coche de Larry.

—Sí, sargento —respondió Dwayne.

Puller observaba a los demás policías buscando cualquier reacción visible derivada del hecho de estar tratando con un superior que era mujer. Si Virginia Occidental era como el Ejército, a las chicas les resultaría difícil progresar, incluso en el siglo XXI. Y, a juzgar por las caras que veía, a las mujeres de aquel estado también les resultaba difícil progresar.

—El agente especial Puller, aquí presente, va a ayudarnos en esta investigación —anunció Cole.

Los tres policías lo miraron con expresión tensa. Lo cual a Puller no lo sorprendió en absoluto. Si él estuviera en su lugar, también habría experimentado un cierto resentimiento.

No quiso decir algo tan claramente trillado como que todos ellos buscaban la misma cosa: justicia. De hecho, no dijo nada en absoluto. Aunque su comportamiento era cortés y profesional, lo cierto era que no tenía autoridad sobre aquellas personas. Le correspondía a Cole mantener a raya a sus hombres.

—¿Dónde está el registro de la escena del crimen? —preguntó mirando a Cole. Esta se había cerrado la cremallera del cortavientos, quizá, pensó, para tapar la fina camiseta en presencia de sus subordinados.

—En mi camioneta.

Sacó el libro de registro y Puller añadió su nombre indicando también la fecha y la hora de la anotación. Después echó un vistazo a los nombres de las demás personas que figuraban en la lista. Correspondían a los policías y al técnico. Además de un profesional médico que sin duda había proclamado que los cuatro cadáveres estaban legalmente muertos.

Aguardó a que Cole facilitara a Dwayne la ubicación del automóvil de Wellman y lo enviara a buscarlo.

—¿Está la prensa enterada de lo sucedido? —preguntó a la sargento. Se encontraban en el porche de la entrada. Había amanecido, y había suficiente luz para que resultaran visibles sus profundas ojeras. Al verla sacar un cigarrillo de la cajetilla, alzó una mano y bajó la voz para que no lo oyeran los agentes que aún estaban dentro de la casa—. ¿Qué le parece si delimitamos un área de descanso en ese jardín de ahí? Procesar esta escena va a llevar bastante tiempo. Allí podrá usted fumar, y todos podremos comer y amontonar la basura. Y también vamos a necesitar una letrina portátil.

—En la casa hay dos cuartos de baño.

—No podemos alterar la escena en modo alguno. No podemos tocar el termostato, usar el retrete, fumar, comer, beber ni masticar tabaco. Si nuestras sustancias se mezclan con lo que hay dentro, todo se complicará mucho más.

Cole guardó el pitillo y cruzó los brazos sobre el pecho.

—Está bien —dijo de mala gana.

—¿Qué me dice de la prensa? —repitió Puller.

—Solo tenemos un periódico semanal. Las emisoras de radio y de televisión más cercanas se encuentran muy lejos. De modo que no, los medios no están enterados, y tampoco tengo previsto dar una rueda de prensa, por si lo estaba usted pensando. Es difícil llegar hasta aquí, uno tiene que querer venir a Drake expresamente. Y en este preciso momento no parece que quiera venir ningún medio de comunicación.

—Bien. —Puller calló unos instantes y la miró.

—¿Qué? —preguntó ella por fin, ante aquel escrutinio.

—¿Es usted pariente de un tal Randy Cole?

—Es mi hermano pequeño. ¿Por qué?

—Porque me he tropezado con él antes.

—¿Dónde se ha tropezado con él? —replicó Cole.

—En el motel en que me alojo.

Cole adoptó un aire de falta de interés que no logró engañar a Puller.

—¿Y cómo estaba?

—¿A qué se refiere?

—A si estaba muy borracho o poco borracho.

—Estaba sobrio.

—Qué sorpresa.

—Pero me dijo que sufría dolores de cabeza.

—Sí, ya lo sé —contestó la sargento en tono más preocupado—. Lleva así un año aproximadamente.

—Le dije que debería hacérselo mirar.

—Lo mismo le he dicho yo. Pero no por eso va a hacer caso. De hecho, significa que seguramente no hará nada.

—Voy a coger mis cosas y ponerme a trabajar.

—¿Necesita ayuda?

—Usted es la que manda. Es un trabajo un poco servil, ¿no?

—Aquí no hay ningún trabajo que sea servil, todos arrimamos el hombro. Y aunque lo fuera, el hecho de que hayan matado a Larry cambia las cosas. Al menos en lo que a mí respecta. Nunca he perdido a un hombre durante mi turno, y ahora me ha ocurrido. Eso cambia las cosas —repitió.

—Lo comprendo. Si necesito ayuda, se lo haré saber.

—¿Usted perdió muchos hombres en Oriente Medio?

—Uno solo ya es demasiado —replicó Puller.

13

Puller había dibujado unos esquemas preliminares de la planta principal y del sótano. Había anotado en cada página de su cuaderno de hojas sueltas, junto con su nombre y su graduación, la fecha, el tiempo que hacía y la luz existente, así como la dirección norte indicada por la brújula. Se habían hecho mediciones en todos los lugares pertinentes y en otros objetos presentes en las habitaciones. Cole, que estaba observándolo mientras terminaba el dibujo, le preguntó:

—¿Eso se lo han enseñado en el Ejército?

—En el Ejército me han enseñado muchas cosas.

—Puller, ¿por qué cree usted que regresaron los asesinos?

—Para recuperar algo. O para dejar algo. No sé cuál de las dos cosas.

Cole dejó escapar un largo suspiro de frustración.

—En ningún momento se me ocurrió que pudiera suceder esto, que los asesinos volvieran aquí y mataran al policía que vigilaba la escena del crimen.

Puller dejó a un lado el cuaderno y extrajo de su mochila una cámara de 35 milímetros, un trípode, un flas y un alargador de cable. También sujetó un artilugio parecido a un foco en un soporte que llevaba al cinto.

—Mi agente ya ha hecho fotografías —indicó Cole.

—Me gusta hacer otras yo mismo. Son procedimientos que tenemos que obedecer, como le he dicho.

—Está bien, pero mi fotógrafo es muy bueno, podrá utilizar nuestras fotos si quiere.

—Se lo agradezco. A propósito, ¿dónde está? No debería tardar tanto tiempo en examinar el coche.

Cole se acercó a la ventana.

—Hablando del rey de Roma —dijo.

—Landry Monroe —dijo Puller.

—¿Cómo lo ha sabido?

—He visto su nombre en el libro de registro.

—Nosotros lo llamamos Lan.

—Cuénteme algo de él.

—Tiene veinticuatro años, es licenciado por la Universidad de Virginia Occidental en Justicia Penal. Posee un certificado en procesado de escenas del crimen. Lleva dos años trabajando en el departamento.

—¿Dónde obtuvo ese certificado?

—Este estado tiene un programa.

—De acuerdo.

—Es un programa excelente, Puller.

—No he dicho que no lo sea.

—Se lo he notado en el gesto de la cara.

—¿Cuál es su objetivo aquí?

—¿Cómo dice?

—Su objetivo.

—Atrapar al que ha hecho esto —respondió Cole con ademán severo.

—Pues el mío también. Y si trabajamos juntos y seguimos cada uno su protocolo, tendremos más posibilidades de encontrar a los culpables.

Se miraron fijamente el uno al otro por espacio de varios segundos de incomodidad.

Cole se volvió, fue hasta la puerta y llamó al aludido, que tenía la cabeza metida en el maletero de su coche.

—Lan, coge tus cosas y vente para acá. Tengo aquí una persona que se muere de ganas de trabajar contigo.

Se volvió de nuevo hacia Puller y lo señaló con el dedo.

—Vamos a dejar clara una cosa. Lan es un crío. Puede zarandearlo un poco, enseñarle cosas que le hagan mejorar, pero de ningún modo tiene permiso para destrozarle la autoestima. Cuando esto acabe, usted se marchará de Virginia Occidental, pero yo no. Yo tengo que trabajar con él, y ese chico es todo lo que tengo. ¿Entendido?

Puller afirmó con la cabeza.

—Entendido.

Treinta segundos después entró Lan Monroe haciendo juegos malabares con bolsas y mochillas. Era negro y llevaba puesto un traje protector verde. Al llegar a la puerta de la casa, se detuvo y dejó las cosas para ponerse patucos y guantes de látex. Firmó en el libro de registro que le tendió uno de los agentes que aseguraban el perímetro y entró en la vivienda.

Monroe no era mucho más alto que Cole, tenía los hombros estrechos y la mayor parte de su peso se centraba en la barriga, las caderas y el trasero. Y además tenía las piernas cortas y gruesas. Llevaba la cabeza afeitada y usaba unas gafas de montura metálica que se le resbalaban hasta media nariz.

—Lan, te presento a John Puller, agente especial de la CID.

Monroe sonrió y miró a Puller, que medía treinta centímetros más que él. Le tendió la mano y Puller se la estrechó.

—Encantado de conocerlo, agente especial Puller.

—Llámame Puller, sin más. —Indicó las bolsas con la mirada—. ¿Eso es tu equipo?

—Sí.

—¿Has examinado el coche de Larry? —le preguntó Cole.

Monroe respondió con un gesto afirmativo.

—En los preliminares no ha aparecido nada. Dentro del vehículo no había sangre. Lo he mandado remolcado a la comisaría, allí lo someteré a una exploración más concienzuda.

—La sargento Cole dice que has tomado fotografías —dijo Puller—. ¿Me permites verlas?

—Mensaje recibido, compañero.

Monroe hurgó en una de sus bolsas mientras Puller lanzaba una mirada a la sargento enarcando las cejas. Ella se encogió de hombros y esbozó una sonrisa.

Monroe extrajo su cámara, la encendió y mostró las fotografías alineadas en el visor.

—¿Es una réflex de treinta y cinco milímetros? —dijo Puller.

—Sí. Es la que nos hacían usar cuando estudiaba. Bien, he tomado tres fotos de todo, una en comparación con los objetos cercanos, otra con una regla y la última de cerca pero sin la regla.

—Bien. ¿Qué diafragma has empleado?

Cole lanzó a Puller una mirada de advertencia, pero este la ignoró.

Monroe permaneció ajeno a aquella conversación silenciosa.

—Un 16 para todo lo que estuviera a un metro de distancia o más, y un 28 para los primeros planos.

Puller asintió con gesto de aprobación.

—¿Con qué ángulo has tomado las fotos?

—Las he hecho todas a la altura de los ojos.

—¿Has empleado la superposición de 360 grados?

Monroe compuso de pronto un gesto de inseguridad, y terminó negando con la cabeza.

—Eeeh... no.

Puller miró a Cole y vio que esta continuaba perforándolo con la mirada, las manos en las caderas, los labios fruncidos. Por un momento pensó si sería capaz de desenfundar de nuevo la Cobra.

—No hay problema —dijo—. En el Ejército somos algo exagerados. Oye, Lan, necesito una persona con experiencia que me ayude. Y es obvio que tú conoces bastante bien cómo funciona una cámara.

—No hay problema —contestó Monroe, ya recuperado el buen humor—. Lo ayudaré con mucho gusto. —Señaló el trípode y el resto del equipo que había sacado Puller de su mochila—. ¿Eso es un alargador para el flas? —inquirió.

Puller asintió.

—Lo utilizaremos para fotografiar huellas dactilares, marcas de neumáticos y marcas de cualquier herramienta. El cable de sincronización lo usaremos para conectar el flas.

—¿A qué distancia lo colocan los del Ejército? —preguntó Monroe con avidez.

—Lo ideal es a un metro. Y en un ángulo de cuarenta y cinco grados. Dos disparos desde los cuatro puntos cardinales.

—¿Qué tiene de importante usar el alargador? —quiso saber Cole.

—Impide que haya puntos de luz muy intensa, que causa una sobreexposición en la parte superior de las fotos.

—Qué pasada —dijo Monroe.

Puller señaló los cuatro miembros de la familia Reynolds.

—Como no los han movido, tenemos que fotografiarlos como es debido. Por los cuatro lados, incluida la parte de atrás. Cinco fotos de la cara, todas las heridas y demás marcas. Con regla y sin ella, la lividez post mórtem y toda la pólvora y el punteado procedentes de armas de fuego. ¿Tienes una cámara de vídeo?

Monroe afirmó con la cabeza.

—Graba todo en vídeo —le dijo Puller—, pero no te fíes de él para los detalles finos. Te sorprendería lo que es capaz de hacer el abogado defensor con esas cosas.

—¿Ya le ha pasado a usted alguna vez? —le preguntó Cole.

—Le pasa a todo el mundo —replicó Puller.

Estaba a punto de colocar su trípode para empezar a tomar fotos de los cadáveres cuando de pronto miró la moqueta y se detuvo. Se arrodilló y observó el tejido más de cerca.

—¿Qué ven ustedes aquí?

Monroe y Cole se aproximaron. El técnico se puso de rodillas y estudió el lugar en cuestión.

—No estoy seguro —dijo—, una impresión de algo.

—De hecho son varias impresiones. Tres en total, circulares, pero formando un dibujo triangular. —Puller agarró el trípode y lo colocó un poco más allá. Después volvió a levantarlo—. ¿Qué ven ahora?

Monroe observó el sitio en cuestión. Cole también. Ambos dieron un respingo y miraron de nuevo el punto original. Las impresiones eran casi idénticas.

—Alguien ha colocado aquí un trípode antes que nosotros. ¿Por qué?

Puller miró primero el lugar y después los cadáveres alineados.

—Cadáveres dispuestos en fila, encima de un sofá. El trípode delante, con la cámara montada en él.

—¿Han estado filmando a los Reynolds? —dijo Cole.

Puller tomó varias fotos de las impresiones.

—No, los han estado interrogando.

14

Varias horas después, ya habían terminado de fotografiar los cuatro cadáveres y de procesar otras partes de la escena del crimen. Puller y Monroe habían depositado los cuerpos, unos junto a otros, sobre un plástico blanco extendido en el suelo. El cadáver de Larry Wellman lo habían subido del sótano y ahora yacía en el comedor, dentro de una bolsa de plástico con cremallera. Ni Wellman ni los Reynolds presentaban heridas defensivas; al parecer, a todos los habían pillado por sorpresa.

Puller había grabado sus observaciones y se había servido del artilugio que anteriormente se había guardado en el cinturón para ayudarse a organizar la investigación. Monroe le preguntó todo emocionado qué clase de instrumento era.

—El Ejército lo denomina DEEC, es decir Dispositivo de Explotación de Escenas del Crimen. Es una cámara dotada de generador de código de barras, pantalla digital, generador de etiquetas e impresora, todo en uno. Tiene también un USB para poder cargar o descargar la información del ordenador portátil. Mi grabadora digital posee la misma capacidad. Y cuenta además con un transcriptor electrónico, de modo que escribe automáticamente lo que yo he grabado con mi voz. No se me da muy bien el teclado.

—Es una auténtica pasada —dijo Monroe.

—No te emociones demasiado, Lan —le dijo la sargento—. Dudo que con nuestro presupuesto tengamos dinero para comprar un chisme de esos.

Puller miró a Cole.

—Hábleme del perro que había aquí.

—Era un collie. Se lo he dado a un colega para que lo cuide. Es muy simpático.

—De acuerdo, ¿pero alguno de los vecinos ha informado de haberlo oído ladrar?

—Ese perro no puede ladrar —repuso Cole—. Seguramente es la única razón de que lo hayan dejado con vida.

—¿Un perro que no puede ladrar?

—Bueno, a nosotros no nos ha ladrado ni una sola vez. Puede que lo hayan operado, cosa que a veces suprime la capacidad de ladrar. Por lo menos eso dice un amigo veterinario al que he consultado.

A continuación, Cole observó los cadáveres alineados en el suelo y dijo:

—Ha dicho usted que los interrogaron, pero lo cierto es que no ha explicado a qué se refiere. Es obvio que no los interrogaron después de matarlos. Así pues, ¿por qué los colocaron en fila en el sofá después de muertos?

—Yo diría que los asesinos deseaban ver cómo los interrogaban. Y también ver en el vídeo que estaban muertos.

—¿Así que pensaban enviarle el vídeo a otra persona?

—Eso es lo que interpreto yo.

Cole asintió despacio.

—Entonces, si lográsemos dar con ese vídeo, tal vez halláramos alguna que otra pista. Por ejemplo, uno de los asesinos pudo pasar por delante del objetivo. O puede que la cámara captase el reflejo de uno de ellos o de varios.

—Eso es verdad. Pero lo más probable es que si encontramos el vídeo encontremos también a los asesinos. No es un objeto que vayan a dejar por ahí tirado.

—En fin, esperemos que ocurra eso.

—Tenemos que trasladar enseguida los cadáveres a un entorno refrigerado y luego practicarles la autopsia —dijo Puller contemplando los cuerpos, que comenzaban a descomponerse—. Llega un momento en el que las pruebas judiciales empiezan a desintegrarse. ¿Cómo está lo de su amigo médico?

—Debería saber algo definitivo hoy mismo.

Puller se arrodilló junto a Matt Reynolds.

—Un disparo de escopeta en la cara. A una distancia inferior a un metro, mínima dispersión de los perdigones, restos de revestimiento en las heridas. Si el cañón era de los que se estrechan en la punta, ello podría enturbiar el análisis. —Señaló los restos de revestimiento—. Lan, ¿has tomado ya una muestra para verificar el calibre?

—Sí. Todavía no la he analizado, pero espero que cuando compare el diámetro con los revestimientos de muestra obtengamos una respuesta.

A continuación Puller pasó al cadáver de la esposa.

—He medido la distancia que hay entre los perdigones, y junto con el hecho de que no existe ninguna herida central y nada de revestimiento, deduzco que a ella probablemente le dispararon desde una distancia superior a tres metros.

—Pero abajo, en el sótano —dijo Cole, que se había arrodillado a su lado.

—Supuestamente. Pero ya lo confirmarán los resultados de serología —dijo Puller.

—¿Por qué en el sótano? —preguntó Cole.

—Porque se hace menos ruido —respondió Puller—. Pero aun así surgen problemas.

—¿Como cuáles?

—La explosión de una escopeta en mitad de la noche, aunque sea dentro de un sótano, puede llamar la atención. Y además hay que controlar a los demás cautivos. Si oyen el disparo, les entra el pánico, empiezan a chillar e intentan huir, pues saben que probablemente los siguientes serán ellos.

De repente Monroe chasqueó los dedos, abrió una caja metálica que había traído previamente a la casa y sacó de ella varias bolsitas selladas que contenían pruebas.

—Ya me extrañaba haber encontrado estas cosas en esos sitios. Pero puede que se explique con lo que acaba de decir usted.

Puller fue cogiendo las bolsitas una por una.

—Dime qué hay aquí dentro.

—Esa sustancia gris procede del oído izquierdo de la chica.

El hilo blanco lo encontré en la boca del chico. Y también encontré otro parecido colgando de un molar izquierdo de la madre.

Cole los observó por encima del hombro de Puller.

—¿El hilo blanco estaba dentro de la boca? —dijo Puller—. ¿A modo de mordaza?

—¿Y lo del oído? —preguntó Cole.

—Estoy pensando que es un trozo de un auricular —dijo Monroe—. Como los de un iPod o un MP3.

—Los obligaron a escuchar música a todo volumen mientras disparaban a sus padres —dijo Puller—. Para que no oyeran nada.

—Eso es bastante salvaje —comentó Monroe.

—En cambio no explica el uso de una escopeta —repuso Puller—. Puede que ellos no oyeran nada, pero alguno de los vecinos sí.

Cole se levantó y fue a asomarse por la ventana. De repente se volvió.

—Ha dicho explosión.

Puller devolvió las bolsitas a Monroe y se volvió hacia ella.

—Sí, ¿y qué?

—Trent Exploraciones. Es posible que en la noche del domingo realizaran alguna voladura. Y este barrio se encuentra a solo tres kilómetros de donde están trabajando.

15

Puller miró fijamente a Cole.

—De acuerdo, ¿pero el estruendo de esa voladura sería lo bastante fuerte para eclipsar un disparo de escopeta e impedir que este se oyera desde otra casa?

—En un sótano, yo diría que sí. Si uno está lo bastante cerca, algunas de esas explosiones son capaces de levantarlo de la cama.

—Dice usted que es posible que realizaran una voladura. ¿Es que no lo sabe con seguridad?

—No, yo vivo bastante lejos de aquí. Pero cualquier explosión que se oiga en este barrio tiene que proceder de Trent. Es la única compañía que opera aquí cerca.

—Aguarde un minuto —dijo Monroe despacio—. Esa noche yo salí con mi novia. Me encontraba como a tres kilómetros de aquí, pero en otra dirección. Y recuerdo haberla oído.

—¿Te acuerdas de la hora de la explosión? —le preguntó rápidamente Puller.

Monroe reflexionó unos instantes.

—Entre las doce y la una, diría yo.

—Eso concuerda con la franja horaria establecida por el deterioro del cadáver —dijo Puller—. Pero el hecho de contar con una franja más estrecha nos ayuda en cierto sentido.

—Coartadas, o la ausencia de ellas —observó Cole, y él confirmó con un gesto de asentimiento.

—Claro que tenemos que preguntarnos por qué mataron con una escopeta a los padres, y en cambio a los hijos no —dijo

Puller—. O por qué no emplearon un arma contundente con todos ellos, y así no tendrían que preocuparse por el ruido de un arma de fuego.

Ni Monroe ni Cole tenían una respuesta preparada que darle.

Puller se volvió hacia el técnico.

—¿Has tomado las huellas de las víctimas y de los padres de la esposa, para poder eliminarlas de la investigación?

—Sí, eso es lo que he hecho a primera hora de la mañana, antes de ir a examinar el coche.

—Pero supongo que no les habrás dicho lo que ha sucedido —dijo Cole a toda prisa.

—Bueno, la madre sufrió un ataque. Le tomé las huellas dactilares mientras estaba inconsciente, así que no pude decirle nada. Y el padre tiene la cabeza que le funciona solo a ratos. Convertí la operación en un juego para que no se diera cuenta de lo que pasaba.

—¿Demencia senil? —dijo Puller.

Cole asintió.

—¿Tiene momentos de lucidez?

—Creo que sí, a veces. ¿Cree que podría sernos de ayuda?

Puller se encogió de hombros.

—Bueno, si a estas personas las ha matado alguien de por aquí, el padre podría saber algo. Yo veo las siguientes posibilidades: Una, que los matasen debido a que el coronel Reynolds trabajaba para la DIA. Dos, por algo relacionado con la madre. Tres, por algo relacionado con los hijos. Cuatro, por algo relacionado con los padres de la madre. O cinco, por algo que todavía no vemos.

—También podría haber sido un robo domiciliario al azar —apuntó Monroe.

Pero Puller sacudió la cabeza en un gesto negativo.

—Han dejado un Lexus último modelo, un ordenador portátil y la alianza de boda de la esposa. Y no ha desaparecido ningún objeto de valor. Además, los que roban casas rara vez se toman la molestia de interrogar a sus víctimas.

—Lo más seguro es que los padres de la esposa no tengan ni un solo enemigo en el mundo —agregó Cole—. Y la esposa y los hijos estaban aquí solo para pasar el verano. Dudo que tuvieran tiempo para ganarse enemigos. Con lo cual, nos queda tan solo el coronel Reynolds.

—Tal vez. Aun así, todavía tengo que comprobarlo todo. —Puller se incorporó—. ¿Había aquí huellas dactilares que no coincidieran con las eliminadas, las de los primeros técnicos que llegaron a la escena?

—Las del cartero, y también las de una cuidadora que trabaja en la residencia geriátrica. Encontré sus huellas latentes en la nevera. Venía para ayudar al señor Halverson, antes de que lo ingresaran en la residencia. Y las de dos sanitarios que acudieron cuando la señora mayor sufrió el ataque.

—¿Ninguna más?

—Dos más, una en la pared del cuarto de estar y otra en la encimera de la cocina. Voy a compararlas con nuestra base de datos.

—Facilítame copias, y las compararé también con las bases de datos federales —ofreció Puller.

—Gracias.

—¿Cómo sabían los asesinos a qué hora iban a tener lugar las voladuras en la mina? —preguntó Puller a continuación—. ¿Es de dominio público?

—Sí —contestó Cole—. Existe una serie de normas relativas a las detonaciones de la minería de superficie. Se necesita obtener los permisos correspondientes y ejecutar un plan concreto. Hay que anunciar el programa de voladuras en los periódicos locales, con bastante antelación. A la gente que vive cerca se la avisa personalmente. Es obligatorio utilizar un equipo homologado. Existen límites para el ruido, así que tienen que controlar los decibelios de la explosión. Y también tienen que medir la vibración del suelo. Y es frecuente que separen una detonación de otra con un espacio de ocho milisegundos.

—¿Por qué? —preguntó Monroe, que estaba fascinado con la conversación. Vio que Puller lo estaba mirando y añadió—: He ido a la universidad de Virginia, pero no soy de aquí.

—Esos ocho milisegundos —explicó Cole— proporcionan un margen suficiente para mantener controlados el ruido y la vibración del terreno.

Puller la miró fijamente.

—Es obvio que sabe usted mucho de todo esto. ¿A qué se debe?

Cole se encogió de hombros.

—Soy natural de Virginia Occidental. El estado entero es una mina enorme. Por lo menos esa impresión se tiene en ocasiones.

—Y además su padre trabajó para Trent Exploraciones, ¿no? —dijo Monroe.

Cole dirigió una mirada rápida a Puller, que la observó con mayor insistencia todavía.

—Así es —respondió en voz queda—. Pero ya no.

—¿Por qué ya no? —inquirió Puller.

—Porque ha muerto.

—Lo lamento. —Calló durante unos instantes de incomodidad—. ¿Qué explosivos emplean para las voladuras?

—Por lo general ANFO, una mezcla de nitrato de amonio, que en realidad es un fertilizante, y gasóleo. Raspan la capa superior del suelo y la inferior y después perforan unos orificios en la roca para depositar las cargas. Se trata de fracturar las capas de roca. Después traen el equipo pesado para dejar al descubierto la mena de carbón.

—¿Por qué la vuelan con explosivos, en vez de excavar túneles?

—Hace varias décadas practicaban túneles. Pero para llegar hasta el carbón que queda ahora no se puede excavar un túnel, la roca es demasiado blanda. O eso afirman. Pero resulta curioso.

—¿El qué? —preguntó Puller.

—Lo típico es que una voladura se lleve a cabo entre el amanecer y el ocaso, de lunes a sábado. Trent debe de tener un permiso especial para utilizar explosivos por la noche y en domingo.

—Así que el programa de voladuras es de conocimiento público —dijo Puller—. Eso no contribuye a reducir la lista de posibles sospechosos. Pero hábleme de Trent Exploraciones.

—Trent es, con diferencia, la empresa que crea más empleo en este condado.

—¿Cae bien a la gente? —preguntó Puller.

Cole frunció los labios.

—Las compañías mineras del carbón no caen bien a nadie, Puller. Y la manera de actuar de Trent ha dado como resultado que el valle entero se haya llenado de desechos. Los escombros causan inundaciones y un sinfín de daños al medio ambiente, por no mencionar que el hecho de volar las montañas con explosivos deja el paisaje de lo más feo. Pero a la empresa le resulta mucho más barato. Obtiene unos beneficios enormes.

—Pero así y todo crea puestos de trabajo —añadió Monroe—. Un primo mío trabaja en Trent de ingeniero geólogo. Y se gana bastante bien la vida.

—Roger Trent es el único propietario de la compañía —prosiguió Cole—. Desde luego, ha infringido códigos y ha tenido accidentes en los que ha muerto gente. Y no le beneficia precisamente que viva en una gran mansión protegido por grandes verjas de hierro y que se haya procurado un suministro particular de agua canalizada, limpia y pura, porque las actividades de su empresa han destrozado los acuíferos.

—¿Y la gente de por aquí permite que sucedan esas cosas?

—Tiene contratada a una legión de abogados rastreros, y aunque el estado está intentando depurar el sector judicial, él todavía tiene comprados a la mitad de los jueces. En cambio da trabajo a la gente, paga sueldos decentes y dona fondos a las organizaciones benéficas, de modo que se le tolera. Pero como ocurran unos pocos accidentes más y se diagnostiquen unos cuantos cánceres más debidos a la contaminación, podrían echarlo de aquí por la vía rápida.

Puller contempló una vez más los cadáveres.

—¿Cuánto tiempo hacía que estaban aquí los Reynolds?

—Unas cinco semanas —respondió Cole—, según las personas con las que hemos hablado.

—Y el coronel iba y venía de Washington —agregó Puller. Volvió la vista hacia la ventana—. ¿Han peinado el vecindario?

—Otras siete viviendas, y hemos hablado con todo el mundo. Cero resultados.

—Cuesta un poco creerlo —comentó Puller—. ¿Vienen

unos asesinos a la puerta de al lado y nadie ve ni oye nada? Y después matan a un policía y se llevan su coche, ¿y de nuevo nadie se entera de nada?

—Lo único que puedo decirle es lo que me han dicho a mí.

—En ese caso, puede que haya llegado el momento de volver a preguntar a todo el mundo.

16

Puller descendió los escalones de la entrada y continuó andando hasta que estuvo en el centro del jardín, cubierto de hierba chamuscada. Cole lo había acompañado, mientras que Lan Monroe se había quedado dentro para terminar de introducir pruebas en bolsitas.

Puller miró a izquierda y a derecha, y luego volvió a mirar al frente. El día había transcurrido rápidamente. Hacía mucho que había comenzado a ponerse el sol, sin embargo aún se notaba un calor incómodo. No soplaba viento, y la humedad resultaba opresiva por todos lados, como si estuvieran rodeados de muros de agua líquida.

—Puller, ¿quiere que nos repartamos las casas? —preguntó la sargento.

Puller no respondió.

Lo que estaba viendo requería ser descifrado y colocado en la perspectiva adecuada. En la calle había ocho viviendas, cuatro en cada lado, incluida la de los asesinatos. En seis de ellas había gente a la vista: unos cuantos hombres, varias mujeres y algún que otro niño pequeño. A todas luces, todos estaban realizando actividades cotidianas como lavar el coche, segar el césped, recoger el correo, jugar a la pelota o simplemente conversar. Pero lo que estaban haciendo en realidad era satisfacer su curiosidad morbosa, observando subrepticiamente la casa en la que habían tenido lugar varias muertes violentas.

La tarea inmediata que se le presentaba a Puller era la de separar lo obvio y normal de lo que no lo era. Se centró en la vivienda situada justo enfrente, al otro lado de la calle. En el camino de entrada para vehículos había dos automóviles grandes y una moto Harley de autopista. Pero no se veía a nadie. No había ningún curioso.

—¿Ha hablado con los vecinos de esa casa? —señaló.

Cole volvió la vista hacia donde él indicaba. Llamó a uno de los agentes uniformados que montaban guardia en la escena del crimen y le preguntó:

—Lou, tú has hablado con esa gente de ahí, ¿no?

Lou se aproximó. Era el policía regordete. El cinturón de cuero iba emitiendo crujidos con cada paso que daba. Puller sabía que aquel era un error de novato. Había que lubricar el cinturón. Los crujidos eran muy peligrosos.

Lou sacó su cuaderno y pasó varias hojas.

—He hablado con un caballero que se identificó a sí mismo como Eric Treadwell. Vive en esa casa con una señora llamada Molly Bitner. Me ha dicho que esa mañana la señora se fue temprano a trabajar y no mencionó haber visto ni oído nada sospechoso. Pero que le preguntaría a ella cuando volviera a casa. Y Treadwell dijo que tampoco vio ni oyó nada.

—En cambio pudo haber visto algo anoche, cuando mataron a Larry —repuso Cole—. Quiero que interroguen de nuevo a todos estos vecinos. Alguien se llevó el coche de Larry, y es posible que algún vecino de una de estas casas viera u oyera algo.

—De acuerdo, sargento.

—¿Ese tal Treadwell le enseñó algún documento de identidad? —preguntó Puller.

Lou, que estaba a punto de irse para cumplir la orden de Cole, se volvió hacia él.

—¿Un documento de identidad?

—Sí, para demostrar que realmente vive ahí.

—No, no me enseñó ningún documento de identidad.

—¿Se lo pidió usted?

—No —respondió Lou, a la defensiva.

—¿Cómo fue la entrevista? ¿Lo abordó usted? —inquirió Puller.

—Cuando me acerqué, él estaba en la puerta de la casa —dijo Lou—. Seguramente por eso no le pedí la documentación, porque estaba dentro de su casa.

Puller sabía que aquello era una mentira. El agente estaba retrocediendo, inventando algo que justificara su falta de profesionalidad y hasta de sentido común.

—Pero usted no conocía a Eric Treadwell de vista, ¿no? —preguntó.

Cole se volvió hacia su subordinado, que miraba a Puller con el ceño fruncido.

—Responde a la pregunta, Lou.

—No —admitió Lou.

—¿Lo conoce algún otro policía?

—Ninguno me lo ha mencionado.

—¿Qué hora era?

Lou consultó una vez más sus apuntes.

—Poco después de las tres de la tarde. La verdad es que acabábamos de llegar aquí para atender la llamada.

—¿Había más vecinos alrededor?

—No, a esa hora no es muy probable. En Drake la gente trabaja, tanto los maridos como las esposas.

—Pero, por lo visto, ese vecino no.

—¿Adónde pretende llegar, Puller? —preguntó Cole—. ¿Intenta decir que ese vecino era el asesino? Pues en ese caso fue una estupidez que se quedase aquí, a charlar con la policía.

A modo de contestación, Puller señaló la casa.

—Ahora son más de las cinco de la tarde. En el camino de entrada hay dos automóviles. Ya estaban cuando llegué yo, a eso de las cuatro de la madrugada, y llevan ahí todo el día. De modo que aunque usted ha dicho que aquí todo el mundo trabaja, parece ser que esta casa es una excepción. Y en todas las demás casas hay gente en la calle, viendo lo que hacemos. Es normal. En cambio en esta no hay nadie, ni siquiera mirando por la ventana. Dadas las circunstancias, eso no es normal. —Se volvió hacia Lou—. El lunes, cuando estuvo hablando con ese tipo, ¿estaban los dos coches y la Harley aparcados en el camino de entrada?

Lou se echó la gorra hacia atrás y reflexionó unos instantes.

—Sí, me parece que sí. ¿Por qué?

—Acaba de decir que ese tipo le dijo que su mujer estaba aún en el trabajo. ¿Cuántos vehículos tienen?

—Mierda —murmuró Cole con un gesto de irritación y mirando ceñuda a Lou—. Vamos.

Cruzó la calle seguida por Puller y Lou. Llamó a la puerta, no contestó nadie, volvió a llamar.

Nada.

—El problema es que no tenemos una orden de registro. Y tampoco tenemos una causa probable para allanar la vivienda. Puedo intentar conseguir algo que... —Se interrumpió—. ¿Qué está haciendo?

Puller se había inclinado sobre la barandilla de la entrada y estaba mirando por la ventana.

—Conseguir una causa probable —respondió.

—¿Qué? —replicó Cole.

Puller desenfundó su M11.

—¿Pero qué está haciendo? —exclamó Cole.

Puller golpeó con su bota del cuarenta y ocho la madera de la puerta, y esta se hundió hacia dentro. Acto seguido terminó con el hombro lo que había iniciado con el pie. Penetró en la casa semiagachado y haciendo un barrido visual, con el arma paralela a los ojos. Dobló una esquina y se perdió de vista.

—Entren —dijo después—, pero manténganse alerta. Esto aún no está despejado.

Cole y Lou sacaron sus armas y entraron también. Al llegar a la esquina, se asomó y vio a Puller, que miraba algo fijamente.

—Hijo de puta —exclamó.

17

Un hombre y una mujer. Ambos gruesos y posiblemente de cuarenta y tantos años. Se hacía difícil distinguir en qué estado se encontraban. El hombre llevaba una barba tupida y los brazos desnudos y cubiertos de tatuajes. También llevaba tatuada un águila en el pecho, igualmente desnudo. La mujer tenía el pelo teñido de rubio y vestía un pantalón de hospital, pero nada en la parte de arriba.

Se hallaban sentados en el sofá del cuarto de estar.

Se veía a las claras que estaban muertos, pero la causa de la muerte no resultaba tan obvia.

Cole se puso al lado de Puller, que miraba fijamente los cadáveres.

Puller se fijó en el suelo. No se veían marcas de ningún trípode, porque el piso era de madera en lugar de moqueta. Así y todo, su intuición le estaba mandando un mensaje bien claro: a estos también los habían interrogado.

Los dos estaban tornándose verdes. No procedía buscar residuos de disparos; lo que procedía era buscar una tumba.

El hombre llevaba en la mano derecha un anillo de Virginia Tech. La mujer, una pulsera en la muñeca izquierda, junto a un reloj Timex.

—Al parecer, murieron al mismo tiempo que los Reynolds —dijo Puller—. Vamos a necesitar a alguien que declare oficialmente la muerte.

—De acuerdo, ¿pero cómo han muerto? —preguntó Cole.

Puller volvió a examinar el suelo. No había manchas de sangre. Se puso unos guantes que extrajo de un paquete que llevaba al cinto e inclinó la cabeza del hombre. No había orificios de bala a la vista, ni de entrada ni de salida. Tampoco había hematomas que indicaran un aplastamiento del tallo cerebral. Ni heridas de arma blanca. Ni huellas de ligaduras en el cuello. Ni señales de golpes en el abdomen.

—¿Asfixia? —propuso Lou, que estaba de pie bastante más atrás y con cara de mareado, seguramente a causa del hedor.

Puller levantó con cuidado el párpado izquierdo del varón.

—No hay señales de petequias. —A continuación observó el torso, tanto el del uno como el del otro.

—¿Qué? —inquirió Cole, que había advertido su gesto de perplejidad.

—Los cadáveres han sido trasladados. Y les han quitado la camisa.

—¿Cómo sabe eso? —preguntó Cole.

Puller indicó unas marcas de color claro que ambos tenían en los brazos y alrededor del cuello.

—Son víbices. Cuando la ropa muy apretada ejerce presión contra los capilares, estos no pueden llenarse. Lo cual quiere decir que después de morir tuvieron la camisa puesta durante un rato. Y tras la muerte la sangre se acumula, por efecto de la gravedad, en las partes bajas del cuerpo.

—Lividez —dijo Cole.

—Exacto —dijo Puller—. Seis horas después de producirse la muerte, los capilares se coagulan. Después aparecen las manchas post mórtem permanentes.

—¿Y por qué les quitaron la camisa después de matarlos?

—Bueno —terció Lou—, no sabemos si los mató alguien, ¿no? A lo mejor se suicidaron, se tomaron un veneno o algo, y se quitaron la camisa antes de palmarla.

Puller negó con la cabeza para rechazar aquella sugerencia.

—El análisis de toxinas nos lo dirá con seguridad. Pero en la mayoría de los casos de envenenamiento las zonas hipostáticas tienen un color distintivo, como rojo cereza, rojo, rojo marrón o marrón oscuro. Y aquí no veo nada de eso.

Cole examinó las manos de los cadáveres.

—Tampoco hay señales de heridas defensivas, y las uñas están relativamente limpias. ¿Pero por qué les quitaron la camisa? Sobre todo a la mujer. Si yo fuera a suicidarme, desde luego no me gustaría que me encontraran semidesnuda.

Apartó la vista de aquellos pechos grávidos y surcados de venas, que colgaban casi hasta el ombligo de la mujer.

—Los asesinos les quitaron la camisa porque querían que nos costase un poco más averiguar cómo murieron estas dos personas.

—¿A qué se refiere?

—A que en las camisas había manchas de sangre.

—¿Cómo sabe eso?

Puller indicó un punto concreto en el que el seno derecho de la mujer se unía a la caja torácica.

—La sangre empapó la camisa y una parte de ella se quedó retenida en esa grieta. A los asesinos se les debió de pasar ese detalle, en cambio se emplearon a fondo en limpiar todo lo demás, porque debía de haber salpicaduras de sangre y de tejidos.

—De acuerdo, ¿pero de dónde procedían? —exclamó Cole.

Puller se inclinó y levantó con cuidado el párpado derecho del hombre.

—Debería haber visto esto antes, pero me equivoqué de ojo.

Cole se acercó un poco más.

—Maldita sea.

El ojo había desaparecido, y en su sitio había un boquete oscuro y transformado en una llaga.

—Herida de contacto —dijo Puller—. Encontraremos pólvora. De pequeño calibre. Examine a la mujer.

Cole se puso los guantes. El ojo izquierdo de la mujer era también un mero agujero. Alrededor de los bordes había grumos de masa encefálica de color gris.

—Solo en una ocasión he visto algo semejante a esto —comentó Puller—. En Alemania. Un soldado contra otro. Fuerzas especiales. Poseen unos conocimientos básicos sobre el modo de matar a una persona que resultan impresionantes.

Cole se irguió y apoyó las manos en las caderas.

—¿Para qué habrán empleado este subterfugio? Aunque no lo hubiéramos descubierto nosotros, lo habría revelado la autopsia.

—Diga más bien que «tal vez» lo hubiera revelado la autopsia. A lo mejor contaban con que usted tuviera que recurrir a un técnico sanitario y por lo tanto no llegara a darse cuenta. O con que no se le hiciera una radiografía, con lo cual no se vería la bala que hay alojada en el cerebro. Por desgracia, es algo que sucede constantemente, y lo más seguro es que pensaran que en este caso merecía la pena efectuar un disparo. Lo bueno es que ninguno de los dos cadáveres presenta orificio de salida, lo cual quiere decir que aún tienen las balas dentro. —Miró a Lou—. Obviamente, este no es el caballero con el que habló usted ayer.

—No. Era mucho más delgado, e iba afeitado —concedió Lou con voz débil.

—Denos una descripción completa.

Lou se la dio.

—En este caso vamos a tener que averiguar la identidad.

—Además —intervino Cole—, se hace obvio que este vecino ya estaba muerto cuando ese tipo te la dio con queso, Lou. Envía su descripción a la central y cursa una orden de búsqueda. Ve ahora mismo, aunque lo más probable es que haga ya mucho tiempo que se ha largado.

Lou se marchó y Cole se volvió hacia Puller.

—Ahora tenemos dos escenas del crimen en que trabajar. Esto va a agotar rápidamente mis recursos. ¿Usted cree que el Ejército podría enviarnos más personal?

—No lo sé —respondió Puller, pensando: «En principio solo podían enviarme a mí. ¿Cambiará ahora la cosa?»

—En fin, ambos crímenes tienen que estar relacionados. Por lo menos sabemos eso. Es demasiada coincidencia tener dos asesinatos en una misma calle, perpetrados al mismo tiempo por dos grupos distintos de asesinos.

Al ver que Puller no contestaba, Cole repitió:

—Tienen que estar relacionados, ¿no?

—Nada tiene que ser nada. Hay que demostrarlo.

—Pero usted tendrá alguna teoría preliminar del motivo por el que pueden estar relacionados...

Puller observó la ventana.

—Esa ventana da directamente a la casa de los Reynolds.

Cole se acercó y se asomó a la calle.

—¿Está pensando que estos vecinos vieron algo ahí enfrente y hubo que silenciarlos?

—Claro que si se mira al revés, resulta que la ventana de los Reynolds da directamente a esta casa.

Cole afirmó con la cabeza; veía adónde pretendía llegar Puller con aquel razonamiento.

—¿Entonces es el dilema del huevo o la gallina? ¿Quién vio qué primero?

—Puede ser.

—Pues lo cierto es que tiene que ser lo uno o lo otro —insistió Cole.

—No tiene por qué —replicó Puller.

18

Los cadáveres arrojaron escasas pistas.

En cambio el sótano resultó ser mucho más interesante.

Puller y Cole habían registrado el nivel inferior y habían llegado a una puerta que estaba cerrada con llave. Con el visto bueno de la sargento, Puller la abrió sirviéndose de un gato para neumáticos que encontró en una vieja caja de almacenaje apoyada contra una pared. La estancia que surgió a la vista tenía tres metros de anchura y tres y medio de profundidad.

Sobre una larga mesa plegable se veían botellas de gas propano, botes de disolvente de pintura, una lata de combustible para hornillos de cámping, tarros de cristal, tubo enrollado en bobinas, bombonas de gas, frascos de pastillas y de sal de roca, embudos y abrazaderas, filtros de café, fundas de almohada, ventiladores y termos.

—¿Tiene un equipo para riesgos biológicos? —preguntó Puller al tiempo que se tapaba la nariz y la boca con una mano para proteger sus pulmones del olor a disolventes y productos químicos.

—Es un laboratorio de metanfetamina —dijo Cole.

—Un laboratorio de metanfetamina —repitió Puller—. ¿Tiene un equipo para riesgos biológicos? —volvió a preguntar—. Esto podría saltar por los aires. Y llevarse consigo la escena del crimen del piso de arriba.

—No tenemos ningún equipo para riesgos biológicos, Puller.

—Pues entonces voy a fabricar uno.

Veinte minutos después, ante la atenta mirada de los vecinos, la sargento y los policías, Puller volvió a entrar en la casa ataviado con un traje especial de color verde, con capucha, provisto de filtro de aire, unos protectores para los pies y unos guantes verdes, todo lo cual llevaba antes dentro de su mochila. Examinó el lugar metódicamente, buscó y tomó huellas dactilares, separó sustancias potencialmente volátiles y fotografió y etiquetó todo. Al cabo de dos horas volvió a salir y se percató de que casi se había hecho de noche. Se quitó la capucha. Tenía el cuerpo empapado de sudor. Dentro de la casa hacía calor, y el interior del traje sumaba por lo menos otros seis grados.

Cole vio el rostro perlado de sudor y el pelo húmedo y aplastado, y le entregó una botella de agua fría.

—¿Se encuentra bien? Se le ve agotado.

Puller se bebió la mitad de la botella.

—Estoy bien. Ahí dentro hay mucho material. En el Ejército he trabajado en unos cuantos casos de laboratorios de drogas. Este laboratorio es bastante rudimentario, pero eficaz. Podrían fabricar un producto decente, pero no en demasiada cantidad.

—Mientras usted estaba trabajando ahí dentro, yo he encontrado un sitio al que trasladar los cadáveres.

—¿Cuál?

—La funeraria del pueblo. Tienen locales refrigerados.

—Tiene que ser un lugar seguro.

—Voy a poner dos agentes allí y uno aquí. Harán turnos las veinticuatro horas del día, los siete días de la semana.

Puller estiró la espalda.

—¿Tiene hambre? —le preguntó Cole.

—Sí.

—En el pueblo hay un buen restaurante. Y cierra muy tarde.

—¿Lo bastante tarde para que me dé tiempo de darme una ducha y cambiarme de ropa?

—Sí. Yo también tengo pensado hacer lo mismo. Quisiera quitarme este tufo.

—Dígame cómo se va.

—¿Dónde se aloja?

—En el motel Annie's.

—El restaurante se encuentra solo a tres minutos de allí, dos manzanas en dirección este. Cuando llegue a la calle Cyrus, tuerza a la derecha. No tiene pérdida. Aquí todo está a tres minutos de distancia. Este pueblo es así.

—Cuarenta minutos hasta el hotel. Diez minutos para ducharme y cambiarme. Cinco minutos para llegar al sitio. Nos vemos dentro de sesenta minutos.

—Pero eso solo suma cincuenta y cinco minutos.

—Necesito cinco más para comunicarme con mi jefe. Ya debería haberlo hecho a estas alturas, pero las cosas se han complicado un poco.

—¿Que se han complicado un poco? Pues debe de tener usted el listón muy alto. Llevo un cronómetro, no me decepcione.

Puller regresó al motel, pasó por delante del restaurante en el que iban a cenar, se duchó y se puso un vaquero limpio y una camiseta. A continuación sacó su miniordenador portátil, insertó el dispositivo de comunicaciones y envió a Quantico un correo electrónico encriptado. Después pasó dos minutos hablando por su teléfono seguro, informando al SAC de lo que había descubierto y lo que había hecho hasta el momento. Don White quiso que al día siguiente le enviase informes detallados por correo electrónico, seguidos de otros más formales por correo ordinario.

—Esto tienen que verlo muchas personas, Puller.

—Sí, señor. Dejó ese punto bien claro.

—¿Tiene ya alguna teoría? —inquirió White.

—En cuanto la tenga yo, la tendrá usted. El portátil y el maletín del coronel están bien custodiados. Intentaré que la policía los libere y los deposite en la sede de la Seguridad Nacional.

—¿Tiene ya algo preparado para enviarlo al USACIL?

—Estoy en ello, señor. Debería poder mandarlo mañana, por lo menos el primer lote. Hay mucho material que procesar. Tenemos dos escenas del crimen en vez de una. —Hizo una pausa para permitir que el SAC le ofreciera más personal de ayuda, pero dicha oferta no llegó.

—Las líneas de comunicación están abiertas, Puller —dijo White en cambio.

—Sí, señor.

Puller cerró el teléfono y se guardó el miniportátil en un bolsillo interior de la chaqueta. No le gustaba dejar cosas así en una habitación de motel en la que podía entrar cualquiera empleando una navaja o una tarjeta de crédito. Acto seguido se enfundó las armas, una delante y otra detrás.

Al salir pasó junto a su Malibu y verificó dos veces que estaba cerrado con llave. Llegó a la conclusión de que tardaría menos en llegar al sitio andando que en coche.

De modo que echó a andar. Así se haría una idea más acertada de la distribución de las calles. Y a lo mejor veía a la persona que se había cargado dos familias. Tenía la impresión de que aquellos asesinatos habían sido perpetrados por un vecino del pueblo. Pero no necesariamente en todos los aspectos.

19

El restaurante era igual que el millón de restaurantes de pueblo en los que había comido Puller. Ventanales de cristal que daban a la calle y el nombre de La Cantina estampado en el principal con unas letras que parecían más viejas que él mismo. Otro letrero más pequeño prometía servir desayunos a diario. Dentro había un largo mostrador con banquetas giratorias tapizadas en un vinilo rojo y agrietado. Detrás del mostrador había varias filas de cafeteras que, pese al calor que hacía aun siendo ya tan tarde, se utilizaban continuamente, aunque Puller vio también muchas botellas y jarras de cerveza fría circulando por entre los sedientos clientes.

A través de un ventanuco que comunicaba el local con la cocina, Puller distinguió varias freidoras viejísimas y numerosas cestas de acero inoxidable preparadas para sumergirse en cubetas de aceite caliente y burbujeante. También había enormes sartenes ennegrecidas, puestas sobre el fuego de los quemadores. De la cocina se encargaban dos cocineros de gesto taciturno, vestidos con gorritos blancos y camisetas sucias. El restaurante entero olía a grasa de varias décadas de antigüedad.

Más allá de las banquetas del mostrador había sofás con cabida para cuatro personas, tapizados con el mismo vinilo a cuadros, formando una L contra dos paredes, y mesas con manteles a cuadros encajadas entre el mostrador y los sofás. El local estaba lleno en sus tres cuartas partes; un sesenta por ciento de hombres y un cuarenta por ciento de mujeres. Muchos de los hombres estaban delgados, casi demacrados. Casi todos vestían vaqueros, camisas de trabajo y botas con puntera metálica, y llevaban el cabello peinado hacia atrás, probablemente por haberse duchado hacía poco. Puller se dijo que a lo mejor eran empleados de la mina que acababan de finalizar el turno. Cole había dicho que allí no excavaban para extraer el carbón, que lo obtenían volando la montaña con explosivos y luego lo transportaban por carreteras de lo más traicionero. Seguía siendo un trabajo duro y peligroso, y aquellos hombres daban fe de ello.

Las mujeres se dividían entre las matronas de blusa modesta y falda ancha y hasta la rodilla y las jóvenes fibrosas vestidas con tejanos y pantalón corto. Había unas cuantas adolescentes ataviadas con ropa ajustadísima y lo bastante corta para dejar vislumbrar la braga o el color blanco del trasero, probablemente para alegría de sus rudos novios. También había dos individuos con cazadora y pantalón *sport*, camisa de botones y zapatos de vestir muy rozados. Tal vez fueran ejecutivos de la mina que no tenían que ensuciarse las manos ni romperse la espalda para ganarse el pan. No obstante, por lo que se veía, todos tenían que comer en el mismo sitio.

Maravillas de la democracia, pensó Puller.

Cole ya estaba dentro, sentada en un sofá situado casi al fondo. Le hizo una seña con la mano y él fue hacia allí. Llevaba puesta una falda pantalón de tela vaquera que dejaba al descubierto unas pantorrillas musculosas y una blusa blanca y sin mangas que mostraba unos brazos firmes y bronceados. Las sandalias enseñaban las uñas de los pies, sin pintar. Junto a ella descansaba su enorme bolso con bandolera, y Puller imaginó que dentro llevaría su Cobra y su placa. Aún tenía el pelo mojado de la ducha, y despedía un aroma a coco que eclipsó el olor de la grasa conforme se fue acercando. Todas las miradas del restaurante estaban fijas en él, un detalle del que tomó nota y el cual reconoció como perfectamente normal, dadas las circunstancias. Dudaba que llegaran muchos desconocidos a Drake. Claro que el coronel Reynolds era uno de ellos. Y ahora estaba muerto.

Tomó asiento. La sargento le entregó un menú plastificado.

—Cincuenta y ocho minutos. No me ha decepcionado.

—Me he dado mucha prisa. ¿Qué tal es el café? —preguntó Puller.

—Probablemente tan bueno como el del Ejército.

Puller esbozó una media sonrisa ante aquel comentario al tiempo que escrutaba la carta. Por fin la dejó en la mesa.

—¿Ya se ha decidido? —le preguntó ella.

—Sí.

—Imagino que tomar decisiones rápidas es una necesidad para alguien como usted.

—Siempre que sean acertadas. ¿Por qué se llama este sitio La Cantina?

—Es la jerga de los mineros. Hace alusión a la zona de la mina en que los trabajadores se sientan a almorzar y hacer un descanso.

—Da la impresión de tener mucho negocio.

—Prácticamente es el único local del pueblo que abre hasta tan tarde.

—Más ingresos para el propietario.

—Que es Roger Trent.

—¿También es el dueño de este restaurante?

—Es el dueño de casi todo Drake. Lo compró barato. Este pueblo está tan contaminado, que la gente está deseando vender y marcharse. A los que se quedan los tiene muy ocupados: tiendas de comestibles, talleres mecánicos, fontaneros, electricistas, este restaurante, la gasolinera, la panadería, la tienda de ropa. La lista no tiene fin. Deberían cambiar el nombre del pueblo y llamarlo Trentsville.

—De manera que obtiene beneficios creando pesadillas medioambientales.

—La vida es un asco, ¿a que sí?

—¿Y qué me dice del motel Annie's? ¿También es Trent el propietario?

—No. La dueña no quiso vender. Apenas consigue llegar a fin de mes. Dudo que a Roger de verdad le interesara comprarlo.

Cole paseó la mirada por los demás clientes.

—La gente siente curiosidad.

—¿Por qué, concretamente?

—Por usted. Por lo que ha sucedido.

—Es comprensible. ¿Los rumores corren deprisa?

—Es algo viral. Se transmite de boca en boca.

—¿Ya se han interesado los medios?

—Por fin se han enterado. Tenía varios mensajes esperándome en el teléfono. Un periódico, una emisora de radio. He recibido un correo electrónico de una televisión de Parkersburg, y espero recibir otro de Charleston. Cuando ocurre algo malo, durante unos quince minutos todos quieren abalanzarse sobre ello.

—Deles largas a todos por el momento.

—Intentaré contenerlos todo lo que pueda, pero no soy yo quien tiene la última palabra.

—¿Su jefe?

—El sheriff Pat Lindemann. Es una buena persona, pero no está acostumbrado a la inquisición de los medios.

—En eso puedo ayudarla yo.

—Usted lleva las relaciones con la prensa, ¿no es cierto?

—No. Pero el Ejército tiene personal que se encarga de ello. Y se les da muy bien.

—Se lo haré saber al sheriff.

—Supongo que todo el mundo estará enterado de lo de la segunda casa.

—Supone acertadamente.

Habían encontrado documentos de identidad en la casa. El muerto era Eric Treadwell, de cuarenta y tres años. La mujer era Molly Bitner, de treinta y nueve.

—De modo que el impostor utilizó el nombre de Treadwell cuando habló con mi agente. Aun así corrió un riesgo enorme. ¿Qué habría pasado si Lou le hubiera pedido la documentación, o si hubiera querido entrar en la casa? ¿O si uno de mis agentes conociera a Treadwell? Drake no es tan grande.

—Tiene razón. Fue un riesgo enorme. Un riesgo calculado. Pero actuaba a favor de ellos. Y las personas que están dispuestas a correr un riesgo así y saben utilizarlo con ventaja se convierten en duros adversarios.

Lo que estaba pensando Puller en realidad era que el impostor poseía algún entrenamiento especial. Quizá de tipo militar. Y que aquello iba a entorpecer las cosas mucho y muy deprisa. Se preguntó si el Ejército tendría noticia de aquel detalle, y si aquella era la razón de que lo hubieran enviado a él en solitario.

La camarera, una mujer bajita y malhumorada que tenía el cabello gris, ojeras muy marcadas y una voz rasposa, se acercó para tomarles el pedido.

Puller decidió tomar tres huevos hechos por los dos lados, tocino, gachas, patatas fritas en tiras, tostadas y café. Cole pidió una ensalada Cobb con aceite y vinagre y un té helado. Cuando Puller se movió para devolver el menú, se le abrió la chaqueta y se le vio la M11. La camarera parpadeó unos instantes, después se apresuró a recoger los menús y se fue. Puller se fijó en ello y se preguntó si sería la primera vez que aquella mujer veía una pistola.

—¿Ha pedido un desayuno? —le dijo Cole.

—Es que hoy aún no lo he tomado. Pensé en meterme uno en el cuerpo antes de acostarme.

—Bueno, ¿ha hablado con su jefe?

—Sí.

—¿Está contento con el curso de la investigación?

—No ha hecho ningún comentario al respecto. Y la verdad es que hemos avanzado poco. Lo único que hemos hecho ha sido formular un montón de preguntas.

Llegaron el té helado y el café.

Cole bebió un sorbo de su vaso.

—¿Piensa de verdad que a esas personas las interrogaron antes de matarlas?

—Está entre una suposición y una deducción.

—¿Y el laboratorio de metanfetamina del sótano?

—Eso me gustaría mantenerlo en secreto por el momento.

—Estamos haciendo todo lo que podemos. A mis agentes les tengo dicho que no divulguen nada. —Titubeó un momento y desvió la mirada.

Puller adivinó lo que estaba pensando:

—¿Pero este pueblo es pequeño y a veces las cosas acaban sabiéndose?

Cole afirmó con la cabeza.

—¿Sobre qué pudieron interrogarlos?

—Digamos que los que mataron a Treadwell y a Bitner trabajaban con ellos en el negocio de las drogas. Uno o varios de los Reynolds ven actividad sospechosa y los sorprenden en plena faena. Los drogatas quieren averiguar si han visto mucho o poco, y a quién se lo han contado.

—¿Y lo graban en vídeo para que lo vea otra persona? ¿Para qué, si esto no va a salir de aquí?

—Puede que no sea así del todo. Los cárteles mexicanos de la droga tienen negocios repartidos por todo el país, tanto en las zonas metropolitanas como en las rurales. Y esos tíos no se andan con chiquitas. Quieren verlo todo. Y cuentan con equipos de alta gama, incluidos los de comunicaciones. Y podría tratarse de una conexión directa, en tiempo real.

—Pero usted dijo que era un laboratorio bastante sencillo, que en él no se podía fabricar grandes cantidades de producto.

—Es posible que fuera una actividad secundaria que realizaban Treadwell y Bitner. Puede que estuvieran trabajando para una red de distribución dedicada a otra cosa. ¿Aquí tienen problemas de drogas?

—¿En dónde no los tienen?

—¿Más que en otros lugares?

—Imagino que tenemos más de lo que nos correspondería —admitió Cole—. Pero en gran parte son fármacos con receta. De modo que continúe con su teoría. ¿Por qué han matado a Treadwell y a Bitner?

—A lo mejor tenían asumido llegar hasta el asesinato, y tuvieron que matarlos a fin de silenciarlos.

—No lo sé. Supongo que encaja —dijo Cole.

—Solo encaja con lo que sabemos hasta este momento. Eso puede cambiar. Ninguno de los dos llevaba alianza de boda en la mano.

—Según lo que he logrado averiguar, simplemente vivían juntos.

—¿Desde cuándo?

—Desde hacía unos tres años.

—¿Tenían pensado casarse?

—No. Según lo que he averiguado, solo pretendían reducir gastos.

Puller la miró con curiosidad.

—¿Cómo es eso?

—Cuando se tiene una sola hipoteca o se paga un solo alquiler, el sueldo da para más. Aquí es una práctica muy común. La gente tiene que sobrevivir.

—Está bien. ¿Qué más sabe de ellos?

—Estuve indagando un poco por encima mientras usted jugaba a ser técnico de riesgos biológicos. No los conocía personalmente, pero este pueblo es pequeño. Él estudió en Virginia Tech y emprendió un negocio en Virginia que fracasó. Después pasó rápidamente por una serie de empleos. Había trabajado varios años de operario de maquinaria, pero hace ya una temporada que fue despedido en un ajuste de plantilla. Actualmente llevaba como un año trabajando en una tienda de productos químicos que hay al oeste del pueblo.

—¿Productos químicos? Así que sabía manejarse con el equipo de un laboratorio de metanfetamina. Y si estaba metido en el negocio de la droga, es posible que también metiera la mano en las existencias de la tienda. ¿Existe algún rumor de que tuviera algo que ver con las drogas?

—No he averiguado nada. Pero lo que eso significa fundamentalmente es que nunca se le ha acusado de un delito relacionado con las drogas. En lo que respecta a nosotros, estaba limpio.

—Lo cual quiere decir que debía de ser lo bastante listo para que no lo pillaran. O que su negocio de metanfetamina acababa de arrancar. Como usted dice, vivimos tiempos difíciles y hay que intentar estirar el sueldo. ¿Y Bitner?

—Bitner trabajaba en una oficina local de la Compañía Trent de Minería y Exploraciones.

Puller la miró fijamente.

—De nuevo vuelve a aparecer nuestro magnate de la minería.

—Sí, eso parece —contestó Cole despacio, sin sostenerle la mirada.

—¿Representa un problema? —preguntó Puller.

La sargento lo miró con expresión serena.

—Por el modo en que lo dice, debe de pensar que sí.

—Es obvio que el tal Trent tiene mucho poder en este pueblo.

—Eso no representa ningún problema, Puller, créame.

—Bien. ¿Qué hacía Bitner en esa oficina?

—Tareas administrativas y cosas similares, según tengo entendido. Ya lo investigaremos más a fondo.

—De modo que los dos trabajaban, y además tenían un laboratorio para fabricar metanfetamina, y vivían juntos para ahorrar dinero, ¿y aun así vivían en una casa andrajosa? No sabía que aquí el coste de la vida estuviera tan alto.

—Ya, bueno, tampoco son muy altos los sueldos.

En aquel momento llegó la comida, y ambos, muertos de hambre, se lanzaron sobre ella. Puller tomó dos tazas más de café.

—¿Cómo va a poder dormir ahora? —le preguntó Cole viéndole llenar la tercera taza.

—Mi fisiología es un poco retrógrada. Cuanta más cafeína consumo, mejor duermo.

—Está de broma.

—Lo cierto es que en el Ejército lo enseñan a uno a dormir cuando lo necesita. Esta noche voy a necesitarlo, así que dormiré bien.

—Bueno, a mí tampoco me vendrá mal. No he dormido más que un par de horas. —Observó a Puller con una expresión de fingido enfado—. Gracias a usted, Romeo.

—No volverá a suceder.

—Una frase muy famosa, esa.

—¿Van a trasladar los cadáveres?

—Ya se los han llevado.

—¿Dijo usted que el agente Wellman estaba casado?

Cole asintió.

—El sheriff Lindemann ha ido a ver a su esposa. Yo iré mañana. No conozco muy bien a Angie, pero va a necesitar todo el apoyo posible. Imagino que estará destrozada. Yo lo estaría.

—¿Tiene familiares en esta zona?

—Los tenía Larry. Angie vino del sudoeste del estado.

—¿Por qué?

Cole frunció el entrecejo.

—Ya sé que da la sensación de que la gente quiere salir de aquí, y no al contrario.

—No me refiero a eso. Es usted la que ha dicho que la gente intenta marcharse de aquí. Simplemente procuro tener una visión de conjunto.

—Larry fue a la universidad en Virginia, que no está tan lejos. Allí fue donde se conocieron. Él regresó aquí y ella lo acompañó.

—¿Y usted?

La sargento dejó el vaso de té helado sobre la mesa.

—¿Yo, qué?

—Sé que tiene aquí un hermano y que su padre ha fallecido. ¿Tiene a alguien más?

Le miró la mano. No llevaba alianza. Pero es que a lo mejor se la quitaba para trabajar. Y a lo mejor estaba todavía trabajando en aquel momento.

—No estoy casada —dijo, sosteniéndole la mirada—. Mis padres han muerto. Tengo una hermana que también vive aquí. ¿Y usted?

—Yo no tengo familia en esta zona.

—Ya sabe que no le estoy preguntando eso, sabihondo.

—Tengo padre y un hermano.

—¿Son militares?

—Fueron.

—¿Así que ahora son civiles?

—Se podría decir que sí. —Puller puso varios billetes encima de la mesa—. ¿A qué hora quiere que quedemos mañana?

Cole miró fijamente el dinero.

—¿Qué le parece de nuevo a las 0700, Julieta?

—Estaré a las 0600. ¿Podría ver el maletín y el ordenador de los Reynolds esta noche?

—Técnicamente son pruebas.

—En efecto. Pero puedo decirle que en Washington hay personas, y no solo las que llevan uniforme, que están deseosas de recuperarlos.

—¿Es una amenaza?

—No. Como ya he comentado anteriormente, no quiero que usted, sin darse cuenta, haga algo que la comprometa más adelante. Puedo decirle que todo lo que no sea material clasificado y tenga que ver con la investigación le será devuelto.

—¿Y quién lo va a determinar?

—Las partes a quienes corresponda.

—Me gustaría determinarlo yo misma.

—De acuerdo. ¿Cuenta con autorización para material de TS o SCI?

Cole se apartó un mechón de pelo de la cara y miró ceñuda a Puller.

—Ni siquiera sé lo que significa SCI.

—Información Compartimentada Sensible. Es muy difícil obtenerla. Y además, el Departamento de Defensa tiene SAP, autorizaciones para programas de acceso especial. Reynolds estaba lleno de TS/SCI y SAP para su compartimiento y sus áreas programáticas. Por consiguiente, si usted intenta acceder al portátil del coronel o hurgar en su maletín sin poseer la debida autorización, podrían acusarla de traición. Yo no deseo que suceda tal cosa, y sé que usted tampoco. Me doy cuenta de que todas esas siglas pueden parecer una estupidez, pero en el gobierno se las toman muy en serio. Y las consecuencias de saltarse esos parámetros, incluso de forma accidental, son bastante severas. Es un quebradero de cabeza que a usted no le conviene en absoluto, Cole.

—Se mueve usted en un mundo bastante extraño.

—En eso estoy totalmente de acuerdo.

A su alrededor los habitantes de Drake les dirigían miradas de curiosidad. Había en particular dos tipos trajeados que no les quitaban ojo. Igual que una mesa de cuatro individuos gruesos, vestidos con pantalones de pana y camisas de manga corta, que exhibían sus fornidos brazos. Uno de ellos llevaba una gorra de visera, otro un polvoriento sombrero de vaquero con una profunda arruga en el lado derecho. El tercero bebía su cerveza en silencio y con la mirada perdida. El cuarto, que era más menudo que sus compañeros pero que así y todo pesaría unos cien kilos, observaba a Puller y a Cole a través de un espejo grande que colgaba en la pared.

Cole miró de nuevo el dinero.

—La comisaría está solo a...

—A tres minutos de aquí, como todo.

—Lo cierto es que está a unos ocho minutos.

—¿Puedo llevarme las dos cosas?

—¿Puedo fiarme de usted?

—Eso no puedo decidirlo yo.

—Entonces tal vez pueda yo. —Añadió unos billetes más para pagar su parte.

—Me parece que lo que he puesto yo llega para pagar las dos consumiciones, más la propina —dijo Puller.

—No me gusta deber nada. —Cole se levantó—. Vámonos.

Puller dejó su dinero donde estaba y salió del restaurante detrás de la sargento, siempre bajo la atenta mirada de los habitantes de Drake.

20

Fueron andando calle abajo. Los escasos transeúntes que había se quedaban mirando a Puller y su chaqueta azul con las siglas de la CID. Él no se inmutó; estaba acostumbrado a ser un forastero. Tan solo aparecía en pueblos como este cuando había ocurrido algo malo. Los nervios estaban en tensión, alguien había muerto de manera violenta, y un desconocido que andaba husmeando por ahí no hacía sino incrementar el sufrimiento y las suspicacias. Puller sabía llevar bien todo ello, pero también sabía que había por lo menos un asesino que andaba suelto, y probablemente más de uno. Y algo le decía que todavía estaba en el pueblo. Acaso a tan solo tres minutos de allí, como todo. Excepto la comisaría de policía.

Cole saludó con la cabeza a varios peatones, y también a una anciana que se desplazaba lentamente con la ayuda de un andador. La anciana le contestó en tono reprobatorio:

—Jovencita, hace mucho que no vas por la iglesia.

—Ya, señora Baffle. Prometo corregirme.

—Rezaré por ti, Sam.

—Gracias. No me vendrá mal, estoy segura.

Cuando la anciana se hubo alejado, Puller comentó:

—Un pueblo pequeño.

—Con sus rosas y sus espinas —repuso Cole.

Caminaron un poco más.

—Al menos sabemos que el que mató a los Reynolds no perseguía quedarse con su material militar —dijo Cole—. De lo contrario se habría llevado el maletín y el portátil. Tal vez eso descarte que se trate de un espía.

Pero Puller hizo un gesto negativo.

—Se puede descargar el contenido del disco duro de un portátil en un lápiz de memoria. De ese modo no hace falta llevarse el ordenador. ¿Llegó a ver si había algo dentro del maletín?

Cole fingió asombro.

—Dios mío, Puller, ¿sin tener autorización ni SCI ni SAP? Ni siquiera se me habría pasado por la cabeza.

—De acuerdo, me merezco esa contestación. ¿Pero vio algo?

—Estaba protegido con un código de combinación. No quise descodificarlo, de modo que se encuentra intacto.

De pronto Puller, sin desviar la mirada, le dijo:

—Nos siguen dos personas, a las siete de su posición. Durante las últimas tres manzanas. A una distancia de veinte metros.

Cole tampoco desvió la mirada.

—Podría ser que vinieran en la misma dirección que nosotros. ¿Cómo son?

—Un hombre mayor, de traje. Y un joven de veintitantos, corpulento, con camiseta sin mangas y tatuaje en todo el brazo derecho.

—¿Van juntos?

—Parece que sí. Estaban en el restaurante y nos vigilaron todo el tiempo, pero desde mesas distintas.

—Sígame.

Cole torció hacia la izquierda y empezó a cruzar la calle. Dejó pasar un coche y miró a ambos lados, a todas luces con la intención de ver si venía más tráfico. Luego terminó de cruzar, y Puller la siguió. Giró a la derecha y continuó andando en la misma dirección que antes, pero por la acera contraria.

—¿Los conoce? —le preguntó Puller.

—El del traje es Bill Strauss.

—¿Y a qué se dedica Bill Strauss?

—Es un ejecutivo de Trent Exploraciones. El número dos, después de Roger.

—¿Y el gordo de la camiseta sin mangas?

—Su hijo Dickie.

—¿Dickie?

—El nombre no se lo puse yo.

—¿Y a qué se dedica Dickie? ¿A algo relacionado con Trent Exploraciones?

—Que yo sepa, no. Estuvo una temporada en el Ejército.

—¿Sabe dónde?

—No.

—Vale.

—Y ahora, ¿qué?

—Estamos a punto de averiguar qué es lo que quieren.

—¿Por qué?

—Porque van a alcanzarnos —dijo Puller.

Por costumbre, Puller se volvió ligeramente y dejó caer el brazo derecho. A continuación bajó la barbilla, giró la cabeza cuarenta y cinco grados a la izquierda y echó mano de su visión periférica. Caminaba de puntillas, repartiendo el peso de manera uniforme con el fin de poder atacar en cualquier dirección sin perder el equilibrio. El individuo de más edad no le preocupaba; Bill Strauss era blando y cincuentón, y su oído le informaba de que jadeaba solo con caminar un rato a paso vivo. Dickie y sus tatuajes eran otra historia, sin embargo tampoco le preocupaba este; tenía veintimuchos años, mediría algo más de un metro ochenta y pesaría unos ciento veinte kilos. Se fijó en que había engordado al dejar el Ejército, en cambio conservaba el corte a cepillo de la infantería y parte de la masa muscular.

—¿Sargento Cole? —llamó Strauss.

Se volvieron y esperaron.

Strauss e hijo llegaron a su altura.

—Hola, señor Strauss, ¿qué puedo hacer por usted? —dijo Cole.

Strauss tenía unos quince kilos de sobrepeso y mediría poco menos de un metro ochenta. Vestía un traje Canali de raya diplomática, corbata azul un poco floja y camisa blanca. Lucía una cabellera casi blanca del todo y más larga que la de su hijo. Su rostro estaba totalmente cubierto de arrugas, sobre todo alrededor de la boca. Su voz era grave y con un deje tirando a marchito. Puller reparó en la cajetilla de Marlboro que le asomaba del bolsillo de la pechera y en los dedos manchados de nicotina.

«Bienvenido al cáncer de pulmón, amigo *Soplido*.»

El hijo tenía un rostro lleno y unos mofletes enrojecidos por el exceso de sol. Le abultaban los pectorales por efecto de las numerosas flexiones en el gimnasio, en cambio tenía lisos los cuádriceps, los abductores de la cara posterior de los muslos y las pantorrillas, siempre tan importantes, sin duda por haber descuidado la parte inferior del cuerpo. Dudó seriamente de que fuera capaz de correr las dos millas que imponía el Ejército en el tiempo asignado. También le llamó la atención el tatuaje del brazo.

—Me he enterado de que han encontrado más cadáveres —dijo Strauss—. Molly Bitner trabajaba en mi oficina.

—Ya lo sabemos.

—Es horroroso, me cuesta trabajo creer que la hayan asesinado. Era una mujer muy agradable.

—Estoy segura. ¿Usted la conocía bien?

—Bueno, solo de la oficina. Era una de las chicas que trabajaban allí, pero nunca hemos tenido problemas con ella.

—¿Y habría esperado tener problemas con ella? —terció Puller.

Strauss posó la mirada en él.

—Tengo entendido que usted es del Ejército. ¿Es investigador?

Puller afirmó con la cabeza pero no dijo nada.

Strauss volvió a centrarse en la sargento.

—Si no le importa que se lo pregunte, ¿por qué no se está encargando usted del caso?

—Me estoy encargando yo. Se trata de una investigación en colaboración, señor Strauss. Una de las víctimas era un militar. Por eso se encuentra aquí el agente Puller. Es el procedimiento normal.

—Entiendo. Por supuesto. Es que sentía curiosidad.

—¿Molly se comportó con normalidad en estos últimos días? —preguntó Puller—. ¿Se la veía molesta por algo?

Strauss se encogió de hombros.

—Como le digo, yo no la trataba mucho. Tengo una secretaria personal, y Molly trabajaba en la zona general de la oficina.

—¿Qué es lo que hacía exactamente?

—Lo que se necesitase en la oficina, supongo. Tenemos una gerente, la señora Johnson, que probablemente podría responder a sus preguntas. Ella trataba a Molly más que yo.

Puller estaba escuchando, pero ya había dejado de mirar al viejo; ahora tenía la mirada fija en el hijo. Dickie, con sus manazas embutidas en el gastado pantalón de pana, se miraba las botas de trabajo.

—Tengo entendido que has estado en el Ejército —le dijo Puller.

Dickie asintió, pero no levantó la vista.

—¿En qué división?

—En la primera de infantería.

—Un soldado motorizado. ¿En Fort Riley o en Alemania?

—En Riley. Nunca he estado en Alemania.

—¿Cuánto tiempo estuviste?

—Una sola temporada.

—¿No te gustaba el Ejército?

—Al Ejército no le gustaba yo.

—¿BCD o DD?

Strauss interrumpió:

—En fin, creo que ya los hemos entretenido demasiado. Si puedo serle de alguna ayuda, sargento Cole...

—Sí, señor. Seguramente nos pasaremos por su oficina para hablar.

—Desde luego. Vámonos, hijo.

Cuando se marcharon, Puller dijo:

—¿Conoce bien a ese hombre?

—Es uno de los ciudadanos más prominentes de Drake. Y uno de los más ricos.

—Ya. El número dos. ¿De modo que está a la misma altura que Trent?

—Los Trent solo están a la altura de sí mismos. Strauss es meramente un peón, pero un peón muy bien pagado. Su casa es más pequeña que la de Trent, pero gigantesca si se compara con lo que hay en Drake.

—¿Strauss es de Drake?

—No, se mudó a vivir aquí con su familia hace ya más de veinte años. Era de la Costa Este, por lo menos eso creo.

—No se lo tome a mal, ¿pero qué le hizo venir aquí?

—El trabajo. Era un hombre de negocios y estaba en el sector energético. Puede que Drake no parezca gran cosa, pero tenemos energía en forma de carbón y de gas. Empezó a trabajar para Trent, y la verdad es que el negocio despegó. Oiga, ¿qué es eso que ha dicho, lo de DD?

—Un BCD significa *Big Chicken Dinner*, o sea despido por mala conducta. Un DD es peor, es un Despido Deshonroso. Dado que Dickie todavía va por ahí en libertad, supongo que lo suyo fue un DD. Lo echaron por algo que no dio lugar a un consejo de guerra. A eso se ha referido al decir que no le gustaba al Ejército.

Cole volvió la vista hacia los Strauss.

—No tenía ni idea.

—La única razón por la que puede resultar pertinente es que muchos BCD tienen que ver con el consumo de drogas, y el Ejército simplemente no quiere perder tiempo con ello. De manera que prefiere expulsar al infractor en lugar de procesarlo.

—¿Y tal vez eso está relacionado con el laboratorio de metanfetamina que hemos encontrado?

—Se ha dado cuenta, ¿eh? —contestó Puller.

Cole asintió.

—El tatuaje que llevaba Dickie en el brazo era idéntico al que tenía Eric Treadwell.

21

Puller se llevó el maletín y el ordenador portátil del depósito de pruebas de la oficina del sheriff de Drake. Claro que tuvo que cumplimentar el necesario papeleo para respetar debidamente la cadena de custodia.

Cuando salían de nuevo a la calle, Cole se estiró y lanzó un bostezo.

—Debería irse a casa y dormir un poco. Le prometo no despertarla llamándola por teléfono.

Ella sonrió.

—Se lo agradezco.

—Lo de ese tatuaje, ¿tiene que ver con alguna pandilla? ¿O es que a la gente de aquí le gusta llevar ese diseño en particular en el brazo?

—Supongo que lo he visto en el caso de Dickie, pero en realidad nunca me había fijado en él. Puedo preguntar.

—Gracias. Hasta mañana.

—¿En serio va a presentarse a las 0600?

—Voy a darle un respiro. Iré a las 0630.

—Ah, he encontrado un médico para la autopsia.

—¿Quién?

—Walter Kellerman. Es de primera. Incluso ha escrito un libro de texto sobre patología forense.

—¿Cuándo va a practicar la autopsia?

—Mañana a mediodía. En su consultorio de Drake, a eso de las dos. ¿Quiere estar presente?

—Sí. —Puller se volvió y echó a andar en dirección al motel.

—Eh, Puller, ¿por qué tengo la impresión de que en realidad no va a irse a la cama?

Él miró atrás.

—Si me necesita, ya tiene mi teléfono.

—¿Entonces puedo despertarlo?

—Cuando quiera.

Puller regresó deprisa al motel Annie's. La sargento había dado en el blanco: aún no pensaba acostarse. Examinó las pequeñas trampas que siempre ponía en su habitación para cerciorarse de que no había entrado nadie. Aquel motel no ofrecía camarera ni servicio de habitaciones, de manera que uno mismo tenía que ordenar el espacio y procurarse algo de comer, lo cual a Puller le resultó perfecto. No encontró nada fuera de sitio.

Cinco minutos después estaba en la carretera, con rumbo al lugar que había designado el Departamento de Seguridad Nacional para las entregas. Con aquella maniobra podría matar dos pájaros de un tiro. Hizo una llamada y quedó en verse con el agente destacado. Tardó cincuenta minutos en recorrer aquellas tortuosas carreteras. Normalmente, un lugar de entrega servía para almacenar pruebas cuando un agente de la CID se encontraba sobre el terreno y no disponía de acceso a instalaciones seguras. Para registrar la entrada o la salida de cualquier prueba se necesitaban dos agentes, por razones obvias.

Cuando llegó al lugar en cuestión, el agente de guardia lo ayudó a embalar el maletín y el ordenador en unas cajas especiales que se enviarían al laboratorio criminal que poseía el Ejército en Atlanta. Puller no poseía la pericia técnica necesaria para descifrar los códigos y acceder al ordenador portátil. Y aunque poseía autorización para Máximo Secreto y SCI, de todos modos probablemente carecía de la autorización específica para echar un vistazo a lo que hubiera allí dentro. Como el maletín y el ordenador podían contener información de importancia para la seguridad nacional, no se podía enviar utilizando medios comerciales. Se iba a llamar a un correo especial militar, que acompañaría a las cajas selladas a bordo de un vuelo que partiría por la mañana de Charleston, Virginia Occidental, y llegaría a Atlanta aquel mismo día. Puller podría haber llevado los paquetes a Georgia él mismo, cosa que ya había hecho anteriormente, pero consideró que era más importante permanecer en la escena.

En el Ejército uno siempre se cubría las espaldas. De aquel modo había conseguido que su plan fuera aprobado por su SAC, el cual a su vez se había cubierto también las espaldas obteniendo las necesarias validaciones a lo largo del escalafón, hasta el nivel de una estrella. Puller ni sabía ni le importaba lo que hacía el oficial de una estrella para cubrirse las espaldas.

Al regresar a Drake telefoneó al USACIL de Atlanta y habló con una supervisora que conocía allí y que estaba trabajando horas extra para resolver un caso urgente. Era una civil fiscal del distrito llamada Kristen Craig. Había trabajado con ella en muchos casos, aunque en persona solo se habían visto en unas pocas ocasiones. La puso al corriente de lo que le enviaba.

—Kristen, ya sé que vosotros tenéis autorización para casi todo, pero de esto tienes que ser informada por la DIA. Y el material tiene que ir dentro de tu caja fuerte secreta. Lo he marcado todo debidamente.

—Entendido, Puller. Gracias por la información. —El USACIL contaba con múltiples ramas, dependiendo del tipo de prueba que hubiera que procesar. Huellas dactilares latentes, armas de fuego y marcas de instrumentos, química de drogas, ADN, serología, pintura, vehículos, pruebas digitales y ordenadores; la lista no tenía fin.

—Y, Kristen, se trata de una escena del crimen un tanto complicada. Tengo previsto enviar un lote de cosas distintas, dirigidas a ramas diferentes. Así que estate preparada. Procuraré ser lo más concreto posible en la documentación que acompañe los envíos, pero probablemente necesitaré aclarar las cosas por teléfono o por correo electrónico. Y me parece que en este caso el Ejército está impaciente de veras.

—Me sorprende que no nos hayan llamado para solicitarnos apoyo técnico. ¿Cuántos agentes tienes contigo?

—Estoy solo yo.

—¿Es broma?

—Solo yo, Kristen.

Percibió que su interlocutora respiraba hondo.

—Oye, Puller.

—Qué.

—Lo que acabas de contarme está empezando a tener lógica por algo que ha sucedido hoy aquí.

—¿Qué ha sucedido?

—Hemos recibido una llamada de la oficina del secretario del Ejército.

Puller mantuvo una mano firme sobre el volante mientras con la otra se apretaba el teléfono contra el oído.

—¿El secretario?

—Sí. No es algo que ocurra todos los días.

—Lo sé. ¿Qué querían?

—Estar al tanto de todo. Y después hemos recibido otra llamada.

—Sí que os estáis haciendo famosos. ¿De quién?

—Del FBI. De la oficina del director. Lo mismo. Quieren estar al corriente. Se me ha ocurrido que deberías saberlo.

Puller caviló unos instantes. Su SAC había comentado que había muchas personas con los ojos puestos en aquel asunto, y no exageraba. Quizá la respuesta estribara, efectivamente, en el coronel Reynolds y en lo que fuera que estuviera haciendo en la DIA. Pero entonces, ¿por qué estaba involucrado el FBI?

—Gracias, Kristen.

—Oye, ¿cómo está tu padre?

—Va tirando.

Nadie le preguntaba nunca por su hermano.

Cerró el teléfono y siguió conduciendo.

Volvió al motel y se llevó consigo la mochila. El maletero de su Malibu tenía una alarma especial y unas cuantas sorpresas que desde luego no venían de serie. Pero también opinaba que el lugar más seguro para los objetos importantes era su propia persona, de modo que los llevaba siempre encima.

Durmió con una de las M11 debajo de la almohada. La otra estaba colocada en su mano derecha. La única concesión que se permitió como medida de seguridad fue que no había metido ninguna bala en la recámara. Tendría que despertarse, accionar el deslizador, apuntar al blanco y disparar. Y no fallar. Lo haría todo en tres segundos y confiaría en que dicho espacio de tiempo fuera suficiente.

Necesitaba dormir. Y diez segundos después, tal como le habían enseñado en el Ejército, estaba dormido.

22

Es el fuego lo que recuerda en realidad. Siempre es eso. Y en cierto sentido puede que sea solo eso. El caucho, el metal y la carne humana, ardiendo todo junto, despiden un olor que no se parece a ningún otro. Es un hedor que se graba en el ADN y pasa a formar parte de uno para siempre. Ya forma parte de él para siempre.

Como el antebrazo derecho lo tiene destrozado, dispara con la mano izquierda, con la culata de su rifle de asalto encajada en la axila. Para una persona diestra, apretar el gatillo con la izquierda normalmente resultaría problemático, pero él está entrenado para este preciso momento. Sudor, sangre y entrañas para este preciso instante. Se ha hecho ambidiestro, por lo tanto es capaz de disparar desde un lado y desde el otro con idéntica habilidad.

Lleva el uniforme empapado de gasóleo. Ha perdido el casco de asalto en combate, a causa de la onda expansiva de la explosión. La correa le quemó la barbilla al saltar del Humvee, y nota el sabor salado de la sangre.

La suya y la de otros.

Tiene restos de tejido humano en la cara.

Suyos y de otros.

El sol calienta tanto que parece posible que pudiera por sí solo incendiar el combustible y reducirlo a él a cenizas. Puede que se encuentre a escasos grados de convertirse en una conflagración andante.

Empieza a evaluar la situación. Arriba, abajo, fuera, dentro. Todos los puntos pertinentes de la brújula. No pinta nada bien. Lo cierto es que nunca pinta bien. Dos mastodónticos Humvees derribados de costado como si fueran rinocerontes abatidos. A pesar del blindaje de los trajes, cuatro de sus hombres han muerto o están mortalmente heridos. Él es el único que puede moverse. No existe una razón que explique por qué sucede eso. Es la suerte, nada más. Ninguno de los muertos ni de los agonizantes ha hecho nada mal, y él tampoco ha hecho nada particularmente bien.

El cóctel Molotov llevaba mucha energía dentro. Los terroristas estaban siendo cada vez más eficaces. Los americanos llevaban chalecos antibalas, de modo que los del turbante, para compensar, provocaban explosiones más violentas.

Rocía la zona con su arma de asalto, vacía dos cargadores, la arroja al suelo, libera la pistola y utiliza con ella el cargador de reserva. En realidad, con esa cortina de fuego no pretende matar al enemigo, sino únicamente captar su atención. Hacerle saber que aún está vivo. Hacerle saber que no puede simplemente llegar y cargárselo a él y a sus hombres. Que no le va a resultar fácil. Que tampoco es buena idea intentarlo.

La siguiente arma que recupera del Humvee derribado es su preferida: el fusil de cerrojo, de francotirador del Ejército. Esta vez va a disparar con más detenimiento, con mucho más cuidado. Se vale del esqueleto metálico del Humvee como apoyo. Quiere que el enemigo sepa que esta vez va en serio.

Dispara una ronda, meramente para calentar el cañón del arma. Por muy bueno que sea uno disparando, una bala que resbala por el cañón frío de un arma suele errar el blanco. Normalmente los francotiradores tenían ojeadores, pero en este momento él carece de ese lujo. De modo que cuenta los puntos de la retícula y calcula, entre otros factores, los ángulos, la distancia, el arco descrito por el proyectil, la temperatura ambiente y el viento, y efectúa los ajustes necesarios en la mira. Lo hace automáticamente, en realidad sin pensar, igual que un ordenador que ejecuta un algoritmo de probada eficacia. Cuanto más largo es el disparo, más se acumulan pequeños errores en los cálculos. Una desviación de unos centímetros aquí o allá, tratándose de grandes distancias, puede dar lugar a errar el blanco por varios metros. Persigue figuras que respiran y que atraviesan la calle a la carrera, en sentido horizontal. Hombres que son pura fibra, capaces de pasar un día entero corriendo. No tienen ni un solo gramo de grasa occidental en el cuerpo. Son seres brutales, endurecidos, la compasión no figura en su vocabulario.

Pero él también es brutal y está endurecido, y la compasión dejó de figurar en su vocabulario el día en que se puso el uniforme. Las normas para el alistamiento son bien claras y lo han sido siempre, desde la primera vez que los hombres se levantaron en armas unos contra otros.

Relaja la respiración y exhala un profundo suspiro. Entonces alcanza su punto cero, la perfección psicológica para un francotirador. Aprovechando el espacio que media entre un latido y otro, a fin de reducir al mínimo el movimiento del cañón, oprime el gatillo largamente, con seguridad, sin prisas, sirviéndose de la almohadilla del dedo para impedir una sacudida lateral del fusil. El proyectil impacta en el blanco y hace girar en redondo al corredor talibán como si fuera una bailarina. Este se desploma en el suelo afgano en mitad de la calle y permanece ahí tirado para siempre, con el cerebro desintegrado por el potente disparo del cabo John Puller júnior.

Acto seguido acciona el cerrojo de su fusil e introduce otra bala del 7.62.

Una fracción de segundo más tarde aparece otro talibán cruzando a la carrera; este es todavía más alto y más fibroso.

Puller ejecuta su mortífero algoritmo a la velocidad del rayo, sus sinapsis cerebrales son más rápidas incluso que la bala que está a punto de disparar. Aprieta de nuevo el gatillo y se produce una segunda perforación de carne y huesos afganos con la consiguiente expulsión de partes esenciales de masa encefálica. El blanco se retuerce con tanta elegancia como profunda irreversibilidad. En el teatro del desierto no cabe un segundo acto. Este talibán, como el primero, ni siquiera se da cuenta de que está muerto, porque en esas situaciones el cerebro es lento a la hora de asimilar. El aire se llena de los aullidos que lanzan sus camaradas y se oye el repiqueteo de las armas al cargarse.

Están cabreados.

Su misión preliminar está cumplida. Las personas cabreadas nunca pelean bien.

Aun así, lo que procede es actuar con prudencia, porque el enemigo sabe que representa una fuerza con la que hay que contar. Observa a sus hombres, evalúa la situación desde lejos mientras mana sangre de su propio cuerpo por múltiples puntos. Tres de los suyos están muertos, han ardido hasta quedar irreconocibles porque el combustible y las cargas de munición les han estallado encima. Ninguno de ellos tiene la menor posibilidad. Uno ha salido despedido fuera del alcance del fuego, pero de todas forma agoniza. Le faltan una parte del pecho y la pierna derecha, y Puller contempla con sus propios ojos que algo explota en el interior del herido y provoca una rociada de sangre arterial superoxigenada que le cae a él encima igual que una horrible lluvia roja. Morirá en cuestión de segundos. Sin embargo hay cuatro hombres heridos a los que todavía puede salvar. O morirá en el intento.

Llegan disparos en su dirección. Los talibanes ya no corren. Se ponen a cubierto, alzan las armas... armas que a menudo son de fabricación americana, de cuando la invasión rusa que tuvo lugar varias décadas antes, y hacen todo lo que está en su mano por acabar con la vida de Puller.

No cejan en su empeño.

Pero él tampoco.

Ellos tienen compañeros por los que luchar.

Pero él también.

Ellos son muchos más. Él ha solicitado refuerzos. Lo más seguro es que tarden en llegar más de lo que tardará él en morir. Para salir de esta va a tener que matarlos a todos.

John Puller está preparado precisamente para eso. De hecho, es precisamente lo que espera hacer.

Todo pensamiento ajeno es desalojado. Se concentra. No piensa. Solo hace uso de su entrenamiento. Luchará hasta que se le pare el corazón.

Concentración total. Ya está. Todos esos años de sudor, de sufrimiento, de oír a una persona que te dice a gritos que no puedes hacer determinada cosa pero que en realidad espera que la hagas mejor de lo que nadie la ha hecho nunca. Todo ello converge en estos tres minutos. Porque eso es probablemente lo que va a tardar en emerger un ganador en este singular encuentro entre hombres desesperados. Si se multiplican todas esas luchas individuales a muerte por un millón, se obtiene un resultado que se denomina guerra.

Deja pasar los disparos del enemigo. Las balas chocan contra el blindaje del Humvee. Otras sobrevuelan su cabeza, semejantes a reactores caza en miniatura. Una de ellas le roza el brazo izquierdo, una herida totalmente insignificante en comparación con todas las demás. Más adelante descubrirá que otro disparo de fusil hizo un zigzag en el blindaje de su chaleco antibalas, rebotó en el Humvee derribado, invirtió el rumbo y, habiendo ya perdido la mayor parte de su ímpetu inicial, se le alojó en el cuello. Para los médicos será un trozo grande de metralla, incrustado justo debajo de la piel. Pero en este momento él ni siquiera se percata de su presencia. Ni siquiera le importa.

Entonces John Puller levanta una vez más su arma y...

23

Como siempre, Puller no se despertó con una sacudida. Simplemente se bajó del delgado colchón del motel Annie's con pleno dominio de sí mismo, los movimientos comedidos y firmes. No estaba a las afueras de Kandahar luchando contra asesinos tocados con turbante; se encontraba en una zona minera de Estados Unidos, buscando a unos asesinos que tal vez se hubieran criado en el mismo país que él.

No tuvo necesidad de consultar el reloj de pulsera. Su reloj interno le dijo lo que necesitaba saber: que eran las 0430. Se dio una ducha y se quedó treinta segundos de más bajo el chorro de agua caliente para desprenderse del tufo de aquel recuerdo que lo acompañaba desde hacía años. Pero el truco no le funcionó. Nunca lo hacía. Se limitaba a dejarse llevar. Luego se vistió con las prendas que rápidamente se habían transformado en el uniforme de aquella misión, unos vaqueros y un polo de la CID, en cambio sustituyó sus viejas botas beis del Ejército por unas zapatillas deportivas. Afuera ya hacía calor. Seguro que nunca llegaba el frío de un día para otro. Pero por mucho calor que hiciera, de ningún modo podría parecerse al verano de Afganistán o de Iraq. Aquel era un calor que resultaba imposible de olvidar, sobre todo cuando se veía acrecentado por los incendios de gasóleo, o por los alaridos de los hombres que estaban quemándose vivos. Se volvían negros, después quedaban en carne viva, y por fin terminaban desintegrándose delante de ti.

De repente le sonó el teléfono móvil. Sería la oficina. O quizá la sargento Cole. A lo mejor había ocurrido alguna otra cosa. Examinó el número que aparecía en la pantalla y su expresión, que antes era de alerta, cambió y se transformó en otra cosa, en algo más apagado.

—John Puller.

—No me ha devuelto la llamada, oficial.

—Me encuentro desempeñando una misión. —Hizo una pausa, pero duró un segundo—. ¿Cómo le va, general?

La voz de John Puller sénior se parecía al ladrido de un perro grande y corpulento. Dentro del Ejército existía el mito de que era capaz de matar a un hombre empleando simplemente la voz, provocándole un paro cardiaco de puro miedo.

—No me ha devuelto la llamada, oficial —repitió, como si no hubiera oído la respuesta de su hijo.

—Iba a hacerlo hoy mismo, señor. ¿Algún problema?

—Mi mando se va a la mierda.

El padre de Puller había tenido a sus hijos a una edad tardía. Ahora tenía setenta y cinco años y la salud comenzaba a flaquearle.

—Ya volverá a mantenerlos a raya. Como siempre. Y ellos son buenos soldados y reaccionarán. Los Rangers son los primeros, general.

Hacía ya mucho tiempo que Puller había dejado de intentar razonar con su padre y decirle que ya no tenía ningún mando, que era viejo, estaba enfermo y se moría mucho más deprisa de lo que él pensaba. Claro que también podía ser que aquel viejo guerrero creyera que no iba a morirse nunca.

—Necesito tenerte aquí, tú sabes mantenerlos firmes. Siempre cuento con usted, oficial.

Puller se había alistado en el Ejército al final de la ilustre trayectoria de su padre. Nunca habían prestado servicio juntos. Sin embargo, el viejo seguía muy de cerca los logros de su hijo pequeño. Las cosas no le habían resultado más fáciles por ser pariente de un teniente general; de hecho le habían resultado infinitamente más difíciles.

—Gracias, señor. Pero, como digo, me encuentro desempeñando otra misión. —De nuevo hizo una pausa y consultó su reloj. Llevaba retraso respecto del horario previsto. No le gustaba utilizar aquel recurso, pero lo utilizaba cuando era necesario—. El otro día fui a ver a Bobby. Me dijo que le diera recuerdos.

La comunicación se cortó de inmediato.

Puller cerró el teléfono y se lo guardó en la funda que llevaba al cinto. Permaneció sentado varios segundos más, contemplándose las botas. Debía marcharse, marcharse ya mismo, en cambio sacó la billetera del bolsillo y extrajo la foto.

Los tres Puller en fila. Los tres eran altos, pero John júnior era el que más destacaba, le sacaba casi dos centímetros a su viejo. El rostro del general se veía esculpido en granito. Sus ojos habían sido descritos como dos balas de punta hueca con carga máxima. En su barbilla se podían hacer flexiones. Parecía una combinación de Patton y MacArthur, solo que más grande, más despiadado y más duro. Como general había sido un hijo de puta, y sus hombres lo adoraban, morían por él.

Como padre también había sido un hijo de puta. ¿Y sus hijos?

«Yo le quiero. Yo habría muerto por él.»

Sénior había sido el capitán del equipo de baloncesto del Ejército en West Point. Durante los cuatro años que pasó allí su padre, jamás ganaron el campeonato. Pero todos los equipos contra los que jugaron regresaron a casa magullados y apaleados. Y los que terminaron venciendo al equipo de su padre seguramente tuvieron la impresión de haber perdido. «Vencer a Puller» era una expresión que se oía con frecuencia en aquellos días. En la cancha de baloncesto. En el campo de batalla. Que sin duda para el viejo eran la misma cosa. Él se limitaba a arrancarle a uno la mierda a patadas hasta que sonaba el timbre.

O hasta que los ejércitos se quedaban sin munición y sin cadáveres que arrojarse el uno al otro.

Puller mantuvo la mirada fija durante unos instantes en el espacio de la foto que había justo a la izquierda de su padre. Allí no había nadie, aunque debería haberlo.

«Debería haberlo.»

Guardó la foto, cogió las armas y se puso la cazadora de la CID. Al salir cerró la puerta con llave.

«El pasado es precisamente eso.

»Un tiempo que ya pasó.»

24

Fuera, justo cuando estaba subiéndose al coche, Puller vio la luz encendida en la oficina del motel. Empujado por su curiosidad natural, decidió ir a ver. Abrió la puerta despacio y vio a la anciana sentada en una silla, frente al mostrador. Se aferraba el pecho con una mano y tenía el gesto de pánico, la respiración agitada y el rostro congestionado, con un ligero tinte grisáceo en los bordes.

Puller cerró la puerta y se acercó. Los labios y la piel que rodeaba la nariz todavía no estaban azules, así que no había cianosis.

Todavía.

Extrajo el teléfono del bolsillo y marcó el número de emergencias sin mirar siquiera el teclado.

—¿Cuánto tiempo lleva en este estado? —le preguntó a la mujer.

—Unos diez minutos —murmuró ella.

Puller se arrodilló a su lado.

—¿Le ha ocurrido más veces?

—Hacía mucho que no me daba tan fuerte. Aunque ya he estado cuatro veces en el hospital.

—¿Padece del corazón, entonces?

—Bastante mal, sí. Estoy sorprendida de que esté aguantando tanto. —Dejó escapar un gemido y se agarró el pecho con más fuerza.

—¿Siente como una opresión ahí dentro?

La anciana afirmó.

—¿Y dolor irradiado hacia los brazos?

La anciana movió la cabeza para negar y se le llenaron los ojos de lágrimas.

Un síntoma importante de infarto de miocardio era la sensación de tener un elefante sentado en el pecho. El siguiente más importante era un dolor agudo en el brazo izquierdo. Este último no se daba siempre y no se daba todas las veces en el brazo izquierdo, sobre todo en el caso de las mujeres, pero Puller no pensaba esperar a que se diera.

Oyó la voz de la operadora de la centralita. Puller describió la situación con frases breves que contenían detalles precisos y cerró el teléfono.

—Ya vienen para acá.

—Tengo miedo —dijo la anciana con la voz quebradiza.

—Ya lo sé, pero no le va a pasar nada.

Le tomó el pulso. Era débil, cosa que no le sorprendió. Un bombeo deficiente conducía a una reducción del torrente sanguíneo, lo cual daba lugar a un pulso débil. Además, en una persona de su edad existía la posibilidad de que sufriera también un ataque. Tenía la piel fría y pegajosa, y las venas del cuello estaban hinchándose. Otra mala señal. Podía estar formando coágulos.

—Diga sí o no con la cabeza. ¿Siente náuseas?

La anciana asintió.

—¿Nota que le falta la respiración?

De nuevo asintió.

—¿Toma algún fármaco para el corazón?

La anciana afirmó otra vez. Puller advirtió que tenía la frente perlada de gotitas de sudor frío, a modo de un collar casi invisible.

—También tengo píldoras de nitroglicerina, pero no he podido levantarme a por ellas.

—¿Y aspirinas?

—Están en el mismo sitio.

—Dígame dónde.

—En la mesilla de noche del dormitorio. —Indicó a su izquierda con un dedo tembloroso.

Puller regresó al cabo de diez segundos trayendo en la mano los frascos de pastillas. Le dio una aspirina con un poco de agua. Si había algún coágulo, la aspirina era un buen remedio para evitar que se amontonasen las plaquetas. Y actuaba deprisa. Y no interfería con la presión arterial.

El problema de la nitroglicerina era que trataba únicamente los síntomas, no la enfermedad coronaria subyacente. Ayudaría en el caso del dolor en el pecho, pero si la presión arterial ya estaba baja, la nitroglicerina la haría descender todavía más, porque así era como funcionaba. Ello podía agravar de forma significativa el problema de corazón y también provocar que fallaran los órganos. No podía correr semejante riesgo, antes tenía que conocer más detalles.

—¿Tiene aquí un aparato para tomar la tensión?

La anciana asintió y señaló una estantería situada detrás del mostrador.

Era uno de esos dispositivos que funcionaban con baterías y tenían un visor digital. Lo cogió, se lo puso a la anciana en el brazo derecho, pulsó el interruptor y contempló cómo se iba inflando la abrazadera.

Leyó los dígitos. No le gustó nada, la tensión estaba baja. La nitroglicerina podía matarla.

Observó a la enferma. No vio signos de retención de líquidos, ni pies hinchados, ni problemas vasculares.

—¿Toma algún diurético?

La anciana negó moviendo la cabeza.

—Vuelvo dentro de diez segundos —dijo Puller.

Salió disparado hacia su Malibu, abrió el maletero, cogió el botiquín de primeros auxilios y regresó a la carrera cubriendo rápidamente la distancia con sus largas piernas.

Cuando volvió a entrar, la anciana estaba peor. Si en aquel momento fallaba el corazón, los de la ambulancia, en lugar de salvarla, no harían otra cosa que certificar la defunción.

Abrió el botiquín y preparó el equipo. Durante todo ese tiempo no dejó de hablar a la anciana, con el afán de que se mantuviese tranquila. Pero tenía un oído atento a la llegada de la ambulancia.

Había hecho aquello mismo en mitad de la nada con individuos que parecían un trozo de carne. A unos los había salvado, a otros los había perdido. Pero había tomado la decisión de que a esta anciana no iba a perderla.

Le frotó el brazo con alcohol, buscó una buena vena, insertó la aguja y la inmovilizó contra la cara interna del antebrazo con esparadrapo blanco. A continuación pinchó el otro extremo del tubo en la bolsa de suero salino intravenoso que había sacado del botiquín. Los fluidos hicieron subir la presión arterial. Era el mismo método que emplearon los médicos para salvar a Reagan cuando le dispararon. Era una bolsa de un litro, provista de un tubo del calibre dieciocho. El líquido iba goteando por gravedad. La sostuvo por encima de la cabeza de la mujer y abrió la espita al máximo. La bolsa tardaría veinte minutos en vaciarse. Ella poseía cinco litros de sangre en total, de modo que un litro de suero salino haría aumentar la presión en un veinte por ciento.

Cuando la bolsa estaba ya medio vacía, pulsó de nuevo el botón de la abrazadera. Leyó los números que aparecían en el visor; ambos habían alcanzado niveles más seguros. No sabía si dichos niveles eran lo bastante adecuados, pero no tenía mucho donde elegir, porque la anciana se estaba agarrando el pecho cada vez más fuerte y sus gemidos eran más prolongados y más profundos.

—Abra la boca —le ordenó.

Ella obedeció, y Puller le colocó la píldora de nitroglicerina debajo de la lengua.

La nitroglicerina funcionó. Al cabo de un minuto ya estaba más calmada y terminó por retirar la mano del pecho, que había dejado de subir y bajar.

Cuando el corazón tiene problemas, la arteria sufre espasmos, y la nitroglicerina los elimina. Una vez desaparecidos los espasmos, pueden suceder muchas cosas buenas, al menos hasta que llegue la ambulancia.

—Haga inspiraciones largas y profundas. Están a punto de llegar los de urgencias. La aspirina, la nitro y el suero han servido de mucho. Ya tiene mejor cara. Se pondrá bien. Todavía no le ha llegado la hora.

Pulsó una vez más el botón del tensiómetro. Leyó los números. Ambos habían aumentado, ambos eran mejores. La anciana estaba recuperando el color. Era un pequeño milagro que se había obrado en una zona minera.

—El hospital está muy lejos —boqueó la anciana—. Debería haberme ido a vivir más cerca.

Puller sonrió.

—Todos nos arrepentimos de algo.

Ella esbozó una sonrisa tenue y le agarró la mano. Puller permitió que se la estrujara tan fuerte como quisiera. Tenía unos dedos tan débiles y diminutos que apenas notó la presión, fue como una brisa ligera. Vio que su semblante se relajaba. Tenía la dentadura amarillenta, negra en algunos puntos, con huecos en otros, y casi todos los dientes que le quedaban estaban torcidos. Sin embargo era una sonrisa agradable, y Puller agradeció verla.

—Es usted un buen muchacho —le dijo.

—¿Hay alguna cosa que necesite atender? ¿Quiere que llame a alguien?

La anciana negó despacio con la cabeza.

—No queda nadie más que yo.

Al mirarla de cerca reparó en las avanzadas cataratas. Se asombró de que aquella mujer pudiera verle siquiera.

—De acuerdo. Respire despacio y profundo. Estoy oyendo la sirena. Ya saben que es del corazón, y vienen preparados.

—Se lo agradezco, joven.

—¿Cómo se llama? ¿Annie, como dice el letrero?

La anciana le tocó la mejilla y le dio de nuevo las gracias con una sonrisa temblorosa. Sus labios se curvaban de dolor a cada latido de su viejo corazón.

—Me llamo Louisa. Lo cierto es que no sé decirle quién era Annie. El nombre ya estaba cuando compré este motel, y no tenía dinero para cambiarlo.

—¿Le gustan las flores, Louisa? Le enviaré un ramo al hospital. —Le sostuvo la mirada para convencerla de que se mantuviera tranquila, de que respirase con naturalidad y no pensara que el corazón se le iba a parar para siempre.

—A las chicas siempre nos gustan las flores —repuso Louisa con voz débil.

En aquel momento se oyó el motor, seguido de un frenazo sobre la grava, unas puertas que se abrían y se cerraban y unos pies que se acercaban corriendo. Los sanitarios eran rápidos y eficientes, y estaban bien entrenados. Les puso al tanto de la aspirina, la nitroglicerina, el suero y la presión arterial. También enumeró los síntomas, porque la anciana ya no tenía fuerzas para hablar. Ellos formularon todas las preguntas necesarias, hablaron en tono calmo y en cuestión de unos minutos le habían puesto una mascarilla de oxígeno y un gotero nuevo, con lo cual le mejoró otro poco más el color.

Uno de los sanitarios le preguntó a Puller:

—¿Es usted médico? Porque ha actuado correctamente.

—No, solo soy un soldado que conoce unos cuantos trucos. Cuídenla bien. Se llama Louisa, y somos amigos.

El otro, desde su baja estatura, se quedó mirando al imponente ex de los Rangers y dijo:

—Oiga, pues cualquier amigo suyo es amigo mío.

Louisa se despidió de Puller con la mano mientras se la llevaban en la camilla. Él fue detrás. La anciana se quitó la mascarilla para decirle:

—Tengo un gato. ¿Le importaría...?

Puller afirmó con la cabeza.

—Yo también tengo gato. No hay problema.

—Dígame otra vez cómo se llama, cielo.

—Puller.

—Es usted un buen muchacho, Puller —repitió.

Se cerraron las puertas y la ambulancia arrancó haciendo aullar la sirena mientras la noche empezaba ya a transformarse en día.

«Un buen muchacho.»

Iba a tener que buscar una floristería.

Buscó el gato y lo encontró en la zona de vivienda de la anciana, a la que se accedía por una puerta que había detrás del mostrador de la oficina. El minino estaba debajo de la cama, dormido como un tronco. La «vivienda» de Louisa consistía en dos habitaciones y un baño de dos por dos provisto de una ducha casi demasiado pequeña para que él pudiera siquiera meterse dentro. Todos los rincones estaban llenos de pilas de objetos que solían coleccionar las personas de su edad. Era como si pretendieran detener el paso del tiempo aferrándose a todo lo que había sucedido anteriormente.

«Detener el paso del tiempo. Como si se pudiera.»

En aquella emboscada habían muerto cuatro de sus hombres. A los otros cuatro había logrado salvarlos. Le concedieron una ristra de medallas por hacer lo que cualquiera de ellos habría hecho gratis por él. Él volvió a casa, y también la mitad de los ocho. Dentro de lustrosos féretros cubiertos con la bandera de barras y estrellas.

Un viaje con los gastos pagados a la Base de las Fuerzas Aéreas de Dover. Después, dos metros bajo tierra en Arlington. Una lápida blanca para indicar el sitio en que descansaban entre todas las otras lápidas blancas.

«Un negocio redondo —pensó Puller—. Para el Ejército.»

El gato era viejo y gordo, y al parecer no se había enterado de los problemas de salud de su propietaria. Puller se ocupó de que los cuencos de comida y agua quedaran llenos y de que la caja de arena estuviera limpia. Encontró la llave de la oficina, cerró la puerta al salir y se fue a desayunar.

De repente tenía mucha hambre. Y por el momento tendría que contentarse con comer.

25

Aparcó el Malibu en la calle, justo enfrente. El restaurante La Cantina estaba abierto y ya medio lleno. Resultaba obvio que allí la gente se levantaba temprano y desayunaba temprano. Puller encontró sitio en una mesa del rincón, de espaldas a la pared. Nunca se sentaba en la barra, a no ser que hubiera un espejo en el que pudiera vigilar la retaguardia. La Cantina no disponía de dicho espejo detrás de la barra, por lo tanto no existía tal opción. Además, desde la mesa veía su coche con toda claridad.

Pidió para desayunar lo mismo que había pedido para cenar el día anterior. Una vez que se encontraba algo que era bueno, había que serle fiel.

Dejó vagar la mirada por los demás clientes. En su mayoría eran hombres. Vestidos para ir a trabajar, o quizá para volver del trabajo. A aquella hora de la mañana no se veían tipos trajeados, sino únicamente obreros como él. Lanzó una ojeada al reloj de la pared.

Las cero, cinco, treinta.

Bebió un sorbo de café. Veinte minutos para que le sirvieran la comida y para comérsela. Cuarenta minutos para desplazarse hasta la escena del crimen. Cero, seis, treinta. Tal como había quedado con Cole.

Bebió otro sorbo de café. Estaba bueno, estaba caliente y la taza era grande. La rodeó con la mano y sintió cómo se le iba filtrando el calor en la piel.

Afuera el termómetro marcaba ya veintiséis grados. Y también había sensación de bochorno. Notó que empezaba a sudar cuando fue corriendo al coche a buscar el botiquín de primeros auxilios. Pero cuando en la calle hacía calor, había que beber cosas calientes. Así el cuerpo se refrigeraba por sí solo. Cuando hacía frío, había que proceder al contrario. Era un sencillo hecho científico. Pero, francamente, con independencia de la temperatura, a Puller le gustaba su café. Era cosa del Ejército. Puller sabía cuál era el motivo exacto: el café proporcionaba unos pocos momentos de normalidad en un mundo que por lo demás era anormal, y en el que los seres humanos intentaban matarse entre sí.

—¿Usted es John Puller?

Volvió la vista a su izquierda y vio a un hombre como de unos sesenta años de pie junto a su mesa. Era rechoncho, mediría apenas un metro setenta y cinco y tenía la piel quemada por el sol. Llevaba un sombrero del que se escapaban unos mechones de cabello gris. También vestía un uniforme de policía. Puller leyó el nombre que figuraba en la placa.

Lindemann. El sheriff de aquel bello pueblecito.

—Así es, sheriff Lindemann. Tome asiento, por favor.

Lindemann se sentó frente a Puller. Se quitó su sombrero de ala ancha y lo dejó encima de la mesa. Después se pasó una mano por su rala cabellera, que despuntaba formando extraños ángulos por culpa del sombrero. Olía a Old Spice, a café y a nicotina. Puller comenzó a preguntarse si en Drake fumaba todo el mundo.

—No voy a robarle mucho tiempo, supongo que estará ocupado —dijo Lindemann.

—Y supongo que usted también, señor.

—No es necesario que me llame señor. Llámeme Pat. ¿Cómo prefiere que me dirija a usted?

—Bastará con Puller.

—Cole me ha dicho que es usted muy bueno en su trabajo. Y me fío de ella. Hay quien dice que por ser mujer no debería llevar el uniforme ni ir armada, pero yo la prefiero a cualquier hombre de los que tengo en el departamento.

—A juzgar por lo que tengo visto hasta ahora, yo también. ¿Quiere café?

—Resulta tentador, pero tengo que rechazarlo. Por lo menos deben hacerlo mis riñones, después de las tres tazas que llevo ya. Y mi próstata, que según el médico tiene el tamaño de un pomelo. No hay muchos sitios donde mear dentro de un coche patrulla.

—Comprendo.

—Todo este asunto es un fastidio.

—Estoy de acuerdo.

—Aquí no estamos acostumbrados a que pasen estas cosas. El último asesinato que tuvimos sucedió hace diez años.

—¿Qué ocurrió en esa ocasión?

—Un marido sorprendió a su mujer engañándolo con su hermano.

—¿La mató?

—No, ella lo golpeó a él. Y le pegó un tiro. Y después pegó otro tiro al hermano, que se lanzó contra ella por haberle matado al hermano. El caso se lio un poco, por no decir más. —Calló unos instantes y oteó alrededor antes de fijar la mirada en Puller—. Por lo general no colaboramos con forasteros en asuntos policiales.

—Comprendo.

—Pero lo cierto es que necesitamos su ayuda.

—Y con mucho gusto se la prestaré.

—Siga trabajando con Sam.

—Así lo haré.

—Pero manténgame informado. Me están presionando los medios. —Las últimas palabras las dijo con considerable disgusto.

—En eso el Ejército puede echarle una mano. Puedo facilitarle varias personas de contacto.

—Se lo agradecería.

Puller se sacó una tarjeta de visita del bolsillo, escribió un nombre y un número en el dorso y la deslizó sobre la mesa. El sheriff la recogió sin mirarla y se la guardó en el bolsillo de la camisa.

—Es mejor que me marche ya —dijo Lindemann—. Disfrute del resto del desayuno.

—Descuide.

Lindemann volvió a calarse el sombrero y salió con paso lento de La Cantina.

Mientras lo seguía con la mirada, un individuo que estaba sentado un par de mesas más allá atrajo la atención de Puller por un único motivo: llevaba puesta una gorra del Servicio de Correos de los Estados Unidos.

26

Puller se puso a observarlo. Comía despacio, con parsimonia. Y bebía el café de la misma forma. Un sorbito, y después volvía a depositar la taza. Diez segundos, otro sorbito, y volvía a dejarla. En eso llegó su desayuno. Lo consumió más rápido de lo que tenía pensado. Los hidratos de carbono y las proteínas aumentaron su nivel de energía. Dejó dinero encima de la mesa sin esperar siquiera a que le trajeran la cuenta; por el día anterior ya sabía cuál era el importe.

Se levantó llevando en la mano la última taza de café, pasó junto a varias mesas haciendo caso omiso de las miradas de la gente y se detuvo frente al cartero.

Este levantó la vista.

—¿Es usted Howard Reed? —le preguntó.

El cartero, un individuo flaco y de mejillas hundidas, respondió con un gesto afirmativo.

—¿Le importa que me siente unos minutos?

Reed no dijo nada.

Puller extrajo su cartera de credenciales, enseñó su placa y su documento de identidad y tomó asiento sin aguardar respuesta.

—Soy de la CID del Ejército y estoy investigando los asesinatos que descubrió usted el lunes —empezó.

Reed se estremeció y se caló un poco más la gorra.

Puller lo recorrió con la mirada. Estaba demasiado delgado, rayando en lo patológico, lo cual era indicio de graves problemas internos. Tenía la piel quemada por el sol. Parecía unos diez años mayor de lo que probablemente era. Adoptaba una postura cargada de hombros. Y mostraba un lenguaje corporal que transmitía derrota. En la vida. En todo.

—¿Me permite que le haga unas preguntas, señor Reed?

El cartero bebió otro sorbito de café y dejó la taza en la mesa con sumo cuidado. Puller se preguntó si no sufriría un trastorno obsesivo-compulsivo.

—Está bien —respondió Reed. Eran las primeras palabras que pronunciaba. Tenía una voz ronca, débil, como si no la utilizara mucho.

—Quisiera que me contara todo lo que hizo usted ese día, empezando por el momento en que detuvo el coche en la calle. Qué fue lo que vio y lo que oyó. O si normalmente ve u oye algo que ese día echó en falta. ¿Me sigue?

Reed tomó la servilleta de papel que descansaba al lado de su plato ya vacío y se limpió la boca. A continuación refirió todo lo sucedido paso a paso. Puller estaba impresionado por la memoria que poseía y por lo metódico que era. Tal vez fueran cualidades que se adquirían cuando uno ha repartido millones de cartas, cubriendo siempre el mismo terreno, viendo una y otra vez las mismas cosas. Si hay algo distinto, uno se da cuenta enseguida.

—¿Había visto anteriormente a los Reynolds? —preguntó Puller.

—¿A quiénes?

—La familia asesinada se apellidaba Reynolds.

—Oh. —Reed reflexionó unos momentos, sin prisa, y se concedió calmosamente otro sorbo de café.

Puller se fijó en la alianza de boda que llevaba en uno de sus nudosos dedos. ¿Estaba casado, y en cambio desayunaba fuera de casa y a las cinco y media? A lo mejor se debía a aquello la expresión de incompetente que lucía en la cara.

—A la chica la vi una vez. Estaba en el jardín delantero de la casa mientras yo hacía el reparto. Al hombre no lo he visto nunca. Y a la mujer puede que la haya visto pasar en coche en una ocasión.

—¿Conocía usted a los Halverson?

—¿Los que vivían allí?

—Sí.

Reed meneó la cabeza de un lado a otro.

—Nunca los he visto. No habría ido hasta la puerta de la vivienda, pero es que necesitaba la firma para el paquete que tenía que entregar. Era un envío por correo certificado y requería un recibo firmado. ¿También los han matado a ellos?

—No. No estaban en casa. —Puller guardó silencio por espacio de unos instantes—. ¿Qué ocurrió con el paquete? —inquirió después.

—¿El paquete? —Reed tenía la taza de café a medio camino de la boca.

—Sí, el que requería la firma.

Reed dejó la taza en la mesa y se llevó un dedo a los labios, secos y agrietados.

—Entré con él en la casa. —Tuvo un escalofrío y se agarró al tablero de la mesa—. Y entonces vi...

—Sí, ya sé lo que vio. Pero concéntrese, por favor. Llevaba el paquete en la mano, luego dio media vuelta y salió corriendo de la casa. Al llegar a la puerta rompió el cristal contra la barandilla. —Puller sabía todo aquello gracias a Cole.

Reed puso cara de alarma.

—¿Y ahora voy a tener que pagar la puerta? No fue mi intención romperla, pero es que no había visto nada igual en toda mi vida. Y espero no volver a verlo nunca.

—No se preocupe por la puerta. Concéntrese en el paquete. ¿Iba dirigido a los Halverson?

Reed asintió.

—Sí, recuerdo haber visto el apellido escrito.

Puller no contestó. Dejó que el cartero pensara un poco, que visualizara mentalmente el paquete. La mente era algo muy curioso; si se le daba tiempo, por lo general se le ocurría algo nuevo.

Reed agrandó ligeramente los ojos.

—Ahora que lo pienso, iba «a través de».

—¿«A través de»?

—Sí, sí —respondió Reed con emoción. Deslizó las manos por la mesa y chocó con el plato. Ya no lucía el gesto de incompetente, se le veía centrado. A lo mejor por primera vez en varios años, pensó Puller.

De modo que aquel paquete en realidad no iba dirigido a los Halverson, simplemente lo enviaron a su casa. ¿Figuraría en él algún otro nombre? ¿El de los Reynolds? Porque ellos eran los únicos que ocupaban la casa.

Reed guardó silencio, con la vista ligeramente vuelta hacia arriba, pensativo. Puller no dijo nada, no deseaba interrumpir su concentración. Bebió un sorbo de su café, que ya estaba tibio, y paseó largamente la mirada por el restaurante. Más de la mitad de las cabezas estaban vueltas hacia él.

Ni se inmutó cuando vio al chico de los tatuajes. Dickie Strauss se hallaba sentado en el otro extremo del local, de cara a él, y lo acompañaba un individuo mucho más corpulento. Este último llevaba mangas, con lo cual Puller no pudo averiguar si luciría los mismos tatuajes que Dickie. Ambos lo observaban fijamente, pero haciendo grandes esfuerzos para que no se les notara. En realidad resultaba patético. Dickie debía de haber olvidado toda su formación militar, se dijo Puller.

Volvió a concentrarse en el cartero y descubrió que este lo estaba mirando.

—No me acuerdo —dijo en tono contrito—. Lo siento. Pero sí recuerdo que decía «A través de».

—Está bien —respondió Puller—. ¿Era un paquete grande o pequeño?

—Del tamaño de una hoja de papel.

—Bien. ¿Recuerda quién era el remitente? ¿O de dónde procedía?

—Así, de buenas a primeras, no. Pero a lo mejor puedo averiguarlo.

Puller le pasó una tarjeta de visita.

—Puede localizarme en cualquiera de estos números o direcciones de correo. ¿Recuerda qué sucedió con el paquete? Usted salió huyendo de la casa y abrió la puerta de una patada.

Reed levantó la vista del plato. Por un instante Puller temió que fuera a vomitar el desayuno.

—Debió... de caérseme al suelo.

—¿Dentro de la casa? ¿Fuera de la casa? ¿Seguro que no está en su furgón de reparto?

—No, en el furgón no está. —Hizo una pausa—. Sí, debió de caerse dentro de la casa. Por fuerza. Se me cayó allí dentro. Porque cuando salí corriendo no lo llevaba en la mano. Ahora me doy cuenta. Lo veo claro como el agua.

—Bien, seguro que aparecerá. ¿Hay alguna cosa más que pueda contarme?

—No sé. Nunca me he visto envuelto en nada parecido. No sé lo que es importante y lo que no.

—La casa de la acera de enfrente. ¿Vio algo extraño en ella?

—¿El domicilio de Treadwell?

—Eso es. Vivía allí con Molly Bitner. ¿Los conocía? —En el informe de la sargento Cole, Reed había afirmado que no conocía a nadie de aquel barrio, pero Puller prefirió oírlo en persona.

Reed negó con la cabeza.

—Qué va. Conozco solo el apellido porque soy el cartero. Recibe muchas revistas de motos. Tiene una Harley y la aparca delante de la casa.

Puller se removió en su asiento. No sabía si Reed era consciente de que Treadwell y Bitner estaban muertos.

—¿Algo más?

—Solo lo normal. Nada que se salga de lo corriente. A ver, yo solo entrego el correo y compruebo las direcciones. En realidad no hago nada más que eso.

—Perfecto. Gracias por su tiempo, señor Reed. —Dio unos golpecitos en su tarjeta de visita—. Cuando averigüe quién envió el paquete, haga el favor de ponerse en contacto conmigo.

Se levantó, y Reed alzó la vista hacia él.

—En el mundo hay mucha gente mala —dijo.

—Sí, señor, así es.

—Lo sé a ciencia cierta.

Puller posó la mirada en el cartero y esperó.

—Sí, lo sé a ciencia cierta. —Reed calló un momento; después, tras unos instantes de titubeo, agregó—: Estoy casado con una de esas personas.

Cuando Puller salió del restaurante, Dickie y su acompañante fueron tras él.

Puller estaba bastante seguro de que iban a hacerlo.

27

Puller jugueteó con las llaves del coche que llevaba en el bolsillo, se apoyó contra su Malibu y se puso a esperarlos.

Dickie y su amigo se detuvieron en la acera, a unos metros de él.

—¿En qué puedo ayudaros? —ofreció Puller.

—No fue un *Big Chicken Dinner*, ni tampoco un Despido Deshonroso —dijo Dickie.

—Me alegro de saberlo. Pero si estás mintiendo, puedo averiguarlo en cinco minutos. Solo necesito pulsar unas cuantas teclas para que me contesten los del Centro de Registro de Datos del Ejército. Bueno, ¿y qué fue?

—Una diferencia de opiniones.

—¿Por qué?

Dickie miró a su amigo, que tenía la vista clavada en Puller.

—Es personal. Y no fue nada malo.

—Y no es de su incumbencia —añadió el amigo.

—Bien. Entonces, ¿en qué puedo ayudaros? —repitió Puller.

—Tengo entendido que han matado a Eric Treadwell.

—¿Lo conocías?

—Sí.

Puller observó el brazo tatuado. Lo señaló y dijo:

—¿Dónde te has hecho ese tatuaje?

—En un local del pueblo.

—Treadwell tenía uno igual.

—No era igual. Era un poco diferente. Pero yo lo usé de modelo para hacerme el mío.

—¿Por qué?

—¿Por qué no?

—Eso no es una respuesta.

El amigo dio un paso al frente. Era un par de centímetros más alto que Puller y pesaría unos veinticinco kilos más que él. Parecía un defensa de fútbol americano de la antigua División I; no lo bastante bueno para el equipo profesional, pero sí lo bastante decente para cursar cuatro años de universidad con una beca completa.

—Es la respuesta que le ha dado él.

Puller posó la mirada en el grandullón.

—¿Y tú eres...?

—Frank.

—Muy bien, Frank. Creía que esta conversación era entre Dickie y yo.

—Pues a lo mejor le conviene replantearse las cosas.

—No veo razón para ello.

Puller vio que Frank sacaba las manos de los bolsillos y las cerraba en dos puños. Y también vio lo que tenía en la mano, aunque él intentaba esconderlo.

—Aquí mismo tengo dos buenas razones —dijo Frank levantando los puños cerrados.

—En absoluto, Frank, la verdad es que no —replicó Puller en tono tranquilo al tiempo que se erguía y sacaba también las manos de los bolsillos. No tenía nada en ellas, pero no le hacía falta.

—Sé que tiene una pistola. Se la he visto en La Cantina —dijo Frank.

—No voy a necesitarla.

—Peso veinte kilos más que usted —le advirtió Frank.

—De veinticinco para arriba.

—Vale. O sea, que lo ha entendido.

—Eh, tíos, tranquilos —terció Dickie, nervioso, y levantó el brazo para apaciguar a su amigo—. Frank, cálmate, tío. No merece la pena.

—Tu colega te está hablando con sensatez, Frank —dijo Puller—. No quiero hacerte daño. Pero si lo que me está diciendo tu lenguaje corporal se traduce en acción, acabarás herido. La cuestión es con qué grado de gravedad.

Frank soltó un bufido e intentó esbozar una sonrisa de autosuficiencia.

—¿Se cree que porque esté en el Ejército puede dar a todo el mundo por el culo?

—No. Pero sé que puedo darte por el culo a ti.

Frank había movido la mano derecha para atacar, pero Puller ya se había lanzado contra él. Lo golpeó con la cabeza en plena cara. Su cráneo resultó ser mucho más duro que la nariz de Frank, de modo que este, aturdido y con el rostro ensangrentado, retrocedió en zigzag con sus ciento treinta kilos de peso. Acto seguido Puller le agarró el brazo izquierdo, se lo retorció hacia atrás e hizo fuerza hasta que el hueso estuvo al borde de quebrarse. Luego deslizó un pie por detrás de su pierna izquierda y lo hizo derrumbarse sobre la acera. Pero antes se arrodilló a su lado y le protegió la cabeza con la mano que le quedaba libre, para que no se la partiera al chocar contra el suelo.

Le quitó de la mano el paquete de monedas de veinticinco centavos, lo tiró al suelo, se puso en pie y se lo quedó mirando. Cuando Frank, que estaba sujetándose la nariz rota y procurando limpiarse la sangre de los ojos con los nudillos, intentó levantarse, le plantó un pie en el pecho y lo obligó a permanecer tumbado.

—No te muevas. —Se volvió hacia Dickie y añadió—: Ve a La Cantina y pide una bolsa de hielo. Vamos. —Al ver que Dickie no reaccionaba, le propinó un empujón—. Ve, Dickie, o te lanzo por el escaparate para que vayas más deprisa.

Dickie salió disparado como una flecha.

—No era necesario que hiciera esto, hijo de puta —dijo Frank con las manos ensangrentadas.

—Y tú no tenías que haber intentado atacarme con un paquete de monedas.

—Me parece que me ha roto la nariz.

—Sí, te he roto la nariz. Pero ya la tenías rota de antes. Está desviada hacia la izquierda y tiene el chichón en el centro. Seguramente a causa de un golpe dado con el protector de la cara durante un partido. Dudo que te la llegaran a arreglar como Dios manda. Y probablemente tienes también desviado el tabique. Cuando te curen, te lo arreglarán todo junto.

En aquel momento regresó Dickie con el hielo envuelto en una toalla pequeña. Puller volvió la vista hacia el restaurante y vio que todo el mundo estaba de pie junto al ventanal, mirando.

Dickie le pasó el hielo.

—Dickie, no es para mí, sino para tu amigo.

Frank cogió el hielo y se lo apretó contra la nariz.

—¿Qué diablos está ocurriendo aquí?

Puller se volvió y vio a Sam Cole, que había detenido su coche patrulla con la ventanilla bajada. Vestía uniforme. Aparcó junto al bordillo y se apeó. Puller reparó en que el cinturón del arma no le rechinaba.

Cole miró a Frank y vio el paquete de monedas. Entonces miró primero a Dickie y después a Puller.

—¿Quieren explicarme qué sucede? ¿Le ha atacado él a usted, o usted a él?

Puller miró primero a Dickie y después a Frank. Al ver que ninguno de los dos parecía estar dispuesto a hablar, dijo:

—Se ha resbalado y se ha roto la nariz. Y su colega ha ido y le ha traído hielo.

Cole enarcó las cejas y miró a Dickie.

—Así es —musitó este.

A continuación, Cole miró a Frank.

—¿Esa es también tu versión?

Frank se incorporó sobre un codo y respondió:

—Sí, señora.

—¿Y qué, ese paquete de monedas se te ha caído del bolsillo?

—Lo llevaba en el bolsillo de la camisa —dijo Puller—. Se le ha salido al caer. Le he oído decir no sé qué de la lavandería. Por eso llevaba el dinero.

Cole tendió una mano a Frank y lo ayudó a ponerse de pie.

—Es mejor que vayas a que te miren eso.

—Sí, señora.

Se fueron andando despacio.

—¿Lista para la acción? —le preguntó Puller.

—Lista para que usted me cuente lo que ha ocurrido en realidad.

—¿Está diciendo que he mentido?

—Ese chico no se ha resbalado. Tenía pinta de haberlo atropellado un camión. Y lo más probable es que ese paquete de monedas lo tuviese en el puño en el momento en que intentó golpearlo a usted.

—Son todo conjeturas y especulaciones por su parte.

—Pues aquí tiene una prueba más contundente. —Alargó la mano y se la pasó por la frente—. Tiene sangre ahí. Como no veo cortes, seguramente es sangre del otro. Lo que quiere decir que él intentó darle un puñetazo y usted le arreó un cabezazo. Me gustaría saber el motivo.

—Ha sido un malentendido. —Puller se limpió la sangre con la manga.

—¿Respecto de qué?

—Respecto del espacio personal.

—La verdad es que está empezando a cabrearme.

—No es nada importante, Cole. Esto es un pueblo pequeño, ha sido el típico asunto entre vecinos y forasteros. Si resulta que la cosa va a más, será usted la primera en enterarse.

La sargento no pareció convencida, pero tampoco dijo nada.

—Pensaba que habíamos quedado en vernos en la escena del crimen.

—Me he levantado temprano y me he imaginado que estaría usted aquí —repuso Cole.

—He tenido una charla con su jefe.

—¿Con el sheriff Lindemann?

—Ha venido a La Cantina. Le he facilitado información de contactos que pueden ayudarle con la prensa.

—Gracias.

—Tiene muy buena opinión de usted.

—El sentimiento es mutuo. Fue él quien me ofreció mi oportunidad.

—Usted dijo que antes de venir aquí estuvo trabajando en la policía del estado.

—Eso fue idea de Lindemann. Me dijo que si contaba con eso en mi currículum, nadie me impediría llevar una placa en Drake.

—Deduzco que no es él quien se encarga de contratar al personal.

—Se encarga la Comisión del Condado. Formada únicamente por varones. Varones que viven en el siglo XIX. Según ellos, el papel de la mujer en la vida es andar descalza, embarazada y dentro de la cocina.

—También he hablado con el cartero.

—¿Con el cartero? ¿Se refiere a Howard Reed?

—Sí, está ahí dentro, terminando de desayunar. Me ha dicho que el paquete que tenía que entregar lo dejó dentro de la casa. Que se le cayó, lo más probable. Dice que iba a través de los Halverson, lo cual quiere decir que seguramente iba dirigido a los Reynolds. ¿Lo tiene usted?

Cole estaba perpleja.

—No había nada de eso.

Puller la perforó con la mirada.

—¿No se preguntó por qué motivo estaba el cartero en la puerta?

—Él me dijo que había llamado porque necesitaba que le firmasen algo. Y simplemente supuse que... —Dejó la frase sin terminar y se puso roja como la grana—. La cagué. No debería haber supuesto nada.

—¿Pero está diciendo que no ha aparecido el paquete dentro de la casa? Reed está bastante seguro de que se le cayó estando dentro.

—Quizá fuera eso lo que fueron a buscar los asesinos cuando regresaron a la casa por la noche.

—Sí, pero sus hombres estuvieron allí dentro todo el día. ¿Cómo es que no encontraron el paquete?

—Vamos a buscar la respuesta a esa pregunta —dijo Cole—. Ahora mismo.

28

Había dos automóviles de la policía del condado aparcados frente a las dos casas, el uno junto al otro. Los agentes estaban charlando en el interior de los vehículos cuando Cole se detuvo con un frenazo seguida de cerca por Puller en su Malibu. Se apeó casi antes de que las ruedas quedaran inmóviles y fue hacia los dos coches patrulla.

—¿Habéis pasado la noche entera dándole a la lengua, o haciendo vuestro trabajo? —les espetó.

Puller llegó detrás de ella y advirtió que a aquellos dos agentes no los había visto nunca, lo cual tenía lógica si estaban haciendo el turno de noche.

Los dos policías se bajaron de los coches y adoptaron la posición de semifirmes, aunque Puller detectó en su lenguaje corporal mucho más desprecio que respeto hacia su superior. En el Ejército, aquella falta se habría subsanado en cuestión de pocos minutos, con una penalización de varios meses a cargo del transgresor.

—¿Algo que informar? —preguntó Cole.

Los dos policías negaron con la cabeza. Uno de ellos dijo:

—No hemos visto ni oído nada. Hemos hecho las rondas de la manera habitual, pero modificando el horario para que a cualquiera que estuviera observando le resultara imposible deducir una pauta.

—Está bien. —La sargento señaló a Puller—. Este es John Puller, de la CID del Ejército. Está trabajando con nosotros en este caso.

Aquellos dos no parecían más simpáticos que los del día anterior. Pero Puller no se molestó; no había ido allí a trabar amistad con nadie. Saludó a ambos con un movimiento de cabeza, pero al instante volvió a mirar a Cole. En aquel momento la que mandaba era ella, no él.

—Vosotros estuvisteis el lunes en la escena del crimen —dijo Cole—. ¿Alguno de los dos se fijó en un paquete que tenía que haber entregado el cartero en esa casa de ahí? —Indicó la de los Halverson.

Los dos policías sacudieron la cabeza en un gesto negativo.

—Todas las pruebas encontradas se anotan en un registro —respondió uno de ellos—. No vimos ningún paquete.

—Si no se registró, es que no lo encontramos —dijo el otro—. Pero nosotros no éramos los únicos que había allí dentro. Lan debería saber si apareció un paquete —agregó.

—Quien debería saber si apareció un maldito paquete soy yo —rugió Cole.

—Pues entonces puede ser que no lo hubiera, sargento —replicó el primer agente en tono calmado y sereno.

Puller escrutaba a cada uno de ellos sin que lo pareciera. Así y todo, no acababa de ver bien de qué iban. No lograba distinguir si el obvio resentimiento que experimentaban por tener que obedecer órdenes de una mujer estaba ocultando además otras cosas, como una mentira.

—En fin —dijo—, supongo que ya aparecerá, o no.

Los dos agentes se volvieron hacia él. Antes de que cualquiera de ellos pudiera decir algo, Puller les preguntó:

—¿De modo que esta noche no ha habido actividad? ¿Ningún coche, ni gente paseando? ¿Tampoco niños jugando al escondite?

—Ha habido coches —dijo uno—. Pero todos se fueron a sus casas, y allí siguen.

—También ha habido niños en la calle —dijo el otro—. Ninguno se ha acercado por las casas. Y esta noche no ha salido nadie a pasear, hacía calor y sensación de bochorno, y unas nubes de mosquitos que ni se imagina.

Puller señaló con la vista la casa en la que habían asesinado a Treadwell y a Bitner.

—¿Tenían estos algún familiar próximo al que haya que notificar su muerte?

—Ahora estamos investigándolo. Los Reynolds tenían varios parientes, además de los padres de la esposa. Estamos intentando ponernos en contacto con ellos.

—En eso puede ayudarlos el Ejército. Tendrá información acerca de los familiares del coronel.

Cole hizo un gesto a sus hombres.

—Está bien, vuestro turno finaliza a las ocho. Podéis volver al trabajo.

Los dos agentes dieron media vuelta y se fueron.

—¿Tienen esa actitud todo el tiempo? —preguntó Puller.

—Bueno, esencialmente los he acusado de estropear una prueba o de retenerla, de manera que cabe esperar que muestren cierta actitud negativa. Probablemente yo haría lo mismo. Supongo que no debería haber estallado, pero es que me cabrea que se nos haya pasado lo de ese maldito paquete. —Miró a Puller—. ¿Le importa que eche un pitillo rápido?

—A mí no, pero a sus pulmones sí les importará.

—¿Cree que no he intentado dejarlo?

—Mi viejo fumó durante cuarenta años.

—¿Y qué hizo para dejarlo?

—Hipnosis.

—Lo dice de broma, ¿no?

—A mí también me sorprendió. Yo pensaba que a las personas testarudas no se las podía hipnotizar. Pero, por lo visto, son las más susceptibles.

—¿Me está llamando testaruda?

—Preferiría llamarla ex fumadora.

—Gracias, Puller. Puede que intente este método.

—De modo que el siguiente paso es examinar el registro de pruebas, ¿y qué más?

—Lan vendrá aquí esta mañana. —La sargento consultó su reloj—. Dentro de una hora, más o menos.

—¿Y si no aparece el paquete?

—No lo sé, Puller. Sencillamente, no lo sé.

—Reed me ha dicho que cuando volviera a la oficina a lo

mejor podía averiguar de dónde provenía. Examinará los envíos por correo certificado. Pero a lo mejor usted puede acelerar la gestión de forma oficial.

—Sí que puedo. No estaría mal saber lo que había dentro de un paquete por el que merecía matar por lo menos a uno de mis hombres.

Puller se volvió hacia la casa.

—¿Fue usted una de las primeras personas en acudir a la escena?

—No. Hubo otras dos. Jenkins, ese de ahí. Y Lou, el que conoció usted ayer. El que habló con el impostor de la casa de Treadwell.

—¿Cuándo llegó usted?

—Como unos noventa minutos después de que se recibiera la llamada. Me encontraba en el otro extremo del condado.

—¿Y el perro estaba todavía dentro de la casa?

—Sí. ¿Por qué? ¿Qué tiene que ver aquí el perro? No ladró, ya se lo dije.

—Bueno, los perros recogen cosas. Las muerden. Se comen cosas que no deberían comerse.

Cole contempló la casa durante unos instantes con expresión seria.

—Vamos, Puller —dijo. Y echó a correr.

29

Cuarenta minutos después, Puller observaba cómo levantaba Cole el borde del dobladillo del sofá en el que habían sido hallados los cadáveres. Después le pasó una Maglite, y ella la utilizó para alumbrar por debajo.

—Veo una cosa —anunció la sargento, y recuperó un hueso para perros y dos juguetes de plástico.

—Al parecer, este era el escondite del chucho —comentó Puller—. ¿Hay algo más?

Cole se estiró para alcanzar un poco más lejos bajo el sofá.

—Espere un momento —le dijo Puller, y acto seguido levantó en vilo un extremo del mueble.

Cole se lo quedó mirando desde el suelo.

—Eso sí que es utilizar el cerebro. Y el músculo.

Puller bajó la vista.

—Hay un trozo de cartón, parecido al de un paquete.

—¡Y esto! —Cole recogió el pedazo de papel verde que había en la moqueta y se incorporó.

Puller volvió a dejar el sofá en su sitio. La sargento examinó el papel y se lo pasó.

—Parece un fragmento de un recibo de correo certificado.

—Sí, así es. ¿Pero dónde está el resto del recibo? ¿Vamos a tener que explorar el estómago del perro con rayos X?

—También puede ser que se lo llevaran las personas que mataron a Wellman. A lo mejor pensaron que el perro cogió el paquete y lo escondió en alguna parte. Miraron debajo del sofá, y lo encontraron.

Cole puso cara de no entender.

—¿Pero cómo iban a saber siquiera que estaba aquí?

—Interrogaron a los Reynolds. Quizás el coronel les dijo que estaba esperando un paquete.

—Y entonces, ¿por qué no lo interceptaron sin más? Podría ser que estuvieran dentro de la casa cuando Reed entregó el paquete. Podrían haberlo firmado ellos en su lugar. Podrían haberse hecho pasar por él, igual que el que se hizo pasar por Treadwell en la otra casa. Reed nos dijo que no conocía a ninguno de ellos, de manera que no habría notado la diferencia. Él solo quería que le firmaran el papel.

—¿Pero y si no supieron de la existencia del paquete hasta más tarde, hasta que fue entregado?

—Me cuesta mucho entenderle, Puller.

Puller se sentó en el borde del sofá.

—Reed dijo que estaba en la puerta porque necesitaba una firma. Eso quiere decir que se trataba de un envío especial. Pero no nos ha dicho lo que ocurrió con el paquete. ¿Por qué iba a llegar un paquete así a nombre de los Halverson? Están jubilados. Reed se acordó de que en realidad iba destinado a los Reynolds, pero eso no se lo comentó a la policía, lo único que dijo fue que era un paquete que requería una firma. De modo que es posible que los asesinos dedujeran lo mismo que nosotros: que había un cartero en la puerta a causa de un paquete. ¿Qué había dentro del paquete? Tenían que averiguarlo.

Puller volvió la vista hacia la ventana. Justo en aquel momento estaba Lan Monroe deteniendo el coche frente a la casa.

—¿Por qué no preguntamos a Lan qué es lo que figura en su lista de pruebas?

—De acuerdo. Pero ya le digo desde ahora que no creo que en ella figure ese paquete.

—En ese caso, lo confirmaremos.

Cinco minutos después lo habían confirmado. No figuraba ningún paquete.

Lan paseó la mirada por la estancia con gesto de preocupación.

—Yo no he visto nada parecido.

—Puede que se lo comiera el perro —dijo Cole, y su comentario le valió una mirada larga por parte de Puller—. Podría decirle al veterinario que lo comprobase o que le hiciese una radiografía.

—Es papel, así que lo más probable es que no se vea, o de lo contrario el perro ya lo habría digerido y expulsado en forma de heces —repuso Puller.

De pronto sonó el teléfono móvil de Cole. Vio la identidad del interlocutor y su cara de sorpresa.

—¿Quién es? —inquirió Puller.

—Roger Trent.

—El magnate de la minería.

El teléfono continuaba sonando.

—¿No va a contestar? —dijo Puller.

—Sí, supongo que sí.

Cole abrió el aparato.

—Diga. —Escuchó unos momentos, intentó decir algo y después escuchó otro poco más—. Perfecto —dijo al fin—. Hasta entonces.

Cerró el teléfono.

—¿Y bien? —preguntó Puller.

—Roger Trent quiere verme. En su casa.

—¿Por qué?

—Dice que ha estado recibiendo amenazas de muerte.

—Pues más vale que vaya.

—¿Por qué no me acompaña usted?

—¿Para qué? ¿Quiere contar con refuerzos?

—No estará de más. Además, me doy cuenta de que siente usted curiosidad por Trent. Así tendrá la oportunidad de conocerlo en vivo y en directo.

—Vamos.

30

Cole y Puller se desplazaron hasta el domicilio de Trent en el coche patrulla de ella.

—Voy a tomar un atajo —dijo la sargento—. Ahorra tiempo, pero está lleno de baches —agregó a la vez que hacía girar el volante hacia la derecha y se metía por una carretera estrecha y sembrada de socavones.

A Puller le resultó familiar. Al mirar alrededor comprendió el motivo.

—¿Qué diablos es eso de ahí? —Señaló una gigantesca cúpula de hormigón en torno a la cual habían crecido árboles, ramas y arbustos. Ya la había visto la primera noche, cuando llegó a Drake, cuando se perdió.

—La gente de aquí lo llama el Búnker.

—Vale, ¿pero qué es?

—Antes era una instalación del gobierno, no sé para qué servía. Pero la cerraron ya mucho antes de que naciera yo.

—Sin embargo, está claro que los más viejos del pueblo saben lo que era. Por fuerza algunos tuvieron que trabajar ahí.

Cole negó con la cabeza.

—Qué va. Ahí nunca ha trabajado nadie de Drake, por lo menos que yo sepa.

—Ya sé que el gobierno es un agujero negro en lo que a finanzas se refiere, pero ni siquiera Washington construiría algo así para no utilizarlo.

—Oh, sí que lo utilizaron.

Cole aminoró la velocidad y Puller se fijó en la hilera de casas que había vislumbrado aquella noche. A la luz del día no se veían muy diferentes. Tenían por lo menos cincuenta años, posiblemente más. Muchas parecían estar abandonadas, pero no todas. Se extendían a lo largo de una maraña de calles, una fila tras otra; a Puller le recordaron los barracones militares. Cada una era idéntica a la de su vecino.

—¿Está diciendo que trajeron a personal de fuera a trabajar en el Búnker?

Cole asintió.

—Y construyeron todas esas viviendas para alojarlo.

—Veo que todavía vive gente en ellas.

—Solo en estos últimos años. A causa de la crisis económica, la gente se ha quedado sin trabajo y sin casa. Estas viviendas son antiguas y no se han reformado, pero cuando se está en la calle no se puede ser exigente.

—¿Y hay problemas? Las personas desesperadas a veces hacen cosas desesperadas, sobre todo cuando viven muy juntas unas de otras.

—Patrullamos la zona con bastante regularidad. Los delitos que se han cometido han sido de poca monta. En términos generales, la gente se ocupa de sus cosas. Imagino que están agradecidos de tener un techo bajo el que cobijarse. El condado intenta ayudarlos dándoles mantas, alimentos, agua, baterías, libros para los niños, cosas así. Venimos mucho aquí a decirles que no deben utilizar quemadores de queroseno y aparatos similares para la calefacción de la casa, y les enseñamos lo que tienen que hacer para no sufrir percances. Ya ha habido una familia que casi se muere por envenenarse con monóxido de carbono.

—¿Y el gobierno permite que la gente ocupe esas casas sin más?

—Me parece que los federales hasta se han olvidado de que había esto aquí. Es como lo que ocurre al final de la película *En busca del arca perdida*, otra caja más que acaba apilada en el almacén.

Puller volvió a mirar el Búnker.

—¿Cuándo lo cerraron?

—No lo sé exactamente. Mi madre me dijo que fue por los años sesenta.

—¿Y qué ocurrió con todos los trabajadores?

—Que fueron embalados y trasladados.

—¿Y el hormigón?

—Mi padre me dijo que cuando lo construyeron era digno de verse. Tiene un metro de grosor.

—¡Un metro!

—Eso es lo que me dijo mi padre.

—¿Y en Drake nadie ha hablado nunca con esas personas, nadie ha descubierto lo que estuvieron haciendo en ese sitio?

—Por lo que cuentan, el gobierno proporcionaba a los trabajadores prácticamente todo lo que necesitaban. Además, eran todos hombres, varones de cuarenta y tantos años y solteros, según mis padres. Como es natural, de vez en cuando venía alguno que otro al pueblo. Pero, según mi padre, guardaban muy en secreto lo que hacían ahí.

—Si en aquella época tenían cuarenta y tantos años, actualmente la mayoría de ellos ya habrán muerto.

—Supongo que sí.

Puller observó con atención el Búnker y vio la oxidada cerca coronada por alambre de espino que rodeaba el recinto. Entre la estructura y las viviendas había un bosquecillo. A continuación, Puller posó la mirada en un niño y una niña que estaban jugando en el jardín de una de las casas. El niño corría en círculos mientras la niña intentaba pillarlo. Por fin, ambos cayeron formando un amasijo de brazos y piernas.

—¿Tiene hijos?

Puller se volvió y vio que la sargento lo estaba mirando. Había reducido mucho la velocidad a fin de observar también a los pequeños que jugaban.

—No —contestó—. Nunca me he casado.

—Yo, cuando era pequeña, lo único que quería era ser una mamá.

—¿Y qué ocurrió?

Cole pisó el acelerador.

—La vida. Eso fue lo que ocurrió.

31

Puller calculó visualmente que tendría como unos mil cuatrocientos metros cuadrados de superficie, con un bloque central y dos alas que salían de él. Semejaba una catedral de París plantada en mitad de Virginia Occidental. La mansión de Trent se hallaba situada en la cumbre misma de un cerro que al parecer no contenía sedimentos de carbón, porque el terreno aún permanecía intacto. La carretera que conducía hasta ella estaba pavimentada con gruesas piedras similares a los adoquines. Una verja los esperaba en la entrada de un recinto de lo más formal, rodeado por una valla de hierro forjado de dos metros de altura. A un lado de la verja había un guardia armado. Tenía pinta de ser un policía jubilado desde hacía mucho, pensó Puller. Gordo y lento. Pero probablemente todavía era capaz de disparar más o menos en línea recta.

Cuando Cole detuvo el coche, Puller comentó:

—Verjas y guardias. ¿Tanta protección necesita Trent?

—Ya le dije que las compañías mineras nunca caen bien a la gente, por lo menos en los lugares en los que se extrae el carbón. Seguro que gustan mucho más en los sitios en que no hay minas ni montañas desmochadas por los explosivos.

El guardia debía de haber sido informado de que iban a venir, porque abrió la verja y les hizo señas para que pasaran.

—Menos mal que no venimos a matar al dueño —comentó Puller—. Porque ese poli alquilado nos lo ha puesto bastante fácil.

—Ese recibe órdenes de Trent. Como la mayoría de la gente de esta zona.

—¿Está intentando decirme algo?

—He dicho como la mayoría de la gente, no toda —replicó Cole—. Y, desde luego, no como yo.

Vista de cerca, la casa parecía el doble de grande que vista desde lejos. En la puerta principal apareció una doncella de uniforme. Puller casi esperó que les hiciera una reverencia. Era asiática y joven, de facciones delicadas, y tenía una cabellera morena que llevaba recogida en una cuidada trenza. Los acompañó por un vestíbulo de proporciones inmensas. Las paredes estaban forradas de madera y en ellas colgaban grandes retratos de manera profesional; por un segundo Puller tuvo la sensación de encontrarse en un museo. El suelo era de mármol y formaba una maraña de tonalidades. Las botas de policía que calzaba Cole producían un leve taconeo sobre su superficie; las botas de combate que llevaba él absorbían todo el ruido de sus pisadas, que era para lo que habían sido diseñadas.

—¿No dijo usted que Trent era rico? —dijo Puller—. Esperaba que viviera en una casa mucho más elegante.

Se hizo obvio que la sargento no apreció su sentido del humor, porque se abstuvo de responder y mantuvo la vista al frente. Pasaron junto a una escalinata, y Puller levantó la vista justo a tiempo para vislumbrar a una joven que lo miró a su vez desde lo alto de las escaleras. Tenía una cara regordeta y unas mejillas de color carmesí. El cabello era una masa desordenada de mechones rubios. Un instante después había desaparecido de su campo visual.

—¿Los Trent tienen hijos?

—Dos. Una adolescente y un niño de once años.

—Deduzco que los padres no están lo que se dice muy próximos a pasar a depender de la Seguridad Social.

—Trent tiene cuarenta y siete años. Y su mujer tiene treinta y ocho.

—Me alegro de que sean lo bastante jóvenes para disfrutar del dinero.

—Oh, ya lo creo que lo disfrutan.

La doncella abrió una puerta y los condujo al otro lado. Cuando hubieron pasado, cerró otra vez. Puller oyó el tímido repiquetear de sus pasos alejándose por el pasillo.

Las paredes estaban tapizadas con tela de color verde oscuro. El suelo era de madera de cerezo con un brillo satinado, y se hallaba parcialmente cubierto por dos alfombras orientales cuadradas. Las butacas y los sofás eran de cuero. Las cortinas de las ventanas bloqueaban la mayor parte de la luz que entraba de fuera. La lámpara de araña era de bronce, contenía una docena de bombillas y daba la impresión de pesar una tonelada. En el centro de la estancia había una mesa de gran tamaño con un enorme ramo de flores colocadas en un jarrón de cristal. Allí también colgaban retratos en las paredes; parecían viejos, originales y muy caros.

Todo se había hecho con mucho gusto. El que había coordinado aquello había actuado con sumo cuidado, pensó Puller.

—¿Ha estado aquí más veces?

—Varias. En eventos sociales. Los Trent organizan muchas fiestas.

—¿Así que invitan a sus saraos a la clase trabajadora?

Antes de que Cole pudiera responderle, se abrió la puerta y ambos se volvieron hacia ella.

Roger Trent medía un metro ochenta y cinco y estaba avanzando rápidamente hacia la obesidad. Tenía el cuello grueso y doble barbilla, y su carísimo traje no lograba disimular la anchura de la cintura. En aquella habitación hacía fresco, y aun así estaba sudando. Tal vez se debiera a la larga caminata por el pasillo, se dijo Puller.

—Hola, Roger —saludó la sargento al tiempo que extendía una mano para que él se la estrechara.

Puller le dirigió una mirada que ella ignoró. «¿Roger?»

Trent emitió un gruñido.

—Estoy empezando a cansarme de esta mierda, ¿sabes?

—Bueno, las amenazas de muerte son una cosa bastante grave —repuso Cole.

El magnate del carbón posó la vista en Puller.

—¿Quién diablos es usted?

—Te presento al agente especial John Puller, de la CID del Ejército, de Virginia —se apresuró a responder Cole.

Puller le ofreció la mano.

—Encantado de conocerlo, Roger. —Miró a Cole a tiempo para ver la mueca que hacía esta.

Ambos se estrecharon la mano. Puller retiró la suya con la vívida sensación de haber tocado un pez.

—¿Amenazas de muerte? —preguntó—. ¿De qué forma le han llegado?

—En forma de llamadas telefónicas.

—¿Por casualidad no las habrás grabado? —dijo Cole.

Trent dirigió a la sargento una mirada paternalista.

—Lo de grabarlas solo funciona si uno no contesta al teléfono. —Se sentó en una butaca, pero no indicó a sus invitados que hicieran lo propio.

—Podemos intentar localizarlas —dijo Cole.

—Eso ya se lo he ordenado a mi gente.

—¿Y?

—Las llamadas se efectuaron con una tarjeta telefónica de usar y tirar.

—Está bien. ¿Cuántas amenazas han sido, cuándo se han recibido y por qué número de teléfono han entrado?

—Han sido tres. Todas las he recibido alrededor de las diez de la noche, en estos tres últimos días. Y todas han entrado por mi teléfono móvil.

—¿Cuenta con identificador de llamadas? —preguntó Puller.

—Naturalmente.

—¿Y contesta aunque no conozca el número?

—Tengo muchos negocios fuera de esta zona e incluso en otros países. No es infrecuente que reciba llamadas de esas, y a horas intempestivas.

—¿Cuántas personas tienen el número de tu teléfono móvil? —le preguntó Cole.

Trent se encogió de hombros.

—Es imposible saberlo. No se lo doy a cualquiera, pero tampoco he intentado mantenerlo en secreto.

—¿Cuál era el contenido de esas amenazas?

—Que se está acercando mi hora, que van a encargarse de que se haga justicia.

—¿Fueron esas las palabras exactas? ¿Todas las veces?

—Bueno, no sé si fueron las palabras textuales. Pero el mensaje era ese —agregó Trent en tono impaciente.

—Pero el llamante dijo que iban a encargarse de que se hiciera justicia. ¿Lo dijo en plural, implicando que se trataba de más de una persona? —preguntó Puller.

—Esa fue la palabra que emplearon.

—¿Era una voz de hombre o de mujer?

—Yo diría que era de hombre.

—¿Ha recibido amenazas otras veces? —inquirió Puller.

Trent miró a Cole.

—Algunas.

—¿Iguales que esta? Me refiero a si la voz era la misma.

—Las otras amenazas no me las hicieron por teléfono.

—¿Cómo, entonces?

—Esas amenazas ya las hemos investigado —intervino Cole—. Y las hemos tratado de manera oportuna.

Puller la miró durante unos instantes antes de volver a centrarse en Trent.

—De acuerdo. ¿Por qué cree usted que lo están amenazando?

Trent se puso de pie y miró a Cole.

—¿Qué está haciendo aquí este tipo? Pensaba que ibas a venir solamente tú.

—Estamos trabajando juntos en un caso de homicidio.

—Eso ya lo sé. He estado hablando con Bill Strauss. ¿Pero qué diablos tiene que ver eso con mi problema?

—Pues que también han asesinado a una empleada tuya, Molly Bitner.

—Sigo sin ver qué relación puede haber. Y si Bitner ha muerto, dudo que sea ella la que está enviándome amenazas.

—¿Llegó a conocerla personalmente? —preguntó Puller.

—Si la conocí, no me acuerdo. Ni siquiera sé con seguridad en qué oficina trabajaba. No desciendo a ese nivel de empleados.

Puller reprimió el impulso de lanzar a aquel tipo contra una pared.

—¿Tiene alguna otra oficina por aquí?

—Tengo varias.

—Roger —terció Cole—, el domingo por la noche estuvieron realizando voladuras en la mina que hay cerca de donde se cometieron los asesinatos. ¿Por qué en domingo, y por qué por la noche? Para eso debiste de necesitar un permiso especial.

Trent la miró con incredulidad.

—¿Cómo diablos voy a saberlo? Yo no programo las voladuras, pago a otras personas para que las programen.

—Ya. Bien. ¿Y quiénes son esas personas?

—Eso lo sabrá Strauss.

—En tal caso, imagino que tendremos que hablar con Strauss —repuso Puller.

Trent miró a Cole con gesto ceñudo.

—Lo único que quiero es que te ocupes de mi problema, ¿de acuerdo?

—Lo investigaré, Roger —contestó la sargento en tono tajante—, pero por si no te has dado cuenta, estoy ocupándome de una serie de asesinatos.

Trent ignoró el comentario.

—Estoy harto de que la gente me tenga en su punto de mira solo porque he alcanzado un éxito increíble. Es pura envidia, y estoy cansado de ella. Si Drake sigue existiendo, es únicamente gracias a mí. El único que crea empleo aquí soy yo. Esos perdedores deberían besarme el culo.

—Sí, estoy seguro de que lleva usted una vida muy dura, señor Trent —repuso Puller.

A Trent se le oscureció el semblante.

—Es evidente que usted no tiene lo que hay que tener para construir una fortuna. Como le sucede a la gran mayoría de las personas. Hay un pequeño número de personas que tienen lo que hay que tener, y el resto no lo tiene. Y las personas que no lo tienen creen que se les debe regalar todo sin esforzarse ellas por obtenerlo.

—Así es, señor —contestó Puller—. En estos momentos hay en Oriente Medio un montón de vagos que no tienen lo que hay que tener y que están dándose la gran vida con los impuestos que paga usted.

Trent enrojeció.

—No me refería a eso, por supuesto. Yo soy un gran admirador de nuestros soldados.

—Sí, señor.

—Ahora, si me disculpa, tengo que tomar un avión.

—¿En el aeropuerto de Charleston? —preguntó Puller—. Está un poco lejos de aquí.

—Tengo un avión particular.

—Ah, bien.

Trent se dirigió hacia la puerta y salió cerrando de un golpe. Puller se volvió hacia Cole.

—¿Siempre es así de simpático?

—Es lo que es.

—Las anteriores amenazas de muerte, ¿las ha investigado usted? ¿Ha averiguado de quién procedían?

—Esa investigación está cerrada. Y Trent tiene razón, en realidad a usted esto no le compete.

—Usted me ha pedido que venga.

—Pues no debería habérselo pedido.

—¿Le da miedo ese tipo?

—No siga por ahí, Puller —replicó la sargento.

De repente se abrió la puerta.

No era la doncella. No era Roger Trent. Ni tampoco era la joven adolescente que había visto Puller. Era una mujer de treinta y tantos años, de constitución menuda, morena y dotada de unas facciones delicadas que parecían demasiado perfectas para ser naturales. Llevaba un vestido de diseño sencillo, pero resultaba obvio que el tejido era caro. Se movía con gran seguridad en sí misma y sus ojos daban la impresión de captarlo todo.

No era la primera vez que Puller veía unos ojos como aquellos.

Miró a Cole, luego volvió a fijarse en la mujer, luego volvió a mirar a Cole.

—¿Cómo estás, Jean? —saludó la sargento.

—Maravillosamente —respondió Jean Trent—. ¿Cómo estás tú, hermanita?

32

Puller observó un instante a Jean Trent y volvió a mirar a Sam Cole. No eran gemelas, en realidad no se parecían tanto físicamente. Así y todo, al mirarlas con más detenimiento se hacía obvio que eran parientes.

—¿Así que Sam es su hermana pequeña? —preguntó Puller.

Jean respondió con un gesto afirmativo.

—Le llevo dos años y dos días.

—Pero la gente siempre piensa que la pequeña es ella —dijo Cole.

—Yo me doy masajes, y tengo entrenador propio y cocinero propio. En cambio tú, Sam, participas en operaciones de vigilancia, llevas a cabo persecuciones a gran velocidad y comes basura. Esas cosas se cobran su precio.

—Imagino que sí —concedió Cole, y agregó—: ¿De modo que ha habido nuevas amenazas de muerte?

—Eso es lo que dice Roger.

—No se la ve muy preocupada —observó Puller.

—Roger viaja con guardaespaldas. Aquí estamos más que protegidos. Roger posee licencia para llevar encima un arma oculta, y la lleva. No cae bien a la gente de aquí, pero jamás ha llegado a agredirlo nadie.

—Si usted lo dice. —Puller volvió a mirar a Cole—. ¿Lista para la acción?

—Vamos.

Cuando su hermana pasó por su lado, Jean Trent le dijo:

—¿Por qué no vienes esta noche a cenar? —Después miró a Puller—. ¿Y por qué no viene usted también?

—¿Por qué? —inquirió Cole.

—Roger va a estar fuera, y tu sobrina ha estado preguntando por ti.

Cole se sintió un tanto culpable ante este último comentario, pensó Puller. Y su hermana también debió de advertir lo mismo.

—¿Pongamos a las ocho y media? Aquí cenamos tarde.

—De acuerdo —respondió Cole.

—Si se ponen elegantes para cenar, les advierto que no me he traído mi uniforme de gala —dijo Puller.

—Lo cierto es que vestimos bastante informales. —Jean miró a su hermana—. ¿Adónde vas ahora?

—A ver cómo diseccionan unos cuantos cadáveres.

—Que te diviertas.

Regresaron al coche patrulla de Cole.

—¿Cómo se le ha olvidado comentarme que estaba usted emparentada con los Trent? —preguntó Puller.

—No venía al caso.

—Nadie sabe de entrada si algo viene o no al caso.

—Bueno, pues ahora ya está enterado.

—Su marido tiene como unos diez años más que ella. ¿Es su segunda esposa?

—No. Simplemente él se casó tarde y ella se casó pronto. Los hijos que tiene son de él.

—Ha mencionado a su sobrina. He visto en la escalera a una adolescente que entraba.

—Era Meghan. Tiene catorce años. Es una edad difícil para una chica.

—¿Y dice que tienen también un niño de once años?

—Roger júnior. No está en casa.

—¿Dónde está?

—En una academia militar.

—Trent no me ha parecido el típico militar.

—Y no lo es. Le interesan mucho más las ganancias privadas que el servicio público. Pero su hijo tiene un problema de disciplina, y supongo que mi hermana no ha querido ocuparse de ello. De manera que lo ha enviado a una academia de Pennsylvania en la que lo meten a uno en vereda y lo obligan a contestar «señor».

—No es tan malo. La disciplina es un buen valor que tener en la vida.

—Puede ser. Pero en mi opinión, en su caso han tirado la toalla demasiado pronto. No es más que un niño. Y la disciplina empieza en casa. Si uno envía fuera de casa a un niño de esa edad, lo más probable es que ese niño piense que a sus padres no les importa un comino.

—¿Y es cierto? ¿A sus padres no les importa un comino?

—Yo no estoy en situación de saberlo, la verdad.

—¿No se trata usted mucho con sus parientes ricos?

—A la gente no se la acaba de conocer nunca.

«En eso tiene mucha razón», pensó Puller. Después dijo:

—En fin, ¿y qué me dice de las anteriores amenazas de muerte?

Cole se volvió de pronto, con las manos en jarras.

—Ya le he dicho que se investigaron y que el caso está cerrado.

—Ya sé que me lo ha dicho.

—Entonces, ¿por qué vuelve a sacar el tema?

—Porque quiero saber más de lo que me ha contado. Por regla general, esa es la razón de que haga preguntas.

—Ya, pues no me apetece darle más explicaciones.

—¿Dónde vive su hermano?

—En Drake.

—¿A qué se dedica?

—En general, a lo menos que puede. ¿qué es esto, un interrogatorio?

—Solo pretendo entender cómo es el terreno de juego, nada más. Si la he ofendido, le pido perdón.

Su actitud franca hizo que el enfado de Cole se desinflase.

—Randy es el más pequeño de los tres. Acaba de cumplir los treinta y ha perdido el rumbo en la vida. Tenemos la esperanza de que vuelva a encontrarlo. Y pronto.

—Deduzco que a él nadie lo envió a una academia militar.

—A lo mejor deberían haberlo enviado.

Se subieron al coche y Puller se ajustó el cinturón de seguridad.

—¿Se ha sabido algo del tipo que se llevó el automóvil de Wellman?

—Nada. Algo me dice que hace mucho que se ha largado de Drake.

Cole se ajustó el cinturón y arrancó el motor.

—¿Qué ha hecho con el ordenador y el maletín? —preguntó.

—Los he enviado al USACIL por correo militar.

—¿Es un buen sitio?

—El mejor de todos. Se aprecia nada más entrar, cuando se ve en el suelo.

—¿Qué es lo que se ve?

—El emblema del laboratorio. Se lo compraron en los años cincuenta a un tipo, por un dólar.

—¿Y qué es?

—El detective Mickey Mouse. El tipo que lo vendió fue Walt Disney.

—¿El emblema de un laboratorio criminal es un personaje de dibujos animados?

—Cuando se es tan bueno, ¿qué importancia tiene el emblema que se tenga?

—Si usted lo dice.

Dejaron atrás la mansión de los Trent y pusieron rumbo de regreso al mundo real.

33

En otra época, el doctor Walter Kellerman había estado mucho más gordo, pero ahora había adelgazado mucho. Esto fue lo que advirtió Puller cuando llegaron a la sala de autopsias. Lo dedujo al ver cuán hundida tenía la piel de la cara y los cuatro agujeros de más que había perforado en su cinturón de cuero para acomodar su menguante talle.

Los cadáveres habían sido transportados desde la funeraria hasta el consultorio de Kellerman, el cual se encontraba detrás de su oficina, en un edificio de ladrillo de dos alturas que a todas luces había sido la vivienda de otra persona y que se hallaba situado a un par de kilómetros del centro del pueblo. También habían traído camillas refrigeradas para tender en ellas los cadáveres.

—¿Está enfermo, o es que ahora come mejor? —preguntó Puller a Cole en voz baja mientras ambos se ponían batas quirúrgicas y guantes.

—Un poco de las dos cosas. Ahora camina más, ha reducido la carne roja y come menos cantidad de todo. Hará como un año que le extirparon la vesícula y el riñón izquierdo. Sabe que si quiere llegar a los setenta va a tener que ponerse las pilas.

—¿Ha asistido usted a otras autopsias? —inquirió Puller.

—A más de las que quisiera —repuso Cole.

—Lindemann me ha dicho que el último asesinato que han tenido aquí sucedió hace diez años.

—Hay otras razones por las que se practica la autopsia. Por

accidentes, sobre todo. Y en una región minera ocurren bastantes. Y también por accidentes de tráfico. También tenemos unos cuantos de esos.

—Está bien.

—Y si está preguntándose si voy a ponerme a vomitar cuando el médico empiece a cortar, la respuesta es que no.

Kellerman lucía una barba blanca y recortada, ojos azules, poco pelo en la cabeza y modales amistosos. Cuando le presentaron a Puller, dijo:

—Yo estuve una temporada en las Fuerzas Aéreas. Pasé dos años en Vietnam, pero la ley de los veteranos de guerra ayudaba a pagar la universidad, de modo que estudié y me licencié en medicina.

—Ya ve que el Tío Sam es capaz de hacer bien algunas cosas —repuso Puller.

—Nunca me he arrepentido. Uno se vuelve más fuerte.

—Si es que logra sobrevivir —comentó Cole.

Puller señaló el cuerpo que descansaba sobre la mesa de acero cubierto por una sábana.

—¿Quién es el primero?

—El coronel Reynolds. —Kellerman miró las camillas refrigeradas portátiles—. Tengo a dos asistentes que me echan una mano, pero aun así va a ser un día muy largo.

—Solo hemos venido para observar y hacer preguntas —dijo Cole.

—Y cuentan con total libertad para las dos cosas. Esta mañana he echado un vistazo a los cadáveres. Presentan una mezcla de heridas interesante: escopeta, pistola de pequeño calibre, estrangulamiento y traumatismo causado por arma contundente.

—¿Se le ocurre qué pueden haber empleado para matar a los dos hijos? —preguntó Puller.

—Probablemente la mano.

—¿Cómo puede estar seguro de eso? —dijo Cole.

—No estoy seguro. Él me ha preguntado si se me ocurría algo. Y eso es lo que se me ocurre.

—Pero ¿por qué la mano?

—Un bastón, un instrumento de metal u otro objeto ajeno, casi con toda seguridad habría dejado en la piel algún residuo o marca que lo delatase. En cierta ocasión efectué una autopsia en la que se distinguía el logotipo de un bate Louisville Slugger en el pecho del muerto. Pero la mano también deja una marca distintiva. Y he hallado restos incrustados en el cuello del chico.

—¿Qué eran? —quiso saber Puller.

—Parecía ser un trozo de cuero negro.

—Lo cual quiere decir que llevaban guantes.

—En mi opinión, así es.

—No es fácil alcanzar el bulbo raquídeo de la manera adecuada para matar a una persona —señaló Puller—. Solo mide unos siete centímetros de largo.

—Yo diría que tienen que buscar a una persona que posea un entrenamiento especial. Puede que en artes marciales.

—O militar —sugirió Cole.

—Exacto. O militar —coincidió Kellerman.

Se puso la máscara facial transparente, levantó la sábana que tapaba al coronel y enumeró sus instrumentos.

—¿Empezamos?

Incluso con la ayuda de los dos asistentes, fueron necesarias muchas horas para practicar una autopsia como es debido a los siete cadáveres. Puller había metido bastantes pruebas en recipientes especiales cuidadosamente marcados que a continuación enviaría al USACIL. Incluiría además instrucciones concretas para el laboratorio de Fort Gillem para el momento de procesarlas, y posteriormente haría un seguimiento de dichas instrucciones con un correo electrónico y una llamada de teléfono.

Kellerman había dejado a sus ayudantes la tarea de coser las incisiones en forma de Y, se había cambiado de ropa y se había marchado a casa. Cole y Puller salieron al exterior del edificio. Puller guardó las cajas en el automóvil de la sargento. También había registrado en su grabadora comentarios recogidos durante la autopsia, y además Cole había tomado numerosos apuntes a mano. Sin embargo, no había nada demasiado notable que hubiera surgido a lo largo de todo el proceso.

Se extrajo revestimiento de escopeta de la cabeza de Reynolds para compararlo, a fin de determinar el calibre del arma que se había utilizado. Una parte del material que se encontró incrustado en el rostro no era revestimiento; Kellerman propuso la teoría de que era una venda que le habían puesto en los ojos al coronel.

—Seguramente por eso no intentó defenderse ni levantar las manos —dijo Puller.

—No lo vio venir —agregó Cole.

Stacey Reynolds tenía el torso lleno de perdigones de escopeta. Los dos adolescentes habían muerto de un golpe en el cuello, tal como se había especulado. Eric Treadwell y Molly Bitner habían sido asesinados mediante un disparo en la cabeza con un arma del calibre 22. Las balas habían vuelto a salir del cráneo apenas sin deformarse, y lo único que se necesitaba ahora era una pistola con que emparejarlas.

Wellman había sido golpeado en la cabeza con fuerza suficiente para que perdiera el conocimiento. Pero lo que acabó con su vida no fue ninguna fractura de cuello; eso requería una caída considerable, y el bajo techo del sótano no la permitía. Wellman había muerto lentamente de asfixia.

Cole y Puller se apoyaron contra el coche de ella. La sargento sacó un cigarrillo y lo prendió.

—No me mire así, Puller —dijo—. Acabo de presenciar cómo diseccionaban siete cadáveres. Resulta estresante.

—No han arrojado mucha información que digamos —comentó él.

—¿Tiene alguna idea?

—En este momento, ninguna que funcione del todo.

Cole miró el reloj.

—Es la hora de ir a cenar con mi hermana.

—¿Por qué ha querido que vaya yo?

—No sé, aparte de que es usted más joven, más alto y más delgado que su marido.

—¿Está diciendo que le engaña?

—No estoy diciendo nada, porque no lo sé. Roger pasa mucho tiempo fuera de casa.

—No parecía estar muy preocupada por las amenazas de muerte.

—Roger no es una persona que caiga bien. Supongo que uno acaba insensibilizándose.

—Podría ser así en el caso de su hermana, pero se nota claramente que en el de Trent, no. Estaba a la vez cabreado y asustado.

—Bueno, el objetivo es él, no ella.

—Cierto.

—Puedo acercarlo hasta su coche y luego recogerlo en el motel. Así los dos tendremos tiempo para darnos una ducha y cambiarnos. Voy a tener que frotar bien fuerte para quitarme este olor a muerto.

—No creo que nadie pueda frotar lo bastante fuerte para eso.

—Pues por mis muertos que yo voy a intentarlo.

34

Puller fue derecho a la oficina de correos, que se encontraba a pocos minutos del motel Annie's. Llegó justo antes de que cerrase. Envió las cajas a Atlanta por correo de urgencia y después se concentró en la joven que estaba detrás del mostrador, que lo miraba con gesto expectante.

Le mostró su identificación y le dijo:

—Pertenezco a la División de Investigación Criminal del Ejército.

—Ya sé quién es usted —replicó ella.

—¿Pues cómo? —quiso saber él.

—Este pueblo es pequeño, y usted es demasiado grande para pasar inadvertido.

—Necesito información acerca de una entrega.

—¿Qué entrega?

Le explicó lo del paquete por correo certificado que había entregado Howard Reed el lunes a los Reynolds, pero en la dirección de los Halverson.

La joven afirmó con la cabeza.

—Howard me lo ha mencionado esta mañana, cuando llegó para recoger el correo del día.

—Es muy importante que averigüemos de dónde procedía ese paquete.

La joven miró a su espalda.

—Para esto debería llamar a mi supervisor.

—Está bien.

—Pero no va a venir en todo el día.

Puller puso sus enormes manos encima del mostrador.

—¿Cómo se llama usted?

—Sandy. Sandy Dreidel.

—Muy bien, Sandy. Se lo voy a explicar. Esa entrega podría resultar de suma importancia para descubrir quién mató a esas personas. Cuanto más esperemos, más lejos huirá el asesino. Lo único que necesito es el nombre y la dirección del remitente, eso es todo.

—Lo comprendo, pero tenemos normas y procedimientos.

De repente Puller sonrió de oreja a oreja.

—La entiendo perfectamente. Yo pertenezco al Ejército. Por cada norma que tiene la oficina de correos, el Ejército tiene diez, se lo garantizo.

Sandy le devolvió la sonrisa.

—Le creo, seguro que así es.

—Pero debe de haber alguna manera de averiguar esa información.

—Bueno... sí. Tenemos registros.

—Seguro que solo con que pulse unas cuantas teclas en ese ordenador, lo sabrá.

Sandy se sintió avergonzada.

—Bueno, todavía no tenemos todo informatizado. Pero tenemos libros de registro en la parte de atrás.

Puller sacó su cuaderno y un bolígrafo.

—Si no le importa perder un par de minutos y me escribe aquí el nombre y la dirección del remitente, podría sernos de gran ayuda para encontrar al que asesinó a esas personas.

Sandy titubeó, echó un vistazo por encima del hombro de Puller y otro a la ventana que daba a la calle, y a continuación fue a buscar lo que le pedían.

Tardó cinco minutos, pero regresó con el cuaderno y el bolígrafo y se los devolvió a Puller. Este leyó lo que había escrito la joven y le dijo:

—Esto representa una gran ayuda, Sandy. Se lo agradezco de veras.

—Pero no le diga a nadie que se lo he facilitado yo —contestó ella, preocupada.

—Nadie va a saberlo por mí.

De regreso en su habitación del motel, Puller miró fijamente el nombre y la dirección que le había anotado Sandy.

El nombre de la empresa no lo reconoció. La dirección era de Ohio. Hizo una búsqueda de Google en su ordenador portátil y entró en la página de la compañía. Cuando vio a qué actividad se dedicaba, se dijo que a lo mejor por fin había logrado dar un paso adelante en aquel caso. Si así era, no resultaba tan obvio. Llamó al número que figuraba en la página principal, pero tan solo obtuvo una contestación grabada. La empresa estaba cerrada y abriría de nuevo al día siguiente a las nueve.

Dado que por el momento no podía hacer nada más, telefoneó al hospital al que habían trasladado a Louisa, la propietaria del motel. No consiguió dar con nadie que le dijera qué tal se encontraba, no obstante encargó un ramo de flores en la tienda de regalos del hospital y lo pagó con su tarjeta de crédito. Pidió que en la tarjeta escribieran lo siguiente: «El gato está bien. Espero que usted también. Su buen muchacho, Puller.»

Colgó el teléfono, se desnudó y se metió en la ducha. El Ejército lo enseñaba a uno a lavarse deprisa y a vestirse más deprisa, así que cinco minutos más tarde ya estaba seco y vestido.

Estaba guardándose la M11 en la funda delantera cuando lo vio.

Alguien había deslizado un papel por debajo de la puerta de la habitación.

De inmediato se asomó por la ventana que había a un lado de la puerta. No vio a nadie. El pequeño patio estaba vacío de automóviles y de personas. Acto seguido cogió la funda de una de las almohadas de la cama, se arrodilló y la utilizó para recoger el papel.

Le dio la vuelta. Estaba escrito con una impresora láser y el mensaje era de lo más claro.

«Sé cosas que tú necesitas saber.»

Había una dirección apuntada.

Y después otra palabra más.

«Ahora.»

Se sirvió de la aplicación de mapas que contenía su teléfono móvil para localizar el sitio en cuestión. Se encontraba a quince minutos en coche, una distancia que probablemente lo llevaría a un lugar todavía más perdido en mitad de la nada.

El lugar perfecto para una emboscada.

Un disparo efectuado desde lejos.

O una escopeta a bocajarro.

O diez hombres contra uno. A lo mejor Dickie y su amigo, el de la nariz rota, habían decidido desquitarse y esta vez llevarían consigo los necesarios refuerzos.

Observó fijamente el teléfono. Podía llamar a Cole e informarla. Probablemente era lo que debería hacer. Marcó el número. Sonó el timbre del teléfono. Saltó el buzón de voz. Lo más seguro era que la sargento estuviera en la ducha, frotándose para sacarse el olor a muerto.

Le dejó un mensaje para contarle lo último que había averiguado. A continuación le facilitó la dirección que le habían dado y colgó.

Hizo una llamada más, a su amiga Kristen Craig del USACIL. La informó de lo que había enviado por correo y de los resultados que esperaba obtener del laboratorio.

—¿Qué tal va lo del ordenador y el maletín? —le preguntó—. ¿La DIA os ha contado algo?

—Pues sí —respondió Kristen—, pero he de decirte que de momento estoy decepcionada.

—¿Por qué?

—En el maletín había un sándwich rancio, unas cuantas tarjetas de visita del sector privado y un par de revistas. El único informe que contenía ni siquiera era secreto.

—¿Y en el portátil?

—Un poco de porno y un montón de nada más. A ver, había material de trabajo, pero nada capaz de provocar el hundimiento de la civilización occidental tal como la conocemos si hubiera caído en poder de los malos.

—¿La DIA está enterada de eso?

—Por supuesto. Es la DIA. Han mandado una persona al laboratorio.

—Así que porno, ¿eh?

—Nos lo encontramos constantemente en los portátiles de los militares, ya lo sabes. Y lo que había en este no era porno duro, tan solo basurilla de la que puede ver uno en la habitación del hotel sin ver el título de la película reflejado en la factura al día siguiente. Poco o nada excitante, y con una calidad de producción horrorosa. Claro que yo no soy un tío.

—Las mujeres ponen el listón mucho más alto. Entonces, ¿por qué se han disparado todas las alarmas en la Secretaría del Ejército?

—Oye, que yo solo soy un técnico. El investigador eres tú —dijo Kristen en tono jovial.

Puller cortó la comunicación sopesando una cosa; después miró la nota sopesando otra cosa.

Esperó a que Cole lo llamara. Pero no lo llamó.

Al salir cerró la puerta con llave.

Arrancó el Malibu, introdujo en el GPS la dirección que le habían indicado y se fue.

35

Un buzón oxidado y torcido.

Puller pasó junto a él y junto a la carretera sin asfaltar en la que se encontraba.

Bosque a ambos lados.

Le sorprendió que un lugar como aquel tuviera una dirección que reconociera su GPS. La verdad era que el Gran Hermano lo sabía todo.

Aparcó unos cuatrocientos metros más adelante, se apeó y penetró en el bosque. Comenzó a caminar en dirección oeste, retrocediendo, y observó la pequeña casa desde un grupo de árboles. A lo lejos se percibió con toda claridad el siseo de una serpiente de cascabel advirtiendo de su presencia. Puller no se movió. Permaneció allí agachado, escrutando la casa.

Delante había un camión viejo, y al otro extremo de la vivienda descansaba el chasis de otro camión. Por lo visto, detrás había un taller mecánico. La única puerta que tenía estaba cerrada. Daba la impresión de llevar mucho tiempo deshabitada. Todavía no era lo bastante de noche para que tuviera que haber luces encendidas en el interior, aunque el bosque circundante lo sumía todo en un enjambre de sombras.

No se oía ningún ruido, no se veía a nadie.

Continuó agachado en cuclillas, estudiando lo que debía hacer a continuación. Era evidente que una persona que viviera allí, tan lejos de los asesinatos, probablemente no habría visto nada. En cambio sí que podría saber algo, como decía la nota.

De manera que el análisis se reducía a una posible pista o a que alguien pretendía perjudicarlo a él. O bien Dickie y compañía querían vengarse, o bien aquello era un contraataque de alguien que buscaba desbaratar su investigación.

Había puesto el teléfono en vibración. Y ahora vibró.

Miró la pantalla y contestó en voz baja.

—¿Dónde está, Puller? —preguntó Cole.

—En la dirección. En el bosque que hay al este de la casa. ¿Dónde está usted?

—Al oeste, en el bosque.

—Nos hemos leído el pensamiento. ¿Ve algo? Yo aquí no pillo nada.

—No.

—¿Sabe quién vive en esa casa?

—No.

—En el buzón no figuraba ningún nombre.

—¿Qué es lo que quiere hacer?

—Averiguar por qué estamos aquí.

—¿Y cómo quiere hacerlo?

—Qué le parece si no nos complicamos la vida. Yo me acerco por el este y usted se acerca por el oeste. Hacemos un alto en la linde del bosque y volvemos a estudiar la situación.

Guardó el teléfono y comenzó a avanzar. Llevaba la M11 desenfundada y apuntada al frente, e imaginó que Cole llevaría la Cobra del mismo modo.

Un minuto más tarde le vibró el teléfono.

—En posición —informó Cole—. ¿Qué hacemos ahora?

Puller no respondió de inmediato. Estaba asimilando lo que veía, cuadrícula por cuadrícula. Los talibanes y Al-Qaeda eran muy inteligentes a la hora de guiar a los soldados americanos hacia una trampa. Sabían buscar la manera de que algo que en realidad era muy peligroso pareciera completamente inocente. Niños, mujeres, animales domésticos.

—¿Puller?

—Deme un minuto.

Dio unos pasos hacia delante y voceó:

—¿Oiga? ¿Hay alguien?

No obtuvo respuesta. En realidad no esperaba obtenerla.

Dio otros dos pasos más, hasta que quedó fuera del bosque, pero manteniendo el camión viejo entre su posición y la casa.

—¿Me ve? —preguntó hablando al teléfono.

—Sí, pero a duras penas.

—¿Ve algo por su lado?

—No. No creo que ahí viva nadie, tiene aspecto de estar cayéndose a pedazos.

—¿Alguna vez se había acercado por aquí?

—Solo yendo de paso hacia otro sitio. Ni siquiera me había dado cuenta de que existiera esta carretera. ¿Qué cree usted que estará ocurriendo?

—No se mueva de donde está. Voy a intentar una cosa.

Se guardó el teléfono en el bolsillo y avanzó muy despacio hasta que tuvo en su línea visual el porche delantero de la casa. Miró arriba, luego abajo, luego a los lados. Luego abajo otra vez. Del bolsillo de la chaqueta extrajo una mira telescópica que había sacado de su mochila. Se la llevó al ojo y ajustó la lente hasta que vio el porche con nitidez. Volvió a mirar arriba, abajo y a los lados. Y por último enfocó de nuevo la zona inferior.

Sacó de nuevo el teléfono y se lo encajó entre la oreja y el hombro.

—No se mueva de ahí y manténgase agachada.

—¿Qué es lo que ve? ¿Qué es lo que va a hacer?

—Si es lo que creo que es, dentro de cinco minutos lo oirá alto y claro.

—Puller...

Pero Puller ya había guardado el teléfono. Acopló la mira telescópica a la parte superior de su M11 y echó una última ojeada alrededor.

—Hola, soy John Puller. Me han pedido que venga. Me gustaría hablar.

Aguardó otros cinco segundos. ¿Es que pensaban que él iba a acercarse andando hasta la puerta de la casa, así sin más?

Alzó la pistola y tomó puntería a través de la mira telescópica. Orientó el cañón del arma hacia los tablones de madera del porche y disparó tres veces en rápida sucesión. Al instante volaron por los aires varios fragmentos y se oyó el entrechocar de un metal contra otro.

Aquello solo podía significar una cosa: que estaba en lo cierto. Y se apresuró a agacharse.

De improviso se abrió de golpe la puerta de la casa. El fuego de una escopeta arrancó limpiamente la madera, vieja y frágil. Todo el que se encontrara delante de ella habría quedado hecho pedazos. «O sea, yo», pensó Puller.

—¡Dios santo!

Miró a su izquierda y vio a la sargento, que primero lo miró a él y después miró el enorme boquete que se había abierto en la puerta. Por último volvió a mirarlo a él para preguntarle:

—¿Cómo ha sabido que se trataba de una trampa?

—Porque en la parte delantera había tablones nuevos. Han puesto debajo la placa de presión, han pasado un cable hasta el interior de la vivienda y lo han unido al gatillo de la escopeta, que estaba montada sobre algún objeto, a la altura del vientre de una persona. He oído el impacto metálico que hacían mis balas al chocar contra la placa. —Se apartó del camión—. Pero sigo sin entender por qué han pensado que yo iba a ir andando mansamente hasta la puerta para que me volaran la cabeza.

—Pues me alegro de que sea usted más listo de lo que ellos le consideraban.

También ella dio unos pasos.

De pronto Puller lo vio, y al instante se abalanzó hacia Cole, la empujó en el estómago y la levantó del suelo. Ambos echaron a correr de nuevo hacia el bosque, dos segundos antes de que explotara el camión. Una de las ruedas delanteras aterrizó a quince centímetros de donde se encontraban ellos, y sintieron una lluvia de escombros que se precipitaba en torno a ellos. Puller protegió a Cole con su cuerpo. Un largo trozo de caucho cayó sobre sus piernas; le hizo daño, pero no le causó lesiones permanentes. Le quedaría una marca, pero nada más.

Al ver las llamas que envolvían el camión, Puller supo que tenía un segundo problema. Agarró a Cole por el brazo, la izó para echársela al hombro y corrió en dirección al bosque. Unos segundos después explotó el depósito de gasolina lanzando una segunda oleada de escombros que volaron en todas direcciones.

Puller dejó a Cole detrás de un árbol y se arrodilló en tierra, bien alejado de los restos del camión. Dejó que los escombros terminaran de caer y después se asomó por un lado del tronco.

—¿Cómo lo ha sabido? —le preguntó la sargento al tiempo que se incorporaba a medias.

—He visto un cable detonador tendido entre dos arbustos.

—Es obvio que alguien quería verlo muerto. Han puesto una trampa en el camión y otra en la puerta. Si fallaba la primera, lo atraparían con la segunda. —Miró en derredor y tuvo un escalofrío, y no fue porque al hacerse de noche estuviera refrescando—. Tengo un pitido en los oídos que parece una campana de iglesia.

Puller no la estaba mirando, estaba observando el camión destrozado.

—¿Se encuentra bien, Puller? ¿Está herido?

Él respondió con un gesto negativo.

—¿Entonces?

—Debería haber visto ese cable mucho antes de que lo tocara usted.

—Sin embargo, lo ha visto a tiempo.

Puller se volvió hacia ella.

—No es suficiente.

—Tengo que hacer venir a un equipo que investigue esto —dijo Cole—. Y a los bomberos. Si este bosque se prende fuego, será una pesadilla intentar sofocarlo.

—Ahí, cerca de la casa, hay una manguera enrollada. Si todavía queda agua en el pozo, yo mismo apagaré el incendio.

—¿Y si hay más trampas?

—Si se me vuelve a escapar algún otro mecanismo disparador, me merezco lo que me ocurra.

—Puller, a usted no se le ha escapado nada.

Él hizo caso omiso de aquel comentario.

—¿Cuenta usted con algún especialista en bombas?

—Lan Monroe sabe un poco. Pero hay un agente jubilado de la ATF que no vive en el pueblo. Puedo nombrarlo ayudante.

—Yo lo haría. Para esto vamos a necesitar tantos expertos como podamos reclutar.

Mientras Cole hacía la llamada, Puller cogió la manguera y se puso a rociar el camión y las llamas. En cuestión de diez minutos aparecieron dos ayudantes acompañados de dos camiones de bomberos. Lan Monroe llamó y dijo que iba para allá. Cole se puso en contacto con el antiguo artificiero y quedó con él en que también acudiría.

Mientras los bomberos se encargaban de lo que quedaba del incendio y empapaban los restos del camión, Puller recabó la atención de los ayudantes y señaló la casa.

—Yo que ustedes no me acercaría a esa vivienda por el momento. Lo que haría es buscar un robot motorizado y quitar el explosivo de en medio antes de que se le acerque nadie.

—La policía estatal tiene uno de esos —apuntó Cole—. Voy a llamarla.

Una vez que hubo llamado, Puller le dijo:

—Bueno, me parece que tenemos una cena a la que acudir.

—¿Todavía tiene ganas de ir?

—Desde luego.

—¿Lleva ropa limpia dentro del coche?

—Siempre.

—En ese caso, podemos parar un momento en mi casa y darnos una ducha. Así yo también podré cambiarme. Mi casa está más cerca de la de Trent que su motel.

Regresaron andando hasta sus respectivos vehículos mientras el equipo de investigación permanecía lo más lejos posible de la vivienda y del camión que había explotado. Cuando llegaron a la carretera, encontraron al sheriff Pat Lindemann apoyado contra la puerta del pasajero de su Ford. Se limpió la cara con un pañuelo y escupió en el suelo.

—Está siendo una temporada muy entretenida, la que estamos teniendo en Drake —comentó cuando ambos se aproximaron.

—Demasiado entretenida —repuso Cole.

—Puller, me ha ahorrado tener que buscarme un sargento nuevo. Estoy en deuda con usted.

—He estado a punto de no lograrlo.

—Lo que cuenta es lo que ha sucedido —dijo Lindemann. Fijó la vista en la carretera que atravesaba el bosque y añadió—: Está haciendo que alguien se sienta incómodo. ¿La nota se la dejaron en el motel?

—La deslizaron por debajo de la puerta mientras yo tomaba una ducha.

—¿Así que lo están vigilando?

—Eso parece.

—¿Tienen alguna idea de lo que está ocurriendo aquí?

—Aún no —contestó Cole—. Pero acaban de convertirlo en algo personal. Pienso dedicar a esto cada minuto de mi vida, sheriff.

Lindemann hizo un gesto de asentimiento y volvió a escupir.

—Es alergia. Nunca la había tenido. —Miró a Puller—. ¿Desea que nuestro departamento le asigne protección?

—No, estoy bien.

—Como quiera. Bueno, es mejor que me vaya. Mi mujer me está esperando para cenar.

—Cuídese, sheriff —le dijo Cole.

Cuando se hubo marchado, Puller preguntó:

—¿Anda usted a la caza del puesto de Lindemann? Porque él da la impresión de estar a punto de dejarlo libre.

—Es un buen policía. Pero lleva más de treinta años haciendo esto, y no creo que esperara encontrarse con algo así al final de su carrera. —Al tiempo que abría la portezuela de su coche, agregó—: Me he enterado de lo que hizo usted con Louisa en el motel. Fue muy bondadoso por su parte.

—Necesitaba ayuda, de modo que la ayudé. No fue gran cosa. ¿Qué tal se encuentra?

—No lo sé. No he tenido ocasión de llamar al hospital. Pero si no hubiera sido por usted, con toda seguridad se habría muerto.

—¿La conoce?

—A Louisa la conoce todo el mundo. Es más buena que el pan.

—Resulta agradable ayudar a las buenas personas —respondió Puller en voz queda—. Porque por lo general la gente las trata de pena.

Cole le apoyó una mano en el hombro.

—Quiero que deje de flagelarse por lo de ese cable, Puller.

—Si hubiera actuado así cuando estaba fuera del país, mi batallón entero estaría muerto.

—Pero no estamos muertos.

—Ya —contestó Puller en tono sombrío.

Acto seguido se subió a su coche y siguió a la sargento.

36

Tras un trayecto de veinticinco minutos, Cole enfiló una calle situada en un vecindario formado por casas más antiguas pero cuidadas, provistas de porches delanteros y hermosos céspedes. Se detuvo en el camino de entrada para automóviles de una vivienda de dos pisos que tenía un revestimiento de tablas de color gris, una valla de color blanco y un jardín de muchos colores. Parecía más un hogar de Nueva Inglaterra que de Virginia Occidental.

Puller se apeó de su coche, sacó la ropa limpia del maletero y se reunió con la sargento en la puerta principal.

—Una casa muy bonita. ¿Cuánto tiempo lleva viviendo en ella?

—Me crie aquí.

—¿Es la casa de sus padres?

—La compré después de que murieran ellos.

—¿Murieron a la vez?

—Exacto.

Cole no parecía estar dispuesta a facilitar más información.

—Pues por su aspecto resulta más propia de la accidentada costa de Maine —comentó Puller.

—Ya lo sé. Por eso me gusta tanto.

—¿Es usted amante del mar?

—Puede que quiera serlo.

Puller paseó la mirada por las demás construcciones del vecindario.

—Esta vivienda destaca del resto. ¿Por qué?

—Mi padre pasó una temporada en la Marina. De joven vio mundo. Adoraba el mar. Esta casa la construyó él mismo.

Puller tocó el robusto poste que sostenía el porche.

—Debía de ser un manitas. ¿Y cómo fue que se vino hasta Virginia Occidental, siendo un hombre de mar?

—Era de este estado, así que lo que hizo fue regresar a su tierra. Tengo que hacer unas cuantas llamadas. Puede utilizar el cuarto de baño de arriba. Allí encontrará toallas y todo lo que necesite.

—Gracias.

Encontró el cuarto de baño, abrió la ducha, se quitó la ropa y se metió debajo del agua. Cinco minutos después estaba seco, vestido y fuera del cuarto de baño. Se tropezó con Cole, que venía por el pasillo envuelta en un largo albornoz de felpa.

—Dios santo, ¿ya ha terminado? —exclamó, levantando la vista para mirarlo. Descalza, Puller le sacaba más de treinta centímetros.

—Cuando uno tiene a mil tíos deseando darse una ducha, no puede entretenerse. A estas alturas ya lo tengo grabado en el cerebro.

—Pues yo no soy tan rápida como usted —replicó Cole—, pero no tardaré mucho.

—¿Quiere usar este cuarto de baño, ya que he terminado?

—No, tengo todas mis cosas abajo.

—¿Pero no está aquí arriba su dormitorio?

—Puller, no tiene usted ninguna necesidad de saber dónde está mi dormitorio.

Puller dio un paso atrás y miró hacia el pasillo.

—Está bien. ¿Le importa que beba un poco de agua? Salir volando por los aires da mucha sed.

—Las botellas están en la cocina, en el frigorífico.

—Me vale con el agua del grifo.

—La de nuestro grifo no le servirá. Use la de las botellas.

Una vez que estuvieron los dos en el piso de abajo, él se fue a la cocina mientras ella se metía en el cuarto de baño. Puller oyó el ruido que hacía el agua y se imaginó a Cole entrando en la ducha. Pero enseguida dejó de pensar en aquellas cosas; el trabajo, por lo menos aquel trabajo, nunca combinaba bien con todo lo demás.

La cocina se parecía a la bodega de un barco: era funcional, el espacio estaba bien aprovechado y todo se veía más limpio que una patena. Se hacía obvio que el padre marino había aplicado su filosofía de vida a toda la casa.

Los dos padres habían fallecido al mismo tiempo. Debió de ocurrir un accidente, se dijo Puller. Sin embargo, por lo visto Cole no quería aportar más detalles. Y de todas maneras, aquello no era asunto suyo.

Abrió el frigorífico y sacó una botella de agua mineral. Mientras la apuraba contempló el jardín posterior de la casa. La hierba estaba segada y las flores regadas. Había una fuentecilla de piedra de la que manaba un fino chorrito de agua. Más al fondo había un columpio de color blanco, un foso para hacer fogatas y una barbacoa protegida por una pérgola de madera que estaba cubierta de un ramaje de color malva.

Todo transmitía paz y serenidad, y no coincidía en absoluto con la idea que se había hecho él de la casa en la que viviría Samantha Cole. Pero claro, no podía estar seguro; en realidad no la conocía.

Salió al porche trasero y bebió otro poco más de agua. Cerró los ojos y volvió a acordarse del cable detonador. No lo había visto. No lo vio hasta que Cole estuvo a punto de tropezar con él. Y en cambio Cole lo rozó con la espinilla, justo lo suficiente. Lo suyo era que ambos hubieran muerto. Hubo un retardo entre el disparador y la detonación, y Puller sabía por qué.

El relé empleado por la persona que colocó la bomba estaba mal construido. O tal vez dicha persona había dado por sentado que la víctima caería al suelo al tropezar con el cable. Seguirían un par de segundos de confusión. La víctima se incorpora de nuevo y... ¡pum! La bomba le vuela la cabeza.

En ese sentido, Puller había salvado su propia vida y la de Cole. Pero no había sido lo bastante bueno. Ni muchísimo menos.

«Ya no soy el que era.»

«Ya no soy, ni de lejos, el que era.»

«Al no estar allí, los sentidos pierden agudeza. Eres más lento.»

Ya sabía que llegaría un día en que esto último sería cierto. Sin embargo, no tenía ni idea de lo vulnerable que iba a sentirse. A decir verdad, la única solución era regresar a Oriente Medio y procurar sobrevivir.

«Y lo cierto es que no quiero hacer eso, después de seis turnos de combate, de soportar disparos y explosiones y haber estado a punto de morir en más ocasiones de las que soy capaz de recordar.»

«¿Eso me convierte en un cobarde?»

Unos minutos después salió Cole y lo encontró sentado en el columpio del jardín. Antes llevaba puesto un pantalón informal, una blusa y zapatos planos; ahora lucía un vestido de color azul claro, sin mangas y con lorzas en la parte delantera, y unas sandalias blancas de tacón bajo. A Puller le gustó más el vestido que los pantalones. Cole se sentó con él en el columpio y se echó la falda sobre las piernas al tiempo que las cruzaba. Todavía tenía el cabello mojado, y olía a lilas y a jazmín. Se recostó y cerró los ojos.

—¿No deberíamos irnos ya? —dijo Puller.

—He llamado a Jean para decirle que nos retrasaríamos un poco —respondió ella, frotándose las sienes.

—¿Le ha explicado el motivo?

Cole se volvió hacia él.

—No. No he pensado que hubiera una razón para ello.

—Cuando fui a la oficina de correos, investigué lo del paquete certificado.

—¿Qué fue lo que hizo en concreto?

—Únicamente formular unas cuantas preguntas.

—¿No quiso esperar a ver qué averiguaba yo?

—A veces la rapidez es crucial. Y la oficina de correos está a solo tres minutos del motel.

Puller sonrió, y Cole le correspondió con una media sonrisa.

—En fin, cuénteme qué ha descubierto.

—El remitente era una empresa que se dedica al análisis de suelos.

—¿Y para qué podían estar los Reynolds analizando suelos?

—Ojalá lo supiera.

—Y si el perro no se comió el paquete, está claro que el que mató a Larry Wellman regresó y se lo llevó. Pero, una vez más, ¿cómo iban a saber que existía siquiera?

Puller se terminó el agua y volvió a enroscar el tapón.

—Como digo, ellos pueden haber hecho la misma deducción que nosotros. Se dieron cuenta de que el cartero descubrió los cadáveres. ¿Cómo pudo ser, a menos que tuviera un paquete que entregar en esa casa, y que requería una firma? Esa sería la única razón de que hubiera entrado en la vivienda. Ahora bien, ¿qué había dentro del paquete? Regresaron para averiguarlo. No sabían lo que era, pero no podían correr riesgos.

—¿Pero cómo iban a saber que no lo habíamos encontrado nosotros?

—A lo mejor los está informando alguien desde dentro —sugirió Puller.

—Me cuesta creer que en mi equipo haya alguien que está ayudando a la otra parte.

—No digo que sea un hecho comprobado. Lo único que digo es que tiene que tomarlo en cuenta.

—¿Y lo de las bombas?

—La verdad es que eso lo considero una buena señal.

—¿Se refiere a que está poniendo nervioso a alguien, tal como ha dicho el sheriff?

—Sí.

—Si es que ello guarda relación con los asesinatos. Ya ha descartado a Dickie y su amigo.

—¿Cree usted que tomarían represalias intentando hacerme volar por los aires?

—No. Lo más probable es que tenga razón. —Cole cerró los ojos otra vez y apoyó la cabeza en el respaldo del columpio. Se frotó las sienes de nuevo e hizo una mueca de dolor.

—Ni siquiera le he preguntado si se encontraba bien —dijo Puller en voz queda—. La golpeé bastante fuerte. Bueno, ¿se encuentra bien? ¿No tiene ningún hematoma ni nada?

—Estoy bien. Me dejó sin respiración, pero eso fue mejor

—203—

que la otra alternativa. —Abrió los ojos. Le rozó el antebrazo con los dedos y, sin retirarlos, le dijo—: Y yo me he olvidado de darle las gracias.

—Había poca luz. Por lo general se ve el reflejo del sol en el metal. Por esa razón los talibanes y Al-Qaeda preferían enterrar las placas de presión y otros disparadores dentro del suelo.

—Yo no lo vi en absoluto. —Cole se inclinó hacia delante y le dio un ligero beso en la mejilla—. Gracias por salvarme la vida, Puller.

Él se volvió para mirarla. Le pareció ver brillar una lágrima en su ojo derecho, pero Cole desvió el rostro antes de que pudiera tener la seguridad.

—De nada.

Cole apartó la mano del brazo de él y se puso en pie.

—Más vale que nos marchemos ya. Puedo conducir yo. Usted deje aquí su coche, llevaremos mi camioneta. En este momento estoy cansada de los automóviles policiales.

Puller dejó que se alejara unos pasos antes de volverse. Con el sol a la espalda, Sam Cole estaba radiante con su vestido. Puller dedicó unos instantes a disfrutar de aquella imagen.

—¿No viene?

Se levantó.

—Sí, voy.

37

Jean Trent iba vestida con un pantalón informal, sandalias rojas y una blusa también roja, sin mangas. Estaba sentada en el solárium que había en la zona oeste de la casa, donde ya no entraba nada de sol. Tenía ya un cóctel en la mano, y preguntó a Puller y a su hermana qué les apetecía tomar. Puller optó por una cerveza, Cole por un *ginger ale*.

—Vaya —dijo Jean—. Me dais miedo.

—Perdona el retraso —dijo Cole—. Nos ha entretenido un caso.

—No te preocupes. Así me ha dado tiempo de prepararme otro martini. —Miró a Puller—. Debería usted probar uno.

Puller ignoró aquel comentario y preguntó:

—¿Ha tenido noticias de su marido? ¿Ha llegado al sitio al que se dirigía?

—Rara vez me llama desde la carretera. Ni siquiera sé con seguridad cuándo va a volver.

—¿Dónde está Meghan? —inquirió Cole.

—Haciendo largos en la piscina.

—¿A estas horas? —se extrañó Cole.

—Está intentando perder barriga. Yo le digo que son cosas que ocurren cuando una está haciéndose mayor, que no es más que un poco de grasa infantil, pero las otras chicas se meten con ella, y eso la fastidia mucho.

—A mí también me fastidiaría —dijo Cole.

—Roger es de constitución grande y propenso a tener problemas con el peso. En nuestra familia no hemos tenido nunca esas preocupaciones —agregó Jean lanzando una mirada a Puller, que estaba sentado en un pequeño diván tapizado con una tela morada y verde—. Desde luego, a juzgar por usted, en su familia son todos altos.

—Así es —contestó Puller.

—¿Por parte de padre o de madre?

—De padre.

—¿Y su madre?

Puller no respondió. Apartó la mirada de Jean y la paseó por toda la habitación.

Jean se fijó en su cinturón.

—¿Tiene que llevar pistola a la cena?

—Son las normas. Debo llevarla encima en todo momento.

—¿Meghan va a cenar con nosotros? —preguntó Cole.

—Lo dudo. También se está matando de hambre.

—Eso no es bueno, Jean. Las jovencitas tienen propensión a sufrir desórdenes alimentarios.

—Estoy hasta las narices de hablar con ella. La he llevado a especialistas. Querían atiborrarla a pastillas, pero yo me he negado. Esperemos que sea solo una etapa y que acabe superándola.

A Cole no se la veía muy convencida.

—¿Así que vamos a cenar los tres solos?

—Probablemente —dijo Jean.

—¿Sí o no?

—En este momento no puedo darte una respuesta definitiva.

—Genial —dijo Cole con disgusto—. ¿Te he contado que ya tengo suficientes preguntas sin responder en el trabajo de todos los días? Voy a ver a mi sobrina.

—Al venir hacia aquí, no he visto que hubiera ninguna piscina en el jardín —comentó Puller.

—Es una piscina cubierta —explicó Jean—. Aquí no adoramos al sol.

—Además, el polvo de carbón podría volver negra el agua —dijo Cole.

Su hermana se volvió hacia ella.

—Eso es absolutamente falso, lo sabes perfectamente.

—¿Lo sé?

En aquel momento llegó la doncella con las bebidas; Cole cogió su *ginger ale* y pasó la cerveza a Puller.

—Vale, yo me voy. Así los dos podréis hablar de mí a mis espaldas.

Se marchó, y Jean se volvió hacia Puller y chocó su copa contra la botella de él.

—Mi hermana es un poco intensa para mi gusto.

—Es policía. Tiene que ser intensa. Y es mujer, de modo que tiene que ser todavía más intensa para que los demás la acepten.

—Si usted lo dice.

—Ustedes dos son muy distintas. No en el físico, sino en todo lo demás.

—No le diría yo que no. Bueno, ¿qué es lo que los ha retrasado en realidad? No estará ya acostándose con ella, ¿no?

—¿Cómo que ya? —repitió Puller, sorprendido—. Desde luego, no me parece que su hermana sea de las que se acuestan con cualquiera.

—No he querido decir eso. Y no lo es. Sam es atractiva y está libre, y usted es atractivo y no veo que lleve alianza en esa manaza que tiene.

—Eso no explica lo de «ya».

—Bueno, yo creo que mi hermana pequeña empieza a estar un poquito desesperada.

Puller se recostó en el asiento y bebió otro sorbo de cerveza.

—Pues no, no hemos estado en la cama. Hemos estado saltando por los aires.

Jean se irguió.

—¿Disculpe?

—Alguien colocó una bomba trampa en un camión aparcado junto a una casa que estábamos vigilando. Hemos estado a punto de no venir a cenar con usted, ni esta noche ni ninguna otra.

Jean dejó la copa sobre la mesa y lo miró fijamente.

—¿Es una broma?

—Yo no bromeo con que hayan estado a punto de matarme.

—¿Y por qué no lo ha mencionado Sam?

—No lo sé. Es hermana suya. Obviamente, usted la conoce mucho mejor que yo.

Jean volvió a coger su copa, pero no bebió. Se quedó mirando las aceitunas.

—Ojalá no se hubiera hecho policía.

—¿Por qué?

—Porque es peligroso.

—Hay muchas cosas que son peligrosas.

—Ya sabe lo que quiero decir —replicó Jean en tono cortante.

—Su hermana es una funcionaria que arriesga la vida para velar por la paz. Para velar por la seguridad de los ciudadanos de Drake. Yo la admiro.

—Y usted es soldado, ¿no? Otro funcionario.

—Eso dice la descripción del puesto, sí.

—¿Iraq o Afganistán?

—Ambos.

—En el instituto me gustaba un chico, se llamaba Ricky Daniels, que se enroló en el Ejército nada más graduarse. Murió en la primera guerra del Golfo. Solo tenía diecinueve años.

—Si ese chico hubiera regresado, ¿se habría casado usted con Roger Trent?

Jean apuró el resto del martini.

—No veo ningún motivo por el que eso pueda ser de su incumbencia.

—Tiene toda la razón. Solo pretendía charlar de trivialidades hasta que volviera su hermana.

—Pues no se moleste en hablar de trivialidades. Me siento perfectamente bien estando conmigo misma.

—Entonces, ¿por qué ha querido esta noche que viniera yo?

—La verdad es que no lo sé. En aquel momento me pareció una buena idea. Soy una persona impulsiva.

—¿En serio? A mí no me lo parece.

—Pues lo soy.

—Hábleme de esas otras amenazas de muerte que ha recibido su marido.

—¿Para qué? ¿Para seguir hablando de trivialidades? Ya le digo que no es necesario.

—No, ahora estoy en el papel de investigador.

—Fue una tontería. No hay nada que contar.

—Las amenazas de muerte rara vez son una tontería que no tengan nada que contar.

—Pues estas, sí.

—¿Cree usted que las de antes y las de ahora son obra de la misma persona? ¿Y opina además que su marido no debería estar preocupado? Porque es evidente que sí lo está.

Esta vez, Jean ya no parecía tan segura de sí misma. Cuando dejó la copa en la mesa le tembló ligeramente la mano.

—No estoy muy segura de ser la persona adecuada para responderle a eso.

—Esta tarde no se la veía a usted tan preocupada al respecto.

—Mi marido no cae bien a la gente. Hay muchas personas que lo odian.

—¿Alguna que conozca usted personalmente?

—Sí.

—Y aun así se casó con él.

Jean lo miró con el ceño fruncido.

—Exacto, me casé con él. ¿Y qué? En aquel momento no era rico, todavía estaba luchando mucho para construir su negocio. De manera que no me movió el dinero.

—No estoy diciendo que él fuera ya rico ni que usted se casara por dinero.

—Pero lo ha pensado.

—Estoy seguro de que posee muchas cualidades atractivas.

—Así es, en efecto.

—Es bueno saberlo.

—No me gusta su actitud.

—Yo no tengo ninguna actitud. Simplemente intento dejarme llevar.

—Pues esfuércese más.

38

Cole volvió a entrar en la habitación.

—En fin, Meghan tiene mucho más interés por quemar grasas que por charlar con su tía. —Se interrumpió al ver la expresión ceñuda con que miraba su hermana a Puller—. ¿Va todo bien? —preguntó, dirigiéndose a él.

—Todo va perfectamente —respondió Puller.

En eso se abrió otra vez la puerta.

—¿Randy? —exclamó Cole.

Randy Cole se había adecentado un poco desde la última vez que lo vio Puller. Llevaba unos vaqueros recién lavados, una camiseta negra y zapatos. Además, se había afeitado y peinado.

Sam Cole estaba sorprendida de veras, pero complacida.

A Jean se la veía asombrada, pero no descontenta.

Randy se acercó y Cole le dio un abrazo.

—¿Cómo te va, forastero? —le dijo en tono jovial. Puller imaginó que estaba intentando eliminar cualquier posibilidad de que se creara tensión.

—Tirando —contestó Randy. Después se volvió hacia Puller—. A usted lo he visto en Annie's.

—Sí, así es.

—¿Usted es ese tipo del Ejército del que habla todo el pueblo?

—Supongo que sí.

—Yo quise alistarme.

—¿Y qué sucedió? —preguntó Puller.

—Que fallé en las pruebas físicas. No tenía suficiente agudeza visual, y me encontraron algo en el pecho. Seguro que por culpa de haber pasado toda la vida respirando este aire tan puro.

—Vamos a cenar —propuso Jean.

El comedor era grande y estaba forrado con madera de veta muy marcada, y lo habían adornado con tantas molduras, cornisas y medallones que se le podía dar la categoría de palacio. Se sentaron al extremo de una mesa antigua estilo Sheraton, que era tan larga que se necesitaban tres pies para sostenerla.

Randy pasó una mano por la bruñida madera.

—Joder, hermanita, se nota que el carbón da mucho dinero.

—¿Nunca habías estado aquí? —le preguntó Puller. Estaba sentado al lado de Randy, y había advertido que el chico miraba alrededor con los ojos muy abiertos, asombrado por la opulencia de cuanto le rodeaba.

—No será porque no se lo hayamos dicho —se apresuró a decir Jean—. Por eso me ha sorprendido verte aquí esta noche. Cuando te he invitado yo, no has venido nunca.

Puller miró a Randy. Después de los años que llevaban casados los Trent, ¿aquella era la primera vez que Randy entraba en su casa? De repente se le ocurrió una posible explicación.

—¿Cuánto tiempo lleva viviendo en esta casa? —le preguntó a Jean.

La aludida no apartó la vista de su hermano.

—Cinco años. Fue lo que se tardó en construirla. Y puedo decirle que ello sumó muchos trabajadores a las nóminas.

—Sí —dijo Randy—. Oye, hermanita, ¿por qué no le dices a tu maridito que construya un par de casas más? Seguro que acababa con el desempleo de todo el condado.

Jean emitió una risa incómoda.

—Me parece que ya tenemos todo el espacio que necesitamos, Randy.

—Qué lástima —contestó su hermano.

—Pero ya sabes que, en Trent, cuando quieras tienes un puesto de trabajo.

—¿Y cuál sería? —replicó Randy—. ¿El de vicepresidente? ¿El de director financiero? ¿El de jefe lameculos?

Cole se volvió hacia Puller y dijo a toda prisa:

—Randy y nuestro padre estuvieron trabajando en Trent Exploraciones.

—¿Haciendo qué?

—Buscando carbón —respondió Randy—. Y se nos daba muy bien.

—Es verdad —concordó Jean—. Encontraron menas de carbón muy ricas en lugares de lo más insospechado.

—Mi padre nunca fue a la universidad —dijo Randy—. A duras penas acabó el instituto. Después se alistó en la Marina y pasó allí una temporada. Pero no sabía leer un informe geológico. Sin embargo conocía esta región mejor que nadie, y todo lo que sabía me lo enseñó a mí. —Miró fijamente a Jean—. De modo que ahora yo la conozco mejor que nadie. Incluso mejor que Roger, con todos sus equipos, tan sofisticados.

—Por eso sería lógico que volvieras a trabajar para él.

—¿Te refieres a hacerle ganar todavía más dinero?

—Randy, si... —intervino la sargento.

Pero Randy la interrumpió:

—¿Qué pasa, es que no se puede tomar una copa en esta casa?

—¿Cómo has venido hasta aquí, Randy? —le preguntó Cole—. ¿Andando o en coche?

—No pienso conducir habiendo bebido, podría quedarme aquí a dormir. Oye, Jean, ¿tienes una habitación para mí? Puedo pasar un rato con la familia, como en los viejos tiempos.

—Naturalmente, Randy —se apresuró ella a contestar—. Me encantaría.

—No sé, mejor no. Me parece que tengo cosas que hacer mañana por la mañana. Incluso esta misma noche.

Puller miró a Randy a los ojos e intentó detectar en ellos cuál era su estado. Finalmente respiró hondo. No había tomado alcohol. Miró a Cole a tiempo para ver que ella estaba haciendo lo mismo.

—¿Estás pensando en quedarte en Drake? —le preguntó.

Randy sonrió y meneó la cabeza en un gesto negativo.

—Tío, no pienso quedarme en ninguna parte.

—Randy, estás diciendo cosas absurdas.

Randy tocó a Puller con el codo.

—Según ellos, todo tiene que resultar lógico. Pero yo simplemente no creo en esas bobadas. ¿Y usted?

Puller se dio cuenta de que Randy ni esperaba ni deseaba una respuesta, así que no dijo nada. Observó a las dos hermanas, después al hermano, y se le hizo obvio qué era lo que faltaba allí: los padres.

Cole había dicho que estaban muertos.

La casa tenía cinco años, y Randy nunca había estado en ella.

Le gustaría saber si los padres habían fallecido hacía cinco años.

Miró nuevamente a Cole e hizo ademán de ir a decir algo, pero fue casi como si esta le leyera el pensamiento, porque le dirigió una mirada de súplica. De modo que cerró la boca y se miró las manos.

Se sirvió la cena. Hubo cuatro platos, y todos estaban deliciosos. Era evidente que los Trent no tenían un simple cocinero, sino un chef. Puller se sintió cohibido cuando las criadas le sirvieron meticulosamente, primero la sopa y después los demás platos. Pero pensó que si se levantara y empezara a servirse él mismo, su actitud provocaría en las doncellas más ansiedad que otra cosa.

Transcurrida poco más de una hora, todos se recostaron en sus sillas, con la panza llena. Randy se limpió la boca por última vez con la servilleta y se terminó la copa, un vino tinto que Puller calculó que debía de ser muy caro. De pequeño, su padre los llevó a él y a su hermano a la Provenza y a la Toscana. Aunque todavía eran muy jóvenes para beber alcohol, incluso según las normas vigentes en Europa, su padre les enseñó muchas cosas acerca del vino. El general era un entendido, y también un coleccionista. Además, le vino muy bien hablar con soltura el italiano y el francés.

—Gracias por el avituallamiento —dijo Randy—. Jean, ¿sigues nadando en el estanque de cemento? ¿Procurando conservar esa figura juvenil para el bueno de Roger?

Cole, avergonzada, miró a Puller.

—Randy, me parece que no hay necesidad de que juegues con el agente Puller a hacer de *Rústicos en Dinerolandia.*

—Oh, no estoy fingiendo, agente Puller. Está claro que soy gentuza que tiene parientes ricos. Pero me niego a dejar que se me suban los humos a la cabeza. Que ello le sirva de lección. No olvide nunca sus orígenes.

—Randy, ¿quieres que te prepare una habitación? —le ofreció Jean.

—He cambiado de opinión. Tengo sitios adonde ir, gente con quien tratar.

—¿Gente como Roger? —intervino Cole.

Randy se la quedó mirando, y su sonrisa se ensanchó pero también se volvió más dura, en opinión de Puller. Aun así, era una sonrisa contagiosa, tanto que él mismo sintió que se le curvaban los labios.

—Roger está de viaje, ¿no es cierto? Es lo que me han dicho.

—¿Tienes alguien que te informa de sus movimientos? —le preguntó Puller.

—No, es que he visto su avión sobrevolando Drake.

—¿Gente como Roger? —repitió Cole.

Puller la observó con atención. Estaba más tensa que nunca, y eso que la había visto en unas cuantas situaciones bastante estresantes.

—No me pasa nada, hermanita policía —contestó Randy—. Roger va por su lado y yo voy por el mío. Y vosotras, por el vuestro. —Abrió las manos para indicar a los miembros de su familia—. Pero ya imagino que el vuestro es el mismo que el de Roger.

—No hables de cosas que no conoces —le dijo Jean—. Es una mala costumbre, te causará muchos problemas.

Randy se levantó y dejó caer su servilleta en la mesa.

—Ha sido un placer venir de visita. Ya quedaremos de nuevo dentro de otros diez años o así.

—Randy —dijo Jean—. Espera. No lo he dicho en ese sentido.

Pero su hermano atravesó el comedor y salió por la puerta cerrando sin hacer ruido.

39

Puller y Cole se marcharon unos treinta minutos después. Puller iba en el asiento del pasajero de la camioneta, mirando por la ventanilla. Tenía un montón de preguntas respecto de la velada que acababan de pasar, pero no iba a formularlas. Ninguna era de su incumbencia.

—En fin, ha sido muy divertido —dijo Cole por fin.

—Como suelen ser las familias.

—Estoy segura de que tiene preguntas.

—No me gusta que la gente se meta en mis cosas, de modo que voy a observar la misma cortesía con usted.

Rodaron en silencio cinco minutos más.

—Nuestros padres fallecieron por culpa de una roca que se desprendió en una voladura efectuada en una de las excavaciones de Roger y aplastó el automóvil en que iban ellos —empezó Cole.

Puller se volvió para mirarla.

—¿Sucedió hace aproximadamente cinco años?

—Más o menos, sí.

—¿Y Randy lo encajó mal?

—Todos lo encajamos mal —replicó Cole con rabia. Después suavizó el gesto y el tono de voz—. Pero Randy reaccionó peor que nadie. Siempre había estado muy unido a nuestros padres. Sobre todo a papá.

Cole siguió conduciendo varios kilómetros más sin decir nada. Puller recorrió con la mirada el interior de la camioneta y se fijó en el vinilo nuevo de los asientos y en el salpicadero reconstruido, que convivían con lo que parecía el equipamiento original. Hasta las alfombrillas parecían nuevas, pues no tenían ni una mota de polvo.

—¿Su padre renovó esta camioneta?

—Sí, ¿por qué?

—Porque me recuerda a su casa. ¿La compró usted al mismo tiempo?

—Sí. Aporté el dinero a la herencia.

—¿De eso es de lo que vive Randy? Porque es evidente que Jean no necesita dinero.

—Sí. Eso fue lo que acordamos. Randy lo necesitaba más que yo.

—Me doy cuenta.

—Es curioso. Nadie creía que Roger Trent iba a llegar a nada.

—¿Pues cómo llegó adonde está actualmente?

—He de reconocer que trabajó mucho. Y poseía buen ojo. Y tuvo suerte. Fue ascendiendo con gran esfuerzo dentro del negocio del carbón. Es despiadado y arrogante, pero posee un sexto sentido para ganar dinero. Y es verdad que mi padre y mi hermano le encontraron mucho carbón, aunque con ello esté destrozando esta comarca.

—Pero imagino que crea puestos de trabajo.

—Ya no tantos como antes.

—¿Por qué? ¿Es que el carbón se está agotando?

—El carbón siempre se está agotando. Desde la primera palada que uno extrae. Pero en la actualidad, todas las operaciones mineras de Drake y muchas de Virginia Occidental son de superficie.

—¿De esas en que, para llegar a las menas, lo que se hace fundamentalmente es volar una montaña?

—Las compañías mineras afirman que la decisión de preferir la minería de superficie a la subterránea se basa en la geología y en la topografía, y en razones puramente económicas. La distribución del terreno, la profundidad y la configuración de las menas de carbón, el coste de la extracción frente a la rentabilidad disponible, cosas así. La realidad es que para la minería a cielo abierto se necesitan menos trabajadores, lo cual representa mayores beneficios para las empresas mineras. Ahora bien, Trent se defenderá diciendo que una gran parte de la minería de superficie cubre un terreno que ya se ha explotado con la minería subterránea, que él no ha hecho otra cosa que volver al mismo sitio para sacar lo que la minería subterránea no pudo. De manera que constituye un segundo intento, y por lo menos se crea una cierta actividad económica y una serie de puestos de trabajo. Y puede que en eso tenga razón. Pero no resulta un argumento muy convincente cuando uno no tiene nada que comer o un techo bajo el que vivir. —Miró fijamente a Puller—. No tengo ni idea de si al final resultará oportuno para la investigación, pero podría ser aconsejable que conociera cómo funciona una región minera.

Una parte de Puller deseaba responder que no. Tenía escaso interés por las complejidades de la minería del carbón y notaba que el centro de la investigación comenzaba a desviarse. Pero se percató de que Cole quería hablar de ello, y además el Ejército le había inculcado lo mucho que valía conocer el terreno en el que iba a librarse la batalla. Había descubierto que lo mismo se podía decir de la labor del investigador.

—De acuerdo.

40

Veinte minutos más tarde Cole detuvo la camioneta y señaló al frente. Esa noche brillaba una luna especialmente intensa, así que Puller distinguió con facilidad lo que ella intentaba mostrarle.

—¿Qué le parece que es eso? —le preguntó la sargento señalando un montículo de unos cien metros de altura que daba la impresión de encontrarse fuera de lugar en medio de otros dos cerros.

—Dígamelo usted.

—Es lo que se llama «relleno de valle». El material de relleno es lo que las empresas mineras del carbón denominan «montera». Se compone fundamentalmente de todo lo que arrancan del terreno: árboles, tierra y piedras que hay que retirar para llegar hasta las menas. En alguna parte tienen que depositarlo. Y como Virginia Occidental cuenta con una ley de reciclaje que obliga a las compañías mineras a volver a dejar la tierra más o menos tal como la encontraron, las compañías recogen el material, lo depositan en un valle, lo cubren con una lechada de semillas, lo fertilizan, lo recubren con mantillo y lo dejan. El problema es que al depositar de esa manera los materiales transforman radicalmente la geología. Actualmente, la capa superficial del suelo se encuentra en el fondo, y la roca que estaba en el fondo está ahora en la superficie. Y en ella no crecen las plantas ni los árboles autóctonos. De manera que las compañías introducen plantas no autóctonas que están acabando con el ecosistema.

Pero como cumplen con la letra de la ley, si no con el espíritu, siguen adelante. Además, esas monteras modifican la topografía. Los ríos cambian de curso, ocurren inundaciones súbitas, se derrumban las montañas y destrozan casas.

—La verdad es que no he visto que viva tanta gente por aquí.

—Eso se debe a que Trent ha comprado vecindarios enteros.

—¿Por qué? ¿La gente quería vender?

—No, es que la gente no quería vivir al lado de una mina en la que continuamente están haciendo voladuras. No se puede beber el agua, no se puede lavar la ropa al aire libre. Y están aumentando más que nunca los problemas de salud, desde los pulmones hasta el hígado. Randy no hablaba en broma cuando mencionó sus problemas pulmonares. Se los diagnosticaron ya de adolescente. Tenía un síndrome precursor de la EPOC, y eso que, al contrario que yo, no ha fumado en toda su vida. En cambio jugó al fútbol e hizo atletismo cerca de una mina de carbón. Y él no es el único deportista de esta zona que sufre una enfermedad parecida. La calidad de vida se ha ido a la mierda. Donde antes había pueblos y comunidades, ahora lo único que se ve es una pequeña caravana o una casita en el bosque. Eso es lo único que queda. El condado de Drake tenía más de veinte mil habitantes, y ahora ni siquiera tenemos una tercera parte. Dentro de diez años es posible que hayamos desaparecido del mapa, igual que el carbón.

Siguió conduciendo un trecho más y se detuvo delante de una valla metálica de la que pendían carteles de advertencia. Detrás había una inmensa construcción de metal que se elevaba varios pisos. De ella partían largos toboganes orientados en varias direcciones y en diversos niveles.

—Eso es una estación de carga. Ahí trituran el carbón y lo cargan en camiones y vagonetas. Hay un raíl que sube hasta el punto más alto de la estructura.

—Aún hay gente trabajando —comentó Puller al ver las luces que iban y venían, tanto de la instalación misma como de los camiones que circulaban alrededor.

—Trabajan las veinticuatro horas del día, los siete días de la semana, como usted dijo. Antes dejaban de trabajar cuando se hacía de noche, pero ya no. El tiempo vale dinero. Y lo único que pueden vender es carbón. No les hace ningún bien quedarse sin hacer nada. El carbón sirve para que funcione la red eléctrica, las bombillas y los ordenadores, como les gusta decir a los que trabajan aquí. Por lo menos es lo que se dice en los textos de márquetin de la compañía minera.

—Deduzco que odia usted esto en todas sus facetas.

—En todas sus facetas, no. Es verdad que crea puestos de trabajo. Es verdad que ayuda a toda esta región porque necesitamos la electricidad. Pero hay gente que opina que quizás exista un método mejor para extraer el carbón que haciendo saltar el terreno por los aires. Y llega un punto en el que los costes superan a los beneficios. Habrá quien le diga que ya hace tiempo que alcanzamos ese punto. Pero si uno no es de aquí y no tiene que soportar ver el agua negra en el lavabo, ni que le caigan rocas enormes encima de la casa, ni que un hijo contraiga un cáncer porque la contaminación del aire se sale del gráfico, ¿qué más le da? Nos llaman los Estados Unidos de América, pero lo cierto es que no estamos unidos en todo. La ciudad de Appalachia suministra carbón al resto del país, y cuando todo el carbón se haya agotado y Virginia Occidental se parezca a Plutón, ¿qué le importará al resto del país? La vida sigue. Esa es la realidad.

—¿Qué opinaba su padre de todo esto? Por lo que parece, era un pedazo de pan.

—Mi padre pasó casi toda su vida buscando carbón. Yo creo que dejó de pensar en lo que estaba haciendo al planeta. Si es que lo pensó alguna vez.

—¿Y Randy?

—¿Qué pasa con él?

—Él también ha buscado carbón, y parece ser que se le daba bien. Ahora es evidente que lo ha abandonado todo. —Calló unos instantes—. ¿Fue él quien amenazó de muerte a Roger la vez anterior?

Cole volvió a meter la velocidad.

—Tengo otra cosa más que enseñarle.

41

Unos ocho kilómetros más adelante, Cole detuvo la camioneta a un lado de la carretera. Se apeó, buscó en la parte trasera y sacó dos cascos de obrero. Le entregó uno a Puller.

—¿Adónde vamos, para tener que usar esto? —inquirió él.

—A ver a mis padres.

Puller se puso el casco y fue detrás de la sargento. Esta había cogido una potente linterna de la trasera de la camioneta y la había encendido. Se internaron en el bosque por un sendero de grava que no tardó en ser de tierra.

—Para hacer lo que estamos haciendo nosotros, por lo general es necesario obtener un permiso, recibir la acreditación y luego ir acompañado. Pero a la mierda. Al fin y al cabo, se trata de mis padres.

Dejaron el sendero y atravesaron un trecho de hierba hasta que se toparon con una cerca metálica. Puller se preparó para salvarla trepando, pero Cole señaló un agujero que había en la malla.

—¿Eso lo ha hecho usted?

—Así es.

Salvaron la cerca y continuaron andando. Por fin Cole aminoró la marcha: habían llegado al borde del cementerio.

—Supongo que vamos a ver las tumbas —dijo Puller.

Cole respondió con un gesto afirmativo.

—¿Y a qué vienen tantas complicaciones?

—Trent compró la comunidad, y el cementerio formaba

parte de ella. Técnicamente, ahora hay que concertar una cita para ver la última morada de un pariente fallecido. Pero si quiere que le diga la verdad, Puller, y aunque soy agente de los cuerpos de seguridad, ese requisito en concreto me irrita sobremanera.

—Ya me doy cuenta. A mí también me irritaría.

Cole fue caminando por entre las lápidas hasta que se detuvo junto a dos en particular y las alumbró con la linterna.

—¿Mary y Samuel?

Cole afirmó con la cabeza.

—¿A usted le pusieron el nombre de Sam por su padre?

La sargento esbozó una sonrisa amarga.

—Pensaban que iba a ser niño. Cuando resulté ser una niña, me pusieron Samantha y me llamaban Sam. No creían que fueran a tener más hijos, ¿sabe? Randy fue una pequeña sorpresa que llegó unos años después.

Puller leyó las fechas de nacimiento y de defunción grabadas en el mármol.

—¿Y dice que los aplastó una roca? No eran ni el lugar ni el momento apropiados. No tiene sentido.

Cole tardó unos segundos en contestar, y cuando por fin habló su voz sonó más grave, más ronca, como si se le estuviera estrechando la garganta.

—¿Me disculpa un minuto?

—Claro.

Puller se alejó unos quince metros y empezó a curiosear otras tumbas. El cementerio se encontraba en un estado de completo abandono. Había lápidas inclinadas, malas hierbas que crecían en muchos lugares, y todo se veía cubierto por una capa de polvo. Sin embargo, reparó en que las lápidas de Mary y Samuel Cole permanecían erguidas, tenían flores frescas y les habían arrancado las hierbas. Supuso que aquello era obra de Cole.

—¡Eh!

Giró en redondo al oír la llamada de Cole. Unos segundos después estaba a su lado.

—Hay alguien ahí —dijo la sargento, señalando a su izquierda.

Puller entornó los ojos para escrutar la oscuridad. Cole apuntó la linterna hacia aquella dirección y efectuó un barrido.

—¡Allí! —exclamó Cole, señalando la figura de un hombre que huía hacia el este. Mantuvo firme el haz de luz y, al observarlo a través de la mira, se le descolgó la mandíbula.

»¿Randy? ¿Randy? —exclamó, elevando el tono de voz.

Al cabo de unos segundos la figura salió del alcance de la linterna.

—¿Era su hermano? —preguntó Puller.

—Sí. A saber qué estaría haciendo aquí.

—Acaso lo mismo que usted. En la cena dijo que tenía sitios adonde ir y gente con quien tratar. A lo mejor se refería a venir aquí. —Hizo una pausa—. ¿Quiere ir tras él?

—No. Vámonos.

Volvieron a casa de Cole. El Malibu de Puller esperaba en el camino de entrada para automóviles. Se apearon.

—¿Le apetece entrar a tomar un café? Dijo que le ayudaba a dormir. La elegante cena de Jean no incluía café, ella es más dada a terminar la cena con licores o tés de nombres impronunciables. Yo quiero tomarme mi café solo Maxwell House.

Lo que en realidad le apetecía a Puller era regresar al motel y trabajar un rato, y estuvo a punto de decirlo. Pero sin embargo respondió:

—Gracias. Suena muy apetecible.

Cole hizo el café y lo sirvió en dos tazas. Se las llevaron afuera y se sentaron en el columpio del jardín trasero. La sargento se quitó los tacones y se frotó los pies.

—Estoy sorprendido de que no haya mosquitos —comentó Puller.

—Utilizo un aerosol —repuso Cole—. Y una de las ventajas de tener al lado una explotación minera es que, por lo que parece, a los mosquitos no les gusta más que a nosotros el polvo de carbón y los demás productos secundarios. Además, se han taponado tantos cursos de agua, que se han reducido mucho los lugares donde se reproducen.

Bebieron cada uno su café.

—Le agradezco mucho que esta noche me haya dejado desahogarme con el tema de mi familia.

—Viene bien desahogarse. Ayuda a despejar la cabeza.

—Pero tenemos siete homicidios y dos bombas que resolver. Y pensar que la semana pasada, sin ir más lejos, los problemas más graves que tenía yo eran unos cuantos borrachos y alborotadores, varios fabricantes de aguardiente casero y el robo domiciliario de un microondas y una dentadura postiza.

—Una parte de mi cerebro ha estado reflexionando sobre eso durante toda la cena, hasta ahora mismo.

—¿Y qué dice su cerebro?

—Que estamos avanzando.

—¿Cómo lo sabe?

—Porque han intentado matarnos.

—¿Y qué vamos a hacer a continuación?

—Seguir indagando. Pero mañana yo tengo que volver a Washington.

A la sargento se le hundió el semblante.

—¿Cómo?, ¿por qué?

—Reynolds trabajaba para la Agencia de Inteligencia de Defensa, la DIA. Tengo concertadas varias reuniones. Es un componente que tengo que cubrir.

—¿No puede ocuparse de eso alguien de allí? El Ejército debe de tener multitud de agentes.

—Y así es. Simplemente, en este caso ha decidido no hacer uso de ellos.

—Sigo sin entenderlo.

—Es lo que es, Cole. Pero volveré pronto.

De repente sonó el teléfono de la sargento. Esta contestó, escuchó y formuló unas pocas preguntas. Después colgó.

—Era el sheriff Lindemann.

—¿Y qué ha dicho?

—Que le disgusta que su pacífico pueblecito se haya convertido en el escenario de asesinatos y bombas.

—Es comprensible.

—Han apagado el fuego. La casa a la que se dirigía usted lleva varios años abandonada. En la carta que le deslizaron bajo la puerta no han encontrado huellas. El explosivo que emplearon era dinamita, y el experto de la ATF ha dicho que los detonadores de ambos dispositivos eran obra de un profesional.

—Bien. Odio enfrentarme a aficionados, son demasiado imprevisibles.

—Me alegro de que sea capaz de extraer algo positivo de todo esto.

—¿De modo que no hay indicios ni pistas?

—Por el momento, no.

—Cuesta creer que una persona haya podido conseguir los elementos necesarios para preparar dos bombas en un sitio como este sin que nadie se haya dado cuenta.

—Aquí hay muchos explosivos, Puller. Y mucha gente que sabe utilizarlos.

Puller se terminó el café y dejó la taza sobre el brazo del columpio. A continuación se puso de pie.

—Es mejor que me vaya.

—Sí, supongo que sí.

—Gracias por impartirme esas nociones elementales sobre la región minera.

—De nada. ¿Todavía se castiga a sí mismo por lo de ese cable trampa?

Puller no contestó.

—Es usted un hombre extraño.

—Me han llamado cosas peores.

—En realidad se lo digo como un cumplido.

Cole indicó con la mirada la puerta de su casa y después lo miró a él de nuevo.

—Es tarde. Puede quedarse a dormir aquí, si quiere —le dijo sin apartar la vista.

Puller le leyó el pensamiento.

—Sabe, hay ocasiones en las que el momento resulta tan inoportuno que fastidia.

Cole esbozó una sonrisa débil y dijo:

—Tiene razón, así es. —Se puso en pie y recogió la taza de él—. Váyase ya, es tarde. ¿A qué hora quiere que nos veamos mañana? Lo invito a desayunar.

—No tenemos necesidad de madrugar. A las cero, ocho, cero, cero en La Cantina.

Cole sonrió.

—Julieta.

—Aún no ha llegado el momento de Romeo.

Cole se alzó de puntillas y le dio un ligero beso en la cara al tiempo que apretaba suavemente una mano contra su pecho.

—Una vez más, una frase muy famosa.

Puller se subió a su coche y se marchó. La sargento lo despidió con la mano desde el porche y seguidamente entró en la casa.

Puller la observó por el espejo retrovisor hasta que dejó de verla, y acto seguido puso rumbo al motel Annie's.

42

Puller apagó los faros del coche y desenfundó la M11.

En la oficina del motel estaba la luz encendida, y había una camioneta aparcada delante. Tenía pensado ir a ver al gato de Louisa, pero vio que había otra persona dentro.

Avanzó sigilosamente, equilibrando su peso y mirando a un lado y al otro. Tal vez no fuera gran cosa, pero después de haber estado a punto de volar por los aires, ya no se fiaba de nada. Era evidente que el que puso las bombas sabía que pernoctaba en aquel motel, y a lo mejor había vuelto para hacer un segundo intento.

Cuando llegó a la camioneta se cercioró de que estaba vacía. Abrió la puerta del pasajero, rebuscó dentro de la guantera y leyó el nombre que figuraba en la documentación del vehículo: Cletus Cousins. Aquel nombre no le dijo nada.

Dejó la camioneta y fue hacia el pequeño porche que se abría delante de la oficina para mirar por la ventana. Vio un individuo de baja estatura, de veintitantos años, que cargaba con una caja de cartón de gran tamaño.

Probó el picaporte. No estaba cerrado con llave. De modo que abrió y entró apuntando con la pistola a la cabeza del joven.

Este soltó la caja.

—Por favor, no dispare. Por favor.

Llevaba la cabeza afeitada. Además, lucía una barriga blanda y una perilla recortada, y parecía estar a punto de cagarse en los vaqueros sucios que llevaba puestos.

—¿Quién diablos eres tú? —le preguntó Puller.

El joven temblaba de tal manera, que por fin Puller bajó un poco la pistola. Después le mostró su identificación.

—Soy investigador del Ejército. No voy a dispararte, a menos que me des un buen motivo. ¿Qué estás haciendo aquí?

—Mi abuela me ha dicho que venga.

—¿Quién es tu abuela? Porque Louisa no es; me dijo que aquí no tenía familia.

—Y no la tiene. Pero mi abuela es amiga íntima de ella.

—¿Cómo te llamas?

—Wally Cousins, y mi abuela se llama Nelly Cousins. Llevamos toda la vida en Drake. Nos conoce todo el mundo.

—En la documentación de esa camioneta dice Cletus Cousins.

—Ese es mi padre. Yo tengo mi camioneta en el taller, por eso he cogido la suya.

—Está bien, Wally, te lo pregunto otra vez: ¿Por qué estás aquí, y qué estás llevándote?

El joven señaló la caja, que descansaba en el suelo. Al caer se había abierto y el contenido se había desparramado. Puller distinguió una cuantas prendas de ropa, una Biblia, varios libros, fotografías enmarcadas y también agujas de hacer punto y varios ovillos de hilos de colores.

—He venido para coger estas cosas.

—¿Por qué? ¿Se las vas a llevar a Louisa al hospital?

—Se las voy a llevar a mi abuela.

—De manera que pensabas llevar a tu abuela las pertenencias de Louisa. ¿Y eso no es robar?

El joven abrió unos ojos como platos.

—Es que ella ya no va a usarlas más. Se ha muerto.

Puller pestañeó.

—¿Que se ha muerto? ¿Louisa se ha muerto? ¿Cuándo?

—Sí, señor. Hará unas tres horas. Y le dijo a mi abuela que cuando se muriese podía quedarse ella con estas cosas. Ya le he dicho que eran muy buenas amigas. Tenían más o menos la misma edad.

Puller observó de nuevo la caja y después posó la mirada en el joven.

—Aquí la gente no espera mucho, por lo que se ve, para saquear al muerto.

—¿Pero no lo sabe, señor?

—¿Qué tengo que saber?

—Que aquí hay muchas personas que no tienen nada. Cuando se enteran de que se muere alguien que no tiene familia, todo lo que tenía desaparece antes de que nadie se dé cuenta. ¿Por qué cree que hay por aquí tantas casas vacías desvalijadas? Así que, como la señora Louisa se ha muerto, mi abuela me ha dicho que venga aquí a recoger estas cosas que Louisa le dijo que cogiera, antes de que se las lleven otros.

Puller bajó la pistola.

—¿Cómo se ha enterado tu abuela de que Louisa ha muerto?

—Llamando al hospital.

—También ha llamado una persona que conozco yo. No facilitan esa información.

—Tengo una tía que trabaja allí de enfermera. Ella se lo ha dicho a mi abuela.

—Yo creía que estaba mejorando.

—Supongo que sí, mi tía dijo que tenía mejor cara. Pero luego las máquinas empezaron a pitar. Dejó de respirar, sin más. Mi tía dice que a veces ocurre eso con las personas mayores, que acaban palmándola de puro desgaste. Se cansan de vivir, supongo.

Puller examinó la caja más atentamente y vio que dentro de ella no había nada de valor. Estudió una de las fotos. Eran dos mujeres de veintitantos años con falda de vuelo, blusa ceñida y zapatos rosas, y lucían unos peinados tan abultados que parecían un nido de abejas hinchado con esteroides. Le dio la vuelta y observó la fecha escrita a bolígrafo: noviembre de 1955.

—¿Una de estas chicas es tu abuela?

Wally afirmó con la cabeza.

—Sí, señor, la morena. —Después señaló la joven rubia situada a la izquierda. Tenía una sonrisa traviesa y parecía estar dispuesta a comerse el mundo—. Y la señora Louisa es esta de aquí. Ahora están muy diferentes, sobre todo la señora Louisa, claro.

—Ya. —Puller miró en derredor—. ¿Vas a llevarte el gato?

—No. Mi abuela tiene tres perros. Se lo comerían vivo, al pobre. —Miró la pistola y preguntó—: ¿Puedo marcharme ya?

—Sí, márchate.

Wally recogió la caja.

—Di a tu abuela que siento mucho lo de su amiga.

—Se lo diré. ¿Cómo se llama usted?

—Puller.

—Se lo diré, señor Puller.

Momentos después Puller oyó que la camioneta arrancaba y salía lentamente del aparcamiento del motel. Recorrió la habitación con la mirada y de pronto oyó el maullido. Fue detrás del mostrador y entró en el dormitorio que había al fondo. El gato estaba encima de la cama deshecha, tumbado sobre el lomo. Puller inspeccionó la comida, el agua y la caja de arena y advirtió que no había comido ni bebido gran cosa. A lo mejor estaba esperando a que regresara Louisa, en cuyo caso él tampoco tardaría mucho en morir. Parecía igual de viejo que su dueña, comparando los años de los gatos con los de los seres humanos.

Puller se sentó en la cama y paseó la mirada por la estancia. Louisa había pasado de ser en 1955 una joven de falda de vuelo que tenía el mundo a sus pies a llevar aquella lamentable existencia varias décadas más tarde. A que la gente se llevara sus pertenencias cuando ni siquiera la habían enterrado todavía.

«Creí que la había salvado, pero no pude. Me ha pasado igual que con mis hombres en Afganistán, que tampoco pude salvarlos. Así sucedieron las cosas, no pudimos controlarlas. En cambio el Ejército nos enseña a controlarlo todo: a nosotros mismos, a nuestro adversario. Pero lo que no nos dice en ningún momento del entrenamiento es que las cosas más importantes, las que de verdad deciden entre la vida y la muerte, son casi por completo imposibles de controlar.»

Le rascó la barriga al minino, después se incorporó y salió.

Abrió el maletero del coche, sacó la cinta adhesiva y bloqueó con ella la entrada de la oficina del motel tras haber cerrado la puerta con llave.

La cinta amarilla era visible desde muy lejos, y transmitía un mensaje bien claro: «Prohibido el paso.»

Acto seguido examinó la puerta de su habitación, en concreto la zona de delante. Buscó cables, algún tablón de madera que fuera nuevo, pero no vio nada. Entonces cogió una piedra grande del parterre de flores que rodeaba el aparcamiento y la lanzó hacia un punto situado frente a la puerta. Mientras la piedra surcaba el aire, él corrió a esconderse detrás de su coche. La piedra aterrizó y no ocurrió nada. Entonces cogió otra y apuntó a la manilla de la puerta. El impacto sonó macizo, y tampoco ocurrió nada.

Sacó de su mochila un largo bastón telescópico con agarraderas en el extremo que se podía colocar prácticamente en cualquier ángulo. Introdujo la llave de la habitación en las agarraderas y desplegó el bastón. Echó un vistazo alrededor; todo estaba vacío. Al parecer, él era la única persona que se alojaba en el motel en aquellos momentos.

Insertó la llave en la cerradura, la hizo girar y se sirvió del bastón para empujar la puerta.

No hubo explosión alguna. Ni siquiera una bola de fuego.

Guardó el bastón en el maletero, cerró el coche con llave y entró en su habitación. Permaneció de pie unos instantes para permitir que sus ojos se adaptasen a la oscuridad. Todo estaba tal como él lo había dejado. Examinó las pequeñas trampas que había dejado instaladas para saber si había entrado alguien, pero ninguna de ellas había saltado.

Cerró la puerta y echó la llave. Se sentó en la cama y se puso a repasar su lista de fracasos.

No había visto a tiempo el cable tendido en el suelo.

No había salvado a Louisa.

Consultó el reloj y sopesó la posibilidad de efectuar la llamada. Seguro que a aquellas alturas Cole ya estaría acostada. Además, ¿qué era lo que tenía que decirle, exactamente?

Se tendió en la cama. Pasaría la noche entera con su M11 en la mano.

De improviso le sonó el teléfono. Miró el número y gruñó para sus adentros.

—Diga, señor.

—Hay que joderse, artillero —dijo su padre. El viejo se dirigía a él llamándolo, alternativamente, segundo oficial, sargento de artillería o simplemente «soldado gilipollas».

—¿Qué sucede, señor?

—No hay órdenes del alto mando, y es sábado por la noche y no tengo nada que hacer. ¿Qué te parece si vamos juntos a tomarnos unas copas? Podemos acercarnos hasta Hong Kong aprovechando un transporte militar, conozco unos cuantos garitos. Buenos tiempos, chicas estupendas.

Puller se desató las botas y se descalzó.

—Estoy de servicio, señor.

—No lo está si yo digo que no lo está, soldado.

—Son órdenes especiales, señor. Directamente del alto mando.

—¿Y por qué no se me ha informado? —replicó su padre en tono crispado.

—Porque se han saltado la cadena local de mando. No he preguntado el motivo, general. Esto es el Ejército. Yo me limito a acatar las órdenes que me dan, señor.

—Voy a hacer unas cuantas llamadas. Esta insolencia tiene que acabarse. Si vuelven a intentar pasarme por encima, se arrepentirán.

—Sí, señor. Entendido, señor.

—Va a arder Troya.

—Sí, señor. Que se divierta en Hong Kong.

—Aguante, artillero. Volveré a llamar.

—Recibido, señor.

Su padre cortó la comunicación, y Puller se preguntó si habrían dejado de administrarle la medicación que tomaba al irse a la cama. Cuando estaba medicado, por lo general a aquella hora se hallaba profundamente dormido, no obstante ya le había llamado a él dos veces por la noche. Iba a tener que consultarlo.

Se desnudó y volvió a tumbarse en la cama.

Cada vez que tenía una conversación así con su padre, acababa con la sensación de que se arrancaba un fragmento de la realidad. Temía que llegara un momento en el que su padre lo llamara y él se creyera todo lo que le dijera este: que había regresado al Ejército al mando de un destacamento propio, que él era su segundo oficial o su artillero, o uno de sus cien mil soldados gilipollas.

Algún día, pero hoy no.

Apagó la luz y cerró los ojos.

Necesitaba dormir, y eso fue lo que hizo.

Pero tuvo un sueño ligero. Tres segundos para despertarse, apuntar y disparar al enemigo.

Bombas, proyectiles, muerte súbita.

Fue como si no se hubiera marchado de Afganistán.

43

Para las 0600 Puller ya estaba levantado, duchado, afeitado y vestido.

Salió a sentarse en el porche que había delante de la oficina y a tomarse una taza de su café hecho con cafetera de filtro. Nadie había rasgado la cinta amarilla que había puesto la noche anterior, después de que se fuera Wally Cousins.

A las ocho en punto, La Cantina era huevos, jamón y gachas de maíz, todo ello acompañado de más café. La sargento Cole volvía a vestir de uniforme. Su femineidad se hallaba oculta bajo el tejido de poliéster, el equipamiento policial y los reglamentarios zapatos negros.

—Ayer falleció Louisa —informó Puller.

—No lo sabía —contestó Cole, deteniendo el tenedor a medio camino de la boca.

Puller la puso al corriente de la visita de Wally Cousins al motel. Cole confirmó que la abuela del joven y Louisa eran amigas desde hacía mucho.

—Esta mañana he llamado al hospital diciendo que era el nieto —dijo Puller—, y me han confirmado que murió mientras dormía.

—No es mala forma de morirse.

«Mejor que ser aplastado por una roca estando dentro de tu coche», pensó Puller.

—El nieto dijo que a Louisa no le quedaban parientes aquí. ¿Qué va a pasar con su cadáver? ¿Y con el motel?

—Voy a hacer varias llamadas. Ya nos encargaremos de todo eso, Puller; Drake ya no es lo que era, pero todavía tenemos gente buena que se preocupa, que cuida de los suyos.

—Está bien. —Puller bebió un sorbo de café—. ¿De verdad tiene que actuar aquí tan deprisa la gente cuando se muere alguien?

La sargento se encogió de hombros.

—No voy a decirle que Cousins estaba equivocado. Las personas, cuando no tienen nada, hacen cosas extrañas.

—¿Como ese vecindario que me enseñó, el que estaba al lado de la cúpula de hormigón?

—Admito que hay personas que van por ahí saqueando. Y que en ocasiones se llevan pertenencias de gente que todavía está vivita y coleando. Nosotros lo denominamos robo, asalto o hurto mayor, y tienen que pagar por ello.

—¿Con el calabozo?

—Sí, a veces.

Puller dio un bocado a los huevos. Había llamado a su SAC de Quantico y lo había puesto al corriente de los últimos acontecimientos. Cuando le mencionó el atentado con bomba, Don White respondió:

—Es obvio que ha irritado usted a alguien.

—Sí, señor —contestó Puller, pero no solicitó refuerzos adicionales. Si el SAC quisiera enviarlos, ya los enviaría. Pero él no pensaba suplicar.

También había efectuado las gestiones necesarias para partir a bordo de un vuelo comercial que salía aquel mismo día de Charleston. Tenía que hacer ciertas averiguaciones en el Pentágono acerca del fallecido coronel Matthew Reynolds, y también tenía que hacer una visita al domicilio del susodicho, en Fairfax City. De hecho, había insinuado que de todos aquellos detalles podría encargarse igual de bien otro agente de la CID que se encontrara en Virginia, pero el SAC dejó claro que en aquel momento él era la única persona que debía ocuparse de aquel asunto, al menos en lo que concernía al Ejército de Estados Unidos.

—¿Cuánto tiempo va a estar en Washington? —preguntó la sargento Cole.

—No estoy seguro —respondió Puller—. Depende de lo que averigüe. Pero no más de un par de días.

—¿Ha tenido noticias del laboratorio de Atlanta?

—Respecto del maletín y el ordenador, nada. Acaban de recibir los demás objetos. Son buenos, pero necesitan tiempo. Hoy hablaré con ellos y la informaré a usted de lo que hayan encontrado, si es que han encontrado algo.

—¿Y qué sabe de esa empresa de análisis de suelos de Ohio?

—Abren a las cero, nueve. Así que tengo pensado llamarlos a las cero, nueve.

—Puede que no le digan gran cosa si no lleva una orden judicial.

—Es posible. Pero podemos obtener una orden judicial.

Cole no dijo nada. Se limitó a beber de su café y a recorrer con la mirada a los demás clientes del restaurante.

Puller la observó fijamente.

—No llegó a contestar a la pregunta que le hice respecto de Randy y las amenazas de muerte.

—Pues no hace falta ser un detective de primera para adivinar la respuesta.

—Padres asesinados por Trent. Seguramente, así es como lo ve Randy. De modo que la emprende contra ese hijo de puta. Las primeras amenazas las envió él, usted investigó y descubrió de dónde provenían, resolvió el asunto y no quiere volver a hablar de ello.

—Es un buen resumen.

—De acuerdo, pero ahora viene la pregunta. ¿Es él la persona que está enviando esas segundas amenazas?

—Yo creo que no.

—Pero no está absolutamente segura.

—Llevo siendo policía el tiempo suficiente para saber que cualquier persona puede volverse violenta si se le dan los motivos adecuados.

—¿Quiere que hable yo con él?

Cole negó con la cabeza.

—Puller, esa investigación no le corresponde a usted. Usted está aquí por una única razón.

—¿Cómo sabe que ello no está relacionado con lo que les ha sucedido a los Reynolds? Y ese sí que es mi terreno.

—¿De qué forma podría estar relacionado?

—No lo sé. Por eso investigamos las cosas. ¿Me permite hablar con Randy?

—Lo pensaré. Pero ni siquiera sé dónde está en este momento.

—¿De qué vive? Aparte del dinero que dejaron sus padres.

—Hace trabajos de vez en cuando.

—¿Piensa Roger que Randy tiene algo que ver con estas nuevas amenazas? ¿Por eso la llamó directamente a usted?

—Es probable —reconoció la sargento.

—¿Cuándo regresa Roger al pueblo?

—No lo sé. No le llevo la agenda.

—Yo diría que esta mañana sería un buen momento para hacer una visita a la oficina en que trabajaba Molly Bitner y formular unas cuantas preguntas.

—¿De verdad cree que existe una relación entre ellos y los Reynolds? Quiero decir, aparte de que puedan haber visto algo.

—Eso es lo que tenemos que averiguar. Pero que conste que en realidad no creo en las casualidades.

De repente los dos se volvieron hacia el ventanal para mirar un Mercedes SL600 plateado que acababa de detenerse delante del restaurante. Como tenía la capota bajada, se veía a los ocupantes con toda claridad.

—Hablando del rey de Roma —dijo Puller—. La que va al volante es su hermana, y el de al lado es su hermano.

44

Cuando Jean Trent y Randy Cole entraron en La Cantina, todas las cabezas se volvieron hacia ellos. Jean Trent iba vestida con una falda corta azul oscuro, una blusa blanca sin mangas y zapatos de tacón. Se había maquillado con mano experta y, a pesar del trayecto en el Mercedes descapotable, venía impecablemente peinada. Fue una ola de *glamour* que penetró en el restaurante y seguramente dejó a todos los presentes, desde los obreros hasta los oficinistas, ligeramente mareados. Fue como si una estrella de cine hubiera decidido desayunar en el pueblo de Drake, Virginia Occidental.

Jean, sonriente, saludó con la mano a varias personas sentadas a las mesas. Randy ya no mostraba la actitud de gallito de la noche anterior; ahora caminaba encorvado y mirando al suelo. Llevaba unos vaqueros sucios y una camiseta blanca con una serigrafía de Aerosmith, y lucía un gesto de asco en el semblante.

Puller los observó a los dos un segundo y después se levantó y les hizo señas para que se acercaran.

—Jean, venga aquí. Tenemos sitio.

—Puller, por el amor de Dios —siseó Cole.

Puller la miró.

—¿No quiere pasar otro rato más con la familia?

Jean y Randy fueron hacia ellos. Puller se levantó para que Jean pudiera acomodarse en el sofá y luego volvió a sentarse. Randy se puso al lado de su otra hermana.

—¿Anoche estuviste en el cementerio? —le preguntó Cole—. Estoy bastante segura de que te vi.

—¿Acaso es ilegal? —murmuró su hermano.

—He acorralado a tu díscolo hermano de camino hacia aquí —dijo Jean—. Le he convencido de que desayunar con su hermana mayor no iba a ser tan grave. —Se volvió hacia él y añadió—: Y por lo que se ve, no te vendría mal poner un poco más de carne encima de esos huesos. Anoche apenas tocaste la cena.

—¿Qué estabas haciendo en el cementerio? —inquirió Cole.

—¿Qué estabas haciendo tú? —replicó Randy.

—Presentar mis respetos.

—Yo también. ¿Tienes algún puto problema con eso?

—Vale. No es necesario que te cabrees.

Randy miró en derredor.

—¿Podemos pedir el desayuno? Tengo hambre. —Se frotó la cabeza.

—¿Otra vez tienes jaqueca? —le preguntó Puller.

—¿Y a usted qué le importa? —saltó Randy.

—Era solo por preguntar. A lo mejor te viene bien comer algo.

Puller levantó una mano para hacer venir a la camarera.

Una vez que Jean y Randy hubieron pedido, Puller se llevó su café a los labios, bebió un sorbo y lo dejó de nuevo en la mesa.

—Tienes cara de necesitar urgentemente dormir unas cuantas horas.

Randy lo miró desde el otro lado de la mesa.

—Gracias por preocuparse.

—No me preocupo, simplemente observo. Ya eres mayorcito y puedes cuidarte solo.

—Ya, pues eso dígaselo a mis hermanas.

—Eso es lo que hacen las hermanas —repuso Puller—, preocuparse. Se preocupan por sus hermanos. Y después, cuando se casan, se preocupan por sus maridos.

—Ni siquiera sé dónde vives —dijo Cole a Randy—. ¿Tienes por lo menos un sitio donde alojarte, o vas saltando de casa en casa?

Randy lanzó una carcajada en tono grave.

—No tengo tantos amigos en Drake.

—Pues antes sí los tenías —terció Jean.

—Ya son todos mayores, se han casado, han tenido hijos —contestó Randy.

—Y tú podrías haber hecho lo mismo —le dijo Jean.

Randy posó la mirada en ella.

—Sí, Jean, tienes razón. Podría haberme casado con una gorda rica, y habríamos sido felices y habríamos comido perdices viviendo en una casa enorme y yendo por ahí al volante de un cochazo.

Jean no se inmutó siquiera. Puller supuso que probablemente ya había oído decir aquello mismo a muchas personas distintas.

—No creo que en Drake haya ninguna gorda rica, Randy —respondió—. Y por si estás pensando en cambiarte de acera, te diré que el único gordo rico que hay ya está cogido.

—Como sabemos todos —replicó su hermano.

Jean sonrió.

—A veces no sé por qué me tomo la molestia, de verdad.

—Nunca te he pedido que te la tomaras.

—Venga, Randy. Quieres que todos nos sintamos culpables. Andas furtivamente por el pueblo, nunca sabemos dónde estás, te presentas hecho un asco, coges un poco de dinero y vuelves a desaparecer. Esperamos a que llames, y cuando por fin llamas, resulta que nos preocupamos demasiado por ti. Anoche viniste a cenar solo porque no estaba Roger. Y no paras de meterte con todo el mundo, crees que tus bromitas sarcásticas son muy graciosas. Pobre Randy. Seguro que te encanta esa forma de actuar, ¿a que sí? De esa manera compensas la vida que no tienes.

Puller no se esperaba aquello, y por lo visto a Cole le sucedía lo mismo, porque exclamó en tono de reproche:

—¡Jean!

Puller miró a Randy, que no había apartado la vista de Jean.

—Continúa, hermanita, lo estoy disfrutando.

—Le he visto andando sin rumbo por la calle, como un cachorrillo perdido —dijo Jean—, y le he subido a mi coche. Le he traído aquí para que coma. Le he ofrecido un trabajo. Me he ofrecido a ayudarle del modo que pueda. Y lo único que recibo a cambio es que me arroje basura a la cara. Y ya estoy cansada de ello.

Había ido subiendo poco a poco el tono de voz, y en otras mesas había varias cabezas que habían empezado a volverse hacia ella. Además, Puller advirtió que la gente murmuraba por lo bajo.

Cole apoyó una mano en el brazo de su hermano.

—Jean no habla en serio.

—¡Pues claro que hablo en serio! —protestó Jean—. Igual que hablarías tú, si te atrevieras a sacar la cabeza de debajo del ala.

De repente Randy cambió de actitud. Al instante recuperó la sonrisa de oreja a oreja y la seguridad en sí mismo.

—Oye, Jean, ¿te paga Roger cada vez que te lo follas? ¿O se beneficia de un descuento por volumen? Y después de que asesinara a mamá y a papá, ¿le cobraste el doble por echar un polvo con él? Ya sabes, para demostrarle lo furiosa que estabas porque se había cargado a nuestros padres sin que le importase una mierda.

Jean estiró un brazo por encima de la mesa y abofeteó a su hermano con tal fuerza que Puller vio la mueca de dolor que hacía al notar ella misma el impacto del golpe. Randy no mostró reacción alguna, y eso que el lugar en que recibió la bofetada adquirió un tono primero sonrosado y después rojo.

—¿Eso es lo mejor que sabes hacer? —contestó—. La verdad es que todo ese dinero te ha vuelto blanda. —Acto seguido se puso en pie—. Tengo cosas que hacer. Jean, gracias por traerme. Claro que a lo mejor deberías dar las gracias a Roger de mi parte, al fin y al cabo el coche es suyo. Él es el dueño del coche, de la casa, del negocio y de ti. —Volvió la vista hacia el Mercedes, que se veía a través del ventanal—. Ese modelo está ya un poco viejo, hermanita, Roger haría bien en cambiarlo por otro. Tiene tanto que da que pensar. No sabía que los empresarios del carbón necesitaran volar tan a menudo en sus elegantes aviones privados. Y a pesar de toda la gimnasia y todas las dietas que haces, el exceso de alcohol y los dos partos te han pasado factura. Pero no me malinterpretes, todavía estás muy bien. Y Roger es gordo y feo. Pero existen reglas distintas para hombres y para mujeres. No son justas, pero son las que son. Y las reglas las impone el que tiene el oro, que es Roger. Que tengas un buen día, hermanita.

Randy dio media vuelta y se fue. Al salir, chocó palmas con un par de individuos que ocupaban una mesa y cerró de un portazo.

Puller se volvió hacia Jean, que permanecía en el sitio con un gesto de profundo aturdimiento.

—Los dos habéis dicho cosas que no sentíais —le dijo Cole.

—Yo sí siento todo lo que he dicho —replicó Jean—, y Randy también —añadió en voz baja. Desvió el rostro hacia la ventana y hacia el coche. Puller vio los pensamientos que le estaban pasando por la mente como si fueran fotogramas de una película. ¿Dónde estaría Roger en aquel momento? ¿Efectivamente estaría pensando en cambiar a Jean por otra?

Cole alargó el brazo y tomó a su hermana de la mano.

—Jean, lo que ha dicho Randy es mentira.

—Ah, ¿sí? —replicó Jean.

Cole bajó la mirada.

Jean se volvió hacia Puller y le preguntó:

—¿Qué opina usted? Se supone que es un gran detective.

Puller se encogió de hombros.

—No puedo leerle el pensamiento a la gente, Jean. Pero si su marido la engaña, debe presentar una demanda de divorcio y quedarse con toda la pasta que le consigan sus abogados. Teniendo en cuenta que se casó con él antes de que se hiciera rico, supongo que no habrá ningún acuerdo prematrimonial.

—No lo hay.

—Pues entonces yo no me preocuparía. Es el mejor consejo que puedo darle.

Cuando la camarera trajo el pedido de Jean y de Randy, miró a su alrededor y preguntó:

—¿Va a volver?

—Lo dudo mucho —respondió Jean, complacida—. Pero si

no le importa conservar esto caliente y envolvérmelo aparte, intentaré buscarle y entregárselo.

—Muy bien. —La camarera se marchó.

Jean empezó a cortar los huevos, y estaba a punto de decir algo cuando de improviso Puller se levantó.

—¿Va a alguna parte? —le dijo.

—Enseguida vuelvo —contestó Puller al tiempo que se alejaba. Acababa de ver a Bill Strauss en el rincón, sentado ante una mesa.

Jean se volvió hacia su hermana.

—¿Ya os acostáis juntos? —le preguntó.

—Jean, ¿por qué no cierras la boca y te comes los huevos?

Cole se levantó de la mesa y se apresuró a ir detrás de Puller, que ya había llegado adonde se encontraba Strauss.

—Hola, señor Strauss. Soy John Puller, de la CID, ¿se acuerda de mí?

Strauss hizo un gesto de asentimiento. Vestía otro carísimo traje de tres piezas y una camisa de puños franceses, con iniciales.

—Por supuesto, agente Puller. ¿Cómo está?

—Genial —respondió Puller.

—¿Qué tal va la investigación?

—Va —contestó Cole, que acababa de situarse al lado de Puller.

—¿Cuándo tiene previsto que regrese su jefe? —preguntó este.

—Lo cierto es que no lo sé con seguridad.

—¿Es que el jefe no informa a su segundo al mando? —preguntó Puller.

—¿Para qué necesita saber usted cuándo va a regresar?

—Ese es un asunto que nos atañe a Trent y a nosotros —repuso Puller, y, propinando a Strauss una palmadita en la espalda, agregó—: Dé recuerdos míos a su jefe. —Acto seguido dio media vuelta y se encaminó de nuevo hacia la mesa de Jean—. Tengo que hablar otra vez con su marido —le dijo—. Diga a Roger que necesitamos verlo en cuanto vuelva.

Jean bajó el tenedor.

—¿Por qué?

—Usted transmítale el mensaje. Gracias. —Y se fue hacia la puerta.

Cole dejó dinero en la mesa para pagar el desayuno, se despidió precipitadamente de su hermana y echó a correr detrás de Puller, que ya había salido a la calle y estaba observando el Mercedes.

—¿Qué es lo que pretendía obtener de Strauss? —le preguntó.

—Un poco de información. ¿Es el COO?

—El jefe de operaciones, sí.

—¿Desde cuándo?

—Más o menos desde que Roger comenzó en este negocio.

—Pero Strauss es mayor que él.

—Sí, pero Roger es más ambicioso, supongo.

—O por lo menos le gusta más correr riesgos.

Emprendieron el regreso hacia el coche.

—¿Todavía tiene previsto marcharse a Washington?

—Sí. No tengo modo de eludirlo.

—¿Cree que las cosas empezarán a animarse dentro de poco?

—Ya han asesinado a siete personas —dijo Puller—. Yo creo que eso ya es bastante animación.

45

Fueron en el coche patrulla de Cole hasta la oficina de Trent en la que había trabajado Molly Bitner. Durante el trayecto, Puller telefoneó a la empresa de análisis de suelos de Ohio. Después de que le pasaran con dos personas diferentes que no pudieron ayudarlo, hizo una seña a Cole para que se detuviera a un lado de la carretera. La sargento echó el freno de mano y se volvió hacia él.

—En fin, páseme con un supervisor —dijo Puller, hablando al teléfono. Aguardó otro par de minutos hasta que volvió a oírse una voz al otro lado de la línea. Entonces explicó la situación, y su interlocutor le respondió.

»¿Puede decirme algo por teléfono? —pidió. Escuchó unos instantes e hizo un gesto afirmativo. Luego solicitó los datos de contacto y los anotó en su cuaderno—. De acuerdo. Obtendré la orden judicial. Les agradecería que el plazo de entrega fuera breve.

Después colgó y miró a Cole.

—¿Así que se necesita una orden judicial? No creía que las muestras de análisis del suelo fueran algo tan confidencial. ¿Han podido decirle algo?

—Únicamente que fue Matthew Reynolds la persona que solicitó que se efectuaran los trabajos. Pagó con tarjeta de crédito. Y lo que quería era que se analizaran varias muestras de materia orgánica. No han querido decirme de dónde procedían ni qué fue lo que encontraron. Tengo aquí los datos de contacto. ¿Puede encargarse usted del papeleo necesario?

—Hoy voy a reunirme con el fiscal del condado —repuso Cole. Metió de nuevo la marcha y se incorporó a la carretera—. Debía de tratarse de suelo de esta zona, ¿no le parece?

—Supongo que sí. Pero tenemos que saberlo con seguridad.

—¿Y para qué querría analizarlo Reynolds?

—Para buscar sustancias contaminantes, digo yo —contestó Puller—. ¿Para qué, si no?

—Entonces, ¿eso es de lo que va este asunto? ¿De contaminación?

—Bueno, si regresaron y mataron a Wellman para hacerse con el informe, pues sí, yo diría que es de lo que va este asunto. Pero ha de tratarse de algo grave de verdad.

—Esto es Virginia Occidental, Puller. Aquí ya tenemos una tonelada de contaminación en el suelo y en el agua. Ni siquiera podemos beber del grifo. La gente lo sabe. No hay más que echar un vistazo alrededor y ver la mierda que hay flotando en el aire para saber que está sucio. De manera que no veo por qué motivo iba a merecer la pena asesinar a siete personas para mantener en secreto algo que ya conoce todo el mundo.

—No le falta razón, pero estudiémoslo desde otro ángulo: ¿Ha tenido Trent algún pleito con la Agencia de Protección del Medio Ambiente?

—En Virginia Occidental no hay ninguna compañía minera que no haya tenido alguna bronca con la Agencia de Protección del Medio Ambiente y con las autoridades estatales. Aquí lo que impulsa la economía es el carbón, pero existen límites.

—¿Y si uno rebasa dichos límites puede meterse en problemas?

—Sí —concedió Cole—, pero aun así, ¿merece la pena matar a siete personas, entre ellas un agente de policía? Si Roger hubiera transgredido alguna norma, tendría que pagar una multa, cosa que ya ha hecho en el pasado. Y muchas veces. Tiene el dinero necesario para ello, no necesita recurrir a asesinar gente.

—¿Y si ha hecho algo más que saltarse una norma?

—¿A qué se refiere?

—Usted me dijo que si seguía muriendo gente de cáncer, era posible que Trent tuviera que marcharse de este pueblo por la vía rápida. Agua sucia, enfermedades, quizá niños muriéndose; todo eso podría perjudicar gravemente toda su empresa. Perdería todo, incluida esa mansión y el avión privado. Y puede que hasta fuera a la cárcel, si se demostrase que él estaba al tanto de todo y no hacía nada. A lo mejor han tropezado con algo así.

Cole no parecía convencida. Pasaron varios kilómetros antes de que rompiera el silencio.

—¿Pero de qué forma iban a estar los Reynolds involucrados en eso? Entiendo el caso de Bitner, ella trabajaba en una de las oficinas de Trent y a lo mejor descubrió algo, oyó algo, vio algo que no debía ver en una carpeta o en la pantalla de un ordenador. Pero si fue eso lo que ocurrió, ¿por qué no envió ella misma la solicitud de analizar la muestra de terreno? ¿Por qué se sirvió de los Reynolds?

—Tal vez pensó que alguien sospechaba de ella, de modo que utilizó a los Reynolds como intermediarios, para ocultar su propia implicación. Ellos vivían al otro lado de la calle, tal vez hablaron, trabaron cierta amistad. Ven a Matt Reynolds de uniforme. Es un oficial, un soldado, trabaja en el Pentágono, ha jurado proteger a su país, y se les ocurre que él podría echarles una mano con todos los contactos que posee. Reynolds accede a ayudarlos. Pero de repente alguien se entera y envía al equipo de asesinos, que se cargan a las dos familias.

—Hubo mucha potencia de fuego. Y no me parece a mí que Roger cuente con equipos de asesinos a su entera disposición.

—¿Cómo sabe usted que no? Las peleas entre los sindicatos y las compañías mineras pueden ser bastante intensas. Roger ya dispone de equipos de seguridad, y Jean me ha dicho que lleva siempre encima un arma oculta. ¿Me está diciendo que Roger no tiene en su nómina a gente que se ocupa de resolver problemas? ¿Intimidación, tácticas de amedrentamiento?

—En la minería a cielo abierto no se trata mucho con los sindicatos porque no hay mineros que se metan bajo tierra a extraer el carbón. De manera que aquí no tenemos muchas peleas de esas. De hecho, la oficina del sindicato cerró hace ya varios años.

—Reconozco que es una teoría que necesitamos investigar.

Esperemos averiguar algo en donde trabajaba Bitner. Y no podemos olvidarnos del laboratorio de metanfetamina. Si este asunto guarda relación con traficantes de droga, nos conviene saberlo más pronto que tarde.

—A mi modo de ver, resulta más factible explicar todo esto desde el punto de vista de las drogas que desde la perspectiva del carbón. Drogas, armas y violencia suelen ir de la mano.

—Pero eso no explica lo de la muestra de terreno. Ni la participación de los Reynolds. Ni que hayan asesinado a Wellman.

—Se me está empezando a freír el cerebro. Está bien, vamos a concentrarnos en lo que viene a continuación. ¿Cómo actuamos en el caso de la oficina de Bitner? ¿Qué táctica desea emplear?

—La de formular preguntas generales y esperar recibir también respuestas generales. Y mantener los ojos y los oídos bien abiertos. Todo lo que se vea a simple vista nos será de utilidad.

—Bueno, si usted está en lo cierto y la empresa ha asesinado a todas esas personas para proteger algún secreto, dudo que los compañeros de trabajo de Bitner se muestren muy habladores. Lo más probable es que estén muertos de miedo.

—No he dicho que fuera a resultarnos fácil.

46

La oficina satélite de Trent era un edificio de hormigón de una sola planta, pintado de amarillo claro, al que se llegaba por un tortuoso camino de grava. En el aparcamiento había aproximadamente una docena de coches y camionetas. Uno de los coches era un Mercedes S550, y se encontraba estacionado justo al lado de la puerta.

—¿Ese es el de Bill Strauss? —preguntó Puller cuando pasaron junto a él de camino a la entrada del edificio.

—¿Cómo lo ha adivinado?

—Estaba aparcado delante de La Cantina, y, aparte de él, la única persona de este pueblo que puede permitirse un juguetito así es Roger Trent, que actualmente está de viaje. Strauss ha llegado aquí antes que nosotros, probablemente nos adelantó cuando yo le dije a usted que parase un momento. O quizás ha tomado otra ruta. —Recorrió con la mirada el destartalado edificio—. Habría esperado que el COO de la empresa trabajase en unas oficinas más elegantes.

—La filosofía de la empresa de Trent consiste en llevarse el dinero a casa, no en malgastarlo en oficinas situadas en mitad de una explotación minera. Hasta el despacho que tiene Roger en la sede central de la empresa es espartano.

—¿De modo que hay una explotación cerca de aquí?

—Una estación de carga como la que le enseñé anoche. Y como un kilómetro al norte hay una mina a cielo abierto.

—¿Así que tan cerca de aquí efectúan voladuras?

—En Drake, las voladuras están cerca de casi todo. Por eso se ha reducido tanto la población. A nadie le apetece vivir en una zona de combate. —Dirigió una mirada rápida a Puller—. A excepción de los militares —se apresuró a añadir.

—Créame, los soldados preferirían no vivir en una zona de combate.

—¿Con qué persona de aquí quiere hablar? —inquirió Cole.

—Empecemos por arriba del todo.

Penetraron en el edificio, en el mostrador de recepción preguntaron por Strauss y una persona los acompañó hasta su despacho. Este estaba forrado de madera contrachapada, carente de todo gusto. La mesa escritorio era barata, y las sillas también. En un rincón había varios armarios archivadores metálicos, apilados unos sobre otros, y el otro rincón se hallaba ocupado por un sofá raído y una mesita de centro mellada por los bordes. Había otra puerta que Puller imaginó que daba a un baño privado. Seguramente Strauss no pasaba por lo de tener que orinar en compañía de sus empleados.

Sobre la mesa había un reluciente ordenador provisto de una pantalla de veintitrés pulgadas. Fue la única señal que vio Puller de que al imperio Trent había llegado la tecnología moderna, y que no solo se surtía de muebles donados de segunda mano. Cuando se acordó de la mansión en que había estado la noche anterior, comprendió lo que había querido decir la sargento.

«Sí que es verdad que el dinero prefieren llevárselo a casa. Por lo menos eso es lo que hacen los jefazos.»

Strauss se levantó de su mesa y les dio la bienvenida. Se había quitado la chaqueta del traje y dejaba ver una barriga cervecera que pugnaba por salir debajo de la camisa blanca y almidonada con puños franceses. La chaqueta colgaba de un gancho que había detrás de la puerta. Tenía los dedos amarillentos de nicotina, y debía de haber apagado un cigarrillo momentos antes en el rebosante cenicero, porque la habitación estaba cargada de humo. Puller agitó la mano en el afán de dispersarlo, mientras que Cole hacía varias inspiraciones profundas; a lo mejor estaba intentando aspirar la mayor cantidad posible de aire contaminado, se dijo Puller. Humo de segunda mano inhalado con gratitud.

—Gracias por recibirnos, Bill —dijo Cole.

—No hay problema, Sam. Si esta mañana hubiera sabido que deseabas verme, podríamos haber conversado en La Cantina —contestó Strauss a la vez que indicaba dos sillas.

—Procuraremos no robarte demasiado tiempo —dijo Cole.

—Tengo entendido que anoche cenaste con Jean.

—Sí. Nos invitó a varias personas, ahora que Roger está de viaje.

—Y a propósito, ¿adónde ha ido Roger? —inquirió Puller.

—Tiene asuntos de trabajo en Nueva York —respondió Strauss.

—¿Asuntos de trabajo en Nueva York? —repitió Puller—. Yo creía que esta empresa era de capital cerrado.

Strauss le sostuvo la mirada.

—Y así es. Trent Exploraciones es una empresa de capital cerrado. Pero también obtiene muy buenos beneficios en el sector energético. Lo cual la vuelve muy atractiva para toda clase de inversores.

—¿Así que Trent está pensando en salir a bolsa? —preguntó Puller.

Strauss esbozó una sonrisa tensa.

—La verdad es que sobre ese tema no puedo hacer comentarios —dijo—. Y tampoco veo qué relación puede guardar eso con su investigación. —Volvió a sentarse y miró a Cole—. Bien, ¿en qué puedo ayudaros?

—Como ya te dije antes, necesitamos hablar con los compañeros de Molly Bitner. Pero antes de eso me gustaría que nos facilitaras una descripción del trabajo que desempeñaba ella aquí. Y también queremos saber cuánto tiempo llevaba trabajando en Trent.

Strauss se reclinó en su asiento y entrelazó las manos por detrás de la cabeza. Bajó la mirada hacia la cajetilla de Marlboro que reposaba sobre la mesa y hacia el atestado cenicero que había al lado, pero debió de decidir abstenerse, por el momento, de encender otro cigarrillo.

Puller lo estudió atentamente a él y a su lenguaje corporal mientras esperaba a que contestase.

—Llevaba aquí unos cuatro años. Antes había trabajado en otra de nuestras oficinas, la que está situada al norte del pueblo.

—¿A qué se debió el cambio? —quiso saber Puller.

Strauss le lanzó una mirada.

—Es frecuente que cambiemos a los trabajadores de una oficina a otra, en función de las necesidades de la empresa y también en función de los deseos de los propios trabajadores. La otra oficina trabajaba más con una mina a cielo abierto que hay allí cerca. Esta oficina se encarga más de las operaciones centralizadas, es una especie de cámara de compensación entre unas y otras. No puedo decirle el motivo exacto. Desconozco la razón por la que vino aquí Molly. Tal vez pueda decírselo alguno de sus compañeros de trabajo.

—Tenga por seguro que se lo preguntaremos —repuso Puller.

—¿Y qué es lo que hacía aquí? —preguntó Cole.

—Archivar, contestar al teléfono, atender pedidos. Tareas bastante normales. No estaba en posición de ordenar nada sin contar con la aprobación de sus superiores. Supongo que en el mundo de la empresa se la describiría como una secretaria o una ayudante del gerente de la oficina.

—¿Era buena trabajadora? ¿Causaba algún problema?

—Que yo sepa, nunca tuvimos problemas con ella.

—¿Advirtió usted en ella algo fuera de lo normal en estas últimas semanas?

—No. Pero tampoco tendría por qué. Como ya le dije, la conocía, naturalmente, pero apenas teníamos trato en el día a día.

—¿Sabía si tenía algún problema de dinero?

—Nadie le estaba embargando el sueldo, si se refiere a eso.

Hicieron unas cuantas preguntas más, y después Strauss los condujo hasta el cubículo en el que trabajaba el gerente de la oficina. Antes de que se fuera, Puller le preguntó:

—¿Qué tal está su hijo?

Strauss se volvió y lo miró de frente.

—Muy bien, ¿Por qué?

—Simple curiosidad.

—Sabe perfectamente que no tenía derecho a preguntarle por su carrera militar. Y, francamente, las preguntas que le hizo me parecieron insultantes.

—Lamento que se lo parecieran. ¿Usted ha estado alguna vez en el Ejército?

—No.

—Pues si hubiera estado, seguramente no le habrían parecido preguntas insultantes.

Strauss miró a Cole, frunció el entrecejo y se marchó.

47

El gerente de la oficina se llamaba Judy Johnson. Era una mujer delgada como un fideo que estrechaba la mano con energía y mostraba una actitud profesional. Tenía el pelo moreno y gris, y lo llevaba peinado en dos colas de caballo gemelas. Su rostro estaba surcado de arrugas y sus ojos eran vivaces y de un tono acaramelado. Vestía un jersey beis y una blusa blanca, y calzaba unos zapatos negros y planos muy rozados.

Johnson les contó que Molly era una buena trabajadora. Que se había trasladado a aquella oficina principalmente porque le resultaba más cómoda para ir y venir de casa y porque había quedado libre una plaza. No poseía acceso a todos los archivos de la oficina.

—¿A cuáles no tenía acceso? —inquirió Puller.

—Esencialmente a los que se guardan en el despacho del señor Strauss —respondió Johnson—. Allí también hay un armario, y dentro de él hay una caja fuerte. Ahí es donde están guardados.

—Creía que eso era un baño privado —dijo Puller.

—No. Todos usamos el mismo —repuso Johnson.

—¿Y la llave de la caja fuerte? —preguntó Cole.

—Hay una llave del armario y otra de la caja fuerte, y el señor Strauss lleva las dos encima en todo momento.

—¿Tan importante es, para que necesiten todas esas precauciones? —preguntó Puller.

—Bueno, esta oficina guarda los informes geológicos del

emplazamiento de las menas de carbón y otros datos relacionados con eso. Es algo muy valioso saber dónde se encuentra el carbón.

—¿De manera que Trent no es el propietario de todo el terreno en donde se encuentra el carbón?

—No. Siempre están buscando filones nuevos, y cada cierto tiempo envían equipos a hacerse con ellos. Si alguien lograra enterarse antes que el señor Trent de dónde está el carbón y adquiriese ese terreno, podría servirse del trabajo de Trent en beneficio propio.

—¿Aquí efectúan análisis del suelo? —preguntó Cole.

Johnson puso cara de desconcierto.

—¿Análisis del suelo? ¿En qué sentido?

—Por la contaminación, cosas así.

—Nosotros cumplimos con todas las normas medioambientales pertinentes —dijo Johnson de modo automático. Era obvio que estaba bien entrenada al respecto, pensó Puller.

—No me cabe duda. Pero no ha respondido a la pregunta —persistió Cole.

—Hacemos análisis continuamente —dijo Johnson.

—De acuerdo, pero ha puesto usted cara de desconcierto cuando le he formulado la pregunta.

—Eso ha sido porque pensaba que habían venido a hablar de Molly. Y ella no tenía nada que ver con nada de eso.

—¿Se guardan aquí los resultados de los análisis del suelo? —preguntó Puller.

—De ser así, los tendría el señor Strauss en la caja fuerte. Pero me parece que esos trabajos los realizan mayormente empresas externas subcontratadas, y después los resultados se envían directamente a la oficina de Charleston.

—Tengo entendido que Molly y Eric Treadwell vivían juntos solo para reducir gastos.

—En efecto.

—Es una práctica bastante extendida por aquí, según me ha dicho la sargento Cole.

—Sí.

—¿Cómo se conocieron? —quiso saber Puller.

—Creo que en una comida campestre que organizó la empresa. Eric acudió acompañado de unos amigos, e hizo buenas migas con Molly. Los dos habían estado casados anteriormente, y creo que ninguno estaba por la labor de repetir. Se agradaron mutuamente y, como ha dicho la sargento Cole, eso no es tan raro de ver por aquí.

Calló unos instantes y se puso a juguetear con una de las coletas.

—Bueno, ¿algo más?

—¿Tenía usted mucho trato con Molly? —le preguntó Puller.

—Éramos amigas, desde luego.

—¿Se le ocurre por qué razón querría alguien hacer daño a Eric Treadwell?

—No se me ocurre ninguna.

—¿Alguna vez fue a verlos a su casa? —preguntó Puller.

Johnson desvió la mirada antes de responder.

—Una o dos, quizá. Normalmente quedábamos en el pueblo para comer o para ir al cine.

—¿Alguna vez pensó que Molly y Eric pudieran tener un problema en relación con las drogas?

—¿Molly? ¿Con las drogas? No, nunca.

—¿Conoce usted las señales que distinguen a una persona que toma drogas? —dijo Puller.

Johnson titubeó.

—Pues... mi hijo... ha tenido algunos... problemas con eso. Y... creo saber qué es lo que tengo que buscar.

—Así que Molly no dio ninguna señal. ¿Y qué me dice de Eric?

—Nunca he notado nada así en Eric. Pero es que tampoco lo veía mucho.

—Entonces, ¿no hubo nada fuera de lo corriente que usted recuerde?

Johnson volvió a titubear.

—Bueno, hubo una cosa. Seguro que no es nada importante, pero resultó un tanto rara.

—Díganoslo —dijo Cole—. Nosotros valoraremos si es importante o no.

—Pues en cierta ocasión vino aquí Eric borracho como una cuba y armó un tremendo alboroto.

—¿Dio usted parte de ello? —preguntó Cole.

—No. Ni siquiera se lo contamos al señor Strauss. Ocurrió después de que la Universidad de Virginia Occidental ganara la Big East, así que dejamos pasar el incidente. Imagino que en aquella ocasión habría mucha gente que se emborrachó y se fue de fiesta. Y recuerdo que Molly consiguió que Eric se calmara. Él hablaba sin parar de los Mountaineers. Llevaba puesta una sudadera de la universidad y agitaba una de esas manos enormes. Luego se quedó dormido en el sofá del señor Strauss. Así que cerramos la puerta y le dejamos dormir la mona. Molly iba a verlo de tanto en tanto.

—¿Estaba Strauss aquí? —preguntó Puller.

—Oh, no, por supuesto que no. Estaba de viaje.

—¿Y cuándo sucedió esto, exactamente?

—En diciembre pasado —contestó Johnson—. Es cuando se juega el campeonato de la Big East.

—¿Y esa es la única vez que ha ocurrido aquí algo extraordinario que haya tenido que ver con Molly?

—Que yo sepa.

Formularon unas pocas preguntas más y después dejaron a Judy Johnson a solas en el mundo formado por sus coletas y su cubículo.

Hablaron con otras personas que trabajaban allí. Ninguna de ellas agregó nada de utilidad. Molly era una buena trabajadora. No se les ocurría ningún motivo por el que alguien pudiera desear asesinarla.

Cuando ya regresaban al coche, Cole comentó:

—No nos han proporcionado ningún hilo del que tirar.

—Los dos hemos estado en casa de Treadwell.

—Ya lo sé. ¿Y qué?

—¿Vio usted el anillo que llevaba en el dedo?

—Sí, me di cuenta.

—Era un anillo de la Virginia Tech porque sabemos que estudió allí. Y en su dormitorio había un cartel del equipo de fútbol americano de Virginia Tech. Los antiguos miembros de los

Hokies de la Virginia Tech son muy apasionados en lo que tiene que ver con su equipo de fútbol. De manera que, aunque Eric hubiera vivido en ese estado, ¿cómo es que se emocionó tanto por la victoria de Virginia Occidental en la Big East? Antes Virginia Tech jugaba en la Big East, ahora domina la ACC en fútbol americano. ¿De manera que este fiel antiguo miembro de los Hokies se emociona hasta el punto de que viene a esta oficina y esencialmente se queda frito de lo bebido que está porque los Mountaineers han ganado?

Cole miró de nuevo el edificio.

—¿Quiere decir que en realidad vino aquí para entrar en el despacho de Strauss? ¿Quizá para abrir esa caja fuerte?

—Esa es la impresión que me da a mí. Ahora bien, la pregunta es la siguiente: ¿Lo hizo?

48

Cole dejó a Puller de nuevo junto a su coche. En el momento en que este se apeaba, la sargento le preguntó:

—¿Usted cree que Eric Treadwell llegó a abrir la caja fuerte?

—Sí. Y creo además que Molly lo ayudó.

—¿Cómo?

—Strauss deja colgada su chaqueta en la parte de atrás de la puerta. Supuestamente, las llaves están dentro del bolsillo lateral. Yo creo que mientras Strauss estaba usando el cuarto de baño general, Molly se coló en su despacho e hizo el molde de esas llaves. Treadwell había sido operario de maquinaria, por lo tanto le resultó fácil hacer un duplicado. De manera que finge estar borracho y consigue llegar hasta el sofá. Tal vez sale alguien para ir a buscarle alguna cosa y lo deja solo en el despacho. Tiene las llaves dentro del bolsillo. Molly cierra la puerta y principalmente se queda montando guardia. Entonces él se levanta, abre la puerta del armario y la caja fuerte, y saca lo que necesita. Entra Molly para ver qué tal le va, a lo mejor lleva consigo una cuantas carpetas. Él le entrega lo que ha cogido de la caja fuerte y ella lo esconde en las carpetas. He visto que en un rincón discreto de la oficina había una fotocopiadora grande. Molly hace copias de todo y devuelve los originales a Treadwell cuando vuelve a entrar para ver «qué tal sigue». Él los guarda otra vez en la caja fuerte y nadie se entera de nada. Probablemente sabían que aquel día no iba a estar Strauss, Molly no tenía dificultad para conocer su agenda.

—¿Y qué es lo que había en esos documentos?

—Como ha dicho Johnson, mapas geológicos.

—¿Y por eso vale la pena matar a gente?

—Eso parece.

—No acabo de entenderlo.

—Ahora mismo, yo tampoco.

Puller se la quedó mirando mientras se alejaba y después dio media vuelta para regresar a su habitación, a prepararse para el viaje a Washington. Al ver a Randy Cole aparecer por la esquina del motel, hizo un alto.

—Perdone que antes me haya ido de esa manera —dijo el joven con una ancha sonrisa.

—No te preocupes. Pero me parece que Jean se lo tomó bastante mal.

Randy se sentó en el porche delantero, y Puller hizo lo mismo.

—No se deje engañar. Estaba fingiendo, en realidad es más dura que una piedra. Más que todos nosotros. Lo más probable es que a estas horas ya se le haya olvidado. —Se frotó la mejilla en donde lo había abofeteado su hermana—. Sí, más dura que una piedra.

—Supongo que tiene que serlo, para estar casada con un tipo como Trent.

—No se equivoca.

—Así que tú lo odias.

—Asesinó a mis padres.

—Tengo entendido que fue un accidente.

—Eso es lo que dice todo el mundo.

—¿Pero tú sabes que no?

—Por supuesto.

—¿Puedes demostrarlo?

—Trent es el dueño de este pueblo, de todo lo que se mueve. No serviría de nada que yo tuviera todas las pruebas del mundo.

—Venga, Randy. Tu hermana es policía, y no veo que sea tan defensora de Trent. Si tuvieras pruebas, ella haría lo imposible para detener a Trent. ¿Me equivoco?

Randy apartó el rostro y abandonó su actitud de seguridad en sí mismo. Se frotó las sienes.

—¿Tienes muchas cosas en la cabeza? —le preguntó Puller.

—No tengo nada más que jaqueca.

—Deberías tomarte en serio lo de consultar a un médico.

—Sí, vale.

—Tú mismo. Pero si tienes algo malo, cuanto más esperes, peor será.

—Me arriesgaré.

—Como quieras. Las lápidas de tus padres son las únicas del cementerio que están cuidadas. ¿Quién se encarga de ello, tú o Sam?

—Los dos.

—Sam me ha contado que estaban dentro del coche y les cayó encima una roca de la mina, procedente de una voladura.

Randy hizo un gesto afirmativo y de repente se le llenaron los ojos de lágrimas. Apartó aún más el rostro y se las limpió con la mano.

—Iban a casa de Jean. Trent estaba haciendo voladuras cerca de allí y caían escombros a la carretera. —Hizo una pausa para rehacerse.

—¿Y fallecieron? —preguntó Puller.

Randy asintió.

—El médico dijo que debió de ser instantáneo, así que no sufrieron. Menos mal. Tardamos un rato en encontrarlos.

—¿Quién los encontró?

—Yo.

—¿Y dices que iban a ver a Jean? ¿Te refieres a la casa en que vivía antes?

Randy afirmó otra vez.

—¿Y por qué iban hacia allí?

—Porque era mi cumpleaños. —Randy respondió en un tono de voz tan bajo que a Puller le costó oírlo—. Jean me había preparado una fiesta.

—¿Así que murieron el día de tu cumpleaños?

Randy asintió con la cabeza gacha.

—Fue un regalo de mierda, se lo puedo asegurar. Desde entonces ya no lo celebro ningún año.

—¿Cómo los encontraste?

—Al ver que no llegaban, probamos a llamarlos por teléfono, pero no contestaron. Entonces nos dividimos en tres grupos para buscar en las tres rutas que podían haber tomado. Muchas veces cierran carreteras debido a las obras, de manera que nunca tomaban un único camino. Teníamos que cubrirlos todos. Sam se encargó de uno, Jean de otro, y del tercero me encargué yo. Y acerté. —De nuevo se le llenaron los ojos de lágrimas, y esta vez fue Puller el que apartó la mirada.

—¿Dónde estaba Roger mientras sucedía todo eso?

—En casa, emborrachándose. —Meneó lentamente la cabeza en un gesto negativo—. ¿Sabe lo que me dijo cuando se enteró de lo que había pasado?

—¿Qué?

—«Esas cosas ocurren», me dijo el muy cabrón. «Esas cosas ocurren.»

—Lo siento mucho, Randy.

—Ya —respondió brevemente el joven.

Puller bajó la vista.

—Comprendo que una cosa así pueda destrozar la vida de una persona.

—Estoy bien.

—¿Estás convencido de eso?

—Sí, lo estoy. La familia no se escoge, hay que apechugar con lo que le toca a uno.

«A mí me lo vas a decir», pensó Puller.

—¿Y Jean? ¿Cómo se lo tomó ella?

—Jean hace lo que quiere, está a lo suyo, se mantiene ocupada. Se quedó tan afectada como nosotros, pero es joven y rica, y tiene mucho por lo que vivir. Una familia de la que preocuparse. Hijos que criar.

—¿Y qué me dices de ti? Tú tienes toda la vida por delante.

—¿Usted cree?

Aquello lo dijo de tal modo que Puller se lo quedó mirando fijamente.

—No estarás pensando en ponerle fin de forma prematura. Porque eso sería una solemne estupidez.

—Qué va, no merezco tanta atención.

—¿Has enviado tú las nuevas amenazas de muerte a Roger?

—No sabía siquiera que estuviera recibiendo ninguna. ¿Cómo va su investigación?

—Me parece que todo el pueblo habla de ella.

—Bastante, sí.

—Va despacio.

—Es difícil averiguar quién mató a toda esa gente.

—¿Tú conocías a Eric Treadwell o a Molly Bitner?

—No exactamente.

—O los conocías o no los conocías, Randy. ¿Cuál de las dos cosas?

—Los conocía de saludarlos. Nada más.

—¿Los conocías lo bastante como para decirme si andaban metidos en drogas? ¿Si traficaban?

—No los conocía tanto. Pero yo no estoy metido en drogas, así que no sabría distinguir. Mi adicción es la cerveza. —Randy se volvió para señalar con la mirada la oficina del motel—. Fue usted muy bueno con Louisa.

—No hice más de lo que habría hecho cualquier otra persona.

—Visto de esa forma... Sam es buena policía, le será de mucha ayuda en este asunto.

—Ya lo ha sido.

—Jean me ha contado lo de la bomba. Usted le salvó la vida a Sam.

—Estuve a punto de no lograrlo. Lo conseguí por los pelos.

—Aun así, yo le considero un héroe. Seguramente a ella no se lo digo lo suficiente, pero estoy orgulloso de mi hermana.

—Pues entonces díselo tú mismo. La vida es corta.

—Puede que se lo diga.

—¿Quieres regresar con tu familia, Randy?

El joven se puso en pie.

—No estoy seguro, Puller. No estoy seguro.

—Pues en algún momento tendrás que decidirte.

—Sí, ya lo sé.

Dio media vuelta y se fue por donde había venido.

Puller se lo quedó mirando.

Drake, Virginia Occidental, había resultado ser un pueblo mucho más complejo de lo que él esperaba.

49

Aquella tarde, Puller se subió a bordo de un avión comercial que despegó de Charleston con rumbo este. Menos de una hora más tarde aterrizaba en el aeropuerto de Dulles. Alquiló un coche y pasó por la sede de la CID en Quantico para informar a su SAC, Don White. Después fue a su apartamento y sacó al gato. Mientras este disfrutaba de un poco de aire fresco, él le llenó los cuencos de comida y de agua y limpió la caja de arena.

Había concertado una cita para el día siguiente con el que había sido el superior de Matthew Reynolds en la Agencia de Inteligencia de Defensa. Después de dormir seis horas seguidas, se despertó, desayunó, corrió ocho kilómetros, levantó unas cuantas pesas en el gimnasio de Quantico, se dio una ducha, hizo varias llamadas telefónicas y terminó un poco de papeleo que tenía pendiente.

Se vistió el uniforme de campaña, cogió su coche de alquiler y tomó dirección norte, hacia el Pentágono. En la boca del metro de la estación Pentágono lo aguardaba un agente especial de la Oficina de Contrainteligencia y Seguridad de la DIA que lo condujo al interior del edificio. Ambos mostraron su identificación, anunciaron que iban armados y recibieron permiso para entrar sin ir acompañados de una escolta.

El agente de la DIA se llamaba Ryan Bolling. Era un compacto ex marine de poco más de un metro setenta y cinco que llevaba diez años en la DIA. Actualmente ya era un civil, al igual que todo el personal de la Oficina de Contrainteligencia y Seguridad de la DIA.

Mientras caminaban, Puller le preguntó:

—Creía que ustedes estarían más deseosos de intervenir en este caso. Me siento un poco solo, sin que me acompañe nadie.

—No es responsabilidad mía. Yo me limito a hacer lo que me ordenan, Puller.

Recorrieron el Pasillo 10 hasta el Anillo A y después continuaron navegando por el complicado sistema de corredores del Pentágono hasta que llegaron hasta el despacho del J2. Había una amplia zona de recepción en la que se encontraban la secretaria ejecutiva y las demás secretarias. En la pared del fondo estaba la puerta del despacho del J2, con los colores nacionales más el distintivo del contraalmirante, que era rojo con dos estrellas blancas. Puller había estado allí una sola vez, varios años atrás. El despacho estaba bien amueblado y lucía la típica pared en la que uno exhibía los títulos y los logros profesionales, repleta de fotografías del contraalmirante acompañado de sus amigos famosos.

El J2 se encontraba de viaje en el extranjero. Su segundo al mando, el vicepresidente, se hallaba situado a la izquierda. Su distintivo rojo contenía una sola estrella. A la derecha había una pequeña sala de reuniones en la que el J2, o el vicepresidente si él se encontraba ausente, celebraba las juntas del Estado Mayor. También acudía allí todos los días a las cinco de la mañana para repasar la habitual sesión informativa que impartiría más tarde al presidente de los jefes del Estado Mayor.

Puller había recibido autorización para hablar con el vicepresidente. Se trataba de una mujer, miembro del Ejército, la general Julie Carson, que también era la superior directa de Matt Reynolds.

Antes de entrar en el despacho de la vicepresidenta, Puller preguntó a Bolling:

—¿Qué sabemos de Carson?

—Tendrá que averiguarlo usted mismo. Por mi parte, es la primera vez que la veo.

Momentos más tarde, Puller estaba sentado ante la general Carson. Bolling ocupaba el asiento de enfrente. Carson era una mujer alta, delgada y taciturna. Tenía el cabello rubio y corto, e iba vestida con el uniforme de gala.

—Seguramente podríamos haber resuelto esto por teléfono —empezó Carson—. No tengo gran cosa que decirle.

—Prefiero conversar cara a cara —repuso Puller.

Carson se encogió de hombros.

—Ustedes, los de la CID, deben de tener más tiempo libre que el resto de nosotros. —Dirigió una mirada a Bolling—. Seguro que está usted encantado de hacer de niñera de este caballero.

Bolling se encogió de hombros.

—Voy adonde me ordenan, señora.

—Bien —empezó Puller—, la persona asesinada tenía el rango de coronel. Estaba encargado del departamento J23 y de supervisar la preparación de la sesión informativa para el J2 y para el presidente de los jefes del Estado Mayor. En cuanto se descubrió que estaba en la DIA, le llegó un aluvión de informes a usted, señora, al J2, al director de la DIA y a personalidades situadas más arriba todavía. Hasta el secretario para el Ejército ha expresado su interés.

Carson se inclinó hacia delante.

—¿Y bien?

Puller también se inclinó.

—Francamente, su actitud relajada me desconcierta.

—Mi actitud no es relajada. Simplemente, no creo tener ninguna información que pueda resultar útil para la investigación.

—Bueno, veamos si yo puedo hacerla cambiar de opinión. ¿Qué puede usted decirme del coronel Reynolds?

—Nuestras respectivas trayectorias profesionales se cruzaron de vez en cuando. Estábamos equiparados en cuanto a la graduación, hasta que hace unos años yo empecé a ascender más deprisa. Fue irónico que yo terminase obteniendo una estrella y él no. Sin embargo, él quería salir y yo quería la estrella. Era una buena persona y un buen soldado.

—¿Cuándo lo vio por última vez?

—El viernes antes de que lo hallaran muerto. Tenía previsto marcharse temprano para ir a Virginia Occidental. Tuvimos una reunión acerca de un asunto en el que estaba trabajando, y después se fue. De hecho, nos reunimos en la sala de juntas que hay al otro lado del pasillo.

—¿Parecía estar alterado o nervioso por algo?

—No, se le veía totalmente normal.

—¿Dice que ambos prestaron servicio juntos en otros lugares?

—Sí. Por ejemplo, en Fort Benning.

—Conozco bien ese sitio.

—Ya lo sé. He leído su historial. ¿Y cómo está su padre?

—Bien.

—No es eso lo que tengo entendido.

Puller no dijo nada. Miró a Bolling. Este, por lo visto, no sabía de qué estaban hablando. Carson se percató de que Puller no pensaba reaccionar de ningún modo, así que cambió de tema.

—¿Cómo es que un soldado que posee un historial de combate como el suyo y unas cualidades de liderazgo como las suyas termina trabajando en la CID?

—¿Y por qué no?

—Los mejores y los más inteligentes están destinados a hacer cosas más importantes, Puller. Su destino es asumir el mando.

—¿Los mejores y los más inteligentes cometen alguna vez un delito?

Carson puso cara de desconcierto, pero respondió:

—Supongo que sí.

—Entonces, ¿cómo vamos a poder atraparlos, si la CID no cuenta también con los mejores y los más inteligentes?

—Puller, no es un chiste. Si usted hubiera elegido ir a West Point, algún día podría estar aquí sentado, con una estrella en el hombro y otras más que conseguir en el futuro.

—Las estrellas pesan mucho, señora. Y a mí me gusta sentirme ligero.

Carson frunció los labios.

—Puede que no esté usted hecho para asumir el mando. Le gusta demasiado tomarse las cosas a broma.

—Puede ser —repuso Puller—. Pero esta reunión no tiene que ver con las deficiencias de mi carrera profesional, y no deseo robarle a usted más tiempo del que sea absolutamente necesario. Como usted misma ha dicho, está muy ocupada. ¿Qué más puede decirme de Reynolds?

—Que desempeñaba muy bien su trabajo. Lograba que el personal del J23 funcionase como una maquinaria bien engrasada. Las sesiones informativas eran fuertes, y los análisis en que se sustentaban eran muy certeros. Pensaba jubilarse y pasarse al sector privado, lo cual suponía una pérdida para este país. Dentro de la DIA no andaba metido en nada que pudiera dar lugar a que lo asesinaran en Virginia Occidental. ¿Le basta con eso?

—Si ayudaba a preparar las sesiones informativas, debía de tener acceso a información clasificada y potencialmente valiosa.

—Aquí tenemos a muchas personas que reúnen los requisitos para dicha distinción. En esta oficina jamás hemos tenido problemas en lo que se refiere al personal. Y no creo que el primero lo creara Reynolds.

—¿Tenía problemas de dinero, o personales? ¿Alguna motivación para venderse a un enemigo?

—Eso no resulta nada fácil, Puller. Mi personal está vigilado por los cuatro costados. Reynolds no tenía problemas económicos. Era lo más patriótico que se puede ser. Estaba felizmente casado. Sus hijos eran chicos normales y bien adaptados. Era diácono de su iglesia. Estaba deseando jubilarse y labrarse una carrera nueva en el sector privado. No hay nada que buscar.

Puller miró a Bolling.

—¿Han tenido ustedes ocasión de investigar a Reynolds por alguna razón?

Bolling respondió con un gesto negativo.

—Hoy mismo lo he consultado, antes de venir aquí. Estaba limpio como una patena. No había motivos para ningún chantaje ni nada parecido.

Puller volvió a dirigirse a Carson.

—Así que usted estaba enterada de que pensaba desplazarse a Virginia Occidental.

—Sí, me lo dijo él mismo. Sus suegros estaban enfermos, de manera que iba y venía todos los fines de semana. Ello nunca interfería con su trabajo, por lo tanto yo no tenía inconveniente.

—¿Alguna vez le comentó que hubiera sucedido allí algo que se saliera de lo normal?

—Nunca me comentaba nada de Virginia Occidental, y

punto. Se trataba de temas personales de su familia, y yo nunca le preguntaba nada. No era asunto mío.

—Pues alguien lo asesinó allí a él y a su familia.

—Sí, en efecto. Y su misión consiste en descubrir quién ha sido.

—Que es lo que estoy intentando hacer.

—De acuerdo, pero, en mi opinión, la respuesta se encuentra en Virginia Occidental, no en el Pentágono.

—¿Conocía usted a su esposa?

Carson echó una ojeada a su reloj y otra a su teléfono.

—Dentro de poco espero una conferencia telefónica. Y como el J2 está fuera del país, la sesión informativa del presidente he de presentarla yo.

—Procuraré ser breve —dijo Puller, pero sin dejar de mirarla con gesto expectante.

—Conocía a Stacey Reynolds solo por medio de su marido. La veía personalmente en algún acto social ocasional. Teníamos amistad, pero no éramos muy amigas. Eso es todo.

—¿Y el coronel Reynolds nunca mencionó que estuviera ocurriendo algo inusual en Virginia Occidental?

—Me parece que ya le he contestado a eso.

Puller la miró sin perder la paciencia.

—No, nunca mencionó nada —dijo Carson, y Puller anotó aquello en su cuaderno.

—Cuando me asignaron este caso, me dijeron que era «inusual». Supuse que era inusual porque se refería al asesinato de un oficial de la DIA que poseía acceso a información de inteligencia de máximo secreto.

—Gracias a Dios, no es frecuente que asesinen a personas así, de manera que no me extraña que se considerase un incidente inusual.

—No, yo creo que ese término hacía referencia al hecho de que pensaban destinar muy pocos efectivos a esta investigación. Y si Reynolds no estaba haciendo nada de importancia para la DIA y usted considera que su asesinato no ha tenido nada que ver con el trabajo que desempeñaba aquí, ¿por qué me lo describieron como un caso inusual? Pasa a ser un homicidio más.

—Dado que yo no fui la persona que se lo describió de ese modo, no tengo forma de responder a esa pregunta —replicó Carson, mirando de nuevo el reloj.

—¿Se le ocurre alguna otra cosa que pudiera ayudarme en mi investigación?

—No se me ocurre ninguna.

—Voy a tener que interrogar a los compañeros de trabajo de Reynolds.

—Oiga, Puller, ¿de verdad es necesario eso? Ya le he dicho yo todo lo que había que decir. Mi personal está muy ocupado intentando mantener a salvo este país. Lo último que necesitan es que los distraiga un asunto como este, que no tiene nada que ver con ellos.

Puller irguió la espalda y cerró su cuaderno.

—General Carson, han asesinado a un amigo y colega suyo. Yo he recibido el encargo de averiguar quién ha perpetrado ese crimen, y tengo la intención de cumplir dicha misión. Necesito hablar con sus compañeros de trabajo. Procederé de manera eficiente y profesional, pero voy a hacerlo. Ahora mismo.

Ambos se taladraron mutuamente con la mirada, un enfrentamiento que terminó ganando Puller.

Carson cogió su teléfono y efectuó varias llamadas. Cuando Puller se levantó para marcharse, le dijo:

—Puede que me haya equivocado con usted.

—¿En qué sentido?

—Puede que sí tenga lo que hace falta para mandar.

—Puede —respondió Puller.

50

Salieron del despacho del J2, torcieron a la izquierda para enfilar el Pasillo 9 y tomaron el ascensor que llevaba al sótano. El nivel inferior del Pentágono era un desconcertante laberinto de corredores pintados de un tono blanco hospital que jamás veían ni un resquicio de sol. Según las leyendas populares del Pentágono, allí abajo había todavía empleados del Departamento de Defensa que desde los años cincuenta continuaban vagando sin rumbo, en el intento de encontrar la salida.

El personal del J23 estaba formado por analistas y expertos en artes gráficas, unas dos docenas en total, que metódicamente daban forma cada semana al libro de las sesiones informativas, sirviéndose de inteligencia procedente no solo de la DIA sino también de otras agencias como la CIA y la NSA. A continuación la adaptaban a las preferencias del presidente actual. Era una presentación en PowerPoint impresa en papel y bastante sucinta, puesto que iba sin dilación al meollo del asunto. En el Ejército, la brevedad era una virtud que se anteponía a todas las demás.

El personal del J23 era una mezcla de civiles y agentes uniformados, por consiguiente Puller vio uniformes de campaña, uniformes antiguos de color verde, uniformes nuevos de color azul, pantalones normales, camisas y alguna que otra corbata. Aquella unidad funcionaba las veinticuatro horas del día, y la ventaja que tenían los del turno de noche era que podían usar camisetas polo. Reynolds había sido el oficial de mayor graduación de aquel departamento.

Dado que el J23 se hallaba alojado en una SCIF, o Instalación para Información Compartimentada Sensible, Puller y Bolling tuvieron que depositar sus teléfonos móviles y demás dispositivos electrónicos dentro de una taquilla de la entrada. En el interior de una SCIF no estaba permitido tomar fotografías ni comunicarse con el exterior.

Les franquearon el paso y Puller recorrió la zona de recepción con la mirada. Se parecía a otras muchas que había visto en el Pentágono. Aquel lugar era el único por el que se podía entrar o salir, a excepción, posiblemente, de una salida de emergencia en caso de incendio que debía de haber en la parte de atrás. Al final del pasillo había un amplio espacio ocupado por varias hileras de cubículos individuales en los que los analistas y los artistas se afanaban por preparar el producto que iba a estudiar detenidamente la general Carson a las cinco de la madrugada del día siguiente. Allí abajo la iluminación era tenue. La de los cubículos era mejor, pero aun así Puller se dijo que la mitad de aquellas personas seguramente iban a necesitar gafas después de pasar ni siquiera un año luchando contra los terroristas sentados a su mesa y prácticamente a oscuras.

Puller y Bolling enseñaron su documentación y obtuvieron el acceso a los compañeros de trabajo de Reynolds, cuyo oficial de mayor graduación era un teniente coronel. Había una pequeña sala de reuniones en la que Puller llevó a cabo las entrevistas. Habló con cada persona por separado, lo cual constituía una táctica bastante habitual. Los testigos que eran interrogados a la vez tendían a dar respuestas idénticas, aunque de entrada tuvieran información distinta y puntos de vista diferentes. Puller les informó, y Bolling se lo confirmó, que contaba con autorización para todo, hasta «TS/SCI con polígrafo» y una «necesidad de conocer válida». En el mundo de la inteligencia militar estas frases abrían muchos labios sellados y muchas puertas cerradas.

Los compañeros de Reynolds expresaron más asombro y pena que su oficial al mando por la muerte de Matthew Reynolds. Sin embargo, tampoco pudieron proporcionar información de utilidad ni pista alguna respecto del motivo por el que Reynolds había sido asesinado. El trabajo de Reynolds, aunque era material clasificado, no contenía nada que pudiera haber dado lugar a su muerte, dijeron. Cuando terminó, Puller reconoció que su investigación seguía estando en el mismo punto que cuando entró en aquel edificio.

Seguidamente registró el despacho de Reynolds, que permanecía precintado desde que su ocupante partió hacia Virginia Occidental y fue asesinado. Mientras que el departamento J23 era técnicamente un espacio abierto de almacenaje, lo cual quería decir que si uno guardaba una cosa en un sitio no había peligro de que nadie se la llevara, así y todo era posible que Reynolds tuviera una caja fuerte en su despacho. Resultó que no la tenía. Y Puller tampoco logró encontrar allí dentro nada que lo ayudara en la investigación. Era una oficina limpia y sobriamente amueblada, y los archivos del ordenador, los cuales escrutó en presencia de Bolling, no arrojaron ninguna pista.

Salió del J23, recuperó su teléfono móvil de la taquilla, regresó hasta una de las entradas principales acompañado por Bolling y allí se despidió de este. A continuación fue a buscar su coche al enorme aparcamiento exterior. Pero en vez de marcharse de inmediato, se sentó en el capó del Ford de color verde oliva y contempló durante unos instantes aquel edificio de cinco plantas que constituía la oficina más grande del mundo. El 11 de septiembre de 2001 había recibido un violento puñetazo en la cara, pero después había resurgido más fuerte que nunca.

Ya en la década de 1990 el Pentágono había iniciado una larga reforma del edificio, que por aquel entonces tenía casi sesenta años de antigüedad. Cosa irónica, la primera sección que se terminó fue la que sufrió el impacto del jumbo de American Airlines pilotado por unos dementes. Más de diez años después, casi se había completado la reforma de todo el edificio. Constituía un testimonio de la capacidad de resistencia de Estados Unidos.

Volvió la vista hacia el otro lado y vio a los hijos del personal del Pentágono jugando protegidos por la cerca de la guardería ubicada dentro del recinto. Supuso que aquello era por lo que luchaban siempre los militares, por los derechos y las libertades de la siguiente generación. Al contemplar a aquellos niños lanzándose por toboganes de plástico y montando caballos de juguete, Puller se sintió un poco mejor. Pero solamente un poco. Todavía tenía que atrapar a un asesino, y no tenía la impresión de estar más cerca de alcanzar su objetivo que cuando le asignaron el encargo.

De pronto le vibró el teléfono móvil. Lo sacó del bolsillo. El mensaje de texto era breve pero interesante:

CLUB EJÉRCITO Y MARINA.
CENTRO CIUDAD. HOY 1900. LE BUSCARÉ.

No sabía quién había enviado el mensaje, pero era obvio que el remitente sabía cómo ponerse en contacto con él. Observó unos instantes más el texto y después guardó el teléfono. Consultó el reloj. Tenía tiempo suficiente. De todas formas, cuando vino aquí ya tenía intención de hacer aquello. Y después de conocer a la disfuncional familia Cole, le parecía todavía más importante.

Pisó el acelerador y dejó el Pentágono en el espejo retrovisor.

51

—¿Qué está haciendo aquí, oficial?

Puller lo miró al tiempo que adoptaba la posición de firmes.

—Informar, señor —respondió.

Su padre estaba sentado en una silla, al lado de la cama. Llevaba puesto el pantalón del pijama, una camiseta blanca y una bata de algodón azul clara anudada a la cintura. Y también calcetines y zapatillas para abrigar sus pies largos y estrechos. En otra época había medido más de un metro noventa, pero la fuerza de la gravedad y la enfermedad le habían hecho encoger cinco centímetros. Ahora, cuando estaba de pie ya no sobresalía por encima de la mayoría de la gente, y tampoco se ponía de pie tan a menudo. Lo cierto era que su padre no salía prácticamente nunca de la habitación que ocupaba en el hospital militar. Había perdido casi todo el pelo, y el que aún le quedaba era blanco y algodonoso, como si se hubiera cosido varias torundas juntas, y se le extendía en torno a la cabeza rozándole las orejas.

—Descanse —dijo Puller sénior.

Puller se relajó, pero permaneció de pie.

—¿Qué tal el viaje a Hong Kong, señor? —preguntó.

Puller odiaba aquel juego de ficción, pero los médicos decían que era mejor practicarlo. Aunque él no concedía mucho crédito a los loqueros, respetó su pericia, sin embargo iba perdiendo poco a poco la paciencia.

—El avión de transporte pinchó una rueda en el momento

del despegue, de manera que no consiguió elevarse. Casi acabamos cayendo al mar.

—Lo lamento, señor.

—No tanto como yo, oficial. Necesitaba un poco de diversión.

—Sí, señor.

Cuando su padre lo miró, lo primero que advirtió Puller fue el cambio operado en sus ojos. También formaba parte de la leyenda del Ejército que Puller sénior era capaz de matar con la mirada, pues provocaba en la persona un sentimiento tan profundo de haberle fallado, que esta terminaba por encogerse sobre sí misma y morir. No era verdad, naturalmente, pero Puller había hablado con muchos hombres que habían prestado servicio con su padre, y todos y cada uno de ellos sabían por experiencia propia cómo era aquella mirada. Y todos y cada uno de ellos decían que la recordarían hasta el fin de sus días.

Sin embargo, ahora los ojos de su padre eran meras pupilas colocadas en medio de la cabeza. No estaban muertas, pero tampoco llenas de vida. Eran azules, pero inexpresivas y vacías. Puller recorrió con la mirada los confines de aquella habitación exigua y anodina, idéntica a cientos de habitaciones más, y llegó a la conclusión de que, en muchos aspectos importantes, su padre ya estaba muerto.

—¿Alguna orden, señor? —le preguntó.

Su padre tardó unos momentos en responder. Era frecuente que Puller no tuviera ninguna respuesta a aquella pregunta cuando venía a verlo, por eso lo sorprendió obtenerla ahora:

—Se ha terminado, oficial.

—¿El qué, señor?

—Se acabó. Ya está hecho.

Puller dio un tímido paso al frente.

—No le sigo, señor.

Su padre había inclinado la cabeza, pero ahora se volvió para mirar a su hijo, y sus ojos resplandecieron como hielo azul bajo el sol.

—El chismorreo.

—¿El chismorreo?

—Hay que prestar atención a los rumores. Son falsos, pero al final ellos pueden más que uno.

Puller se preguntó si a la lista de dolencias que sufría su padre se habría sumado ahora la paranoia. Quizá la había tenido siempre.

—¿Quiénes pueden más que usted, general?

Su padre indicó la habitación haciendo un gesto despectivo con la mano, como si «ellos» estuvieran allí mismo.

—Las personas que cuentan. Los cabrones que dirigen el cotarro en el Ejército.

—No creo que nadie pretenda ir a por usted, señor. —Puller empezaba a desear no haber venido.

—Por supuesto que sí, oficial.

—¿Pero por qué, señor? Usted posee tres estrellas.

Puller se mordió la lengua demasiado tarde. Su padre se había jubilado con tres estrellas, alcanzado el rango de teniente general. Aquel habría sido un gran logro profesional prácticamente para cualquier persona que hubiera vestido de uniforme; pero Puller sénior pertenecía a ese raro percentil de hombres que esperaban alcanzar la cumbre misma de la montaña en todo lo que hacían.

En el Ejército era de todos bien sabido que Puller sénior debería haber obtenido una cuarta estrella. Y que también debería haber conseguido una cosa que codiciaba todavía más: la Medalla al Honor. Se la había ganado en el campo de batalla en Vietnam, respecto de ello no cabía la menor duda. Pero en el Ejército no contaba únicamente el valor demostrado en el combate, sino también la política observada cuando se estaba lejos de la batalla. Y lo cierto era que Puller sénior se había enemistado con muchas personas importantes que podían ejercer una gran influencia en su carrera profesional. Así pues, la cuarta estrella y la Medalla al Honor jamás le fueron concedidas. Y aunque su carrera continuó progresando después de aquel desaire, no avanzó siguiendo la misma línea. Cuando la trayectoria dejaba de ser ascendente, los objetivos situados más arriba dejaban de ser accesibles. Ya no se alcanzaban nunca. Él no los alcanzó nunca. Tenía tres estrellas y todas las medallas, salvo la única que había deseado conseguir por encima de todas las demás.

—Es por culpa de él —escupió su padre.

—¿De quién?

—¡De él!

—No sé a quién se refiere.

—Al comandante Robert J. Puller, de las Fuerzas Aéreas de Estados Unidos. Despido deshonroso. Condenado en consejo de guerra por traición. Encerrado de por vida en los Pabellones Disciplinarios. Me echan la culpa a mí de lo que hizo ese cabrón. —Su padre guardó silencio durante unos instantes, respiró hondo con un gesto de furia y agregó—: Chismorreos. Los muy hijos de puta.

A Puller se le hundió el semblante de pura decepción. Su hermano ya había sido condenado y encarcelado mucho antes de que se jubilara su padre. Y aun así, este culpaba a su hijo de los problemas que había tenido en su carrera. En el campo de batalla, Puller sénior nunca había esquivado la menor responsabilidad, aceptaba tanto el mérito como la culpa. Sin embargo, fuera del campo de batalla la cosa cambiaba bastante. Su padre era de los que señalaban con el dedo. Hacía recaer la culpa en las personas que menos podían tenerla. Podía ser mezquino y rencoroso, injusto y cruel, inflexible y brutal. Aquellos rasgos de personalidad también podían aplicarse a su faceta de padre.

Normalmente, Puller decía algo antes de marcharse. Continuaba con aquella ficción, tal como le habían rogado los loqueros. Cuando ya se encaminaba hacia la puerta, su padre le dijo:

—¿Adónde va, oficial?

Puller no respondió.

—¡Oficial! —vociferó su padre—. No se le ha concedido permiso para retirarse.

Puller continuó avanzando hacia la salida.

Fue recorriendo el pasillo del hospital militar, que estaba lleno de soldados viejos, enfermos y moribundos que se habían entregado en cuerpo y alma para que el resto del país pudiera vivir en paz y prosperidad. Siguió oyendo los gritos de su padre hasta que estuvo a cien metros de distancia. Desde luego, el viejo nunca había tenido problemas pulmonares.

Cuando llegó a la salida, no volvió la vista atrás.

El momento de la familia se había terminado.

Lo que tocaba ahora era el Club del Ejército y de la Marina.

Estaba de nuevo en mitad de la acción.

Donde de verdad se sentía a gusto.

52

Viejo.

De arquitectura impresionante.

Administrado con eficiencia.

Estos eran los pensamientos que llevaba Puller en la cabeza mientras iba andando en dirección al Club del Ejército y de la Marina, ubicado en la calle 17 NW, en el centro de Washington. Al entrar saludó con un gesto a los empleados que trabajaban en la zona de aparcacoches, subió el corto tramo de escaleras y miró a izquierda y derecha. Llevaba puesto su uniforme verde de gala. El Ejército estaba dejando atrás los uniformes verdes y blancos en favor de los azules. En esencia, estaba regresando a sus raíces. El azul había sido el color escogido por el Ejército Continental durante la guerra de Independencia para distinguir a los soldados de las colonias de sus adversarios británicos, que vestían casacas rojas. Y también fue el color del Ejército de la Unión en la guerra de Secesión.

Dos grandes guerras. Dos grandes victorias.

Los militares no tenían inconveniente en construir sobre la base de los éxitos del pasado.

Por regla general, Puller solo se ponía el uniforme de gala para asistir a una ocasión especial. Nunca vestía el uniforme de su rango cuando interrogaba a alguien. Se acordó de que cuando era sargento de primera, los oficiales lo miraban con menosprecio cuando les hacía preguntas, cosa que ya no ocurría ahora que era oficial. Y el personal militar de rangos inferiores podía quejarse, por medio de sus abogados, de que uno había intimidado a sus clientes haciendo alarde de su graduación. De modo que, por lo general, Puller usaba ropa de civil. En cambio hoy una vocecilla le había dicho que le convenía vestirse mejor.

A la derecha se encontraba el comedor principal del club. A la izquierda estaba el mostrador de recepción. Evitó ambos, se dirigió a las escaleras y comenzó a subirlas de dos en dos.

Había acudido temprano con un motivo concreto: no le gustaba que los demás lo buscaran, le gustaba buscarlos primero él a ellos.

Llegó a la segunda planta y miró en derredor. Vio salas de reuniones y comedores pequeños. En la tercera planta había una biblioteca, y en ella una mesa llena de orificios de bala, de haber sido volcada y utilizada como escudo por soldados americanos durante una escaramuza ocurrida en Cuba más de un siglo antes.

En la segunda planta había además otra cosa que atrajo su atención. Un bar. Si uno andaba buscando a un soldado que no se encontraba en su puesto o que estaba disfrutando de sus horas de ocio, lo más probable era que lo hallase en un bar.

Observó el interior del recinto a través del cristal de la puerta. Había cuatro personas, todas varones. Uno del Ejército, otro de la Marina y dos individuos trajeados. Estos últimos se habían aflojado la corbata y estaban estudiando unos papeles con los tipos de uniforme. Tal vez se tratara de una reunión de trabajo que se había prolongado en el bar.

Estaba claro que ninguno de ellos era el misterioso remitente del mensaje de texto.

A continuación buscó un puesto de observación y lo encontró casi de inmediato. Al fondo había un cuarto de aseo que contaba con una pequeña antesala cuya puerta se encontraba abierta. Allí había un espejo de gran tamaño. Puller tomó posición delante de este y descubrió que representaba una atalaya excelente para vigilar la entrada del bar.

Cada vez que entraba una persona en el servicio, Puller fingía estar arreglándose la ropa en el espejo o estar hablando por el teléfono móvil.

Consultó el reloj.

Las siete en punto.

Entonces fue cuando la vio.

Venía de uniforme. Puller ya contaba con ello, tras haber notado el detalle de que en el mensaje había indicado la hora al estilo militar. Los militares eran muy puntuales, era una cosa que le inculcaban a uno durante el periodo de formación.

Contaría treinta y pocos años, era esbelta y de estatura media, y tenía un rostro agradable y enmarcado por un cabello corto. Llevaba unas gafas de montura metálica y uniforme azul de gala, y portaba la gorra reglamentaria en la mano derecha. Puller se fijó en la barra plateada que lucía en el hombro, que denotaba que su graduación era la de teniente primero. En el Ejército de Estados Unidos había dos tipos de oficiales: los de carrera y los técnicos. Ella pertenecía a la primera categoría, y por lo tanto su graduación era superior a la de Puller. Su estatus lo concedía el presidente del país, mientras que el de Puller correspondía al secretario para el Ejército. Si él llegaba a obtener el rango de segundo oficial técnico, recibiría un estatus de oficial por parte del presidente. Pero en el escalafón militar seguiría estando por debajo de los auténticos oficiales. Estos habían estudiado en West Point, o en ROTC u OCS, mientras que él no. Ellos eran generalistas, él era un especialista. Y en el Ejército, los que mandaban eran los generalistas.

La oficial escrutó el bar a través del cristal.

Puller solo necesitó cuatro zancadas para llegar hasta ella.

—¿Prefiere hacer esto en privado, teniente?

La oficial se volvió y, seguramente gracias a la formación militar que había recibido, reprimió un grito y en su lugar dejó escapar una exclamación ahogada. Tuvo que levantar la vista para mirarlo. El calzado reglamentario de las mujeres no podía tener tacones que midieran más de siete centímetros. Ella había escogido los más altos, y aun así parecía una niña al lado de Puller.

Al ver que la oficial no decía nada, Puller posó la mirada en el lado derecho de su uniforme y vio el nombre que figuraba en la placa.

—¿Teniente Strickland? ¿Deseaba hablar conmigo?

A continuación desplazó la mirada hacia el lado izquierdo y observó las filas de condecoraciones, pero no encontró nada que fuera como para quitarse el sombrero, y tampoco había esperado encontrárselo. Como el Ejército excluía a las féminas del combate, las distinciones que podían obtener estas sobre el terreno eran muy limitadas. Si no hay sangre, no hay gloria.

Vio que la mirada de ella también se desviaba hacia sus condecoraciones y que abría unos ojos como platos al advertir lo enormes que eran tanto su experiencia en el combate como sus logros militares.

—¿Teniente Strickland? —repitió Puller, esta vez en tono más suave—. ¿Quería hablar?

Ella lo miró a los ojos y cambió de color.

—Perdone, es que no esperaba... Quiero decir...

—No me gusta que me busquen, teniente. Prefiero buscar yo.

—Sí, naturalmente, me doy cuenta de ello.

—¿Cómo ha averiguado mi número para enviarme el mensaje?

—Por un amigo de un amigo.

Puller señaló las escaleras.

—Arriba tienen una zona más reservada.

53

La teniente lo siguió al piso de arriba, buscaron un lugar tranquilo y tomaron asiento en los gastados sillones de cuero. Como ella no parecía muy inclinada a iniciar la conversación, Puller le dijo:

—Es obvio que he recibido su mensaje, teniente.

—Por favor, llámeme Barbara.

—Y usted puede llamarme Puller. Bien, pues he recibido su mensaje. —Dejó calar la frase.

—Sé que está investigando la muerte de Matt Reynolds.

—¿Usted trabajaba con él? En ese caso, alguien se ha olvidado de decírmelo.

—No trabajaba con él. Pero lo conocía. Lo conocía bien.

—¿Así que eran amigos?

—Más que eso. Mi padre y él prestaron servicio juntos. Él fue mi mentor y una de las razones por las que yo me alisté. También era amiga de su esposa, y conocía a sus hijos. De hecho, los cuidé muchas veces cuando eran pequeños.

—Entonces le doy mi más sincero pésame.

—¿Ha sido tan horrible como... como me han dicho?

—¿Qué es lo que le han dicho?

—Que perpetraron una carnicería con la familia entera.

—¿Quién le ha dicho eso?

—Es un rumor. No estoy segura de quién me lo ha dicho.

—Sí, ha sido bastante horrible.

—Ya —repuso la teniente con voz temblorosa. Sacó un pañuelo de papel y se lo pasó por los ojos.

—Como ya sabe, me han encargado a mí encontrar al asesino.

—Y espero que lo encuentre —contestó la teniente con voz firme.

—Y necesito toda la ayuda que pueda conseguir.

—Yo... Puede que yo le ayude.

Puller abrió su cuaderno reglamentario.

—Necesito saber todo cuanto pueda usted contarme.

—No puedo darle demasiados detalles. Sabía que Matt y Stacey estaban yendo y viniendo de Virginia Occidental porque tenían que cuidar a los padres de ella, que se encontraban enfermos. Y también se llevaban a los niños. A ellos no les gustaba, por supuesto. No podían ver a sus amigos, tenían que pasar el verano en mitad de la nada, pero la familia es la familia. Además, Stacey estaba muy unida a sus padres.

—No me cabe duda.

—Matt se marchaba de aquí el viernes y regresaba el domingo para volver a trabajar el lunes. Hacía eso prácticamente todas las semanas.

—Lo sé. He estado hablando con su oficial al mando, la general Carson.

La teniente Strickland se sonrojó ante aquel comentario, pero se apresuró a continuar.

—Hace unas dos semanas, Matt me llamó para decirme que en Virginia Occidental se había tropezado con una cosa que lo tenía desconcertado.

—¿En qué sentido?

—No quiso entrar en detalles, pero a juzgar por lo que dijo, se había topado con algo grave de verdad.

—¿Como un laboratorio de fabricación de drogas, quizá?

Normalmente a Puller no le gustaba intercalar nada directamente en la conversación cuando interrogaba a un testigo, pero esta vez su intuición le dijo que lo hiciera.

La teniente lo miró extrañada.

—No, no creo que fuera nada relacionado con las drogas.

—¿Y qué era, entonces?

—Algo más importante, que implicaba a otras personas. Yo me percaté de que estaba un poco asustado, de que no sabía muy bien lo que debía hacer.

—¿De qué manera «se tropezó» con eso, como ha dicho usted?

—Me parece que se enteró por medio de otra persona.

—¿Y esa otra persona se había tropezado con ello?

—No lo sé con seguridad. Quizás ocurrió que esa persona ya estaba investigando el asunto.

Puller suspendió el bolígrafo en el aire.

—¿Quiere decir que era policía?

—No, no era ninguna autoridad, de eso estoy bastante segura. Por lo menos Matt no lo mencionó en ningún momento.

—Entonces, ¿quién era?

—Bueno, yo creo que debía de ser alguien que estuviera actuando de forma encubierta.

—Pero acaba de decir que no era la policía.

—¿Y no es cierto que a veces la policía se sirve de civiles en operaciones encubiertas, sobre todo si estos poseen algún contacto interno con el objetivo?

—Supongo que sí. Pero claro, estamos hablando de drogas, o quizá de tráfico de armas.

—No pienso que fuera eso, porque no creo que eso tuviera a Matt tan asustado.

—Tenía allí a su familia. A lo mejor estaba nervioso por ellos.

—Tal vez —respondió la teniente sin estar muy segura.

—¿Alguna vez le mencionó a usted un nombre o le proporcionó una descripción de esa persona que actuaba de forma «encubierta»?

—No.

—¿Le dijo cómo la había conocido?

—Se la tropezó un día por casualidad.

—¿Y por qué iba a confiarse a él esa persona?

—Porque él vestía uniforme, estoy convencida.

—Pero si esa persona estaba actuando de forma encubierta,

hay que suponer que ya había estado trabajando con la policía. Así pues, ¿para qué iba a acudir a un militar uniformado?

—No lo sé —admitió Strickland—. Pero lo que sí sé es que Matt estaba involucrado de alguna manera y que estaba muy preocupado.

—¿Dónde está asignada usted? —quiso saber Puller.

—Soy analista del Departamento de Defensa.

—¿Y qué es lo que analiza?

—Oriente Medio, con énfasis en la frontera entre Paquistán y Afganistán.

—¿Ha estado allí alguna vez?

Strickland respondió con un gesto negativo.

—No, pero ya sé que usted sí ha estado. Y muchas veces.

—No pasa nada, Barbara. Unas personas valen para ser analistas, y otras no.

—Y otras destacan en el combate. Como usted.

—¿Le gustaría analizarme un problema?

Strickland puso cara de sorpresa, pero aceptó con un gesto de asentimiento.

—Cuando me encargaron este caso, me dijeron que era inusual. Cuatro cadáveres hallados en otro estado, uno de ellos coronel de la DIA. Normalmente, al encontrarnos con algo así mandaríamos a la artillería en pleno, múltiples agentes de la CID, apoyo técnico, incluso gente del USACIL. En cambio me enviaron únicamente a mí, porque el caso se denominó «inusual». ¿Se le ocurre a usted a qué pudo deberse eso?

—A que está involucrada la DIA, quizá.

—Pero la general Carson me ha dicho que nada de lo que hacía Reynolds podía guardar relación con el hecho de que lo hayan asesinado, y que por lo tanto la DIA no tiene motivos para preocuparse. Pero sucede que incluso la oficina del secretario para el Ejército ha llamado por teléfono al laboratorio de Atlanta interesándose por este caso. Al parecer, piensan que aquí está sucediendo algo gordo, y algo que no solo tiene que ver con la implicación de la DIA. ¿Por qué piensan eso?

—Quizá porque una persona de la DIA les ha dicho que era algo gordo y quería que no se supiera —sugirió la teniente.

—Lo mismo he estado pensando yo. Antes, cuando he mencionado a la general Carson, a usted le ha cambiado el color de la cara.

Esta vez, Strickland palideció.

—Son cosas en las que suelo fijarme —la tranquilizó Puller—. No se lo tome como algo personal. Bien, hábleme de ella.

—No la conozco tanto.

—A mí me parece que la conoce mucho mejor que yo. Dígame, ¿Reynolds le habría confiado a ella las mismas preocupaciones que le confió a usted?

—Matt era un soldado leal.

—Lo cual quiere decir que seguía la cadena de mando, y por consiguiente habría informado a la general Carson. Y tal vez ella vio una oportunidad para anotarse una victoria. Una victoria inesperada que acaso le permitiera obtener su segunda estrella, sobre todo si lo que descubrió Reynolds tenía que ver con temas de seguridad nacional. ¿Es plausible? ¿O voy totalmente descaminado?

Strickland se encrespó:

—En mi opinión, Carson sería capaz de pasar por encima del cadáver de su propia madre con tal de alcanzar la máxima graduación.

—¿Tan ambiciosa es?

—Mi experiencia en el Ejército me ha enseñado que todo el que posee al menos una estrella es así de ambicioso.

—De manera que Carson le dice a Reynolds que continúe en el caso. Que interactúe con esa persona encubierta. Ya huele esa segunda estrella. Pero, en cambio, resulta que Reynolds y su familia son borrados del mapa. Ahora Carson se enfrenta a una bomba que le puede estallar en las manos. Si la verdad sale a la luz, no solo no obtendrá esa segunda estrella, sino que incluso podrían quitarle la primera.

La teniente afirmó con la cabeza.

—Tiene que tender una cortina de humo. Sin embargo, a usted le ha dicho que la labor que desempeñaba Matt en la DIA no ha tenido nada que ver con su muerte, que no trabajaba con material sensible.

—¿Y qué otra cosa iba a decir? Reynolds era el jefe del J23. Eso, por sí solo, ya es suficiente para pensar que lo han asesinado por culpa del trabajo que hacía. Ayudaba a preparar la sesión informativa diaria para el presidente. Y si alguien llamara a Carson para preguntarle respecto de ese tema, ella diría simplemente que estaba manteniendo una postura neutral en virtud de la «necesidad de saber». Conmigo actuó a la defensiva, pero contando con el hecho de que la pertenencia de Reynolds a la DIA se considerará la causa de su muerte. Y lo más probable es que esté cruzando los dedos para que nunca llegue a averiguarse la auténtica razón por la que ha muerto Reynolds, porque de ese modo ella estará a salvo. De lo contrario, se expone a tener que dar muchas explicaciones cuando se descubra que ocultó un asunto importante con el fin de medrar profesionalmente. Aspiraba al primer premio y se quedó a mitad de camino.

—Si eso es cierto, Carson tiene un problema serio —dijo Strickland casi con regocijo.

—Mi trabajo consiste en atrapar a un asesino, no en derribar a un oficial de una estrella y apartarlo de la carrera que pretende hacer —repuso Puller—. Es posible que Carson la haya cagado, y en tal caso es posible que tenga que afrontar las consecuencias, pero ese no es mi objetivo. ¿De acuerdo?

La expresión de regocijo desapareció instantáneamente del rostro de la teniente.

—¿Qué va a hacer? —le preguntó.

—Tener una segunda conversación con cierto oficial de una estrella —contestó Puller—. Le agradezco la ayuda que me ha prestado, teniente.

Strickland palideció otra vez.

—No irá a decirle a Carson que...

—No se lo diré.

54

—¿Qué diablos está haciendo usted aquí?

Julie Carson no llevaba puesto el uniforme. Vestía unos vaqueros y una camiseta verde y sin mangas, del Ejército, y estaba descalza. Tenía unos brazos bronceados y musculados. Seguramente acudía al gimnasio todos los días y salía a correr a la hora del almuerzo para aprovechar el sol y conservar una figura esbelta, se dijo Puller.

Carson miró fijamente a Puller, que aguardaba de pie al otro lado de la puerta de su piso. Con los zapatos del uniforme de gala medía más o menos un metro noventa y cinco, y la anchura de sus hombros llenaba el umbral.

—Tengo unas cuantas preguntas más que hacerle.

—¿Cómo ha sabido dónde vivo?

—No pretendo insultar su inteligencia, pero soy investigador del Ejército y usted está en el Ejército. Es como consultar la guía telefónica.

—Aun así, no me agrada.

—Tomo nota. ¿Podemos continuar hablando dentro, en privado?

—Ya he hablado con usted.

—Así es, y como digo, tengo unas cuantas preguntas más.

—Estoy ocupada.

—Y yo estoy investigando un asesinato. El de un subordinado suyo.

En eso se abrió una puerta del descansillo y salieron dos jóvenes que se los quedaron mirando.

—Será mejor que entremos, general —observó Puller.

Carson miró a los dos jóvenes y a continuación se echó hacia atrás para dejar entrar a Puller. Después cerró la puerta y lo condujo pasillo adelante. Puller se fijó en lo lujoso del mobiliario, en los óleos de las paredes y en el buen gusto que dominaba en aquel piso situado frente al centro comercial Pentágono, a solo una parada de metro del edificio del mismo nombre.

—Lo tiene cómodo para ir al trabajo desde aquí.

—Así es —respondió Carson en tono cortante.

Se sentaron en el salón. Carson indicó a Puller un sillón tapizado y ella se acomodó en un pequeño diván que había enfrente.

En las paredes colgaban fotografías en las que aparecía la general acompañada de diversos políticos y militares de alta graduación. Cada una de aquellas personas, que en su mayoría eran varones, seguramente le habían servido de gran ayuda a lo largo de su carrera. Puller ya había visto otra foto parecida en su despacho del Pentágono.

—Tiene una casa muy bonita.

—A mí me gusta.

—Yo todavía vivo como si estuviera en la universidad.

—Pues lo siento mucho —repuso Carson, tajante—. Tal vez sea hora de que se haga adulto.

—Tal vez.

—No sé muy bien qué preguntas adicionales puede tener usted.

—Se basan en información nueva.

—¿Qué información nueva? —se burló Carson.

—Una relativa al coronel Reynolds. —Puller calló unos instantes y la perforó con la mirada.

—De acuerdo, estoy esperando. ¿O se supone que debo adivinar?

Puller sacó sin prisas su cuaderno reglamentario y destapó el bolígrafo. Durante todo ese tiempo no dejó de observar a Carson. Vio que la general se fijaba atentamente en sus condecoraciones. Con el uniforme de campaña uno no se ponía condecoraciones ni medallas, en cambio el uniforme de gala las exhibía en todo su esplendor. Y Carson no pudo por menos de sentirse impresionada. Tal como había comentado el SAC, Puller había sido todo un semental en el campo de batalla. Él nunca había concedido mucha importancia a aquellas cintas de colores y a aquellas chapas; lo que él recordaba eran las acciones que había detrás de los premios oficiales. Pero si aquel despliegue de fanfarronadas de los militares servía para captar al atención de una persona durante un interrogatorio, para él valían su peso en oro.

—Ha obtenido usted grandes logros, Puller —dijo la general con reprimida admiración.

—El único logro que persigo en este momento es encontrar a un asesino.

—Pues entonces está perdiendo el tiempo hablando conmigo.

—Yo creo que no.

—Vaya al grano de una vez. Tengo cosas mejores que hacer. Como ya le he dicho, mañana tengo que impartir la sesión informativa.

—Sí, estoy un tanto sorprendido de que no esté todavía en su despacho, cerciorándose de que todo esté perfecto para el cuatro estrellas.

—Ese asunto no es de su incumbencia. Y no olvidemos cuál de los dos posee la estrella. Estoy empezando a perder la paciencia. Y, para que lo sepa, tengo buenos contactos dentro de la CID.

—Estoy seguro. —Puller volvió la mirada hacia las fotografías de la pared y vio al actual director de la CID, que lo miraba de frente—. Y también estoy seguro de que son mejores que los que tengo yo.

—¡Pues entonces vaya al grano!

—Hábleme de lo que le contó el coronel Reynolds que estaba ocurriendo en Virginia Occidental. Concretamente, lo que lo tenía preocupado.

Carson lo miró con expresión de desconcierto.

—Ya le he dicho que Reynolds no me contó nada que estuviera ocurriendo en Virginia Occidental.

—Ya lo sé, lo tengo anotado en mi cuaderno. Solo he querido darle la oportunidad de corregirlo antes de que se vuelva permanente.

Los dos se miraron fijamente el uno al otro.

—No me gusta lo que pretende insinuar —dijo Carson.

—Y a mí no me gusta que me mientan.

—Está pasándose de la raya.

—Lo que pasa de la raya es proporcionarme información falsa para que me resulte mucho más difícil encontrar al asesino de Reynolds.

—¿Quién le ha dicho que yo sé algo a ese respecto?

—Soy investigador. Mi trabajo consiste en averiguar cosas.

—Si hay gente que va por ahí diciendo cosas falsas sobre mí, tengo todo el derecho de saberlo.

—Si es que son falsas. Pero si son ciertas, no.

Carson se cruzó de brazos y se reclinó en su asiento.

Puller se dio cuenta. Antes, su postura era agresiva: manos en las rodillas, torso inclinado hacia delante, estaba deseosa de decir la verdad y acabar con aquello. Pero ahora la situación había cambiado.

Carson debió de percibir dicha evaluación, porque dijo:

—Puller, yo contribuí a la revisión del manual de técnicas de interrogatorio, de manera que ahórrese la vergüenza de intentar interpretar mis actitudes.

—¿Quiere decir que mejoró las técnicas de interrogatorio?

—Usted sabe tan bien como yo que el Ejército se adhiere a la Convención de Ginebra.

—Sí, señora.

Pero Carson se apartó aún más y no estableció contacto visual directo. Puller decidió aprovecharse un poco más de aquella ventaja:

—¿Reynolds era buen soldado?

—Sí, lo era. Ya se lo he dicho.

—¿Y los buenos soldados siguen la cadena de mando?

—Sí.

—O sea que si yo le dijera que Reynolds habló de sus preocupaciones con otra persona, parece probable, digo yo, que también hubiera hablado de ello con su inmediato superior, es decir, usted. Reynolds poseía un águila, usted posee una estrella, tal como me ha señalado con toda claridad.

Carson cruzó las piernas y bajó ligeramente la barbilla.

—No sé qué decirle.

—A mí me parece que sí lo sabe. Bastará con que me diga la verdad.

—Puedo hacer que le metan en la cárcel por decir algo así.

—Pero no lo hará.

—¿Por qué? ¿Por respeto a su padre? Su padre hace mucho que rompió filas, Puller, así que no intente presionarme con eso, me da igual que sea una leyenda o que no.

—No estaba pensando en mi padre.

—Ya lo creo que sí. Ha puesto una cara de póquer que deja mucho que desear.

Puller prosiguió como si no la hubiera oído.

—Lo cierto es que estaba pensando en esa estrella que lleva en el hombro.

El semblante de Carson se endureció aún más. Dio la impresión de que estaba a punto de abalanzarse sobre Puller y agredirlo. Pero un interrogador tan avezado como él advirtió que por debajo de aquella dura coraza había una mujer que empezaba a tener miedo.

—¿Por qué? —preguntó Carson—. ¿Está pensando en arrancármela? Pues no se moleste. Me he partido el espinazo para conseguirla, me la he ganado.

—Lo cierto, señora, es que estaba pensando que tiene usted unos hombros lo bastante anchos para lucir esa estrella y, probablemente, como mínimo otra más.

Quedó patente que aquella táctica la había sorprendido. Descruzó los brazos y las piernas y se irguió en su asiento mirando el cuaderno de Puller.

Puller correspondió a su sutil gesto diciendo:

—Todo esto constará en el informe como si se hubiera dicho en la entrevista inicial que hemos tenido en el Pentágono.

—Francamente, no lo consideraba a usted capaz de emplear tales sutilezas, Puller.

—Como seguramente le ocurre a la mayoría de la gente.

Carson bajó la vista y se retorció los dedos, nerviosa. Cuando volvió a mirar a Puller, dijo:

—¿Le apetece salir a tomar un café? Me gustaría respirar un poco de aire fresco.

Puller se levantó.

—Invito yo.

—No —replicó Carson a toda prisa—. Quiero pagar yo, soldado.

55

En aquel sector de Arlington había un millón de sitios para tomar café a los que se podía ir andando. Puller y Carson pasaron frente a varios de ellos, pero todos estaban abarrotados de adolescentes que parloteaban aferrados a sus *smartphones* y a sus ordenadores portátiles. Dejaron atrás todos aquellos locales concurridos y entraron en uno que se encontraba más apartado y en el que no había más clientes que ellos dos. La humedad había desaparecido y el aire se notaba limpio y refrescante. Tomaron asiento al lado de una ventana abierta.

Puller bebió un sorbo de su taza, después la dejó sobre la mesa y observó a Carson.

Antes de salir de casa se había puesto una camiseta blanca de manga larga y unas deportivas. Tenía arrugas alrededor de los ojos, unas patas de gallo más acentuadas que las de una mujer que no fuera militar. Era el precio que había que pagar por dirigir a personas que portaban armas. Su cabello rubio destacaba en vivo contraste con su bronceado. Era bastante atractiva y lucía una excelente forma física, y se notaba por su actitud que era muy consciente de ambas cosas. Puller sabía que tenía cuarenta y dos años y que se había dejado la piel trabajando para conseguir aquella única estrella. Él no abrigaba el menor deseo de truncar su carrera; todo el mundo tenía derecho a cometer algún error en su profesión, y probablemente este iba a ser el que cometiera ella.

—Le queda muy bien el uniforme verde de gala —dijo Carson en voz queda—. ¿Se debe a alguna ocasión especial?

—He estado en el Club del Ejército y de la Marina. Un pequeño acto.

Carson asintió y bebió un sorbo de café.

—Matt me llamó hará unas cuatro semanas —dijo a toda prisa, como si quisiera quitarse el tema de encima. Pero no miró a Puller, mantuvo la vista fija en el tablero de la mesa.

—¿Y qué le dijo?

—Que había tropezado con algo. Ese fue el término que empleó: «tropezado». No estaba planeado. Y desde luego yo no lo envié allí a desempeñar ninguna misión. Él iba y venía para estar con su mujer y con sus hijos. La llamada que me hizo fue algo totalmente inesperado.

—Está bien. —Puller tomó otro sorbo de café y volvió a dejar la taza.

—Había conocido a una persona que estaba metida en algo. Corrijo, había conocido a una persona que había descubierto algo.

—¿Quién y qué?

—Desconozco el quién.

—¿Cómo conoció a esa persona?

—De manera accidental, creo. Sea como fuere, no fue algo planeado.

—¿Y conoce el qué?

—Se trataba de algo gordo, fuera lo que fuese. Matt lo consideraba tan grave que existía la posibilidad de que tuviéramos que ponerlo en conocimiento de alguien de los nuestros.

—¿Y por qué no lo hizo usted?

—Porque no tenía suficiente información —respondió Carson hablando de forma precipitada—. No quise lanzar una andanada y que acabara estallándome en la cara. Aquello se salía totalmente de mi misión, no correspondía a mi jurisdicción. Ni siquiera creo que tuviera nada que ver con el entorno militar. Estaba moviéndome en un terreno en el que no hacía pie, Puller, tiene que entenderlo. No podía controlar el flujo de información y no tenía modo de verificarla. Ni Matt tampoco. Él dependía de personas a las que no conocía.

—Aun así, podría haber acudido a la policía. O decir a Reynolds que acudiera él.

—¿Y qué iba a decirles? Matt tampoco contaba con información suficiente, por lo menos según lo que me contó a mí. En gran medida eran suposiciones.

—¿Pensaba él que aquella persona podía estar trabajando de forma encubierta?

—¿De forma encubierta? —repitió Carson, sinceramente sorprendida—. ¿Se refiere a que pudiera ser policía?

—En ocasiones los civiles actúan de forma encubierta por su cuenta.

—¿Con qué frecuencia? —replicó Carson en tono escéptico.

—Con una sola vez basta.

—Pues Matt en ningún momento mencionó nada parecido.

—¿Y qué le ordenó usted que hiciera? ¿Que llevara un seguimiento? ¿Que viera qué conseguía averiguar? ¿Pensó usted que esto podía representar una oportunidad para ascender en su carrera profesional, que era algo que se salía del trabajo habitual?

—Expresa usted las cosas de forma bastante directa, pero tiene razón. Lo siguiente que supe fue que había muerto. Que había muerto toda su familia: esposa, hijos... todos. —Empezaron a temblarle los labios. Cuando quiso levantar la taza de café, le tembló tanto la mano que derramó el líquido.

Puller le quitó la taza, la depositó sobre la mesa, limpió el café derramado con la servilleta y le cogió la otra mano.

—Mire, señora, es posible que en este asunto no haya usted procedido de la manera más acertada, pero no hay nadie que acierte siempre. Y sé perfectamente que en ningún momento fue su intención que sucediera nada de esto.

Carson le dirigió una mirada rápida, y con la misma brusquedad desvió el rostro. Se volvió hacia un lado y utilizó otra servilleta para secarse los ojos. Puller aguardó a que recuperase el dominio de sí misma y se volviera de nuevo hacia él.

—Discúlpeme, Puller —dijo—. Se supone que los generales no lloramos.

—Pues yo los he visto deshacerse en lágrimas ante los cadáveres de sus hombres.

Carson esbozó una sonrisa de resignación.

—Estaba hablando de las mujeres generales.

—Está bien. Cuando se enteró de lo que les había ocurrido a los Reynolds, ¿qué hizo?

—Francamente, me entró el pánico. Y cuando me calmé, lo único en que pensaba era en que aquel asunto pudiera salpicarme a mí. Ya sé que esto no transmite muy buena imagen de mi persona, pero es la verdad.

—¿Y calculó que el asesinato del jefe del departamento J23 generaría tanto interés? Usted sabía que habría muchas maniobras de puertas para dentro en las jerarquías situadas muy por encima de usted y de mí. Y tal vez dejó caer unas cuantas insinuaciones en el sentido de que, hasta que se supiera con seguridad qué había detrás de todo ello, era mejor destinar a un solo agente de la CID y tratar el caso como si fuera la investigación de un homicidio normal. ¿Ve de qué forma fue encajando todo?

—No estoy segura de que mi plan fuera tan refinado. Pero nada más hablar comprendí que el tema saldría a la luz de todas formas y me dejaría a mí en muy mal lugar. Es algo que me tiene preocupada desde entonces.

—Lo entiendo. Pero es posible que estuviera más cerca de lo que cree de la verdad. ¿Dice que Reynolds se tropezó con ese asunto de forma accidental?

—Sí. Matt me dijo también que, en su opinión, podía tener implicaciones para la seguridad nacional. Eso me lo dijo literalmente. Yo no tenía modo de verificarlo, pero sé que él estaba convencido.

—¿Ha estado alguna vez en Drake, Virginia Occidental?

Carson negó con un gesto de cabeza.

—Bueno, no es lo que se dice un núcleo terrorista, si es de lo que estamos hablando.

—Lo único que puedo decirle a usted es lo que me dijo Matt a mí.

—Me parece justo. Y alguien lo mató precisamente por eso.

Mientras Carson se miraba las manos con tristeza, Puller reflexionó unos instantes.

—No se castigue demasiado, señora. Lo único que pretendió usted fue ver si podía hacer algo para ayudar a este país.

—Hay que llamar a las cosas por su nombre, Puller. Pensé que aquello me vendría bien para conseguir la segunda estrella. Fui egoísta y miope. Y ahora han muerto cuatro personas que no deberían haber muerto.

«Siete», pensó Puller. «Lo cierto es que han muerto siete.»

—En fin. ¿Se le ocurre alguna otra cosa que pueda serme de utilidad?

—Matt dijo que lo que fuera a suceder sucedería pronto.

—¿Pronto porque tenían miedo de quedar al descubierto? ¿O pronto porque el plan ya llevaba un tiempo en marcha y había llegado el momento de ejecutarlo?

—Probablemente ambas cosas, teniendo en cuenta que consideraron necesario matar a Matt y a su familia.

—Me sorprende que Reynolds no le proporcionara más detalles.

—¿No dejó ninguna prueba de quién podía ser aquella persona? —preguntó Carson—. ¿Está seguro?

—No hemos hallado gran cosa de nada. Pensamos que pueda tener algo que ver un análisis que se realizó del suelo.

Carson lo miró con expresión de desconcierto.

—¿Un análisis del suelo?

Puller asintió.

—De hecho, es posible que los asesinos regresaran a buscarlo, de manera que debía de ser importante. ¿Le suena a usted de algo?

—Bueno, es cierto que Matt me dijo que este asunto podía tener implicaciones de mayor alcance.

—¿Pero no le dijo en qué sentido?

—No. Ojalá le hubiera presionado para que me facilitara más detalles. Pero es que por nada del mundo pensé que esto pudiera acabar así. Supongo que debería haberlo pensado. El Ejército nos enseña a estar preparados para cualquier contingencia.

—Somos humanos, y por lo tanto no somos perfectos.

—El Ejército espera que seamos perfectos —replicó Carson.

—No, lo único que espera es que seamos mejores que el adversario.

Carson miró el cuaderno.

—¿Qué va a decir en el informe?

—Que usted se mostró muy colaboradora y me proporcionó una información muy valiosa.

—Le debo una, Puller. Estaba equivocada con usted.

—No, seguramente me caló acertadamente. Pero tenía que afinar un poco más la puntería.

—Luchar por conseguir una estrella siendo mujer la condena a una a llevar una existencia solitaria.

—Usted está rodeada de una gran familia. Se llama Ejército de Estados Unidos.

Carson sonrió débilmente.

—Sí, supongo que sí. Cuando esto acabe, llámeme. Quizá podamos tomar una copa.

—Quizá —contestó Puller al tiempo que cerraba el cuaderno y salía del local.

De camino a su coche consultó el reloj. Le quedaba una parada más, y después podría regresar a Virginia Occidental tomando un vuelo que saliera por la mañana.

Por desgracia, lo más seguro era que no pudiera llevar a cabo dicho plan.

Porque lo habían rodeado cuatro individuos.

56

—¿John Puller?

Los cuatro hombres habían aparecido de improviso en el aparcamiento, cerca de su coche. Reparó en los dos monovolúmenes negros que aguardaban en las inmediaciones.

—¿Qué es lo que quiere de mí Seguridad Nacional?

El jefe del grupo, un individuo menudo y fibroso, de cabello oscuro y rizado y con una frente surcada de profundas arrugas, respondió:

—¿Cómo sabe que somos de Seguridad Nacional?

Puller señaló la cintura de uno de ellos.

—Su compañero lleva una SIG del nueve. —Después señaló a otro—. Y ese lleva una SIG del cuarenta. Seguridad Nacional es uno de los pocos organismos que permiten que su gente mezcle armas distintas. A eso hay que añadir que llevan ustedes una insignia de DHS en la solapa. Y la última pista es que uno de sus coches luce una pegatina igual.

El otro miró alrededor y después sonrió.

—Tiene buen ojo. ¿Quiere que de todas formas le enseñemos nuestra identificación?

—Sí. Y yo les enseñaré la mía. Soy de la CID del Ejército.

—Sí, ya lo sé.

—Ya sé que lo sabe.

—Necesitamos que nos acompañe.

—¿Adónde y por qué?

—El porqué se lo explicarán otras personas. El dónde no está demasiado lejos.

—No tengo más remedio, ¿no?

—La verdad es que no.

Puller se encogió de hombros.

—Pues entonces vámonos.

El trayecto duró diez minutos. Entraron en otro aparcamiento, bajaron dos plantas, dejaron los vehículos y tomaron un ascensor para subir cinco pisos. Condujeron a Puller por un pasillo en el que todas y cada una de las puertas estaban cerradas y bloqueadas con llave y cerrojo. No había nada que indicase que aquello era un edificio federal, lo cual Puller sabía que no resultaba tan infrecuente. El Departamento de Seguridad Nacional, en particular, prefería que todos los edificios que tenía repartidos por el país presentaran el mismo aspecto de normalidad. Pero para una persona que supiera lo que tenía que buscar, aquel sitio decía a gritos que pertenecía al gobierno federal. La moqueta y las paredes eran del típico color beis de la administración, y las puertas eran metálicas. Puller sabía que el gobierno gastaba mucho dinero, pero no en el acabado de sus edificios de oficinas.

Lo hicieron entrar en una sala y lo dejaron allí dentro, sentado ante una mesa pequeña, con la puerta cerrada con llave por fuera. Contó mentalmente cinco minutos, y ya estaba empezando a pensar si no se habrían olvidado de él cuando de repente se abrió la puerta.

El individuo que entró tendría unos cincuenta años y se movía con la seriedad y el porte propios de quien ha desarrollado una prolongada carrera en un terreno que no tiene nada que ver con pasarse el día entre papeles y grapas. Llevaba una carpeta en la mano. Tomó asiento. Rebuscó unos instantes entre los papeles de la carpeta y por fin saludó a Puller levantando la vista hacia él.

—¿Le apetece tomar algo? —le preguntó—. Tenemos café, aunque es bastante malo. Tenemos agua, pero del grifo. El año pasado nos retiraron del presupuesto la partida para comprar agua mineral. Qué asco de recortes. Lo próximo que nos quitarán será la pistola.

—Estoy bien así. —Puller miró la carpeta—. ¿Eso tiene que ver conmigo?

—En sí mismo, no. —Tamborileó con los dedos sobre los papeles—. A propósito, me llamo Joe Mason —se presentó, extendiendo la mano para chocarla con Puller.

—John Puller.

—Ya lo he imaginado —repuso Mason a la vez que jugueteaba con la cutícula de un dedo—. ¿Cómo van las cosas en Virginia Occidental?

—Ya me estaba imaginando que iba de eso la cosa. No muy bien del todo, la verdad. Supongo que le habrán informado...

—Si lo desea, puede llamar a su SAC. Don White es un buen tipo.

—Llamaré a mi SAC.

Mason sacó su teléfono.

—Es mejor que cumplamos cuanto antes con todos los requisitos de rutina para poder pasar a temas más importantes. Llámelo ahora.

Puller realizó la llamada. Don White le dio los detalles respecto de Joe Mason, Seguridad Nacional, y le dijo que colaborase.

Puller devolvió el teléfono a Mason y miró otra vez la carpeta.

—¿Así que ahora es necesario que me informen a mí?

—Yo estaba pensando exactamente eso mismo, Puller.

—¿Y ya ha tomado una decisión?

—Todo lo que he podido recopilar acerca de usted me indica que es un fenómeno. Patriótico hasta la médula. Más tenaz que un bulldog, consigue todo lo que se propone.

Puller no dijo nada, se limitó a mirar a Mason. Quería que continuara hablando, para él poder escuchar.

—Tenemos un problema —prosiguió Mason—. Suena cursi, ¿verdad? Tenemos un problema. Sea como sea, la cosa es que no sabemos en qué consiste dicho problema. —Levantó la vista de la carpeta—. ¿Puede usted echarnos una mano?

—¿Por eso ha mostrado tanto interés por este caso el secretario para el Ejército? ¿Por qué me han enviado inicialmente a mí solo?

—El secretario para el Ejército tiene interés por este caso porque lo tenemos nosotros. Y aunque usted sea la única persona visible, hay más efectivos desplegados. Y no solo de Seguridad Nacional.

—Tenía entendido que a la DIA no le interesaba.

—Pues yo discreparía de esa afirmación.

—¿Está metido el FBI?

—El FBI está metido en todo, nos guste o no. No obstante, dado que no es nuestro deseo abrumarlo con siglas, me han elegido a mí para comunicarnos con usted.

—Bien, existe un problema, solo que no saben cuál. Yo pensaba que Seguridad Nacional tendría algo más que hacer que ocuparse de cosas así.

—Coincido con usted, salvo en un detalle.

—¿En cuál?

—Un fragmento de conversación que captó la NSA hace dos días. ¿Adivina de dónde procedía?

—De Drake, Virginia Occidental.

—Exacto.

—Pensaba que la NSA solo podía espiar las conversaciones extranjeras, que no podía espiar las conversaciones de los americanos ni leer nuestros mensajes SMS ni nuestros correos electrónicos.

—Y así es, hasta cierto punto.

—¿Qué decía esa conversación?

—Bueno, empleó un idioma que no cabría esperar en la zona rural de Virginia Occidental.

Al ver que Mason no le decía de qué se trataba, Puller se irritó ligeramente.

—¿Era de Nueva Jersey? ¿Del Bronx?

—Pruebe otra vez, y apunte más hacia el este.

—¿Árabe?

—Dari. Como usted sabe, es uno de los dialectos que más se hablan en Afganistán.

—Efectivamente, lo sé bien. Así que Afganistán. ¿Lo han traducido?

—Sí. Dice lo siguiente: «Se acerca la hora.» Y luego añade que todo el mundo tiene que prepararse, y que la justicia será suya.

—¿Y ustedes han interpretado que eso alude a un ataque contra Estados Unidos?

—Me pagan para que piense eso, Puller. Y también para que lo impida.

—¿Por qué era tan especial esa conversación? La gente está todo el tiempo diciendo estupideces que no llevan a ninguna parte. Incluso hablando en dari.

—No era un diálogo transparente. Estaba encriptado. Y no lo habían encriptado empleando un bonito algoritmo informático, sino una clave. Una clave que mi gente me dice que era muy utilizada por el antiguo KGB antes de que finalizara la Guerra Fría. Ahora sabemos también que los talibanes han empezado a usar claves antiguas del KGB para comunicarse con células implantadas. Supongo que hemos de remontarnos a la época en que circulaban por allí los tanques del Ejército Rojo.

—Talibanes que utilizan una clave del KGB en dialecto dari en una conversación procedente de Virginia Occidental. Eso sí que es diversidad. ¿Pero la han descifrado?

—Obviamente, de lo contrario no estaría yo aquí sentado hablando con usted. Lo irónico es que ahora están volviendo a ponerse de moda las claves antiguas, porque nos hemos hecho expertos en descifrar el encriptado hecho por ordenador. En resumidas cuentas, esto nos ha puesto en alerta.

—Yo no he visto si un solo turbante en Drake. Lo único que he visto han sido unos cuantos americanos orgullosos de serlo, con el cuello un poco manchado de rojo. ¿Cómo pueden estar seguros de que ese plan va a ejecutarse en Drake? Los terroristas podrían estar escondidos en ese pueblo y el objetivo podría estar en otra parte.

—En la conversación había otros componentes que nos han llevado al convencimiento de que el objetivo se encuentra como mínimo en las inmediaciones de Drake.

Puller se reclinó en la silla y reflexionó durante unos momentos.

—Bueno, en Drake hay una gigantesca cúpula de hormigón que utilizó el gobierno para operaciones secretas en los años sesenta. Puede que ese sea un buen sitio por el que empezar. De hecho, es lo único que hay allí que se sale de lo normal. Aparte de unos cuantos cadáveres.

—Ojalá fuera así de fácil. —Mason sacó un fajo de papeles de la carpeta y se los pasó a Puller diciendo—: Hemos investigado para qué se utilizó esa cúpula. Y lo cierto es que no nos ayuda nada.

Puller examinó rápidamente los papeles. Se trataba de un documento clasificado que él tenía autorización para leer, y databa de la década de 1970.

—¿Allí dentro fabricaban componentes para bombas? —preguntó.

—Componentes clave. No la parte explosiva de la bomba. Esa cúpula de hormigón se construyó porque parte del material que se manipulaba era radiactivo. En aquella época el Departamento de Defensa tenía dinero de sobra, y no existía ninguna ley que protegiera el medio ambiente. Así que en vez de hacer una limpieza de aquel lugar, el Ejército se limitó a taparlo.

—¿Representa una amenaza?

—¿Para el medio ambiente? ¿Y quién diablos lo sabe? Puede. Pero nuestra preocupación no es esa. El informe deja muy claro que todos los materiales y los equipos fueron retirados. Y nadie va a ponerse a perforar una pared de hormigón de un metro de grosor para ver si el contador Geiger se vuelve loco.

—¿Y si alguien la hiciera volar por los aires y liberase la radiactividad, si es que queda algún resto?

—Venga, Puller. Se necesitaría una montaña de explosivos y un número enorme de efectivos sobre el terreno, y no hay forma de saber si allí dentro hay algo que merezca la pena tanto esfuerzo. De modo que si liberan un poco de radiactividad al aire de Drake, ¿que más da? —Mason se recostó en la silla—. No. La respuesta tiene que estar en otra parte.

Puller le devolvió los papeles.

—Muy bien. ¿Qué más?

—Sabemos que ha hablado con la general Carson.

—Se ha mostrado colaboradora.

—Reynolds sabía algo, por eso lo asesinaron. Había descubierto algo que estaba ocurriendo allí.

—Acabo de enterarme de eso. Si ustedes lo sabían desde hace tiempo, me habría sido muy útil que me hubieran informado.

—Para mí, Drake no existía hasta que desciframos esa transmisión. Cosa que solo hace dos días que ha sucedido. Seguramente nos lleva usted bastante ventaja.

—Porque ustedes no están en Drake. Dejaron el asunto en mis manos y en las de unos cuantos policías de allí. Anteayer hacía muy poco tiempo que se habían cometido los asesinatos. Ambas cosas tienen que estar relacionadas. Podrían haber enviado a un equipo. ¿Por qué no lo hicieron?

—Preguntas difíciles que tienen respuestas difíciles.

—Estoy acostumbrado a las dos cosas.

Mason sonrió.

—Ya me lo imagino. Ser soldado es mucho más complicado de lo que parece.

—Lo de ser soldado es fácil, en comparación con toda la otra mierda. Para disparar un arma en línea recta, lo único que se necesita es práctica. Pero no hay ninguna práctica en el mundo que lo prepare a uno para los jueguecitos que tienen lugar en la trastienda. —Hizo una pausa—. ¿Usted ha estado en el Ejército? Porque tiene pinta.

—Estuve en los marines, pero no terminé. Me salí, fui a la universidad, y de todas formas acabé empuñando un arma para el Tío Sam. Solo que en lugar del uniforme, llevo un traje.

—Los marines me han cubierto a mí las espaldas muchas veces.

—Y estoy seguro de que usted ha hecho lo mismo por ellos. Pero volviendo a su pregunta, aquí la opinión mayoritaria es que hay que dejar que esto evolucione un poco más. Si mandamos la artillería pesada, ahuyentaremos a esa gente.

—Tal vez no sea tan mala idea ahuyentarlos. Sobre todo si están planeando un segundo Once de Septiembre. Pero no entiendo por qué iban a escoger Drake después de haber atacado la Gran Manzana. Los daños potenciales no son los mismos.

—Por eso estamos preocupados. Y si entráramos a saco con todo el arsenal, suponemos que se dispersarían, se reagruparían y atacarían en otro sitio igual de insospechado, y no volverían a cometer el error que han cometido con esa transmisión. Nos tiene preocupados que hayan escogido ese lugar del mapa, Puller. No es un objetivo tradicional, no tiene poder de reverberación. Si se ataca un aeropuerto, un centro comercial o una estación de tren, al instante se cerrarán los del país entero.

—En cambio, si se ataca un pueblo insignificante, no se obtiene el mismo resultado.

—Lo cual quiere decir que ellos saben algo que nosotros desconocemos. Esto no se encuentra dentro de nuestro mapa táctico ni estratégico. Carecemos de un manual que seguir al pie de la letra. Francamente, los asustados somos más bien nosotros.

—Su estrategia podría equivaler a jugar con la vida de los habitantes de Drake.

—Sí, así es.

—Pero como son tan pocos, y como la mayoría de ellos son más pobres que una rata, supongo que no pasa nada.

—Yo no diría tanto. Pobres o no, siguen siendo americanos.

—¿Y si estuviéramos hablando de la Gran Manzana, o de Houston, o de Atlanta, o de Washington?

—Cada situación es distinta, Puller.

—Cuanto más diferentes son las cosas, más se parecen.

—He aquí un soldado que también es un filósofo. Estoy impresionado. Pero, en serio, yo no deseo que mueran ciudadanos inocentes. Pero es difícil. Desde luego, si se tratara de Nueva York, Chicago o Los Ángeles, y por supuesto Washington, tenga por seguro que acudiríamos con todo el arsenal.

—¿Así que Drake es un experimento para estudiar nuevas tácticas?

—Drake es una oportunidad.

—De acuerdo, Reynolds era un militar y quizás eso fuera suficiente para convertirlo en un objetivo. ¿Pero qué me dice de Molly Bitner y Eric Treadwell?

—Los que vivían en la casa de enfrente, ya.

—¿Podría ser que uno de ellos fuera la persona con la que «se tropezó» Reynolds? Porque ese es el término que empleó Reynolds.

—¿Qué le hace decir eso? —preguntó Mason.

—Por lo que puedo deducir, la familia Reynolds nunca fue a otro sitio que no fuera la residencia geriátrica o el hospital, que ni siquiera se encuentra en Drake. Las únicas personas con las que por lógica tuvieron que entrar en contacto eran los vecinos de su calle. Obviamente, mi foco de atención son los únicos vecinos que acabaron también asesinados.

—Ya veo adónde pretende llegar, y me gusta su punto de vista. No tenemos nada concreto respecto de ninguno de ellos, pero aun así podrían constituir una pista prometedora.

—Bien, ¿y qué es lo que quieren de mí?

—Que haga lo que ha estado haciendo hasta ahora. Que continúe indagando. Lo único que cambiará será que me informará directamente a mí, en vez de a su SAC. Será usted nuestros ojos, Puller. —Mason se puso de pie—. Sé que está deseando regresar.

—Tenía pensado pasarme por la casa que tenían los Reynolds en Fairfax City, a echar un vistazo.

—Ya lo hemos echado nosotros. No había nada, como le podrá confirmar su SAC. Pero si quiere hacer una visita, puede usted hacerla.

Puller no titubeó.

—Prefiero ver la casa por mí mismo.

—Estaba bastante seguro de que diría eso. Tiene total acceso. Puede ir cuando salga de aquí, si quiere.

—Gracias.

—Ahora que ya hemos terminado con los preliminares, cuénteme qué tal va la investigación.

Puller le ofreció la versión condensada. Mason hizo un gesto de asombro cuando mencionó que seguramente habían grabado en vídeo a la familia Reynolds.

—Eso suena a amenaza —comentó.

—Así es —coincidió Puller.

Al llegar a la parte del análisis del suelo, Mason lo interrumpió.

—Me gustaría ver ese informe.

—Bien, señor.

—¿Por qué un análisis del suelo?

—Debía de ser importante por algún motivo.

—¿Y no sabemos de qué zona se tomó la muestra?

—No.

—Cuando termine la visita a la casa de Reynolds, tiene que regresar a Drake. Le prestaría un avión de Seguridad Nacional, pero no sé quién podría estar observándonos. En estos momentos no hay muchas personas de las que me fíe.

—No es problema. Regresaré del mismo modo que he venido.

Cuando ya bajaban por el pasillo, Mason dijo:

—Samantha Cole, ¿es un activo o un pasivo?

—Un activo.

—Bueno es saberlo.

—¿Qué le dice su instinto acerca de todo esto?

Mason mantuvo la vista fija al frente.

—Que conseguirá que mucha gente se olvide del 11/S.

Acto seguido Mason dobló a la izquierda para tomar otro pasillo, y Puller siguió en línea recta. En aquel preciso momento, era la única dirección en que podía continuar.

57

Puller fue en su coche directamente al domicilio de los Reynolds, situado en Fairfax City. Se hallaba en un barrio más antiguo, formado por viviendas modestas. Seguramente Reynolds había sido trasladado varias veces de un sitio a otro dentro de la zona de Washington a lo largo de su carrera militar. Para aquellos que tuvieran que vender su casa en un momento bajo del mercado inmobiliario y volver a comprar en uno de subida de los precios, dichos traslados representaban un alto coste económico. Puller desconocía cuál era la situación particular de Reynolds, pero llegó a la conclusión de que seguramente estaría deseando ganar un sueldo mejor en el sector privado y así compensar todos los años en los que había cobrado menos de lo que merecía sirviendo a su país.

Dos horas más tarde estaba sentado en el cuarto de estar de la casa, sosteniendo en las manos protegidas con guantes una fotografía de la familia Reynolds. Aunque Seguridad Nacional ya hubiera procesado aquel domicilio, él nunca incumplía los procedimientos de la escena del crimen.

En la foto se veía a los Reynolds felices, normales, vivos. Ahora ya no eran ninguna de aquellas cosas. Se había fijado en que en la habitación del chico había material de béisbol, y en la de la chica había visto carteles de natación y de tenis. También había fotos de Matt y Stacey tomadas durante diversos eventos militares. Y durante las vacaciones. Navegando, haciendo paracaidismo, nadando con delfines. Y otras fotos de sus hijos en pistas de tenis y canchas de baloncesto. La hija con su vestido del baile del instituto. El hijo cuando todavía gateaba, abrazado a su padre de uniforme. Resultaba fácil verles la expresión que revelaba el rostro de todos: el padre había sido destinado al frente.

El hijo no estaba nada contento. Abrazaba a su padre con fuerza, intentando evitar que se marchara.

Puller volvió a dejar la foto en su sitio. Al salir cerró la puerta con llave. Permaneció un rato sentado dentro del coche, contemplando la casa. Ya no quedaba nadie que fuera a vivir en ella. La sacarían al mercado, se vendería, las pertenencias se dispersarían, y los Reynolds vivirían tan solo en el recuerdo de sus familiares y sus amigos.

«Y en el mío.»

Seguidamente fue a su apartamento y preparó un petate con ropa limpia. Ya se había hecho bastante tarde. Dedicó unos minutos al gato mientras reflexionaba sobre todo lo que había sucedido aquella noche. Había cambiado el vuelo de regreso a Charleston por otro que salía a la mañana siguiente, ya que había perdido el último vuelo directo del día.

Carson tenía más razón de lo que creía, y también estaba más equivocada de lo que creía. Sí que estaba sucediendo algo gordo. En cambio pensaba que Reynolds y ella eran los únicos que estaban al tanto en el lado federal. Y eso era incorrecto. Creía que lo había estropeado todo al no dar parte a las autoridades. Obviamente, las autoridades ya se habían enterado, si bien después de que muriera Reynolds. El hecho de que hubieran masacrado a la familia Reynolds no le inspiró a Puller mucha confianza respecto de que Seguridad Nacional fuera capaz de cubrirle las espaldas si se diera la necesidad. Pero, a juzgar por la conversación que había tenido con Mason, seguirían sin saber nada.

Mientras rascaba a *Desertor* detrás de las orejas, sus pensamientos divagaron hacia Sam Cole. ¿Cuánto podría decirle de todo aquello, si es que podía decirle algo? La respuesta oficial era sencilla: Poco o nada. La respuesta no oficial era mucho más complicada. No le gustaba poner en peligro a una persona sin explicarle las cosas tal como eran. En fin, tenía por delante un vuelo corto y después un trayecto largo en coche para pensarlo.

Consultó el reloj. Lo tenía organizado de antemano. No le había quedado otro remedio, de lo contrario no podría ser.

Realizó la llamada. Habló con varias personas y dio las respuestas apropiadas. Por último, surgió al otro lado de la línea una voz familiar.

—Me sorprendí cuando me dijeron que habías solicitado una llamada para esta noche —dijo Robert Puller.

—Quería ponerme al día.

—Es tarde en la Costa Este.

—Así es.

—Esta llamada la controlan —dijo su hermano—. Hay gente escuchando. —Luego cambió la voz y adoptó un tono grave—. ¿Nos oye con claridad, señor vigilante? Si no, nos encantaría hablar libremente mientras planeamos destruir el mundo.

—Déjalo ya, Bobby, podrían cortar la comunicación.

—Podrían, pero no lo harán. ¿Qué otra cosa tienen que hacer?

—Le he visto.

Para los hermanos Puller, aquello no constituía ninguna sutil palabra en clave. En su vida solo había un «le».

—Vale. ¿Y cómo está? —El tono de voz de Robert se había tornado serio de repente.

—No muy bien, la verdad. Está empezando a perder la cabeza.

—¿Hablando de los oficiales?

—Sí. Exacto.

—¿Y por lo demás?

—Se encuentra bien. Llegará a los cien años.

—¿Qué más?

—Se queja mucho.

—¿De quién?

—Busca culpables. Entre los oficiales, cree él. Pero su trayectoria está destrozada.

A Puller le daba igual que los vigilantes se dieran cuenta de que estaban hablando de su padre. A no ser que la conversación se considerase que rozaba lo delictivo o lo impropio, aquella llamada era confidencial. Además, una carrera militar podía acabar recortada y hasta destruida si se demostraba que se había divulgado una parte cualquiera de la conversación de un recluso sin la debida autorización, sobre todo cuando al otro extremo de la línea había un veterano de combate lleno de condecoraciones.

—Es lo que cabía imaginar —dijo Robert.

—Sí —repuso Puller.

—¿De verdad está convencido? Porque ya hace mucho que se le pasó el momento.

—En su mente, no.

Puller oyó a su hermano exhalar un largo suspiro.

—He estado pensando si debía o no contártelo —dijo.

—¿Como si diera igual?

—Algo así. Quizá no debería habértelo contado.

—No, no, sí que debías, hermanito. Y te lo agradezco. —Robert calló unos momentos—. ¿Estás trabajando en algo interesante?

—Sí y no. Sí estoy, y no puedo hablarte de ello.

—Vale, pues buena suerte. Apuesto todo por ti.

Conversaron por espacio de otros treinta segundos acerca de temas inocuos y luego se despidieron. Al colgar, Puller se quedó mirando el teléfono y se imaginó a su hermano yendo de regreso a su celda. Sin tener nada que hacer, más que esperar al día siguiente, en que lo sacarían de su jaula durante una hora. Esperar la siguiente llamada telefónica de su hermano. O la siguiente visita. Todo quedaba totalmente fuera de su control. No había un solo segmento de su vida en el que tuviera la posibilidad de participar de verdad.

«Yo soy lo único que le queda.

»Y también soy lo único que le queda a mi padre.

»Ayúdame, Dios mío.

»Y a ellos también.»

58

A la mañana siguiente, temprano, el reactor despegó del aeropuerto de Dulles y fue ascendiendo suavemente hacia el cielo. Puller se bebió una botella de agua y pasó la mayor parte del breve vuelo mirando por la ventanilla. Consultó el reloj. Eran casi las 0600. La noche anterior había intentado dormir un poco, pero hasta su entrenamiento militar le falló mientras su cerebro continuaba dando vueltas sin parar, igual de rápido que las turbinas del avión.

El avión aterrizó en Charleston menos de una hora después. Recuperó su Malibu del aparcamiento y llegó a Drake a tiempo para desayunar. Durante el trayecto en coche llamó a Cole, y más tarde se reunió con ella en La Cantina. Se tomó otras dos tazas de café y el desayuno más pantagruélico que ofrecían en aquel restaurante.

La sargento lo contempló mientras él iba haciendo desaparecer las montañas de comida.

—¿No le han dado de comer en la capital? —le preguntó.

Puller se llevó a la boca una porción de huevos con tortitas.

—En este viaje, no. La verdad es que no me acuerdo de la última vez que he comido. A lo mejor fue en el desayuno de ayer.

Cole bebió un sorbo de café, arrancó un pedazo de tostada y se la comió.

—¿Y le ha resultado productivo el viaje?

—Ya lo creo. Tenemos muchas cosas de que hablar. Pero aquí no.

—¿Son importantes?

—Si no lo fueran, no la haría perder el tiempo. ¿Ha habido alguna novedad por aquí?

—Ya he recibido por fax la orden judicial. —Sacó varias hojas de papel—. Y tengo los resultados del análisis del suelo.

Puller dejó el tenedor y miró el papel.

—¿Y?

—Pues que no soy científica.

—Déjeme echar un vistazo.

La sargento le pasó el informe al tiempo que le explicaba:

—Las dos primeras páginas son palabrería jurídica que esencialmente dice que se cubren las espaldas por si el informe fuera erróneo o se hubiera llevado a cabo de manera incorrecta, y que si los resultados llegaran a terminar en un juzgado ellos eluden toda responsabilidad.

—Qué reconfortante —respondió Puller.

Fue directo a la tercera página y comenzó a leer. Al cabo de un minuto dijo:

—Yo tampoco soy científico, pero aunque veo términos como apatita, rutilo, marcasita, galena, esfalerita y otros minerales que no me suenan de nada, también veo que se nombra el uranio, y eso sí que me suena.

—No se emocione. Hay carbón en cincuenta y tres de los cincuenta y cinco condados de Virginia Occidental, y casi siempre, donde hay carbón hay uranio. Pero los niveles de radiactividad son bajos. La gente respira partículas de uranio todo el tiempo y no le pasa nada. Y el número de partículas por millón del uranio que aparece en ese informe indica que es una proporción natural.

—¿Está segura de eso? Ha dicho que no era científica.

—Tan segura como de que el carbón es más una roca que un mineral. Teniendo en cuenta que se forma a partir de restos orgánicos, técnicamente no reúne los requisitos para ser un mineral auténtico. Es un compuesto de otros minerales.

—¿Todos los habitantes de Virginia Occidental saben estas cosas?

—Bueno, todos no, pero sí muchos. ¿Qué cabe esperar de

un estado cuyo mineral oficial es un grumo de carbón bitumi-
noso?

Puller pasó varias páginas del informe.

—¿Sabemos por lo menos de dónde se tomaron las muestras?

—Eso es lo malo, que no lo sabemos. Podrían provenir de
cualquier parte, el informe no especifica el sitio. Imagino que
dieron por sentado que Reynolds sabía dónde había cogido la
muestra.

—Bueno, supuestamente tiene que ser en los alrededores de
Drake, porque no creo que Reynolds se aventurase mucho más
allá.

Cole jugueteaba con un sobrecito de azúcar doblándolo hacia un lado y hacia el otro, hasta que el sobre se rompió y derramó el contenido. Recogió los granos con la mano y los echó en
su taza de café.

—¿Usted cree que Reynolds estaba trabajando en algo que
no tenía que ver con Drake? A lo mejor esas muestras proceden
de Washington.

—No lo creo, sobre todo después de lo que he descubierto
allí.

—Pues entonces, por qué no se da un poco de prisa en terminar de desayunar para que podamos salir de aquí, y así me lo
cuenta todo.

—Está bien, pero tenemos que hacer una parada en la comisaría. Tengo que enviar este informe del suelo a un par de sitios.

Pagaron la cuenta y se subieron al coche patrulla de la sar-
gento, que estaba aparcado fuera. Fueron a la comisaría, y allí
Puller mandó el informe por fax a Joe Mason de Washington y a
Kristen Craig del USACIL, en Georgia.

Cuando regresaron al coche, Cole se volvió hacia él. Iba vestida con el uniforme, y por culpa del cinturón de la pistola dicha
maniobra le resultó más difícil de lo normal, pero se la veía deci-
dida a mirar a Puller de frente.

—Venga, Puller, suéltelo todo, y no se deje nada en el tin-
tero.

—¿Posee alguna autorización de seguridad?

—Ya le dije que no, a no ser que cuente el pequeño certificado que obtuve cuando era policía estatal, y dudo que eso lograse impresionar a los federales.

—Tomo nota. Ahora ya lo sé, pero que conste que lo que voy a contarle seguramente es información clasificada, y que podrían cortarme el pescuezo por habérsela desvelado a usted.

—Tomo nota. No se enterarán por mí.

Puller se volvió hacia la ventanilla del coche.

—Dickie y su amigo el gordo estaban en La Cantina, observándonos.

—Igual que la mitad de los habitantes de Drake —agregó Cole.

—Tenemos que continuar investigando por qué lleva el mismo tatuaje que llevaba Treadwell.

—Sí, efectivamente. Pero en este momento lo único que necesita hacer usted es hablar.

—Arranque. Prefiero que estemos en marcha cuando le cuente lo que le voy a contar. Y tome rumbo este.

—¿Por qué?

—Porque cuando se lo haya contado, es posible que le entren ganas de seguir conduciendo hasta llegar al Atlántico.

59

Puller tardó aproximadamente una hora, pero puso a Cole al corriente de casi todo lo que había descubierto durante su visita a Washington. Le habló del interés que tenía el Departamento de Seguridad Nacional, pero no le dijo que, esencialmente, estaban utilizando el pueblo de Drake a modo de cebo para una célula terrorista que podía estar operando en aquella zona. No se lo dijo porque la sargento, llevada por su sentido del deber, daría la voz de alarma en su localidad, y entonces Mason vería echado por tierra su plan de intentar atrapar a los individuos que estaban comunicándose en dialecto dari codificado. Aun así, se sintió tentado de contárselo.

—Me gustaría haber sabido todo esto hace mucho —se quejó Cole—. ¿Siempre se traen estos jueguecitos entre manos en Washington?

—Para ellos no es ningún juego. Ellos nadan entre dos aguas, y no saben muy bien de quién fiarse.

—Yo duraría allí cinco segundos. No se me da bien jugar con las personas.

—Puede que se sorprendiera.

—No, puede que le pegara un tiro a alguien. Bueno, ¿adónde vamos ahora?

—A la escena del crimen. Cuando venía en el avión se me ha ocurrido una idea.

Lan Monroe estaba justamente saliendo del domicilio de los Halverson cuando ellos se detuvieron delante. Llevaba un equipo de recogida de pruebas balanceándose contra su corta pierna. Al verlos apearse, alzó la mano que le quedaba libre y les sonrió.

—Bienvenido otra vez, Puller —dijo—. Me alegro de que en Washington no se lo hayan comido vivo.

Puller dirigió una mirada a Cole y dijo en voz baja:

—¿Siempre es así de discreta con la información?

La sargento, incómoda, le dijo a Monroe:

—¿Ya has terminado ahí dentro?

—Sí. Ya se puede entrar.

Cole hizo un gesto afirmativo y lo observó mientras cargaba el equipo en su vehículo.

Puller reparó en el coche policial estacionado enfrente. Reconoció al ayudante de nombre Dwayne. Un momento más tarde le vio arrojar una colilla por la ventanilla.

—Se supone que no pueden fumar cuando están de servicio, pero Dwayne está haciendo un gran esfuerzo para dejarlo, y cuando no recibe su chute de nicotina se pone bastante desagradable. Yo sé mejor que nadie lo que es eso porque...

Se interrumpió de pronto, porque Puller acababa de separarse de ella.

—¡Eh! —lo llamó, y fue detrás.

Puller pasó entre el domicilio de los Halverson y la casa que había al lado. Entonces se detuvo a examinar la terraza construida en la parte posterior de la casa vecina. Era de madera tratada a presión, y hacía mucho tiempo que se había vuelto grisácea por culpa del sol y de la intemperie. Miró primero la terraza y a continuación el cercano bosque hacia el que estaba orientada.

En aquel momento lo alcanzó Cole.

—¿Qué está haciendo?

—Tener una revelación.

—¿Es la idea que se le ha ocurrido durante el vuelo?

—No, es una que se me ha ocurrido hace cinco segundos.

Se fijó en el grueso cenicero de vidrio que descansaba sobre una de las barandillas de la terraza. Estaba repleto de colillas. Se preguntó cómo es que no había reparado antes en él.

—¿Quién vive en esa casa?

—Un matrimonio mayor, de apellido Dougett. George y Rhonda, si no recuerdo mal. Ya hablé con ellos cuando estuvimos interrogando a todos los vecinos.

—¿Quién es el que fuma?

—El marido. Cuando los interrogué, me enteré de que la mujer no le deja fumar dentro de casa, por eso ha puesto ese cenicero en la terraza. ¿Y qué tiene de particular que sea fumador? ¿Es que usted se ha apuntado a la moda de reclamar el alma de todos los pobres diablos que sufrimos adicción por el tabaco?

—No. Es que ese cenicero se encuentra en una terraza que da al bosque —replicó Puller, señalando los dos puntos.

Cole volvió la vista hacia donde indicaba el agente.

—¿Adónde pretende llegar?

—¿Qué edad tiene Dougett? El marido, quiero decir.

—Setenta y muchos, y no está muy en forma. Tiene sobrepeso, está pálido, sufre problemas de riñón, o eso me dijo cuando estuve hablando con ellos. Habló mucho de sus problemas de salud en general, imagino que es típico de las personas mayores. No tienen mucho más con lo que llenar la vida.

—Eso quiere decir que se levanta por las noches a intentar mear y no le sale nada. Se frustra, no puede dormir, y sale aquí a fumarse un cigarro porque durante el día hace demasiado calor.

—Probablemente. Pero también me contó que durante el día se sienta dentro de su coche con el aire acondicionado puesto, y así puede echar un pitillo. ¿Y qué?

—¿Están en casa en este momento?

—El coche está aparcado en el camino de entrada. Y solo tienen ese.

—Pues vamos a poner a prueba mi idea.

60

Puller subió de dos en dos los escalones que llevaban hasta la entrada de la casa de los Dougett, seguido de cerca por Cole. Llamó con los nudillos. Al cabo de cinco segundos se abrió la puerta y apareció George Dougett. Medía apenas un metro sesenta y cinco y lucía una figura hinchada, unas facciones pálidas, unas rodillas flojas y una espalda encorvada que delataban numerosos problemas de salud y fuertes dolores. Daba la impresión de ir a caerse muerto de un momento a otro, y seguro que en más de una ocasión lo había deseado.

—Sargento Cole —dijo—. ¿Viene a hacerme más preguntas?

Habló casi con regocijo. Puller imaginó que, por lo demás, su vida debía de ser bastante insípida. Seguro que hasta la investigación de un asesinato era preferible a no hacer nada salvo sentarse dentro del coche a fumar y esperar a que la vida tocase a su fin.

—Señor Dougett, soy John Puller, de la CID del Ejército. ¿Le importa que le haga unas preguntas? —Puller sacó su documentación para mostrársela, y el anciano se entusiasmó todavía más.

—Pues claro que puede. —Su voz sonó como si raspara grava, hasta que se le atascó del todo. Entonces soltó una tos tan tremenda que casi le despegó los pies del suelo.

»La maldita alergia, discúlpeme. —Se sonó la nariz con una enorme bola de pañuelos de papel que llevaba en su mano enrojecida e hinchada y seguidamente los hizo pasar al interior de la casa.

Fueron tras él por un corto pasillo hasta un pequeño estudio forrado de madera contrachapada llena de manchas oscuras. El mobiliario era de hacía cuarenta años, y se notaba. La moqueta, que en su día debió de ser de pelo largo, había perdido dicho pelo para siempre, y el brillo de los muebles había desaparecido seguramente veinte años atrás.

Se acomodaron en unas sillas y Dougett empezó:

—Yo estuve en el Ejército. Claro que de eso hace ya muchas lunas. En Corea. Un país maravilloso, pero muy frío. Me alegré de volver.

—Estoy seguro —contestó Puller.

—¿Se cuida usted, señor Dougett? —le preguntó Cole.

El anciano sonrió con resignación.

—Soy viejo, estoy gordo y fumo. Aparte de eso, estoy bien, Gracias por preguntar. —Luego se volvió y observó a Puller—. Vaya, es usted todo un ejemplar, hijo. Si le viera venir hacia mí en el campo de batalla, le aseguro que me rendiría de inmediato.

—Sí, señor —dijo Puller, que estaba pensando en la mejor manera de proceder en aquella situación—. Me he dado cuenta de que usted fuma en la terraza de atrás.

—Sí, a mi mujer no le gusta que huela la casa a tabaco.

—¿Dónde está su mujer? —le preguntó Cole.

—Sigue en la cama. La artritis la ataca más fuerte por las mañanas. Se levanta a eso de las doce, justo a tiempo para almorzar. Procuren no llegar a viejos, ese es el consejo que les doy.

—Bueno, la alternativa no es muy atractiva —repuso Puller. Hizo un cálculo mental—. El domingo por la noche, ¿vio usted algo fuera de lo corriente? ¿Oyó algo, como un disparo de escopeta?

—Estoy un poco duro de oído, hijo. Y el domingo por la noche estuve abrazado a la taza del váter. La mujer hizo algo para cenar que no me sentó nada bien. Últimamente me ocurre muy a menudo. De modo que no salí. Ya se lo he contado a la sargento, aquí presente. Y mi mujer estaba en la cama, durmiendo. Imagino que aunque me pasé la noche entera vomitando y con una diarrea infernal, a ella nada de eso le turbó el sueño.

—Está bien. ¿Y el lunes por la noche? ¿Salió ese día a la terraza?

—Sí. Me acuesto tarde y me levanto cada vez más temprano. Calculo que dentro de no mucho me acostaré dentro de una caja y me pasaré así toda la eternidad, así que ¿para qué voy a desperdiciar el tiempo que me queda durmiendo? Me gusta salir a primera hora de la mañana. Me da un poco el aire y veo el rocío en los árboles y en la hierba. Es agradable.

—¿Recuerda haber visto algo fuera de lo normal el lunes por la noche?

Dougett se metió los pañuelos de papel en el bolsillo y se frotó el mentón con tanta fuerza, que parecía que estuviera intentando sacarle brillo. Luego sonrió de oreja a oreja y señaló a Puller.

—Lo vi a usted. —Acto seguido señaló a Cole—. Y a usted también. Patrullando, o lo que fuera, en el bosque. Bueno, supongo que técnicamente ya era la mañana del martes.

—Estábamos buscando a unas personas. Unos minutos antes yo había visto a alguien corriendo a través del bosque. ¿También lo vio usted?

Dougett ya estaba haciendo un gesto afirmativo con la cabeza.

—Sí. Corría muy rápido. Sabía adónde iba. Allí al fondo hay un sendero.

—Señor Dougett, ¿por qué no me lo dijo la vez anterior que estuve aquí? —le preguntó Cole, exasperada.

—Porque nadie me lo preguntó. Y yo no sabía que fuera importante. Y, además, ocurrió después de que viniera usted a hacerme preguntas. Desde luego, no tenía ni idea de que estuviera relacionado con lo que sucedió en casa de los Halverson. —Luego bajó el tono de voz—: ¿Estaba relacionado?

—¿Podría describir a esa persona? —pidió Puller.

—Era un hombre, eso seguro. Alto, pero no tanto como usted, hijo. Ancho de hombros. Parecía calvo. Por la forma de moverse, yo diría que era joven. Estaba oscuro, pero había un poco de luna, por eso vi que tenía unas cicatrices en el brazo, o que se había quemado o algo así. Lo tenía todo renegrido.

—¿Entonces llevaba una camiseta de manga corta?

—Sí, una especie de camiseta de tirantes.

—Buena vista —comentó Cole—. De noche, a lo lejos, aunque hubiera luna.

—Cirugía por láser —dijo George, señalándose los ojos—. Estoy viejo y gordo, pero tengo una agudeza visual de lejos del cien por cien, y ese tipo no estaba tan lejos.

—¿Diría usted que era de por aquí? —preguntó Cole.

—No sabría decirle. Pero daba la sensación de atravesar el bosque sabiendo adónde iba. Quizá fuera capaz de identificarlo en una rueda de reconocimiento.

—Cuéntales lo demás, George.

Todos se volvieron hacia una mujer de edad avanzada que había entrado en el cuarto de estar conduciendo una silla de ruedas motorizada. Iba vestida con una bata de color rosa y calzada con unas zapatillas demasiado pequeñas para sus pies, que aparecían hinchados. Puller advirtió que usaba una peluca en tono gris perla. Pesaría fácilmente cien kilos, y tenía el mismo aspecto desmejorado que su marido. Pero a pesar de la artritis, manejaba la silla motorizada con mano experta y avanzó hasta situarse al lado de Puller.

—Yo soy Rhonda, la media naranja de George —dijo a modo de presentación.

—John Puller, CID del Ejército —se presentó Puller—. ¿A qué se refiere con eso de «lo demás»?

George Dougett se aclaró la voz, miró a su esposa con gesto de cansancio y dijo:

—A unas cuantas cosas que vi también.

—Que vimos —lo corrigió su mujer, mirando a Puller con una sonrisa triunfal—. Yo estaba mirando por la ventana.

—¿Por qué? —inquirió Cole.

—Porque mi marido a veces se queda dormido fuera, mientras fuma sus porros cancerígenos. Así que lo vigilo para que no se prenda fuego.

—Nunca me he prendido fuego —protestó George, indignado.

—Eso es porque tienes desde hace cincuenta y seis años una amante esposa que cuida de ti —replicó Rhonda en el tono que emplea un padre al dirigirse a un hijo pequeño.

—¿Y qué fue lo que vio? —preguntó Puller.

—No fue nada —dijo George, nervioso.

Rhonda lanzó un bufido.

—Ya lo creo que fue. —Señaló a Cole con la mano—. Vi cómo mataban a ese ayudante suyo.

—¿A Larry Wellman? ¿Vio quién lo mató?

—Estaba caminando alrededor de la casa, mirando.

—Estaba patrullando —puntualizó Cole—. Era su trabajo.

—¿Lo vio entrar en la casa? —preguntó Puller.

—No.

—¿Estaba solo?

Rhonda afirmó con la cabeza.

—¿Qué hora era? —terció Cole.

—Yo diría que entre las doce y media y la una. George se había fumado cuatro porros cancerígenos, y los apura todo lo que puede.

—¡Haz el favor de dejar de llamarlos porros cancerígenos! —saltó el marido.

—Oh, cuánto lo siento, mira que eres susceptible. George se había fumado cuatro «clavos del ataúd», y cuando hace eso le suele dar la una de la madrugada.

—Cincuenta y seis años llevo con esta mujer —rezongó George—. Es un milagro que no la haya asesinado.

—Continúe, señora —rogó Puller.

—Bueno, luego me fui al cuarto de baño. Lo que sucedió a partir de ahí se lo tendrá que contar George.

—Aguarde un minuto —dijo Cole—. ¿El agente Wellman no lo vio a usted sentado en la terraza, fumando?

George hizo un gesto negativo.

—Yo estaba tumbado en nuestro sofá de jardín reclinable. La parte de atrás da a la casa de los Halverson.

—Entonces, ¿cómo pudo ver nada? —preguntó Puller.

—Estaba mirando por un extremo del sofá. Yo podía verlo todo, pero era muy difícil verme a mí. Y para entonces ya había apagado el cigarrillo.

—De modo que Wellman estaba patrullando. ¿Qué pasó después?

—Después, debí de quedarme dormido —contestó George en tono contrito.

—¿Lo ves? —intervino Rhonda regodeándose—. Yo me metí en el baño y tú podrías haberte muerto prendiéndote fuego. Una cremación bien barata.

Su marido arrugó el entrecejo.

—Acabo de decir que ya había apagado el cigarrillo. Además, bien que te gustaría que me prendiese fuego, no digas que no. Así podrías gastarte el dinero de mi entierro en ese casino que te gusta tanto.

—Señor Dougett, ¿le importaría concentrarse en lo que vio? —lo apremió Cole.

—Ah, bien. Sea como sea, cuando me desperté vi a aquel individuo grande y calvo saliendo de la casa.

—Aguarde un minuto —volvió a pedir la sargento—. ¿El calvo estaba dentro de la casa? Eso no lo ha dicho.

—¿No lo he dicho? Bueno, pues lo digo ahora. Salió muy deprisa y echó a correr en dirección al bosque. Después oí que llegaba un automóvil. Serían las cuatro y media o así, me acuerdo porque miré el reloj.

—Ese era yo —dijo Puller—. Vine hasta aquí, llamé a la sargento Cole y después entré en la casa. Eché una ojeada, encontré a Wellman muerto y luego oí llegar el coche de Cole. —Miró a la sargento—. Vi a un tipo corriendo por el bosque, salí de la casa, y entonces fue cuando enlacé con usted y fuimos juntos a buscarlo.

—De manera que el calvo que salió del bosque debió de quedarse por los alrededores mientras usted estaba en el interior de la casa —dijo Cole.

—Así tuvo que ser —coincidió George—. Yo lo vi salir a toda prisa, y solo unos momentos más tarde oí que se abría la puerta de atrás y salía usted. No vi adónde fue usted después de eso.

—Me escondí detrás del coche que estaba aparcado en el camino de entrada —respondió Puller.

—Pero se llevaron el coche de Larry —dijo Cole—. ¿Cómo pudo ser? ¿Quién fue? —Se volvió hacia el matrimonio Dougett—. ¿Alguno de ustedes vio algo a ese respecto?

Ambos movieron la cabeza en un gesto negativo.

—Tal vez ocurriera mientras yo estaba dormido —sugirió George.

—Y yo estuve mucho tiempo en el cuarto de baño —dijo Rhonda—. Cuando se es viejo —añadió—, se tarda mucho más para todo.

—Solo para comprobar si he entendido bien la secuencia de los hechos —dijo Puller—, la última vez que vio usted a Wellman patrullando fue entre las doce y media y la una. No entró en la casa. Y lo siguiente que vio fue al calvo saliendo poco antes de que llegara yo. Yo encontré muerto a Wellman alrededor de las cinco, y lo habían asesinado aproximadamente tres horas antes, a las dos. Es decir, más o menos una hora después de que lo viera usted patrullando, y luego usted se quedó dormido. Pero podría ser que el calvo estuviera ya dentro de la casa, o que hubiera entrado mientras usted dormía.

—Eso quiere decir —intervino Cole—, que el calvo pudo asesinar a Larry y a continuación huir.

Puller meneó la cabeza.

—¿Pero qué sucedió con el coche? Por lo visto, ese tipo no se marchó conduciéndolo. Y si fue él quien mató a Wellman, ¿por qué se quedó un rato en el bosque? ¿Por qué no se marchó pitando de allí? Precisamente porque se quedó pude yo verlo.

—Esto es un auténtico rompecabezas —agregó George.

—Cuando se despertó, ¿se fijó usted si el coche patrulla seguía estando donde antes? ¿Oyó arrancar el motor?

—Ni lo uno ni lo otro —contestó Dougett—. Todavía debía de estar adormilado.

—¿Les apetece un café y unos pastelillos? —ofreció amablemente Rhonda.

—Por Dios, Rhonda, si es por la mañana —ladró su marido—. ¿Quién demonios come pasteles por la mañana?

—Yo —repuso ella remilgadamente.

—Ya hemos desayunado —dijo Puller.

—En fin, espero que les hayamos servido de ayuda —dijo George.

—¿Ustedes opinan que corremos peligro? —preguntó Rhonda de una forma que demostraba la emoción que le causaba dicha posibilidad.

—Yo tengo una pistola —dijo George en tono serio.

—Pero no tienes balas —replicó su esposa—. Y aunque las tuvieras, llevas años sin dispararla. Lo más seguro es que te pegaras un tiro tú mismo antes de acertarle a ninguna otra cosa.

Cole y Puller dejaron al matrimonio discutiendo acerca de aquel tema y regresaron al coche patrulla.

—Bueno —dijo la sargento—, ¿y adónde nos lleva todo esto?

—A que tenemos que encontrar a ese calvo.

—¿Se le ocurre alguna idea?

—Sí.

61

Mientras conducía por las calles de Drake, Cole fue aminorando la velocidad hasta detenerse junto al bordillo de la acera. Puller volvió la vista hacia donde ella estaba mirando.

—Ya ha regresado Roger Trent —dijo.

Junto al bordillo aguardaba un Cadillac Escalade de color negro y embellecedores dorados, al volante del cual iba sentado un individuo que él no había visto nunca. Lo escrutó con atención, fijándose en todos los detalles pertinentes, mientras su cerebro iba masticando todas aquellas observaciones y llegando a ciertas conclusiones.

«Interesante.»

De pie junto al coche estaba Roger Trent, vestido de traje. Puller advirtió que lo llevaba un tanto arrugado, como si hubiera dormido con él puesto. Había abierto la portezuela y estaba a punto de subirse.

—Da la impresión de que acaba de bajarse del avión —señaló—. Vamos a charlar un momento con él.

Cole se detuvo al costado del Cadillac y Puller bajó la ventanilla.

—Oiga, Roger, ¿tiene tiempo para tomar un café en La Cantina?

Trent lo observó ceñudo, luego miró a la sargento Cole.

—Precisamente acabo de tomarme un café allí.

—Tengo unas cuantas cosas de que hablar con usted. No tardaré mucho.

—¿Es sobre las amenazas de muerte?

—Sí.

—Le concedo diez minutos. —Dio media vuelta y echó a andar en dirección al restaurante.

Un minuto más tarde Puller y Cole estaban sentados a una mesa, frente a él. Pidieron café. El local estaba lleno en sus tres cuartas partes, y todos los presentes lanzaban sin parar miradas nerviosas en su dirección.

Puller se percató de ello, y comentó:

—¿Viene por aquí muy a menudo? Tengo entendido que es usted el propietario.

—Soy el propietario de casi todo lo que hay en Drake. ¿Y qué?

Puller paseó la mirada por el traje arrugado de Trent.

—¿Acaba de llegar de viaje?

—Sí. ¿Y qué? —Dirigió una mirada penetrante a Cole—. Creía que querías hablar de las amenazas de muerte.

—Estamos trabajando en ello, Roger.

—Ya. Pues quizá conviniera que buscaras un poco más cerca de casa, igual que la última vez.

—Ya lo he hecho. Y no creo que sea ese el origen. Quería que lo supieras.

—No estoy muy seguro de que tú seas lo bastante objetiva para tomar esa decisión.

—Pensamos que el asesinato de Molly Bitner tuvo algo que ver con el hecho de que trabajase en una oficina suya, Roger —le dijo Puller.

Aquel comentario le valió una mirada afilada por parte de Cole, en cambio Trent no llegó a verla, pues lo estaba mirando fijamente a él.

—¿Y por qué piensan tal cosa?

—Por los informes sobre el suelo.

—No sé qué quiere decir eso. ¿Qué clase de informes sobre el suelo?

—Ya sabe, los medioambientales.

—Sigo sin entender.

—Eric Treadwell y Dickie Strauss eran amigos. ¿Lo sabía usted?

—No, la verdad es que no.

—Los dos llevaban el mismo tatuaje. Dickie dijo que se lo había copiado a Eric.

—¿Y qué tiene que ver nada de eso conmigo?

—No estoy seguro, Roger —contestó Puller. Bebió un sorbo de café y lo taladró con la mirada—. ¿Qué tal el viaje a Nueva York?

Trent puso cara de asombro.

—¿Cómo sabe que he ido a Nueva York?

—Nos lo dijo Bill Strauss. No quiso decirnos el motivo, pero sí dijo que su empresa era muy rentable y que por todas partes había oportunidades para invertir.

Trent apartó la mirada, y Puller advirtió que comenzaba a temblarle ligeramente la mano.

—Todo el mundo necesita energía —añadió.

—Exacto —coincidió Trent, tajante—. ¿Hemos terminado? Porque está claro que no tiene usted nada que decirme que sea de utilidad.

Cole miró a Puller.

—Supongo que sí —dijo este—. Debería irse a casa a dormir. Tiene cara de estar agotado.

—Gracias por su preocupación —respondió Trent.

Cuando Trent se levantó, Puller hizo lo mismo. A continuación se le acercó y le dijo en voz baja:

—Roger, yo que usted me tomaría en serio esas amenazas de muerte. Pero puede que no por el motivo que usted cree.

Trent palideció todavía más, dio media vuelta y se fue. Unos momentos más tarde se oyó arrancar el Cadillac.

Cole y Puller salieron a la calle, y la sargento preguntó:

—¿Se puede saber de qué iba todo eso?

—Ese hombre está asustado. Por muchas razones: personales, de trabajo. ¿A qué cree usted que se debe? Es el dueño de todo este pueblo, vale más ser cabeza de ratón que cola de león.

—No lo sé —contestó Cole.

—Vale más ser cabeza de ratón que cola de león —repitió Puller.

Por fin Cole comprendió.

—En este pueblo hay una persona más poderosa que él —dijo.

—Podría ser.

—¿Quién?

—Vamos a buscar al calvo.

—¿Cómo? Antes ha dicho que tenía una idea.

—Se lo voy a decir de otra forma: vamos a buscar a Dickie Strauss.

—¿Piensa que Dickie es el individuo al que vio Dougett saliendo de la casa?

—Encaja con la descripción física. Lo de las quemaduras en el brazo podría ser un tatuaje grande. Y si no fue Dickie, tal vez fuera uno de la pandilla de los que llevan ese mismo tatuaje.

—En Drake no hay pandillas callejeras, Puller.

—Que usted sepa —corrigió este.

—¿Para qué iba a entrar Dickie Strauss en esa casa? Y si fue él, eso quiere decir que asesinó a Larry Wellman. ¿Por qué motivo iba a hacer tal cosa?

—No tiene por qué ser así necesariamente.

—¿Qué quiere decir? Los dos estuvieron en la casa y Larry acabó muerto. Alguien tuvo que matarlo, no se colgó él solo.

—En eso coincido con usted.

—Entonces, ¿qué intenta decir?

—En vez de discutir, vamos a buscar a Dickie. ¿Tiene idea de dónde puede estar?

Cole metió la velocidad.

—Sí.

—¿Dónde?

—Ya lo verá cuando lleguemos. Yo también sé hacerme la interesante.

62

La cúpula de hormigón. Puller la observó atentamente al pasar junto a ella.

—Drake debería convertir esa cúpula en una atracción turística —comentó.

—Sí, se ganaría mucho dinero. Contemple el cemento solo por un dólar —repuso Cole.

La sargento se metió con el coche por una calle y se introdujo en el barrio en el que antiguamente se alojaban los trabajadores de aquella instalación. Pasaron junto a casas abandonadas que estaban empezando a derrumbarse y junto a otras viviendas en las que se habían hecho reformas para volverlas habitables. Puller observó que había niños pequeños con la cara sucia y madres escuálidas que corrían detrás de ellos. No vio a muchos hombres, pero supuso que estarían ganando el sustento o por lo menos intentando encontrar trabajo.

Olfateó el aire.

—Qué bien huele.

—Procuramos convencer a la gente de que lleve la basura al vertedero, pero es una batalla perdida. Además, los cuartos de baño de estas casas hace mucho que dejaron de funcionar. La mayoría de los vecinos han construido otro exterior.

—Una vida muy agradable para los ciudadanos de la nación más rica del mundo.

—Pues esas riquezas deben de estar concentradas en las manos de unos pocos, porque nosotros no tenemos ninguna.

—Así es —concordó Puller—. Como su cuñado. —Miró alrededor—. Esos son postes de electricidad, en cambio esos transformadores no parece que estén calientes.

—Antes, los vecinos de esta zona intentaban conectarse a ellos y recibían descargas de corriente, así que pedimos a la compañía eléctrica que anulase este tramo y diera un rodeo. —Señaló un poste telefónico que tenía un cable colgando. Dicho cable caía hasta el suelo y después penetraba en una de las casas—. También intentan engancharse a las líneas telefónicas, como puede ver. Nosotros lo dejamos pasar. La gente de aquí no en todos los casos puede permitirse tener un teléfono móvil, pero de esta forma aún puede comunicarse. A la compañía telefónica le ha parecido bien. Hoy en día, hay cada vez más personas que ni siquiera tienen teléfono fijo, así que la compañía gana el dinero con los móviles, el uso de datos y cosas así.

Cole señaló al frente.

—Ese es nuestro destino.

La casa en cuestión se encontraba al final de la calle y era mucho más grande que las demás. Puller contempló los enormes portones levadizos de la entrada, pintados de rojo, aunque el color se había desvaído casi por completo. Al caer en la cuenta de lo que era, se quedó atónito.

—¿Es un cuartel de bomberos?

—Antes, sí. Pero lleva sin utilizarse desde que construyeron el Búnker. Por lo menos, eso es lo que me contaron a mí de pequeña.

—¿Y para qué se utiliza ahora?

De repente Puller oyó arrancar el motor de una motocicleta. De hecho, fueron más de una.

—Es el club de las Harley —explicó Cole—. Al cual pertenece Dickie Strauss. Lo llaman Xanadú. Yo creo que algunos de ellos ni siquiera saben lo que significa ese nombre. Pero contribuye a que esos chicos no se metan en problemas.

—¿Treadwell también pertenecía al club? Tenía una Harley. ¿A eso se debía el tatuaje que llevaba en el brazo?

—Lo del tatuaje no lo sé. Y no, no todos los miembros del club van tatuados.

—Sin embargo, habría estado bien saber que Dickie y Treadwell pertenecían al mismo club.

—Acabamos de descubrir que tal vez fue Dickie el que salió corriendo del domicilio de los Halverson. Hasta ese momento, yo no tenía motivos para sospechar que pudiera estar implicado.

—Pero es posible que la pandilla de las motos guardara relación con la muerte de Treadwell.

—Es un club, Puller, no una pandilla. La mayor parte de sus miembros son hombres de más edad, tienen familia y facturas que pagar.

Detuvo la camioneta delante del antiguo cuartel de bomberos y ambos se apearon. Por la entrada abierta Puller distinguió, en una de las zonas de aparcamiento, un viejo camión de bomberos que tenía las ruedas podridas, y, un poco más allá, la ubicua barra para deslizarse. Ambos lados de la pared estaban llenos de taquillas de madera, y también había material antiguo para apagar incendios, colocado en pilas.

En la otra zona había media docena de Harleys de época. Puller contó cinco hombres, dos de ellos subidos a sus motos revolucionando el motor y los otros tres trajinando en ellas.

—¿Cómo es que esos hombres no están trabajando?

—Probablemente porque no logran encontrar trabajo.

—¿Así que se quedan por aquí, jugando con sus carísimas motos?

—Puller, casi todas esas motos tienen veinte años. Nadie está jugando con nada. Yo conozco a la mayoría de esos hombres, son buenos trabajadores. ¿Pero qué hace uno cuando no hay trabajo? La tasa de desempleo en este condado es casi del veinte por ciento, y es una cifra que corresponde a las personas que todavía están buscando. Hay mucha gente que ya ha tirado la toalla.

—¿Aquí es donde guardan las motos?

—A veces. ¿Por qué?

—Ha dicho que los vecinos que viven aquí son unos saqueadores.

—Sí, pero no tocan lo que pertenece al club de moteros.

—¿Por qué no?

—Porque los miembros del club los ayudan.

—¿De qué forma?

—Recogiendo alimentos y mantas, y, cuando tienen un empleo a la vista, contratando de vez en cuando a alguno para que trabaje para ellos. La mayoría de los miembros poseen habilidades especiales, son mecánicos, fontaneros, carpinteros, electricistas. Ya le digo que son buenos trabajadores. De modo que van por las casas haciendo pequeñas reparaciones de manera gratuita.

—El grupo de los buenos samaritanos.

—En Drake tenemos gente así.

Subieron por la agrietada rampa de hormigón hasta la fachada del cuartel de bomberos. Varios de los moteros levantaron la vista. Puller vio a Dickie Strauss salir de una estancia que había al fondo. El joven se detuvo y se los quedó mirando. Se limpiaba las manos manchadas de grasa con un trapo.

—Oye, Dickie —dijo la sargento Cole—, quisiéramos hablar contigo.

De pronto, Dickie dio media vuelta y echó a correr hacia la parte posterior del edificio.

—¡Eh! —gritó Cole—. ¡Alto! Solo queremos hablar.

Puller, que ya había penetrado en el edificio, se vio interceptado por dos tipos que antes estaban trabajando en sus Harleys. Ambos, mayores que él, eran corpulentos como una boca de incendios, llevaban bandanas anudadas alrededor de la cabeza y lucían una expresión de excesiva seguridad en sí mismos. Tenían unas manos enormes, y la pronunciada musculatura de los antebrazos indicaba que físicamente se esforzaban mucho a diario para ganarse el pan.

Puller les mostró la placa.

—Quítense de en medio. Vamos.

Uno de ellos dijo:

—Esto es una propiedad privada. ¿Trae una orden?

—Déjelo pasar —le ordenó Cole.

Puller tenía un ojo puesto en Dickie y el otro en el de la bandana que dirigía el cotarro.

—Necesito hablar con él —dijo Puller—. Solo hablar.

—Y yo necesito ver su orden judicial.

—Este lugar está abandonado.

—¿A usted le parece abandonado, tío listo? —replicó el otro.

Cole estaba a punto de sacar su arma, cuando de repente el de la bandana puso una mano sobre el hombro de Puller. Un segundo después estaba tendido boca abajo en el suelo. Su gesto de asombro revelaba que no tenía idea de cómo había llegado allí. El otro individuo lanzó un chillido y se abalanzó contra Puller. Este lo agarró por el brazo, se lo retorció a la espalda y lo envió a hacer compañía a su amigo en el suelo. Cuando los dos intentaron moverse, les advirtió:

—Si os levantáis, os mando a los dos al hospital. Y no quiero hacer tal cosa. Esto no es asunto vuestro.

Los dos hombres volvieron a derrumbarse y se quedaron donde estaban.

Puller acababa de erguir la espalda cuando Frank, el amigo gordo de Dickie, se le echó encima desde un rincón que quedaba en sombra. Llevaba un vendaje en la nariz y los dos ojos morados como resultado de la anterior colisión con el cráneo de Puller. Y sujetaba en las manos un tablón de gran tamaño.

—¡Venganza! —rugió.

Estaba a punto de descargar el tablón contra la cabeza de Puller cuando el disparo le pasó silbando y arrancó un pedazo de madera del tablón. El impacto hizo que este se le cayera de las manos.

Frank, Puller y los demás moteros se volvieron hacia Cole. Ahora, la Cobra de la sargento apuntaba a la entrepierna de Frank.

—Escoge tú —le dijo—. ¿Quieres tener hijos o no?

Frank se apresuró a retroceder protegiéndose sus partes nobles con las manos.

Puller echó a correr y salió por la puerta de atrás.

La motocicleta dobló la esquina y se dirigió hacia él. Dickie se había tomado la molestia de ponerse un casco, de lo contrario Puller no habría hecho lo que estaba a punto de hacer.

Desenfundó la M11 que llevaba en la parte frontal del cuerpo, gastó dos segundos en apuntar y disparó al neumático trasero. La motocicleta se deslizó de lado, arrojó a su conductor al suelo y fue a detenerse unos seis metros más allá. Unos segundos más tarde, Puller incorporó a Dickie de un tirón.

—¡Podría haberme matado! —gritó Dickie.

—Si hubiera disparado al neumático delantero, habrías saltado por encima del manillar. Pero de esta forma, el único sitio en que te has hecho daño ha sido el culo. Claro que en tu caso no veo que haya mucha diferencia entre esa parte del cuerpo y tu cerebro, si es que lo tienes.

Cole llegó corriendo hasta ellos y, después de volver a enfundar la Cobra, le espetó a Dickie:

—¿Es que eres idiota, o qué? ¿Se puede saber qué numerito de mierda ha sido ese?

—Me ha entrado el pánico —gimió Dickie.

—¿De verdad estuviste en infantería? —le preguntó Puller—. Porque la Primera División pone el listón bastante alto, y no creo que aceptaran en sus filas a un inepto como tú.

—¡Váyase a la mierda! —saltó Dickie.

—Adonde vas a irte tú es al calabozo —replicó Cole.

—¿Por qué?

—De entrada, por haber intentado matar a un oficial militar —respondió Puller—. Eso te va a costar que te encierren en una prisión federal hasta que alcances la mediana edad.

—Yo no he intentado matarlo.

—¿Y entonces qué es intentar pasarme por encima con una motocicleta?

—Usted intentaba matarme a mí —se defendió Dickie. Luego se volvió hacia Cole con gesto de furia—: Me ha disparado al neumático. Podría haberme matado.

—Bueno, estoy segura de que tú le habrás dado un buen motivo. Ahora dime por qué has salido huyendo así. Lo único que queríamos era hablar.

—Este tipo ya le dio una paliza a Frank, de modo que no quería que me diera otra a mí. Es un psicópata.

—Eso es mentira, y tú lo sabes —le dijo Cole—. ¿Por qué has huido, Dickie?

El joven guardó silencio y se limitó a bajar la vista hacia el suelo. Respiraba de forma agitada y tenía sangre en el codo de resultas de la caída.

—Vale, como quieras. —La sargento le puso las esposas y le leyó sus derechos.

—Mi padre va a cabrearse mucho por esto.

—No me cabe duda —repuso Cole—, pero eso es problema tuyo. Sin embargo, si hablas, será mucho mejor para ti.

—No pienso decir nada. Quiero un abogado. Esto es una mierda, mi padre le pondrá una demanda.

—¿Mataste tú al agente Wellman? —le preguntó Puller—. Porque si fuiste tú, te caerá la perpetua. Es una lástima que en este estado no exista la pena de muerte.

A Dickie se le hundió el semblante y toda su furia se desinfló de repente, igual que una arteria rota.

—¿Qué dirías —continuó Puller— si te dijéramos que tenemos un testigo que te vio en el domicilio de los Halverson a la hora exacta en que asesinaron al agente Wellman, y que te vio salir corriendo de la casa?

Esta vez Dickie sí contestó, pero lo hizo en un tono de voz tan débil que a duras penas lograron oírlo:

—Eso no es... Diría que esa persona está loca. —No había nada más que sobreentender. Dickie parecía estar a punto de vomitar.

—Tú mismo —le dijo Puller—. Pero contamos con el testimonio de un testigo. Y apuesto a que cuando estuviste dentro de esa casa tocaste alguna cosa. Te tomaremos las huellas dactilares y muestras de ADN. Tenemos varios rastros sin identificar recogidos en la escena del crimen, y algo me dice que van a coincidir con los tuyos. En ese caso, ya puedes despedirte del resto de tu vida.

—Y gracias al numerito que te has marcado ahora —añadió Cole—, ya contamos con una causa probable para tomar dichas muestras.

—Y ni siquiera tenemos necesidad de obtenerlas de ti. Como has estado en el Ejército, tus huellas y tu ADN constan en los archivos —dijo Puller.

—No se puede acceder a ellos para una investigación criminal —replicó Dickie—, solo para identificar restos.

Puller sonrió.

—¿Así que lo has consultado? Interesante.

El semblante de Dickie adquirió el color de la vainilla.

—Yo no he matado a nadie.

—¿Pero estuviste dentro de esa casa? —dijo Puller.

Dickie miró en derredor. Los moteros de las Harleys estaban agrupados junto a la pared del fondo, observando la escena. Frank y los dos que había derribado Puller los miraban con una expresión claramente homicida, pero no hicieron ningún ademán agresivo.

—¿Podemos hablar de esto en algún lugar más reservado? —pidió Dickie.

—Es la primera cosa inteligente que has dicho desde que te conozco —respondió Puller.

63

Dickie iba en el asiento trasero del coche patrulla de la sargento Cole, al lado de Puller. Miraba por la ventanilla con el gesto de quien se dirige a su ejecución. Puller lo observó atentamente e intentó deducir lo que estaba pensando. Podría haberle hecho preguntas, pero se abstuvo; de momento quería que Dickie reflexionara un poco. Una persona culpable estaría en aquel momento construyendo toda una red de mentiras para encubrir sus delitos. Un inocente se sentiría angustiado, temeroso de que lo que dijera pudiera ser tergiversado, y estaría buscando la mejor manera posible de demostrar su inocencia. Y una persona que fuera culpable en unos aspectos e inocente en otros tendría un proceso mental más complejo. Decidió que Dickie Strauss pertenecía de lleno a esta última categoría.

—Si te llevamos a la comisaría —le dijo Cole desde el asiento delantero—, dentro de cinco segundos se habrá enterado todo el pueblo.

—¿No podemos entonces ir a otra parte?

—¿Qué tal mi habitación del motel? —sugirió Puller—. Ya sabes dónde está, ¿no? Porque has estado siguiéndome, ¿a que sí?

—Lo que sea —respondió Dickie con gesto hosco.

Llegaron al motel. Fijándose en la expresión del joven, Puller confirmó que no había saltado ninguna de las trampas que había puesto para posibles intrusos, aunque el gesto que vio en la cara de Cole le indicó que esta sabía lo que se proponía hacer.

Dickie se sentó en la cama y Cole se situó enfrente de él, en una silla. Le había quitado las esposas. Puller se quedó de pie, con la espalda apoyada en la pared.

—Me he enterado de que socorrió a la señora Louisa —empezó Dickie—. Fue una buena acción por su parte.

—Ya, pero de todas formas se murió. Ya ves para qué sirven los buenos samaritanos. Pero tenemos que centrarnos en ti, Dickie.

—¿Cuánto de esto va a salir a la luz? —quiso saber el joven.

—Depende de lo que sea —replicó Cole—. Si a Larry lo mataste tú, saldrá todo.

—Como ya he dicho, yo no he matado a nadie. —Dickie tenía las manos cerradas en dos puños. Parecía un niño pequeño, pero con un tatuaje en todo el brazo. Puller casi esperaba que se tirase al suelo y estallase en una rabieta.

—Comprenderás que no podemos aceptar simplemente tu palabra —le dijo Cole—. Tienes que demostrárnoslo.

Dickie miró a Puller.

—¿Ha averiguado el motivo por el que me despidieron del Ejército?

Puller negó con la cabeza.

—Como ya dije, el Ejército y yo no nos llevábamos bien. Pero eso no tenía nada que ver con mi capacidad para cumplir con mis obligaciones. Yo era un buen soldado, no tenía una sola mancha negra en mi expediente. Si hubiera podido, me habría quedado hasta terminar la beca. Me gustaba, y también me gustaban mis compañeros. Deseaba servir a mi país, pero fue algo que no escogí yo, no les gustaba mi forma de ser.

Puller reflexionó sobre aquel punto. Y la respuesta le vino mientras contemplaba el rostro del joven.

—Prohibido preguntar —dijo.

Dickie bajó la mirada hacia el suelo e hizo un gesto de asentimiento.

—¿La política del Ejército respecto de la homosexualidad? —dijo Cole, mirando a Puller.

—En virtud de dicha política, no pasa nada mientras uno lo mantenga en secreto. Si uno no lo dice, ellos no preguntan. Pero si sale a la luz, lo expulsan. —Se volvió hacia Dickie—. ¿Qué fue lo que ocurrió?

—Que me delataron. Y circularon varias fotos mías y de mis amigos. Hoy en día, en YouTube no llamarían la atención ni a cinco personas, pero en aquel momento al Ejército le dio igual.

—¿Te expulsaron?

—En un segundo. Me dijeron que si no aceptaba el despido por causas generales, las cosas se me iban a poner muy feas.

—De eso sí estoy convencido.

—¿Tu padre sabe que eres homosexual? —preguntó Cole.

Dickie esbozó una sonrisa amarga.

—¿Por qué cree que me alisté en el Ejército nada más acabar el instituto? Mi viejo pensaba que así me «curaría».

—Vale, así que eres gay —dijo Puller—. Pero es asunto tuyo, y desde luego no es ningún delito.

—Para algunas personas, sí lo es. Sobre todo en este pueblo.

—Bueno, nosotros no somos algunas personas —repuso Cole.

—Volvamos al tema del agente Wellman —dijo Puller—. ¿Por qué estabas dentro de la casa?

—Porque Larry y yo éramos amigos.

Cole se reclinó en la silla y abrió unos ojos como platos.

—No habrías ido allí a... Larry está casado y tiene familia. Y era la maldita escena de un crimen.

—No fue así —contestó Dickie a toda prisa—. Cuando éramos adolescentes estuvimos tonteando un poco, pero Larry era hetero. No fuimos a esa casa para acostarnos.

—¿Pues para qué fuisteis? —quiso saber Cole.

Dickie se frotó las palmas con ademán nervioso. Puller advirtió que estaba sudando, y ello no se debía únicamente a que el aparato de aire acondicionado de la habitación solo consiguiera desplazar el aire caliente de un lado al otro.

—Queríamos saber lo que había ocurrido.

—¿Por qué?

—Porque habían asesinado a varias personas, y nos apetecía verlo.

—¿Y Wellman te dejó entrar en la casa? —dijo Cole—. Eso me cuesta creerlo.

—No fue él.

Cole puso cara de perplejidad.

—Pues entonces no acabo de entenderlo. Respira hondo y prueba otra vez.

—Lo llamé por teléfono y le dije que solo quería echar una ojeada, pero me di cuenta de que a él no le pareció bien.

—Naturalmente que no le pareció bien —saltó Cole—. Si yo llego a enterarme, le habría costado el empleo. Tu presencia en esa casa habría contaminado la escena del crimen.

—¿Pero se mostró dispuesto a dejarte entrar? —preguntó Puller.

—Me dijo que fuera. Que a lo mejor me dejaba ver unas cuantas cosas que habían descubierto. Unas fotos.

—Esto es increíble —dijo Cole.

Puller levantó una mano sin desviar la mirada del joven.

—Continúa, Dickie.

—Así que fui a la casa.

—¿Y lo mataste? —preguntó Cole.

—Ya le he dicho que yo no lo maté.

—Entonces, ¿qué pasó? —inquirió Puller.

—Larry no estaba. Su coche, tampoco. Pensé que a lo mejor se había puesto enfermo, o que le había entrado miedo. Pero luego pensé que no se podía dejar la escena de un crimen sin vigilancia. Lo sé porque veo *Ley y Orden* y *NCIS*.

—Ya. Tienes razón, no se puede —concordó Puller—. ¿Y entonces qué hiciste?

—Probé a llamarlo al móvil, pero no lo cogió.

—¿A qué hora sucedió esto, exactamente? —preguntó Puller.

—No lo sé con seguridad. Puede que alrededor de las cuatro.

—Sigue.

—Fui a la parte de atrás de la casa. La puerta estaba entreabierta. La abrí un poco más y llamé a Larry en voz alta por si estaba allí dentro, por alguna razón. Pero no me contestó nadie, y me entró miedo.

—Sin embargo, entraste de todos modos. ¿Por qué? —quiso saber Puller.

—Porque pensé que Larry podía estar herido. Me había dicho que fuera allí, y resultó que no estaba. Me preocupé por él.

—Mentira. Querías ver los cadáveres.

Dickie levantó la vista hacia Puller con el ceño fruncido, pero luego relajó el gesto.

—Tiene razón, así era. Imaginé que a lo mejor habían llamado a Larry para otra cosa, y que por eso no estaba su coche. Sea como sea, entré en la casa. —De pronto se interrumpió y su semblante perdió todo el color que le quedaba.

—Los viste —le dijo Puller.

Dickie asintió muy despacio.

—Los veré en mis sueños, en mis pesadillas, hasta el día de mi muerte.

—Muy poético —comentó Cole con sarcasmo.

—¿Qué hiciste a continuación? —preguntó Puller.

—Iba a marcharme, pero de repente oí algo, un ruido que venía del sótano.

—¿Cómo era? —Puller se puso en tensión. Era mucho lo que dependía de aquella respuesta.

—Como un chirrido, como si estuvieran estirando algo.

Puller se relajó.

—De acuerdo. ¿Y después?

—Llevaba encima mi navaja. Llamé a Larry al tiempo que bajaba la escalera. Pensé que quizás aquel ruido lo estuviera haciendo él, y no quería que me pegara un tiro. Pero no contestó nadie.

—¿De modo que bajaste al sótano de una casa llena de muertos, en mitad de la noche, porque oíste un ruido? —dijo la sargento Cole en tono de incredulidad—. Mira, además de las películas de crímenes deberías ver alguna que otra de terror, como *Halloween* y *Viernes 13*. Nunca hay que bajar al maldito sótano, Dickie.

—Y sin embargo bajaste —dijo Puller—. ¿Qué ocurrió después?

—Entonces fue cuando vi a Larry, allí colgado.

—¿Te cercioraste de que estaba muerto? —le preguntó Cole—. ¿O sencillamente diste media vuelta y echaste a correr, y lo dejaste allí?

—Estaba muerto —contestó Dickie—. Ya vi muertos en el

Ejército. Le tomé el pulso y le miré los ojos. —Calló unos instantes y, haciendo un esfuerzo, añadió—: Estaba muerto.

—¿Qué pasó después? —lo apremió Puller.

—Que me fui de allí cagando leches y salí por la puerta de atrás.

—¿Y te fuiste corriendo? —Puller se tensó de nuevo.

Dickie exhaló un profundo suspiro.

—No. Yo... dejé de correr. Me entraron ganas de vomitar, así que me escondí en el bosque y me agaché. Estuve unos diez minutos o así, hasta que me recuperé. Luego oí que llegaba un coche. Pensé que a lo mejor era la policía o...

—¿O el que había matado a Larry, que regresaba? —terminó Puller.

Dickie afirmó con la cabeza.

—Quise verle la cara al muy hijo de puta, por si era él. Para delatarlo a la policía.

—O delatarla —replicó Cole—. Podría haber sido una mujer.

Dickie apuntó a Puller con el dedo.

—Pero fue usted, lo vi entrar. No sabía quién diablos era, hasta que vi que llevaba una chaqueta de la CID. Sabía lo que era la CID. Larry me había dicho que el muerto pertenecía al Ejército, esa era la razón de que hubiera venido usted.

—¿Y luego? —insistió Puller.

—Poco después oí llegar otro coche. —Esta vez señaló con el dedo a la sargento Cole—. Era usted. En ese momento fue cuando eché a correr.

—Y en ese momento fue cuando te vi yo desde la ventana —dijo Puller. Se volvió hacia Cole y agregó—: La historia coincide con lo que ya sabemos.

Cole afirmó con la cabeza y luego miró a Dickie con el entrecejo fruncido.

—No habría estado de más que me hubieras contado todo esto antes. Debería arrestarte por retener pruebas materiales.

—Y por ser idiota —añadió Puller—. ¿De modo que eras amigo de Eric?

—Lo conocía. Estaba en Xanadú. —Levantó el brazo—. Ya le dije a usted que me hice un tatuaje igual que el suyo.

—Cuando entraste aquella noche en el domicilio de los Halverson, ¿sabías que Eric y Molly estaban muertos en la casa de enfrente?

—Pues claro que no.

Puller dejó que la respuesta flotara en el aire.

—Pero estaba preocupado por él.

—¿Por qué? —inquirió Puller.

—Por cosas.

—¿Esas cosas tienen nombre?

Dickie se encogió de hombros.

—Que yo sepa, no.

—¿Sabes por qué motivo pudieron encargar Eric y Molly un análisis del suelo? —le preguntó Cole.

—¿Un análisis del suelo? No, no conozco ningún motivo.

—¿Y qué me dices de un laboratorio de metanfetamina? —le dijo Puller—. ¿Sabes alguna «cosa» a ese respecto?

—Eric no tomaba metanfetamina.

—Vale, ¿pero la fabricaba para venderla? Esa es la pregunta clave.

Dickie tardó unos segundos en responder.

—Creo que necesito hablar con un abogado.

—¿Lo crees o lo sabes? —le presionó Puller mientras Cole lo miraba con cautela. Se apartó de la pared y se plantó al lado de Dickie—. Vamos a estudiar este asunto de manera inteligente, Dickie. Vamos a ver de qué forma te afecta a ti. ¿Quieres dedicar un par de minutos a ello?

—Puller —intervino Cole—, acaba de decir que quiere hablar con un abogado...

Puller le lanzó una mirada y ella cerró la boca. A continuación se volvió hacia Dickie y le puso una mano en el hombro.

—Escúchame, Dickie, no tienes nada que perder. El Ejército te dio una patada en el culo, no te permitió prestar servicio, y yo sé que tú querías prestar servicio. Ahora tienes una segunda oportunidad de hacer algo por tu país.

—Le escucho —murmuró Dickie.

64

Puller agarró una silla con la mano derecha, le dio la vuelta y la plantó justo delante de Dickie. Acto seguido se sentó en ella, tan cerca del joven que casi se rozaban rodilla con rodilla.

—Voy a revelarte cierta información de alto nivel, Dickie, pero a cambio necesito que tú me proporciones varias cosas. ¿Eres un hombre patriótico, justo, deseoso de ayudar a tu país?

—Tanto como el que más. Como ha dicho usted, todavía estaría sirviendo en el Ejército si no me hubieran tendido aquella encerrona.

—Ya lo sé, te he escuchado. Yo he prestado servicio con gais y con heteros, y nunca me importó lo más mínimo, siempre y cuando fueran capaces de acertarle al objetivo y me cubriesen cuando lo necesitara.

Dickie puso cara de sentirse más cómodo.

—Entonces, ¿qué es lo que pasa?

—Va a haber problemas en Drake, Dickie. De hecho, ya están aquí. Todos esos muertos, algunos de ellos amigos tuyos.

—Ya lo sé. Lo sé, tío.

—Pero no es solo esa gente. Los federales opinan que está preparándose algo gordo. Gordo de veras.

—¿En Drake? —intervino Cole, obviamente atónita por la noticia.

—Gordo, ¿como qué? —preguntó Dickie.

—Si lo supiera, no sería un problema tan grave. Pero no lo

sé. Y si la cosa sigue así, estamos todos jodidos. Lo entiendes, ¿verdad?

Dickie hizo un gesto afirmativo.

—Sí, creo que sí.

—Ya sabía que eras un tipo inteligente. Los soldados motorizados tienen que ser inteligentes. Teniendo en cuenta todo el equipo que manejabais vosotros, eran muchas las cosas que había que recordar. Yo solo tenía que preocuparme de mi arma y mi equipo personal. Vosotros os movíais dentro de un carro blindado de treinta toneladas.

—Y que lo diga. Yo conducía el Bradley. Y hasta los malditos Abrams. Y se me daba muy bien.

—Estoy seguro. El Ejército se lo pierde. De todas formas, esa política contra los homosexuales era una sarta de mentiras.

—Ya lo creo —coincidió Dickie.

—En fin, se avecina algo gordo. Gente que muere, piezas que no encajan, conversaciones extrañas procedentes de Drake que han llegado a los oídos de los federales. Lo que necesito que me proporciones tú es cierta HUMINT. Ya sabes lo que quiere decir eso, ¿no?

—Claro. Inteligencia Humana.

—Sobre el terreno, aquí en Drake. Ya conoces el material, y también conoces a la gente. Y conoces a gente que conocía a Eric y a Molly. Tu viejo trabaja para Trent.

—¿Usted cree que Roger Trent está involucrado en esto? —preguntó Dickie de pronto.

—No sé quién está involucrado y quién no. Por eso necesito tu ayuda. ¿Cuento contigo?

—¿Qué quiere que haga?

—Escuchar. Ir a determinados sitios. Sentarte con la gente. Escuchar otro poco más. No hagas alarde de nada, no juegues a ser detective. Solo quiero que hagas lo que haces normalmente, pero de manera distinta. Escuchar, prestar atención, Si algo resulta extraño, recordarlo y ponerte en contacto conmigo. ¿De acuerdo?

Dickie ya estaba afirmando con la cabeza.

—De acuerdo. Claro.

Puller le entregó una tarjeta.

—Esta es mi información de contacto. Supongo que a la sargento Cole ya sabes cómo localizarla.

Se puso de pie.

—¿Eso es todo? —preguntó Dickie—. ¿Ya puedo marcharme?

—No me sirves de nada aquí sentado en mi habitación. Te necesito en la calle. Te estoy ofreciendo una oportunidad para que sirvas de nuevo a tu país, aunque tu país te haya jodido.

Dickie se levantó, dirigió una mirada a Cole y seguidamente le tendió la mano a Puller.

—No ha habido muchas personas dispuestas a ofrecerme una oportunidad como esta.

—Yo no soy como la mayoría de las personas.

—Le había juzgado mal, supongo.

—Y supongo que nosotros hemos hecho lo mismo contigo —le dijo Cole.

—¿Necesitas que te llevemos a alguna parte? —preguntó Puller.

—No, ya me apaño.

Una vez que Dickie se hubo ido, Cole dijo a Puller:

—¿Y por qué no me ha dicho a mí que estaba a punto de suceder algo gordo en Drake?

—Porque me ordenaron que no dijera nada. Claro que he decidido desobedecer la orden.

—¿Basándose en qué?

—En una conversación que ha captado la NSA. En dari. La justicia está próxima. Sea lo que sea lo que va a suceder, sucederá pronto.

—¿Dari? ¿Qué demonios es eso?

—Un dialecto que se habla en Afganistán.

—¿En Afganistán? ¿Y lo han oído en Drake?

—Eso parece. Por lo menos en los alrededores, no han logrado obtener una ubicación exacta. Y era un mensaje encriptado empleando una clave antigua del KGB. Lo enviaron poco después de cometerse los asesinatos. Ha elevado la presión sanguínea del Departamento de Seguridad Nacional.

—¿Qué más cosas sabe?

—No las suficientes, esto está claro. ¿Sabe?, hay una cosa que Dickie no ha explicado.

—¿Cuál?

—¿Cómo llegó aquella noche a la casa de los Halverson? No fue en coche, porque no había ninguno delante de la entrada. Y luego echó a correr hacia el bosque, así fue como escapó. Está muy lejos para regresar andando.

—Eso es verdad.

—Es un joven complicado. Quién lo hubiera imaginado.

—¿Usted cree que sabe más de lo que nos ha dicho?

—Yo creo que está atrapado entre la espada y la pared. Anda metido en algo que no quiere desvelarnos, pero no creo que tenga algo que ver con esa conversación que han captado.

—Pero no sé por qué le ha pedido que trabaje para nosotros. Sobre todo si piensa que pueda estar involucrado en algún delito.

—He pasado la mayor parte de mi vida de adulto analizando a la gente. Sobre todo a soldados y a personas que han sido soldados. Y mi instinto me dice que Dickie desea ayudar. Yo creo que esa noche fue a casa de los Halverson porque sospechaba algo. O sospechaba de alguien. Lo que yo creo que quería era tener otra oportunidad de demostrar que el Ejército la cagó al expulsarlo. Así que se la he proporcionado yo.

—Ya, pues si acaba muerto, esta segunda oportunidad le habrá supuesto un alto coste.

—Como ocurre con casi todas las segundas oportunidades. Y la mayoría de las veces no merece la pena pagar dicho coste.

—¿Usted cree que cuando fue al domicilio de los Halverson sabía que Treadwell y Bitner ya estaban muertos en su casa?

—Puede que sí lo supiera. Es probable que intentara llamarlos y no obtuviera respuesta. También debió de acercarse a su casa esa misma noche y no pudo entrar. Dentro estaba oscuro, así que no pudo ver los cadáveres por la ventana. Y no había señales de que se hubiera forzado la entrada.

—Entonces, ¿qué es lo que lo relaciona con Treadwell? No puede ser solo el club de las Harleys, porque está asustado.

—Han asesinado a siete personas. Lo lógico es que esté asustado. Como todo el mundo.

65

Quedaron para verse más tarde y Cole se marchó para atender el papeleo que la esperaba en la comisaría. Puller se fue en su coche y tres minutos después aparcó y marcó un número de teléfono.

—Mason —contestó una voz.

—Agente Mason, soy John Puller.

Oyó el crujido que hacía la silla de su interlocutor al reclinarla, supuestamente. Mientras a su alrededor seguía discurriendo el mundo normal, Mason trabajaba las veinticuatro horas del día, los siete días de la semana para mantener a raya a los monstruos.

—Me alegra que haya llamado. Hemos obtenido otro fragmento de la conversación y tenemos nuevos datos de inteligencia. Todo ello nos ha permitido avanzar otro paso más en este asunto.

—Yo creía que ya habían avanzado mucho. ¿Qué información nueva tienen?

—Otro mensaje en dari, encriptado con la clave del KGB. Esta vez dice chorradas de Alá el grande, etcétera. Pero eso no me ha puesto cachondo. Lo que me ha puesto cachondo han sido los números.

—¿Qué números?

—Una fecha, Puller. Nos han proporcionado el día D, por lo menos eso es lo que pensamos.

—¿Y cuál es esa fecha?

—No le va a gustar, porque tampoco me gusta a mí. Tres días a partir de hoy.

—Ha dicho que tiene más datos de inteligencia. ¿Esos datos nos dan al menos alguna idea de lo que están planeando hacer?

—Sí, en ese sentido el misterio ha quedado resuelto. Y esa es la parte que da más miedo. Hay un gaseoducto que pasa por Drake, en el ángulo noroeste del condado.

—Muy bien.

—No nos dio que pensar, la verdad. Los gaseoductos constituyen un objetivo por sí solos, pero no gustan tanto, porque la posibilidad que tienen de causar daños humanos es poco significativa. Ese gaseoducto suministra gas natural a tres estados: Virginia Occidental, naturalmente, Kentucky y Ohio. Su propietaria es una empresa canadiense, pero lo gestiona una compañía americana. Trent Exploraciones. Según me dijo, usted ha tenido una cierta interacción con Roger Trent, ¿no es así?

—Sí. —Puller pensó a toda velocidad—. ¿Cree que pueda haber alguien de Trent implicado en esto?

—En este momento no descarto ninguna posibilidad.

—¿Pero qué vulnerabilidad tiene ese gaseoducto? Y aun cuando lo hicieran volar por los aires, ¿de qué nivel de daños estamos hablando? Como acaba de decir usted, serían bastante limitados.

—Los daños estructurales podrían ser graves, pero soportables. Y luego vendría la interrupción del servicio, lo cual no resulta nada *sexy* para un terrorista. A ellos les gusta ver trozos de cuerpos colgando de los árboles, no a clientes de la compañía del gas que se quejan de que ha dejado de funcionarles la cocina. Además, en esa zona existen sistemas capaces de reaccionar ante cualquier daño que sufra el gaseoducto y mantener todo controlado.

—Bien, ¿entonces el objetivo es el gaseoducto?

—Nuestra opinión es que las cosas no son tan sencillas. —Mason hizo una pausa, y Puller lo imaginó buscando en su cerebro la manera de expresarse—. ¿Cuál es la táctica más popular que emplean los talibanes en Afganistán? Usted debe de saberlo mejor que nadie.

Efectivamente, Puller lo sabía mejor que nadie.

—Primero un ataque ficticio y luego el ataque real. Una bomba para atraer a los primeros en acudir. Y una segunda bomba para acabar con ellos.

—Exacto, solo que nosotros pensamos que en este caso se trata de una variante de dicha táctica. Estamos convencidos de que el ataque al gaseoducto constituye una maniobra de distracción.

Puller sintió que se le erizaba el vello de la nuca.

—¿Y cuál es el verdadero objetivo?

—Si ese gaseoducto explota, de inmediato acudirán efectivos venidos de un radio de ciento cincuenta kilómetros. No hace falta ser adivino. Existe un acuerdo firmado entre esos tres estados para el caso de que el gaseoducto arda en llamas. Dichos efectivos se destinan únicamente a esa contingencia, y no cabe desplegarlos por un motivo cualquiera.

—De acuerdo.

—Ahora bien —prosiguió Mason—, en esa zona hay mucho bosque. No ha llovido nada. Podríamos encontrarnos con un incendio capaz de abarcar tres estados y que estaría alimentado por una montaña de gas, al menos hasta que se pudiera sofocar. Como digo, la interrupción del servicio podría ser grave. Son cientos de miles los hogares que utilizan ese gas. No hay manera de saber cuándo se podría restablecer el servicio, sobre todo teniendo alrededor un incendio forestal.

—Suena horrible, pero, como usted mismo ha dicho, no es nada *sexy* para un terrorista. Entonces, ¿cuál es el objetivo principal? —repitió Puller—. Por definición, tiene que ser algo más grave que el ataque de distracción.

—A unos sesenta kilómetros de ese gaseoducto hay un reactor nuclear de agua ligera que suministra energía a la red de todo el país.

Puller exhaló un profundo suspiro.

—¿Y, en su opinión, es eso lo que persiguen?

—Es la única instalación de esa zona que puede merecerles la pena.

—¿Y de qué manera atacarían esa planta?

—En estos momentos parece disponer de un buen sistema de seguridad. Pero no podemos permitirnos el lujo de descubrir más tarde que no era suficiente. Si lograran penetrar en esas instalaciones y hacer explotar los reactores, las consecuencias serían devastadoras. La nube radiactiva cubriría varios estados en cuestión de pocos días. Y como todos los equipos de emergencias estarían ocupados en sofocar la explosión del gaseoducto y el posible incendio, ambas cosas juntas resultarían catastróficas.

—Pues entonces refuercen la seguridad de la central nuclear.

—Creemos que ya tienen a alguien infiltrado dentro. Ese era el dato de inteligencia adicional que le he mencionado antes, Puller.

—¿Pueden averiguar de quién se trata?

—En un plazo de tres días, lo más probable es que no. Y si cambiamos algún elemento de la seguridad de la central...

Puller terminó la frase por él:

—El infiltrado se enterará fácilmente, informará a los suyos, y estos se adelantarán y harán explotar la bomba de todas maneras. Y lo mismo sucederá con el gaseoducto.

—Exacto. En algún momento tenemos que tomar esa decisión, Puller. Tenemos que reforzar la seguridad en los dos sitios. Pero lo ideal sería atrapar a esos cabrones antes de que eso sea necesario.

—¿Necesario? Joe, quedan tres días.

—Ya le he dicho que la situación era grave.

—Desde que estoy en Drake no he visto a un solo individuo de Oriente Medio.

—Bueno, tengo que pensar que procuran pasar inadvertidos.

—¿Qué quiere que haga? Yo solo soy uno más.

—Continúe con lo que está haciendo. Busque a esos tipos, Puller.

—¿Y si no los encuentro a tiempo?

—Entonces tendré que apretar el gatillo.

—También lo apretarán ellos.

—Así son las cosas. Manténgame informado, y yo haré lo mismo con usted. —Calló unos instantes—. Ojalá pudiera enviarle unos cuantos efectivos, pero aquí las altas esferas opinan que eso podría desvelar sus planes.

—Sí, lo sé. Pero cuento con un efectivo local.

—Sí, Cole la policía.

—No. Es un tipo que se llama Dickie Strauss. —Informó a Mason de lo que había encargado a Dickie que hiciera—. Como mínimo, me proporciona otro par de ojos para escrutar el terreno. Ha sido soldado.

—No me hace mucha gracia que haya comprometido a ese tipo, Puller. No sabemos nada de él.

—No tenía mucho donde elegir —replicó Puller.

Oyó cómo suspiraba Mason.

—¿Cuándo tiene previsto verse con él? No tenemos mucho tiempo.

—Puedo verlo esta noche.

—¿Dispone de un lugar seguro para ello?

Puller reflexionó unos instantes.

—Sí. Es un sitio que se llama Xanadú.

66

Puller se apeó de su Malibu y entró en la biblioteca del condado. Era una estructura de ladrillo anaranjado, de una sola planta, totalmente carente de gusto arquitectónico y que no había envejecido bien. Al entrar hizo unas cuantas preguntas al empleado del mostrador y este le indicó cómo obtener lo que necesitaba. Aunque había varios ordenadores, terminó recurriendo al antiguo método de buscar a mano entre los periódicos. Abarcó el periodo que le pareció pertinente y lo que descubrió fue nada, lo cual, por sí mismo, ya era significativo.

Cuando ya se marchaba, le sonó el teléfono. Era Kristen Craig, la técnica forense del USACIL, en Georgia.

—Puller, tengo unos cuantos datos preliminares para ti.

Se sentó dentro del coche, con el aire funcionando, y fue anotando lo que le decía Kristen.

—Hemos realizado un análisis súper rápido de las muestras de ADN que nos enviaste. Al observar la lista de exclusiones, encontramos un conjunto sin identificar. Lo hemos subido al Sistema de Indexado Combinado de ADN del FBI, y puede que hallemos alguna coincidencia.

—¿Qué más?

—Hemos identificado el material de revestimiento encontrado en el cadáver del coronel Reynolds. Corresponde a un calibre doce.

—¿Algún otro detalle más? ¿El fabricante?

—No, lo siento.

—Vale, continúa.

—El médico de ahí que hizo la autopsia era muy bueno. Esencialmente, nuestros chicos han validado todo lo que hizo él. No tenemos aquí los cadáveres, pero ese tipo sabía lo que hacía.

—De acuerdo. —Estaba bien que hubieran validado la autopsia, pero lo que Puller quería en realidad era alguna información que lo ayudara a resolver el caso.

—No obstante, hemos encontrado una cosa extraña en la bala del calibre veintidós que nos enviaste.

—¿El qué?

—Bueno, he solicitado la confirmación de tres personas distintas, porque no es algo que uno espere encontrar en una bala disparada a la cabeza de una persona.

—No me tengas en suspense, Kristen.

—Era pan de oro. En Virginia Occidental lo que hay es carbón, no oro, ¿no es cierto?

A Puller le vinieron al pensamiento los Trent y su mansión.

—Bueno, para algunas personas de aquí, ambos son una misma cosa. ¿Pero pan de oro?

—Eso es lo que es. Un fragmento casi microscópico, pero hemos confirmado que es eso. No sé qué podrá significar.

—¿Has encontrado algo en el análisis del suelo que te envié?

—El análisis del suelo no ha revelado nada que llame la atención. Los niveles de uranio son normales, en concreto tratándose de una región carbonífera. No había nada más que fuera digno de mención. Si han matado a alguien por culpa de ese análisis, no tengo la menor idea de por qué ha podido ser.

—Pues ya somos dos. ¿Qué me dices del material del laboratorio de metanfetamina?

—Eso sí que es interesante. ¿Estás seguro de que era solo un laboratorio de metanfetamina?

—Era lo que parecía, contenía todas las cosas que normalmente se asocian con un laboratorio así.

—Ya, pero también contenía una sustancia que no se encuentra normalmente.

—¿Cuál?

—Carburo de tungsteno.

—¿En dónde has encontrado eso?

—En varios de los frascos, en los tubos y en algunos serpentines. Y en cantidad suficiente para no confundirlo con unas leves trazas residuales.

—Entonces, ¿cabe la posibilidad de que procediera de las manos de Treadwell o de Bitner?

—Puede ser. Hemos encontrado huellas de Treadwell en el equipo.

—De manera que no lo pusieron allí intencionadamente —dijo Puller—. Bueno es saberlo.

—¿Pensabas que pudiera haberlo puesto alguien?

—No. Pero me gusta que me confirmen mis ideas, como a todo el mundo. Así que carburo de tungsteno. Si no me equivoco, se utiliza para fabricar herramientas industriales, como abrasivo, en el sector de la joyería...

—Exacto. Es más duro y más denso que el acero o que el titanio.

—Treadwell tenía un anillo. A lo mejor era de tungsteno, y le transmitió partículas a la piel.

—No. Hemos examinado el anillo.

—Trabajaba en una tienda de productos químicos. Y tenía una Harley.

—Eso tampoco explica necesariamente la presencia de tungsteno.

—¿Algo más?

—¿No tienes bastante? —replicó Kristen.

—No me has dado ninguna respuesta.

—Yo solo proporciono datos. Las respuestas tienes que buscarlas tú, amigo mío.

Kristen colgó y Puller guardó lentamente el teléfono.

El carburo de tungsteno tenía otro uso que él, por ser militar, conocía bien. Se empleaba con mucha frecuencia en la munición antiblindaje, en particular en aquellos casos en los que el material utilizado, el uranio empobrecido, no estaba disponible.

Pero si Treadwell estaba fabricando dicha munición, desde luego en su casa no había ninguna otra prueba de ello. Para producirla hacía falta espacio y un equipo especializado. Y dinero. Y muchos de los componentes necesarios para fabricar munición empleando uranio empobrecido eran vigilados muy de cerca por el gobierno. ¿Cómo podía gestionar algo así un motero pueblerino que trabajaba en una tienda de productos químicos de una remota localidad de Virginia Occidental? Y si Treadwell había conseguido semejante logro, ¿por qué lo habían asesinado? Tal vez las personas para las que fabricaba aquello descubrieron que le había entrado miedo y que ahora estaba trabajando con el gobierno a través de Reynolds.

Iba a tener que preguntar en la tienda en que trabajaba Treadwell, para averiguar si habían echado en falta cierta cantidad de carburo de tungsteno o si incluso la habían llevado ellos. Y si era aquello lo que había sucedido, el caso podría adquirir un significado totalmente distinto. Reflexionó sobre la relación que podía tener todo ello con lo que le había contado Mason. Si los objetivos eran el gaseoducto y el reactor, aquel tipo de munición podría emplearse para perforar el primero y quizá también el segundo, lo cual indicaba que Treadwell estaba aliado con yihadistas. ¿Cómo era posible algo así? ¿Cómo podía ser que una gente así estuviera actuando en una región como aquella sin que lo supiera nadie?

Luego empezó a pensar en el gaseoducto. Era propiedad de una empresa canadiense pero lo gestionaba Trent. ¿Estaría Trent trabajando con terroristas? ¿Le estarían pagando para que los ayudase a llevar a cabo aquella misión? ¿Pero por qué iba a hacer algo así un magnate del carbón que había alcanzado un éxito fabuloso? La explosión de un reactor nuclear podía volver radiactivas todas sus minas.

Separó el Malibu del bordillo. Le quedaban menos de tres días para descubrir la verdad. Sabía que tenía todo en contra, sin embargo se había puesto el uniforme para servir a su país, e iba a servirlo. Aunque ello le costara la vida.

También podía ser que a Trent le pagasen más de lo que valía su negocio. Y aquello podría explicar las amenazas de muerte, y que estuviera tan nervioso. A lo mejor había tenido una discusión con sus «socios comerciales».

67

Cuando regresó al motel a eso de las dos, halló el Mercedes SL600 estacionado delante de su habitación. La persona sentada al volante era Jean Trent. El automóvil tenía el motor en marcha y el aire acondicionado funcionando. Puller aparcó a su lado y se apeó. Jean Trent hizo lo propio. Llevaba un vestido amarillo claro, sin mangas y con escote en V, una chaqueta blanca de punto, zapatos a juego y un collar de perlas. El maquillaje y el peinado eran impecables. Aquel motel viejo resultaba incongruente frente a tanto *glamour*.

—¿Está buscando habitación? —comentó Puller al tiempo que se acercaba a ella.

Jean sonrió.

—Cuando tenía quince años, limpiaba este lugar por cuatro dólares la hora y me creía rica. Sam hacía lo mismo que yo, pero solo cobraba tres dólares por hora.

—¿Y a qué se debía esa diferencia?

—A que ella era más pequeña y no podía trabajar con el mismo ahínco. Aquí la gente es muy dura negociando.

—La creo.

—¿Tiene tiempo para almorzar? ¿O ya ha comido?

—Todavía, no. ¿Vamos a La Cantina?

Jean hizo un gesto negativo.

—A otro sitio más bonito. Está cerca de la línea de demarcación del condado. Ya conduzco yo.

Puller caviló unos instantes. Disponía de un corto periodo

de tiempo para evitar una posible catástrofe. ¿Disponía de tiempo para un almuerzo placentero? Pero luego se acordó de una cosa que había dicho Mason: que Trent gestionaba el gaseoducto.

—¿Qué celebramos?

—Que es la hora de comer y tengo hambre.

—¿Hace mucho que espera?

—Lo suficiente. Supongo que habrá estado ocupado.

—Supongo que sí.

—¿Qué tal va la investigación?

—Va.

—Es usted una persona notablemente reservada.

—Es típico del Ejército.

—No, es típico de los policías. Mi hermana también es así.

—He visto que su marido ya ha vuelto del viaje. ¿Va a comer con nosotros?

La sonrisa radiante de Jean perdió unos cuantos vatios de potencia.

—No, qué va. ¿Preparado?

Puller miró lo arreglada que iba ella y después observó la ropa de trabajo que llevaba él.

—¿Es un sitio elegante? No sé muy bien si voy vestido para la ocasión.

—Así está perfecto.

Jean maniobró por aquellas carreteras comarcales con mano experta, tomando con fuerza las curvas y acelerando en el momento justo para que el potente motor del Mercedes mantuviera las revoluciones óptimas en los tramos rectos.

—¿Alguna vez ha pensado en participar en la carrera NASCAR? —le dijo Puller.

Jean sonrió y pisó el acelerador en un tramo especialmente largo de la carretera hasta alcanzar los ciento treinta por hora.

—He pensado muchas cosas.

—Bueno, ¿y por qué quiere almorzar conmigo?

—Tengo una serie de preguntas, y espero que usted tenga las respuestas.

—Lo dudo. Acuérdese de que soy muy reservado.

—Pues entonces me dará su opinión. ¿Qué me dice a eso?

—Que ya veremos.

Cuando llevaban recorridos quince kilómetros cruzaron a otro condado, y tres kilómetros más adelante Jean se metió por un camino de acceso asfaltado y bordeado de árboles. Pasadas dos curvas, los árboles desaparecieron y ante ellos surgió un amplio edificio de dos pisos, construido con piedra y estuco. Daba la sensación de que lo hubieran traído desde la Toscana y lo hubieran depositado intacto en aquel emplazamiento. Delante había dos fuentes antiguas, y cerca de allí discurría un pequeño arroyo en el que giraba lentamente una noria. En un patio anexo, provisto de un suelo de baldosas, se veían varias mesas y sillas al aire libre, cubiertas por una pérgola de madera envejecida por la intemperie y repleta de enredaderas en flor.

Puller leyó el letrero que colgaba encima de la entrada principal.

—*Vera Felicità?* ¿Felicidad verdadera?

—¿Habla italiano? —preguntó Jean.

—Un poco. ¿Y usted?

—Otro poco. He estado muchas veces en Italia, me encanta. Estoy pensando en irme a vivir allí algún día.

—La gente siempre dice eso cuando va a Italia, pero luego vuelve a casa y se da cuenta de que no es tan fácil como parece.

—Puede ser.

Puller recorrió con la mirada los carísimos automóviles que había en el aparcamiento. La mayoría de las mesas del patio se hallaban ocupadas por clientes tan bien vestidos como Jean. Bebían vino y degustaban platos que parecían de todo menos sencillos.

—Un sitio muy concurrido —comentó.

—Sí que lo es.

—¿De qué lo conoce?

—Soy la propietaria.

68

Jean Trent se apeó del coche y se encaminó hacia la entrada del restaurante, seguida por Puller. De pronto se detuvo y se volvió hacia él.

—También ofrecemos alojamiento y desayuno. Tenemos cuatro habitaciones. Y estoy pensando en añadir un pequeño balneario. Traje a un jefe de cocina de la CIA y a un equipo de profesionales para que se ocuparan de administrarlo todo. Esperamos obtener este año nuestra primera estrella Michelín. Después de año y medio, hemos empezado a tener beneficios, y ahora se nos conoce mucho más. Aquí viene gente de Tennessee, Ohio, Kentucky y Carolina del Norte.

—¿Y no hay minas de carbón en las inmediaciones?

—Este es uno de los pocos condados de este estado que no tienen carbón. —Miró en derredor—. Lo que tiene es terreno virgen. Montañas, ríos. Dediqué mucho tiempo a buscar la ubicación perfecta, y es esta. Elaboré planes de negocio y realicé estudios demográficos y de márquetin. Quise satisfacer una necesidad. Esa es la mejor manera de construir algo que perdure en el tiempo.

—No sabía que era usted una mujer de negocios.

—Probablemente hay muchas cosas que no sabe de mí. ¿Quiere saber más?

—¿Por qué no?

Penetraron en el interior y los condujeron a un salón privado forrado de libros en el que se había dispuesto una mesa para dos. Puller sabía poca cosa de decoración, pero advirtió que aquella sala había sido amueblada con ojo experto. Todo era de buena calidad, cómodo, sin excesos. Él había estado muchas veces en Italia, y aquello era lo que más se le parecía de todo Virginia Occidental.

El camarero vestía chaquetilla blanca y pajarita negra, y los atendió con discreción y profesionalidad. Estudiaron atentamente la carta, pero al final Puller dejó que Jean pidiera por él. Lo primero que llegó fue la botella de vino, y les llenaron las copas.

—Ya sé que técnicamente está usted de servicio —dijo Jean—, pero me siento especialmente orgullosa de este chardonnay italiano y me gustaría que lo probase.

Puller tomó un sorbo y dejó que le resbalara por la garganta.

—Tiene significativamente más cuerpo que el que uno atribuye a un blanco italiano.

Jean chocó su copa contra la de él.

—Se llama Jermann Dreams y es del 2007. Es usted un soldado que entiende de vino. ¿Cómo es eso?

—Mi padre nos llevó muchas veces al extranjero a mi hermano y a mí cuando éramos pequeños. La primera vez que probé el vino fue a los nueve años, en París.

—Así que estuvo en París a los nueve años —dijo Jean con envidia—. Yo lo conocí a los veintimuchos, y era la primera vez que salía de este país.

—Algunas personas no llegan a conocerlo nunca.

—Eso es cierto. Ahora voy todos los años, en ocasiones me quedo varios meses. Me encanta. A veces me cuesta trabajo volver.

—¿Y por qué vuelve, entonces?

Jean bebió un sorbo de vino y se limpió la boca.

—Supongo que porque mi hogar es este.

—Su hogar puede ser cualquier sitio.

—Eso es verdad. Pero aquí está mi familia.

Puller paseó la mirada por el salón.

—¿Roger es socio de esto?

—No. Esto es todo mío.

—Debió de salirle bastante caro casarse con usted.

—Roger no me financió, si se refiere a eso. Lo hice mediante créditos bancarios y mucho esfuerzo.

—Así y todo, seguro que no le vino mal casarse con él.

—No me vino mal —admitió Jean—. ¿De modo que Roger ya ha vuelto de su viaje?

—He tomado un café con él en La Cantina.

—¿Por qué?

—Para hablar de esas amenazas de muerte. Y que conste que, esta vez, no creo que esté Randy detrás de ellas.

Jean dejó la copa en la mesa.

—¿Eso se lo ha contado Sam?

—Sí, así es. —Puller calló unos instantes—. Imagino que a Roger le van muy bien los negocios.

—La verdad es que no intervengo mucho en ese tema.

—Se apoya mucho en Bill Strauss.

—Bill es el jefe de operaciones. Es su misión.

Puller dudó unos momentos, no muy seguro de si debía mencionar el gaseoducto. Por fin decidió que resultaba demasiado arriesgado. Al percibir la mirada suspicaz de Jean, dijo:

—Discúlpeme, estoy haciendo más preguntas que usted. Es por la costumbre.

—Ya veremos qué podemos hacer a ese respecto —repuso Jean.

En aquel momento llegó la comida y Puller dedicó unos minutos a engullirla. Tras tragar el último bocado de pescado, dijo:

—Me parece que sí va a conseguir esa estrella Michelín.

A Jean se le iluminó el rostro.

—Agradezco la confianza.

—No es fácil crear un lugar como este en plena naturaleza.

Jean se terminó el vino que le quedaba en la copa.

—¿Hay alguna razón en particular para que me dedique tantos cumplidos?

—Simplemente estoy siendo sincero. Pero me ha invitado a comer porque ha dicho que tenía una serie de preguntas. ¿Por qué no empieza?

—En cambio usted se ha ofrecido únicamente a darme opiniones, no respuestas.

—No puedo prometer lo que no puedo dar.

—¿Le apetece un café? Lo traemos desde Bolivia. Allí han empezado a producir un café estupendo, una mezcla especial.

—Rara vez rechazo un café.

—¿Ha estado en Bolivia?

—No.

—¿Y en Sudamérica en general?

—Sí.

—¿Por trabajo o por placer?

—No viajo por placer. Viajo con un arma.

Hicieron el pedido y no tardó en llegar el café. Venía servido en delicadas tacitas decoradas con una flor de largo tallo. Puller supo de manera instintiva que las había escogido personalmente Jean Trent. Era la típica persona que quería controlar todo, ya fuera grande o pequeño.

—Buen café —dijo.

Jean afirmó con la cabeza y contestó:

—Pasemos a mis preguntas. Bueno, la verdad es que solo tengo una. Basándose en lo que ha descubierto hasta este momento, ¿opina que Roger corre peligro verdaderamente?

—No tengo forma de saber si lo corre o no. He venido aquí a investigar los asesinatos de un coronel del Ejército y de su familia. Yo le dije que se tomara en serio las amenazas de muerte.

—¿Por qué?

—Es una corazonada.

—Ya sé que en su opinión yo demostraba una actitud muy despreocupada respecto de la seguridad personal de mi marido, pero puedo asegurarle que pienso mucho en ella.

—Pero también dijo que él toma precauciones. —Puller apuró la taza de café y la depositó en el plato—. ¿Tiene algún motivo para creer que su marido corre peligro? ¿O para pensar que de algún modo pudiera guardar relación con los asesinatos que se han cometido?

—Bueno, una de las víctimas trabajaba en su empresa, pero dudo que la conociera siquiera. Me cuesta creer que tenga algo que ver con el asesinato de esas personas. No sé, ¿qué motivos podía tener?

—No lo sé. ¿Actualmente está metido en algún pleito?

—Roger siempre anda metido en pleitos, por lo general con la Agencia de Protección del Medio Ambiente o con algún otro grupo parecido. De vez en cuando recibe una demanda de homicidio por imprudencia, derivada de algún accidente mortal que haya tenido lugar en el trabajo.

—¿Y cómo son las demandas relacionadas con el medio ambiente?

—No conozco los detalles. Hablando en términos generales, la minería a cielo abierto es bastante perjudicial para el entorno. No diga que lo he dicho yo, pero es así. La gente se enfada e interpone demandas. Si el gobierno opina que Roger no ha cumplido con sus obligaciones legales o que ha vulnerado alguna norma, va a por él. Roger tiene a sus abogados bien remunerados. ¿Por qué lo pregunta?

Puller estaba pensando en el análisis del suelo, pero no iba a decírselo a Jean.

—De acuerdo, he mentido —dijo Jean—. Tengo otra pregunta.

—Dispare.

—¿Qué es lo que está haciendo usted aquí, en realidad?

—Pensaba que eso ya había quedado claro.

—¿Por el coronel muerto? ¿Fuera de su puesto? Le he investigado un poco. Usted está inscrito en el Grupo 701. Podrían haber enviado a alguien de la CID de Fort Campbell. El 701 es especial. Así pues, ¿por qué lo han enviado a usted?

—Conoce bien el Ejército, ¿eh?

—Mi padre estuvo en la Marina, y en esta zona hay muchos hombres que han estado en las fuerzas armadas. Y, como acabo de decirle, he indagado un poco.

—¿Con quién ha hablado?

—Tengo mis contactos. Eso es todo cuanto necesita saber. Y por lo que he averiguado, parece ser que el hecho de que lo enviaran a usted deja bastante claro el mensaje de que en este caso no se trata de un asesinato rutinario.

—Para mí, ningún asesinato es rutinario.

—¿Así que no quiere decírmelo?

—Jean, me limito a hacer mi trabajo. Aparte de eso, la verdad es que no puedo decirle gran cosa.

Jean lo dejó de nuevo en el motel. Puller contempló cómo se marchaba hasta que se perdió de vista. Acto seguido se volvió y observó la puerta de su habitación. Después dirigió la mirada a su Malibu y echó a andar hacia él. Se detuvo a unos cinco metros de este. Lo estudió. Lo rodeó en el sentido contrario a las agujas del reloj. Vio algo: un trozo de cable en cuyo extremo se veía un trozo de alambre de cobre al descubierto. Era diminuto, de unos pocos centímetros, pero el sol había incidido en él y le había arrancado un destello dorado.

Se arrodilló en el suelo y agachó la cabeza. Un segundo después volvió a incorporarse y se alejó del vehículo para telefonear a Cole.

—Tengo una bomba debajo del coche. ¿Puede enviar a alguien para que me la quite?

Mientras Cole se daba prisa en llegar con el equipo de artificieros, Puller se sentó en los escalones de la entrada del motel a analizar la situación con toda calma.

Estaba claro que en aquella parte del mundo la gente adoraba los explosivos.

Ahora entendió el motivo de aquella invitación a almorzar.

69

La bomba no era tan sofisticada como las de la casa abandonada. Al menos eso fue lo que declaró el artificiero jubilado, que llegó cinco minutos después de Cole.

Puller, de pie junto a la sargento, contempló cómo retiraban la bomba del Malibu y se la llevaban.

—No han tenido mucho tiempo —comentó.

—¿Cómo dice? —preguntó Cole.

—No es una bomba sofisticada porque no han tenido tiempo suficiente para montarla.

—¿A quiénes se refiere?

—Hoy me ha invitado su hermana a comer. Estaba esperándome aquí. Como insistió en conducir ella, dejé aquí mi coche. La verdad es que no sé por qué quería que la acompañase a Vera Felicità, pero así ha ocurrido.

—¿Lo ha llevado a su restaurante?

—Sí. Después regresamos, ella se fue como una flecha y yo, por suerte, descubrí la huella de las pisadas y el trozo de cable. De no haber sido así, ahora estaría usted identificando mis restos, si es que hubiera quedado algo de mí.

Cole tardó unos instantes en responder. Con el ceño profundamente fruncido, se dedicó a empujar la tierra con el pie.

—¿Está acusando a mi hermana de estar metida en esto?

—No estoy acusando a nadie de nada. Me limito a constatar los hechos.

—¿Qué razón iba a tener ella para matarlo?

—Bueno, si su marido tiene algo que ver con los asesinatos y ella va a la cárcel, lo más probable es que la empresa de él se vaya a pique, y de paso la mansión y el restaurante.

—Ese restaurante lo construyó mi hermana con su dinero y su financiación.

—Eso dice. Pero poner en marcha ese establecimiento debió de costarle una pasta gansa. ¿Qué banco le daría un crédito a Jean a no ser que también firmase Roger?

—¿Pero por qué imagina usted que Roger tiene algo que ver con los asesinatos? Es él quien está recibiendo amenazas de muerte.

—«Dice» que está recibiendo amenazas de muerte. Carecemos de fuentes independientes que lo demuestren.

—Eso es verdad —concedió Cole.

—Además, hoy he confirmado un dato en los periódicos de la biblioteca. No se anunció públicamente la voladura del domingo por la noche. La llevaron a cabo sin cumplir con el requisito de anunciarla.

—Ese sí que es un detalle importante, Puller. Bien hecho.

—Así que hubo ruido de armas de fuego y de explosivos más o menos al mismo tiempo. El uno cubre al otro. Y esa mina pertenecía a Trent. ¿Quién poseía la autoridad para ordenar una voladura sin cumplir con el requisito de anunciarla públicamente?

—Legalmente, nadie. El que la autorizó tiene un grave problema.

—Yo creo que tenemos que averiguarlo. Y otra cosa que tenemos que averiguar es si alguien ha visto a alguna persona merodeando este mediodía alrededor de mi coche.

—Enseguida me pongo con ello. Pero, Puller, me cuesta trabajo creer que mi hermana haya tenido nada que ver en esto.

—Yo tampoco quiero pensarlo, Cole, pero las circunstancias son sospechosas.

—Cierto —coincidió Cole. Volvió a empujar la grava con el pie—. No estoy segura de ser la persona más indicada para investigar esto.

—Si me da su conformidad, puedo encargarme yo.

—Le doy mi conformidad. Pero una cosa más, Puller.

—¿Sí?

—Es cierto que Jean es hermana mía. Pero usted llegue hasta donde las pruebas le digan que tiene que llegar, ¿de acuerdo?

—De acuerdo.

—¿Cuándo piensa empezar?

—Ahora mismo.

70

Brazada. Brazada. Brazada. Brazada. Respirar. Brazada. Brazada. Brazada. Brazada. Respirar.

El aire era húmedo, y el olor, opresivo. Con solo caminar un poco rápido, uno rompía a sudar inmediatamente.

Cuatro brazadas más. Una respiración. Después, otro cuarteto de brazadas, y por fin Jean Trent emergió para tomar aire tras tocar el borde de la piscina por sexagésima vez.

—¿Qué, bajando el almuerzo?

Jean, sobresaltada, se volvió bruscamente hacia el otro extremo de los treinta metros de piscina y vio a Puller, sentado en un sillón de teca con las manos apoyadas en los muslos.

—¿Cómo ha entrado aquí? —le preguntó.

Puller señaló la pared de cristal.

—Por esa puerta de ahí. La verdad, debería cerrarla con llave.

—Quiero decir que cómo ha entrado en el recinto.

Puller se puso de pie, fue hasta ella y se la quedó mirando.

—¿Se refiere a cómo me las he arreglado para esquivar al tipo gordo y de uniforme alquilado que está ahí fuera?

Jean fue andando hasta los escalones, salió de la piscina y se escurrió el cabello. Llevaba puesto un traje de baño de una pieza, de color negro. Estaba delgada y lucía un buen tono muscular.

También podría haber intentado hacer volar su coche por los aires con él dentro.

—¿Usted nada? —le preguntó.

—No, a no ser que la persona que estoy persiguiendo se tire al agua. Quisiera hablar con usted.

Jean se dirigió hacia un sofá de teca con colchoneta azul ribeteada de blanco, que estaba apoyado contra una pared. Sobre él descansaba un albornoz. Se lo puso y tomó asiento en el sofá.

—¿De qué? ¿No le ha sentado bien la comida? Se le ve un poco molesto.

Puller se acomodó a su lado en una silla.

—En realidad estaba pensando si no debería detenerla.

Ella se quedó estupefacta.

—¿Cómo? ¿Por qué?

—Por haber intentado asesinar a un agente federal.

Jean se irguió en su asiento.

—¿Y exactamente por qué supone tal cosa?

—Cuando volví de almorzar con usted, encontré una bomba debajo de mi coche. Estoy empezando a cansarme de que la gente intente convertirme en un montón de trocitos de carne.

—Yo no sé nada de eso. Y dado que durante el almuerzo estuve con usted, difícilmente pude colocarle una bomba en el coche.

—Podría haber pagado para que se encargara otra persona.

—¿Y por qué iba yo a hacer eso?

—Eso es lo que pretendo averiguar ahora.

—Tengo que vestirme. Esta noche he de acudir a una cena. Si quiere continuar con esta conversación, tendrá que ser en otro momento.

—Lo cierto es que vamos a continuarla ahora mismo.

Jean se puso de pie.

—Quiero que salga de mi casa. ¡Ya!

—Y también quiero unas cuantas respuestas. Mi presencia aquí cuenta con el beneplácito del departamento de policía.

Jean abrió la boca, pero no dijo nada.

—Dicho de otro modo, su hermana sabe que estoy aquí.

—Yo no le he puesto ninguna bomba en el coche.

—Debajo del coche.

—Tampoco. ¿Qué motivos iba a tener yo para matarlo?

—Esa pregunta es fácil. He venido aquí para investigar una serie de asesinatos. Si usted o alguien relacionado con usted ha tenido algo que ver en esos crímenes, lógicamente querrá quitarme de en medio. Así que me invita a comer. Insiste en conducir. Regresamos y yo casi salgo volando por los aires. Ya ve por qué estoy tan suspicaz.

Jean volvió a recostarse. Parecía haber perdido la seguridad en sí misma.

—No... No puedo explicar eso. No sé qué está sucediendo. —Cuando volvió a levantar la vista, tenía lágrimas en los ojos—. Le estoy diciendo la verdad, Puller.

Puller la miró fijamente para intentar dilucidar si aquellas lágrimas eran auténticas. Había visto llorar a multitud de sospechosos, desde soldados duros como el acero hasta mujeres embarazadas y chicos adolescentes que siendo hijos de militares habían perdido el norte.

—Que usted diga que es la verdad a mí no me sirve de nada —replicó—. De manera que, hasta que descubra otra cosa, oficialmente es usted una sospechosa. ¿Lo entiende?

Jean asintió en silencio.

—Y si posee alguna información que pueda ayudarme en mi investigación, este es un momento inmejorable para compartirla.

—¿Una información como cuál?

—Como por qué está tan nervioso su marido. Y no me diga que es por las amenazas de muerte. He llegado a la conclusión de que eso es mentira. Le sucedió en una ocasión, con su hermano, y me parece que ahora lo está utilizando a modo de cómoda tapadera.

—¿Qué puede estar intentando tapar?

—Ha incrementado la seguridad, Jean. Y el chófer de su Escalade es un antiguo marine.

—¿Cómo sabe eso?

—Los del Ejército olemos a los marines a cien kilómetros. Ese tipo es un profesional y va armado. Y además es nuevo, ¿a que sí?

—Sí.

—Han acertado al escogerlo. Está a años luz del viejo ese que está ahí fuera.

—En cambio no ha incrementado la seguridad aquí dentro. Fuera seguimos teniendo el mismo policía jubilado.

—Eso es porque en este momento Roger no se encuentra en casa. Por lo tanto, deduzco que no le preocupa tanto la seguridad de usted ni la de su hija. Ese profesional lo acompaña únicamente a él.

—¿Pero de qué puede tener miedo? —dijo Jean.

—Usted dijo que tiene muchos enemigos. Pero son los mismos de siempre, ¿no es verdad? ¿Hay algo o alguien nuevo? Porque eso justificaría que haya contratado al marine.

—No se me ocurre qué puede ser. Como le he comentado, no me meto en los negocios de Roger.

—Jean, si continúa mintiéndome, le pongo las esposas y me la llevo de aquí a rastras.

A Jean se le volvieron a llenar los ojos de lágrimas.

—No quiero ir a la cárcel.

—Pues entonces dígame la verdad. Usted misma escogió todo lo que hay en ese restaurante, hasta las tazas de café. Entiende cómo se gestiona un negocio. Apuesto a que supervisó la construcción de esta casa, porque ese no es precisamente el punto fuerte de Roger, a juzgar por cómo ha decorado los interiores de Trent Exploraciones. Así que no me diga que le ha cedido a él todos los detalles referentes a su negocio, porque no me lo trago.

Transcurrieron un par de minutos sin que ninguno de los dos dijera nada. Puller acusaba el peso del aire húmedo. En el desierto, por lo menos hacía un calor seco. Observó a Jean. No tenía intención alguna de romper el silencio. No pensaba levantarse y marcharse. Iba a esperar a que ella se desmoronase por fin.

—En Trent Exploraciones hay varios problemas.

—¿Como cuáles?

—Como dinero que ha desaparecido. Cuentas desviadas. Relaciones fantasma con bancos del extranjero. Cosas que están cuando no deberían estar. Y cosas que deberían estar y que no están.

—¿Y Roger está al tanto de eso?

—Ya lo creo.

—¿Y qué hace al respecto?

—Todo lo que puede, pero no tiene muchas alternativas. El año pasado tomó unas cuantas decisiones comerciales que requirieron una inyección de capital. De mucho capital. Pero los ingresos que esperaba obtener de esas decisiones no llegaron a materializarse. Aún quedan deudas. Él creía que tenía fondos para saldarlas, pero con todo el dinero que está desapareciendo, se encuentra sin efectivo. Para eso ha ido a Nueva York, para intentar conseguir financiación. Pero los bancos siguen sin conceder créditos. Ya ha probado todo lo que se le ha ocurrido.

—Y ahora las amenazas de muerte. ¿Es posible que procedan de la gente que le está desplumando?

—No lo sé —respondió Jean—. La verdad es que no lo sé.

—De acuerdo, Trent es una empresa grande, pero no es la General Electric. Y se encuentra ubicada en un bello pueblecito. ¿Está diciéndome que ninguno de ustedes tiene la menor idea, y tampoco una conjetura, de quién puede ser el que está robando a la compañía? ¿Qué me dice de Randy?

—¿Randy? ¿Por qué iba a hacerlo él?

—Para empezar, echa la culpa a Roger de la muerte de sus padres.

—Aun así, no estaría en posición de robar a Roger. Él no sabe nada de ordenadores ni de transacciones financieras. Y esto es obra de alguien que conoce muy bien ambas cosas.

—A lo mejor es alguien que está confabulado con él.

—¿En Drake? No creo. Pero la situación está volviéndose desesperada. Roger y Bill están quedándose sin sitios adonde acudir.

—¿Y usted? —dijo Puller—. Si la empresa se hunde, ¿lo perderá todo, incluida la casa?

—Probablemente. Pero por eso he montado mi restaurante con alojamiento y desayuno. No porque sospechara que Roger estaba sufriendo problemas económicos, sino porque... Supongo que simplemente quería ser más independiente.

Puller, sin querer, sintió lástima de ella.

—¿Así que en realidad Roger no sabe de dónde provienen todas esas artimañas financieras? Es un tipo listo. ¿Cómo es posible que le estén desplumando y no sepa cómo?

—Lo están sacando de quicio, a él y a Bill. Los dos están irremisiblemente unidos a esta empresa. Si la empresa se hunde, se hunden ellos.

Puller no dijo nada y permaneció pensativo, con la mirada perdida.

Jean señaló las cicatrices que tenía en el cuello.

—¿Eso es de Oriente Medio?

Puller hizo un gesto afirmativo.

—¿Recuerda que le conté que de joven estuve enamorada de un muchacho?

—El que no regresó de la primera guerra del Golfo.

—Se parecía un poco a usted.

—¿Todavía piensa que ojalá hubiera regresado?

—Todavía.

Puller miró en derredor.

—No tendría todo esto.

—Quizá tampoco lo tenga ahora.

—Quizá.

Se puso en pie.

—¿No va a detenerme?

—No. Pero lo que me ha contado me servirá de ayuda. Se lo agradezco.

—Antes yo era una persona sincera por naturaleza. Luego me casé con Roger Trent y las cosas cambiaron.

Puller se dirigió a la puerta por la que había entrado.

—¿Qué va a hacer? —voceó Jean a su espalda.

—Buscar a un asesino.

71

—Eh, Bill, ¿qué tal va la cosa?

Bill Strauss acababa de salir de la oficina de Trent y se dirigía hacia su automóvil. Puller estaba apoyado en su Malibu, llevaba casi una hora esperando.

—¿Puller?, ¿qué hace usted aquí?

Puller se apartó del coche y fue hacia Strauss.

—Mi trabajo. Tengo unas cuantas preguntas. ¿Dispone de un momento?

Strauss consultó el reloj.

—La verdad es que se me hace tarde para una reunión.

—No voy a tardar mucho.

—¿No puede esperar?

—No, lo cierto es que no.

—Está bien, dispare.

—La voladura del domingo por la noche no se anunció públicamente. ¿Quién la autorizó?

Strauss puso cara de desconcierto.

—¿De qué me está hablando?

—El domingo pasado por la noche hubo una voladura en una de las minas de Trent Exploraciones. Están obligados a anunciarlas públicamente. Además, no es normal que se lleven a cabo voladuras en domingo, es necesario obtener un permiso especial. El anuncio no se hizo. ¿Se obtuvo el permiso especial?

—Tendré que examinar los archivos.

—Roger ha dicho que no sabía nada al respecto. ¿Quién se encarga de esas cosas en la empresa?

—Técnicamente yo, por ser el jefe de Operaciones. Pero tengo muchas obligaciones, y no me queda más remedio que delegar. Tenemos personal encargado de obtener las autorizaciones para las voladuras y de notificarlas debidamente.

—Entonces, ¿debo dirigirme a ese personal?

—Así es. Por desgracia, no se encuentra en esta oficina. Trabaja en Charleston.

—¿Puede facilitarme su información de contacto?

—¿Por qué es tan importante? Esas personas no murieron en la explotación minera.

—Así y todo, es importante. ¿Me facilitará la información de contacto?

—Está bien —contestó Strauss despacio.

—Genial, la espero para mañana.

—No estoy seguro de que...

—¿Ha visto últimamente a su hijo? —lo interrumpió Puller.

—No. ¿Por qué?

—Por curiosidad. ¿Es usted miembro del club Xanadú?

—¿Qué? No, no lo soy.

—Bien, le dejo para que acuda a esa reunión.

Puller se subió al Malibu y se fue. Por el camino telefoneó a Dickie y quedó en verse con él aquella misma noche.

Cuando llegó al motel había un reluciente Bentley de color azul aparcado enfrente, y la persona que iba sentada al volante era Roger Trent.

72

—Imagino que estará buscándome a mí, puesto que aquí no se aloja nadie más —comentó Puller.

Trent llevaba un pantalón oscuro y una camisa blanca. En una mano sostenía un cigarrillo. Tenía la cara roja y los corpúsculos que rodeaban su gruesa nariz estaban hinchados. Al acercarse, Puller percibió el olor a alcohol que le despedía el aliento.

—¿Seguro que está en condiciones de conducir ese trasto, en el estado en que se encuentra?

—¿En qué estado me encuentro?

—En estado de embriaguez.

—Ni por lo más remoto. Siento un gran apetito por todo.

Puller se fijó en su barriga.

—Ya lo veo. ¿Alguna vez se le ha pasado por la cabeza ponerse a dieta?

—Desde que nos conocimos, no ha dejado usted de tirarme de la correa.

—Es usted una persona difícil de querer, Roger.

Para sorpresa de Puller, Trent rompió a reír.

—Bueno, por lo menos es sincero. Tengo entendido que hoy ha estado almorzando con mi encantadora esposa. En Vera Felicità.

—Invitó ella, no yo.

—No estoy diciendo lo contrario. En cambio usted aceptó.

—Así es.

—¿Se divirtió?

—Su mujer es buena compañía. ¿Le ha contado lo que sucedió después?

—Que alguien le puso a usted una bomba debajo del coche, sí, lo ha mencionado. Por eso he venido, para decirle que ella no ha tenido nada que ver.

—Gracias, supone un gran alivio.

—Estaba pensando que usted y yo tenemos mucho en común.

—No me diga. ¿El qué?

—Que alguien nos quiere ver muertos.

—A usted solo lo llaman por teléfono. Pero a mí me ponen bombas.

Trent se apoyó en su Bentley.

—¿En ningún momento se ha preguntado por qué razón no me he movido de este pueblo? Podría vivir en cualquier parte, ¿sabe?

—Su esposa prefiere Italia, eso sí que lo sé.

—Esa es mi esposa. Estamos hablando de mí.

—De acuerdo, sí me lo he preguntado. Y se nota que está deseando decírmelo. ¿Prefiere ser cabeza de ratón antes que cola de león?

—Ojalá fuera así de simple. Verá, Puller, yo no necesito sentirme querido. Ni mucho menos. Uno no se mete en el negocio de la minería del carbón para que la gente lo quiera. A mí me gusta que me odien. Me sirve de estímulo, de hecho me encanta. Todos contra mí. Aquí, en Drake, soy el que lleva las de perder. Un perdedor rico, el más rico, en realidad. Pero sigo siendo el perdedor.

—¿Alguna vez ha pensado en ir al psicólogo?

Trent rio de nuevo.

—Me cae bien usted. No sé muy bien por qué; bueno, a lo mejor sí que lo sé. Usted también me odia, pero en un nivel distinto. Usted me odia a la cara, no por detrás de la espalda como todos los demás.

—¿En todos los demás incluye a su familia?

Trent expulsó placenteramente un anillo de humo y contempló cómo se elevaba muy despacio y luego desaparecía.

En el cercano bosque comenzaron a cantar las cigarras.

—Probablemente. Sam no me soporta. Randy es un tarado. Y Jean está enamorada de mi dinero.

—Una gran familia feliz.

—Pero no se lo reprocho. ¿Recuerda que le dije que la gente me tenía envidia? Pues es verdad. Seguro que usted es un fenómeno como soldado. Probablemente habrá combatido en Oriente Medio y le habrán concedido un montón de medallas.

—¿Eso se le ha ocurrido a usted solo?

—Le he investigado un poco. Sí, seguro que estar allí fue muy duro. Pero deje que le diga cómo es combatir de verdad. Los negocios son una batalla, y para vencer hay que ser un cabrón. Nadie llega a lo más alto siendo un blandengue. Aquí se trata de matar o morir. Y si no se está en lo más alto, se está en lo más bajo. Que es donde la mayoría de la gente vive toda la vida. —Dio un golpecito al cigarrillo para desalojar la ceniza y después se lo llevó a los labios.

—Gracias por la clase práctica de negocios, Roger. Ahora, ¿por qué no me habla de los problemas económicos que está teniendo?

A Trent se le quedó el cigarrillo colgando de la boca, y su expresión satisfecha se esfumó por completo.

—¿Qué problemas económicos?

—Usted me ha investigado a mí y yo lo he investigado a usted.

—Pues la información que le han dado es falsa.

—Ahora lleva a un rudo marine de guardaespaldas. A propósito, ¿dónde está? Yo no iría por ahí solo habiendo recibido amenazas de muerte.

—Su preocupación por mi bienestar resulta enternecedora.

—Y deduzco que los banqueros de Nueva York no se han mostrado receptivos ante sus problemas de efectivo.

Trent arrojó el cigarrillo al suelo y lo aplastó con el pie.

—¿Qué diablos le ha contado Jean? La muy imbécil.

Menos de tres días. Aquello era todo lo que le quedaba a Puller. De modo que decidió lanzarse de cabeza.

—Roger, no se puede estar en misa y repicando. Se dedica al carbón, pero también gestiona gaseoductos, ¿no es así?

—¿Qué tiene eso que ver?

—Dígamelo usted.

—No tengo nada que decirle.

—¿Está seguro?

—Muy seguro.

—Es horrible tener deudas. Pero peor todavía es la traición.

—¿Está tomando drogas, o algo?

—Solo le estoy dando un consejo.

—¿Y por qué voy a aceptar consejos de usted?

—Porque se lo doy con buena intención.

Trent soltó una carcajada.

—Es usted un tipo realmente gracioso.

—No, la verdad es que no. Y si las cosas salen como yo imagino, va a necesitar usted más de un marine que lo proteja.

—¿Me está amenazando? —bramó Trent.

—Roger, es usted lo bastante inteligente para saber que la amenaza no viene de mí.

Trent volvió subirse a su Bentley se marchó.

Por lo visto había vuelto a fracasar, pensó Puller. Solo le quedaba la esperanza de que Dickie tuviera algo más útil que contarle.

73

Cuando llegó eran casi las diez. El barrio estaba en silencio. No se veía a ningún vecino por la calle. Puller difícilmente podía reprochárselo: mucho calor, mucha humedad y multitud de mosquitos. Era una noche para quedarse en casa, no para pasearse al aire libre.

Maniobró con su Malibu por la red de calles siguiendo la ruta que había tomado anteriormente con Cole. Dobló otra esquina más y se encontró de frente con el cuartel de bomberos. No halló luces encendidas, pero tampoco esperaba hallarlas, porque allí no había electricidad. Seguramente por eso se iba todo el mundo a casa en cuanto anochecía. Los portones estaban cerrados, y Puller se preguntó si además les habrían echado la llave. Detuvo el coche, se apeó, miró a su alrededor y olfateó el aire. Un mosquito le zumbó en plena cara y lo apartó con la mano, aunque comprendió que aquel gesto solo serviría para atraer más bichos. Lo sabía gracias a lo mucho que se había entrenado en zonas pantanosas.

Cerró con llave el Malibu empleando el mando a distancia. Lo había aparcado junto al edificio. Había decidido que, en adelante, dejaría siempre el coche lo más cerca posible.

Fue hasta el portón de entrada, alargó la mano y tiró. La hoja se deslizó suavemente hacia arriba por unos carriles engrasados. Miró una vez más a su alrededor y no vio a nadie. Aun así, posó la mano derecha sobre la M11 que llevaba en la parte delantera del cuerpo. A continuación sacó la Maglite del maletero y la encendió. El haz de luz perforó la oscuridad cuando penetró en el interior del edificio.

Quería probar una teoría mientras esperaba a Dickie.

A su derecha había dos Harleys aparcadas la una junto a la otra, con las dos ruedas delanteras encadenadas entre sí. A su izquierda había una caja de herramientas con ruedas, cerrada con un candado de gran tamaño. Al parecer, los miembros del club de las Harleys no se fiaban totalmente de sus vecinos. Ambas motos tenían dos maletas enormes, también protegidas con candados. No era un detalle insólito, y de hecho Puller ya esperaba encontrárselo.

Forzó los candados y examinó el interior de las maletas con la linterna. En la tercera encontró lo que esperaba: un trozo de plástico, un tramo de cinta aislante y unos cuantos copos brillantes, casi invisibles. En otra maleta halló unos pocos granos de color marrón. Los copos brillantes eran cristales de metanfetamina pura. Los granos marrones eran una versión menos pura denominada polvo de mantequilla de cacahuete. Las drogas ilegales constituían un problema para el Ejército, más de lo que les gustaba reconocer a los altos mandos. Con el paso de los años, él había visto prácticamente todas las drogas ilícitas que existían.

De manera que había descubierto el canal de distribución del modesto negocio de metanfetamina de Eric Treadwell. El club de moteros Xanadú metía la droga en las maletas de las Harleys y la repartía a los clientes. Y en zonas empobrecidas en las que la gente estaba deseosa de olvidarse de su realidad porque esta era horrible, los traficantes de droga encontraban presas fáciles.

Así que Treadwell y Bitner eran narcotraficantes de poca monta. Pero Puller estaba seguro de que no los habían asesinado por eso. Informaría del tema a Cole, pero a él no le aportaba nada nuevo que lo ayudase a atrapar a los terroristas.

Seguidamente registró las taquillas del lado izquierdo de la pared. No encontró nada. Contenían sobre todo material de los moteros de las Harleys. Cuando intentó acceder a las taquillas de la derecha, se las encontró cerradas con llave. Forzó la cerradura de una de ellas y no halló nada. Repitió la operación con las otras dos y halló lo mismo: nada. Así que no perdió el tiempo con las demás.

Consultó el reloj. Había acudido allí antes de la hora acordada por si acaso Dickie no estaba jugando limpio con él y alguien le había tendido una emboscada. Aún le quedaba un rato, y decidió emplearlo en registrarlo todo. No era descabellado pensar que a los que distribuían metanfetamina se les pudiera persuadir para que hicieran algo más monstruoso, aunque con ello perjudicasen a su país. A lo mejor los habitantes de aquella comarca tenían la impresión de que su país ya los había abandonado, y que por lo tanto daba lo mismo.

A su izquierda había otra estancia. Entró en ella, y al instante la penumbra se transformó en una negrura propia de una cueva, porque allí no había ventanas. Se hallaba vacía. Al volver a salir aguzó bien el oído por si captaba el ruido de alguien que se le acercase.

A continuación se aventuró a subir las escaleras. Había una cocina que a todas luces estaba siendo utilizada por los miembros del club. Abrió varios armarios y encontró latas de sopa y cajas de cereales.

Junto a la cocina había otra estancia. Abrió la puerta y miró dentro perforando la oscuridad con el haz de la linterna. Aquello debía de ser el despacho del jefe de bomberos. Una mesa vieja, armarios archivadores viejos, varias baldas y un par de sillas herrumbrosas. Miró a ver qué contenían los archivadores, pero estaban vacíos, igual que las baldas. Acto seguido se sentó detrás de la mesa y empezó a abrir cajones. No encontró nada hasta que, tras localizar algo con la luz de la linterna, metió la mano más hasta el fondo de uno de ellos.

Se quedó mirando el fragmento de periódico, ya amarillento. Llevaba una fecha: 1964. El titular decía: «FIA.» No sabía qué podía significar.

A continuación leyó el cuerpo del artículo. Hablaba del procedimiento que había que seguir en caso de que se declarase un incendio en la cúpula, pero Puller no encontró ninguna alusión que le desvelara lo que se hacía dentro de dicha instalación.

Quizás aquello tuviera que ver con lo que le había contado Mason, lo de que allí se fabricaban componentes para bombas.

De pronto reparó en algo que estaba escrito en el margen. La tinta estaba difuminada, pero todavía se distinguía lo que ponía.

Eran los números 92 y 94.

Se guardó el papel en el bolsillo y se levantó de la silla.

Oyó el ruido nada más salir del pequeño despacho. Una motocicleta que se acercaba rápidamente, con el motor revolucionado. Al momento corrió hasta una hilera de ventanas situadas en la segunda planta que daban a la fachada frontal del cuartel. Tenía que tratarse de Dickie. Enfocó el reloj con la linterna. Era la hora.

Vio el faro solitario de la moto surcando la oscuridad hasta que se detuvo en el hormigón agrietado que se extendía frente al edificio. Entonces pudo distinguir con más claridad al motorista. Hombros grandotes, figura corpulenta. Era Dickie.

El estallido del disparo le produjo un sobresalto y le provocó el reflejo de agacharse. Ante sus propios ojos, la bala alcanzó al motorista directamente en la cabeza, destrozó el casco, atravesó el cráneo y el cerebro y salió por el otro lado. La Harley derivó hacia la derecha al tiempo que el conductor soltaba el manillar. El conductor se desequilibró hacia la izquierda y cayó al suelo, se sacudió una sola vez y luego quedó inmóvil. La motocicleta continuó rodando un poco más, hasta que chocó contra la pared del cuartel y cayó de lado con el motor todavía en marcha. Pero Puller no vio esta última parte; de un salto se había aferrado a la barra de los bomberos y había comenzado a bajar por ella.

El disparo había venido de la izquierda, y de un rifle de largo alcance. Imaginó que el francotirador estaría apostado en el suelo, porque allí no había ningún terreno elevado, sino únicamente casas. El tirador podía estar dentro de una de ellas. Y eran muchas, todas vacías. Bueno, quizá no.

Puller salió por la entrada principal, junto a la motocicleta caída. Se agachó y apagó el motor sin dejar de trazar arcos con su M11 para defenderse. Acto seguido marcó un número en el teléfono móvil.

Cole respondió al segundo timbrazo.

Él le explicó lo sucedido en tres eficientes frases.

Cole enviaría la caballería en su ayuda. Era la segunda vez en un mismo día.

Contó hasta tres y echó a correr en zigzag hacia su Malibu. Con el bulto del automóvil haciendo de barrera entre él y el punto del que había venido el disparo, abrió el maletero y rápidamente sacó lo que necesitaba: unas gafas de visión nocturna.

Y su chaleco antibalas. El chaleco externo táctico constaba de un blindaje modular blando, capaz de detener una bala de nueve milímetros. Pero esta noche aquello no iba a ser suficiente. Tardó unos cuantos segundos en introducir en los espacios del chaleco las placas de cerámica que aumentarían notablemente el grado de protección. Después encendió las gafas nocturnas y el mundo se le reveló de un color verde de alta definición. Echó una ojeada al cadáver del motorista. El casco no se había salido del sitio, de manera que no pudo verle la cara. El último elemento que sacó del maletero era, probablemente, el más importante.

Un subfusil ametralladora H&K MP5. Era, claramente, el arma preferida por las Fuerzas Especiales para el combate en distancias cortas. Poseía un alcance máximo de cien metros, lo cual quería decir que iba a tener que acercarse mucho más a su objetivo.

Cuando el rifle de un francotirador se enfrentaba a armas de corto alcance, estas últimas se encontraban en total desventaja. A ello había que sumar el hecho de que Puller tenía la seguridad de que el tirador contaba con una mira de visión nocturna para efectuar el disparo que acababa de presenciar. Habría preferido tener consigo su rifle de cerrojo, pero iba a tener que conformarse con el H&K.

Puso el selector del subfusil en la posición de dos balas por disparo y cerró el maletero del coche.

Antes necesitaba llevar a cabo un reconocimiento previo. Se subió al Malibu, lo arrancó y dio marcha atrás hasta donde estaba el cadáver. Sirviéndose del coche a modo de escudo, se apeó. Examinó el casco y vio los orificios de entrada y salida de la bala. A continuación levantó la visera y se encontró con la mirada fija de Dickie Strauss. Se volvió a su izquierda y vio el proyectil, tirado en el suelo. Lo observó atentamente sin tocarlo. Era un Lapua Magnum 338, y el chaleco que llevaba él no estaba diseñado para interceptarlo. Además, el Lapua tenía un alcance de hasta mil quinientos metros. Y dándose las circunstancias ideales y un poco de suerte, un tirador diestro sería capaz de acertar al blanco incluso desde una distancia aún mayor.

Se saltó todos los protocolos de escenas del crimen y registró rápidamente al muerto para quitarle el teléfono móvil y la billetera y guardárselos en el bolsillo. A continuación volvió a subirse al coche y, manteniendo la cabeza agachada, avanzó en dirección al cuartel de bomberos. Entonces se trasladó al asiento del copiloto y se pasó por la cabeza la correa del MP5.

Había llegado el momento de iniciar la caza.

74

Las luces estroboscópicas del coche patrulla de Cole rasgaban la oscuridad y el aullido de las sirenas se abría paso por el silencio que habitualmente reinaba en aquella parte del mundo. Se conocía aquellas carreteras mejor que nadie, pero hubo un par de ocasiones en que se exigió tanto a sí misma y a su automóvil, que temió salirse del asfalto y despeñarse por un precipicio para hallar una muerte temprana.

Tomó la última curva y, al llegar al tramo recto, pisó a fondo el acelerador. Unos segundos más tarde vio el cuartel de bomberos. Detuvo el coche y orientó los faros hacia el cadáver que yacía en el suelo de hormigón. Después sacó la pistola y abrió la portezuela. Llamó a Puller por el móvil, pero no obtuvo respuesta.

Se apeó muy despacio, manteniendo la portezuela entre ella misma y dondequiera que se encontrase el francotirador. Entonces vio la motocicleta caída junto al cuartel y acto seguido posó la vista en el Malibu. Oyó sirenas a lo lejos. Un minuto después llegaron dos coches patrulla y se detuvieron junto a ella.

—Hay un tirador —les advirtió.

Vio que los policías abrían las portezuelas de los coches y se protegían detrás de ellas.

—Cubridme —les ordenó.

Llevaba puesto el chaleco antibalas estándar, y esperaba que con eso fuera suficiente. Fue rápidamente hasta el cadáver tendido en el suelo, levantó la visera del casco y contempló el rostro del muerto. Dickie Strauss no tenía el semblante de una persona que está dormida, sino el de una persona a la que le han descerrajado el cráneo de un tiro.

—Un fallecido —voceó en dirección a los policías. Observó los orificios del casco y añadió—: GS a la cabeza. Artillería pesada.

—Es mejor que se ponga a cubierto, sargento —dijo uno de sus hombres.

Cole regresó agachada hasta su coche y tomó posición detrás de la portezuela.

—Llamad y pedid refuerzos —ordenó—. Quiero que bloqueen todas las carreteras que llevan hasta aquí. Quienquiera que haya hecho esto, no va a escapar.

—¿Y qué pasa con el tipo del Ejército? —preguntó uno de los policías.

Cole contempló la oscuridad.

«Vamos, Puller. Por favor, que no esté muerto. Que no esté muerto.»

Puller había montado un puesto de vigilancia al lado de una casa abandonada, a unos quinientos metros del cuartel de bomberos. Había llegado hasta allí siguiendo mentalmente la trayectoria del disparo. Un francotirador de moderado talento era capaz de acertar al blanco sin problemas a una distancia de entre seiscientos metros y mil, siempre que contase con el equipo adecuado. Que el proyectil utilizado fuera un Lapua indicaba que, efectivamente, el tirador contaba con el equipo adecuado.

Los francotiradores de la policía de zonas urbanas solían disparar a distancias inferiores a treinta metros. Los militares operaban a distancias considerablemente más largas, puesto que el combate era una cosa completamente distinta. Puller había percibido el ruido de la explosión, por eso sabía que el disparo no se había efectuado a más de mil quinientos metros. Los rifles de francotirador del Ejército, por lo general, eran más largos que los de la policía, con la finalidad de que el propelente del cartucho quemara totalmente su carga de combustible, lo cual reducía el fogonazo que se producía en la boquilla y aumentaba la velocidad de salida de la bala. De ese modo resultaba más difícil localizar la ubicación del francotirador, y por consiguiente disminuían las probabilidades de que este recibiera un disparo letal.

Puller sopesó la posibilidad de que el tirador contara también con la ayuda de un ojeador, en cuyo caso serían dos contra uno. Oyó sirenas a lo lejos, Cole y su equipo estaban a punto de llegar. Lo cual era bueno y malo. Bueno, en el sentido de que siempre se agradecía recibir refuerzos. Malo, porque ahora el tirador tenía más incentivos que nunca para largarse pitando de allí.

Hizo un barrido de la zona que tenía ante sí buscando el rastro delator de una mira láser. Dicho dispositivo era estupendo para fijar el blanco, pero en el campo de batalla resultaba desalentador por la sencilla razón de que daba a conocer la posición del soldado. Puller siempre se había fiado de su mira y de su ojeador, y comparaba la altura del objetivo con la imagen del mismo que aparecía en la cuadrícula del visor. Se podía calcular de forma aproximada el tamaño medio de una cabeza humana, la anchura de los hombros y la distancia que había entre la cabeza y la cadera. Teniendo esos parámetros, a continuación se podía utilizar la mira para buscar la distancia correcta. Los policías apuntaban al bulbo raquídeo, un órgano de unos siete centímetros de largo que controlaba los movimientos involuntarios. Si se hería el bulbo raquídeo, la muerte era instantánea. Dado que los francotiradores del Ejército nunca disparaban a un objetivo que estuviera a menos de trescientos metros, apuntaban al cuerpo porque el torso constituía un blanco de mayor tamaño.

El tirador al que se enfrentaba Puller había logrado que dicha dicotomía se volviera borrosa. Había disparado a la cabeza, pero desde una distancia superior a trescientos metros.

¿Sería un policía o un militar?

¿O las dos cosas?

Si el tirador disparase de nuevo, él podría localizar su posición mediante triangulación. Pero si el tirador disparase de nuevo y lo hiriese a él en el torso, la bala Lapua lo dejaría herido de gravedad o, más probablemente, lo mataría.

Estudió lo que tenía frente a sí, casas vacías, calles silenciosas. Sin embargo, no todas las casas estaban vacías. Algunas tenían automóviles aparcados delante, y en otras se distinguían luces encendidas en la planta baja. ¿Es que los vecinos no sabían que había un francotirador entre ellos? ¿Es que no habían oído el disparo?

Se volvió a mirar en dirección al cuartel de bomberos y se fijó en la ubicación exacta del cadáver de Dickie Strauss. Tras el impacto de la bala, la motocicleta continuó avanzando y él cayó al suelo unos tres segundos más tarde. Debía retroceder en el tiempo, desandar la trayectoria. Miró en dirección contraria y comprobó una vez más la línea de fuego probable, la única visual que había en línea recta. La casa situada al fondo de una calle sin salida. Oscura, sin automóviles delante. Detrás de ella había más casas, pero en la manzana siguiente todas estaban orientadas hacia el lado contrario.

Aguzó el oído y se obligó a sí mismo a no hacer caso de las sirenas. No captó nada, ni carreras ni pisadas.

Tomó una decisión.

Un momento después ya se había puesto en movimiento. Teniendo en cuenta su tamaño, era capaz de moverse casi sin hacer ruido, lo cual resultaba fácil y difícil al mismo tiempo. Cuando se tenían las piernas largas, se necesitaba menos movimiento para abarcar más terreno. Pero los hombres grandes no destacaban por tener los pies ligeros. La gente siempre daba por sentado que un individuo de su tamaño haría tanto ruido como un elefante; hubo quien pensó eso mismo justo antes de morir.

Puller abrigó la esperanza de que aquella noche sirviera también de ejemplo.

75

El rifle de francotirador pesaba siete kilos y medía un metro, casi lo mismo que una haltera. Por esa razón se disparaba casi siempre en la postura de decúbito prono. Lo llevaba en la mano derecha. El bípode plegable que había ajustado a la boquilla se encontraba en posición cerrada. Se movía con rapidez, pero de forma metódica. Una muerte por noche. No deseaba más. Aquella noche, no.

Lanzó una mirada hacia su espalda. No vio nada salvo la oscuridad que lo miró a su vez. Estaba a seis metros de la línea de los árboles. A partir de allí, le quedaba una caminata de cinco minutos por la espesura del bosque, un automóvil aguardando y una huida rápida. Antes de que la policía tuviera tiempo de bloquear las carreteras. Le gustaba aquella zona, había mucho terreno que abarcar y un número insuficiente de policías para ello.

De pronto hizo un alto y se volvió.

Sirenas, sí, pero también algo más. Algo inesperado.

Su mano izquierda subió hacia la cintura.

—Si subes la mano un centímetro más, verás un primer plano de tus intestinos.

La mano quedó inmóvil donde estaba.

Puller no salió de entre los árboles. Desconocía si el otro hombre estaba solo. Mantuvo el subfusil fijo en el blanco.

—En primer lugar, coge el rifle por la boquilla y lánzalo bien lejos. En segundo lugar, túmbate en el suelo con las manos entrelazadas por detrás de la cabeza, los ojos cerrados y las piernas separadas.

El otro depositó el rifle en el suelo apoyándolo por la culata, después lo agarró de la boquilla y lo arrojó por los aires. Fue a aterrizar con un golpe sordo a un par de metros de allí levantando un poco de hierba y tierra.

—Primera parte cumplida. Ahora toca la segunda —dijo Puller.

—¿Cómo ha conseguido adelantarse a mí? —preguntó el tirador.

A Puller no le gustó aquella pregunta, pero le gustó menos todavía el tono en que se la formuló aquel tipo: sin ninguna prisa, con auténtica curiosidad, pero, por lo visto, sin la menor preocupación por las consecuencias de que lo hubieran capturado. Recorrió con la mirada el terreno que se extendía ante él. ¿Habría un ojeador por allí? ¿Un equipo de apoyo que le facilitara la huida al tirador?

—He tenido suerte con la triangulación —respondió—. Saqué la conclusión lógica y vine hasta aquí a paso ligero.

—No le he oído en ningún momento.

—Exacto. ¿Por qué has matado a Dickie?

—No sé de qué me habla.

—No creo que por aquí abunden las balas Lapua.

—Puller, puede desentenderse de esto ahora mismo. Quizá le convenga.

A Puller le gustó todavía menos aquel cambio de táctica. Era como si fuera el otro el que lo estuviera apuntando con un arma y le ofreciera marcharse sin más.

—Te escucho —dijo.

—Estoy seguro de que ya ha contemplado esa posibilidad. De mí no va a obtener más información, no me corresponde hacerle a usted el trabajo.

—Ya han muerto ocho personas. Debe de haber una buena razón para ello. —Puller deslizó el dedo hacia la guarda del gatillo del MP5. Cuando metía el dedo dentro de la guarda, era porque estaba dispuesto a disparar.

—Supongo que sí.

—Si hablas, tal vez podamos llegar a un acuerdo.

—Me parece que no.

—¿Tan leal eres?

—Si quiere llamarlo así. Dejaré que me mate. Ha sido culpa mía, era mi responsabilidad.

—Tiéndete boca abajo. Es la última vez que te lo digo.

Puller apuntó para efectuar el disparo. A aquella distancia, el otro era hombre muerto. Apoyó el MP5 contra el pectoral derecho mientras con la mano izquierda desplazaba la M11 describiendo un arco de treinta grados.

El otro se arrodilló en el suelo, después se tendió de bruces y empezó a entrelazar los dedos. Pero de improviso se llevó una mano a la cintura.

Puller, disparando con la M11, le metió una bala en cada brazo y seguidamente dio un paso hacia la izquierda y se escondió detrás de un árbol. El fogonazo de la boquilla había delatado su posición. No había tirado a matar porque no le era necesario; el otro no tenía forma de hacer un disparo claro, y ahora que tenía ambos brazos inmovilizados ni siquiera podría apuntarle a él con el arma. Si había intentado cogerla, tenía que ser por dos motivos.

Primero, porque quería que él lo matara. Él había decidido no ser tan complaciente, quería un testigo al que pudiera interrogar.

Segundo, porque quería que él disparase y así revelase su posición. De ahí que se hubiera él apresurado a esconderse detrás del árbol.

Esperó a que llegaran disparos procedentes de otro sector. Pero no hubo ninguno.

Enseguida volvió la vista hacia el herido, que continuaba tumbado en el suelo y sangrando por los brazos. La hemorragia no era de sangre arterial, porque ya se había preocupado él de apuntar debidamente.

Tardó un segundo de más en percatarse de que el herido tenía una mano debajo del cuerpo, y al momento oyó el silbido del disparo.

—Mierda —murmuró al tiempo que su adversario elevaba

de repente el torso en una brusca sacudida y luego volvía a dejarse caer en tierra.

La bala le había salido por la espalda. Justo por el centro. Había sido un disparo a quemarropa, dirigido hacia atrás. Se lo había infligido él mismo.

Acababa de perder a su potencial testigo. Quienquiera que fuese aquella gente, desde luego eran devotos a algo. Escoger morir antes que vivir no era una decisión que se tomara con facilidad. Daba la impresión de que aquel tipo tenía la intención de actuar así desde el principio, en cuanto comprendió que había quedado en una situación muy comprometida y próximo a ser capturado.

Puller se había relajado solo un instante, pero fue casi un error fatal.

Interceptó el cuchillo con el cañón del arma, pero su agresor lo golpeó en el brazo con la otra mano y el impacto causó que el MP5 se le cayera al suelo. Alzó entonces la M11, pero el otro le lanzó una patada de costado que le hizo soltar también la pistola. El agresor arremetió contra él moviendo el cuchillo en diferentes direcciones con el objeto de confundirlo. Medía como uno noventa y tenía el cabello castaño oscuro, el rostro delgado y bronceado y la mirada serena de alguien que está acostumbrado a matar.

Claro que Puller también.

Sujetó mano y cuchillo contra el cuerpo de su agresor, después bajó la barbilla y le propinó un cabezazo en plena garganta. El cuchillo cayó al suelo. Puller giró en redondo, aferró al otro por el pelo de la coronilla con una mano y tiró de él hacia la derecha a la vez que le clavaba el codo en el lado izquierdo del cuello.

El agresor emitió un gorgoteo, y al momento comenzó a manarle sangre de la nariz y de la boca.

—Ríndete y conservarás la vida, gilipollas —le dijo Puller.

Sin embargo, el otro continuaba forcejeando. Lanzó una patada a la ingle de Puller y le metió los dedos en los ojos. Era una maniobra irritante, pero manejable. Puller lo quería vivo. Pero cuando el agresor alcanzó con una mano la M11 que llevaba él en la espalda e intentó sacarla de su funda, Puller decidió que era mejor seguir estando vivo pero sin tener un cautivo al que interrogar, antes que estar muerto.

Se situó detrás de su agresor, con un largo brazo le sujetó el maltrecho cuello, con el otro le aferró el torso con fuerza, y a continuación tiró en direcciones contrarias. Cuando oyó que el otro empezaba a chillar, lo levantó en vilo, tomó impulso hacia atrás y lo estampó contra el árbol que tenía más cerca. Oyó el chasquido que hacía la columna vertebral al partirse y dejó caer aquel fardo al suelo. Con la respiración agitada, se quedó mirando el estropicio que había causado con aquel cuerpo humano. Luego examinó el cuchillo. Hoja en sierra, mango desgastado. Denotaba un uso intensivo. Supuso que tendría encima un montón de sangre suya, pero no experimentó ni un gramo de remordimiento.

—¡Puller!

Volvió la vista hacia su derecha. Había reconocido la voz de Cole.

—Estoy aquí. Pero no se acerque, hay un francotirador y su compañero de apoyo, los dos muertos, pero podría haber más. Yo estoy bien.

Transcurrieron diez minutos, y por fin Cole preguntó:

—¿Podemos acercarnos ya?

Puller escrutó una vez más la línea de los árboles.

—Está bien.

Unos minutos más tarde entraron en su campo visual Cole y dos de sus hombres.

—¿Puller?

—A su derecha —dijo al tiempo que daba un paso para mostrar dónde se encontraba.

Cole y sus hombres corrieron hacia él agachados. Puller se arrodilló y volvió al francotirador boca arriba.

—Alúmbrele a la cara.

Cole obedeció.

El policía que se llamaba Lou dejó escapar una exclamación ahogada.

—Este es el tipo que fingió que vivía en la casa de Treadwell —aseguró.

Puller se puso de pie.

—Eso mismo he pensado yo.

—¿Por qué?

—Encajaba en la descripción que facilitó usted. Ahora sabemos que se le da igual de bien asesinar desde lejos que matar de cerca.

Lou contempló el otro cuerpo destrozado.

—¿Qué diablos le ha hecho a ese?

—Lo he matado —respondió Puller simplemente—. Antes de que él me matase a mí.

—El de ahí atrás era Dickie Strauss —dijo Cole.

—Ya lo sé.

—¿Qué estaba haciendo aquí?

—Había quedado conmigo.

Cole se fijó en las heridas que tenía el francotirador en los brazos.

—¿Son disparos efectuados por usted?

Puller asintió.

—Hizo ademán de coger su arma, y pensé que intentaba provocar que yo lo matase. Pero no lo maté, de modo que se disparó a sí mismo. Debería haberlo visto venir. Claro que cuando un hombre quiere pegarse un tiro y tiene una pistola a mano, no se puede hacer gran cosa para impedírselo.

—Supongo que no —repuso Cole sucintamente.

Puller miró en derredor y dijo:

—Vamos a precintar las escenas del crimen. Haga venir a Lan Monroe y a quien considere necesario. Después, podremos hablar usted y yo.

—¿De qué?

—De muchas cosas.

76

La sargento Cole estaba esperándolo en su casa. Puller había hecho una parada en el motel y luego había continuado. Cole lo recibió en la puerta y lo guio por el pasillo hasta la cocina.

—¿Le apetece algo de beber? —le preguntó—. Yo voy a tomarme una cerveza.

—No, gracias —contestó.

Se acomodaron en un cuarto situado al fondo de la casa que daba al jardín de atrás. Hacía calor y humedad, y el aire acondicionado de Cole no era mucho más eficaz que el de la habitación del motel. Puller tenía la sensación de que el aire mismo le sabía a carbón y que la piel se le estaba volviendo de un tono negro oleoso por el mero hecho de estar allí.

La sargento se sentó enfrente, sosteniendo en la mano el botellín de Michelob.

—Mientras usted se dedicaba a seguir unas cuantas pistas —empezó—, yo he estado investigando en el lugar de trabajo de Treadwell. La única información de utilidad que he obtenido de ellos es que no han echado en falta nada del inventario. Y tampoco tienen idea de por qué razón podía haber residuos de carburo de tungsteno en la casa de Treadwell. Ellos no trabajan con ese producto.

—¿Así que no es algo relacionado con su trabajo?

—No.

—He hallado la explicación del laboratorio de metanfetamina.

—¿Qué?

Le contó a la sargento lo que había descubierto en el cuartel de bomberos.

—Maldita sea. ¿De modo que el club Xanadú trafica con metanfetamina?

—Eso parece —repuso Puller—. Pero en realidad eso no nos lleva a ninguna parte. Y se nos está agotando el tiempo.

—¿A qué se refiere?

También le explicó la conversación que había tenido con Joe Mason. Le contó que Trent se ocupaba de la gestión del gaseoducto. Y que, por lo visto, el verdadero objetivo era el reactor nuclear. Y por último le habló de los problemas económicos de Trent.

Cuando terminó, Cole dejó la cerveza en la mesa y se reclinó en su asiento.

—No sé muy bien por dónde empezar —dijo—. Jean nunca me ha confiado que tuviera problemas de dinero. ¿En cambio se lo ha contado a usted?

—La pillé en un momento vulnerable. Y no soy pariente suyo. A lo mejor es que no quería que usted supiera nada. O a lo mejor le daba vergüenza la posibilidad de volver a ser pobre.

—¿Tiene hambre? De repente me ha entrado un hambre canina.

—Cole, olvídese de la comida, nos quedan menos de dos...

—Necesito hacer unos sándwiches, Puller —lo interrumpió la sargento con voz temblorosa—. Necesito... hacer algo normal. Porque si no, me hundiré. De veras. Lo digo en serio. Yo no me alisté en el cuerpo para toda esta mierda. Se suponía que en un pueblo como Drake no sucedían estas cosas tan horribles.

—Vale, vale —dijo Puller—. ¿Quiere que le eche una mano?

Entraron en la cocina y prepararon unos sándwiches de pavo con pepinillo y una guarnición de patatas fritas. Después se los comieron de pie junto al fregadero.

—¿En qué está pensando? —preguntó Cole en voz baja.

Puller le dio un bocado a su sándwich y lo acompañó con unas cuantas patatas.

—En que el francotirador sabía lo que hacía. El rifle era de primera clase, y la munición que utilizó también. Escogió bien la posición, ejecutó el disparo y casi consiguió escapar. Yo tuve que esforzarme un poco para vencerlo, y además tuve cierta suerte. Y eso que se me da muy bien derribar francotiradores prácticamente en cualquier entorno. —Hizo una pausa—. Y estuvo a punto de escaparse. Y su compañero era muy bueno. No tanto como yo, pero era bueno de verdad.

—Qué modesto —dijo Cole.

—Realista —replicó Puller—. Subestimar o sobrestimar las propias capacidades puede resultar fatal. Claro que hay tipos mejores que yo, pero él no era uno de ellos.

—Está bien.

—Supongamos que Dickie, Treadwell y Molly estaban metidos en el negocio de la metanfetamina. Ya dije que me sorprendió que Dickie fuera un tipo que estaba atrapado entre la espada y la pared. Traficaba con metanfetamina, lo cual, obviamente, deseaba mantener en secreto, pero también es cierto que se había topado con otra cosa que era mucho peor.

—¿Dice que había quedado en verse esta noche con usted? ¿Tiene idea de lo que pensaba contarle?

—No. Puede que nada. Fui yo el que concertó el encuentro.

Cole abrió el frigorífico, sacó dos botellas de agua mineral y le entregó una a Puller.

—Así que un gaseoducto y un reactor nuclear —dijo—. Y nos quedan dos días. Esto es una locura, Puller, una locura.

—Estoy de acuerdo.

—Tiene que hacer venir a la artillería pesada.

—Lo he intentado, Cole. Pero los de arriba no mueven un dedo.

—¿Y qué pretenden? ¿Dejarnos aquí colgados?

Estaban de pie, mirándose el uno al otro separados por unos pocos centímetros, sin embargo a Puller se le antojaron kilómetros. Había dedicado la mayor parte de su vida adulta a servir a su país. Y servir al país significaba, en esencia, servir a sus ciudadanos. Personas como la mujer que lo estaba mirando en aquel momento con una expresión de impotencia. Jamás en toda su vida se había sentido desgarrado por semejante conflicto interior.

—No sé qué decirle, Cole. De verdad que no lo sé.

—En fin, hay una cosa que he de hacer.

—¿Cuál? —preguntó Puller con cautela.

—Tengo que informar a Bill Strauss de que ha perdido a su hijo.

—La acompaño.

—No tiene por qué.

—Sí que tengo por qué.

Ambos se incorporaron y salieron de la casa juntos.

77

Fueron en el Malibu de Puller. El aire nocturno daba la impresión de ser aún más sofocante que durante el día, cuando la temperatura no había bajado de los treinta y cinco grados y la humedad se había mantenido en el noventa por ciento. El cono luminoso de los faros del coche alumbraba nubes de mosquitos que aguardaban a sus víctimas. Un ciervo salió del bosque a su izquierda, como unos quince metros más adelante. Puller clavó los frenos. Pocos segundos más tarde surgió de repente otro animal, una especie de león pequeño de montaña que salvó la cinta de asfalto en dos saltos y desapareció en el bosque por el otro lado.

Por lo visto, aquella noche estaban activos los depredadores.

—En Oriente Medio hacía más calor que aquí, pero sin esta humedad. Esto me recuerda más a Florida —comentó Puller mientras pilotaba el coche por aquella carretera llena de curvas, que parecía ser la única clase de carreteras que había en Drake.

—Yo no he estado nunca en Florida —dijo Cole—. El único sitio en que he estado es Virginia Occidental. Esto es mi hogar.

Puller puso el aire acondicionado al máximo y se enjugó el sudor de la frente, aguijoneado por lo que acababa de decir la sargento.

—Vamos a hablar de ello —dijo.

—Esto me sitúa en una posición de lo más incómodo, Puller.

Puller la miró.

—Ya lo sé. Usted es un agente que ha de velar por la paz. Un servidor público. Su lema es proteger y defender.

—Exacto. ¿Qué se supone que debo hacer, entonces? ¿Evacuar el condado?

Puller asió el volante con más fuerza y fijó la mirada en la oscuridad. Cole le iba diciendo por dónde tenía que ir para llegar a casa de Strauss, pero al parecer estaban circulando por un largo tramo de carretera recta, por lo menos en comparación con lo que era habitual en aquella zona, y se hizo obvio que la sargento había aprovechado la ocasión para expresar sus preocupaciones.

—Supongo que puede intentarlo. Pero sin tener más información, no estoy seguro de que resulte muy eficaz.

—¿Y si me respaldara usted? ¿Y la gente de Washington?

—Eso no va a ocurrir —repuso Puller, tajante.

—¿Por qué no?

Puller decidió contarle la verdad.

—En Washington ven a los habitantes de Drake como una oportunidad para escribir una nueva página del manual y de paso cargarse a unos cuantos de los malos.

—¿Quiere decir que somos conejillos de Indias? —exclamó Cole.

—En efecto, son conejillos de Indias. Los federales calculan que si apretamos el botón de alarma, los malos se limitarán a recoger sus cosas y marcharse a otro sitio a hacer lo mismo.

—Pero este es mi pueblo, aquí fue donde nací. Conozco a la gente, no puedo quedarme mirando cómo los borran a todos del mapa.

Puller había estado observándola fijamente, pero ahora desvió el rostro.

—Puller, ¿entiende usted mi razonamiento?

—Sí, lo entiendo. Y eso quiere decir que seguramente no debería haberle contado nada.

—¡Y una mierda que no!

—En resumen, los federales no van a hacer nada para precipitar esto. Quieren ver cómo se desarrollan las cosas. Enviarán a las tropas en el último minuto. Deberá ser un margen suficiente para garantizar los mínimos daños colaterales.

—¿Cómo que «deberá»? ¿Y cómo que daños colaterales «mínimos»?

—Pero eso no quiere decir que nosotros tengamos que quedarnos aquí sentados, sin hacer nada —la interrumpió Puller—. Podemos intentar solucionar esto antes de que aprieten el gatillo.

—¿Pero y si no podemos?

—Es el mejor plan que tengo.

—Me está pidiendo que decida entre mi país y mi gente.

—Cole, yo no le estoy pidiendo que haga nada. Simplemente le estoy diciendo lo que me han dicho a mí. A mí tampoco me gusta.

—Bueno, ¿y qué haría usted?

—Yo soy un soldado. Para mí es fácil. Me limito a acatar órdenes.

—Eso es una gilipollez.

—Sí, tiene razón, lo es.

—¿Entonces?

Puller tenía el volante aferrado con tanta fuerza, que notó que cedía un poco.

—Entonces, no sé.

Rodaron otro tramo más en silencio. La sargento lo rompió solo para darle las últimas indicaciones para el domicilio de Strauss.

Cuando ya estaban cerca, dijo:

—¿Y si decido dar la voz de alarma?

—Eso es asunto suyo.

—¿No disparará usted contra mí?

—Es asunto suyo —volvió a decir Puller—. Y no, no disparé contra usted. —Después lanzó un profundo suspiro—. De hecho, la respaldaré.

—¿En serio? ¿Por qué?

Cuando se volvió, observó que ella lo miraba fijamente.

—Porque sí —contestó—. Porque es lo justo. A veces los de arriba se olvidan de ese pequeño detalle. Lo que es justo —repitió.

Allá al frente surgieron las luces de la casa de Strauss. En el momento de penetrar en el camino para automóviles, Puller dijo:

—Si continuamos trabajando juntos, conseguiremos salir de esta.

Cole apoyó las palmas de las manos en el salpicadero del coche, como si intentase frenar el aluvión de pensamientos que querían escapar de su cerebro.

Puller alzó una mano y le dio un ligero apretón en el hombro.

—No estás sola, Sam. Estoy yo aquí, contigo.

La sargento se volvió hacia él.

—Es la primera vez que me tutea.

—Los del Ejército somos personas muy formales.

Aquel comentario dio lugar a que apareciera una insólita sonrisa en el rostro de Cole.

—Estoy bien... John —respondió ella palmeándole la mano—. ¿Te parece bien que te llame John de vez en cuando? Ya sé que seguramente, con todo lo que está ocurriendo, sonará bobo que me preocupe por algo así.

—Me parece perfecto. Y supongo que es mejor que Romeo.

—O que Julieta —repuso Cole.

78

El domicilio de los Strauss tenía poco más de la mitad del tamaño del de los Trent, lo cual quería decir que, en comparación con lo que se veía habitualmente en Drake, era enorme. Y también en comparación con lo que se veía en casi todo el país, pensó Puller. Se hallaba rodeado por una parcela privada de dos hectáreas y hasta contaba con una pequeña verja en la entrada, aunque en este caso no estaba vigilada por un guarda, como en la mansión de Trent.

Cole había llamado para decir que iba, y había sacado a Strauss y a su mujer de la cama. Cuando llamaron al timbre, el matrimonio ya los estaba esperando. La señora Strauss era una mujer grande y entrada en carnes, y se había tomado la molestia de peinarse después de que la despertaran en mitad de la noche. Llevaba un pantalón y una blusa por fuera, y lucía una expresión en la cara que daba cuenta de su grado de desolación.

Bill Strauss iba vestido con vaqueros y polo, y sostenía entre los dedos un cigarrillo sin encender. Quizá la señora Strauss, igual que Rhonda Dougett, no permitía que se fumase en el interior de la casa.

Permanecieron acurrucados el uno junto al otro en el sofá mientras Cole les explicaba lo que había sucedido. Cuando llegó al momento del disparo, Bill Strauss levantó la cabeza.

—¿Entonces está diciendo que lo han asesinado, que a Dickie lo han matado a propósito?

—Yo estaba presente —terció Puller—, y eso es exactamente lo que ocurrió.

Strauss se volvió hacia él.

—¿Usted estaba presente? ¿En el cuartel de bomberos? ¿Por qué?

Cole se hizo cargo de contestar.

—Eso no viene al caso, señor Strauss.

—¿Tienen alguna pista de quién puede ser el asesino?

—Tenemos algo mejor —replicó Puller—. Tenemos al asesino.

El matrimonio se lo quedó mirando con la boca abierta.

—¿Lo han atrapado? —preguntó Bill—. ¿Quién es? ¿Y por qué ha matado a nuestro hijo?

—No sabemos quién es. Y no podemos preguntarle por qué ha matado a Dickie, porque él mismo se mató a los pocos minutos de haber disparado a su hijo.

La señora Strauss empezó a llorar suavemente cubriéndose la cara con las manos mientras su marido le rodeaba los hombros con el brazo. Cuando unos momentos más tarde se derrumbó del todo y empezó a sollozar de manera incontrolable, Bill se la llevó de la habitación.

Puller y Cole permanecieron sentados y esperaron a que el marido regresara. Transcurridos un par de minutos, Puller se levantó y se puso a curiosear por la sala.

Strauss regresó poco después.

—Lo siento mucho —dijo—, pero sin duda comprenderán que estemos destrozados.

—Por supuesto —dijo Cole—. Si quiere, podemos volver en otro momento. Me doy cuenta de que esto es muy difícil.

Strauss volvió a sentarse en el sofá e hizo un gesto negativo con la cabeza.

—No, acabemos con ello de una vez.

Entonces sí que encendió el cigarrillo, y expulsó una bocanada de humo hacia un lado.

—Estamos intentando averiguar quién es el muerto, lo cual supondría un gran avance para el caso.

—¿Están seguros de que no es de por aquí? —preguntó Strauss.

—Creemos que no, pero lo confirmaremos.

—¿Se le ocurre algún motivo por el que alguien quisiera hacer daño a su hijo? —preguntó Cole.

—Ni uno solo. Dickie no tenía enemigos. Tenía amigos. Sus colegas del club de moteros.

—¿Dónde trabajaba? —inquirió Puller.

—Pues... eeeh... actualmente estaba sin empleo —respondió Strauss.

—Bueno, ¿pues dónde trabajó por última vez?

—En Drake no hay mucha oferta.

—Está Trent Exploraciones —dijo Puller—. Y usted es el COO.

—Efectivamente, así es. Pero Dickie no quería trabajar en Trent.

—¿Por qué no?

—Sencillamente no le interesaba.

—¿Así que lo mantenía usted? —preguntó Puller.

—¿Qué? —dijo Strauss, distraído—. Nosotros... es decir, yo le daba dinero de vez en cuando. Y vivía aquí en casa. Era el único hijo que teníamos, a lo mejor lo hemos malcriado. —Calló unos instantes y aprovechó para dar una profunda calada al cigarrillo y así introducir más nicotina en los pulmones—. Pero no merecía que lo asesinaran.

—Naturalmente que no —dijo Cole.

—Si vivía aquí —dijo Puller—, en algún momento tendremos que registrar su habitación.

—Pero esta noche, no —replicó Cole.

—Me contó el motivo por el que lo expulsaron del Ejército —dijo Puller. Su comentario hizo que Strauss lo perforase con la mirada.

—Fue... una desgracia —repuso Strauss.

—¿Que fuera homosexual o que lo expulsaran? —preguntó Puller.

—Las dos cosas —respondió Strauss con sinceridad—. No soy ningún homófobo, agente Puller. Puede que usted piense que los que vivimos en pueblos pequeños como este no somos muy abiertos de mente en lo que se refiere a esas cosas, pero yo quería a mi hijo.

—De acuerdo —dijo Puller—. Dickie era buena persona, quería hacer lo que fuera correcto.

—¿A qué se refiere?

—Nos estaba ayudando en la investigación —dijo Cole.

—¿Los estaba ayudando? ¿De qué forma?

—Ayudándonos.

—¿No será por eso por lo que lo han asesinado?

—No lo sé.

—Dios mío —gimió Strauss—. Todas esas personas asesinadas en Drake en pocos días. ¿Ustedes creen que tienen algo que ver?

—Creemos que sí —afirmó Cole.

—¿Por qué?

—No podemos entrar en detalles —dijo la sargento.

Puller observó a Strauss durante unos instantes, sopesando la posibilidad de cambiar de táctica. Pero por fin decidió que se estaba agotando el tiempo.

—¿Ha averiguado lo de las autorizaciones para las voladuras?

Strauss contestó con aire distraído.

—Llamé a la oficina que se ocupa de ello. Y lo consultaron. El capataz de la planta solicitó el permiso especial y le fue concedido. Pero hubo un pequeño fallo en el anuncio público: que no salió a tiempo. El capataz no recibió dicha información, de manera que efectuó la voladura. No es algo que ocurra con frecuencia, pero ocurre de vez en cuando.

—¿Quién estaba al tanto de la hora de la voladura?

—Yo. Y el capataz. Y mucha gente de Trent.

—¿Y Roger Trent? —preguntó Puller.

—No lo sé con seguridad, pero si tuviera interés, podría haberlo averiguado fácilmente.

Cole se puso en pie y le entregó su tarjeta de visita.

—Si se acuerda de alguna otra cosa, llámeme. Lamento mucho su pérdida.

Strauss estaba un poco desconcertado por la brusquedad con que había finalizado la conversación, pero se levantó con las piernas temblorosas.

—Gracias, sargento Cole.

El último en incorporarse fue Puller. Se acercó a Strauss y le dijo:

—Señor Strauss, han muerto muchas personas. No deseamos encontrarnos con más cadáveres.

—Claro que no. —Strauss se sonrojó—. No estará insinuando que yo he tenido algo que...

—No, no estoy insinuando nada.

—Piensas que Strauss miente, ¿verdad? —dijo Cole cuando regresaban al coche.

—Lo que pienso es que sabe más de lo que quiere contarnos a nosotros.

—¿Entonces ha contribuido al asesinato de su propio hijo? Su dolor parece sincero.

—A lo mejor no era su intención que su hijo terminara involucrado en todo esto.

Se subieron al coche y Puller, al volante, se alejó de la casa de los Strauss.

Cole se volvió para mirar por la ventanilla trasera.

—No puedo ni imaginar lo que debe de ser perder a un hijo.

—Lo cierto es que todo el mundo es capaz de imaginárselo, pero nadie quiere vivir esa experiencia.

—¿Has pensado alguna vez en casarte?

«Ya estoy casado —pensó Puller—. Con el Ejército. Y hay ocasiones en que este puede ser una esposa realmente puñetera.»

—Supongo que todo el mundo lo piensa alguna vez —respondió—. En algún momento.

—Es duro estar casado siendo policía.

—Pues la gente lo hace constantemente.

—Quiero decir siendo mujer policía.

—Aun así.

—Supongo. No sé, si tú crees que Strauss está reteniendo información, no debería haberme dado tanta prisa en aplazar el registro de la habitación de su hijo.

—Ya llegaremos a eso, pero dudo que Dickie guardara algo verdaderamente importante en su cuarto.

—Y entonces, ¿dónde guardaría las cosas realmente importantes?

—Puede que en el mismo sitio en que guardaba Eric Treadwell el carburo de tungsteno.

—¿De verdad lo consideras tan importante?

—Es importante porque es inexplicable. —Consultó el reloj—. ¿No tienes sueño?

—No. Es como si me hubieran conectado a un cable de corriente. En cambio tú deberías quedarte a dormir en mi casa.

—¿Por qué? Ya tengo una habitación.

—Ya, y también han intentado hacerte saltar por los aires. Dos veces.

—Está bien, puede que tengas razón.

Cole se subió a su coche y Puller la siguió hasta su casa. La sargento le enseñó su habitación y procuró que tuviera todo lo que necesitara.

Cuando Puller se sentó en la cama y comenzó a quitarse las botas del Ejército, la sargento se detuvo en la puerta.

Puller levantó la vista.

—¿Sí?

—¿Por qué Drake? ¿Solo porque tenemos cerca un gaseoducto y una central nuclear?

—Supongo que, para algunas personas, eso ya es suficiente.

Puller arrojó la segunda bota al suelo y sacó de su funda la M11 que llevaba en la parte frontal del cuerpo.

—¿Esperas pasarte la vida entera con un arma en la mano? —le preguntó Cole.

—¿Y tú?

—No lo sé. En este momento me parece una buena idea.

—Sí, yo opino igual que tú.

—Puller, si salimos vivos de esta... —Se interrumpió—. A lo mejor podríamos...

Puller la miró.

—Sí, en eso también opino igual que tú.

79

Era la una de la madrugada cuando Puller volvió a verse en Afganistán, en medio del tiroteo en el que siempre ganaba él, aunque no consiguiera regresar a casa con los hombres que había perdido. Despertó de la pesadilla despacio, en calma. Pero el despertar vino acompañado de otra cosa.

Una idea.

Había una laguna. Una pista que no había investigado. Mientras estaba matando afganos en el desierto, su cerebro rellenó por fin aquella laguna. Y no disponía de mucho tiempo para ello. Se levantó, se vistió y salió de la casa con el mismo sigilo con el que en Oriente Medio se había movido por entre las patrullas de infantería. Tan solo hizo un alto para ver cómo estaba Cole. La encontró dormida en su cama, tapada únicamente por una sábana, por deferencia al calor que reinaba fuera. Le dejó una nota pegada en el frigorífico, se cercioró de dejar bien cerrada la puerta de la casa, sacó su coche del camino de entrada y rodó unos metros por la calle antes de arrancar el motor. Y a continuación se fue.

Treinta minutos después estaba contemplando la sombría construcción de bloques de hormigón. No había ningún sistema de seguridad, ya se había percatado de ello en la última visita.

Oteó una vez más la zona y después pasó a la acción. La cerradura de la puerta principal le llevó treinta segundos enteros.

Comenzó a moverse por dentro del edificio. Todavía no había encendido la linterna, porque había memorizado el interior desde la última vez. Recorrer un pasillo, quince pasos, puerta a la izquierda. Para forzar la cerradura se había servido de una pequeña linterna de bolsillo, a fin de alumbrarse mientras la manipulaba con sus herramientas.

Veinte segundos después se encontró al otro lado de la puerta, la cual había vuelto a cerrar. Se concentró en la otra puerta. Probó el picaporte. Cosa sorprendente, no estaba cerrada con llave. La abrió con una mano protegida por un guante y se encontró frente a frente con una caja fuerte de gran tamaño. Ahora venía la parte más difícil, pero había traído consigo varios elementos que podía utilizar para salir victorioso.

Alumbró con el haz de luz la puerta metálica de la caja fuerte y advirtió que era vieja pero robusta. Introdujo las herramientas en la cerradura y trabajó con mano experta durante cinco minutos. De pronto se oyó un leve chasquido, y a continuación tiró del brazo del mecanismo de cierre y abrió la puerta. Tardó diez minutos en registrar el contenido antes de dar con lo que, con bastante probabilidad, había venido a buscar.

Desplegó los planos y los extendió sobre la mesa escritorio. Después los fue iluminando con la linterna, página por página, e hizo fotografías de todo. Luego los plegó de nuevo, volvió a guardarlos dentro de la caja fuerte, cerró la puerta y se cercioró de que esta quedase bien anclada. Cinco minutos después se marchaba al volante de su Malibu.

Llegó a casa de Cole, cogió la cámara, entró y se sentó en la cama a visualizar cada una de las fotografías. Cuando terminó, se recostó y dedicó unos momentos a reflexionar y a intentar ordenarlo todo. Strauss tenía aquello guardado en su caja fuerte, Eric Treadwell y Molly Bitner habían tramado un plan para sacarlo de la caja y hacer copias. Si necesitaba la confirmación de que aquello era lo que habían hecho, ahora la tenía.

Había traído consigo las tarjetas con las huellas dactilares de Treadwell y Bitner. Los dos debían de estar sudando cuando llevaron a cabo su pequeña incursión en el despacho de Strauss, porque, además de las huellas, el papel había absorbido perfectamente la humedad. Y era un papel capaz de conservar durante mucho tiempo las huellas latentes. Coincidían con total exactitud con las de uno y otro.

Aquello era por lo que habían corrido tantos riesgos. Aquello era por lo que habían terminado perdiendo la vida. La única pieza del rompecabezas que él no había investigado.

Hasta ahora, claro.

Ahora, la cuestión era: ¿debería informar a Cole?

La respuesta le llegó más clara y más inmediata de lo que esperaba.

Miró el reloj. Eran las 0400.

Qué ironía. Una vez más, iba a despertarla temprano.

80

Sam Cole se dio la vuelta, abrió los ojos y estuvo a punto de lanzar un grito. Puller estaba sentado a su lado, en una silla que había acercado hasta la cama.

—¿Qué demonios estás haciendo aquí? —le dijo al tiempo que se incorporaba.

—Esperar a que te despiertes.

—¿Y por qué no me has despertado sin más?

—Porque dormías apaciblemente.

—Pensaba que a ti no te importaban esas cosas. Más de una vez me has despertado estando dormida como un tronco.

—Era agradable verte dormir.

Cole fue a decir algo, pero se interrumpió.

—Oh —respondió.

Puller bajó la mirada.

Cole, un tanto azorada, añadió:

—¿De modo que has decidido esperar y darme un susto de muerte?

—No lo tenía previsto, pero las cosas han salido así.

Antes de que ella pudiera decir algo más, le mostró la cámara.

—¿Es que quieres hacerme una foto? —preguntó Cole, confusa.

—Quiero que veas unas cuantas fotos.

—¿Qué es lo que tengo que ver?

—Tú quédate aquí. Yo voy a hacer café, y luego las vemos juntos.

Después de treinta minutos y dos tazas de café, Cole se recostó contra la almohada y dijo:

—Está bien. ¿Qué significa todo esto?

—Significa que tenemos mucho más que investigar. Y no nos queda mucho tiempo para ello.

—¿Y estás seguro de que esto es importante?

—Este es el motivo por el que irrumpieron en la caja fuerte de Strauss. Y también creo que es el motivo por el que asesinaron a Treadwell y a Bitner. De modo que sí, es importante.

—Pero yo pensaba que los habían asesinado por el análisis del suelo.

—Yo también. Pero en ese informe no había nada que hiciera que se me encendiera la alarma. Los asesinaron porque de alguna manera se descubrió que estos planos procedían de la caja fuerte de Strauss. Y también se descubrió que Treadwell y Bitner habían hablado de ello con Reynolds, por lo tanto también debían morir.

—Entonces, ¿qué ocurrió con el análisis del suelo?

—¿Te acuerdas de los fragmentos del paquete entregado por correo certificado que encontramos debajo del sofá?

—Sí.

—Pues creo que los pusieron allí los asesinos. A modo de pista falsa.

—¿Por qué? ¿Y por qué no se limitaron a dejar que encontrásemos el paquete completo?

—Porque en ese caso no perderíamos tiempo siguiendo esa pista. Pero si lo hubiéramos pensado un poco, nos habríamos dado cuenta de que les resultó muy cómodo dejar esos fragmentos verdes del recibo del correo certificado para que los encontrásemos nosotros.

—¿Y Larry Wellman?

—Estaba patrullando cuando aparecieron ellos. Hubo que silenciarlo.

—Maldita sea, todo encaja. —Cole hizo un gesto de preocupación—. ¿Así que mataron a Larry únicamente para colocar unos trozos de papel con la intención de despistarnos?

—Así lo entiendo yo.

—¿Y Dickie?

—Estaba muy superado por todo esto. No creo que supiera nada de los asesinatos. Y cuando se enteró, fue solo cuestión de tiempo. Y cuando yo lo recluté para que me echara una mano, en gran medida firmé su sentencia de muerte.

Cole lo miró con expresión burlona.

—¿Cuándo has deducido todo esto?

—Al regresar a Afganistán.

—¿Qué?

—Solo mentalmente —repuso Puller—. Mi cerebro tiende a funcionar más deprisa cuando estoy allí —agregó en voz baja.

—Lo comprendo —dijo Cole despacio. Después observó las imágenes contenidas en la cámara—. Bueno, ¿y qué hacemos con estas fotos?

—Voy a descargarlas en mi ordenador y luego las imprimiré en papel. Pero lo principal es que tenemos que ir en persona.

—¿Ir en persona? ¿Quieres decir a mirar, solamente?

—No, me refiero a algo más. —Consultó el reloj—. Todavía es de noche. ¿Te apuntas?

—Da lo mismo que me apunte o no. No tenemos tiempo que perder. Venga, sal de mi habitación para que pueda vestirme.

81

Puller y Cole se aproximaron a la linde del bosque, se arrodillaron y exploraron brevemente el terreno. Puller se cambió la mochila que cargaba a la espalda, del hombro izquierdo al derecho.

Echó otra ojeada en derredor. Esta vez no contaban con ningún margen de error, y él no podía cometer ninguna equivocación. Faltaba poco para que amaneciera.

Cole lo imitó y también recorrió los alrededores con la mirada.

No había luces.

Las viviendas estaban a oscuras.

No pasaba ningún coche.

Se diría que eran las únicas personas que quedaban en el planeta.

Puller miró a derecha e izquierda, luego miró hacia su objetivo e hizo a Cole una señal con la cabeza.

Ambos echaron a andar.

Puller se había puesto el uniforme de campaña y se había pintado la cara de negro. Llevaba dos pistolas M11, una delante y otra detrás, y el MP5 sujeto contra el pecho por la correa.

Cole vestía pantalón negro y camiseta oscura. También se había pintado la cara de negro igual que Puller. Empuñaba su Cobra y además llevaba una granada de mano en el cinto.

Puller sintió que el sudor le empapaba la camiseta interior. El grado de humedad reinante era tan alto que se salía del gráfico. La mezcla de calor y humedad debilitaba. Se imaginó a la gente dentro de aquellas casas viejas, sin electricidad, sofocándose en medio de aquel calor opresivo. Claro que a lo mejor se sentían afortunados de tener un techo bajo el que cobijarse.

Miró atentamente la cúpula de hormigón. Se elevaba hacia el cielo nocturno como si fuera un tumor macizo rodeado de órganos sanos. Se valió de unas tenazas metálicas para abrir un hueco en la alambrada, y unos minutos más tarde Cole y él llegaron al pie del tumor.

Cole sacó unos papeles de la pequeña mochila que llevaba y los escrutó a la luz de la linterna que extrajo Puller de uno de los bolsillos del pantalón.

—Necesitamos conocer el tamaño aproximado que tiene esta construcción —dijo Puller, y ella afirmó con la cabeza.

Mientras Cole esperaba sin moverse del sitio, Puller giró hacia el oeste y desapareció. Cuando hubo recorrido la distancia de cien zancadas, se detuvo. Había dado pasos exageradamente largos, como de un metro y veinte centímetros cada uno. Se hacía difícil calcular con aquella vegetación, pero se las arregló lo mejor que pudo. Ciento veinte metros. Más que un campo de fútbol americano.

A continuación midió en pasos la anchura de la cúpula. Cuando se detuvo, había contado doscientos. Así que eran doscientos cuarenta metros. Casi un cuarto de kilómetro. Luego calculó de forma aproximada la superficie que debía de tener en el interior y quedó impresionado. Los federales rara vez hacían cosas a pequeña escala, sobre todo en la época en que tenían dinero de sobra para gastar.

Era una construcción grande. ¿Lo bastante grande para qué?

Los planos que había encontrado en la caja fuerte de Strauss no revelaron nada en ese sentido. Contenían una advertencia del gobierno federal: no se podía efectuar ninguna voladura a menos de tres kilómetros de aquella cúpula. Además, había varios puntos marcados con un símbolo de peligro. El documento no llevaba ninguna fecha, ni notas explicativas. Cole y él habían escrutado hasta el último centímetro y seguían sin saber para qué se había utilizado aquella construcción.

Era clandestino. Máximo secreto. Probablemente por esa razón escogieron Drake. En la actualidad era un enorme bulto plantado en mitad de la nada.

Puller se reunió con la sargento.

—¿Es muy grande? —le preguntó esta.

—Más de lo que parece —contestó Puller en voz baja.

Se volvió de nuevo hacia las viviendas que había más allá del bosque. Eran de finales de los años cincuenta. Tenían más de medio siglo. En aquella época estaban sucediendo muchas cosas en el mundo.

Se volvió hacia Cole.

—¿Qué más te contaron tus padres de este sitio? —le preguntó.

—No mucho. Que una vez se disparó una sirena. Según mi padre, jamás llegaron a decir qué era lo que había sucedido. Que yo sepa, aquí no ha venido nunca la policía. En aquella época, el sheriff era el predecesor del actual sheriff Lindemann. Estuve hablando con él mucho después de que se jubilara, y me dijo que esto quedaba totalmente fuera de su jurisdicción.

Puller se sacó del bolsillo el papel que había recogido en el cuartel de bomberos. Era un plano de evacuación en caso de incendio. En los márgenes estaban escritos los números 92 y 94.

—¿Ya has descubierto lo que significan esos números? —le preguntó Cole.

—Quizá.

—¿Y bien?

Si aquellos números se referían a lo que él estaba pensando, el caso estaba a punto de dar un giro enteramente nuevo y potencialmente catastrófico.

—Ya te lo diré cuando esté seguro.

—¿Por qué no me lo dices ahora? No será la primera vez que me confías tus especulaciones.

—Esta vez es distinto. Quiero estar seguro. No quiero provocar el pánico si resulta que estoy equivocado.

Cole se pasó la lengua por los labios.

—Puller, yo ya estoy muerta de pánico. No sé, el gaseoducto, el reactor nuclear, la situación no puede ser peor.

—Podría ser mucho peor.

—De acuerdo, oficialmente acabas de provocarme un grado de pánico que supera el máximo que soy capaz de soportar.

Puller se arrodilló entre la vegetación del bosque y escuchó los ruidos que hacían los animales salvajes que pasaban cerca. Estaba empezando a rayar el alba. Oyó el siseo de una serpiente de cascabel. Sabía que por allí también había víboras cobrizas. Las zonas pantanosas de Florida estaban llenas de mocasines acuáticas que eran sumamente agresivas; en la última etapa de su formación como Ranger sufrió varias heridas por mordedura de serpiente. Algunos de sus compañeros les tenían miedo, pero no les estaba permitido mostrarlo. Hubo uno que estuvo a punto de morir por el veneno letal de una coral, pero se recuperó. Para caer cuatro años más tarde en Afganistán, cuando le explotó un cóctel Molotov bajo los pies.

Las mordeduras de serpiente eran malas. Pero los cócteles Molotov eran peores.

Puller escuchó y sopesó las alternativas. Las analizó rápidamente, no tenía muchas. Se acercó a la pared de hormigón por la parte posterior. Se abrió paso por entre las gruesas ramas y el denso follaje que cubrían la superficie y tocó el áspero pellejo de la cúpula.

—¿Seguro que tu padre te dijo que esto tenía un grosor de un metro?

—Sí. Estuvo presente cuando lo construyeron.

En una estructura de aquel tamaño, semejante pared debió de requerir un mar entero de cemento. Tan solo los federales pudieron construir algo así. ¿Y para qué?

—Tenemos que entrar —declaró Puller.

—Muy bien. ¿Cómo?

Puller tocó la lisa superficie. El hormigón, a diferencia de la madera, iba debilitándose con el paso del tiempo, sobre todo en construcciones como aquella. Pero un espesor de un metro dejaba un enorme margen de error para la degradación de dicho material. Contempló el muro; se elevaba hasta una altura de casi diez pisos. Había unos cuantos árboles que subían un poco más, pero no muchos. Podría trepar por el ramaje hasta arriba del todo, ¿pero luego qué?

Un metro. No podía abrir un agujero, por lo menos sin que se enterase la gente del pueblo. Y necesitaría un martillo neumático y dinamita. Bajó la vista al punto en que la pared se hundía en la tierra. ¿Y qué tal cavar por debajo?

Sacó una pala plegable de la mochila y comenzó a cavar. Cuando llevaba poco más de medio metro, tropezó con algo. Retiró un poco más de tierra y alumbró el hueco con la linterna.

—Parece hierro —dijo Cole.

—Sí, así es. Oxidado, pero aún intacto.

Le gustaría saber a qué distancia estaría del perímetro. Probablemente a bastantes metros. La gente que diseñaba cúpulas gigantescas casi con toda certeza no escatimaba a la hora de pensar en los demás detalles.

No había forma de pasar por debajo. Y por encima tampoco. Sin embargo, tenía que existir alguna entrada. No se construía una mole así sin dotarla de una puerta trasera, para el caso de que sucediera algo y fuera necesario volver.

De repente se le ocurrió una cosa.

—Déjame ver otra vez los planos.

Cole le entregó el fajo. Puller pasó varias páginas hasta que dio con la que estaba buscando. Leyó el texto escrito. Estaba claro, sencillamente no se había fijado hasta entonces. Ya estaba.

Se volvió hacia Cole y le dijo:

—Necesitamos a tu hermano.

—¿A Randy? ¿Qué tiene que ver Randy en todo esto? —protestó Cole, arrugando el ceño—. No irás a decirme que está involucrado. Primero crees que mi hermana intenta hacerte saltar por los aires, y ahora...

Puller la agarró del brazo.

—No, no pienso que tu hermano esté involucrado, pero sí creo que puede ayudarnos. Tenemos que encontrarlo.

82

Se lavaron en la casa de Cole y empezaron a buscar. Pero encontrar a Randy resultó ser una tarea más difícil de lo que cabría esperar en una localidad tan pequeña. Cole agotó todos los lugares posibles en el plazo de una hora. Telefoneó a Jean, pero esta no tenía ni idea de dónde estaba su hermano. Fueron a La Cantina y a continuación exploraron la reducida zona del centro urbano yendo calle por calle.

Nada.

—Aguarda un minuto —dijo por fin Puller.

Echó a andar a paso vivo, seguido por Cole, hacia el motel Annie's. Cuando llegó, empezó a abrir puertas a patadas. Al llegar a la quinta, Cole vio el interior de la habitación y llamó:

—¿Randy?

Su hermano se hallaba tendido en la cama, completamente vestido.

Los dos entraron del todo. Puller cerró la puerta y accionó el interruptor de la luz.

—Randy, despierta.

El joven no se movió.

Cole se acercó.

—¿Se encuentra bien? ¿Randy?

—No le pasa nada, el pecho le sube y le baja —respondió Puller. Luego miró en derredor y agregó—: Espera un momento.

Agarró un cuenco viejo que había encima de un agrietado

mueble de madera y se fue al cuarto de baño. Cole oyó correr el agua. Al momento regresó Puller con el cuenco lleno de agua y se la echó a Randy por la cara.

El joven se incorporó bruscamente y se cayó de la cama.

—¡Joder! —exclamó al chocar contra el suelo.

Puller lo asió por la espalda de la camiseta, lo levantó del suelo y lo arrojó de nuevo contra el colchón.

Randy, cuando logró enfocar la vista, se quedó mirando a Puller, y después reparó en su hermana, que lo taladraba con la mirada.

—¿Sam? ¿Se puede saber qué diablos ocurre?

Puller se sentó a su lado.

—¿Ahora prefieres la cama en lugar de un matorral? —le preguntó.

Randy se concentró en él.

—¿Eso era agua?

—¿Estás muy borracho?

—No mucho. Ahora ya no.

—Necesitamos que nos ayudes.

—¿Con qué?

—Con el Búnker —contestó Puller.

Randy se frotó los ojos.

—¿Qué pasa con el Búnker?

—Tú has estado dentro, ¿verdad?

—¿Cómo dice?

Puller lo aferró por el brazo.

—Randy, no tenemos mucho tiempo, y el poco que tenemos no puedo desperdiciarlo intentando dar explicaciones. Hemos encontrado los planos del Búnker, y en ellos dice que no se puede efectuar voladuras a menos de tres kilómetros. La única razón para que incluyeran esa advertencia sería que ya hubiera allí un pozo minero o que pudiera haberlo en el futuro. Y quisieron estar seguros de que nadie iba a detonar explosivos en las inmediaciones. Tu padre era el mejor buscador de carbón que había en esta zona, y tú trabajabas con él. Seguro que conoces este condado mejor que nadie. Así que dime, ¿hay un pozo minero que conduce al Búnker?

Randy se rascó la cabeza y bostezó.

—Sí, lo hay. Mi padre y yo nos tropezamos un día con él por casualidad. Ya estaba de antes, claro. Nosotros estábamos buscando otra cosa totalmente distinta. En realidad eran dos pozos. Seguimos el primero y encontramos un segundo que discurría en esa dirección. Lo seguimos durante un trecho, hasta que mi padre calculó que ya estaríamos debajo del Búnker. Y tenía razón. Según él, aquel pozo probablemente existía desde los años cuarenta.

—¿Pero entrasteis adentro? —le preguntó Puller.

Randy volvía a tener sueño.

—¿Qué? No, no entramos. Por lo menos en aquel momento. Me parece que mi padre sentía curiosidad, siempre nos había contado anécdotas relativas al Búnker. Estuvimos hablando de la posibilidad de entrar, pero entonces fue cuando murió.

Exhaló un profundo suspiro y puso cara de querer vomitar.

—Aguanta un poco, Randy —le dijo Puller—. Esto es importante de verdad.

—Después de su muerte, yo volví en otra ocasión y estuve indagando otro poco más. Encontré un pozo. Luego dejé en paz el asunto durante mucho tiempo y me dediqué a coger borracheras. Empecé a mandar amenazas de muerte al gilipollas de Roger. Luego, hará unos dieciocho meses, volví a entrar. No sé por qué. A lo mejor intentaba terminar algo que había iniciado mi padre. Entonces fue cuando encontré la manera de entrar. Me hizo falta trampear un poco y algo de esfuerzo físico, pero al cabo de un par de meses logré entrar. Habían cubierto el edificio con una cúpula y habían puesto un suelo de hormigón, pero este estaba agrietado en varios puntos, probablemente donde hubo movimiento de tierras. Quizá se debiera a que habían estado dinamitando por allí, para buscar carbón.

—De modo que entraste. ¿Y qué encontraste? —inquirió Puller.

—Un espacio enorme. Y más oscuro que una cueva, claro. Estuve curioseando un poco y vi unas cuantas cosas: bancos de trabajo, basura en el suelo, bidones.

—¿Bidones de qué?

—No lo sé. No me acerqué tanto.

—Randy, eso fue tremendamente peligroso —le dijo Cole—. Esas cosas podían ser tóxicas, incluso radiactivas. A lo mejor es ese el motivo de que últimamente te encuentres tan mal, con tantos dolores de cabeza.

—Podría ser.

—¿Qué más viste allí dentro? —insistió Puller.

—Nada. Salí cagando leches. Aquel sitio me puso los pelos de punta.

—De acuerdo, ahora viene una pregunta importante. ¿Le contaste a alguien lo que viste? —preguntó Puller.

—Qué va. ¿Para qué?

—¿A nadie? —presionó Puller—. ¿Estás seguro?

Randy reflexionó unos instantes.

—Ahora que lo pienso, puede que sí se lo contara a una persona.

—¿A Dickie Strauss?

Randy se lo quedó mirando.

—¿Cómo demonios lo ha adivinado? Antes jugábamos juntos al fútbol americano y nos veíamos mucho. Durante una temporada formé parte del club Xanadú, hasta que me embargaron la moto por falta de pago. Sí, se lo conté a él. ¿Y qué? ¿Qué más da?

—Dickie ha muerto, Randy —le dijo su hermana—. Lo han asesinado, y pensamos que ello tiene que ver con el Búnker.

Randy se irguió de repente, en total estado de alerta.

—¿Que han matado a Dickie? ¿Por qué?

—Porque le habló del Búnker a alguna otra persona —respondió Puller—. Y ha entrado alguien más, y lo que han encontrado, sea lo que sea, es la razón de que hayan asesinado a todas estas personas.

—¿Pero qué diablos hay allí dentro? —dijo Randy.

—Eso es lo que voy a averiguar —contestó Puller.

—Bueno, ¿pero tienes ya alguna idea? —le preguntó Cole—. Quiero decir, acerca de lo que puede haber allí dentro.

—Sí que la tengo —repuso Puller.

—¿Cuál? —presionó la sargento—. Dímela.

Pero Puller no dijo nada. Se limitó a mirarla con el corazón más acelerado de lo normal.

83

Aunque en Kansas todavía era muy temprano, Robert Puller no tenía la voz muy soñolienta. En opinión del más joven de los Puller, su hermano no debía de dormir mucho en los Pabellones Disciplinarios. Era una persona brillante, y si ya en el mundo exterior las personas brillantes no solían dormir mucho, rodeadas de gente que continuamente reclamaba su tiempo y su intelecto, mucho menos aún dormirían en un lugar en el que lo único que veían eran tres paredes de hormigón y una puerta metálica que permanecía cerrada veintitrés de las veinticuatro horas del día.

—¿Cómo te va, hermano? —dijo Robert.

—He estado mejor y he estado peor.

—En la vida es bueno que haya un equilibrio.

—Noventa y dos y noventa y cuatro. ¿Qué te dice eso?

—Que son números pares.

—Enfócalo desde otra perspectiva.

—Dame un poco de contexto.

En vez de simple curiosidad, su hermano comenzaba a mostrar interés.

—Ciencia pura, tu especialidad.

Transcurrieron dos segundos de reloj.

—Noventa y dos es el número atómico del uranio. Y noventa y cuatro es el número atómico del plutonio.

—De eso me he acordado yo también.

—¿Por qué?

—Por una hipótesis.

—¿Va todo bien?

—¿Qué tipo de uranio y de plutonio se necesitaría para construir una bomba nuclear?

—¿Qué?

—Tú contesta a la pregunta.

—¿En qué diablos andas metido, John?

Robert no solía llamarlo por su nombre. Para él, Puller era «hermano» y a veces «júnior», aunque últimamente este segundo apelativo no lo utilizaba mucho porque le recordaba a su padre.

—Dame tu mejor respuesta.

—Se necesitan muchas cosas. La mayoría de ellas se puede obtener, las demás hay que fabricarlas. Teniendo tiempo y personal experto, no es tan difícil. Lo difícil es conseguir el combustible nuclear para el proceso. Solo existen dos.

—Uranio y plutonio.

—Exacto. Y para fabricar una bomba nuclear se necesita un uranio altamente enriquecido o HEU, el uranio-235. Para ello hay que contar con un lugar donde fabricarlo, mucho dinero, un montón de científicos y varios años.

—¿Y el plutonio?

—¿Tenemos que hablar de esto? Están supervisando la llamada.

—No hay nadie escuchando, Bobby —replicó Puller—. Lo he arreglado para que fuera una conversación privada.

Su hermano dejó transcurrir largos instantes en silencio.

—Pues en ese caso diría que sea lo que sea lo que te traes entre manos, dista mucho de ser una hipótesis.

—¿Y el plutonio?

—Para obtener plutonio-239, lo que se necesita esencialmente es radiar uranio dentro de un incubador nuclear. Lo que se hace en realidad es separar el plutonio-240, que se encuentra en grandes cantidades en el plutonio que se utiliza en reactores pero que puede causar un fallo cuando se utiliza como arma nuclear.

—Pero, una vez más, resulta difícil de conseguir.

—Para el ciudadano de a pie, es imposible. ¿Quién tiene un incubador nuclear en el jardín de casa?

—¿Pero se podría?

—Supongo que sería posible robarlo o comprarlo en el mercado negro.

—¿Y en Estados Unidos? ¿Cómo se fabrica?

—La única planta de difusión gaseosa que es propiedad de Estados Unidos se encuentra en Paducah, Kentucky. Pero se utiliza para enriquecer uranio que sirva de combustible en reactores nucleares, un proceso totalmente distinto.

—¿Pero durante ese proceso podría transformarse en uranio altamente enriquecido? ¿Para utilizarse como combustible de un arma nuclear?

—La planta de Paducah está pensada para enriquecer uranio con el fin de utilizarlo en reactores nucleares, no para que sirva de combustible de una bomba.

—¿Pero una planta como Paducah podría producir uranio altamente enriquecido? —persistió Puller.

—Sí, en teoría. —Robert calló unos instantes—. ¿Adónde quieres ir a parar con todo esto?

—¿Cuánto U-235 se necesitaría para fabricar una bomba?

—Depende del tipo de bomba y del método que se emplee.

—Aproximadamente —insistió Puller.

—Para una bomba de diseño sencillo y una energía liberada como la de Nagasaki, se necesitarían entre quince y cincuenta kilogramos de HEU, o entre seis y nueve kilogramos de plutonio. Si el programa armamentístico es supersofisticado y el diseño de la bomba es perfecto, se podría obtener esa misma potencia con unos nueve kilos de HEU y solo dos de plutonio.

—¿Y cuál fue la potencia de Nagasaki?

—La equivalente a más de veintiuna mil toneladas de dinamita, más el impacto de la lluvia radiactiva. Son cuarenta y dos millones de libras de TNT. Destrucción masiva.

—¿Y con un poco más de HEU o de plutonio?

—Los resultados aumentan de manera exponencial. Todo radica en el diseño de la bomba. Se puede emplear el método «de pistola», que no es nada adecuado, aunque la primera bomba atómica que se lanzó sobre Japón había sido diseñada de ese modo. Esencialmente, es un tubo largo. En un extremo se coloca la mitad del combustible nuclear junto con un explosivo convencional, y en el otro extremo se coloca la otra mitad. Al detonar los explosivos convencionales, estos empujan la primera mitad del combustible por el tubo hasta que se encuentra con la segunda mitad, y se obtiene una reacción en cadena. Es tosco y muy poco eficiente, y la energía liberada se ve gravemente reducida. Se necesitaría un tubo de longitud infinita para que soportase la reacción en cadena. Y solo se puede utilizar uranio, no plutonio, debido a los factores de impureza. Por eso se pasó al método de implosión.

—Hazme un resumen del método de implosión —pidió Puller.

—Se puede utilizar tanto uranio como plutonio. Esencialmente se usan explosivos convencionales, denominados lentes explosivas, para comprimir el pozo o núcleo, en el que se encuentra el combustible nuclear, hasta que este alcance una masa supercrítica. La onda expansiva que comprima el uranio o el plutonio debe ser perfectamente esférica, porque de lo contrario el material del pozo escapará por un orificio y terminará dando lugar a lo que se denomina una explosión débil o «chisporroteo». También es necesario tener un iniciador, reflectores de bomba y empujadores, y lo ideal es contar con un reflector de neutrones que devuelva los neutrones al interior del pozo. Lo difícil es impedir que el pozo explote demasiado rápido, antes de alcanzar la masa supercrítica óptima. Cuanto más tiempo se deja reaccionar el material de fisión, más átomos se dividen y más grande es la bomba. Si el diseño es bueno, se puede triplicar la energía liberada sin emplear un solo gramo más de combustible nuclear.

—¿Y qué elementos se necesitarían?

—¿A qué te refieres exactamente?

—Háblame del pan de oro y del carburo de tungsteno.

Transcurrieron varios segundos en silencio.

—¿Por qué esos dos, concretamente? ¿Es que están presentes en tu caso?

—Sí.

—Dios.

—Habla, Bobby. Se me está acabando el tiempo.

—El pan de oro se puede utilizar en el iniciador. Se coge una esfera pequeña compuesta por capas de berilio y polonio separadas por pan de oro. Dicha esfera se coloca en el centro del pozo, y, obviamente, constituye una parte crítica del diseño.

—¿Y el carburo de tungsteno?

—Es el triple de duro que el acero y más denso que ninguna otra cosa, y por lo tanto funciona muy bien como reflector de neutrones. Sirve para volver a introducir los neutrones en el pozo, y de ese modo aumentar al máximo la fase supercrítica. ¿Estás diciéndome que...? ¿Dónde diablos estás?

—En Estados Unidos.

—¿Cómo han conseguido el combustible?

—¿Y si te dijera que en los años sesenta había una instalación secreta del gobierno que ahora lleva muchos años cerrada, y que se cubrió con una cúpula de hormigón de un metro de grosor y se dejó tal cual? Todos los operarios que estuvieron trabajando en ella se trajeron de fuera y vivían en un barrio construido al lado. No se les permitía hablar con la gente del pueblo, y cuando se cerró la planta volvieron a mandarlos a todos fuera. ¿Te suena de algo? Tú andabas muy involucrado en esas cosas cuando estuviste en las Fuerzas Aéreas.

—¿Un metro de hormigón?

—En forma de cúpula.

—¿Está situado en un lugar aislado?

—En lo más rural de todo. La población entera ocupa mucho menos que una sola manzana de Brooklyn. La cúpula cuenta con un cuartel de bomberos propio, y allí dentro encontré un papel que llevaba escritos los números 92 y 94. Y también he descubierto que no permitían hacer voladuras para extraer carbón a menos de tres kilómetros de la cúpula.

—¿Están haciendo voladuras allí cerca? ¿Hablas en serio?

—Sí.

—Es increíble. Aunque se efectúen voladuras a varios kilómetros, en la roca del suelo hay fisuras que pueden debilitarse, y eso podría resultar catastrófico.

—¿Y qué sabes de esa instalación?

—No sé nada. En los años sesenta ni siquiera había nacido.

—¿Pero si tuvieras que hacer una suposición, basándote en tu experiencia?

Se oyó un profundo suspiro.

—Si aún llevara puesto el uniforme, no podría decirte esto. —Hizo una pausa—. Podrían condenarme por traición. Pero como ya me han condenado por traición, qué diablos. —Dejó transcurrir otros instantes—. En el pasado, llegó a mis oídos que en las zonas rurales del país estaban construyendo plantas de procesado temprano y de enriquecimiento. Era la época posterior a la Segunda Guerra Mundial, cuando lo único que importaba era arrear una patada en el culo a la Unión Soviética. Estas instalaciones se construyeron para enriquecer uranio y también para trabajar con plutonio destinado a armas nucleares. La mayoría de ellas, si no todas, terminaron cerrándose.

—¿Por qué?

—Porque las técnicas que empleaban eran inestables o demasiado caras. Se trataba de una ciencia totalmente nueva. Se avanzaba tanteando el terreno, con el método de ensayo y error. Sobre todo, error.

—De acuerdo. Así que las cerraron y se llevaron todos los equipos, ¿cierto? —Su hermano no respondió—. ¿Bobby? ¿Cierto?

—Si te llevas todos los equipos, ¿construirías una cúpula de hormigón de un metro de grosor para taparlos?

—¿Y nadie presentó ninguna queja? Los habitantes de la zona, el gobierno...

—John, hay que tener en cuenta la época. Era la década de 1960. La Unión Soviética era grande y malvada. No existían telediarios las veinticuatro horas del día. La gente se fiaba de lo que decía su gobierno, aunque Vietnam y el Watergate estuvieran a punto de cambiar eso. Y como entretanto no había ocurrido nada, supongo que los habitantes de la zona dieron por sentado que todo iba bien. —Hizo una pausa—. ¿Está allí plantada, en pleno campo?

—Aquí no hay nada plantado en pleno campo. Además, está prácticamente invadida por el bosque.

—¿Qué crees tú que está pasando?

—Probablemente lo mismo que crees tú.

—Tienes que informar de esto al siguiente eslabón de la cadena de mando, enseguida.

—Lo haría, si no fuera por un detalle.

—¿Cuál?

—Que no estoy seguro de poder confiar en los míos.

—¿Hay alguien en quien puedas confiar?

—Sí, pero necesito que me hagas otro favor.

—¿Que yo te ayude? John, estoy en la cárcel.

—No importa, puedes ayudarme desde ahí. En este asunto cuento con el respaldo de la CID. Pueden proporcionarte cierta flexibilidad, incluso desde ahí. Pero lo cierto es que te necesito a ti, Bobby.

La respuesta de su hermano fue inmediata:

—Dime qué es lo que necesitas.

84

Puller fue en coche hasta la casa de Cole y se puso a esperar. Dos horas después llegó una llamada. Después de esa, llegó la que estaba esperando él. Cuando la maquinaria militar quería que se hiciera algo, era capaz de moverse con una velocidad asombrosa. Y de algo sirvió también que el secretario de Defensa hubiera ejercido su influencia.

Cole estaba sentada frente a él, en el mismo cuarto de estar, con un gesto de nerviosismo en el semblante.

Puller atendió la llamada.

Al otro extremo se hallaba un coronel jubilado y octogenario, llamado David Larrimore, que vivía en Sarasota, Florida. Representaba la última esperanza de Puller, porque casualmente había sido ingeniero y supervisor de producción, por el lado militar, de la instalación construida en Drake en los años sesenta. De hecho, según el Departamento de Defensa, era la única persona que quedaba viva de las que habían trabajado allí.

Larrimore tenía un tono de voz débil pero firme. Al empezar a conversar con él, Puller tuvo la impresión de que aún conservaba todas sus facultades. Esperó que no le fallase la memoria, porque iba a necesitar hasta el último gramo de información que pudiera proporcionarle.

—Imagino —dijo Larrimore— que cuando uno se pone el uniforme ya no se jubila nunca.

—Estoy de acuerdo.

—¿Por casualidad no será usted pariente de John *el Peleón*?

—Es mi padre.

—No llegué a tener el placer de prestar servicio a sus órdenes, pero puedo asegurarle que logró que tanto el Ejército como su país se sintieran orgullosos, agente Puller.

—Gracias, se lo diré.

—He recibido la llamada de un oficial de dos estrellas. Llevo casi treinta años sin ponerme el uniforme, y aun así me ha dado un susto de muerte. Me ha ordenado que le cuente todo a usted. Pero no me ha dicho el motivo.

—Es complicado. Pero lo cierto es que necesitamos su ayuda.

—¿Drake? ¿Es esa la información que necesita?

—Toda la que pueda usted facilitarme.

—Es una herida que aún no se ha cerrado, hijo, por lo menos en mis recuerdos.

—Cuénteme por qué.

Puller volvió la vista hacia Cole, que lo miraba con tal intensidad que temió que fuera a darle un ataque. Apretó el botón de manos libres del teléfono y colocó este entre ambos, encima de la mesa.

La habitación se llenó con la voz de Larrimore:

—Me asignaron a Drake porque era la planta más nueva que poseía el gobierno en su programa de desarrollo de armas nucleares. Yo estaba licenciado en ingeniería nuclear y me encontraba destinado en Los Álamos, y también había trabajado un poco en las bombas de Hiroshima y Nagasaki. Pero ya habían llegado los años sesenta, y estábamos muy avanzados respecto de las bombas atómicas que arrojamos en Japón en el 45, sin embargo aún había muchas cosas que desconocíamos de las armas termonucleares. En la bomba de Hiroshima se empleó el método de pistola. En comparación con lo que se hace hoy, aquello era propio de un jardín de infancia. Estábamos tratando con bombas atómicas que alcanzaban una energía liberada de 0,7 megatones como máximo. Los soviéticos lanzaron en la Antártida una bomba de hidrógeno denominada Zar. Fue una explosión de cincuenta megatones, la mayor que se había logrado nunca. Con aquello se podía borrar del mapa un país entero.

Puller observó que Cole se había derrumbado en su asiento y se había llevado una mano al pecho.

—He tenido ocasión de ver un documento clasificado que decía que la planta de Drake se utilizaba para fabricar componentes de bombas. Podría haber quedado algo de radiactividad residual, pero nada más.

—Eso no es correcto —puntualizó Larrimore—. Pero no me sorprende que exista un documento oficial que diga tal cosa. Al Ejército le gusta cubrir sus huellas. Y en aquella época las reglas del juego eran mucho más liberales.

—De modo que estuvieron ustedes fabricando combustible destinado a ojivas nucleares —dijo Puller—. ¿Para utilizarlo en el método de implosión?

—¿Es usted un cabeza nuclear?

—¿Qué?

—Con ese apodo nos llamábamos unos a otros en aquella época. Cabezas nucleares.

—No, pero tengo amigos que sí.

—Trabajábamos con una subcontrata de Defensa. El nombre no le serviría de nada a usted. Ya hace mucho tiempo que fue comprada, y la compañía que la adquirió ha sido revendida una y otra vez.

Puller percibió que Larrimore estaba desviándose hacia el interior de sus recuerdos, y no tenía tiempo para aquello.

—Ha dicho que este asunto era una herida sin cerrar. ¿Por qué?

—Por la forma en que entramos en aquella zona y construimos aquella monstruosidad sin decir a nadie de qué se trataba. Trajimos a todos los trabajadores de fuera y los desalentamos de que trabaran amistad con los habitantes del pueblo. Y en las pocas ocasiones en que iban al pueblo, los seguíamos. Así se hacían las cosas en aquel entonces. Todo el mundo estaba paranoico.

—En mi opinión, las cosas no han cambiado tanto —comentó Puller—. ¿Es ese el único motivo de que para usted sea un tema doloroso?

—No, también me molestó mucho la manera en que lo dejamos todo.

—¿Se refiere a la cúpula de hormigón? ¿La de un metro de grosor?

—¡Pero qué dice!

—¿No lo sabía?

—No. Se suponía que la planta iba a ser desmantelada y trasladada a otra parte, hasta la última molécula. Era necesario actuar así, a causa de lo que había dentro.

—Pues sigue estando dentro. Al menos eso creo. Debajo de una enorme cúpula de hormigón. No sé cuántas hectáreas abarcará, pero deben de ser muchas.

—¿En qué diablos estaban pensando?

—¿Cómo es que no estaba usted informado? —preguntó Puller.

—Yo participé en la tarea de ir retirando gradualmente la planta. Después me enviaron a otra situada mucho más al sur. Sí, yo era el supervisor por la parte que correspondía al Ejército, pero quienes la dirigían en realidad eran los del sector privado, y los generales les otorgaban el visto bueno para todo lo que querían.

—En fin, al parecer, lo que querían, más que desmantelarla, era taparla con hormigón. ¿Por qué motivo?

Larrimore no respondió nada.

—Señor Larrimore.

—Estoy aquí.

—Necesito que me conteste a esa pregunta.

—Agente Puller, llevo mucho tiempo fuera del servicio. Hoy, al recibir esa llamada, me he llevado un susto de muerte. Tengo una buena pensión que he ganado con esfuerzo y me quedan unos pocos años para disfrutar del sol en este estado. No quiero perder esas cosas.

—No va a perder nada. Pero si no me ayuda, es posible que muchos americanos pierdan la vida.

Cuando Larrimore volvió a hablar, su tono de voz sonó más fuerte:

—Es posible que tuviera algo que ver con la razón de que cerrásemos la planta. A eso me refería al decir que no me gustó la manera en que lo dejamos todo.

—¿Qué razón fue esa?

—Que la jodimos.

—¿Cómo? ¿Falló algo en el proceso de difusión?

—No empleábamos la difusión gaseosa.

—Pensaba que estábamos hablando de eso. Es a lo que se dedica la planta de Paducah.

—¿Ha estado en la planta de Paducah, hijo?

—No.

—Pues es gigantesca. Tiene que utilizarse para la difusión gaseosa. Es mucho más grande que la que teníamos en Drake.

Puller miró a Cole sin entender.

—Y entonces, ¿qué era lo que hacían en la de Drake?

—Experimentos.

—¿Con qué?

—En esencia, intentábamos fabricar un supercombustible con el que pudiéramos cargar las ojivas nucleares. Nuestro objetivo, naturalmente, era destruir a la Unión Soviética antes de que ella nos destruyera a nosotros.

85

¿Un supercombustible nuclear?

Puller observó fijamente a la sargento Cole. Esta vez, ella no le sostuvo la mirada; en lugar de eso, miró hacia el suelo con gesto distraído.

—Señor Larrimore —continuó Puller—, he encontrado un papel en un cuartel de bomberos que hay cerca de la planta de Drake.

—Conozco bien ese cuartel. Sufrimos un par de incidentes y tuvimos que pedir socorro a los bomberos.

—En ese papel hay dos números escritos: 92 y 94.

—Son los números atómicos del uranio y del plutonio.

—Exacto. Pero el método de difusión gaseosa se emplea únicamente para enriquecer uranio —replicó Puller—. No se puede utilizar con el plutonio. Para ello se utilizan los incubadores.

—Así es. Capturando un neutrón. De esa forma se obtiene Pu-239.

—Pero si en ese documento figuraba el número atómico de ambos elementos, significa que...

—Que en Drake utilizábamos uranio y plutonio.

—¿Por qué?

—Como digo, para intentar fabricar un supercombustible destinado a armas nucleares. No teníamos ni idea de si iba a funcionar. El objetivo consistía en utilizar uranio y plutonio en un nuevo diseño de la bomba. Probábamos diferentes combinaciones y concentraciones de cada uno para ver cuál era la configuración que producía la explosión más potente. Dicho en términos profanos, era una especie de híbrido entre el método de pistola y el método de implosión, no sé si me entiende.

—Me han dicho que el método de pistola era muy ineficiente y que en ese diseño no se podía emplear el plutonio.

—Esos eran los obstáculos que intentábamos superar. Pretendíamos vencer a los soviéticos en su propio juego. Y el nombre de dicho juego era energía liberada.

—En cambio dice que la jodieron.

—Bueno, digamos simplemente que la parte científica y la lógica del diseño tenían fallos. El resultado fue que no funcionó. Por eso se cerró la planta.

—Pero si se cerró la planta, tuvieron que llevarse consigo el material nuclear, ¿no?

—El hecho de que lo cubrieran todo con un metro de hormigón me dice que no.

—¿Pero por qué diablos iban a dejar allí un material tan mortífero?

Larrimore tardó unos segundos en responder.

—Ahí no puedo ofrecerle más que una suposición personal.

—Adelante.

—Probablemente les entró miedo de que todo les explotara en la cara y proyectara radiactividad a buena parte del país. No puedo decir que me haya sorprendido del todo que me diga usted que lo taparon con una cúpula de hormigón. Francamente, en aquella época se tapaban muchas cosas. Lo dejaron donde estaba. Seguramente pensaron que era más seguro que transportarlo a otra parte. Usted es demasiado joven para acordarse, pero por aquel entonces habían tenido lugar varios incidentes que aterrorizaron a todo el país. Un B-52 que transportaba una bomba de hidrógeno en una de sus alas se estrelló en Kansas, no sé dónde. La bomba no explotó con el impacto, por supuesto, porque las armas atómicas no funcionan de ese modo. Y luego pasó lo del tren de plutonio.

—¿El tren de plutonio?

—Sí, el Ejército quería trasladar una parte de sus reservas de plutonio desde el punto A hasta el punto B. De un extremo del país al otro. Ese tren atravesó los principales núcleos de población. No ocurrió nada, pero la prensa se enteró tanto de lo del avión como de lo del tren. No fue un buen momento para el Ejército. Se celebraron vistas judiciales en la colina del Capitolio y hubo varios oficiales que perdieron estrellas. ¿Imagina que ocurriese eso en la actualidad, ahora que disponemos de informativos durante las veinticuatro horas del día? Sea como sea, todo aquello estaba todavía muy reciente en la mente de todo el mundo, sobre todo de las altas jerarquías del Ejército. Así que supongo que dijeron: «A la mierda, que se quede donde está.»

—Y además, el sitio en que dejaron la planta era un condado rural escasamente habitado.

—No era yo la persona responsable. Si hubiera sido yo, habría actuado de manera distinta.

—Cabría pensar que alguien habría vuelto en algún momento a revisar el tema.

—No necesariamente. Si alguien fuera ahora por allí y empezara a revolver el asunto, la prensa se enteraría de inmediato, con lo cual el gobierno tendría que empezar a dar explicaciones. Y tal vez les entrase miedo de abrir la cúpula y que no les gustara lo que se encontraran dentro.

—Han pasado cincuenta años —dijo Puller—. ¿Usted cree que ese material, si es que continúa ahí dentro, todavía es peligroso?

—El plutonio-239 tiene un periodo de semidesintegración de veinticuatro mil años. Por consiguiente, yo diría que todavía corren peligro.

Puller exhaló un profundo suspiro y miró a Cole.

—¿De qué cantidad estamos hablando?

—No se lo puedo decir con seguridad. Pero voy a decírselo de otro modo. Si dejaron dentro la cantidad habitual que solíamos tener a mano, y esta lograra filtrarse al exterior, lo que hicimos a los japoneses parecería diminuto en comparación. Mire, quienes dieron la orden de dejar eso ahí deberían ir a la cárcel. Pero lo más probable es que a estas alturas ya estén todos muertos.

—Por suerte para ellos —comentó Puller.

—Bien, ¿y qué van a hacer ustedes? —inquirió Larrimore.

—Tenemos que entrar en la cúpula. ¿Se le ocurre alguna idea?

Cole lo tocó en el brazo y vocalizó con los labios: «El pozo minero.»

Puller respondió con un gesto negativo y volvió a mirar el teléfono.

—¿Se le ocurre algo? —repitió.

—Hay un metro de hormigón, hijo. ¿Tiene un martillo neumático?

—Tenemos que hacerlo subrepticiamente.

Puller oyó que Larrimore hacía varias inspiraciones profundas.

—¿Cree usted que alguien va a... —Dejó la frase sin terminar.

—No podemos permitirnos el lujo de no pensar eso, ¿no le parece? Seguro que usted conocía ese lugar mejor que nadie. Cualquier cosa que se le ocurra ya sería algo más de lo que tenemos nosotros en este momento.

—¿Pueden cavar alrededor del perímetro?

—Hay unos cimientos de hierro que tienen una anchura excesiva para mí.

Otra tanda de inspiraciones. Puller miró a Cole, y esta le devolvió la mirada. En aquella habitación no hacía calor, sin embargo Puller distinguió varias gotitas de sudor en la frente de la sargento. Una de ellas le resbaló por la mejilla, pero Cole no hizo gesto alguno de enjugarla. Puller sentía que a él mismo le brillaba la cara de sudor.

—Los pozos de ventilación —dijo Larrimore.

Puller se irguió en su asiento.

—Muy bien.

—En el interior de la planta no había ningún sitio apropiado donde acumular el polvo y otras cosas, y además teníamos partículas flotando en el aire que debíamos sacar afuera. Así que disponíamos del sistema de ventilación y filtrado más potente que se podía conseguir en aquella época. Teníamos pozos de ventilación en la cara este y en la oeste. El sistema de filtrado era enorme. No estaba alojado en el interior de la planta, por varias razones. El aire se dirigía al sistema, se filtraba y volvía a penetrar en la planta. Por razones obvias, tampoco había ventanas. Era una instalación autosuficiente. Dentro podía llegar a hacer calor, sobre todo en esta época del año.

—Necesito saber con exactitud dónde están esos pozos, y también dónde se encontraba ubicado el sistema de filtrado.

—El sitio en que están situados los pozos puedo decírselo de forma aproximada. Hijo, han pasado más de cuarenta años desde que estuve allí, y mi memoria ya no es perfecta. En cambio, sé exactamente dónde se encontraba ubicado el sistema de filtrado. Y los dos pozos iban directamente hasta él. Y eran muy grandes, lo bastante para que cupiera de pie un hombre alto.

—¿Dónde está el sistema de filtrado? —preguntó Puller con avidez.

—Justo debajo del cuartel de bomberos.

Puller y Cole intercambiaron una mirada.

—Imaginaron que era el mejor sitio donde ponerlo —dijo Larrimore—. Con los sistemas de filtrado siempre existe peligro de incendio. Si algo salía mal, había personal allí mismo para resolver la situación. El cuartel funcionaba las veinticuatro horas del día. El sistema de filtrado contaba con una alarma, para que supieran que había surgido un problema.

—¿Cómo se llega al sistema de filtrado desde el cuartel de bomberos?

—¿Ha estado allí?

—Sí.

—¿Ha visto las taquillas de madera? Hablo de las que están situadas a la derecha, en el piso principal.

—Sí.

—Pues en la del fondo, a la izquierda, hay una trampilla dentro, detrás de un panel. Si uno no sabe dónde debe mirar, ni se nota. Dentro de esa taquilla hay una placa de presión. Se halla situada en el lado izquierdo, ángulo superior. Si empuja justo en ese rincón, el panel se abre girando sobre unas bisagras. Detrás hay una palanca. Al tirar de ella, la fila entera de taquillas se desliza hacia la derecha y aparece una escalera descendente. Un diseño de lo más ingenioso. Esa escalera lo llevará hasta el sistema de filtrado, y desde allí podrá acceder a los pozos.

—Se lo agradezco mucho, señor Larrimore —dijo Puller.

—Agente Puller, si de verdad va a entrar en esa cúpula, le conviene tener en cuenta una serie de detalles. Póngase un traje para materiales peligrosos que lleve incorporado el filtro más potente que encuentre. Y use una linterna, porque no tendrá luz. Las tortas de plutonio y de uranio están dentro de bidones forrados de plomo. Los que contienen el plutonio están marcados en rojo con el símbolo de la calavera y las dos tibias cruzadas. Los del uranio tienen el mismo símbolo, pero en azul. Estábamos trabajando en un campo totalmente nuevo, y empleábamos un sistema de marcado propio.

—¿De modo que son «tortas»?

—Así es. El término «combustible» resulta un tanto engañoso. El uranio y el plutonio tienen la apariencia de tortas de forma redonda. Ambos son radiactivos cuando han sido altamente enriquecidos, pero el plutonio lo es todavía más. Los operarios de esa planta los manejaban con la ayuda de brazos robóticos y detrás de escudos protectores. Puede que ni siquiera el traje especial lo proteja del todo en caso de una exposición directa. Y otra cosa más, agente Puller.

—¿Sí?

—Le deseo buena suerte, hijo. Porque sin duda alguna va a necesitarla.

86

Puller se plantó delante del espejo agrietado del cuarto de baño de la habitación del motel. Llevaba puesto el uniforme de combate y se había pintado la cara de verde y negro. Portaba una M11 delante y otra detrás, las dos cargadas y cada una en su funda correspondiente. El MP5 también estaba cargado y ajustado en la posición de dos balas por disparo. En los amplios bolsillos del pantalón llevaba cuatro cargadores adicionales. Para verse de cuerpo entero en el espejo tuvo que inclinarse un poco hacia delante.

En Oriente Medio resultaba difícil encontrar espejos a mano, de manera que se servía de un artilugio chapucero que se fabricó él mismo con un cristal y un poco de pringue en la cara posterior, para que capturase la luz y por lo tanto las imágenes reflejadas. Algunos de sus hombres lo consideraban más bien rarito por mirarse en el espejo antes de entrar en combate, pero a él le daba igual lo que opinaran; actuaba así por una razón muy concreta.

Si iba a morir, quería que la última imagen que proyectara fuese la de un hombre de uniforme que partía a luchar por algo que merecía la pena. En Iraq y en Afganistán la motivación estaba clara. Provenía casi siempre del compañero que tenía al lado: luchaba para mantener con vida a aquel hombre. También lo motivaba el hecho de representar al grupo del que él formaba parte: el Ejército de Estados Unidos en general, con los Rangers como especialidad. Y en tercer lugar estaba su país. Un civil habría considerado aquello poco habitual, habría dicho que tenía las prioridades cambiadas. Pero Puller sabía que no era así; sus prioridades eran exactamente las mismas que las de todos los que vestían el uniforme y se veían constantemente catapultados hacia una situación de peligro.

Una vez completado el ritual, apagó la luz, cerró la puerta con llave, quizá por última vez, y se encaminó hacia su coche. Examinó el equipo y se cercioró de que todo lo que iba a necesitar estaba dentro, incluidas unas cuantas cosas que le había conseguido Cole. En el momento de arrancar se acordó de la mañana en que había llegado a Drake. Habían pasado solo unos días, pero se le antojaban meses. En aquella ocasión hacía un calor opresivo, igual que ahora. Notaba cómo se le iban acumulando el calor y el sudor en el interior del uniforme de combate.

Volvió la vista hacia la oficina del motel y se acordó de la minúscula habitación en que aquella anciana había pasado sentada tantos años, solo Dios sabía cuántos. Aquella joven de falda de vuelo y peinado voluminoso, probablemente repleta de sueños por cumplir más allá de Drake, Virginia Occidental, sesenta años más tarde había terminado muriendo de agotamiento físico. Aunque había hablado con ella en dos ocasiones, ni siquiera sabía cómo se apellidaba. En cambio, sin saber por qué, estaba seguro de que jamás se olvidaría de Louisa, aunque solo fuera porque no había logrado salvarle la vida. Esperaba tener mejor suerte al salvar al resto de las personas que vivían en Drake.

Había pasado varias horas al teléfono y había hablado con diferentes oficiales de la cadena de mando. Lo que solicitó fue poco habitual, y cuando en el Ejército uno solicitaba algo poco habitual siempre encontraba resistencia. Pero él insistió, y el Ejército se mantuvo todavía más en sus trece.

Entonces empezó a exigir. Y a sus exigencias añadió el razonamiento perfectamente lógico de que si llegaba a morir alguien porque el Ejército se había negado a dar los pasos necesarios, se hundiría más de una carrera. Y no solamente la suya. Esto consiguió captar la atención de las personas adecuadas, de manera que pudo poner su plan en marcha.

Conducía justo en el límite de velocidad, con la vista fija en el centro de la carretera. Al cabo de muchos giros de volante, llegó al punto de encuentro y esperó a ver los faros del coche de Cole surcando la oscuridad. Cuando su reloj marcó las once y veinte, se preguntó si la sargento no se lo habría pensado mejor, pero de repente apareció a su lado a bordo de su camioneta color azul claro. Cole se apeó, rebuscó en la cabina abierta, extrajo una gran espiral de cable telefónico enrollado en una bobina de plástico y dio unos golpecitos en el maletero de Puller. Este lo abrió y Cole metió el cable dentro, y a continuación se subió al asiento del pasajero del Malibu.

Llevaba la chaqueta de cuero, una camiseta negra, vaqueros oscuros y botas. Puller se fijó en la Cobra enfundada en su pistolera. Luego bajó la vista y distinguió el bulto del arma de repuesto en una funda sujeta al tobillo.

—¿De qué calibre es? —le preguntó.

—Del treinta y ocho con punta chata, cargada con munición Silvertip. —Cole se abrió ligeramente la chaqueta y dejó ver el cuchillo pequeño y de hoja curva que llevaba dentro de una funda de cuero—. Y este es para las emergencias de verdad.

Puller afirmó para dar su aprobación.

Cole le echó una ojeada y le dijo:

—Se te ve listo para el combate.

—«Estoy» listo para el combate.

—¿Tú crees que habrá alguien allí?

—No me gusta jugármela. Yo me preparo para todas las contingencias.

—Me cuesta creer que mi hermano le contara a Dickie Strauss lo del pozo minero, y que eso haya dado lugar a todo este asunto.

—Y esa es la razón de que tengamos que entrar en el Búnker de una forma distinta.

—De lo contrario, podrían tendernos una emboscada.

—Así es.

Llegaron al sitio indicado, a cuatrocientos metros del lado este del Búnker. Puller se echó al hombro la mochila, que estaba llena a rebosar de gran cantidad de equipo. Se colgó del otro hombro el cable telefónico y acto seguido sacó el chaleco antibalas.

—Ponte esto. Tendrás que estrechar las correas para que se te ajuste al cuerpo. Seguirá quedándote grande, pero es mucho mejor que ser alcanzada sin llevar protección alguna por la munición que empleen los otros, sea cual sea.

—¿Pesa mucho?

—No tanto como me pesará a mí tu cadáver cuando tenga que cargar con él.

—Gracias, mensaje captado. ¿Y tú?

—Yo ya voy protegido.

Ayudó a Cole a ponerse el chaleco, y después de inspeccionarla desde todos los ángulos y de realizar unos pequeños ajustes, se internaron en el bosque.

Cole iba detrás de Puller, que se movía con seguridad entre el denso follaje y encontraba senderos y pistas que a ella le parecían invisibles hasta que se los señalaba él.

—Llevo toda la vida viviendo aquí —susurró—, y no habría tardado ni diez segundos en perderme.

Puller bordeó el cuerpo del Búnker, avanzó en dirección norte hasta que llegó al final y después enfiló de nuevo hacia el oeste. Consultó la esfera luminosa de su reloj. Iba dos minutos por delante de lo previsto. En el campo de batalla, había ocasiones en las que llegar temprano era tan perjudicial como llegar tarde. De modo que aminoró ligeramente el paso.

Cuando llegaron por fin al fin del bosque, Puller se agachó en cuclillas, y Cole se detuvo junto a él e hizo lo mismo.

Justo enfrente se alzaba el cuartel de bomberos.

Puller señaló la parte derecha de la estructura.

—El cable telefónico penetra por ese punto. En la oficina del segundo piso hay un cajetín.

A Cole se le ocurrió una idea.

—En ese plano no figura el pasadizo que lleva desde el cuartel de bomberos hasta el Búnker.

—Es verdad —corroboró Puller—. No figuraba.

—¿Pero por qué no?

—Por una razón sumamente lógica. Se trataba de una entrada disimulada a la que no deseaban dar publicidad. —Se incorporó—. ¿Preparada? Porque ha llegado el momento de actuar.

Cole se puso de pie. Las piernas le temblaron un poco, pero enseguida recuperó el equilibrio. Se tragó un nudo del tamaño de un puño que tenía en la garganta y contestó:

—Vamos allá.

87

La primera parte de la misión transcurrió sin un solo tropiezo.

Penetraron en el cuartel de bomberos por una puerta trasera. Puller atacó la cerradura sin hacer ruido, y poco después la hoja de madera se abrió hacia dentro.

—¿En el Ejército enseñan el allanamiento de morada? —dijo Cole en voz baja.

—Es lo que se denomina el arte de la guerra urbana —replicó Puller.

Tras confirmar que en la planta baja no había nada que respirase, se encaminaron hacia la escalera que llevaba al segundo piso. Puller consumió diez minutos en conectar el cable telefónico al cajetín de la pared. Luego, extrajo de su mochila un objeto que se parecía a un anticuado teléfono por satélite y que tenía el tamaño de un ladrillo.

—¿De dónde has sacado eso? —preguntó Cole.

—Del Ejército. Nunca tiran nada a la basura.

Enchufó el cable a las entradas del aparato, seguidamente apretó un botón y se lo acercó al oído.

—Ya tenemos tono de marcar —anunció.

—¿Vas a poner una conferencia de larga distancia? —dijo Cole, esbozando una débil sonrisa.

—De larguísima —repuso Puller.

Volvieron a bajar la escalera y llegaron a la hilera de taquillas que les había indicado Larrimore. Estaban todas fijas y daba la impresión de que no las había tocado nadie desde que se cerró el edificio.

Puller se quitó la mochila y dijo:

—Ha llegado el momento de vestirse para el espectáculo.

Sacó dos trajes protectores y el equipo de filtrado que los acompañaba.

—El coronel dijo que el plutonio tiene un periodo de semidesintegración de veinticuatro mil años —apuntó Cole.

—Exacto.

Le entregó un traje a la sargento. Esta se lo quedó mirando.

—Y también dijo que lo más probable era que estos trajes no nos protegieran demasiado en caso de exposición directa a esa porquería.

—Estos trajes son mucho mejores que todo lo que tenían en los años sesenta. Pero si quieres, puedes quedarte aquí y cubrirme la retaguardia. De hecho, puede que sea un plan mejor que entrar ahí conmigo.

—Eso es una chorrada, lo sabes perfectamente —replicó Cole al tiempo que empezaba a ponerse el traje.

Cuando ambos estuvieron vestidos, Cole comentó:

—Parecemos astronautas a punto de dar un paseo por la luna.

—Puede que eso no se diferencie tanto de la verdad.

Puller abrió la última taquilla, encontró la placa de presión del panel, la empujó, y al instante se abrió la portilla. Buscó a tientas la palanca y esperó que después de tantos años todavía funcionase el mecanismo.

Exhaló un suspiro de alivio cuando oyó un chasquido y después sintió una ligera corriente de aire. Al momento toda la fila de taquillas se apartó de la pared con un chirrido. Seguro que nadie la había movido desde la década de los sesenta. Aquel pensamiento le hizo sonreír; los enemigos contra los que luchaban no habían utilizado aquella entrada para penetrar en el Búnker: habían ido a través del pozo minero.

Cole iluminó la abertura con la linterna, y apareció un tramo de escaleras.

—Pareces decepcionada —comentó Puller hablando a través de la máscara. La sargento se detuvo y lo miró—. ¿Tenías la esperanza de que no pudiéramos entrar?

—Quizás —admitió ella.

—Enfrentarse al miedo es mejor que huir de él —sentenció Puller.

—¿Y si lo que no se puede vencer es el miedo?

—En ese caso, puede que sea mejor estar muerto.

Puller sacó dos pares de gafas de visión nocturna.

—Es de suponer que ahí dentro estará oscuro como boca de lobo, así que la única manera de poder ver algo es usando estos trastos. Cuando hayamos confirmado que somos las únicas personas que están ahí, podremos continuar con las linternas. Voy a enseñarte cómo se usan estas gafas. Hay que acostumbrarse un poco a ellas. Y si me ocurre algo a mí, las necesitarás para salir lo más rápidamente posible.

—Si te ocurre algo a ti, lo más seguro es que me ocurra a mí también.

Puller hizo un gesto negativo.

—No necesariamente. Tenemos que apoyarnos en la posibilidad de que por lo menos sobreviva uno de los dos.

Le explicó cómo funcionaba el dispositivo y después se lo pasó por la cabeza y se lo ajustó sobre los ojos, por encima de la máscara transparente. Seguidamente lo activó y le fue diciendo lo que aparecía en el visor.

—Muy bien, pues ya tienes el certificado oficial de experta en gafas de visión nocturna.

A continuación activó también sus gafas y se las colocó sobre los ojos. Le entregó a Cole el rollo de cable.

—Ve desenrollándolo a medida que avancemos.

—He traído tanto cable como he podido. ¿Tú crees que será suficiente?

—Tenemos que apañarnos con el equipo de que disponemos. Si el cable no es lo bastante largo, ya pensaremos en otra cosa.

Cole asintió.

Puller inició el descenso por la escalera. Su campo visual había quedado un tanto reducido, porque el color verde le daba la sensación de encontrarse dentro de un acuario sucio. Pero en cambio otros detalles se veían resaltados, muy por encima de lo que él sería capaz de percibir a simple vista.

A Puller le gustaban los detalles. A menudo eran lo que determinaba que uno saliera de un problema por su propio pie o tumbado en una camilla.

Llegaron al fondo de la escalera. Ahora se encontraban en un largo corredor construido con hormigón y pintado de amarillo. Ya llevaban recorrida la mitad cuando de pronto Puller empezó a distinguir el equipo de filtrado. Tocó a Cole en el hombro y señaló al frente.

—La estación de filtrado.

La maquinaria que encontraron era grande, compleja y seguramente modernísima en su época. Acto seguido Puller se topó con lo que había esperado toparse, aunque la estación de filtrado no figuraba en los planos de la instalación: un ventilador vertical de gran tamaño. Era el doble de alto que él. Aquella parte iba a resultar difícil. Al menos no tenían que preocuparse de que aquel artilugio fuera a ponerse en marcha. Retorció el cuerpo para colarse a través de las palas y después ayudó a Cole a hacer lo mismo. Tuvieron cuidado para que el cable telefónico no rozara con las aspas; lo que menos les convenía era que se cortase la línea y se quedaran sin comunicación, porque ningún teléfono móvil tendría cobertura debajo de un metro de hormigón. Puller pasó el cable por el suelo, para que lo único que tocase fuera la base del ventilador, que era metálica, redondeada y lisa.

Continuaron avanzando otros treinta metros. Puller iba calculando mentalmente las distancias y llegó a la conclusión de que ya se encontraban muy cerca. Se colocó la mochila en una posición más cómoda y desenfundó la primera M11. El MP5 descansaba contra su pecho, y podía utilizarlo contra un blanco en cuestión de segundos. Miró atrás y vio que Cole también había sacado su Cobra. El interior de la instalación era lo bastante amplio para no encajar en la categoría de espacio de combate cuerpo a cuerpo, pero un MP5 constituía un arma devastadora en casi todos los casos que no implicaban tener que disparar desde muy lejos. Sin embargo, si allí dentro hubiera un tirador provisto de las mismas gafas verdes que Cole y él, lo más probable era que ambos acabaran muertos.

Superaron dos obstáculos más, uno de los cuales tuvo que desmantelar Puller, y por fin llegaron a un espacio que era enorme desde todo punto de vista. Y también estaba totalmente oscuro. Si no fuera por las gafas, estarían moviéndose a ciegas. Les quedaban unos cien metros de cable telefónico, y Puller esperó que fuera suficiente. De inmediato se puso a la derecha y se refugió detrás de un largo banco de trabajo. Cole se apresuró a imitarlo y se situó a su lado.

Allí dentro olía a podrido y a moho. Lo que la capa de hormigón no era capaz de aislar era la humedad del suelo.

Puller paseó la mirada por los muros del Búnker. Eran altos, de ladrillo y desprovistos de ventanas. El techo se elevaba unos diez metros por encima de él y era macizo, con luces fluorescentes que colgaban de unos soportes. Había varios pisos más, y eso sí aparecía indicado en los planos. Seguramente serían oficinas de administración y de otros servicios, pero daban la impresión de encontrarse en la zona principal de trabajo de la instalación. Y por encima de todo ello se extendía la cúpula de hormigón. Puller se sintió igual que si estuviera dentro de un edificio que a su vez estaba dentro de un huevo.

—Tenemos que registrar esto siguiendo una cuadrícula —dijo Puller a través de la máscara.

—¿Y qué es exactamente lo que buscamos?

—Cosas que respiren, bidones de cincuenta galones forrados de plomo, y algo que dé la impresión de que no debería estar aquí.

—¿El qué, exactamente? —preguntó Cole con impaciencia.

—Algo que parezca nuevo —respondió Puller—. Tú ve por la izquierda y yo iré por la derecha. Iremos avanzando hasta llegar al centro. —Le pasó un radiotransmisor—. Estos aparatos sí que funcionarán aquí dentro, no tienen que rebotar en ningún satélite de ahí fuera. Pero tampoco son seguros, de manera que podría haber alguien escuchando.

Al cabo de treinta minutos, Puller dio con ellos.

Contó los bidones. Había cinco. No pudo distinguir si estaban forrados de plomo, pero supuso que sí. Al acercarse un poco más advirtió la mugre y el moho que se habían adherido a los costados del metal. Esperó que no tuvieran agujeros, porque en ese caso ya estaba muerto. Se acercó otro poco más y apartó un poco de la mugre con la mano protegida por un guante. Se encontró con una etiqueta de un azul descolorido que representaba las tibias y la calavera. El color azul indicaba que aquello contenía uranio.

El bidón contiguo era igual. Empujó los dos con la mano y dedujo que estaban llenos, o que por lo menos eso parecía. El peso podía deberse en parte al revestimiento de plomo. En cambio las tapas estaban selladas, y tenían tanta porquería incrustada que Puller calculó que llevaban varias décadas sin abrirse.

Vio otros dos bidones más, estos con etiquetas rojas y el dibujo de la calavera. Tortas de plutonio. Les dio un empujón. También estaban llenos.

El último bidón de la fila lucía la misma etiqueta roja. Plutonio. Sin embargo Puller se fijó en otro detalle: no tenía tapa. Tímidamente dio unos cuantos pasos para acercarse hasta que, decidido a lanzarse, se aproximó tanto que pudo echar un vistazo al interior.

En efecto, estaba forrado de plomo, lo cual era bueno.

Y no había signos de que los elementos externos hubieran traspasado la capa de plomo, lo cual era excelente.

Además, estaba vacío. El plutonio andaba por ahí suelto. Lo cual era catastrófico.

Después reparó en otra cosa más. En el suelo de hormigón había seis círculos idénticos, en fila, a continuación de los bidones. Puller supo con toda exactitud lo que significaba aquello: Que había habido seis bidones más. De uranio o de plutonio. Y ahora ya no estaban.

Se llevó el radiotransmisor a la boca.

—He encontrado el material. Y hay un bidón vacío, es uno de los que contenían plutonio. Y han desaparecido otros seis.

El aparato crepitó y se oyó la voz temblorosa de la sargento Cole:

—Yo también he encontrado una cosa.

—Cole, ¿estás bien?

—Yo... Ven aquí. Estoy en el lado este, a unos cien metros del punto por donde hemos entrado.

—¿De qué se trata? ¿Qué has encontrado?

—A Roger. He encontrado a Roger Trent.

88

Juntos contemplaron al hombre que yacía boca abajo en el suelo. Puller no creyó que estuviera muerto, porque se encontraba maniatado, y a los muertos no se los ata. Pero, solo para cerciorarse, se arrodilló junto a él, se quitó un guante y le buscó el pulso. Levantó la vista hacia Cole y le dijo:

—Tiene el pulso lento pero firme. Lo han drogado.

—También he encontrado esto —añadió Cole.

Puller miró hacia donde señalaba ella y vio lo que menos esperaba encontrarse en aquel lugar.

Eran cajas para archivar documentos. Abrió una, y estaba repleta de libros de cuentas. Puller ojeó unas cuantas carpetas. También había una bolsa llena de lápices de memoria.

—¿Qué es todo eso? —preguntó Cole.

—Parece información financiera. Como ya te dije, tu hermana afirmó que Roger tenía problemas económicos. A lo mejor estos datos desvelan una historia que alguien no deseaba que saliera a la luz. Además de Roger.

—¿Pero quién iba a hacer algo así?

—Tengo mis sospechas.

—¿Quién? Quiero decir... —Dejó la frase sin terminar, porque Puller estaba mirando algo que había detrás de ella.

—¿Has explorado todo tu lado?

—No. Estaba realizando el barrido cuando me tropecé con Roger tendido en el suelo. ¿Por qué?

—Por eso —contestó Puller a la vez que señalaba.

Cole se volvió y vio lo que había llamado la atención a su compañero.

Había una luz que provenía del otro lado del edificio, una luz verde y suave. Acababa de encenderse, de lo contrario la habría visto en medio de aquella densa negrura.

Cole, con la Cobra en la mano, se apresuró a ir detrás de Puller.

De repente Puller se detuvo, de modo que ella también.

Miró en la misma dirección en que miraba él.

La caja tendría como un metro y medio de largo y otro tanto de ancho, y parecía estar hecha de acero inoxidable. Era perfecta, sin junturas a la vista. El metal daba la impresión de haber sido fundido en una sola pieza, un trabajo de lo más estiloso. Puller se arrodilló junto a ella y la tocó con la mano enguantada, pero enseguida la retiró.

Se volvió hacia Cole y dijo:

—Está caliente.

—¿Y de dónde recibe la electricidad? Aquí no hay ninguna fuente de alimentación.

—Aquí dentro hay mucha energía, Cole. Es probable que esos bidones de ahí contengan la suficiente para dar luz a todo Nueva York por espacio de mil años, una vez que haya pasado por un reactor nuclear.

Cole se quedó mirando la caja.

—No será... ¿Es una bomba? No se parece a una bomba.

—¿Cuánto tiempo hace que no ves una bomba nuclear así de cerca?

—Las he visto en las alas de los aviones. En un programa del canal Historia vi las bombas que lanzaron sobre Japón, y no se parecían a una caja.

—Ya, pues las apariencias pueden ser engañosas.

—¿Esa luz se ha encendido ahora mismo? Porque no la he visto antes.

—Yo tampoco, lo cual quiere decir que esto acaba de despertarse.

Cole respiró hondo.

—¿Tiene un temporizador? ¿Está haciendo tictac?

—Has visto demasiadas películas.

Puller estaba explorando la caja centímetro a centímetro, en el intento de encontrar una junta, un indicio de que hubiera una bisagra, una hendidura en el metal. Palpó con los dedos por encima, buscando cualquier cosa que les hubiera pasado inadvertida a sus gafas electrónicas.

—Bueno, ¿tiene temporizador?

—Cole —exclamó Puller—, no lo sé, ¿vale? Nunca me he topado con un arma nuclear.

—Pero estás en el Ejército.

—Sí, pero en ese sector, no. Y la mayoría de las armas nucleares se encuentran bajo el control de la Marina y de las Fuerzas Aéreas. La infantería es simplemente la mano de obra que dispara y recibe balazos haga el tiempo que haga, igual que hace doscientos años. El arma más grande que he tocado fue una del calibre cincuenta. Con un calibre cincuenta se puede matar a cientos de personas. Pero esta cosa es capaz de matar a decenas de miles, puede que a más.

—Puller, si abres esta cosa, ¿no nos matará lo que haya dentro?

—Podría. Pero si no la abro, lo que haya dentro acabará matándonos de todos modos. A nosotros y a mucha gente más.

Dejó de palpar con los dedos y se detuvo en un punto concreto, a unos quince centímetros del costado derecho de la caja.

—¿Has encontrado algo? —inquirió Cole.

A modo de respuesta, Puller cogió el teléfono tamaño ladrillo y marcó un número.

—Ha llegado el momento de llamar a los pesos pesados.

—¿Y si no se establece la llamada?

—Pues en ese caso estamos jodidos.

Cole fue a decir algo, pero Puller la hizo callar levantando un dedo.

—El teléfono funciona —dijo, y a continuación habló por él—: Hola, Bobby. ¿Tienes un momento para dar a tu hermano una clase rápida sobre la manera de desactivar una bomba nuclear?

89

Robert Puller llevaba dos horas en estado de espera en los Pabellones Disciplinarios, obedeciendo órdenes directas del secretario de Defensa. Aunque el Ejército contaba con muchos expertos en armamento nuclear, Puller había insistido en que el único que quería y del que se fiaba era su hermano. El hecho de que este se hallara cumpliendo una condena de cadena perpetua por traición causó ciertos problemas, pero como Puller se mantuvo en sus trece incluso frente a oficiales de cuatro estrellas, intervino el secretario de Defensa y aprobó su plan. Y hasta el Ejército tuvo que reconocer que había pocas personas en el mundo que supieran más de armas nucleares que Robert Puller.

Robert estaba alerta, y también nervioso. Al fin y al cabo, su hermano se encontraba al lado de una bomba nuclear. En una llamada telefónica anterior, Puller le puso al corriente de todo lo que le había contado David Larrimore.

—Descríbeme la caja —pidió Robert.

—Mide metro y medio a lo largo y a lo ancho. Es de acero inoxidable y está atornillada al suelo.

—Habla más alto, no te oigo con nitidez.

—Lo siento, estoy hablando con una máscara puesta. —Luego repitió la información elevando un poco el tono.

—Muy bien, es de implosión, no de pistola.

—Exacto.

—Háblame de los bidones. ¿El que está vacío contenía plutonio?

—Sí. Por lo menos eso es lo que pone.

—¿Ese tal Larrimore sabía aproximadamente cuánto plutonio contenía cada bidón?

—Si lo sabía, no me lo dijo. Yo creo que de ninguna manera pensó que se les fuera a ocurrir dejar todo aquí dentro. Y en ese sentido coincido con él.

—Voy a dar por sentado que ese diseño no es supersofisticado, así que estaremos hablando de un mínimo de seis kilos, y puede que más.

—En ese bidón cabe mucho más de seis kilos, incluso con el revestimiento de plomo.

—Entiendo, pero el tamaño de la caja que me has descrito demuestra claramente que no han metido dentro el equivalente de un tambor de cincuenta galones de plutonio. Sería una exageración.

—A lo mejor están locos, ¿no se te ha ocurrido eso?

—A lo mejor, pero a mí solo me interesa la parte científica.

—¿Puedo retirar la tapa superior, o me estallará en la cara una descarga radiactiva de plutonio?

—¿Cuánto pesa?

Puller probó a tirar de ella y le dio unos golpecitos.

—No mucho.

—En ese caso, es probable que no esté forrada de plomo ni protegida por ninguna otra cosa. El plutonio debería estar totalmente rodeado por explosivos, y también por un reflector/empujador, y puede que también por una o dos capas más que harán de escudo. Y sabemos que ahí dentro hay un reflector de neutrones de carburo de tungsteno. Eso es superdenso. No debería pasarte nada.

—¿«No debería»?

—Es lo más que puedo decirte, hermano.

Puller lanzó un profundo suspiro y le hizo una seña a Cole para que se apartara. Ella obedeció. Él tiró. La tapa se levantó. Pero Puller no se vio asaltado por una cegadora luz de color azulado.

—¿John?

—Estoy bien. No echo chispas. Lo entiendo como una señal positiva.

—¿Ves algún temporizador?

Puller dirigió una mirada a Cole, que se encogió de hombros y se las arregló para esbozar una sonrisa detrás de la máscara.

—¿En serio utilizan temporizadores con estos chismes? —preguntó Puller.

—No es por el efecto melodramático que se ve en las películas, sino porque tiene un propósito muy real. Los explosivos convencionales tienen que estallar exactamente al mismo tiempo, o de lo contrario se crea un agujero en la onda expansiva por el que escapa el núcleo. Y entonces se produce el chisporroteo, como ya te expliqué, hermano.

Puller palpó la caja. Entonces, al descubrir un manojo de cables, lo vio.

—Muy bien, lo he encontrado. De aquí debía de venir la luz que hemos visto antes. Este chisme debe de tener una fuente de alimentación interna, porque aquí dentro no hay electricidad.

—¿Qué indica el temporizador?

—Sesenta y dos minutos y contando.

—Bien —dijo Robert—. ¿Hay cables?

Cole estaba iluminando la caja con una potente linterna. Las gafas de visión nocturna que llevaba Puller, de última generación, le permitían ver con claridad incluso habiendo luz.

—Un montón —respondió—. Están encima del temporizador. ¿Quieres que intente cortar alguno de ellos? Así a lo mejor se paraba el reloj.

—No. Existen muchas posibilidades de que incluyan una trampa. Si hay veinte cables, solo son verdaderos tres de ellos. Es una estratagema habitual en la fabricación de bombas convencionales, y podemos suponer que los falsos fabricantes de bombas nucleares siguen la misma regla. Si cortas alguno de los cables falsos, lo más seguro es que el temporizador llegue antes al cero, y ya puedes despedirte de tu culo.

—De acuerdo, no cortaré ningún cable —dijo Puller con firmeza. De entrada ya hacía un calor opresivo allí dentro, y el traje protector le daba más calor todavía. La máscara se le empañaba continuamente e intentaba limpiarla con la frente, lo cual no funcionaba demasiado bien porque la frente era precisamente de donde manaba más sudor. Terminó quitándose la máscara, se limpió los ojos con las manos y volvió a ponerse las gafas.

—El iniciador estará en el centro mismo de la esfera —dijo Robert—. Sirve para inundar el pozo de neutrones durante la detonación. El pan de oro que se encontró en la escena del crimen seguramente se utilizó a modo de capa entre el berilio y el polonio, como ya hemos sugerido. El plutonio estará alrededor, en forma de bola. Alrededor del plutonio estará el reflector/empujador. El empujador aumenta la onda expansiva que choca contra el pozo, y el reflector contribuye a impedir que el pozo explote demasiado rápido y aumenta al máximo la energía liberada.

—Vale, Bobby, no necesito que me des una lección de cada cosa.

—Lo único que intento es cerciorarme de que todavía sé de qué estoy hablando —dijo su hermano muy despacio.

—Pues no le des tantas vueltas, esto lo conoces de sobra. Eres un genio, lo has sido siempre.

—De acuerdo, las lentes explosivas forman la capa exterior. Deberías poder verlas. Se parecen a las caras de un balón de fútbol. Son cargas explosivas colocadas con mucho cuidado, casi como una obra de arte geométrico. ¿Las ves?

—Las veo.

—¿Cuántas hay?

—Muchas.

—¿Cómo están dispuestas?

—Todas muy juntas.

—¿No hay huecos?

—No veo ninguno.

Puller oyó a su hermano expulsar aire.

—Está claro que sabían lo que hacían.

—¿Y qué diablos significa eso para mí?

—Si consiguen comprimir la reacción en cadena durante el tiempo suficiente, la energía liberada por la bomba aumentará de forma exponencial, como ya hemos comentado. Y, por la descripción que me has hecho, se ve que han sido bastante sofisticados en el diseño.

Puller consultó el temporizador. Indicaba cincuenta y nueve minutos y veintisiete segundos.

—¿Cómo hago para desactivar esto, Bobby?

—John, en realidad no puedes desactivarlo.

—Entonces, ¿qué diablos estoy haciendo aquí? —Puller gritó con tanto ímpetu que Cole dio un brinco y estuvo a punto de soltar la linterna.

—Lo cierto es que solo hay una manera —dijo Robert en tono sereno—. Tenemos que frustrar la detonación. En este momento las lentes están muy juntas, pero si hacemos que falle la sincronización en el momento en que exploten, causaremos un chisporroteo.

—Bien, ¿y cómo lo hago?

—Tenemos que desincronizar la secuencia de detonaciones añadiendo una nuestra.

Puller miró a Cole con un gesto de consternación.

—¿Me estás diciendo que para vencer a este trasto tenemos que detonarlo? ¿Es eso lo que me estás diciendo?

—Se acerca bastante, sí —contestó Robert.

—Mierda —murmuró Puller—. ¿De verdad es la única manera?

—Si hubiera otra, te lo diría.

—¿Y qué pasa si empiezo a arrearle golpes?

—Que es muy probable que acabes muerto y que se eleve un enorme hongo nuclear en el cielo de Virginia Occidental.

—Debería haber dejado que viniera la caballería, que se llevara este artilugio de aquí en un helicóptero y lo arrojara al mar.

—No podrían hacer todo eso en una hora. Y a toro pasado, es muy fácil sacar conclusiones.

—Tal vez pudieran haber llegado aquí antes de que se activara la bomba. Podrían haber impedido que el temporizador empezara a contar, o haberlo tirado a un hoyo bien profundo.

—Eso también es hablar a toro pasado.

—Si este chisme explota será por mi culpa, Bobby.

—Déjame que te diga dos cosas, John. Primera, si ese chisme explota, te va a dar lo mismo porque ya no estarás. Segunda, los responsables son la persona o las personas que han construido ese chisme, ¡no tú! Bien, ¿cuánto tiempo queda?

—Cincuenta y siete minutos y medio para el Juicio Final.

Puller miró a Cole y señaló el punto por el que habían entrado. Después vocalizó con los labios: «Vete. Ya.»

Pero Cole negó con la cabeza y le respondió con una expresión terca cuando él le señaló de nuevo la salida. A la tercera vez, le sacó el dedo.

—John, ¿sigues ahí? ¿Qué está pasando? —preguntó su hermano.

—Nada, un problema táctico que ya está resuelto. A ver, cuando dices «chisporroteo», ¿a qué te refieres exactamente?

—Puede que a medio kilotón de energía liberada, pero no es más que un cálculo aproximado que estoy haciendo. La cúpula de hormigón debería contener la mayor parte de la explosión.

—¿Medio kilotón? —repitió Puller—. Eso equivale a quinientas toneladas de TNT. ¿Y a eso lo llamas «chisporroteo»?

—Lo de Hiroshima fueron trece kilotones, y solo se utilizaron sesenta kilogramos de uranio, de los cuales tan solo reaccionaron seiscientos miligramos. Eso es más o menos lo que pesa una moneda. No tengo ni idea de la cantidad de plutonio que habrá en esa caja, pero tenemos que prepararnos para el peor de los casos. De ninguna manera la energía liberada va a ser tan pequeña como la de Hiroshima. Allí se empleó el método de pistola, y aquí el de implosión; allí se utilizó uranio, y aquí plutonio. Para jugar sobre seguro, debemos suponer que ese chisme tiene la potencia de varios millones de toneladas de TNT. La detonación hará saltar por los aires la cúpula y extenderá una nube radiactiva por seis estados o más. Y ya puedes despedirte de Virginia Occidental.

El rostro de Puller volvió a cubrirse de sudor.

—Vale, ya no me parece tan horrible lo del medio kilotón. Dime lo que tengo que hacer para crear un chisporroteo.

—Tenemos que provocar una detonación prematura.

—Ya, hasta ahí llego. ¿Cómo?

—¿Has llevado contigo el equipo que te indiqué?

Cole miró fijamente a Puller al tiempo que hurgaba en su mochila y extraía un cartucho de dinamita, un cable, un detonador y un temporizador. Todos aquellos elementos se los había conseguido ella. Se los fue pasando mientras él sostenía el teléfono contra el hombro.

—Pensaba que iba a usar estas cosas para abrir un agujero en algún sitio. Pero si me hubieras dicho que iba a emplearlas para detonar la bomba, puede que no hubiera venido.

—Sí que habrías ido —replicó Robert—. Conozco a mi hermano.

Esto último lo dijo en tono de broma, pero Puller sabía que no sonreía. De hecho, lo más probable era que estuviera haciendo un esfuerzo para que su hermano pequeño conservara la serenidad; para que, en la medida de lo posible, dejara de pensar por un instante que tenía frente a sí el equivalente de varios millones de toneladas de TNT más el consiguiente efecto radiactivo.

—¿Dónde lo pongo?

—Mirando a la bomba de frente, coloca el cartucho cinco grados a la izquierda.

—¿Por qué cinco grados?

—Porque me gusta el número cinco, John, desde siempre.

Puller colocó el cartucho en aquella posición y se lo confirmó a su hermano.

—Bien —dijo Robert—. Ahora, evidentemente, tienes que programar el temporizador del cartucho de forma que estalle antes que la bomba. Con las armas nucleares, basta un milisegundo de desfase en las explosiones. El cartucho explota, abre un agujero en las lentes y causa una serie de explosiones escalonadas. Las detonaciones secuenciales destruirán la esfera y harán fracasar la fase de compresión. El pozo escapará a través de los agujeros que se habrán creado y no llegará a alcanzar las etapas crítica y supercrítica. Al no haber pozo, el plutonio no podrá comprimirse, y toda la estructura se derrumbará.

—¿Y eso es estupendo? —preguntó Puller.

—Deja que te explique las tres situaciones que pueden darse en mi opinión. Si tenemos suerte de verdad, obtendríamos el resultado más leve, que quiere decir que acabaríamos teniendo simplemente una bomba sucia, sin contenido nuclear en la detonación. Como mucho, habría una explosión pequeña con un poco de radiación, que debería quedar retenida por el metro de hormigón de la cúpula. Mejor, imposible. El segundo resultado, el intermedio, sería el chisporroteo de medio kilotón. Obviamente, de algo sirve estar en mitad de la nada y protegido por una cúpula de hormigón de un metro de grosor. Los daños colaterales serían llevaderos.

—Lo cierto es que este condado está abarrotado de gente —dijo Puller mientras Cole lo miraba fijamente desde detrás de la linterna que sostenía—. Y actualmente ya llevan una vida de pena, así que lo que menos les conviene es ver aumentadas sus desgracias con una nube en forma de hongo.

—Perdona, John. No lo sabía.

—No tenías por qué. —Puller exhaló un profundo suspiro—. ¿Y la tercera hipótesis?

—Que funcione mi plan, pero que no funcione bien del todo, con lo cual seguiremos teniendo una explosión nuclear.

—¿Y qué quiere decir eso?

Robert tardó unos segundos en responder.

—John, yo nunca te he mentido, y no voy a empezar ahora. Eso quiere decir que una gran parte de donde te encuentras ahora quedará completamente arrasada. Será como si hubiera sido azotada por cien huracanes a la vez. No quedará nada en varios kilómetros a la redonda. Es lo que hay.

—Bien. —De repente Puller tuvo una idea—. Dame unos minutos —dijo.

—¿Qué? —preguntó su hermano.

—Este chisme va a explotar en cualquier caso, ¿es cierto?

—Sí.

—Pues entonces dame unos minutos.

Dejó el teléfono en el suelo, se incorporó de un salto y echó a correr. Cole salió disparada tras él.

—Puller, ¿qué estás haciendo?

Llegó adonde estaban los bidones, los examinó con ojo crítico, buscó un sitio adonde trasladarlos y decidió el mejor modo de hacerlo.

—El pozo minero está en esa dirección. Voy a meter los bidones por él, hasta donde me sea posible. Cuando llegue la explosión, si tenemos suerte, la onda expansiva los empujará hacia dentro de la roca y después los enterrará bajo varias toneladas de escombros. Es la única alternativa que tenemos en este momento.

—Mejor eso que permitir que salgan expulsados hacia el cielo de Virginia Occidental —dijo Cole.

Con todos los músculos en tensión, Puller tumbó el primer bidón de costado y comenzó a llevarlo rodando hacia el pozo minero. El suelo tenía una ligera pendiente, de manera que el bidón avanzó por sí solo y se perdió en la oscuridad. Puller regresó corriendo hasta los demás bidones y vio que Cole estaba intentando tumbar otro pero que no tenía suficiente fuerza.

—Tú alumbra con la linterna —le dijo—, el esfuerzo ya lo pongo yo.

Unos minutos más tarde, todos los bidones se encontraban dentro del pozo minero. Puller y Cole volvieron rápidamente al lugar de la bomba y Puller recogió el teléfono.

—Ya he vuelto.

—¿Qué diablos estabas haciendo? —exigió saber su hermano.

—Meter los bidones de porquería nuclear en un sitio más seguro.

—Ah, vale. Buena idea. Bueno, ¿estás preparado?

—¿Presientes que vas a tener suerte? —preguntó Puller.

—Yo diría más bien: ¿presientes que vas a tenerla tú? —replicó su hermano.

Se pasó la lengua por los labios y miró a Cole. La sargento estaba inmóvil, como si fuera una estatua de mármol.

Programó el temporizador del cartucho de dinamita para que estallara al cabo de treinta minutos. Así tendrían tiempo de sobra para salir de la zona de la explosión.

De repente oyeron un gruñido.

—Roger está despertándose —dijo Cole.

—Ve a desatarlo —dijo Puller—, y hazle entender que necesitamos salir de...

—Puller —exclamó Cole—, mira.

Por lo visto, Robert alcanzó a oír esto último, porque dijo:

—¿Qué sucede?

Puller no contestó. Estaba demasiado absorto observando el temporizador de la bomba nuclear.

Un momento antes indicaba que aún quedaban cuarenta y siete minutos y ocho segundos, en cambio ahora marcaba solo cinco.

Habían activado otra trampa, tal vez al retirar la tapa.

Puller reprogramó su detonador por segunda y última vez.

Menos de cinco minutos.

Cerró la tapa de la bomba y corrió hacia donde estaba Roger Trent, seguido por Cole. Acto seguido, sacó su cuchillo KA-BAR, cortó las ligaduras de Trent, lo levantaron del suelo entre los dos y echaron a correr como alma que lleva el diablo hacia el pozo de filtrado.

—¡John! —se oyó gritar a Robert por el teléfono.

Pero su hermano no respondió; había dejado caer el auricular junto a la bomba.

Ahora, lo único que importaba era salir del Búnker.

Pero mientras huía junto a Cole, ambos tirando de Trent, había una sola cosa que sabía con toda seguridad:

«Estamos muertos.»

90

Trent, aturdido y empujado a aquella loca carrera, preguntó:

—¿Qué está pasando? ¿Quiénes sois?

—Tú calla y aprovecha el resuello para correr, Roger —le contestó Cole.

Lograron cruzar el sistema de filtrado más deprisa que cuando entraron, incluso aunque ahora iban tirando de Trent. Subieron la escalera a toda velocidad, atravesaron el cuartel de bomberos y salieron a la rampa de hormigón que había delante del edificio. No tenían tiempo para hacer un alto y quitarse los trajes protectores, así que ambos llevaban el pelo empapado de sudor y pegado a la cara. Habían dejado de sudar simplemente porque su cuerpo se estaba quedando sin líquidos.

Trent tenía el rostro congestionado y respiraba jadeando.

—Me parece que me está dando un infarto.

—¡No se detenga! —vociferó Puller. Se quitó un guante para consultar el reloj. Habían transcurrido casi cuatro minutos, les quedaba menos de uno. Quizá quinientas toneladas de TNT. Medio millón de kilos. El radio potencial de la explosión era mucho más amplio, incluso contando con el efecto de contención de la cúpula, que la distancia que ellos eran capaces de cubrir en el próximo minuto, aun cuando fueran atletas olímpicos. Y si la explosión era nuclear, dentro de unos cincuenta y cinco segundos no quedaría de ellos otra cosa que un poco de vapor.

Cole vio que miraba el reloj y advirtió la expresión de su cara. Puller percibió que la sargento lo estaba mirando y se volvió hacia ella. Ambos cruzaron la mirada, aun sin dejar de correr.

—Ha sido un placer trabajar con usted, agente Puller —dijo Cole con una tímida sonrisa.

—El privilegio ha sido mío, sargento Cole.

Les quedaban treinta segundos de vida.

En aquel margen de tiempo se las arreglaron para cubrir otros ochenta metros. A su espalda se veía la cúpula con toda claridad. Puller no volvió a consultar el reloj, sino que continuó corriendo. Apretó el paso, y Cole también. Y lo mismo hizo Trent. El aire fresco había ayudado a revivirlo, y de alguna manera había comprendido que corrían para salvar la vida.

Puller se preguntó brevemente cómo sería el impacto. Pero estaba a punto de saberlo.

En el interior del Búnker, explotó el cartucho de dinamita.

Sin embargo, el método de Robert funcionó. Las explosiones escalonadas, separadas por escasos milisegundos, permitieron que se abriera una grieta en la esfera y que al instante escapase el pozo por ella.

No iba a haber una explosión termonuclear.

Se había transformado en una simple bomba.

Pero fue una bomba grande. Y el condado de Drake, pese a los muchos años de explotación minera, jamás había presenciado una detonación semejante.

La tierra tembló bajo sus pies, pero fue una sensación que duró un segundo, que fue el tiempo que estuvieron sus pies en contacto con el suelo. Un instante después, los tres fueron lanzados por el aire hasta una altura de seis metros. Cuando volvieron a caer a tierra, fueron alcanzados por la onda expansiva procedente del Búnker, que los arrolló y los hizo rodar dando vueltas de campana sin control alguno. Terminaron separados unos de otros y a casi treinta metros de la posición en que se encontraban antes. Puller se salvó por los pelos de chocar contra el tronco de un pino.

Comenzaron a llover escombros del cielo. Puller, desorientado y cubierto de sangre, se incorporó lentamente. No sabía cómo, pero todavía conservaba su MP5. El cañón del arma lo había golpeado en la cara en el momento de caer al suelo y le había causado un corte y una hinchazón en la mejilla. Le dolían todas las partes del cuerpo, tanto por la fuerza explosiva que lo había embestido como por el hecho de haber sido lanzado a aquella distancia y haberse estrellado contra el suelo con semejante ímpetu. Tras esquivar un fragmento de hormigón que le pasó volando y que casi le arrancó la cabeza, se volvió para ver el Búnker.

Ya no estaba allí. O como mínimo la parte superior había desaparecido. Todavía volaban trozos de hormigón por el aire, y del nuevo boquete que se había abierto salía una mezcla de humo y vapor. También había explotado una parte del costado de la cúpula; de allí debió de partir la onda expansiva que los había hecho rodar por el suelo. Puller tuvo la sensación de estar contemplando un volcán construido por la mano del hombre, en plena erupción.

No oyó gritar a nadie en el vecindario anexo mientras los escombros caían sobre las viviendas. En aquellas casas viejas, que antaño habían sido el hogar de los operarios de la planta, vivían cincuenta y siete personas apiñadas, pero aquella misma tarde Cole había dado orden a sus hombres de que evacuasen a todas de golpe, fingiendo ampararse en que habían infringido la ley. La explicación que dieron fue que los ciudadanos que sí cumplían la ley ya se habían hartado. Ahora aquellos vecinos estaban durmiendo en refugios, mientras sus casas se hundían aplastadas por un torbellino de hormigón y hierros retorcidos. En aquel momento, la verdad era que había resultado ser una orden muy acertada.

Desconocía si el material que estaba escupiendo el Búnker era radiactivo o no, y en aquel momento le daba igual. Tenía que encontrar a Cole.

Primero encontró a Trent. Por desgracia, había chocado de cabeza con un árbol mucho más duro que él y le había desaparecido la mitad del cráneo. A aquel magnate de la minería se le habían acabado los problemas económicos, y la vida también.

De pronto tuvo lugar una segunda explosión que sacudió la zona y lanzó una nueva lluvia de escombros. Miró frenético a su alrededor, y entonces la vio.

Cole estaba casi a cincuenta metros de donde se encontraba él, esforzándose por ponerse en pie.

—¡No te levantes! —gritó—. ¡Ya voy!

Echó a correr entre los escombros que volaban por el aire sorteando pedazos de hormigón tan letales como balas del calibre cincuenta. Estaba a quince metros de Cole cuando sucedió. Un fragmento de hormigón del tamaño de un proyectil de mortero la golpeó de lleno en la cabeza y la hizo caer de nuevo en tierra.

—¡No! —chilló Puller.

Empezó a correr más deprisa bajo una granizada de trozos de hormigón, hierro y objetos que no supo identificar. Era como si estuviera de nuevo en Bagdad o en Kabul, esquivando la muerte una vez más.

Por fin llegó hasta Cole y se arrodilló.

La sargento tenía la nuca llena de sangre, y había fragmentos de hueso.

La volvió con delicadeza.

Cole lo miró, pero sus ojos no enfocaban. El cerebro estaba apagándose.

Puller, impotente, le tendió una mano.

Los ojos de Cole dejaron de moverse y durante un segundo se quedaron fijos en él. Los labios se entreabrieron. Puller creyó que iba a decirle algo.

Cole tuvo un último estremecimiento, un último aliento.

Sus ojos quedaron inmóviles.

Y Samantha Cole murió.

Puller se dejó caer sobre los talones.

John Puller no había llorado ni una sola vez por un camarada muerto en el campo de batalla. Ni una sola. Y eso que había tenido muchas oportunidades. Pero los hombres como él no lloraban. Esa era la Regla Número Uno.

Sin embargo, cuando Sam Cole lo dejó, las lágrimas le resbalaron por la cara.

91

El gobierno federal invadió Drake, Virginia Occidental, con el ímpetu de un ejército que se lanza al ataque. Y en cierto sentido eso era exactamente lo que sucedía en aquel momento. Los federales cerraron el pueblo y sobre todo la zona que rodeaba al Búnker. El terreno fue examinado centímetro a centímetro por varios equipos de expertos protegidos con trajes de la más moderna tecnología. Se realizaron análisis del aire y del suelo. Durante las veinticuatro horas del día, los siete días de la semana, hubo un ejército de robots entrando y saliendo de la zona cero. Durante todo ese tiempo no se pasó la más mínima información a la prensa, una habilidad que el gobierno había llegado a dominar con el paso de los años. La versión oficial fue que se había mezclado una bolsa de gas metano con varios contenedores que databan de la época de la Segunda Guerra Mundial y ello había dado lugar a un inesperado espectáculo de fuegos artificiales en aquella parte del país.

La contaminación del aire y del suelo resultó ser mucho menor de lo que se había temido, por lo que no fue necesario ordenar una evacuación en masa. Una sofisticada tecnología de obtención de imágenes reveló que los bidones que Puller había metido en el pozo minero habían quedado eficazmente enterrados bajo varios millones de toneladas de roca. El gobierno no sabía con seguridad si algún día intentaría recuperarlos o los dejaría donde estaban. Después de todo, la actuación de Puller le había ahorrado mucho dinero en costes de almacenaje.

Se hallaron restos del pozo de plutonio y de la bomba, y se eliminaron. El proceso de limpieza duraría algún tiempo. El gobierno mintió descaradamente a los medios de comunicación y a los habitantes de Drake de principio a fin, y mostrando en todo momento una gran seguridad en lo que decía.

John Puller recibió la orden de una serie de generales y autoridades civiles de mantener la boca cerrada. Era un soldado, de modo que obedeció. Tal vez aquello cambiase un día, se dijo a sí mismo. Pero de momento, no.

Robert Puller fue la única persona de toda la historia de Estados Unidos que, después de haber sido condenada por traición, recibió una recomendación de su país por haber contribuido a evitar una pesadilla nuclear. No obstante, en ningún momento se habló de que se le fuera a conmutar la pena. Y la recomendación tuvo lugar en medio del más estricto secreto.

Puller no asistió al funeral de Roger Trent. Imaginó que sería de lo más suntuoso y que su viuda, Jean, no repararía en gastos. Además, también dudó de que se molestara en acudir alguno de los habitantes de Drake. Trent era inocente de toda complicidad en el intento de crear un holocausto nuclear, en cambio eso no quitaba que de todas formas hubiera sido un mezquino hijo de puta que con sus negocios había expoliado aquella región y había destrozado la vida a muchas personas. Y a Puller le importaba un comino.

Sin embargo, hubo en Drake un funeral al que sí quiso asistir.

Se apeó del Malibu ataviado con un uniforme de gala azul recién estrenado. Ofrecía una imponente estampa cuando ayudó a levantar el féretro del coche fúnebre y a llevarlo hasta la fosa.

Aquel era el funeral de Sam Cole, y nada en el mundo le habría impedido estar presente.

Se encontraba allí la familia de Cole, incluido Randy, que se había puesto un traje nuevo que sin duda le había comprado su hermana Jean para el entierro. Parecía más un niño perdido que un hombre afligido.

Jean iba vestida toda de negro y con ropa cara. Se la veía completamente hundida. Puller tuvo que suponer que su dolor era por la hermana que había perdido, más que por el marido muerto. Ahora era una viuda muy rica, en cambio ya no tenía hermana.

Enterraron a Samantha Cole vestida con su uniforme de calle, es decir, no el de gala sino el que utilizaba a diario. Habían encontrado un testamento y últimas voluntades, en donde se solicitaba que se actuara de aquel modo, y resultaba muy congruente con la clase de policía que había sido. También enterraron con ella su Cobra, otro punto que figuraba en su testamento, y Puller tuvo que quitarse el sombrero ante la previsión y la atención a los detalles que había mostrado Cole en vida. La casa en que vivía se la dejaba a su hermano.

Un poco antes, Puller había ido a casa de Cole y había fijado un aviso en la puerta en el que declaraba que todo el que intentara saquear aquel domicilio sería perseguido por el Ejército de Estados Unidos y se le aplicaría el máximo castigo.

Se acercó al féretro sintiendo un nudo en la garganta y una fuerte opresión en el pecho. Hacía un bochorno insoportable y el sol caía a plomo. La mezcla de humedad y calor debía de estar en cotas máximas, sin embargo lo que sentía Puller era el frío helador de la proximidad de la muerte. Rozó con los dedos la barnizada tapa de caoba y musitó unas pocas palabras que le parecieron totalmente insuficientes. Un Romeo demasiado pobre para la vencida Julieta.

Pero finalmente se rehízo y pronunció:

—Eras una buena policía, Cole. Este lugar no te merecía. —Se interrumpió unos instantes e hizo un supremo esfuerzo para impedir que la emoción lo dominara por completo. Luego terminó diciendo—: Ha sido un honor prestar servicio a tu lado.

Finalizado el acto, cuando ya regresaban a los coches, Jean Trent se acercó a él y le preguntó:

—¿Qué fue lo que sucedió en realidad? Nadie quiere decirme nada.

—¿De verdad necesita saberlo?

Jean se encrespó.

—¿Me pregunta que si de verdad necesito saber por qué razón han muerto mi marido y mi hermana? ¿No querría saberlo usted, si estuviera en mi lugar?

—La verdad no hará que vuelvan a la vida.

—Vaya, es usted de gran ayuda.

—Me limito a darle el mejor consejo que puedo —repuso Puller.

Jean dejó de andar, y él también.

—No ha ido al funeral de Roger —lo acusó Jean.

—Es cierto, no he ido.

—Sin embargo ha venido a este, luciendo su uniforme de gala y todas sus medallas. ¿Por qué?

—Porque se lo debía a su hermana. Es una cuestión de respeto.

—Mi hermana le importaba, ¿no es cierto?

Puller no contestó.

—¿Piensa atrapar al que la ha matado?

—Sí.

Jean desvió el rostro y cerró los labios en un gesto de dureza.

—No sé qué voy a hacer.

—Es usted rica y está soltera. Puede hacer lo que le apetezca.

—Lo de rica no lo tengo tan seguro. La mayor parte de los activos de Roger han desaparecido.

—Es dueña del restaurante, y una mujer inteligente como usted seguro que tiene algo de dinero guardado.

—Suponiendo que así fuera, ¿qué haría usted en mi lugar?

—¿Me lo está preguntando en serio?

—Sam tenía muy buena opinión de usted, y no era una persona fácil de impresionar. Si ella se fiaba de usted, yo también me fío. Y me gustaría que me diera un consejo.

—Váyase a vivir a Italia. Abra allí un restaurante. Disfrute del resto de su vida.

—¿En serio? ¿Opina que debería hacer eso?

—Nada la retiene aquí.

—Aquí está mi hermano.

—Pues lléveselo con usted.

—¿A Randy? ¿A Italia?

Puller se volvió a mirar a Randy Cole. Estaba sentado solo, en un banco, con cara de no saber siquiera dónde se encontraba.

—Por fin ha ido a ver a un médico, ¿no es cierto?

Jean afirmó con la cabeza.

—Tiene un tumor cerebral. Pero no es de los incurables. Los médicos opinan que pueden tratarlo, o por lo menos impedir que siga creciendo, pero no sabemos cuánto tiempo puede quedarle de vida.

—En ese caso, yo diría que a ambos les vendría bien empezar de nuevo. Buena suerte.

Echó a andar, pero Jean volvió a llamarlo.

—Puller, voy a dar un cóctel en casa. Esperaba que pudiera usted venir.

Puller siguió andando. No tenía tiempo para cócteles.

Tenía un caso que terminar de resolver, e iba a resolverlo. Por sí mismo, pero sobre todo por Sam.

92

El hombre prendió el pitillo, agitó la cerilla hasta que esta dejó de arder y por último la arrojó a los adoquines mojados de la calle. Iba ataviado con una chaqueta azul oscura, un pantalón de lino blanco y un sombrero muy calado sobre la frente. La camisa no llevaba monogramas; tenía manchas de café y un agujero en el puño que se había hecho con el ascua de un cigarrillo.

Había estado lloviendo casi todo el día, y las nubes aún iban cargadas de agua. El aire se notaba húmedo pero al mismo tiempo fresco, lo cual le provocó un leve escalofrío.

Miró a la derecha, luego a la izquierda, y cruzó la calle.

El bar tenía un letrero de neón que parpadeaba con cada interrupción de la insegura corriente eléctrica, la puerta estaba llena de magulladuras y marcada con lo que parecía un arco dibujado por una salva de disparos. Pero aquel detalle no lo inquietó, no era la primera vez que entraba en aquel local.

Se abrió paso por entre la gente para llegar a la barra. Hablaba el idioma con un nivel aceptable, suficiente, desde luego, para pedir una copa. Entre los presentes había quien lo conocía, por lo menos de vista, si no por el nombre. El pasaporte que llevaba encima era falso, pero parecía lo bastante auténtico para haberle permitido viajar hasta allí. No tenía ni idea de cuánto iba a durar su estancia, pero esperaba que no fuera mucho.

Cogió la copa, dejó unas monedas para pagar, se volvió en su asiento y paseó la mirada por la gente que llenaba el bar. La mayoría eran clientes que vivían en la zona, otros eran turistas, y otros seguramente se encontraban allí por motivos de trabajo. Nunca miraba directamente a nadie, pero se había vuelto un experto a la hora de detectar a cualquiera que le estuviera prestando una atención especial a él. Aquella noche no había ninguno de esos. Se volvió de nuevo hacia la barra, pero permaneció con el oído atento por si se abría la puerta. Cuando se abriera, se volvería de nuevo para observar a los recién llegados. Sucedió dos veces. Gente de allí y una turista.

La mujer se acercó a él. Era joven, bonita, morena, y tenía un acento fuerte pero lírico. Ya la había visto en otra ocasión. Le gustaba trabar conversación con la gente, aunque con él no lo había hecho nunca; por lo general escogía a alguien de una edad más parecida a la suya.

La joven le preguntó si le apetecía bailar.

No, le respondió él.

¿Querría él invitarla a una copa?

No, respondió de nuevo.

¿Permitiría que lo invitara ella?

Se volvió hacia la chica inclinando la cabeza para que no pudiera verle el rostro con claridad.

—¿Por qué? —le preguntó.

—Porque me siento sola —dijo ella.

Echó un vistazo al público que abarrotaba el local.

—No lo entiendo, ¿cómo es posible? No es la primera vez que te veo por aquí, los hombres son muy simpáticos contigo.

La joven sacó un cigarrillo y le pidió fuego.

Él encendió una cerilla y la acercó al extremo del pitillo. Luego la agitó para apagarla y miró de nuevo a la chica.

La chica dio una calada y expulsó el humo hacia el techo, donde había un ventilador de palas de bambú que movía lentamente el aire denso y pegajoso de un lado del bar al otro. Allí dentro hacía más calor, notaba el sudor que se le encharcaba en las axilas.

—Tú no eres de por aquí —dijo la chica en inglés.

—Ya lo sé. ¿Tú sí?

—Desde que estaba en el vientre de mi madre. ¿A qué vienes aquí?

—¿A qué va todo el mundo a todas partes?

—Yo no he estado en ninguna parte. Me gustaría escapar de este sitio.

—Escapar.

—¿Qué?

Sentía la necesidad de hablar con ella, pero no sabía muy bien por qué. A lo mejor era porque él también se sentía solo.

—Por eso estoy aquí. Para escapar.

—¿De qué?

—De la vida.

—¿Tan triste es tu vida?

—Bastante. Pero también es bastante alegre.

—Dices tonterías.

Él se irguió en el taburete.

—No son tonterías, hay que ponerlo todo en su contexto.

La chica lo miró fijamente. Era obvio que no entendía.

—¿Contexto? ¿Qué es contexto?

Él apuró la copa e hizo una seña con la mano para que le trajeran otra. Se la sirvieron unos segundos más tarde y la apuró también. Después se limpió con la manga de la chaqueta, primero la boca y luego el sudor de la frente.

—El contexto lo es todo. Es la verdad. En realidad es lo único que importa.

—Dices cosas raras, pero me caes bien. —La chica le acarició el pelo con la mano. Aquel contacto, y su aroma, despertaron algo en él.

En aquel momento creyó entender por qué se le había acercado aquella chica.

Pagó la copa y pidió otra para ella. La joven no retiró la mano de su hombro; antes bien, la deslizó por la espalda. Él mantuvo una mano cerca de la billetera, pero estaba bastante seguro de que aquella chica no buscaba su dinero. Bueno, en cierto modo sí.

Dinero a cambio de sus servicios.

Y él deseaba dichos servicios.

Media hora más tarde abandonaron el bar. Fueron andando hasta su hotel. Estaba tan solo a cinco minutos de allí. Era el mejor de la ciudad, y aun así era un estercolero. Pero no pensaba quedarse. Por lo menos, no mucho.

Subieron a la habitación, que estaba al final de la escalera. Él se quitó el sombrero y la chaqueta y arrojó ambas prendas al suelo. Ella le desabrochó la camisa y lo ayudó a descalzarse. Cuando le hubo quitado los pantalones, le dijo:

—Dame unos minutos para que me refresque un poco.

Él le puso una mano en el trasero, que tenía un tamaño considerable, y le dio un apretón. Ella lo besó en el cuello. Él introdujo una mano por debajo de la falda y la deslizó por su carne lisa y suave. Ella volvió a besarlo, le pasó la lengua por la mejilla, se la metió en el oído.

Él le buscó los pechos con la otra mano, pero ya no estaba. Se había ido al cuarto de baño. A refrescarse.

Se quedó tumbado en la cama, a oscuras. El ventilador del techo emitía un suave zumbido. Se lo quedó mirando, contando las revoluciones, y después cerró los ojos y esperó a que volviera a abrirse la puerta del baño y a que apareciera la silueta de la chica. Quizá desnuda, quizá casi. La vida le había cambiado tanto en un periodo de tiempo tan corto, que se sentía aterrado y eufórico a la vez.

De repente oyó una voz masculina:

—Hola, Bill. Ya va siendo hora de que hablemos.

93

Bill Strauss se incorporó al oír la voz de un hombre y se echó a temblar. Fue una reacción inmediata, visceral, que resultó paralizante.

Contempló la silueta que venía hacia él. En eso se abrió la puerta del baño, la joven se escabulló rápidamente y salió de la habitación cerrando tras de sí.

Una encerrona. Y había caído en ella.

La silueta se transformó en un cuerpo de carne y hueso.

El hombre se plantó de pie frente a él y lo miró.

—Bill, está usted muy lejos de Drake, Virginia Occidental —dijo John Puller.

Strauss permaneció inmóvil, contemplando a aquel hombre que le superaba tanto en estatura.

Puller tomó una silla, le dio la vuelta y se sentó mirando a Strauss. En la mano derecha empuñaba una de sus M11.

—¿Cómo lo ha averiguado? Supongo que habrá sido porque salí huyendo.

—Lo cierto es que ya lo sabía desde antes. No se le da bien mentir. Lo vi con toda claridad la noche en que fuimos a su casa a decirle que su hijo había muerto. En Trent Exploraciones, usted era el segundo de a bordo, pero quería ser el primero. Usted era el cerebro y Roger, el que daba la cara. ¿Por qué iba a quedarse él con la parte del león? Además, usted se encontraba en la posición perfecta para desplumarlo. Nadie sospecharía de usted, el que controlaba el dinero, porque todo el mundo daba por hecho que si el negocio se iba a pique, usted iría detrás. Pero eso no sucedería si usted ya se hubiera llevado toda la pasta. Y los planos del Búnker estaban dentro de su caja fuerte, Bill, no en la de Roger. Ese fue el factor decisivo. Usted sabía todo lo que había que saber de ese lugar. Y se dio cuenta de que Treadwell y Bitner habían descubierto esos planos.

Strauss bajó la cabeza.

—Concéntrese, Bill, necesito que se concentre —le dijo Puller al tiempo que le daba una palmada en el hombro y lo obligaba a mirarlo—. Mataron a su hijo, Bill.

Strauss se frotó los muslos y afirmó con la cabeza.

—Ya lo sé. Y usted sabe que lo sé.

—¿Pero qué piensa hacer al respecto?

—¿Qué puedo hacer?

—Su fuga termina aquí, pasará el resto de su vida en la cárcel. En cambio puede poner remedio a algunas cosas, tiene esa oportunidad. Puede poner usted las condiciones. Eso ya es algo.

—No, Puller. No puedo hacer eso.

Puller se inclinó hacia delante y alzó la M11. Strauss miró fijamente la pistola.

—¿Va a matarme? ¿Para eso ha venido?

—He hecho un viaje muy largo para verlo. Y no, no voy a matarlo. A no ser que me dé una buena razón para ello —agregó.

—Siento lo de Sam.

—No he venido aquí para hablar de Sam, he venido para hablar de usted.

—¿Cómo ha dado conmigo?

—No he necesitado buscarlo.

Strauss puso cara de desconcierto.

—No entiendo.

—No he necesitado buscarlo porque no he llegado a perderlo. En todo momento hemos sabido dónde se encontraba. Lo cierto es que lo hemos seguido a lo largo de todos los pasos que ha ido dando hasta llegar aquí.

—Sigo sin entenderlo. ¿Cómo es que...?

Puller se puso en pie.

—Mataron a Dickie, Bill. Le pegaron un tiro en la cabeza. Usted no tenía esa intención, ¿verdad?

Strauss hizo un gesto negativo.

—Eso no estaba previsto que sucediera, ni por lo más remoto.

—La bala le atravesó la cabeza. Estaba conduciendo su moto y... ¡pum!

Strauss estuvo a punto de caerse de la cama cuando Puller disparó su arma y la bala dio en la pared y se incrustó en ella.

—Le dispararon —continuó diciendo Puller con toda calma—. Le volaron los sesos. Yo estaba presente y lo vi. Fue una onda de choque hidrostático a la cabeza, procedente de un rifle supersónico. Era munición Lapua, Bill, un tanto excesiva. Querían estar seguros de dejarlo bien muerto, de modo que no tenía la menor posibilidad. No habría reconocido usted a su hijo, Bill, lo dejaron sin cara.

Strauss se echó hacia atrás y exclamó:

—¡Eso no formaba parte del plan! Yo no sabía que... Nadie me dijo que Dickie... —Dejó la frase sin terminar y rompió a llorar.

—Supongo que lamentará que haya muerto —dijo Puller.

—Pues claro que sí. Cuando usted vino a mi casa a decírmelo, me quedé hundido. Su madre está destrozada.

—Sin embargo, no ha tenido usted ningún problema para dejarla sola —señaló Puller.

—No tenía modo de traerla conmigo, no hubo manera de explicarle que... —Se interrumpió, se restregó los ojos con los puños y lloró otro poco más.

—Así que mantuvo a su mujer ajena a todo esto.

—Le he abierto una cuenta. Jamás va a faltarle de nada.

—Excepto su marido y su hijo. Y como la ha abandonado, no puede saber si murió cuando explotó la bomba.

—Me dijeron que... Nuestra casa estaba lo bastante lejos de...

Puller no le dejó terminar.

—¿No le cabrea que hayan asesinado a su hijo?

Strauss no respondió.

Puller introdujo la mano en la chaqueta y extrajo una fotografía.

—Aquí mismo tengo la foto de la autopsia. ¿Quiere ver a Dickie? ¿Quiere ver lo que le hicieron?

A Strauss le resbalaron más lágrimas por el rostro, pero no hizo ningún esfuerzo por enjugarlas.

—Eso no estaba previsto que sucediera.

—Bueno, pues sucedió, Bill. ¿Quiere verlo? —repitió Puller en tono cortante al tiempo que le tendía la foto.

Strauss se encogió.

—No, no quiero verlo... así —contestó con un hilo de voz.

—Si a mi hijo le hicieran una cosa así, yo me desquitaría. Buscaría venganza. Haría justicia.

—Yo... A estas alturas ya resulta imposible.

—En absoluto. —Puller volvió a guardarse la foto en el bolsillo—. Está a tiempo de rectificar, Bill, puede remediar esto. Hágalo por su hijo.

—No puedo. Es por mi mujer, podrían hacerle daño...

—Su mujer ya se encuentra bajo custodia, y pasará al programa de protección de testigos. Está todo arreglado. Todo dispuesto. Lo único que tiene que hacer usted es actuar como debe.

Puller volvió a sentarse y enfundó la M11.

—¿Y qué pasa conmigo? —preguntó Strauss—. ¿Podré...?

Puller lo interrumpió de nuevo.

—Usted irá a la cárcel, Bill. No habrá ningún pacto.

—¿Así que aunque hable seguiré yendo a la cárcel? —replicó Strauss con resentimiento.

—Seguirá estando vivo. Que es mejor alternativa que dejar de estarlo.

—Entonces, si no colaboro, ¿me va a matar usted?

—No tengo necesidad.

—¿Por qué?

—Ya lo ejecutará el gobierno de Estados Unidos. Por traición.

Transcurrieron unos instantes de silencio, hasta que por fin Puller dijo:

—Bill, necesito una respuesta. Tengo un avión esperando.

Dependiendo de la respuesta que me dé, ese avión lo llevará a un sitio o a otro.

Bill se puso de pie.

—Vámonos.

Puller se levantó también y asió a Strauss por el codo.

—Buena decisión.

—Lo hago por mi hijo.

—Ya.

94

Los caminos que escogía Puller para salir a correr eran solitarios y aislados. Le gustaba correr para sudar y pensar, y lo primero lo ayudaba a hacer lo segundo. Y mientras hacía esto último, no le gustaba que hubiera nadie alrededor.

Se colocó los auriculares en los oídos, encendió el iPod y empezó a correr. Al cabo de ocho kilómetros emprendió el regreso hacia su coche. Y de pronto se detuvo.

Eran seis hombres, que él lograse distinguir. Uno estaba apoyado contra el capó del Malibu, y había otros cuatro formando el perímetro de seguridad. El sexto se hallaba de pie junto al coche, al lado de la portezuela trasera. Delante y detrás había dos monovolúmenes de color negro estacionados que le cerraban el paso.

Puller empezó a andar. Se quitó los auriculares y cogió el iPod en la mano derecha.

—¿Qué hay, Joe, cómo va eso? —saludó.

Joe Mason se apartó del Malibu y contestó:

—Puller, hace mucho que no sé nada de usted. Creía que mis órdenes habían quedado claras. Debía haberme informado.

—Bueno, hay veces en que las órdenes quedan tan superadas por lo que sucede sobre el terreno, que se hace necesario cambiarlas.

—No me diga.

—Sí le digo.

—Pues nadie me ha contado nada. Y siempre es bueno enterarse de las cosas de primera mano. Por eso he venido aquí.

Puller se aproximó a él, y al momento se dio cuenta de que los cuatro individuos que formaban el perímetro cerraban filas. Todos iban armados. Y eran los mismos tipos que lo habían acorralado en aquel aparcamiento de Arlington tras su entrevista con la general Carson.

—¿De manera que ha venido aquí porque quiere un informe?

—Exacto.

—De acuerdo. Muy fácil. Hay tres puntos esenciales. Después de que asesinaran a Dickie, había algo que no me encajaba, así que empecé a indagar un poco. Y lo que descubrí fue que usted y Bill Strauss se conocían. Desde que eran dos críos en Nueva Jersey. Lo consulté. Prestaron servicio los dos juntos en los marines. Strauss intentó colarme la trola de que nunca había hecho tal cosa, sin embargo sabía lo que significaba BCD y DD. Y obligó a su hijo a alistarse porque creyó que el Ejército podría «curar» sus preferencias sexuales. Y eso uno no lo hace a no ser que él mismo haya sido soldado.

—Está bien, lo conocía. Presté servicio con él. Allí había muchos marines.

—Pero no duró mucho tiempo, igual que su hijo. A Dickie lo expulsaron porque era homosexual, y a su padre porque era un ladrón de poca monta y un traficante de drogas, y el Cuerpo de Marines terminó hartándose de él. Lo interesante es que usted también se marchó más o menos por la misma época. Usted no tenía manchas en su hoja de servicios como Strauss, de lo contrario jamás habría podido pasar a formar parte del FBI y más tarde del Departamento de Seguridad Nacional. Pero me da en la nariz que no perdió el contacto con Strauss. Y cuando Dickie le contó a su padre que Randy Cole le había dicho que existía un modo de entrar en el Búnker, y le reveló lo que había visto cuando estuvo dentro, Bill lo llamó a usted. Supuso que, con los contactos que poseía usted, algo bueno obtendría de aquello. Por bueno me refiero a grandes cantidades de dinero, sin que importara el dolor y el caos que pudiera causar.

—¿Eso es verdad?

—Sí, Joe, es verdad. Usted fue a Drake en secreto, penetró

en el Búnker y vio a qué se refería Randy Cole. Solo que, a diferencia de él, usted sí que supo lo que había dentro de aquellos bidones. Todas aquellas tortas nucleares allí abandonadas. Olvidadas. ¿Cuánto valdrían? ¿Miles de millones?

—¿Cómo iba a saber yo eso?

—Y el informe que me proporcionó del Búnker era legítimo. Por lo menos como tapadera del Ejército. Para usted era perfecto. Lo que menos le convenía era que alguien se pusiera a meter las narices en aquel asunto. De manera que cuando yo empecé a preguntar, usted se limitó a sacar el informe y dejamos de considerar al Búnker un objetivo viable.

—Continúe.

—En segundo lugar, tenían que construir la bomba. Strauss consiguió que Treadwell se encargase de una parte de la fabricación de las piezas sin decirle para qué eran en realidad. Únicamente le proporcionó las especificaciones que le había dado usted a él. Pero a Treadwell y a Bitner les entró demasiada curiosidad, y cometieron el gravísimo error de involucrar a su vecino, Matt Reynolds. Reynolds trabajaba en la DIA, una agencia demasiado próxima a usted. Encargó un análisis del suelo. Apuesto a que tomó la muestra en los alrededores del Búnker. No creo que Reynolds supiera que allí dentro había plutonio, pero sí que debió de pensar que había alguna sustancia tóxica codiciada por ciertas personas. Y si empezara a investigar de verdad, a ustedes dos se les desbarataría todo el plan. Así que tuvieron que morir seis personas, incluidos dos adolescentes. ¿Cuál de sus hombres se encargó de matarlos, Joe? —Puller miró a su alrededor y señaló a uno—. ¿Ese? —Después señaló a otro—. ¿Ese capullo? Dudo que se rebajase usted a hacer los honores. Al jefe no le gusta ensuciarse las manos. Usted se limitó a verlo todo en vídeo, cómo disparaban con una escopeta a los padres y mataban a los hijos de un golpe en la nuca. ¿Qué pasa, es que no tuvo valor para pegar un tiro a los críos?

Mason no dijo nada.

—Y luego, sus hombres descubrieron a Larry Wellman de guardia el lunes por la noche. Se acercaron a él, probablemente cuando hacía la ronda, cerca de la parte de atrás de la casa, donde nadie pudiera verlos. Le mostraron sus credenciales. Los dioses federales. Wellman estaba deseoso de ayudar, así que no opuso resistencia, no hizo preguntas; condujo a sus hombres al interior de la vivienda y ellos lo colgaron del techo como si fuera un trozo de carne. Dejaron colocado el fragmento del envío por correo certificado y se largaron en el coche de Wellman.

—¿Y cómo se supone que nos hicimos con el envío?

—No era el auténtico. Sabían que había habido uno porque Wellman se lo dijo a Dickie, o porque Matt Reynolds le contó lo que había hecho cuando usted lo interrogó. El paquete no estaba en la casa, y no llegamos a dar con él. Usted se enteró de que no se había encontrado, sin embargo quiso llevarnos por esa pista porque sabía que no conduciría a ninguna parte y nos supondría una enorme pérdida de tiempo. Así que mató a un hombre solo para dejar una pista falsa en la escena del crimen.

—Interesante —dijo Mason.

—Después inventó lo de la conversación en dialecto dari para echar la culpa a unos tíos de turbante que no existían. No era su intención atraer la atención hacia Drake, pero solicitaron su ayuda con motivo de los asesinatos. Usted sabía que iba a intervenir la CID, de manera que inventó inmediatamente lo de la conversación en dari y después me soltó la historia, plausible pero falsa, del gaseoducto y la central nuclear. Me dijo que teníamos tres días, cuando en realidad sabía que el Búnker iba a explotar dentro de dos. Strauss envió aquellas amenazas de muerte a Roger Trent con el fin de abonar el terreno para que a este le ocurriera algo, porque iba a aprovechar aquella oportunidad para librarse de él y de los libros de cuentas que demostraban que había cometido desfalco. Así que tanto Trent como las cajas acabaron dentro del Búnker. Allí no iba a quedar de ellos nada más que polvo radiactivo. La gente supondría que Trent había huido para escapar de los problemas económicos que le había causado Strauss, o que la persona que le había estado enviando las amenazas de muerte por fin había cumplido su palabra. Idearon ustedes un plan de lo más limpio.

—Todavía no ha dicho nada que me implique a mí —dijo Mason.

Puller levantó un tercer dedo.

—Y ahora viene la razón por la que dejé de informarlo a usted y me puse a investigar. Usted era la única persona a la que dije que Dickie Strauss estaba trabajando para mí. Más significativo todavía es que usted era la única persona a la que dije que iba a encontrarme con él aquella noche en el cuartel de bomberos. Su muerte no fue algo espontáneo. Su francotirador llevaba mucho tiempo allí apostado, preparado para actuar. Usted era el único que pudo orquestar todo aquello, nadie más.

—Pues no es eso lo que recuerdo yo —replicó Mason—. Cada uno podría contar una versión distinta.

—Y lo mató porque temió que pudiera cambiar de opinión. Dickie había entrado en la casa y había descubierto a Larry Wellman colgado del techo. Vio los cadáveres de la familia Reynolds, sabía que Treadwell y Bitner también estaban muertos, y se asustó mucho. Dudo que usted le revelara cuál era el verdadero plan, pero cuando empezó a morir gente, Dickie se dio cuenta de que estaba metido en algo que le superaba con mucho. Debió de pensar que la mejor salida que tenía era la de colaborar con las autoridades. Pero usted no podía consentir tal cosa, así que ordenó a su francotirador que le volase la cabeza.

—Eso lo dice usted. No tiene pruebas.

Puller recorrió con la mirada a los otros hombres.

—Se salió con la suya, Joe. Voló el Búnker, se hizo con el combustible nuclear, Roger Trent está muerto y los datos financieros se han convertido en cenizas. Así pues, ¿qué está haciendo aquí? Le ha salido bien el plan.

Mason no respondió. Continuó mirando fijamente a Puller.

Puller dio otro paso más hacia él.

—A lo mejor aquella «conversación» islámica en realidad no fue del todo inventada, aunque la fabricara usted. A lo mejor fue usted contratado por los enemigos de este país para que detonase una carga de material fisible en Virginia Occidental. Yo diría que los bidones que dejó allí dentro formaban parte de la bomba. Y seguramente la gente con la que trata usted no está nada contenta de que las cosas no hayan salido según el plan. De modo que por eso ha venido usted aquí, para vengarse un poco conmigo, y tal vez para salvar el culo frente a esos tíos de turbante. ¿Cuánto le pagaron para que atacase a su propio país, Joe? Deme solo una cifra aproximada.

Mason carraspeó.

—No lo ha entendido bien, Puller. Yo soy un patriota, no haría eso a mi país. Sabía lo que había allí dentro, pero no me pagaron para que lo hiciera explotar.

—¡Y una mierda! —exclamó Puller—. Usted no es diferente de los cerdos del 11-S.

—No sabe de qué coño está hablando, Puller —estalló Mason.

—Pues explíquemelo usted. Cuénteme cómo hace un ex marine para convertirse en un traidor.

Mason comenzó a hablar, y habló deprisa:

—Después de pasar tantos años en Seguridad Nacional, conozco un poco las bombas nucleares. Y sabía cómo llegar hasta las personas que necesitaba para construir una. Una vez que se tiene el combustible, el resto no es tan difícil. El gobierno no reconocería por nada de mundo que había dejado olvidada cierta cantidad de combustible nuclear, de manera que yo podría venderlo sin que se enterase nadie. El gran error que cometí fue permitir que Strauss encargase a ese idiota de Treadwell que construyera el reflector y varios componentes más, porque eso terminó costándome muy caro.

—Nada de eso cambia las cosas. Sigue siendo un traidor. Dejó varios bidones de uranio y de plutonio abandonados dentro del Búnker. Podría haber contaminado de radiactividad cinco o seis estados enteros.

—Aquellos bidones estaban vacíos. No pensaba dejar allí aquel material. Porque tiene usted razón, valía miles de millones.

—Miente —le espetó Puller—. Los vi yo mismo. Aquellas tapas llevaban varias décadas sin abrirse.

Mason esbozó una sonrisa triunfal.

—Los cortamos por el fondo, Puller, y después volvimos a sellarlos. Después de rellenarlos con tierra. Como puede ver, tengo en cuenta todas las contingencias posibles. Y lo mismo hice cuando usted accedió a la bomba; se puso en marcha un acelerador de la cuenta atrás.

—Pero seguía siendo un dispositivo nuclear. Es usted un capullo, aun así pensaba lanzar una bomba nuclear contra su propio país.

—Sabía lo que hacía, ¿vale? —replicó Mason—. Habíamos puesto una cantidad mínima de plutonio, la suficiente para provocar una pequeña explosión y algo de radiación. Además, aquello estaba en mitad de la nada. ¿Qué más daba que el pueblo de Drake, en el estado de Virginia Occidental, se convirtiese en un lugar radiactivo? Ya estaba muerto antes.

—Tiene más de seis mil habitantes.

—Son muchos más los que fallecen todos los años en accidentes de tráfico. Y cada año mueren cien mil personas en los hospitales por culpa de errores que se cometen. Teniendo eso en cuenta, los daños colaterales eran bastante reducidos.

—Pero usted tiene la intención de vender el combustible nuclear a nuestros enemigos. Y estos no piensan detonar la bomba en un área despoblada, Joe. Estos pretenden atacar Nueva York o Washington.

—Ya, bueno, en estos momentos estoy a punto de mudarme a otro país. Estoy un poco cansado de este. Pero lo cierto es que usted me ha estropeado el plan. Aún puedo vender el combustible, solo que va a resultarme más difícil. Por eso he venido aquí, para retribuírselo.

—¿Tan desesperado estaba por conseguir dinero? ¿Tanto como para venderse a unos terroristas? Es usted escoria.

—Durante más de treinta años me he dejado el pellejo por mi país. Y resulta que en la próxima tanda de recortes presupuestarios pensaban echarme a la calle. No les debo nada.

Puller levantó un cuarto dedo.

—¿No ha dicho que había solo tres puntos? —dijo Mason.

—Le he mentido. Hemos capturado a Bill Strauss en Sudamérica. Se había largado antes de que explotara el Búnker, naturalmente. No tenía ninguna intención de quedarse a ver la nube radiactiva, aunque no se molestó en llevarse consigo a su afligida esposa. Es un tío listo. Ah, se me olvidaba mencionar que lo ha delatado a usted y a todos sus compinches.

—Eso es imposible —exclamó Mason—. Yo he hablado con él y...

—Sí, habló ayer y ha hablado hoy. Yo estaba presente en la habitación. El FBI lo grabó todo.

—Eso es un farol.

—Si no, ¿cómo cree que me he enterado de todos estos detalles? Soy bastante bueno como investigador, pero Strauss nos ha desvelado un montón de información. Yo no habría podido obtenerla de otro modo.

Mason le sostuvo la mirada.

—De modo que ahora se encuentra usted en posesión de un material nuclear que jamás podrá vender —dijo Puller—. Claro que para ir a la cárcel no se necesita mucho dinero. Y si lo condenan por traición, le pondrán la inyección letal. A mí me parece bien tanto lo uno como lo otro.

Miró en derredor y observó que ahora todos los hombres de Mason mostraban signos de un nerviosismo extremo. Lo cual era bueno y malo a la vez. Era bueno porque un hombre nervioso no era tan eficaz peleando. Y era malo porque un hombre nervioso que iba armado actuaba de manera errática y por lo tanto resultaba más difícil de predecir.

Pero, aunque eran seis contra uno, Puller tuvo la sensación de que en aquel momento en concreto se sentían superados en número.

Se volvió de nuevo hacia Mason y le preguntó:

—¿Está preparado para rendirse, Mason?

—Voy a decirle para qué estoy preparado. Y se lo voy a decir ahora mismo.

95

Mason dirigió la mirada hacia el sexto hombre, el que estaba de pie junto al Malibu, y le hizo una seña para que se adelantara. Era un tipo de cincuenta y tantos años que llevaba un pantalón de vestir y un cortavientos ligero a pesar de que la temperatura era tibia y no soplaba brisa. Empuñaba con gesto relajado una SIG de nueve milímetros. Medía cinco centímetros menos que Puller, en cambio pesaría unos diez kilos más. Se le veía macizo como una piedra, despiadado y listo para matar.

—Le presento a Sergei —dijo Mason—. Antes estaba en el Ejército soviético. Su especialidad es el dolor. Causárselo a otros, claro está. Va a llevarlo a usted a un sitio y le mostrará algunas de sus técnicas. Ciertamente, es el mejor en lo suyo.

Puller miró al ruso, el cual lo miró a su vez con una expresión de superioridad.

—¿El Ejército soviético? Pero si vosotros no sois capaces de luchar como es debido. En Afganistán, dejasteis que un puñado de campesinos del desierto os diera por el culo.

A Sergei se le borró de la cara la expresión de seguridad y fue reemplazada por un gesto asesino.

—Puller —comentó Mason—, no sé muy bien si ha sido muy inteligente decir eso.

—¿He herido tus sentimientos, Sergei? ¿Eras uno de los tíos que no tenían pelotas para empuñar un rifle? ¿Te mantuvieron en la retaguardia, para dar palizas a los que no podían luchar?

Sergei se encendió todavía más. Que era precisamente lo que

buscaba Puller con tanta provocación. Las personas cabreadas cometen errores. Puller dio otro paso al frente.

—Puller, déjeme que le haga un resumen —dijo Mason—. Vamos a llevarlo a un sitio en el que Sergei le va a infligir dolor, dolor de verdad, mientras yo miro. Y después le libraremos de ese dolor para siempre. Ya intenté quitarlo a usted de en medio dos veces, con bombas, y las dos veces fallé. Pero, como dicen, a la tercera va la vencida.

Puller abrió los brazos, y se sirvió de ese movimiento para distraer la atención de los otros y que no se dieran cuenta de que había avanzado dos pasos más.

—¿Así que ese es el plan? —dijo—. Espero que no le haya llevado mucho tiempo pensarlo, Joe, porque es una auténtica mierda.

—Para mí es perfecto. Y también tengo planes para contingencias, Puller. Es algo que hago siempre. Me da igual que a Strauss lo hayan capturado los federales, yo me largo de aquí. Y no se le ocurra siquiera resistirse, porque nos lo cargamos aquí mismo.

Puller se encogió de hombros.

—Vale, pues entonces acabemos con esto de una vez. Tengo cosas que hacer.

Puller atacó antes de que Sergei pudiera siquiera levantar su arma. El borde de su iPod se había transformado en el filo de un cuchillo KA-BAR. Un segundo después, el ruso, con el cuello cercenado, se desplomó de espaldas contra el coche mientras le resbalaba la sangre por el pecho. Puller lo agarró por el cuello del cortavientos, le dio la vuelta y le quitó la pistola de la mano. Luego lo soltó y dejó que terminara de desangrarse en el suelo.

Acto seguido, en otro movimiento vertiginoso, rodeó el cuello de Joe Mason con un brazo, se volvió, lo levantó en vilo y le estrelló la cabeza contra el parabrisas del Malibu. Mason quedó despatarrado sobre el capó, convertido en una masa informe y sanguinolenta. Puller no supo si estaba vivo o muerto, y tampoco le importaba. Se inclinó hacia él y le dijo en voz baja:

—Eso ha sido por la sargento Samantha Cole.

A continuación se encaró a los hombres que quedaban. Le

apuntaban con sus armas, pero parecían paralizados ante la ferocidad de su reacción.

Sin embargo, no iban a permanecer así mucho tiempo.

De improviso aparecieron veinte Rangers del Ejército, vestidos con el traje de camuflaje y apuntando a los cuatro hombres con sus MP5. La proporción era de cinco para cada uno, así que las probabilidades de victoria de los cuatro primeros eran nulas. De inmediato bajaron las armas.

Mientras los Rangers esposaban a los que seguían con vida, desincrustaban a Mason del parabrisas y metían a Sergei en una bolsa, surgió de entre los árboles la general Julie Carson. Tras dedicar unos momentos a observar a Mason, se acercó a Puller y le entregó una botella de agua.

—He pensado que a lo mejor tenía sed, después de tanto sudar.

—Por la carrera, sí. Y gracias por concederme unos momentos a solas con Mason.

—No, gracias a usted. He disfrutado mirando.

—¿Mason está muerto?

—No, aún tiene pulso. Pero bastante débil.

—Diga a los de la ambulancia que no se den prisa en llegar.

La general sonrió.

—Muy bien.

—No es que nos hiciera falta, pero supongo que lo habrá grabado todo.

Carson mostró un lápiz de memoria.

—Ya sabe que el Ejército de Estados Unidos se toma muy en serio lo de la vigilancia. Aunque sí creo que no estaría de más que se nos perdiera la parte en que usted mata al ruso y a Mason. Eso no tiene por qué saberlo nadie, ¿no?

Puller sonrió.

—La verdad es que no esperaba tales sutilezas, viniendo de usted, general Carson.

Ella le devolvió la sonrisa.

—Guardo alguna que otra sorpresa. Y ya no estamos en horario de trabajo, así que puede llamarme Julie.

—Muy bien, Julie.

La general contempló cómo se llevaban a los hombres y comentó:

—Supongo que todo ha sido por dinero.

—Supongo que sí. ¿Qué pasa con el combustible nuclear?

—Todavía no lo han sacado al mercado, de modo que nos haremos con él. Eso es lo único que tienen ahora estos tipos para negociar si quieren librarse de la pena de muerte.

Puller dirigió una mirada hacia su maltrecho automóvil.

—Me parece que no voy a poder conducir.

—No se preocupe, yo le llevo.

—Gracias.

—Y quizá podamos tomar esa copa.

—Quizá.

96

—Eres un héroe, Bobby —dijo Puller—. Has salvado un pueblo, y probablemente un estado entero.

Se encontraba en los Pabellones Disciplinarios, sentado frente a su hermano. A Robert se le notaba en la cara que estaba haciendo un esfuerzo por disimular el placer que le causó aquella afirmación. Era la primera vez, en aquel lugar, que Puller veía en el semblante de su hermano una expresión que se aproximaba al orgullo.

—¿Te han mandado la recomendación?

Robert asintió.

—La primera que se envía a un recluso de los Pabellones Disciplinarios. No sabían muy bien qué hacer.

—Ya lo imagino.

—Siento mucho lo de tu amiga Sam Cole.

—Y yo siento que no hayan considerado oportuno conmutarte la condena.

—¿De verdad esperabas que me la conmutaran? El Ejército nunca rectifica. Eso sería tanto como reconocer un error, y el Ejército tampoco comete errores.

Puller alargó el brazo y estrechó la mano a Robert haciendo caso omiso de la mirada ceñuda que le dirigió el guardia.

—Me salvaste el pellejo.

—Para eso están los hermanos mayores.

Puller pasó la mayor parte del vuelo de regreso mirando absorto por la ventanilla. Cuando el avión sobrevolaba Virginia Occidental, el piloto se dirigió a los pasajeros y les dijo dónde se encontraban. Además añadió que él era de Bluefield, según él, el lugar más bonito del todo el país. Puller se puso a leer la revista que ofrecían en el avión y desconectó de la charla del piloto.

Recogió en el aeropuerto su Malibu ya reparado y se fue a su apartamento. Fue recibido por su gato *Desertor* y pasó unos cuantos minutos atendiéndolo. Después estuvo un rato contemplando el minúsculo patio que se veía desde la ventana de la cocina, y ello, sin saber por qué, le trajo a la memoria el jardín trasero que tenía Sam Cole en su casa, perfecto como si estuviera pintado, con su fuente, en el que ambos habían estado sentados y conversando juntos. Se llevó una mano a la cara, al sitio en que la sargento le había depositado un beso, y se preguntó si no se habría equivocado al rechazar la invitación, no tan sutil, que le hizo ella de que se metiera en su cama. Pero terminó llegando a la conclusión de que en aquel momento aquella había sido la forma correcta de actuar, para ambos. Aunque él siempre había pensado que ya habría más ocasiones de estar con Sam.

¿Pero qué probabilidades había en realidad de que él hubiera vivido y ella hubiera muerto? Con la misma facilidad, aquel trozo de hormigón podría haberlo golpeado a él. O a un árbol, o a un ciervo. Sin embargo, eligió golpear a Sam Cole y acabar con su vida. Cualquiera podría zanjar el tema diciéndole que simplemente no había llegado su hora. Él se lo había dicho a sí mismo muchas veces después de esquivar a la muerte en el campo de batalla. Otros murieron, y él no. Pero aquella explicación no le bastaba. Esta vez, no. No sabía muy bien por qué esta ocasión era diferente, pero lo era.

Dejó a un lado a *Desertor* y procedió a informar a la CID de Quantico. Redactó informes y habló con las personas con las que tenía que hablar. Le dijeron que próximamente habría una promoción que le permitiría ascender dos peldaños en la jerarquía militar en vez de uno, una oportunidad que no tenía precedentes. Pero declinó la oferta de inmediato. Su SAC pasó largo rato intentando convencerlo de lo contrario.

—Otros matarían por conseguir algo así.

—Pues que lo consigan otros.

—No le entiendo, Puller, en serio que no.

—Lo sé, señor. A veces yo tampoco me entiendo a mí mismo.

Ya había limpiado de papeles su mesa, había devuelto unos cuantos correos electrónicos y se había reunido con varios de sus superiores para ponerlos al corriente, y después decidió que deseaba prescindir del Ejército durante una temporada. Tenía vacaciones acumuladas, aún pendientes de disfrutar, y quería tomárselas. No había un solo oficial que pudiera negarse a concedérselas; los que habían ayudado a evitar un holocausto nuclear en suelo patrio podían hacer lo que les apeteciese.

Dentro de lo razonable. Porque, al fin y al cabo, aquello era el Ejército de Estados Unidos.

Se fue a casa, cogió unas cuantas cosas y el gato, cargó el Malibu y partió. No llevaba ni mapa, ni plan ni destino. Era simplemente un agente especial de la CID que se iba de vacaciones con su fiel camarada *Desertor*. El gato iba sentado en la parte de atrás del coche como si viajara con su chófer, y a Puller le gustó representar dicho papel.

Se fueron a las doce, porque Puller prefería conducir de noche. Encontró una carretera que se dirigía al oeste y la tomó. Para cuando amaneció, ya había recorrido casi quinientos kilómetros sin parar siquiera a echar una meada. Y cuando por fin se detuvo a estirar las piernas, poner gasolina, tomarse el café más grande que hubiera y sacar al gato, descubrió que se había adentrado un buen trecho en el estado de Virginia Occidental. No en la parte donde se encontraba Drake, sino en otra. A Drake no pensaba volver; allí no había nada para él, si es que lo había habido alguna vez. No deseaba volver a ver el Búnker, lo que quedaba de él. Y tampoco deseaba ver a los Trent ni a los Cole, lo que quedaba de ellos.

Conservaría el recuerdo de Sam Cole hasta que se le borrase, de eso estaba seguro. El hecho de trabajar con ella lo había convertido en un policía mejor, y en una persona mejor. Iba a echarla de menos durante el resto de su vida, de eso también estaba seguro.

Volvería al Ejército y a su trabajo de atrapar a personas que hacían cosas malas. No sabía muy bien por qué, pero tenía la impresión de que regresaría más fuerte que nunca. Era una sensación agradable. Y, además, consideraba que se lo debía a Sam Cole.

Abrió la portezuela y el minino subió al coche de un salto. Puller se sentó tras el volante, metió la velocidad y dijo:

—¿Qué, *Desertor*, listo para la acción?

El gato respondió con un maullido de aprobación.

Puller volvió a incorporarse a la carretera y pisó el acelerador.

Continuó devorando kilómetros, rápidamente, con suavidad.

Hasta que se perdió de vista, como si nunca hubiera estado en aquel sitio.

Al fin y al cabo, era cierto.

No se podía matar lo que no se veía venir.

Agradecimientos

A Michelle, la carrera continúa.

A Mitch Hoffman, por ayudarme a seguir viendo la luz.

A David Young, Jamie Raab, Emi Battaglia, Jennifer Romanello, Tom Maciag, Martha Otis, Chris Barba, Karen Torres, Anthony Goff, Lindsey Rose, Bob Castillo, Michele McGonigle, y a todos los de Grand Central Publishing, que me apoyan en todos los sentidos.

A Aaron y Arleen Priest, Lucy Childs Baker, Lisa Erbach Vance, Nicole James, Frances Jalet-Miller y John Richmond, por haberme acompañado paso a paso.

A Maja Thomas, la emperatriz de los libros.

A Anthony Forbes Watson, Jeremy Trevathan, Maria Rejt, Trisha Jackson, Katie James, Aimee Roche, Becky Ikin, Lee Dibble, Sophie Portas, Stuart Dwyer, Anna Bond y Michelle Kirk de Pan Macmillan, por haberme ayudado a alcanzar en el Reino Unido las mejores cifras que he alcanzado nunca.

A Ron McLarty y Orlagh Cassidy, por dar voz maravillosamente a mis relatos.

A Steven Maat de Bruna, por haberme subido hasta el n° 1 de Holanda.

A Bob Schule, por tu ojo de águila.

Al doctor Anshu Guleria, por su sólido asesoramiento médico.

A los ganadores de la subasta benéfica Matthew Reynolds, Bill Strauss y Jean Trent, espero que hayáis disfrutado de vuestros personajes.

Al personal de Fort Benning, que fue tan generoso al prestarme su tiempo y su pericia: general Bob y Patti Brown, sargento primero Chris Hardy, sargento primero Steven McClaflin, teniente coronel Selby Rollinson (ret.), Susan Berry, coronel Sean McCaffrey, coronel Terry McKendrick, coronel Greg Camp (ret.), teniente coronel Jay Bartholomees, teniente coronel Kyle Feger, teniente coronel Mike Junot, teniente coronel David Koonce, teniente coronel Todd Zollinger, comandante Joe Ruzicka, capitán Matthew Dusablon, segundo oficial técnico Larry Turso, tercer oficial técnico José Aponte, segundo oficial técnico Shawn Burke, agente especial Joseph Leary, agente especial Jason Waters, agente especial Jason Huggins, sargento Steve Lynn, sargento Shawn Goodwill, Nora Bennett, Terri Panco y Courtland Pegan.

A Tom Colson, por su conocimiento de la CID.

A Bill Chadwell, por llevarme a través de los entresijos del Pentágono.

A la coronel Marguerite Garrison (ret.) por lo mismo.

A Michael Furey, por su valiosa ayuda.

A Christine Craig, por enseñarme el USACIL.

A Bill Colwell y el contraalmirante John Faigle, USCG (ret.) por introducirme en el maravilloso Club del Ejército y la Marina.

Al general de división Karl Host, por una magnífica cena y una estupenda conversación.

A Dave y Karen Halverson, por permitirme usar su apellido.

A Timothy Imholt, él ya sabe por qué.

A Kristen y Natasha, porque sin vosotras estaría perdido.

Una bienvenida especial a Erin Race, que se suma al equipo de Columbus Rose.

Les deseo una feliz jubilación a Lynette y Art, y les doy las gracias de corazón por lo bien que lo han hecho.

Y por último, pero no por ello menos importante, a Roland Ottewell, por otro magnífico trabajo de revisión.